文學研究叢書·古典詩學叢刊

不廢江河萬古流

悅讀唐詩三百首（二）

李昌年　著

目次

二一、李白詩歌選讀

【事略】

李白（701－762），字太白，號青蓮居士。相傳祖籍隴西成紀（今甘肅省天水市、秦安縣附近），西涼武昭王李暠的九世孫。

李白的出生地，主要有二說：其一，生於綿州（今四川省綿陽市）彰明之青蓮鄉（今四川省江油市）。其二，相傳李白祖先於隋末流徙西域，李白即生於中亞的碎葉城（今吉爾吉斯共和國境內），故李白自幼通曉突厥文。大約於武則天神龍元年（705）移家返蜀。

李白五歲誦六甲（編按：殆指計算四時六十甲子之類），十歲觀百家，通《五經》。其〈上韓荊州書〉自云：「十五好劍術，遍干諸侯。」〈贈張相鎬〉詩云：「十五觀奇書，作賦凌相如。」可見少年李白頭角崢嶸，志概不凡。相傳曾於戴天山（今四川省江油市）讀書，又傳嘗夢筆頭生花，遂天才贍逸。

及長，性倜儻，樂善好施，喜縱橫術，擊劍任俠。年甫弱冠，持詩文於途中求見益州刺史蘇頲；蘇對群僚曰：「此子天才英麗，下筆不休，……若廣之以學，可與相如比肩。」

幾年後，與友吳指南周遊天下，先至湖北襄陽，再赴湖南洞庭，後隻身前往東南。年三十五，北至太原，識郭子儀於軍旅；旋至齊魯任城（今山東省濟寧市），與孔巢父、韓準、裴政、張叔明、陶沔等於泰安徂徠山（今山東省泰安市東南）之竹溪，酣飲縱酒，號為「竹溪六逸」。

天寶元年（742），南遊會稽，與道士吳筠友善，共居於剡中（今浙江省奉化市，一說浙江省嵊州市一帶）。玄宗召吳筠入京，李白隨

至長安，太子賓客祕書監賀知章聞其名而訪之，請覽太白詩文，讀〈蜀道難〉未竟，稱道者數四，嘆曰：「子謫仙人也。」乃解金龜（編按：武后時三品以上朝官佩金龜飾帶）換酒，終日相樂；又讀〈烏棲曲〉，嘆賞苦吟後曰：「此詩可以泣鬼神矣。」遂薦之於玄宗，蒙召見金鑾殿，論當世之務。曾草〈答蕃書〉，又獻〈宣唐鴻猷〉一篇。玄宗嘉之，詔賜供奉翰林。惜李白始終未獲重用，遂與賀知章、崔宗之、王璡、蘇晉、張旭、焦遂、李適之等縱情酣飲，號「酒中八仙」。天寶三載（744）懇求還山，帝賜金放歸。

安祿山反，玄宗奔蜀，永王璘（玄宗第十六子，肅宗之異母弟）節度東南，辟白為僚佐。後永王璘抗命起事，為肅宗所敗，李白受牽連而坐繫潯陽獄中，論罪當誅，幸賴郭子儀請解官以贖，遂於前元元年（758）流放夜郎（今貴州省正安縣北）。次年遇赦還，憩於江夏、岳陽，又曾前往潯陽。代宗寶應元年（762）往依同族當塗（今屬安徽）令李陽冰，十一月，以疾卒；然世傳李白在當塗采石磯因醉泛舟於江，見月影俯而取之，遂溺水卒。

李白夙負大志，亟欲建功立業以留名，然又嚮往山棲谷隱以存真，是以出世、入世之念常並存於胸中，為人遂亦仙亦道，亦狂亦俠：或擊劍習武，或隱居修道，或縱酒放歌，或仗義疏財。或俯仰朝廷，周旋於公卿之間；或浪跡四方，雜伍於下民之中。綜觀其一生，誠可謂浪漫傳奇，多采多姿矣。故其作品風格亦變化多端：時而溫柔，時而豪宕，時而俊逸，時而清新，時而雄放，時而空靈；或俠情，或仙氣，或幻想，或誇張；或積極，或消沉；或綺麗，或素淡；可謂眾體兼備，無相不美。

《全唐詩》存其詩 25 卷，《全唐詩外編》輯《續拾》補詩 36 首，斷句 10 句。

【詩評】

01 杜甫：李白一斗詩百篇，長安市上酒家眠，天子呼來不上船，自
　　稱臣是酒中仙。（〈飲中八仙歌〉）　○白也詩無敵，飄然思不
　　群；清新庾開府，俊逸鮑參軍。（〈春日憶李白〉）　○李侯有
　　佳句，往往似陰鏗。（〈與李十二白同尋范十隱居〉）　○昔年
　　有狂客，號爾謫仙人；筆落驚風雨，詩成泣鬼神。（〈寄李十二
　　白二十韻〉）　○世人皆欲殺，吾意獨憐才；敏捷詩千首，飄零
　　酒一杯。（〈不見〉）

02 殷璠：白性嗜酒，志不拘檢，常林棲十數載，故其為文章，率皆
　　縱逸。至如〈蜀道難〉等篇，可謂奇之又奇，然自騷人以還，鮮
　　有此體調也。（《河嶽英靈集》）

03 李陽冰：所為著述，言多諷興。自三代以來，《風》《騷》之後，
　　馳驅屈、宋，鞭撻揚、馬，千載獨步，惟公一人。故王公趨風，
　　列岳結軌，群賢翕習，如鳥歸鳳，盧黃門云：「陳拾遺橫制頹波，
　　天下質文，翕然一變。」至今朝詩體，尚有梁、陳宮掖之風；至
　　公大變，掃地並盡。今古文集，遏而不行，唯公文章，橫被六合，
　　可謂力敵造化歟。（〈唐李翰林草堂集序〉）

04 魏萬：君抱碧海珠，我懷藍田玉；各稱希代寶，萬里遙相燭。長
　　卿慕藺久，子猷意已深；平生風雲人，暗合江海心。（〈金陵酬
　　翰林謫仙子〉）　○魏顥：白與古人爭長，三字九言，鬼出神入，
　　瞠若乎後耳。（〈李翰林集序〉）

＊ 編按：魏萬後改名為魏顥。

05 任華：古來文章有奔逸氣，聳高格，清人心神，驚人魂魄，我聞
　　當今有李白。〈大鵬（疑應作「獵」）賦〉，鴻猷文，強長卿，
　　笑子雲，班、張所作，瑣細不入耳。……至於他做，多不拘常律，
　　振擺超騰，既俊且逸。或醉中操紙，或興來走筆；手下忽然片雲
　　飛，眼前劃見孤峰出。（〈雜言寄李白〉）

06 韓愈：李杜文章在，光焰萬丈長。……想當施手時，巨刃摩天揚；
　　垠崖劃崩豁，乾坤擺雷硠。……平生千萬篇，金薤垂琳琅。（〈調
　　張籍〉）

07 白居易：吟詠留千古，聲名動四夷。（〈讀李杜詩集因題卷後〉）
　　○詩之豪者，世稱李白。李之作，才矣，奇矣，人不逮矣，索其
　　風雅比興，十無一焉。杜詩最多……。（〈與元微之書〉）

08 元稹：余觀其壯浪縱恣，擺去拘束，模寫物象，及樂府歌詩，誠
　　亦差肩於子美矣。至若鋪陳終始，排比聲韻，大或千言，次猶數
　　百，詞氣豪邁而風調清深，屬對律切而脫棄凡近，則李尚不能歷
　　其（按：指杜甫）藩翰，況堂奧乎！（〈唐故工部員外郎杜君墓
　　系銘〉）

09 皮日休：吾愛李太白，身是酒星魂；口吐天上文，跡作人間客。
　　礧砢千丈林，澄澈萬尋碧。醉中草樂府，十幅筆一息。……五嶽
　　為辭鋒，四海作胸臆；惜哉千萬年，此俊不可得。（〈七愛詩‧
　　序〉）　○言出天地外，思出鬼神表。讀之則神馳八極，測之則
　　心懷四溟，磊磊落落，直非世間語者，有李太白。（〈劉棗強碑〉）

10 僧齊己：竭雲濤，刳巨鰲，搜括造化空牢牢。冥心入海海神怖，
　　驪龍不敢為珠主。人間物象不供取，飽飲游神向懸圃。鏤金鏟玉
　　千餘篇，膾吞炙嚼人口傳。須知一一丈夫氣，不是綺羅兒女言。
　　（〈讀李白集〉）

11 孟棨：白才逸氣高，與陳拾遺齊名，先後合德。其論詩云：「梁
　　陳以來，艷薄斯極，沈休文又尚以聲律；將復古道，非我而誰與！」
　　故陳、李二集，律詩殊少。嘗言：「興寄深微，五言不如四言，
　　七言又其靡也。況使束於聲調俳優哉！」（《本事詩》）

12 徐積：噫嘻歔奇哉！自開闢以來，不知幾千萬餘年。至於開元間，
　　忽生李詩仙。是時五星中，一星不在天。不知何物為形容，何物
　　為心胸？何物為五臟，何物為喉嚨？開口動舌生雲風，當時大醉

騎游龍；開口向天吞玉虹，玉虹不死蟠胸中。然後吐出光焰萬丈
淩虛空。蓋自有詩人以來，我未嘗見。大澤深山，雪霜冰霰，晨
霞夕霏，萬化千變，雷轟電掣，花葩玉潔，青天白雲，秋江曉月，
有如此之人，有如此之詩。屈生何悴，宋玉何悲！賈生何戚，相
如何疲！人生胡用自纆緤，當須犖犖不可羈。乃知公是真英物，
萬疊秋山聳清骨。當時杜甫亦能詩，恰如老驥追霜鶻。戴烏紗，
著宮錦，不是高歌即酣飲。飲時獨對月明中，醉來還抱清風寢。
嗟君逸氣何飄飄，枉教謫下青雲霄。大抵人生有用有不用，豈可
戚戚反效兒女曹。采蟠桃於海上，尋紫芝於山腰。吞漢武之金莖
沆瀣，吹弄玉之秦樓鳳簫。（〈擬李太白雜言〉）　○子美骨格
老，太白文采奇。（〈還崔秀才唱和詩〉）

13 張碧：覽李太白辭，天與俱高，青且無際，鵾觸巨海，瀾濤怒翻；
則觀長吉之篇，若陟嵩之巔視諸阜者耶。（計有功《唐詩紀事》
引）

14 嚴羽：李杜二公正不當優劣，太白有一二妙處子美不能道，子美
有一二妙處太白不能作；子美不能為太白之飄逸，太白不能為子
美之沈鬱。太白〈夢遊天姥吟〉〈遠離別〉等，子美不能道；子
美〈北征〉〈兵車行〉〈垂老別〉等，太白不能作。　○論詩以
李、杜為準，挾天子以令諸侯也。少陵詩法如孫吳，太白詩法如
李廣。　○李、杜數公，如金翅擘海，香象渡河，下視郊、島輩，
直蟲鳴草間也。　○人言太白仙才，長吉鬼才；不然，太白天仙
之詞，長吉鬼仙之詞耳。玉川之怪，長吉之瑰詭，天地間自欠此
體不得。（《滄浪詩話》）

15 黃庭堅：李白詩如黃帝張樂於洞庭之野，無首無尾，不主故常，
非墨工槧人所可擬議。（〈題李白詩草後〉）　○太白歌詩，度
越六代，與漢、魏樂府爭衡。（《黃山谷詩話》）

16 葛立方：李太白、杜子美詩，皆掣鯨手也。……李之所得在
〈雅〉。……杜之所得在《騷》。 ○杜詩思苦而語奇，李詩思
疾而語壯。（《韻語陽秋》）

17 張戒：杜子美、李太白、韓退之三人，才力俱不可及。而就其中，
退之喜奇崛之態，太白多天仙之詞；退之猶可學，太白不可及也。
（《歲寒堂詩話》）

18 王安石：詩人各有所得，「清水出芙蓉，天然去雕飾」，此太白
所得也。（胡仔《苕溪漁隱叢話》引）

19 朱熹：太白詩非無法度，乃從容於法度之外，蓋聖於詩者也。 ○
作詩先看李杜，如士人治本經；本經立，方可看蘇、黃以次諸家。
（《朱子語類》）

20 蘇轍：李白詩類其為人，駿發豪放，華而不實；好事喜名，而不
知義理之所在。（《欒城集‧詩病五事》）

＊ 編按：此說可代表所有對李白之貶辭，故錄其一以概全。

21 李綱：太白詩豪邁清逸，飄然有凌雲之志，（與杜、韓、歐）皆
詩傑也。（〈讀四家詩選序〉）

22 方回：人言太白豪，其詩麗以富；樂府信皆爾，一掃梁隋腐。餘
篇細讀之，要自有樸處；最於贈答篇，肺腑露情愫。（〈秋晚雜
書三十首〉）

23 陳繹曾：郭璞構思險怪而造語精圓，三謝皆出於此，杜李精奇處
皆取此；本出自淮南小山。 ○謝靈運以險為主，以自然為工。
李杜取深處多取此。 ○六朝文氣衰緩，唯劉越石、鮑明遠有西
漢氣骨。李杜筋取此。（《詩譜》）

24 陳繹曾：李白詩，祖《風》《騷》，宗漢、魏，下至鮑照、徐、
庾，亦時用之。善掉弄，造出奇怪，驚動心目，忽然撇出，妙入
無聲；其詩家之仙者乎！格高於杜，變化不及。（胡震亨《李詩
通》卷一引）

25 宋濂：太白宗《風》《騷》及建安七子，其格極高，其變化若神龍不可羈。（〈答章秀才論詩書〉）

26 方孝孺：君不見，唐朝李白特達士，其人雖亡神不死。聲名流落天地間，千載高風有誰似？我今誦詩篇，亂髮飄蕭寒。若非胸中湖海闊，定有九曲蛟龍蟠。……詩成不管鬼神泣，筆下自有煙雲飛。……泰山高兮高可夷，滄海深兮深可涸；惟有李白天才奪造華，世人孰得窺其作？（〈弔李白〉）

27 高棅：李翰林天才縱逸，逸蕩人群，上薄曹、劉、下該沈、鮑。其樂府古調能使儲光羲、王昌齡失步，高適、岑參絕倒，況其下乎！（《唐詩品彙》）

28 高棅：盛唐工七言古調者多，李、杜而下，論者推高、岑、王、李、崔顥數家為勝。竊嘗評之，若夫張皇氣勢，陟頓始終，綜覈乎古今，博大其文辭，則李、杜尚矣。至于沉鬱頓挫，抑揚悲壯，法度森嚴，神情俱詣。一味妙悟，而佳句輒來，遠出常情之外。之數子者，與李、杜并驅而爭先矣。（《唐詩品彙》）

29 高棅：太白天仙之詞，語多率然則成者，故樂府歌詞咸善。或謂其始以〈蜀道難〉一篇見賞於知音，為明主所愛重，此豈淺材者僥倖際其時而馳騁哉！不然也。白之所蘊，非止是。今觀其〈遠別離〉〈長相思〉〈烏棲曲〉〈鳴皋歌〉〈梁園吟〉〈天姥吟〉〈廬山謠〉等作，長篇短韻，驅駕氣勢，殆與南山秋氣並高可也。雖少陵猶有讓焉，餘子瑣瑣矣。（《唐詩品彙》）

30 高棅：盛唐五言律句之妙，李翰林氣象雄逸。　○五言絕句，開元後李白、王維，尤勝諸人。　○七言絕句，太白高於諸人，王少伯次之。（《唐詩品彙》）

31 楊慎：陳子昂懸文宗之正鵠，李太白曜風雅之絕麟。（〈四川總志序〉）

32 楊慎：陳子昂為海內文宗，李太白為古今詩聖。（〈周受庵詩選序〉）

33 楊慎：論詩文雅正，則少陵、昌黎；若倚馬千言，放辭追古，則杜、韓恐不及太白、子厚也。（《升庵外集》）

34 楊慎：楊誠齋云：「李太白之詩，列子之御風也；杜少陵之詩，靈均之乘桂舟、駕玉車也。無待者，神於詩者歟？有待者，聖於詩者歟？宋則東坡似太白，山谷似少陵。」徐仲車云：「太白之詩，神鷹瞥漢；少陵之詩，駿馬絕塵。」二公之評，意同而語亦相近。余謂太白詩，仙翁、劍客之語，少陵詩，雅士、騷人之詞。比之文，太白則《史記》，少陵則《漢書》也。（《升庵外集》）

35 楊慎：古人謂李詩出於樂府，信矣。……因其拈用，而古樂府之意益顯，其妙益見。如李光弼將郭子儀軍，旗幟益精明；又如神僧拈佛祖語，信口無非妙道；豈生吞義山、拆洗杜詩者比乎？ ○唐人樂府，多唱詩人絕句，王少伯、李太白為多。（《升庵外集》）

36 胡應麟：李、杜二公，誠為勍敵，杜陵沉鬱雄深，太白豪逸宕麗。○太白幻語，為長吉之濫觴；少陵拙句，實玉川之前導。（《詩藪》）

37 胡應麟：李才高氣逸而調雄，杜體大思精而格渾。超出唐人而不脫唐人者，李也；不盡唐調而兼得唐調者，杜也。備諸體於建安者，陳王也；集大成於開元者，工部也。青蓮才之逸並駕陳王，氣之雄齊驅工部，可謂撮勝二家。第古風既乏溫醇，律體微乖整栗，故今評者不無軒輊。（《詩藪》）

38 胡應麟：太白筆力變化，極於歌行；少陵筆力變化，極於近體。李變化在調與詞，杜變化在意與格。然歌行無常蹊，易於錯綜；近體有定規，難於伸縮。（《詩藪》）

39 胡應麟：初唐七言古，以才藻勝，盛唐以風神勝，李、杜以氣概勝，而才藻、風神稱之，加以變化靈異，遂為大家。（《詩藪》）

40 胡應麟：歌行至唐大暢。……李、杜二家，逸宕縱橫。　○闔闢縱橫，變幻超忽，疾雷震電，淒風急雨，歌也；位置森嚴，筋脈聯絡，走月流雲，輕車熟路，行也。太白多近歌，少陵多近行。……古詩窘於格調，近體束於聲律，惟歌行大小短長、錯綜開闔，素無定體，故極能發人才思，李、杜之才，不盡於古詩，而盡於歌行。（《詩藪》）

41 胡應麟：唐人才超一代者李也，體兼一代者杜也。李如星懸日揭，照耀太虛；杜若地負海涵，包羅萬匯。李唯超出一代，故高華莫並，色相難求；杜唯兼綜一代，故利鈍雜陳，巨細咸蓄。（《詩藪》）

42 胡應麟：樂府則太白擅奇古今，少陵嗣跡〈風〉〈雅〉。〈蜀道難〉〈遠別離〉等篇，出鬼入神，惝恍莫測。〈兵車行〉〈新婚別〉等作，述情陳事，懇惻如見。（《詩藪》）

43 胡應麟：古今專門大家，吾得三人：陳思之古，拾遺之律，翰林之絕，皆天授，非人力也。　○（近體五言）李偏工獨至者絕句，杜窮極變化者律詩。　○盛唐五、七言（絕）各極其工者，太白。（《詩藪》）

44 胡應麟：杜之律、李之絕，皆天授神詣。然杜以律為絕，如「窗含西嶺千秋雪，門泊東吳萬里船」等句，本七律壯語，而以為絕句，則斷錦裂繒類也。李以絕為律，如「十月吳山曉，梅花落敬亭」等句，本五言絕句，而以為律詩，則駢拇枝指類也。（《詩藪》）

45 胡應麟：七言絕，太白、江寧各有至處。大概李寫景入神，王言情造極。王宮辭樂府，李不能為；李覽勝紀行，王不能作。（《詩藪》）

46 顧璘：文至莊，詩至太白，草書至懷素，皆兵法所謂奇也；正有法可循，奇則非神解不能及。（《息園存稿》）

47 釋德洪：太白詩語帶煙霞，肺腑纏錦繡。（〈跋蘇養直詩〉）

48 孫覿：李太白周覽四海名山大川，一泉之勞，一山之阻，神林鬼塚，魑魅之穴，猿狄所家，魚龍所宮，往往遊焉。故其為詩，疏宕有奇氣。（〈送刪定俚歸南安序〉）

49 李攀龍：五、七言絕句，（太白）實唐三百年一人，蓋以不用意得之，即太白亦不自知其所至。（〈唐詩選序〉）

50 王世貞：五言選體及七言歌行，太白以氣為主，以自然為宗，以俊逸高暢為貴；子美以意為主，以獨造為宗，以奇拔沉雄為貴。其歌行之妙，詠之使人飄飄欲仙者，太白也；使人慷慨激烈，歔歔欲絕者，子美也。　○五言律、七言歌行，子美神矣；七言律，聖矣。五、七言絕，太白神矣；七言歌行，聖矣；五言次之。（《藝苑巵言》）

51 王世貞：十首以前，少陵較難入；百首之後，青蓮較易厭。　○太白不成語者少，老杜不成語者多。　○太白古樂府，杳冥惝怳，縱橫變化，極才人之致，然自是太白樂府。（《藝苑巵言》）

52 王世貞：七言絕句，王江陵與太白爭勝毫釐，俱是神品。　○五七言絕句，李青蓮、王龍標最稱擅場，為有唐絕唱。少陵雖工力悉敵，風韻殊不逮也。（《藝苑巵言》）

53 王穉登：聞諸言詩者有云，供奉之詩，仙；拾遺之詩，聖。聖可學，仙不可學；亦猶禪人所謂頓、漸；李頓而杜乃漸也。（〈合刻李杜詩集序〉）

54 王穉登：古今論詩者，自《三百》《十九》而後必遵李、杜。李才情俊，杜才情鬱；李情曠達，杜情孤憤。李若飛將軍用兵，不按古法，士卒逐水草自便；杜則肅部伍，嚴刁斗，西宮衛尉之師也。（〈李翰林分體全集序〉）

55 劉世教：開元、天寶間隴西、襄陽二先生出，遂窮詩律之能事，觀於是止矣。……隴西趨〈風〉，〈風〉故蕩詄，出於情之極，

而以辭群者也；襄陽趨〈雅〉，〈雅〉故沉鬱，入於情之極，而以辭怨者也。（〈合刻李杜分體全集序〉）

56 陸時雍：（五言古，太白）意遠寄而不迫，體安雅而不煩，言簡要而有歸，局卷舒而自得。離合變化，有阮籍之遺蹤；寄託深長，有漢魏之委致。（《詩鏡總論》）

57 陸時雍：少陵苦於摹情，工於體物，得之古賦居多；太白長於感興，遠於寄衷，本於十五〈國風〉為近。（《詩鏡總論》）

58 陸時雍：七言古，自魏文、梁武以外，未見有佳。鮑明遠雖有〈路難行〉諸篇，不免宮商乖互之病。太白其千古之雄乎？氣駿而逸，法老而奇，音越而長，調高而卓。（《詩鏡總論》）

59 陸時雍：太白七古，想落意外，局自變生，真所謂「驅走風雲，鞭撻海岳」，其殆天授，非人力也。（《詩鏡總論》）

60 陸時雍：宋人抑太白而尊少陵，謂是道學作用。如此將置風人於何地？放浪詩酒，乃太白本行；忠君憂國之心，子美乃感輒發。其性既殊，所遭復異，奈何以此定詩優劣也？太白游梁、宋間，所得數萬金，一揮輒盡，故其詩曰：「天生我才必有用，千金散盡還復來。」意氣凌雲，何容易得？（《詩鏡總論》）

61 陸時雍：書有利澀，詩有難易。難之奇，有曲澗層巒之致；易之妙，有舒雲流水之情。王昌齡絕句，難中之難；李青蓮歌行，易中之易。難而苦為長吉，易而脫為樂天，則無取焉。總之，人力不與，天致自成，難易兩言，都可相忘耳。（《詩鏡總論》）

62 陸時雍：詩不待意，即景自成。意不待尋，興情即是。王昌齡多意而多用之，李太白寡意而寡用之。昌齡得之椎練，太白出於自然，然而昌齡之意象深矣。（《詩鏡總論》）

63 陸時雍：太白雄姿逸氣，縱橫無方，所謂天馬行空，一息千里。　○太白……贈答歌行，如風捲雲舒，惟意所向；氣韻文體，種種振

絕。五言樂府，摹古絕佳。……讀太白詩，當得其氣韻之美，不求其字句之奇。（《唐詩鏡》）

64 胡震亨：太白於樂府最深，古題無一弗擬，或用其本意，或翻案另出新意，合而若離，離而實合，曲盡擬古之妙。嘗謂讀太白樂府者有三難：不先明古題辭義源委，不知奪換所自；不參按白身世遭遇之概，不知其因事傳題、借題抒情之本指；不讀盡古人書，精熟《離騷》《選》賦及歷代諸家詩集，無由得其所伐之材與巧鑄靈運之跡。今人但謂太白天才，不知其留意樂府，自有如許功力在，非草草任筆性懸合者，不可不為拈出。（《唐音癸籤》）

65 胡震亨：太白詩宗《風》《騷》，薄聲律，開口成文，揮翰霧散，似天側之詞。而樂府詩連類引義，尤多諷興，為近古所未有。迄今稱詩者推白與少陵為兩大家，曰李杜，莫能軒輊云。（《李詩通》）

66 周敬：青蓮雄姿逸氣，變化無方，七古千載罕有並驅。　○太白五七言絕，多融化無跡，而入於聖。　○太白七言絕多一氣貫成者，最得歌行之體。（《唐詩選脈會通評林》）

67 許學夷：太白歌行，窈冥恍惚，漫衍縱橫，極才人之致……皆變化不測而入於神者也。　○屈原〈離騷〉本千古辭賦之宗，而後人模仿盜襲，不勝屢飫。太白〈鳴皋歌〉雖本乎〈騷〉，而精彩絕出，自是太白手筆。至〈遠別離〉〈蜀道難〉〈天姥吟〉則變換恍惚，盡脫蹊徑，實與屈子相映照。謝茂秦云：「太白詩歌若疾雷破山，顛風播海，非神於詩者不能。」（《詩源辯體》）

68 王夫之：無論詩歌與長行文字，俱以意為主。意猶帥也。無帥之兵，謂之烏合。李、杜所以稱大家者，無意之詩，十不得一二也。煙雲泉石，花鳥苔林，金鋪錦帳，寓意則靈。（《薑齋詩話》）

69 姚鼐：盛唐人，禪也；太白則仙也，於律體中以飛動票姚之勢，運廣遠奇逸之思，此獨成一境者。（《五七言今體詩鈔・序目》）

70 吳敬夫：太白天才豪邁，托興悠長，飲酒學仙，適以佐其蒼茫之
勢。他人為之，則淬矣。（劉邦彥《唐詩歸折衷》引）

71 馮復京：太白歌行曰神、曰化，天仙口語，不可思議。其意氣豪
邁，固是本調，而轉折頓挫，極抑揚起伏之妙；然亦有失之狂縱
者。此公才高如轉巨蚓、駕鳳蠣，不可以為訓。（錢良擇《唐音
審體》引）

72 沈德潛：太白詩縱橫馳驟，獨〈古風〉二卷，不矜才，不使氣，
原本阮公，風格俊上，伯玉〈感遇〉詩後，有嗣音矣。 ○太白
七言古，想落天外，局自變生，大江無風，波浪自湧；白雲從空，
隨風變滅。此殆天授，非人可及。（《唐詩別裁》）

73 沈德潛：讀李詩於雄快之中，得其深遠逸宕之神，才是謫仙人面
目。 ○七言絕句，以語近情遙，含吐不露為貴；只眼前景、口
頭語，而有絃外音，使人神遠，太白有焉。（《唐詩別裁》）

74 沈德潛：五言絕句，右丞之自然，太白之高妙，蘇州之古澹，並
入化機；而三家中，太白近樂府，右丞、蘇州近古詩，又各擅勝
場也。 ○李、杜（之歌行）風雨分飛，魚龍百變，讀者又爽然
自失。 ○（五律）李太白之明麗，王摩詰、孟浩然之自得，分
道揚鑣，並推極勝。（《說詩晬語》）

75 李鍈：太白七古不獨取法漢、魏，上而《楚騷》，下而六朝，俱
歸鎔冶，而一種飄逸之氣，高邁之神，自然超於六合之表，非淺
學所能問津也。（《詩法易簡錄》）

76 毛先舒：七言歌行，唐代盧、駱粗壯，沈、宋軒華，高、岑豪激
而近質，李、杜迂佚而好變，元、白迆邐而詳盡，溫、李朦朧而
綺密。陳其格律，校其高下，各有當詣，不容斑雜。太白天縱逸
才，落筆驚挺，其歌行跌宕自喜，不閑整栗，唐初規則，掃地欲
盡矣。（《詩辯坻》）

77 毛先舒：歌行，李飄逸而失之輕率，杜沉雄而失之粗硬。　○青
蓮五言律，自流水法外，頗近正始，不似子美、達夫諸公創體，
迥異昔觀。　○七絕起忌矜勢，太白多直書旨豈，兩言後只用溢
思作波棹，唱嘆有餘響。（《詩辯坻》）

78 賀裳：不讀《全唐詩》，不見盛唐之妙；不遍讀盛唐諸家，不見
李、杜之妙。太白胸懷高曠，有置身雲漢，糠秕六合意，不屑屑
為體物之言；其言如風捲雲舒，無可蹤跡。……杜自稱「沈鬱頓
挫」，謂李「飛揚跋扈」，二語最善形容。後復稱其「筆落驚風
雨，詩成泣鬼神」，推許至矣。（《載酒園詩話‧又編》）

79 吳喬：七絕是七古之短篇，以李、杜之作，一往浩然，惟不失本
體。　○太白五律，平易天真，大手筆也。（《圍爐詩話》）

80 趙翼：李青蓮自是仙靈降生。……詩之不可及處，在乎神識超邁，
飄然而來，忽然而去，不屑屑於雕章琢句，亦不勞勞於鏤心刻骨，
自有天馬行空，不可羈勒之勢。若論其沉刻則不如杜，雄鷙亦不
如韓。然以杜、韓與之比較，一則用力而不免痕跡，一則不用力
而觸手生春，此仙與人之別也。（《甌北詩話》）

81 趙翼：青蓮一生本領，即在五十九首《古風》之第一首……是其
眼光所注，早已前無古人，後無來者，直欲於千載後上接〈風〉
〈雅〉。蓋自信其才分之高，趨向之正，足以起八代之衰，而以
身任之，非徒大言欺人也。（《甌北詩話》）

82 趙翼：青蓮集中古詩多，律詩少。……蓋才氣豪邁，全以神運，
自不屑束縛於格律對偶，與雕繪者爭長。然有對偶處，仍自工麗；
且工麗中別有一種英爽之氣，溢出行墨之外。　○青蓮工於樂府。
蓋其才思橫溢，無所發抒，輒借此以逞筆力，故集中多至一百十
五首。（《甌北詩話》）

83 翁方綱：子昂、太白，蓋皆疾梁、陳之豔薄，而思復古道者。然
子昂以精深復古，太白以豪放復古。必如此，乃能復古耳。若其

摹於形跡以求合，奚足言復古乎？　○太白五律之妙，總是一氣不斷，自然入妙，所以為難能。　○大，可為也；化，不可為也。其李詩之謂乎？……蓋太白在唐人中，別有舉頭天外之意。（《石洲詩話》）

84 李調元：太白工於樂府，讀之奇才絕豔，飄飄如列子御風，使人目眩心驚；而細按之，無不有段落脈理可尋，所以能被之管弦也。若以天馬行空，不可控勒，豈五音六律亦可雜以不中度之樂章乎？故余以為學詩者，必從太白入手，方能長人才識，發人心思。王漁洋曾有聲調譜，李詩居其半，可謂知章矣。（《雨村詩話》）

85 管世銘：太白五言（古）有極經意，有極不經意者。樂府詠古諸體，合節應絃，極經意之作也；尋常應酬，亂頭粗服，不經意之作也。　○唐七言古詩，整齊於高、岑、王、李（頎），飄灑於太白，沉雄於少陵，崛強於昌黎；蓋猶七雄之並峙也。　○太白五言律，如聽鈞天廣樂，心開目明；如望海上仙山，雲起水湧。又或通篇不著對偶，而興趣天然，不可湊泊。　○（七絕）摩詰、少伯、太白三家，鼎足而立，美不勝收。（《讀雪山房唐詩抄‧序例》）

86 龔自珍：莊、屈實二，不可以並，並之以為心，自白始；儒道俠，不可以合，合之以為氣，又自白始也。其斯以為白之真原也矣。（〈最錄李白集序〉）

87 方東樹：詩莫難於七古，七古以才氣為主，縱橫變化，雄奇渾灝，亦由天授，不可強能。杜公、太白，天地元氣，直與《史記》相垺，二千年來，只此二人。　○山水風月，花鳥物態，千奇萬狀，天機活潑，可驚可喜；太白、杜公、坡公三家最長。（《昭昧詹言》）

88 方東樹：李、杜、韓、蘇四大家，章法篇法，有順逆、開闔、展拓，變化不測；著語必有往復逆勢，故不平。　○李、杜、韓、

蘇，非但才氣筆力雄肆，直緣胸中蓄得道理多，觸手而發，左右逢源，皆有歸宿，使人心目了然饜足，足以感觸發悟心意。　○太白時作仙語，意亦超曠，亦時造快語，東坡品境似之。（《昭昧詹言》）

89 方東樹：讀太白者，先詳其訓詁，次曉其典故，次尋其命意脈絡及歸宿處，而其妙全在文法高妙。太白當希其發想超曠，落筆天縱，章法承接，變化無端，不可以尋常胸臆摸測；如列子御風而行，如龍跳天門，虎臥鳳閣，威鳳九苞，祥麟獨角，日五彩，月重華，瑤台絳闕，有非尋常地上凡民所能夢想及者，至其詞貌，則萬不容襲，蹈襲則凡兒矣。　○大約太白詩與莊子文同妙，意接詞不接，發想無端，如天上白雲，卷舒滅現，無有定形。（《昭昧詹言》）

90 喬億：杜子美原本經史，詩體專是賦，故多切實之語；李太白枕藉《莊》《騷》，長於比興，故多惝恍之詞。　○太白詩法，齊尚父、淮陰侯之兵法也；少陵師法，孫、吳之兵法也。……杜猶節制之師，百世之常法也。（《劍溪說詩》）

91 紀昀：李白源出《離騷》，而才華超妙，為唐人第一；杜甫源出於〈國風〉〈二雅〉，而性情真摯，亦為唐人第一。（《唐宋詩醇‧纂校後按》）

92 黃生：李杜齊名，古今不敢軒輊。予謂太白才由天縱，故能以其高，敵子美之大；至論其胎骨，則「清新庾開府，俊逸鮑參軍」，杜之目李，確不可易。（《杜詩說》）

93 高步瀛：唐初七言亦沿六朝餘習，以妍華整飭為工，至李、杜出而縱橫變化，不主故常；如大海迴瀾，萬怪惶惑，而詩之門戶以廓，詩之運用益神。　○（五律）如王孟之華妙精微，太白之票姚曠逸，皆能自闢徑，啟我後人。　○絕句當以神味為主……蓋絕句字數，本既無多，意竭則神枯，語實則味短；惟含蓄不盡，

使人低迴想像於無窮焉，斯為上乘矣。盛唐摩詰、龍標、太白尤能擅長。（《唐宋詩舉要》）

94 賀貽孫：太白仙才，然其持論，不鄙齊、梁；子美詩聖，然其持論，尚推盧、駱。譬之滄海，百川細流，無不容納，所謂「不薄今人愛古人」是也。虛心憐才，殊為可師。（《詩筏》）

083 渡荊門送別（五律）　　　　李白

渡遠荊門外，來從楚國遊。山隨平野盡，江入大荒流。月下飛天鏡，雲生結海樓。仍憐故鄉水，萬里送行舟。

【詩意】

　　我從遙遠的巴蜀沿著長江三峽放舟東下，終於來到了形勢雄偉險峻的荊門山，從此就要展開壯遊楚國山川的航程了。穿越荊門山後，原本兩岸可以隱天蔽日的重巖疊嶂，就隨著展現在眼前的遼闊平野而逐漸隱沒無蹤。從三峽險峻逼仄的水道中奔騰而出的江水，從此便坦坦蕩蕩地流向蒼蒼莽莽的天地之外……。在這一段美好的航程中，到了寧靜的夜晚時，映照江心的明月彷彿是從青天外飛臨人間的一面圓鏡般清麗皎潔，逗人遐思；而在晴陽的映射下，遠空的雲霞在聚散幻變中凝結成海市蜃樓般的奇觀，也瑰麗詭譎得令人目眩神迷。儘管楚國壯闊的風光令我感到新奇嚮往，我卻更深心眷愛故鄉的江水，感謝她迢迢萬里伴隨而來，也護送著我的風帆航向壯麗的錦繡河山。

【注釋】

① 詩題──本詩是李白在開元十三年（725）出蜀東遊襄、漢，在長江

途中所作。荊門，山名，在今湖北省宜昌市與宜都市之間，位於長江南岸，和北岸的虎牙山夾江對峙，形勢險要，是戰國時楚國西塞和巴蜀的交界，自古即有「楚蜀咽喉」之稱。《水經注‧卷34》云：「江水又東，歷荊門虎牙之間。荊門在南，上合下開，闇徹山南，有門像；虎牙在北，石壁色紅，間有白文，類牙形，並以物象受名。此二山，楚之西塞也。」

② 「渡遠」二句──渡遠，由遠方涉渡江波而來。來從，來至、來向之意。楚國，指湖南、湖北而言，蓋兩湖曾是春秋、戰國時楚國的轄境。

③ 「山隨」二句──謂船過荊門之後，川東鄂西的群山萬壑至此而餘勢已衰，逐漸沒入廣袤的平野之中，不再有雄峻的峰巒；而出峽之後，水道驟寬，流速先疾後緩，然後浩浩淼淼地流向荒漠的大地。大荒，《山海經‧海內西經》謂日月出沒於大荒之野，然此處指荒曠的原野。

④ 「月下」二句──五句寫夜景，謂月影倒映江心，有如由青天飛臨人間的圓鏡般皎潔明亮；六句寫日景，謂雲霞升騰聚散，有時凝結幻變成海市蜃樓般詭譎瑰麗的奇觀。按：海市蜃樓的現象，是由於海上的空氣，下層比上層的密度大，因而造成陽光的折射，在空中投映出有如城市樓臺等景觀；然此處僅指雲影結聚成幻象而言，與海無關。

⑤ 「仍憐」二句──仍，更也。憐，深心眷愛而倍覺親切。故鄉水，李白自幼居於蜀地，而長江又由蜀地東流而來，故云。

【導讀】

李白自幼生長在山水壯麗的蜀地，曾經在戴天山（位於今四川省江油市）讀書，遊覽峨嵋，隱居青城，直到二十五歲才出蜀東游；他在〈上安州裴長史書〉中說：「以為士生則桑弧蓬矢，射乎四方，故

知大丈夫必有四方之志，乃仗劍去國，辭親遠遊……。」本詩正是他
告別桑梓，放舟出峽，準備鵬飛萬里，龍騰九霄時的作品[1]。

「渡遠荊門外，來從楚國遊」兩句，是寫他歷經三峽之險途，終
於來到荊門山下，即將展開壯遊東南名勝，飽覽山川風光的旅程。渡
遠，是對於風行水宿的航程之遙所作的逆溯回顧；來從，是對於錦繡
大地的景觀之美所作的前瞻規劃。一「遠」一「遊」，表示青年李白
終於跳出踑促險峻的蜀地，準備正式躍上大唐繁華鼎盛的歷史舞台，
打算要在這個無限遼闊的世界裡，揮灑驚世絕俗的才華，創建震古鑠
今的奇功了。當時他心情的興奮、胸懷的開朗及膽氣的豪壯，應該不
難想像。

「山隨平野盡，江入大荒流」兩句，是寫穿出三峽過荊門後視野
的遼闊與景觀的蒼莽，和詩人在蜀地及三峽中所經歷的截然不同。這
兩句雖然是寫景之筆，但是其中蓄滿青年李白開朗豪邁的胸襟、蓬勃
奮發的朝氣、活潑浪漫的熱情和樸野奔放的生命。因為長江流到荊門
山以東時，原本兩岸氣勢逼人而又綿延不絕的重山峻嶺不見了，原本
奔騰洶湧而險象環生的湍急水勢也平緩下來了，因此當眼前的平野突
然開闊，天空突然寬廣，大地突然遼遠起來時，李白的心境也隨之豁
然開朗了，他感覺到自己像從千山萬壑的圍堵和阻攔中闖關而出的長
江一樣，就要浩浩蕩蕩地流入大荒而壯遊天地了，他的心中自然是喜
悅興奮而充滿期待的[2]。

「月下飛天鏡」五字，是以明月倒映江中有如圓鏡的明潔形象，
暗示荊門以東的江水相當柔和平緩，烘托出寧靜的氣氛，顯示出與三
峽大異其趣的情調。《水經·江水注》說：「自三峽七百里中，兩岸
連山，略無闕處。重巖疊嶂，隱天蔽日；自非亭午夜分，不見曦月。」
加上江浪湍急，波濤洶湧，因此航行峽中時很難見到「月下飛天鏡」
這樣寧靜優美的月影；唯有舟船來到開闊而寬平的江面時，才有可能
欣賞到「靜影沉璧」般的美景而使詩人大為嘆賞。同樣的道理，在被

崇山峻嶺夾峙的三峽中也看不到高遠遼闊的天宇和平坦曠遠的江岸，自然也無法欣賞到江天遼遠處才可能形成的「雲生結海樓」的奇觀。

換言之，腹聯兩句是以譬喻的手法寫景，把長久生活在蜀地而初出三峽的人首度見到平曠的江岸，遼闊的穹蒼，以及展眺蒼莽廣遠的江河大地時新奇的感受與開朗的胸懷，點染得既親切生動，又平實有味。此外，這兩句分別描寫靜夜的月華和晴陽的雲彩，又有兩層值得玩味的涵義：第一，暗示楚地江流的柔緩和蜀地奔浪的湍急大相逕庭[3]，引起對於故鄉山水的孺慕之思，並逗出尾聯眷念故鄉之水的情意；第二，暗示江流的綿長，因此更歷晝夜，仍然未盡全程，既回應篇首的「渡遠」二字，又暗逗結語的「萬里」之意，可以看出詩人針線的細密，因此翁方綱《石洲詩話》卷 1 說：「太白五律之妙，總是一氣不斷，自然入化，所以為難能。」

「仍憐故鄉水，萬里送行舟」兩句，改變前面兩聯向東展眺的寫景角度，轉而回身向西，以擬人的手法，呈現出詩人眷愛故鄉的心靈獨白，表達出對於江水萬里相送的情意之感念。如此寫法，既顯出鄭重惜別的親切語氣，又流露出詩人飄逸的丰神和浪漫的情懷，因此高步瀛《唐宋詩舉要》評曰：「語意倜儻，是太白本色。」

詩人在頷、腹兩聯中刻意模山範水，比月如鏡，擬雲為樓，並不是因為蜀地的山水不夠壯麗，也不是由於三峽的風光不夠雄偉，而是因為楚地的景致和他所熟悉的故鄉風情大不相同，因此才激發他的想像而形諸筆墨，表現出詩人初出茅廬時的新奇之感與興奮之情，同時也為尾聯所表達的眷戀與感激之意，作了極佳的反面襯墊，從而使「仍憐」二句格外涵有雋永綿長的情味。當一般人在旅程中被異鄉的風物之美與山川之奇吸引得目眩神迷，寵辱皆忘時，往往會欣於所遇，暫得於己，以致流連陶醉，樂不思蜀；李白卻能夠別出心裁地以深情動人的口吻，表達對於故鄉江水的感念之意，的確出人意料之外，卻又入於情理之中，因此王夫之在《唐詩評選》中說：「明麗杲如初日。

結二語得象外於圜中，『飄然思不群⁴』，唯此當之。」

【補註】

01 王琦注本卷34〈附錄・叢說〉第220則收錄宋人鄭厚《藝圃折中》之言曰：「李謫仙，詩中龍也，矯矯焉不受拘束；杜則麟游靈囿，鳳鳴朝陽，自是人間瑞物。」又引宋濂〈答章秀才論詩書〉曰：「李太白宗《風》《騷》及建安七子，其格極高，其變化若神龍之不可羈。」

02 詩評家往往拿杜甫〈旅夜書懷〉的頷聯「星垂平野闊，月湧大江流」來和本詩頷聯相提並論而較其優劣。筆者以為兩詩所寫晝夜的時間不同，取景的角度有別，抒情的內涵也大異其趣；再加上李白當時才二十五歲，杜甫作詩時則已經五十四歲，李白壯遊的豪情與杜甫流離的悲嘆，自然大相逕庭，因此不可同日而語。不過，就審美欣賞的角度而言，李白以雄闊之景寄寓開朗豪宕之情，終究不如杜甫以壯麗之景暗藏孤苦愁絕之悲那麼曲折沉鬱，耐人玩味。

03 李白〈巴女詞〉對蜀地江流的描寫是：「巴水急如箭，巴船去若飛，十月三千里，郎行幾時歸？」〈下江陵〉說：「朝辭白帝彩雲間，千里江陵一日還。」〈蜀道難〉說：「飛湍瀑流爭喧豗，砯崖轉石萬壑雷。」可見蜀江峻急奔暴之情狀。

04 杜甫〈春日憶李白〉詩：「白也詩無敵，飄然思不群。清新庾開府，俊逸鮑參軍。渭北春天樹，江東日暮雲。何時一尊酒，重與細論文？」

【商榷】

　　本詩的題目其實相當怪異，導致前人的解讀往往令人困惑，例如：

* 章燮《唐詩三百首注疏》解釋「萬里送行舟」句時說：「應『遠』字。萬里之外，仍復送人行舟，離別中之離別，其傷更為何如耶？」

* 俞陛雲《詩境淺說》評解本詩說：「首二句言送客之地，中二聯寫荊門空闊之景，惟收句見送別本意。圖窮匕見，一語到題，昔人詩文，每有此格。」

* 喻守真《唐詩三百首詳析》則說：「作者和行人同舟共發，即在舟中吟詩送他。……送客至荊門為止，即須分袂而歸，故至此始結出送別本意。」

以上三種說法，似乎都把本詩視為李白隨友人出蜀入楚，相送至荊門以東才依依告別。不過，吟哦再三之後，卻覺得有以下幾點可疑之處：

* 第一，李白當真與友人同舟千里，依依「相送」嗎？如果答案是肯定的，則「千里同舟」究竟應該算是「相送」或是「同遊」呢？

* 第二，以同舟相送的假設來看，「來從楚國遊」五字應該表示李白也共遊楚地，並未就此分袂而歸；如此，則又顯然與詩題中的「送別」二字有所牴觸，應該改為「同遊」。

* 第三，果真同舟了，何以經過綿歷晝夜的航程，詩中竟然沒有兩人交談共處的蛛絲馬跡可尋呢？

* 第四，如果交情深契到可以相送數千里的水程，而且還必須冒著生命危險闖過三峽，又一同經歷了幾晝夜的航程，為何詩題中沒有交代友人的姓名字號呢？

大概因為有以上各種難解的疑問，因此唐汝詢懷疑詩題中的「送別」二字是衍文，沈德潛也以為這兩個字應該刪除。雖然，筆者以為由尾聯「仍憐故鄉水，萬里送行舟」來看，不妨說李白把江水予以擬人化，為了感謝她萬里相送的殷勤情意，因而寫作本詩鄭重地向她話別。不過，這仍然解決不了題中「送別」二字應該改為「留別」的問題。因此，筆者比較認同唐、沈二人的看法。

【評點】

01 周敬：三、四雄壯，好形勝。（《唐詩選脈會通評林》）

02 胡應麟：「山隨平野盡，江入大荒流」，太白壯語也；杜「星垂平野闊，月湧大江流」，骨力過之。（《詩藪》）

03 丁龍友：予謂李是畫景，杜是夜景；李是行舟暫視，杜是停舟細觀，未可概論。（王琦《李太白全集》引）

04 梅成棟：（景語有）包舉宇宙氣象。（《精選五七言律耐吟集》）

05 盧麰、王溥：三、四寫形勢，確不可易，復爾蒼亮。五、六亦是平曠所見，語復警異。觀此結，太白允是蜀人，語亦有情，未經人道。（盧麰、王溥選輯《聞鶴軒初盛唐近體讀本》）

06 胡本淵：（頷聯）煉句雄闊，與杜匹敵。（《唐詩近體》）

07 翁方綱：（頷聯與老杜〈旅夜書懷〉之頷聯）此等皆適與手會，無意相合，故不必謂相為倚傍，亦不容區分優劣也。（《石洲詩話》）

08 俞陛雲：次聯氣象壯闊，楚蜀山脈，至荊州始斷；大江自萬山中來，至此千里平原，江流初縱，故山隨野盡，在荊門最切。四句雖江行皆見之景，而壯健與上句相埒。後顧則群山漸遠，前望則一片混茫也。（《詩境淺說》）

084 靜夜思（五絕樂府）　　　　　　　李白

床前明月光，疑是地上霜。舉頭望明月，低頭思故鄉。

【詩意】

當我從一場短夢中悠悠醒來時（或譯為：當我從輾轉反側，遲遲不能成眠的困境中決定起身時），已經是夜闌人靜的時候了；我在恍惚中睜開惺忪的睡眼時，見到了屋子裡凝結出一地森寒的霜華，讓我感到相當驚訝與疑惑。逐漸清醒（或譯為：定神觀察）後我才明白：那其實是床前銀白的月光太皎潔、太明亮才造成的錯覺……。我順著清光的來處，抬頭望向窗外，只見一輪皎潔的明月正高懸天際；看著她那嬋娟美好的色相，使得孤身遠遊的我在不知不覺間低下頭來，心思也陷入了濃得化不開的鄉愁之中……。

【注釋】

① 詩題─本題一作「夜思」，屬於《樂府詩集》中的〈新樂府辭〉，也就是風格近於樂府，但未曾入樂歌唱的作品。王琦的注本中，第一句作「『看』月光」，第三句作「望『山』月」。

② 床─古時的床，除一般睡眠所用者外，也可以指坐臥兩用的長榻而言；此處以今人觀念的眠床解讀，意味較為深長。

【導讀】

這一首不過短短二十個字的小詩，竟然能夠勾惹出億億萬萬華人綿長遙遠的鄉愁，成為漢民族所有子孫共同的情感圖騰，主要的關鍵有三：第一，形式輕薄短小，有助於琅琅上口的傳誦；第二，感情真誠質樸，自然能引起心靈深處的共鳴；第三，語言淺顯明白，有利於老嫗婦孺的理解和體會。唯其如此，它才能歷千百年而不衰，傳數萬里而無隔，成為炎黃子孫不學而能、不思而得的天然母語。

本詩只不過是捕捉剎那間的詩心，就能成為曲傳思鄉之情的名作，正好可以用來印證陸游〈文章〉詩中「文章本天成，妙手偶得之」的名言，也可以看出李白詩歌中「清水出芙蓉，天然去雕飾」的風韻

之美。作者只是把短夢乍醒（或輾轉反側）時所見到的床前朦朧景象如實寫出，把恍惚的心神中所產生的驚疑信口說出，而後把逐漸清醒（或定神觀察）後的舉止和心情隨手紀錄，竟然就完成一首純任自然而風華自現的名作，不能不讓人驚嘆謫仙行雲流水、卷舒自如的才情之高妙，因而能夠寫出這一首被唐汝詢《唐詩解》稱為「字字真率」，鍾惺《唐詩歸》評為「不用意而得之」，乾隆《唐宋詩醇》御批為「氣骨甚高，神韻甚穆，過齊、梁遠矣」的傑作。

　　如果我們仔細觀察本詩之所以能夠不用繁縟的辭藻，就自有豐富的情致和深遠的韻味，可以發覺作者不過是直書胸臆，吐露肺腑而已，本來就不是刻意吟風弄月，因此才能達到俞樾《湖樓筆談》所謂「以無情而言情，則情出；自無意而寫意，則意真」的化境。換言之，正由於詩人是在絕去筆墨蹊徑，回復純真本心的渾然忘我之中，率性揮灑出胡應麟《詩藪》所謂「意愈淺愈深，詞愈近愈遠；篇不可以句摘，句不可以字求」，而又自然高妙的神品，因此才使本詩淡而有味，淺而有致，有如橄欖之回甘，耐人咀嚼；有如老酒之香醇，令人回味。

　　本詩初讀時頗為順口，再讀時更覺淺易，可是反覆推敲，仔細斟酌之後，卻可以發覺其中自有相當曲折幽微的心情轉折。詩人可能是在一場短夢中（或輾轉反側已久而將睡未睡之際）隱約先察覺到寒氣襲人，因此才悠悠醒轉；當時睡眼惺忪而意識迷糊，恍惚中見到床前一片銀白的清光時，心裡先閃過的念頭可能是：「原來是因為地上的霜華折射到床前來，怪不得如此森冷。」當他的意識逐漸清醒時又想到：「不對呀！屋裡哪來皚皚的濃霜？」於是更清醒了幾分；再定神一看，才發覺清光不是來自地面而是來自窗外，於是詩人自然舉頭望向窗外，見到一輪明月正斜掛天際。當他抬頭仰望嬋娟的素魄時，不免感到旅況寂寥，年華易逝，自己孤身遠遊，轉眼又將一年了，不知故鄉可好？家人是否平安？親友是否無恙……？當他陷入這些思緒中時，他的心魂似乎開始離開他的身軀，逆溯著月光，升騰飄飛而

去……。直到他的心魂與意識又從遠方折回到屋裡時，只見月光正映照著他孤獨的身影，又映襯出一室的冷清，更使他不知不覺低下頭來，陷入濃濃的鄉愁之中……。

在古典詩歌中，不乏以明潔的清霜來形容月色的名句，例如梁簡文帝蕭綱〈玄圃納涼〉詩的「夜月似秋霜」、張若虛〈春江花月夜〉的「空裡流霜不覺飛」等，都是賦予月色生動形象的佳作。李白的「疑是地上霜」超越前人之處，除了寫出作者短夢初醒時意識恍惚的剎那間所產生的錯覺，以及寒氣侵膚的感受之外，也暗示了弄清事實後所感受到的居室的冷清，旅況的寂寥，以及難再成眠的複雜心緒，因此便能自然引發望月思鄉的情懷，使整首詩既有意到筆隨，一氣呵成的自然，又有情景相生，疑真似幻的奇趣。李白深知言情不盡，其情乃長的藝術奧妙，因此對鄉愁只是點到為止，不再刻意渲染，反而留給讀者更夐遠更寬廣的想像空間，也更能引起孤身遠客之人的共鳴。沈德潛《唐詩別裁》說：「旅中情思，雖說明卻不說盡。」這兩句短評，正指出詩人詞少情多而又語近情遙的本領所在，因而也特別耐人品味。

有了李白這一首簡淡數言，自然高妙的名作，再加上張九齡〈望月懷遠〉的「海上生明月，天涯共此時」、杜甫〈月夜憶舍弟〉的「露從今夜白，月是故鄉明」、白居易〈江樓聞砧〉的「一夕高樓月，萬里故園心」，以及蘇軾〈水調歌頭〉的「但願人長久，千里共嬋娟」等名句的哺育，於是明月便幾乎成為所有漂泊異鄉的遊子心靈中最和藹、也最能撩起孺慕之情的母親了。

【補註】

01 見李白〈經亂離後天恩長流夜郎憶舊遊書懷贈江夏韋太守良宰〉詩。

【評點】

01 胡應麟：太白五言，如〈靜夜思〉〈玉階怨〉等，妙絕古今；然亦齊、梁體格。（《詩藪》）

02 蔣仲舒：「舉頭」「低頭」，寫出躊躇躑躅之態。（《唐詩廣選》引）

03 李攀龍：矢口唱出，自然清絕。（《唐詩訓解》）

04 吳逸一：百千旅情，妙！復使人言說不得。天成偶語，詎由精煉得之？（《唐詩正聲》）

05 范梈：五言短古，不可明白說盡，含糊方有餘味，如此篇與「步出東門行」「開簾見新月*」詩是也。（《唐詩分類評釋繩尺》引）

＊ 李端〈拜新月〉：「開簾見新月，即便下階拜；細語人不聞，北風吹裙帶。」

06 郭濬：悄悄冥冥，千古旅情，盡此（「舉頭」「低頭」十字）。（《增訂評注唐詩正聲》）

07 楊逢春：首先由月光說起，寫月尚寫得一半；二再下一襯，是題前蓄勢留虛步之法。三、四恰好轉折到望月思歸，曲曲描寫，情態逼真，傳神之筆。（《唐詩偶評》）

08 王堯衢：此詩似不經意而得之自然，故群服其神妙。（《古唐詩合解》）

09 黃叔燦：即景即情，忽離忽合；極質直卻自情至。（《唐詩箋注》）

10 黃生：思鄉詩最多，終不如此四語之真率而有味。　○此信口語，後人復不能摹擬，摹擬便醜。　○語似極率易，然細讀之。乃知明月在天，光照於地，俯視而疑；及舉頭一望，疑解而思興，思興而低頭矣。回環盡至，終不得以率易目之。（《唐詩摘抄》）

11 吳烶：一俯一仰間，多少情懷；題云「靜夜思」，淡而有味。（《唐詩選勝直解》）

12 章燮：只二十字，其中翻復，層出不窮。……一夜縈思，躊躇月

下；靜中情形，描出如畫。（《唐詩三百首注疏》）

13 俞陛雲：前二句取喻殊新，後二句在舉頭低頭俄頃之間，頓生鄉思。良以故鄉之念，久蘊懷中，偶見床前明月，一觸即發，正見其鄉心之切；且「舉頭」「低頭」，聯屬用之，更見俯仰有致。（《詩境淺說・續編》）

14 劉拜山：且捕捉詩心，傳神剎那，故為高唱。（《千首唐人絕句》）

15 劉永濟：李重華《貞一齋詩說》謂「五言絕發源於〈子夜歌〉，別無妙巧，取其天然二十字，如彈丸脫手為妙。」李白此詩絕去雕采，純出天真，猶〈子夜〉民歌本色。故雖非用樂府古題，而古意益然。前人嘗言李白曾以樂府學授人，知其於此體功力甚深。（《唐人絕句精華》）

085 夜泊牛渚懷古（五律？）　　　　李白

牛渚西江夜，青天無片雲。登舟望秋月，空憶謝將軍。余亦能高詠，斯人不可聞。明朝掛帆席，楓葉落紛紛。

【詩意】

夜裡，我的舟船停泊在西江邊的牛渚磯畔時，只見清澈的天空中沒有一片雲彩。如此澄淨而又夐邈的天宇，引起我佇立船首來眺望秋月的幽懷逸興；不知不覺間就想起了幾百年前的袁宏，他原本沒沒無聞地在附近的出租船上替人運載糧食，正是在月白江清的船上朗吟他的〈詠史〉詩，因而得到謝尚將軍的賞識提拔，這才聲名日顯。（無奈這一段寒士欣逢知己的佳話，令我只能追慕不已而空自惆悵，因為）我也能夠諷詠辭藻清新脫俗而聲調高朗激越的詩篇，奈何胸懷豪俊的

謝將軍卻聽不到我的心聲啊！既然此地一無知己，明日一早就掛帆離去吧！想必岸邊的楓樹也會飄墜下紛亂的紅葉，悽愴地為我送行吧！

【注釋】

① 詩題—牛渚，山名，在今安徽當塗縣西北，北端突入長江中，名牛渚磯，又名采石磯。懷古，介於「詠懷」與「詠史」之間¹，方回《瀛奎律髓》曰：「懷古者，見古跡，思古人，其事無他，興亡賢愚而已。」

② 西江—古稱由江西至江蘇南京一段的長江水路為西江，牛渚正位於西江邊上。

③ 「空憶」句—詩題下原注云：「此地即謝尚聞袁宏詠史處。」謝將軍，指謝尚（308－356），字仁祖，豫章太守謝鯤（281－323）之子，謝安（320－385）之堂兄。據《晉書·文苑傳》記載：袁宏（328－376），字彥伯，小字虎，有逸才，少時孤貧，以運租為業。謝尚鎮守牛渚，嘗秋夜微服出遊，乘月泛江，聞袁宏於運租船上諷詠所作〈詠史〉詩五章，聲調既清朗，辭藻亦拔俗，遂駐聽久之，並遣使問候，邀其上船暢談至天明。後袁宏入謝尚幕參謀軍事，官至東陽太守。事亦見《續晉陽秋》《世說新語·文學》。

④ 「斯人」句—感慨像謝尚能識拔寒士於清風朗月之下的豪俊之人，未能聽到自己調高韻清的詩篇而提攜自己。

【補註】

01 施蟄存《唐詩百話》：「詠史詩是有感於某一歷史事實，懷古詩是有感於某一歷史遺跡。但歷史事實或歷史遺跡如果在詩中不佔主要地位，只是用作比喻，那就是詠懷詩了。」

【淺說】

　　詹鍈《李太白詩文繫年》以為本詩作於開元二十七年（739），李白三十九歲；郁賢皓《李白詩選》則由第七句一本作「明朝洞庭去」而認為是開元十五（727）年詩人溯江前往洞庭、雲夢時之作。筆者以為由「余亦能高詠」五字觀察，詩人大概是把自己比擬為少時孤貧的袁宏，則此時謫仙應該年紀甚輕。

　　本詩大概是青年李白夜泊牛渚時，眼見月白江清，因念及晉朝袁宏曾在此地高聲吟詠詩篇而蒙謝尚識拔，而自己空有驚世逸才，卻乏人汲引，因而觸動思古幽懷，繼而賦詩成篇，以抒發一時的牢騷感慨而已。詩中既無耐人尋繹的深意與寄託，復無引人入勝，使人悠然神往的景致，又無他篇所缺、本篇獨具的特殊風調，更無幽微難顯的騷心，和特別值得拈出的遙情遠韻；再加上破壞律詩中間兩聯應該對仗的規矩，簡直乏善可陳，一無是處，因此，筆者不再為本詩逐句深入導讀，僅淺說如上。茲摘錄部分評家的見解於後，並略加說明。

＊王士禎：或問「不著一字，盡得風流」之說。答曰：太白詩「牛渚西江夜……楓葉落紛紛。」詩至於此，色相俱空，正如羚羊掛角，無跡可求，畫家所謂逸品是也。（《帶經堂詩話》）

＊陳婉俊：以謫仙之筆作律，如豢神龍於池沼中，雖勺水無波，而屈伸盤拏，出沒變化，自不可遏；須從空靈一氣處求之。（《唐詩三百首補注》）

＊喻守真：寫景處極率真，不加藻繪；抒情處亦抗爽，不作忸怩。尤妙在結句，得絃外之神，非但回應「秋」字，亦寓有搖落感秋之意。（《唐詩三百首詳析》）

＊劉學鍇：寫景的疏朗有致，不主刻畫，跡近寫意；寫情的含蓄不露，不道破說盡；用語的自然清新，虛涵概括，力避雕琢；以及寓情于景，以景結情的手法等等，都有助於造成一種悠然不盡的神韻。　○李白的五律，不以錘煉凝重見長，而以自然明麗為主

要特色。本篇……行雲流水，純任天然。這本身就構成一種蕭散自然、風流自賞的意趣，適合表現抒情主人公那種飄逸不群的性格。詩的富於情韻，與這一點也不無關係。（《唐詩鑑賞辭典》）

＊張教授：寫得一氣旋折，有神無跡。……全詩以「憶」字為關鍵，時間遂有過去、現在與未來之分野，詩境能一氣旋折者賴此。……這「空憶」是篇中詩眼，使前後聯成一片，筆勢生動。……一番「不惜歌者苦，但傷知音稀」的感慨，躍然紙上；「亦」字精細，使典故與詩情化合為一。尾聯……狀失望落寞之懷，紛亂空虛之感。別從題外著筆，若即若離，有一種絃外之音。（《唐詩三百首鑑賞》）

由以上所引，可見前人對本詩的評價之高。不過，筆者以為他們評解的文字雖然華美，卻難免有稱譽過當的情形，因為他們所指出的優點，在李白和其他詩人的作品中，早已屢見不鮮，實在不值得特別稱道。茲針對其中不妥的文字，略加說明：

＊第一，喻守真所謂「寫景處極率真」，令人相當困惑；因為「率真」通常是用來指個性，不會用來指寫景的功力或效果。何況詩中只有「青天無片雲」是寫景，至於「楓葉落紛紛」根本只是想像而不是寫景，即使這兩句都勉強歸類為寫景，卻又何嘗有所謂「率真」可言呢？

＊第二，劉學鍇所謂「寫景疏朗有致」，恐怕也過獎了，因為在「青天無片雲」這一句裡哪有疏朗的景致可言呢？或者，只有一句寫景，又怎能稱得上是「疏朗有致」呢？至於「寫情含蓄不露，不道破說盡」云云，也不知從何說起；因為李白其實把懷才不遇、知音乏人感慨，表現得很明白、很露骨。至於說詩人流露出「蕭散自然」的意態，「風流自賞」及「飄逸不群」的性格，在本詩中也找不到可以對應的句子；既然詩人表達的是未蒙識拔的牢騷與遺憾，而不是自珍其才的喜悅或滿足，又怎會「蕭散自然」「風

流自賞」「飄逸不群」呢？

＊第三，筆者以為，陳婉俊所謂「空靈一氣」，王士禎所謂「色相
俱空」，劉學鍇所謂「風流自賞」「飄逸不群」，以及張教授所
謂「有神無迹」的評語，大概用來評賞太白的〈山中答問〉詩：
「問余何意棲碧山，笑而不答心自閒；桃花流水窅然去，別有天
地非人間。」會適合得多。

筆者以為：舞蹈家也有摔跤的尷尬，聲樂家也有倒嗓的窘況，酒
中仙當然也有爛醉的糗事；本詩正是謫仙失速墜落凡塵的尋常筆墨，
寫來平淡無奇之至，實在無須懾於李白的威名便刻意加以迴護。王世
貞《藝苑巵言》說得好：「凡看（李、杜）二公詩，不必病其累句，
亦不必曲為之護；正使瑕不掩瑜，亦是大家。」這種持平的意見，正
可以提醒我們：賞讀名家作品時，應該抱持不卑不亢的態度，既無須
苛求完美而詆毀古人，也無須妍蚩不辨而人云亦云。

【評點】

01 嚴羽：律詩有徹首尾不對者，盛唐諸公有此體，如孟浩然詩：「掛
席東南望，青山水國遙……疑是赤城標。」又「水國無邊際」之
篇，又太白「牛渚西江月」之篇，皆文從字順，八句皆無對偶。
（《滄浪詩話》）

02 弘曆：白天才超曠，絕去町畦。其論詩以興寄為主，而不屑於排
偶聲調；當其意合，真能化盡筆墨之跡，迥出塵壒之外。司空圖
云：「不著一字，盡得風流。」嚴羽云：「鏡中之花，水中之月，
羚羊掛角，無迹可求。」論者以此詩及孟浩然〈望廬山〉篇當之，
蓋有以窺其妙矣。羽又云：「味在酸鹹之外。」吟此數過，知其
善於名狀矣。　○吳昌祺曰：〈長信〉猶用對起，此篇全散，如
海鶴凌空，不必鸞鳳之苞彩。　○田雯曰：青蓮作近體如作古風，
一氣呵成，無對待之跡，有流行之樂，境地高絕。（《唐宋詩醇》）

03 黃叔燦：不黏不脫，歷落情深。（《唐詩箋注》）

04 王堯衢：此詩以古行律，不拘對偶，蓋情勝於詞者。（《古唐詩合解》）

05 李鍈：通首單行，一氣旋折，有神無迹。（《詩法易簡錄》）

06 吳北江：（「余亦」句）挺起清健，王、孟無此筆。（《唐宋詩舉要》引）

086 金陵酒肆留別（七古）　　　　李白

風吹柳花滿店香，吳姬壓酒勸客嘗。金陵子弟來相送，欲行不行各盡觴。請君試問東流水，別意與之誰短長？

【詩意】

　　正是楊花飄颺的時節，駘蕩的春風捲起了漫天飛舞的柳絮，輕輕地吹送進江南水村山郭中一家不知名的小酒店裡。我獨坐在窗邊的桌旁，聞著柳花淡淡的香氣和空氣中瀰漫著的酒香，回味著此地特有的人情風物之美，感覺真是神清氣爽，輕鬆寫意。吳地當壚的女郎壓榨出剛釀成的美酒，殷勤地勸我要多加品嚐，更是讓人心曠神怡，未飲先已微醺了。一批金陵的年輕朋友紛紛前來送別，在大家盛情可感的意氣之中，我們不分主客，也不分送行人和遠行人，全都盡興舉杯，開懷暢飲。說起來，金陵的春光、金陵的風物、金陵的朋友、金陵的酒香、金陵的情味，全都讓人沉醉迷戀，難以割捨，我將把它們都裝進我的行囊中，伴隨我走遍天涯。親愛的朋友！可別以為我捨得下這些令人感念的美好情誼就要離去；請你試問那向東而去的流水，我惜別大伙兒的情意和它比較起來，究竟是誰短誰長呢？

【注釋】

① 詩題—李白在二十五歲時經巴渝，出三峽，泛洞庭，次年又東至金陵、揚州。本詩大約就是他辭別金陵，即將東遊維揚時，告別一批新結識的年輕朋友時的留贈之作。

② 「風吹」二句—柳花，即柳絮。吳姬，金陵地區之女子，蓋金陵舊時為吳國屬地，故云；此處是指當壚賣酒的女郎。壓酒，榨酒，殆為新酒初熟時，把酒釀放上糟床，壓榨出酒汁的動作。勸，一作「喚」，亦佳。

【導讀】

　　這是一首風物清佳而又人情淳美的小詩。從金陵子弟前來餞別的地點並非是像黃鶴樓、岳陽樓或謝朓樓等值得記入詩題的著名酒樓，送行之人又非衣冠簪笏之族，再加上李白在詩中所流露出來灑脫自在的氣度，惜情而不溺情的從容，感念而不感傷的語氣來觀察，此時的李白似乎尚未擁有驚動公卿，譽滿朝野的詩名；因此，本詩大概正是他仗劍去國，壯遊山川的青年時期所作 [1]。仔細體會詩境，詩人年輕時期風流倜儻的瀟灑，英氣勃發的風采，以及「相逢意氣為君飲」的豪情，宛然在目，令人神遠。

　　「風吹柳花」四字，點出時令是三月；「滿店香」，可以是指次句飄來的酒香，可以是指金陵春光旖旎時各種花朵的芬芳，也可能是指濃郁的人情味所帶給詩人溫馨的感受。儘管柳絮本身似乎並無撲鼻的香氣 [2]，但在詩人浪漫熱情的薰染下，彷彿也浮盪著令人陶醉的清芬了。換言之，春風駘蕩，柳花飄飛，滿店清香，帶給客遊金陵而即將遠離的詩人一種風物清佳，景致宜人的自在寫意之感。李白是一位性喜遊覽而又情懷浪漫的詩人，他出蜀東遊，原本就有意增長見識，結交豪傑，藉以拓展胸襟，恢弘氣度，而金陵正是六朝人文薈萃的繁華古都，自然讓詩酒風流的李白樂不思蜀；再加上人情風物之美，更

使得深情重義的詩人有賓至如歸，如魚得水的喜悅與自在。因此，當
他在啟程離去之前，獨自坐在酒肆之中小酌，細細回味駐留金陵的時
光中讓他流連的事物時，他年輕快意的心中，大概並沒有深沉的煩惱
苦悶和濃得化不開的離愁別緒，反而倍覺溫馨親切，悠閒自得。何況，
開元十三、四年的唐朝，正是國力鼎盛的治平時代；春天三月，又是
一年裡繁花最繽紛的季節；他打算前去的揚州，又是東南地區最繁華
熱鬧的都會。在這樣的背景下，銜杯品酒，靜候舟船的李白，不僅沒
有沉重濃郁的離愁，反而充滿浪漫的憧憬，和即將一償宿願的興奮，
以及振翅欲飛的快意，因此他才會沉醉在東風之中而覺得滿室生香。
「香」字既因「風吹柳花」而生發，也代表著春天的氣息而點出時令，
同時更暗藏著次句中的「酒」字，可見詩人命意用筆之巧妙。

　　「吳姬壓酒」四字，是描寫店內當壚賣酒的年輕女郎在新酒初熟
時壓糟以榨取酒漿的動作，令人彷彿可以見到她勤快而熟練的動作，
與俏麗倩美的模樣，感受到她青春奔放的活力，因此胡仔《苕溪漁隱
叢話》引范溫《詩眼》說：「好句須有好字，如（「吳姬」句）見新
酒初熟，江南風物之美，功在『壓』字。」魏慶之《詩人玉屑》引黃
庭堅之言，也以為「『壓酒』二字，他人亦難及。」換言之，這一句
雖然像是信手拈來的天然語言，其實卻是詩人體物入微的細膩之筆，
再加上煉字工妙已達有神無跡的化境，才能以最精確自然的詞語來曲
傳吳姬迷人的風情。「勸客嚐」三字，則是以她殷勤招呼客人品嚐新
釀的動人情態，側寫她熱情爽朗、親切活潑與慷慨大方的個性，這自
然更使豪邁灑脫的李白覺得景物清麗如畫，人情醇美似酒，不免流連
再三了。

　　吳姬勸嚐新酒，已令人心神愉快，倍感溫馨親切了；而當地的年
輕朋友，風聞李白即將遠遊的消息，又都不約而來，更是令詩人被他
們真誠的熱情深深感動，因此才以充滿感性的口吻寫下「金陵子弟來
相送」七字，表達對這一批新識未久的朋友的感念之意。此時，一群

豪邁英朗的年輕人聚在一起，自然點燃熱情的火花，激盪出「酒逢知己千杯少」的豪興，於是也就在熱烈地把臂言歡之餘爽快地乾杯了！「欲行不行各盡觴」中的「欲行」者，是指李白而言，「不行」則是指金陵子弟而言，表現出送行者與遠行人之間相互傾心的綿長情誼；「各盡觴」則寫出彼此杯到酒乾的爽朗痛快，正是年輕生命特有的豪邁氣概！

儘管金陵子弟情深義重的送行讓李白頗感盛情，但是李白既有飄逸灑脫的個性，放曠豪爽的胸懷，以及飛揚跋扈的意氣，又正值年輕生命奔放狂飆的青春時期，因此並沒有淒楚依戀或難分難捨的離愁，他只是對金陵子弟前來相送的情誼感到意外的驚喜而格外珍惜而已，於是便以「請君試問東流水，別意與之誰短長」來表達心中的感動。詩人特別以「別意」取代離愁，表示並非黯然銷魂的愁慘哀傷，而是肝膽相照的年輕生命間彼此惜別的情意，因此便以浩蕩東流的江水象徵彼此活潑奔放的熱情，同時也涵括遠行者和送行人雙方在餞席上所流露出的綿長情義。詩人另有一首〈口號〉云：「食出野田美，酒臨遠水傾；東流若未盡，應見別離情。」命意與此相同。換言之，本詩雖是留別之作，卻不刻意渲染離情，因為仗劍去國而意氣凌雲的李白，心中正充滿了「男兒志在四方」的豪情壯志，既尚未遭遇挫折，也還不知道政治險惡，行路艱難；反而只領略到風物之賞心悅目，人情之親切可愛。因此，儘管他別情滿懷，但並不憂傷愁苦；即使行將遠去，也毫無慨歎遺憾。最後兩句以疑問作收，不僅即景生情，形象生動，而且似盡未盡，餘波盪漾；同時「別意」二字兼攝人我，一筆兩到，最有含蓄深婉的情韻而耐人回味。因此謝榛《四溟詩話》說本詩：「妙在結語。使坐客同賦，誰更擅場？」又說：「謝宣城〈夜發新林〉詩：『大江流日夜，客心悲未央。』陰常侍〈曉發金陵³〉詩：『大江一浩蕩，悲離足幾重？』二詩突然而起，造語雄深，六朝亦不多見；太白能變化為法，令人叵測，奇哉！」

這首文淺意深，語近情遙的小詩，不僅把少年剛腸的別離，寫得意氣豪宕，也把金陵的風物人情之美，寫得狀溢目前，充分流露出謫仙年輕浪漫的生命情調，獨樹一格的超逸氣度，以及活潑爽朗性格，同時也展現出李白「清水出芙蓉，天然去雕飾」的清真詩風，因此鍾惺《唐詩歸》說：「不須多，亦不須深，寫得情出。」沈德潛《唐詩別裁》也說：「語不必深，寫情已足。」他們所謂語不必深切，墨不求濃重，大概是指李白能夠脫口吟出肺腑之言，而不刻意雕心鏤骨，以及信手拈出眼前的長江水來映襯別情之綿長，而不刻意渲染離愁之深濃，反而顯得語少情多，餘味悠長吧！

【補註】

01 雖然本文是以青年李白惜別而不傷離的心境解讀本詩，但是本詩寫作的年代，其實難以確定。在李白全集中，本詩前後尚有〈留別金陵諸公〉〈口號〉及〈金陵白下亭留別〉三首，是否同時之作，亦難斷言。如果由全詩舒徐平淡而不熱烈激昂的語氣，和通常是尊長對少年的稱謂語「金陵子弟」，以及可能只是喝乾離杯中餞行的酒漿而未恣意痛飲的「欲行不行各盡觴」來看，本詩也不無可能是李白中、晚年時所作。在尚無明確證據可以斷定寫作年代之前，筆者暫時把本詩視為青年李白自助旅行時感念江南人情風物之美的記遊之作；情節則是李白在江邊酒樓獨坐，靜待船隻靠岸，準備放舟東遊前，突然湧進一批送行的年輕朋友，於是展開熱情的餞別場面……。

02 楊慎《升庵外集》云：「李白詩：『風吹柳花滿店香』，溫庭筠〈詠柳〉詩：『香隨靜婉歌塵起，影伴嬌嬈舞袖垂』；〈傳奇〉說：『莫唱〈踏陽春〉，令人離腸結；郎行久不歸，柳自飄香雪。』其實柳亦有微香，詩人之言非誣也。」又云：「柳花之香，非太白不能道；竹之香，非子美不能道。（編按：杜甫〈嚴鄭公宅同

詠竹得香字〉詩云：『雨洗娟娟淨，風吹細細香。』）」不過，徐文靖《管城碩記》則以為滿店飄溢的是酒香：「解者謂柳花不可言香。按《唐書・南蠻傳》：『訶陵國以柳花椰子為酒，飲之輒醉。』太白……亦以酒言。」筆者以為無論是酒香、花香或芬馥濃郁的人情溫馨，都是點染詩人愉悅寫意之感的文學語言；至於柳花是否飄香，反而未必是賞讀的重點所在。

03 詩題應作「晚出新亭」。

【評點】

01 黃山谷：「風吹柳花滿店香」，若後人能復為此句，亦未是太白；至於「吳姬壓酒勸客嘗」，「壓酒」二字，他人亦難及。「金陵子弟來相送，欲行不行各盡觴」，益不同。「請君試問東流水，別意與之誰短長」，至此乃真太白妙處，當潛心焉。（魏慶之《詩人玉屑》引）

02 嚴羽：首句即飄然不群，柳花說「香」，更精微。　○「欲行不行」四字內，不獨情深，已藏「短長」意。（近藤元粹《李太白詩醇》引）

03 王堯衢：短調急節，情景各勝。（《古唐詩合解》）

04 弘曆：言有盡而意無窮，味在酸鹹之外。（《唐宋詩醇》）

05 宋宗元：深情婉轉。（《網師園唐詩箋》）

06 陳宗賢：首二句有畫境所不能盡者，。……末二句以自然之境，寄其深情遠意，措辭神妙。（《李太白詩述評》）

087 黃鶴樓送孟浩然之廣陵（七絕）　　李白

故人西辭黃鶴樓，煙花三月下揚州。孤帆遠映碧山盡，唯見長江天際流。

【詩意】

　　飲完餞行的離杯之後，我仰慕的老友便登舟上船，辭別西邊的黃鶴樓而去；就在煙氣迷濛、繁花似錦的陽春三月裡，他要放舟而下，一直到東南邊最繁華也最浪漫的揚州去了！我佇立江畔樓中，眺望著他的舟船逐漸遠去，只見他的風帆映襯在碧山的環抱之中，顯得越來越渺小，直到朦朧的帆影完全消失在水天相連的盡頭為止……。等我回過神來時，只見長江（帶著我神馳目注的依戀之情）浩浩蕩蕩地向天際而奔流而去……。

【注釋】

① 詩題—黃鶴樓，見崔顥〈黃鶴樓〉詩注。之，前往。廣陵，即揚州。之廣陵，一作「下維揚」。開元十三年（725）李白出蜀後曾盤桓於湖北一帶，遊襄漢，泛洞庭，東至揚州。後更客汝南，還憩雲夢，娶故相許圉師家之孫女，遂居住於安陸達十年之久。就在他漫遊山水，干謁公卿名流時，結識了大他十二歲的孟浩然。李白對這位詩名高揚，卻又性喜遊山玩水，優游林泉的前輩推崇備至，仰慕有加，因此便在孟浩然打算乘舟東下漫遊東南時，在平日經常煮酒論詩的黃鶴樓設宴餞別，吟成本詩。

② 煙花—謂暖春時節，煙氣迷濛，繁花似錦。

③ 「孤帆」句—元明刊本大抵皆作「孤帆遠『影』碧空盡」，而《敦煌本》唐人詩選則作「孤帆遠映『綠』山盡」。陸游的《入蜀記》

則引作「遠映」「碧山」，並且說：「蓋帆檣映遠山，尤可觀；非江行久不能知也。」筆者除以為其說較能與「煙花三月」的時節相呼應外，也認同黃永武教授在《中國詩學‧鑑賞篇》的看法，以為如作「碧空」，則似與秋高氣爽的九月景致較為調和，故捨「影」而取「映」，捨「空」而取「山」。

【導讀】

這首送別名作和王維的〈渭城曲〉古今共傳，仔細品味之後可以發覺兩詩的差異：王詩深情而體貼，本詩則豪邁而爽朗；王詩在殷勤勸酒中流露出溫馨親切之情，本詩則在目送遠帆中表現出神馳嚮往之懷；王詩是送別遠使安西的遊宦之人，因此在清潤而秀麗的畫面中蘊藏有離別的感傷，本詩則是送別東遊揚州的灑脫詩人[1]，因此在明媚與浩蕩的景致裡，寄寓著浪漫的詩意和愉快的憧憬。

李白寫作本詩時，離開四川未久，正值熱情奔放，活力四射，昂揚自信，壯懷猛逸的黃金歲月；而曾經霞棲谷隱的孟浩然又是李白最為景仰愛慕的閒雲野鶴之流，也是李白引為同調而倍感親切的瀟灑飄逸之士，倜儻豪宕之人[2]，因此他特別以「故人」二字稱呼這位名滿江湖而令自己心儀不已的前輩詩人，表達出親切而深厚的情誼。「西辭黃鶴樓」五字，則隱約透露出浩然放舟東遊而自己不能結伴同遊的些許遺憾。

暮春三月，正是「江南草長，雜花生樹，群鶯亂飛[3]」的爛漫時節，揚州又是長江下游最繁華的都會，是風光旖旎，春色無邊，最足以使人心神迷醉而情靈蕩漾的地方。因此，詩人對於浩然此行便相當羨慕與憧憬，於是青春快意、情懷浪漫的詩人，便在句首冠上「煙花三月」四字，為黃鶴樓到揚州這一條蜿蜒的江程，抹上了氤氳縹緲的綠煙紅霧，塗上了迷離飄忽的婉約色調，也使浩然此行充滿了詩情畫意，有觀之不盡的濃艷，賞之不倦的明麗；因此黃叔燦《唐詩箋注》

說：「『下揚州』著以『煙花三月』，頓為送別添毫。」這七個字能把想像中的水路點染得繁花似錦，明媚如畫，又能展現出揚州浪漫迷人的絕代風華，因此陳婉俊在《唐詩三百首補注》裡譽之為「千古麗句」。

讀了情境優美而詩意盎然的兩句之後，不難想像詩人浪漫的心靈也隨著孟浩然的風帆驛動起來，甚至飛揚而去的情景了。「孤帆遠映碧山盡，唯見長江天際流」兩句，正是這種情景的傳神寫照：浩然已經揚帆遠去了，作者卻還佇立江邊依依送別，直到帆影漸小時，他還要再登樓眺望，直到帆影消失在水天相連之際，他仍然翹首凝眸。不知道佇望多久之後，李白的視線才突然寬廣起來，才發覺長江流水浩浩湯湯地向天際奔注而去……。事實上，長江水面寬廣，當然不可能只有孟浩然的舟船航行其中，作者卻特別拈出「孤帆」二字，除了意在表示自己目送行舟時的專注之外，也側寫對孟浩然的愛慕，以及對他此行的神往，因此心無旁騖之餘，自然便只見孤帆一片、碧山數重與春江萬里了。帆影已盡，可見凝望之久；江水悠悠，則象徵離思無涯。江水浩浩流向天際，又象徵自己浪漫的熱情亦隨之奔向揚州；因此唐汝洵《唐詩解》說：「悵望之情，俱在言外。」俞陛雲《詩境淺說‧續編》說：「帆影盡而離心不盡，十四字中，正復深情無限，曹子建所謂『愛至望苦深[4]』也。」正由於後兩句也能融情入景，清麗如畫，而又邈遠如夢，因此全詩更是情思飽滿，餘波盪漾，含有淵永不盡的神韻。胡應麟《詩藪》說：「杜之律，李之絕，皆天授神詣」，又說李白「寫景入神」；王世貞《藝苑卮言》說王昌齡的七絕可以「與李白爭勝毫釐，俱是神品」；沈德潛《說詩晬語》說：「七言絕句，以語近情遙，含吐不露為主。只眼前景、口頭語，而有絃外音、味外味，使人神遠，太白有焉。」由本詩及〈下江陵〉觀察，便不難理解何以前人對李白的七絕有如此崇高的評價了。

【補註】

01 由李白在詩中流露出嚮往的口吻，以及他已有家室之累而不能相隨的情況來看，當時詩人可能認為孟浩然此行極為瀟灑浪漫。

02 李白〈贈孟浩然〉詩說：「吾愛孟夫子，風流天下聞。紅顏棄軒冕，白首臥松雲。醉月頻中聖，迷花不事君。高山安可仰，徒此揖清芬。」可見詩人崇仰之高與愛慕之深。

03 見丘遲〈與陳伯之書〉。

04 曹植〈送應氏詩二首〉其二是送別應瑒、應璩的詩篇，其中的「愛至望苦深」意謂感情極為深摯，故離別時特別愁苦。

【評點】

01 唐汝詢：「黃鶴（樓）」，分別之地；「揚州」，所往之鄉；「煙花」，敘別之景；「三月」，紀別之時。「帆影盡」，則目力已極；「江水長」，則離思無涯。（《唐詩解》）

02 陳繼儒：送別詩之祖，情意悠渺，可想不可說。（《唐詩選脈會通評林》）

03 黃生：不見帆影，惟見長江；悵別之情，盡於言外。（《唐詩摘抄》）

04 朱之荊：「煙花三月」四字，插入輕婉。（《增訂唐詩摘抄》）

05 弘曆：語近情遙，有「手揮五絃，目送飛鴻」之妙。（《唐宋詩醇》）

06 吳烶：「孤帆遠影」，以目送也；「長江天際」，以心送也。極淺極深，極淡極濃，真仙筆也。（《唐詩選勝直解》）

088 贈孟浩然（五律）　　　　　李白

吾愛孟夫子，風流天下聞。紅顏棄軒冕，白首臥松雲。醉月頻中聖，迷花不事君。高山安可仰，徒此揖清芬。

【詩意】

　　我衷心敬愛孟夫子，他瀟灑澹遠的風度和俊逸超群的才調，早就名滿天下了。他在年輕的時候就放棄功名富貴，無意成為達官顯宦；直到晚年，依舊高臥林泉，優游在蒼松白雲之間。他經常放曠自得地在月色下酣飲美酒，陶然沉醉；寧可迷戀自己隱居的桃花源，也不願意委屈自己去侍奉君王。他有如泰山一般崇高的人品，我怎敢奢望自己達到他的境界呢？只要能在仰慕他之餘，得到他清峻芬馨的品德薰陶，我就心滿意足了。

【注釋】

① 「吾愛」二句——愛，悅慕。夫子，對年長男子的尊稱。風流，指優雅瀟灑的風度和超妙脫俗的才調而言；庾信〈枯樹賦〉：「殷仲文風流儒雅，海內知己。」

② 「紅顏」二句——紅顏，代指青春、少壯時期而言。軒，車子。冕，王侯顯宦所戴的禮帽。軒冕，原是古代大夫以上高官才能擁有的車服，此處代指官爵。松雲，蒼松白雲；臥松雲，高臥林泉，隱逸不仕之意。

③ 「醉月」句——醉月，在清風明月下酣醉。頻，屢次、往往。中，本當讀去聲，然此處為協律而讀平聲。中聖，指喝酒至於沉醉；曹操曾下禁酒令，因此當時避諱「酒」字而分別用「聖人」為清

酒、「賢人」為濁酒的隱語[1]。《新唐書・孟浩然傳》：「採訪使
韓朝宗約浩然偕至京師，欲薦諸朝。會（浩然）故人至，劇飲歡
甚，或曰：『君與韓公有期。』浩然叱曰：『業已飲，遑恤他！』
卒不赴。朝宗怒，辭行；浩然不悔也。」按：「頻中聖」與六句
「不事君」，殆隱指此事。

④ 「迷花」句──迷花，迷戀於落英繽紛的桃源淨土之中，不欲出仕；
蓋稱頌浩然乃真心棲隱者，與漁人之誤入源中而復出者大不相
同。

⑤ 「高山」二句──《史記・孔子世家・贊》引用《詩經・小雅・車
舝》篇「高山仰止，景行行止」二語，表達對孔子崇高人品的欽
仰之意；李白則藉以稱頌孟浩然品格的峻潔。徒此，僅能如此之
意。揖，致敬。清芬，芬馨清朗的人品。揖，亦可通「挹」字，
汲取之意。挹清芬，謂仰慕孟浩然清美芬馨的品德而得其沾溉潤
澤也。

【補註】

01 《三國志・魏書・徐邈傳》：「魏國初建，（邈）為尚書郎。時
科禁酒，而邈私飲至於沉醉。校事趙達問以曹事（按：以官署之
事請教），邈曰：『中聖人（按：當時諱言『酒』字，故以『聖
人』代酒；中聖人，即喝醉酒之意）。』達白之太祖，太祖甚怒。
度遼將軍鮮于輔進曰：『平日醉客謂酒清者為聖人，濁者為賢人，
邈性修慎，偶醉言耳。』竟坐得免刑。」

【導讀】

　　孟浩然在開元十七年（729）冬離開長安，歸隱南山，正是李白
寄居安陸期間。由詩中「棄軒冕」「白首」「不事君」「高山安可仰，
徒此揖清芬」等用語觀察，本詩大概是開元十八年以後李白的投贈之

作。

本詩首尾兩聯是以詠嘆的語氣和古樸簡淡的散句，表達對孟浩然無限愛慕與敬仰之忱；中間兩聯則是以屬對精切、形象鮮明的偶句，描繪孟氏不慕名利的閒雲野鶴形象，和率性任真、放曠自得的志行，充分流露出李白對這位前輩詩人的傾心敬慕之情。

「吾愛孟夫子，風流天下聞」兩句，開門見山地直抒愛慕的主旨，而後拈出名聞天下的「風流」格調來說明敬愛的內涵，如此一來，歌頌詠嘆的熱情便籠罩全篇，直貫詩末。中間兩聯，則直承「風流」而來，以較為華麗的色彩，勾勒出孟浩然瀟灑清遠、風神散朗的格調，描繪出一位風流自賞，高蹈林泉的隱士形象。少棄軒冕、老臥松雲、醉月中聖、迷花不仕，這四組實字密集而形象生動的詞句，把「風流」的神采和風韻，演繹得既浪漫又超逸，使讀者對其人清狂疏宕的奇氣和峻潔高朗的人品悠然神往；如此一來，尾聯的頌讚嘆美之意，便顯得水到渠成，順理成章了。

「紅顏棄軒冕，白首臥松雲」兩句，是以對比和借代的手法交互運用，把形象凸顯得更悠然自得，飄逸脫俗。「紅顏」「白首」的反比，「軒冕」「松雲」的對照，以及一「棄」一「取」的映襯烘托，自然把孟浩然不慕名利的高風亮節勾勒得形象鮮明，映入眼目。詩人選用「紅顏」二字來借代年少青春，於是活潑的熱情、煥發的容光、紅潤的臉頰、昂揚的自信、飛躍的生命等豐富意涵，便自然呈現；選用「軒冕」二字來借代高官厚祿，則其威風的聲勢、顯赫的勳業、崇高的權位，以及前呼後擁時得意的神態等，也不言可喻。以如此可愛之「紅顏」，竟能斷然捨棄如彼可羨之「軒冕」，則其人志氣之奇邁、胸懷之磊落、人品之高潔，也就不問可知了。「白首」借代年老的歲月，「松雲」借代隱逸的生活，加上一個「臥」字的點染，於是一位白髮蕭疏、舉止瀟灑的隱士形象，便栩栩如生了。尤其拿一體兩面的「棄軒冕」「臥松雲」來映襯對比，既使工整的對偶中增加了疏宕流

走的氣勢而顯得錯落有致，也把孟浩然由「紅顏」到「白首」的漫長歲月中悠遊林泉、恬淡如一的性情志趣，描寫得氣韻生動，形神畢現了。

「醉月頻中聖，迷花不事君」兩句，則轉而化用典故，筆法相當靈活。「中聖」二字，是化用《三國志‧魏書》所載徐邈放誕醉酒的典故，既賦予孟浩然詩酒風流的文人雅士形象，又暗扣孟浩然劇飲甚歡以致不顧韓朝宗推薦之約的典故，來凸顯出他不汲汲於名利而率性任真的個性，以直承頷聯「棄軒冕」之意；同時既能避免和「醉月」的字面重複，又能和下句的「事君」形成工整的對偶；即此可見詩人鎔裁典事的功力之深厚。「迷花」是反用〈桃花源記〉中漁人懷有心機，以致捨棄淨土，重返塵世的典故，來對孟浩然始終留戀隱逸生活的淳真本心和高潔志趣，寄寓頌讚之意；由此可見李白運用典故已達有神無跡的化境了。再者，「迷花」二字，既和「醉月」形成巧妙的對偶，又和「松雲」的意象結合，營造出充滿詩情畫意的隱逸環境，使人悠然神往；大家筆力，的確不同凡響。此外，「頻中聖」是從正面肯定的角度來稱讚，「不事君」是從反面否定的角度來揄揚，恰好與頷聯由棄軒冕而取松雲的筆法相反；兩聯對照之下，更見筆姿靈活，錯落有致，因此吳氏評此聯說：「疏宕中仍自精煉。」（《唐宋詩舉要》引）

「高山安可仰」五字，化用司馬遷稱頌孔子「高山仰止，景行行止」的意思，把孟浩然崇高峻偉的人品加以形象化地呈現出來，也把作者深心的愛慕，藉著仰望高山的圖像，提升為由衷的敬仰之意。如此用典，既能回應首聯初聞其名即愛慕其風雅才調之意，又能銜接中間兩聯，表示由相識而深交，因而對其志行人品的認識與日俱增而悠然神往，心儀不已，遂油然而生「仰之彌高」的極度禮讚之情；同時還自然引出「徒此揖清芬」五字，表達出欣然接受其清遠芬馨的品格薰陶，以及雖欲追隨效法，卻難以企及的悅慕欽敬之情。換言之，有

了尾聯的頌讚，不僅首尾圓合，層次分明，而且愛慕之情，洋溢滿紙；無怪乎翁方綱《石洲詩話》說：「太白五律之妙，總是一氣不斷，自然入化，所以為難能。」本詩以「愛慕」之語開端，以「可愛」之形象銜接，又轉而以「敬愛」之詠嘆作結，的確有行雲流水，自然成文之妙，因此《唐宋詩舉要》又引吳氏的評語稱賞本詩「一氣舒卷」。

　　本詩不論就章法結構之嚴密，或是起承轉合之圓熟，修辭技巧之多變，使事用典之渾融，人物丰采之點染，以及主觀情感之流露等方面來看，都自有規矩法度可循。有些人以為李白只會驅駕凌雲的奇氣激盪出豪情壯語，或者只能以樂府形式揮灑他驚世的才思，卻不擅於以律詩形式表現他不凡的詩藝；事實上，如果我們看看本詩中間兩聯措辭之優雅、屬對之精煉、運典之渾融、意涵之深美等表現，這種批評恐怕就有重新斟酌的必要了。因此趙翼《甌北詩話》說李白「才氣豪邁，全以神運，自不屑束縛於格律對偶，與雕繪者爭長。」的確是持平之論，畢竟太白正如神龍遨遊九天，矯矯焉雲霧之上，方自酣暢於穹蒼之浩瀚，豈暇瞻顧人間聲律之瑣細？要求謫降人間的游龍，規行矩步地遵循聲律的斑馬線，難免失之過苛，說不定會有使他退化成蚯蚓的可能。不過，如果像〈夜泊牛渚懷古〉詩，完全不拘平仄格律，又完全不講對仗的詩體，詩評家硬要把它歸入律詩的範疇，只怕也有「橫柴入灶」的扞格之感吧！

089 聽蜀僧濬彈琴（五律）　　　　　　李白

蜀僧抱綠綺，西下峨嵋峰。為我一揮手，如聽萬壑松。客心洗流水，餘響入霜鐘。不覺碧山暮，秋雲暗幾重。

【詩意】

　　來自蜀地的高僧抱著名貴的綠綺琴，從西邊的峨眉峰頂飄然而下；當他從容自若地為我一揮手撫絃，我彷彿就聽到了迴盪在千山萬壑間澎湃的松濤正在洶湧起伏。漂泊異鄉的心境，就在那高山流水般的旋律中洗滌得澄澈明淨，令我頓覺無罣無礙，悅樂自在。當悠揚的餘音和霜天裡的晚鐘聲融成一片時，我才驀然意識到：原來在我凝神諦聽琴音時，沉沉的暮靄已經在不知不覺間籠罩著翠綠的山巒，秋空中也早已凝聚著不知道多少重的雲層而顯得陰沉黯淡了……。

【注釋】

① 詩題──蜀僧濬，可能是與李白有同鄉情誼的僧人，李白有〈贈宣州靈源寺仲濬公〉詩云：「……風韻逸江左，文章動海隅。觀心同水月，解領（按：《李白集校注》疑「領」為「頷」字之誤）得明珠。今日逢支遁，高談出有無。」可見其人不僅詞采風流，譽滿文壇，而且道心靈慧，能勘破色相，觀照有無，清談妙理。本詩之蜀僧，或即其人。

② 「蜀僧」二句──綠綺，琴名，原屬司馬相如，此代指名貴的琴；傅玄〈琴賦序〉云：「楚王有琴曰繞樑，司馬相如有綠綺，蔡邕有焦尾，皆名器也。」西下，殆因李白時在宣城，而峨嵋在其西。峨嵋，岷山的支脈，在今四川峨嵋山市西南，海拔 3098 公尺；岷山山脈連綿三百餘里，至此突起雙峰聳峙，有如蛾眉相對，故名。

③ 「為我」二句──揮手，從容地撫絃彈琴；嵇康〈贈兄秀才公穆入軍〉詩云：「目送歸鴻，手揮五絃。」其〈琴賦〉亦云：「伯牙揮手，鍾期聽聲。」萬壑松，形容琴聲之清越澎湃，有如風入松林形成的濤瀾聲。按《樂府詩集》卷 60〈琴曲歌辭〉中錄有僧皎然的〈風入松歌〉，題注謂〈風入松〉是晉人嵇康所作的古曲，故詩人以雙關語活用點化，表示蜀僧琴藝之高妙可以上比嵇康。

④ 「客心」二句—客心，既指羈旅異鄉的心緒，又為佛教術語，表示塵心俗念。洗流水，謂音樂之妙，能洗淨客心，使之澄和寧靜，纖塵不染；此暗用《列子‧湯問》篇之典：「伯牙善鼓琴，鍾子期善聽。伯牙鼓琴，志在高山，鍾子期曰：『善哉！峨峨兮若泰山。』志在流水，鍾子期曰：『善哉！洋洋兮若江河。』伯牙所念，鍾子期必得之。」《呂氏春秋‧本味篇》《淮南子‧脩務訓》也有類似記載。太白䟴栝其事，既讚嘆蜀僧琴藝之高妙，亦自許能知音審曲。餘響，指琴曲餘音。入霜鐘，謂與霜天中傳來的晚鐘聲融合成宏遠的清音；既表示時間之久，亦取其和諧共鳴之義。《山海經‧中山經》謂豐山有九鐘，能知霜而鳴；郭璞注曰：「霜降則鐘鳴，故言知也；物有自然感應而不可為也。」

⑤ 「不覺」二句—極言聽琴入神，渾然不覺時已黃昏矣。章燮注謂暗用《列子‧湯問》篇中鄭國樂官師文琴藝之出神入化，能旋乾轉坤，操縱四時，幻春為秋，變冬為夏之義[1]。

【補註】

01 《列子‧湯問》載鄭國人師文演奏時，「當春而叩商絃，以召南呂，涼風忽至，草木成實。及秋而叩角弦，以激夾鐘，溫風徐迴，草木發榮。當夏而叩羽弦，以召黃鐘，霜雪交下，川池暴沍……。」又《文選‧嘯賦》也有類似的記載：「發徵則隆冬熙蒸，騁羽則嚴霜夏凋，動商則秋霖春降，奏角則谷風鳴條。」

【導讀】

　　本詩的寫作年代，一說在開元二十七年（739），一說在天寶十二載（753），一說在乾元元年（758）；然手邊資料不足，故存而不論。由於前四句有一氣揮灑、行雲流水的清暢自然之妙，故將蜀僧東來撫琴之事，視為一氣呵成的連續動作，以增加賞讀時的情味。

　　開篇的「蜀僧」二字，表示濬公和李白都是四川人，一種親切的同鄉情誼已經不知不覺流注在詩句之中。詩人說蜀僧抱著司馬相如彈奏過的綠綺琴，從佛教勝地峨嵋山飄然而下，自然就勾畫出他超逸於紅塵之外，悠游於名山勝境的不凡氣度。而且，經過名山、高僧和古琴的點染，便烘托出得道高僧瀟灑清遠的風神，和一代宗師淵渟嶽峙的氣派。綠綺，原是漢賦聖手撫絃寄意的名琴，而今既然流傳到濬公之手，不難想像其琴藝之精湛入神，淵源有自；再加上一個「抱」字的點染，便有了僧心與琴韻相互共鳴，彼此交融的暗示。詩人說他是由海拔三千公尺以上的峨嵋山飄然而來，已經令人有仙風道骨，閒雲野鶴的聯想；再加上「下」字的動態感，便氣韻生動地勾勒出他履險如夷，來去若飛的身影。似乎他才幾個騰身起落，就已經安然從天而降；再幾個移步換形，就已經來到詩人眼前了。換言之，詩人在「蜀僧抱綠琴，西下峨嵋峰」的輕描淡寫中，已經蘊藏了極為深摯綿邈的涵義，流露出既感到親切，又心生仰慕的豐富情韻。

　　「為我一揮手」五字，寫得文淺意深，語淡情濃，極為耐人尋味。在詩人主觀的認定中，蜀僧遠道而來呈獻妙技，似乎只為了安慰詩人的鄉愁，當然令人被他的隆情厚誼深深感動，無形中琴韻也就更為曼妙動聽了。「一揮手」三字，簡潔生動地描繪出蜀僧演奏時得心應手，揮灑自如的神態，再加上流水句法帶出來的「如聽萬壑松」五字，彷彿就在蜀僧若無其事、隨心所欲地撫弄之間，便引動了千巖萬壑的迴響，翻騰出陣陣松濤；則蜀僧技藝之出神入化、舉止之寫意優雅、琴音之雄渾深厚，以及詩人感受之豐沛、心旌之搖蕩、思潮之起伏、情緒之波動等，也都不言可喻了。

　　前四句寫來一氣呵成，沒有任何停頓轉折，因此語勢如行雲流水般自然靈動，節奏如珠走玉盤般流暢悅耳，情境也如鉤鎖連環般蟬聯綿貫，自然帶給人浪漫神秘的幻想：彷彿蜀僧是在從峨嵋山頂翩然飄降時順勢隨手一揮，便引動了千山萬谷間激越澎湃的松濤，則其人心

絃與琴絃相通的造詣，人品與琴品合一的化境，不問可知；而其高朗的氣度、悠閒的意態、飄逸的形象，也都宛然在目了。換言之，蜀僧的修為簡直已達與天地為一，與造化無別的妙境了。如此刻畫，便為後半所描述的客心如洗，響入霜鐘，以及山暮雲暗的時空變幻，預先作了既浪漫神奇，又合情入理的有力鋪敘。值得一提的是：這兩句融入了嵇康「手揮五絃，目送歸鴻」的意態，與其所創作之〈風入松〉曲的韻致，表示蜀僧的琴藝不僅源遠流長，富於傳奇色彩，而且具有感神動物的神奇魅力。

「客心」二字，既指詩人羈旅漂泊的思鄉情懷，也是佛教術語，兼指作者原本騷動煩擾的塵慮俗念。由於蜀僧的琴曲中蘊藏著感神動物的靈音妙韻，既如松風之清幽宜人，又如波瀾之翻騰起伏，自然能夠洗滌詩人原本煩擾的思鄉情愁和俗心塵念，讓他頓時感受到心靈中清空澄淨、無塵無垢的恬適寧靜，因此詩人以「洗流水」三字來表達曼妙流美的音樂帶給他的自在喜樂之感。

值得注意的是：詩人在「客心洗流水」中暗用了鍾子期對俞伯牙「洋洋兮若江河」的琴心之嘆，一方面不著痕跡地頌讚蜀僧登峰造極的曲藝，及其高山流水般超凡絕俗的胸襟；另一方面也含有自己正是知音之人，因此能夠妙契於心的自負之意；同時也使蜀僧遠道而來為我撫琴之舉，有了俞伯牙為求知音而千里尋訪鍾子期的浪漫情節與深厚情誼，因此使詩中的情境更加動人。謫仙信手點染《列子‧湯問》篇中的故事，便能運典入化，而使詩歌意蘊豐美的功力之高，於此可見一斑。

「餘響入霜鐘」五字，也是妙用《山海經‧中山經》中豐山之鐘能感霜而鳴的典故，而又能脫化形跡，略貌取神的佳句。「餘響」二字，給人琴音縈繞山林的輕嬝搖曳之感；「入」字寫出悠揚的琴音與渾厚的鐘聲交融共鳴的美妙韻致。「鐘」字則以山寺晚鐘的傳響，暗示時間流逝之快，襯出音樂的美妙動聽，令人陶然沉醉，自然帶出「不

覺碧山暮」的景色變化。而「霜」字除了點出時令，逗出「秋雲暗幾重」的意象之外，也讓陶醉在美妙琴韻中的心靈，飄出碧林秋山之外，宕向浩渺無垠的霜天之中。如此化實入虛的高明筆法，便使這一場僧心與琴絃共鳴的演奏，既有高山流水的清音，又有松濤霜鐘的妙韻，不僅使人心曠神怡，寵辱偕忘，同時還蘊藏著溫馨的鄉情和清遠的禪趣，令人客心都盡而塵慮全消。因此詩人便藉著「不覺碧山暮，秋雲暗幾重」的景色變化，由側面烘托琴音之美妙動人，同時讓自己聆聽妙曲後的騷心，隨著琴音穿梭在日暮的碧山裡，迴盪在秋雲密佈的霜天中，從而使全詩有了空靈悠遠的餘韻而耐人回味。後來錢起的〈省試湘靈鼓瑟〉詩以「曲終人不見，江上數峰青」作結，也是運用這種借形色傳聲情的手法，因而能夠宕出遠神，成為千古驚艷的名句；由此也可以看出李白描寫音樂功力之非凡了。

【評點】

01 嚴羽：一味清響，真如松風。（《李太白詩醇》引）

02 弘曆：累累如貫珠，泠泠如叩玉，斯為雅奏清音。（《唐宋詩醇》）

03 宋宗元：逸韻鏗然，是能得絃外之音者。（《網師園唐詩箋》）

04 高步瀛：一氣揮灑，中有凝鍊之筆，便不流入輕滑。（《唐宋詩舉要》）

05 俞陛雲：此詩前半首，質言之，惟「蜀僧為彈琴」一語耳。學作詩者，僅此一語，欲化作四句好詩，幾不知從何下筆。試觀其起句，言蜀僧抱古琴自峨嵋而下，已有「入門下馬氣如虹」（編按：李賀〈高軒過〉之詩句）之概。緊接三、四句，如河出龍門，一瀉千里。以松濤喻琴音之清越，以「萬壑松」喻琴音之宏遠，句法振盪有勢。五句言琴之高妙，聞者如流水洗心，乃賦聽琴之正面；六句以「霜鐘」喻琴，同此清迥，不以俗物為譬，乃賦聽琴之尾聲。收句聽琴心醉，不覺山暮雲深，如聞〈韶〉忘肉味矣。

（《詩境淺說》）

090 蜀道難（七古樂府） 　　　　　李白

噫！吁嚱！危乎高哉！蜀道之難，難於上青天！
蠶叢及魚鳧，開國何茫然！爾來四萬八千歲，不與
秦塞通人煙。西當太白有鳥道，可以橫絕峨眉巔。
地崩山摧壯士死，然後天梯石棧相鉤連。上有六龍
回日之高標，下有衝波逆折之回川。黃鶴之飛尚不
得過，猨猱欲度愁攀緣！

青泥何盤盤，百步九折縈巖巒！捫參歷井仰脅息，
以手撫膺坐長歎！

問君西遊何時還？畏途巉巖不可攀。但見悲鳥號古
木，雄飛雌從繞林間。又聞子規啼，夜月愁空山。
蜀道之難，難於上青天！使人聽此凋朱顏！

連峰去天不盈尺，枯松倒掛倚絕壁。飛湍瀑流爭喧
豗，砯崖轉石萬壑雷。其險也若此！嗟爾遠道之人
胡為乎來哉？劍閣崢嶸而崔嵬，一夫當關，萬夫莫
開。所守或匪親，化為狼與豺！

朝避猛虎，夕避長蛇。磨牙吮血，殺人如麻。錦城
雖云樂，不如早還家！

蜀道之難，難於上青天！側身西望長咨嗟！

【詩意】

　　唉呀！唉唷喂呀！真是太高峻、太驚險了！從秦中前往蜀地的古道，真是太艱難啦！比登上青天還要困難得多啊（所以，我勸您最好還是打消穿越蜀道的念頭吧）！

　　從遠古時期名叫蠶叢的君王在蜀地開國，一直傳承到名為魚鳧的人登基繼位，這一段歷史真是多麼渺茫難知啊！自從蜀國關建以來，延續了四萬八千年之久，始終沒有和近鄰的秦地有任何的交流啊！就在長安的西邊有一座太白山，在遠古時代，原本只有飛鳥能夠從峰巒間稍微低矮一些的缺口處，找到一條勉強飛往峨嵋山頂的狹窄通道；至於人呢，根本就不可能攀登翻越得了！一直到秦惠王時代，蜀王派遣前來秦國迎娶公主的五丁力士，合力扯斷了一條躲入石洞中的大蟒蛇，頓時地陷山崩，壓死了五位大力士，而那原本插入雲天的山嶽，這才裂開成五座崇偉高峻的峰嶺，然後才有辦法勉強修築起天梯，在山壁上打洞，架設起棧道，把無法翻越的懸崖絕壁彼此鉤連起來！棧道的上空，是連替太陽駕車的那六隻神龍都無法飛越而不得不掉轉回頭的高峰，下方則有不斷撞擊崖壁所激起的巨大波濤，以及因而逆流折回的紆曲江河啊！連能夠高飛入雲的黃鶴，都還飛不過那些險峻的峰頂；連最矯健的猿猴想要攀越時，也只能對著斷崖峭壁憂苦地發愁（所以，我勸您最好還是打消穿越蜀道的念頭吧）！

　　（如果您還是執意要穿越蜀道的話，請再三思啊！）當您走到極其盤曲迂迴的青泥嶺時，必須使盡全身的氣力，才能勉強從雲昏雨暗，泥淖深及腰腿的困境中掙脫出來，然後又得在百步九折的巖石和峰巒間，手腳並用地左拐右彎，才能繞過崎嶇坎坷的山峰。到了夜晚，也沒有平坦的地方能讓你露營歇宿，您還是得鼓足餘勇，拖著疲憊不堪的身子，仰著僵硬的脖子（唉喲！誰敢往下看啊），摸著頭頂上的參星和井宿，一腳高一腳低地勉強挪動身軀，並且緊張得停止心跳，憋住氣息，緩緩移動……最後您會雙腳癱軟地跌坐在稍微寬一點點的稜

線上，用手輕拍著胸口，發出悔恨與絕望的嘆息（所以，我勸您最好還是打消穿越蜀道的念頭吧）！

親愛的朋友！（您還是非去不可，是吧？那麼）您這次西遊蜀地，打算何時折返呢？那些讓人望而生畏的削壁絕巖是不可能攀越得過去的！在白天的山區裡，您只會看到失群的孤鳥在古木上悲苦地啼喚著同伴；或者迷途的雄鳥帶著雌鳥，找不到可以飛離深谷的出口，而在林木間倉皇焦慮地穿梭盤旋！夜晚時則有子規鳥對著山月哀啼，那淒切的「不如歸去！不如歸去！」一聲聲在空山中迴盪，將使您愁緒滿懷，不能自已！唉！行走蜀道，真是比登上青天還要艱難百倍啊！聽到這些悲涼哀怨的聲音時，您原本紅潤的臉頰會立刻憔悴枯槁下來（所以，我勸您最好還是打消穿越蜀道的念頭吧）！

好不容易捱到天明，您會發覺：連綿的峰巒距離天空都不到一尺遠！枯老的松枝，就那麼倒掛著斜靠在懸崖峭壁間。飛濺而下的懸泉和瀑布衝擊著岩壁，爭相噴迸出嘈雜的喧嘩聲；當它們合流之後，撞上山崖、繞過巨巖時，千山萬壑間彷彿都響起奔雷怒吼的轟隆聲！行走蜀道就是這麼艱險啊！種種奇態異響都會讓您越來越沮喪，甚至不禁質問自己：「啊！你這個遠道而來的人，為何要讓自己陷入絕境呢？」（所以，我勸您最好還是打消穿越蜀道的念頭吧！）

還有那著名的劍閣要塞，是那麼突兀高峻，驚險萬狀，只要有一位勇士把關，就是千軍萬馬也闖它不開！所以如果不是由最親信的心腹駐守當地，守關的將士就很有可能變成兇殘的豺狼，帶來無窮的禍患（那麼兩地一阻隔，您可就無法回來了！所以，我勸您最好還是打消穿越蜀道的念頭吧）！

即使通過劍閣了，您白天還得避開猛虎的撲擊，夜晚還得提防長蛇的偷襲！牠們隨時都磨利了鋸齒，要吸乾人的鮮血；牠們可都是殺人不眨眼的魑魅魍魎啊！所以，儘管錦官城的富庶安樂令人嚮往，還是隨時可能有守將叛變的凶險，還不如及早折返回家啊！

　　蜀道的艱危真是比登上青天還要困難千萬倍啊！聽說歷劫餘生的那極少數極少數的人，即使只是側身回望時，都還心有餘悸地長聲嘆息啊！

【注釋】

① 詩題──《樂府詩集》卷40〈相和歌辭・瑟調曲〉收錄本詩，並引《古今樂錄》曰：「王僧虔《技錄》有〈蜀道難行〉，今不歌。」可知〈蜀道難〉本為樂府古題。又引《樂府解題》曰：「〈蜀道難〉，備言銅梁、玉壘之阻，與〈蜀國絃〉頗同。」編按：銅梁山在今四川境內重慶市西北的合川區一帶，玉壘山在今成都市西北的汶川縣與都江堰市之間，似與李白所寫的路線無關[1]。

② 噫吁嚱──噫，驚嘆詞。吁嚱，一作「於戲」，音義皆通「嗚呼」，驚嘆詞[2]。王琦注引《宋景文公筆記》云：「蜀人見物驚異，輒曰：『噫吁嚱』，李白作〈蜀道難〉因用之。」

③ 蜀道──所謂蜀道的路線，眾說紛紜，似乎凡是蜀地山高水險之區，皆涵括在內。依本詩之內容觀察，亦無確實的路徑；大抵而言，是指由京師長安通往四川成都的古道，而較側重於翻越秦嶺，經青泥關，過劍閣，入梓潼，再前往成都時所經歷的斷崖絕谷、羊腸鳥道等各種險境。不過，由各種相關圖文觀察，今已成公路，不復昔日險峻風貌矣。

④ 「蠶叢」四句──蠶叢及魚鳧，古代蜀王名；〈蜀都賦〉劉逵注引揚雄《蜀王本紀》：「蜀王之先名蠶叢、柏灌、魚鳧、蒲澤、開明。是時人萌（按：萌，通『甿』，指人民；此指當地土著）椎髻、咙言（按：語言雜異也。咙，雜也，音ㄇㄤˊ），不曉文字，未有禮樂。從開明上至蠶叢，積三萬四千歲。」茫然，謂開國以來之歷史極其久遠，故茫昧而難詳。爾來，由彼時（開國之時）以來。四萬八千歲，誇飾時間之久遠；古人常以十二之倍數表示

數量之多。不與，或作「乃不與」「乃與」。塞，山川險阻之地；
秦塞，猶秦地，蓋秦中古稱四塞之地。不通人煙，極言其荒僻險
遠。按：古代蜀國本不與中原往來，《成都紀》謂秦惠王討滅蜀
王杜宇，封公子通為蜀侯；惠王二十七年（311 B.C.）以李冰為
太守，蜀人始通中國。

⑤「西當」二句——太白山，乃秦嶺之主峰，關中一帶最高之山嶽，
海拔 3767 公尺；因位於唐代京城長安以西約一百公里處，故云「西
當太白」。李白〈登太白峰〉詩云：「舉手可近月，前行若無山。」
可以想見其崇峻。因其峰頂終年積雪不融，盛夏視之，猶爛然而
白，故名。鳥道，險峻而迫仄的小徑，此處殆謂峰巒連綿而崇峻，
唯有稍低而成缺口處，才勉強容許飛鳥通行以為徑道，則人之難
至可知矣。橫絕，橫越、橫度也。峨嵋，見〈聽蜀僧濬彈琴〉詩
注。

⑥「地崩」二句——《華陽國志‧蜀志》載秦惠王許嫁五女於蜀，蜀
王遣五丁力士迎之；還至梓潼，見一大蛇入穴中，五丁並力掣其
尾，欲引之而出，竟使山崩地陷，壓死五丁及五女，山遂分為五
嶺。而《蜀王本紀》則謂五女皆上山化而為石。天梯，謂陡峭盤
曲之山徑穿入雲層之中，遠望如升天之梯。石棧，絕崖斷壁處本
無路可通，經鑿岩架木所築成的通道。相鉤連，謂逼仄之羊腸鳥
道與棧道始能銜接而勉強通行。

⑦「上有」句——六龍回日，神話傳說羲和為太陽神駕馭六龍以巡行
天下，到了悲泉便讓六龍休息，準備回頭；事見《太平御覽》卷 3
引《淮南子》高誘注。高標，本指立表為標記，其極高處稱高標；
此指蜀道之山為陝、蜀區之最高峰，足以為一方之地標，連為太
陽神駕車的六龍至此也無法翻越而不得不迴轉。編按：本句一作
「上有橫河斷海之浮雲」，則寫雲霧覆壓之高，與下句適成工整
之對偶。

⑧ 「下有」句──衝波逆折，謂激湍衝擊崖谷、撞擊山壁時形成巨浪，又逆流而折回。回川，紆曲之川流。

⑨ 「黃鶴」二句──黃鶴，即黃鵠，古書中鶴與鵠往往通用。猨猱（ㄋㄠˊ），猿猴之屬，長臂善嘯，善攀緣。攀緣，或作「攀援」「攀牽」「牽率」。

⑩ 「青泥」二句──青泥嶺，在今陝西略陽縣北，《元和郡縣志》謂其命名取義為「懸崖萬仞，山多雲雨，行者屢逢泥淖。」王琦注引《九域志》曰：「興州有青泥嶺，山頂常有煙霧霰雪，中巖聞有龍洞，其嶺上，入蜀之路。」盤盤，形容山路迂迴曲折。縈，繚繞。巖巒，險峻的巖壁及峰巒。

⑪ 「捫參」二句──捫，觸摸。參、井，星宿名。參宿三星，屬今所稱之獵戶座；井宿八星，屬雙子座。捫參歷井[3]，誇言去天極近，若可捫觸星宿而行，以狀青泥嶺之高。仰，描寫驚怖而不敢下望之情態。脅，縮、斂也；脅息，屏住氣息，不敢呼吸，唯兩脅暗中微動以舒氣息。膺，胸也；撫膺，拍撫胸口，為驚魂未定之狀。坐，癱軟無力，跌坐於地；既為地勢兇險，使人不敢前進之狀，亦有喘息片刻之意。

⑫ 「問君」二句──君，不特定對象之泛稱。畏途，令人望而畏怯之山路。巉巖，高聳險峻的峭壁絕崖。

⑬ 「但見」二句──號，悲啼。古木，或作「枯木」。雌從，或作「從雌」「呼雌」。

⑭ 「又聞」二句──子規，杜鵑之別稱[4]，頭灰褐色，體深褐色，胸腹白色，尾有黑斑，雜以棕白色點。春夏之際，長徹夜啼唱，音調哀切，相傳其聲如人語「不如歸去」，故能令旅人倍增愁思。又相傳此鳥為遠古時蜀王望帝的精魂所化生，及鳥喙帶有血黃色，世人遂誤以為此鳥常哀啼至泣血乃止，故白居易〈琵琶行〉曰：「杜鵑啼血猿哀鳴」。此二句亦可讀為「又聞子規啼夜月，愁空

山」；唯歌行中較少單獨出現之三字句，往往兩句連用。或本無「夜」字；又一本「夜月」作「月落」。

⑮ 凋朱顏──凋，因愁損、憔悴、沮喪而色變。朱顏，青春紅潤的容顏。

⑯ 「連峰」句──或作「連峰入煙幾千尺」，或「煙」作「雲」。

⑰ 「飛湍」二句──「飛湍」與「瀑流」為互文，統稱飛濺噴迸的懸泉瀑布。豗，音ㄏㄨㄟ，喧鬧聲。砯，音ㄆㄧㄥ，水沖擊崖壁之聲，此作動詞解；砯崖，謂飛瀑撞擊山崖而砰然作聲。轉，移也，繞也；轉石，謂飛泉繞過巨巖而流。

⑱ 「劍閣」句──劍閣，在今四川劍閣縣北，是在大小劍山間鑿石架閣而成的棧道，因群峰聳立如劍而名，是古代四川和陝西之間的主要通道。《水經・漾水注》：「又東南逕小劍戍北，西去大劍三十里，連山絕險，飛閣通衢，故謂之劍閣也。」此地形勢峻拔險要，易守難攻，史上不乏據地自雄之人。崢嶸、崔嵬，均形容山勢之突兀險峻。

⑲ 「一夫」四句──當關，把守關口。開，闖開關隘。或，倘若、如果。匪親，並非親信的心腹。親，一作「人」。狼豺，喻兇殘之禍害。西晉時蜀人張載〈劍閣銘〉云：「一夫荷戟，萬夫趑趄；形勝之地，非親勿居⁵。」左思〈蜀都賦〉曰：「至於臨谷為塞，因山為障……一人守隘，萬夫莫向。」

⑳ 「朝避」四句──朝夕二句，極言一日數驚，須隨時提防凶險。長蛇，巨蟒⁶；《左傳・定公四年》載伍子胥率吳師破楚之後，申包胥為了恢復楚國而向秦國討救兵時說：「吳為封豕長蛇，以荐食上國（意謂：吳國有如大野豬和大蟒蛇一樣貪婪，有逐漸吞噬中原的野心），虐始於楚。」磨牙吮血，形容嗜血腥而好殘殺。殺人如麻，形容殺人之多、殺人不眨眼。

㉑ 「錦城」二句──錦城，又名錦官城，為成都之代稱，以蜀漢故都

城外有錦江而得名；見杜甫〈蜀相〉詩注。樂，富足安樂[7]。按：《敦煌殘卷》中無此二句，詹鍈以為「是否為後人所加，尚不可知。」施蟄存以為蛇足當刪；筆者以為值得斟酌，見【導讀】。

㉒ 「側身」句──側身，描寫雖歷險途而倖歸，然餘悸猶存，故不敢正眼回顧的怖懼之狀。長咨嗟，長聲嘆息；一作「令人嗟」。

【補註】

01 《樂府詩集》中又錄有梁簡文帝所作的本題二首，內容是寫三峽水道；劉孝威二首，其一開篇即是「玉壘高無極，銅梁不可攀。」陳朝陰鏗一首，則是以「蜀道難如此，功臣詎可要」作結；唐初張文琮一首，結尾云：「攬轡獨長息，方知斯路難。」而李白所作，不論體裁、篇幅、內容、旨意等，皆與以上諸篇大異其趣。

02 施蟄存《唐詩百話》頁 208 謂此三字乃「噫嘻」的衍聲詞，並云：「東坡〈後赤壁賦〉云：『嗚呼噫嘻，我知之矣。』又〈洞庭春色賦〉云：『嗚呼噫嘻，我言夸矣。』也就是李白的『噫吁嚱』。李白把『噫嘻』衍為三字，蘇東坡更衍為四字，都用了蜀郡方言。」

03 由詩意看，似是由秦入蜀，則詩句應作「捫井歷參」較合理，蓋蜀地屬參宿的分野，秦地屬井宿的分野。

04 子規，有各種異名與傳說，參見王維〈送梓州李使君〉注②、李商隱〈錦瑟〉詩注⑤。

05 《漢書・高帝紀》載田肯對劉邦說：「秦，形勝之國也，帶河阻山，縣隔千里，持戟百萬，秦得百二焉（按：謂秦人因地利之便，能以二萬精兵敵百萬雄師）。」

06 杜甫〈發閬中〉詩云：「前有毒蛇後猛虎，溪行盡日無村塢。」老杜是由閬中歸返梓州，所經之地即劍閣南方，可見當時該地之荒涼與凶險；則此四句殆為實地景況之描寫，而非以蛇虎喻人之兇殘。

07 西晉人張載〈登成都白菟樓〉詩云:「人生苟安樂,茲土聊可居。」
陳子昂〈諫討生羌書〉云:「蜀為西南一都會,國家之寶庫,天
下珍貨聚出其中;又人富粟多,順江而下,可以兼濟中國。」李
白〈送友人入蜀〉詩云:「芳樹籠秦棧,春流繞蜀城。」老杜〈論
巴蜀安危表〉云:「蜀之土地膏腴,物產豐富,足以供王命也。」
其〈五盤〉詩云:「成都萬事好,豈若歸吾廬?」其〈登樓〉詩
云:「錦江春色來天地」,白居易〈長恨歌〉云:「蜀江水碧蜀
山青」。由以上詩文可知,錦城確乎為安居樂業之天堂。

【導讀】

〈蜀道難〉本是樂府古題。雖然在李白之前已有梁、陳及唐人之
作,但是李白卻能突破原本簡短而一韻到底的整齊形式,除了筆帶奇
氣,隨情轉韻之外,還大量運用散文句法——字數由三言、四言、五
言、七言、九言,甚至十一言——極盡參差歷落與錯綜變化之能事,
使讀者能經由抑揚頓挫的音調、鏗鏘盤鬱的聲情及吁嗟唱嘆的語氣,
領略詩中各種令人驚愕怖懼場景,與使人震駭畏恐的氛圍之後,彷彿
親身經歷了蜀道之難難於上青天的艱困與險惡,而有餘悸猶存之感。
除了縱橫跌宕、雄邁奔放的語言風格能撼動人心之外,詩人甚至還以
奇崛突兀的句法,模擬出嶔崟崢嶸的蜀道形勢[1],刻畫出猿愁鳥悲、
回日折波的險峻圖卷,充分展露出詩仙超凡絕塵、登峰造極的詩歌藝
術;因此,殷璠《河嶽英靈集》說李白:「文章率皆縱逸,至如〈蜀
道難〉等篇,可謂奇之又奇,然自騷人以還,鮮有此體調也。」胡應
麟《詩藪》說:「樂府則太白擅奇古今,少陵嗣跡〈風〉〈雅〉。〈蜀
道難〉〈遠別離〉等篇,出神入鬼,惝恍莫測。」沈德潛《唐詩別裁》
評本詩說:「筆陣縱橫,如虯飛蟺動,起雷霆於指顧之間。……李白
所以為仙才也。」無怪乎賀知章讀到本詩時要嘆賞不已而稱李白為謫
仙了[2]。

依照詩中用語來觀察，本詩殆為送別一位打算翻越秦嶺，經由蜀道前往成都的朋友而作。大概詩人憂念友人遠道涉險的安危，因此在餞席上特意向友人描述蜀道艱險高危的形勢，期盼經由危言聳聽的恫嚇之辭，讓對方取消冒險之舉[3]。除了最前面的「噫吁嚱！危乎高哉！蜀道之難，難於上青天」等句是開篇序曲，而最末的「蜀道之難，難於上青天！側身西望長咨嗟」等句是尾聲餘波外，中間大致上可以依照隨情轉韻的原則，區分為五個段落來解讀詩境[4]。

「噫吁嚱」三字，是以蜀地的方言來表達自己對於蜀道的總體觀感，其意涵略近於今日口語中之「唉呀！唉唷喂呀！」大概是友人詢問起蜀道的情況時，詩人不禁驚呼出聲，透露出聞之色變，未語先嘆的驚懼之情。儘管詩人尚未說出一句話，甚至還不算使用了一個正式的字詞來形容描述，卻已經藉著大驚小怪、長吁短嘆的語氣，表達出「說來話長，一言難盡，切莫前去」的無限感慨。這種失聲變色之嘆，符合突然受到驚嚇與刺激的反射動作，表達出怖悸猶存的真實狀況，既能逗出對方的好奇注意而有引人入勝的效果，也使詩篇有了先聲奪人的氣勢。

有了相當突兀卻又聲情飽滿、合情入理的開篇之後，詩人的思緒似乎開始進入艱危陡峻的蜀道，他的腦海中頓時湧起一座座聳拔雲天的山嶽，和一幅幅驚險萬狀的畫面，因此他又以狀詞「危」與「高」來承續前面的吁嗟，再綴上兩個語氣詞「乎」與「哉」來加以詠嘆，於是「噫！──嗚呼！──危乎！──高哉」七字，便成為四折腰句，有了抑揚頓挫的聲情和跌宕起伏的氣勢，同時也以盤屈峭折的句式，勾勒出崎嶇坎坷的山區景況，和驚心動魄的深刻印象。讀來彷彿是親身體驗過萬死一生境地的人，在僥倖歷劫歸來時心有餘悸的驚呼，令人也有如見如聞的怪愕之感。賀裳《載酒園詩話・又編》說這七個字：「如纍碁架卵，誰敢併於一處？」可見本句措語之奇妙。

不過，僅止於嗟嘆其高危的形象，似乎仍然停留在客觀描述的層

次而已，因此詩人又繼之以「難」字來概括身歷險境時的感受。此時
詩人似乎又陷入了穿越蜀道時舉步維艱、進退失據的困境之中了：欲
進，則不知前方尚有多少凶險足以致命，以至於躊躇不定，精神餒鈍，
難矣哉！欲退，則又不知還有多少體力與勇氣足以再度搏命，以至於
猶豫不決，意志萎靡，又難矣哉！那種身軀懸在斷崖、掛在絕巘時進
退兩難，只能聽天由命的險狀，似乎令詩人一時之間無法找到一個最
精確的詞語來傳達膽裂魂飛的感受，因此他只能在直嘆其高危的形勢
之後，拉長語調地說出：「說起蜀道之難行嘛——」來作一個停頓，
以便能思索出最貼切的敘述方式；經過片刻的意緒翻飛之後，詩人終
於找到了最能傳達真實感受的用語了：「蜀道之難——難於上青天！」
前四個字的頓挫轉折和後五個字的一氣奔注，不難體會出詩人即使是
在事過境遷、痛定思痛的理性介紹中，仍然掩藏不住驚魂未定的恐懼
之情，因此他才會以過來人的口吻、嗟嘆的語氣，和兩個「難」字的
頂真手法來強化刻骨銘心的艱危之感，希望友人不要輕身涉險。當然，
友人並不會因為詩人誇張的語調就改變心意，反而可能因此感到興味
盎然，要求詩人鉅細靡遺地追憶路況，描繪景致，因此李白便以「蠶
叢」以下的十二個長句，詳盡地介紹蜀道開闢的傳說及其雄奇險譎的
總體景觀，並藉此導入正題，完成首段的內涵。

　　「蠶叢及魚鳧，開國何茫然！爾來四萬八千歲，不與秦塞通人煙」
四句，是藉著《蜀王本紀》的傳說，誇張地敘述秦、蜀雖然比鄰連接，
卻封閉阻絕長達數萬年之久，彼此不相往來的傳說。李白藉著歷史的
難以探索追溯，一方面渲染蜀地的神秘氣氛，增加險惡難測之感；另
一方面，暗示蜀國地勢奇峻，無路可通，為後面的文勢先行鋪墊。「煙」
字很值得玩味：由兩地居民的老死不相聞見，已經可以見出山高水阻
之意，甚至連炊煙都無法飄出崇山峻嶺之外，則山勢之壁立萬仞而又
各自環抱成一個完全封閉的天地，也就不言可喻了！

　　詩人接著又進一步以「西當太白有鳥道，可以橫絕峨眉顛」兩句

來誇示「不通人煙」所隱藏的高峻之涵義：唯有海拔將近四千公尺的太白山峰，才能勉強讓秦地的飛鳥找到一個狹窄迫仄的航道，飛向蜀地海拔三千餘公尺的峨嵋頂峰去；則秦嶺與蜀山之間全部都是重巖疊嶂，綿延相接，幾乎絕無低於三、四千公尺的缺口，也就不問可知矣。飛鳥在這種險峻的山區勉強飛行，一旦偏離狹窄的航道，不是誤入群山萬壑、峻極天庭的迷魂陣中而「悲鳥號古木，雄飛雌從繞林間」，便是撞山斃命的驚險情狀，也就不難想像了！鳥有矯健的雙翼可以翔翔，猶難展翅強度關山；則人欲翻山越嶺，實屬癡心妄想，也就映襯得相當鮮明具體了。

「地摧山崩壯士死，然後天梯石棧相鉤連」兩句，則是在傳說的基礎上再增添稗官野史中跡近於神話的故事，使秦塞與蜀地的山勢，又多了地坼天崩的磅礡氣勢，和鬼斧神工開鑿而出的天梯石棧騰空飛谷的景象。詩筆至此，才算是正式描繪蜀道中特有的險峻景觀。「上有六龍回日之高標，下有衝波逆折之回川」兩句，前一句是進一步勾畫出因五丁神將拔蛇裂山的壯舉，導致地層下陷、山脈截斷之後的群峰，仍然令替太陽神駕車的羲和與六條神龍難以翻越，終究不得不悵然折返的情狀，來印證自古以來人煙不通的真實可信；後一句是以河川撞擊崖岸時激盪起的滔滔巨浪，以及形成回溯的逆流之洶湧，襯托山高谷峻的落差之大、景觀之奇──水勢越湍急凶險，越顯出山勢之巍峨峭拔！經過這樣的高下對比之後，既凸顯出當年山嶽傾塌時震地動天的駭人聲勢，又為第四段的「飛湍瀑流爭喧豗，砯崖轉石萬壑雷」預留伏筆；不僅筆勢雄奇恢宏，而且針線細緻綿密，很值得用心推敲。

「黃鶴之飛尚不得過，猿猱欲度愁攀援」兩句，是以鶴畏而猿愁的虛筆，補寫經過「地摧山崩」的鉅變後，鳥道更加狹窄險仄，藉以映襯蜀道高標之突兀撐空，以及重巒疊嶂之壁立千仞，陡峭險峻，並暗示行人至此絕境必然束手無策、無計可施的窘狀，希望友人能夠知難而退。這幾句的筆法虛實相生，極其飄忽靈活，語勢凌厲勁健，又

極其豪快奔放；無怪乎楊誠齋說李白之詩如「列子之御風」，徐仲車說青蓮之作如「神鷹瞥漢」（楊慎《升庵外集》引），宋濂〈答章秀才論詩書〉說謫仙「詩格極高，其變化若神龍之不可羈。」

　　儘管首段十二句寫得氣勢遒壯，卻還只算是旅行社印刷精美的文宣上的奇觀簡介和蜀山概述而已，只怕不僅無法令遊興正濃的友人取消此行，反而更容易被撩起冒險犯難的豪情而躍躍欲試，因此詩人便藉著生花妙筆，讓自己像導遊般現身說法 [5]，繪聲繪影地帶領友人深入山區去實地體驗執意硬闖的艱危情狀：「青泥何盤盤，百步九折縈巖巒！」原來行人好不容易驚險地爬過上有迴日高標、下有衝波逆流的天梯石棧，早已頭暈目眩，手疲腳軟而膽裂魂飛之際，還得在雲昏雨暗、泥淖沒脛的青泥嶺上舉步維艱地跋前疐後，忽高忽低地迂迴蛇行！好不容易才脫困而出之後，還得提心吊膽地在陡峭的山巖間百步九折地手腳並用，左拐右繞，以免跌落山谷而粉身碎骨！何況，那還只是白天的情況而已！

　　到了夜晚，崎嶇的山路上根本沒有可以歇宿的平坦之處，行人還是得拖著疲憊的身軀繼續「捫參歷井仰脅息」地前進。此時倒不必擔心眼前黑漆漆地無法趕路，因為滿天的星光就在頭上；所要戒慎恐懼的是萬一腳下一個跟蹌，就會跌入深不可測的峻谷之中，被潛伏著的山精水怪所吞噬！因此行人便只敢抬起頭來攀著星子緩步前進，唯恐一個閃神沒有抓牢星子突出的稜角，就得墜落到闃黑的深淵裡去了！為了使情節更加逼真生動，也更讓人有毛骨悚然的臨場感，以達到危言聳聽的效果，李白以「捫、歷、仰、脅」等動作凸顯出蜀山之高危與行路之艱難後，又進一步藉著「以手撫膺坐長嘆」七個字來作細節描寫，表現出星夜趕路時山之高峻既令人不敢顧盼，路之險峭又令人不敢進退，於是只能驚惶萬狀地癱軟跌坐在地，魂飛魄散地以手拍胸，不禁滿懷悔意而發出絕望的嘆息！

　　有了上述四句「捨命陪君子」般的「現場導遊」，以及極其傳神

而又驚險萬分的動作演示，才使友人似乎當真感受到有如經歷過虛擬實境的震撼效果，一時之間不僅聽得目瞪口呆，凝神屏息而已，大概原本執意要探險的豪情壯志，也不免因此而有些意志動搖，顯得躊躇畏怯起來，甚至在聽得驚心動魄之餘，也不自覺地「以手撫膺坐長嘆」了！

　　經過第二段的現身說法之後，友人半信半疑的困擾情狀可能已經寫在臉上了，因此詩人趁虛而入地適時表達關切：「問君西遊何時還？」他並不直接勸阻對方切勿涉險，而是採用欲擒故縱的迂迴手法，柔情地詢問對方是否已經預先在心中先設下一個折返點，以免陷於呼天不應、叫地不靈的困境而悔恨莫及。詩人婉轉的語氣中流露出綿長的情義，顯得既溫厚，又體貼，讓人冒險的決心難免因此動搖，於是詩人便打鐵趁熱地再補上一句：「畏途巉巖不可攀」來喚起對方的注意：既然連黃鶴都難以飛越高標，連猿猴都為之愁絕，行人又怎能不視為畏途而望之卻步呢？「不可攀」三字尤其能傳達出詩人掩藏不住的焦慮，因此衝口而出的憂心之詞便顯得格外急切了。大概為了讓自己的苦口婆心達到令對方知難而退的效果，於是詩人更進一步以聲音烘托氣氛，點染情境：「但見悲鳥號古木，雄飛雌從繞林間！」這兩句乍讀之下似乎很突兀，彷彿與前後文句都不易銜接得上，可是用心思考之後，可以發覺作者如此安排，可能另有深意存焉：

* 第一，表示一旦飛鳥失群迷途而誤入峻極天宇的蜀山之間，就往往找尋不到峰巒之間較為低矮的出口而心急如焚，即使牠們東飛西竄地想要突圍而出，仍然會四處碰壁；因此牠們在驚惶撲翅之後，也只能心餘力絀地在古木上困惑地悲啼了。換言之，這兩句是呼應前面「西當太白有鳥道」「上有六龍回日之高標」「黃鶴之飛尚不得過」「捫參歷井仰脅息」等句意，暗示山勢之崇峻聳拔。

* 第二，「但見」二字又暗示群山聳峙中，除了飛鳥的蹤影之外，

　　別無人跡；既側寫山高嶺險，也有意提醒友人獨行山區時孤立無
　　援的困境，引起對方的驚惶之感。

＊第三，它們和「又聞子規啼」結合起來，可以達到以聲情示現的
　　效果，把情境渲染得悲淒異常，令人置身其間時愁思倍增而鄉情
　　滿懷。

何況，空山月色，本來就容易撩起旅況寂寥的感傷，也容易勾起思歸
念遠的鄉愁而倍覺悽涼，此時又聞杜鵑鳥以詭譎的哀音呼喚著：「不
如歸去！不如歸去！」自然令人心煩意亂而不堪其悲了。經由這樣以
聲襯境與情藏景中的設計之後，詩人希望友人及時醒悟的心意，也就
傳達得極為清楚明白了。沈德潛《說詩晬語》論歌行體時說：「蒼蒼
莽莽之中，自有灰線蛇蹤，蛛絲馬跡，使人眩其奇變，仍服其警嚴」
者，本節足以當之。

　　正當友人的心魂被李白生動的敘述和傳神的口技帶往荒山月夜
的情境之中，一時間頗覺入耳驚心，意駭神奪而惶悚不安時，詩人適
時地再加上一句：「蜀道之難，難於上青天」，就有如在對方脆弱的
心鼓上給予沉重的一擊，自然令友人真有「使人聽此凋朱顏」的感受，
於是他原本半信半疑的表情，變得既愁且憂，而原本因為首段的奇景
壯觀而興奮紅潤的臉頰，可能就也頓時黯淡無光了。

　　長達數百公里的凶險蜀道，當然不可能只經過兩晝夜就能穿越，
因此詩人在以「捫參歷井仰脅息」和「夜月愁空山」兩句表示經歷了
漫長艱苦的夜行之後，便再接再厲地凸顯出此後數日的旅途中隨處可
見的高危之狀，並暗示行人再也不敢昏夜趕路之意。「連峰去天不盈
尺，枯松倒掛倚絕壁」兩句，前者是從仰望的角度誇飾崇山峻嶺的凌
雲摩天之姿，後者則從俯瞰的角度襯托絕壁斷崖如刀削斧劈的陡峭之
勢；如此高下對比的手法，便把關隘既高且危的雄奇景觀，烘托得極
具懾人心魂的氣勢了[6]。

　　「飛湍瀑流爭喧豗，砯崖轉石萬壑雷」兩句，一改由靜態畫面呈

現陡峭崚嶒之姿的寫法，轉而以動態的聲響來烘托其險峻危殆之勢。正由於飛瀑流泉奔騰而下時的落差極大，速度極快，所以才會有撞擊山崖、震撼山巖的轟然巨響，造成萬壑咆哮、奔雷怒吼的聲勢，使人驚心動魄！詩人雖然似乎有意在「使人聽此凋朱顏」所形成的聳動效果上再乘勝追擊，以「連峰去天不盈尺……砯崖轉石萬壑雷」力勸對方懸崖勒馬，回頭是岸；但是這四句卻又把蜀道風光描繪得雄奇壯偉，氣勢非凡，反而可能又會激起對方一覽奇觀的興致，因此作者便把話題拉回警告與勸阻的主軸：「其險也如此，嗟爾遠道之人胡為乎來哉！」既流露出劫後餘生之人對於可能重蹈覆轍者的悲憫痛惜之情，也充分表達出對於友人執意冒險的驚悸、遺憾與不以為然的態度。

為了增加說服的力量，詩人更另闢蹊徑，轉而以軍事要塞的凶險來撲滅友人可能再度燃起的觀光熱情：「劍閣崢嶸而崔嵬，一夫當關，萬夫莫開！」指出要塞險峻而通道狹隘，擁有易守難攻的形勝，因此不論由秦入蜀或者出蜀返秦，捨此別無他途；這就自然潛伏著「所守或非親，化為狼與豺」的危機了，因此詩人替友人入蜀之後會不會遭到狼子野心的守將恃險叛變，據地自雄，以至於道阻路斷，夢魂難歸而牽掛不安。「一夫當關」以下四句，除了檃栝張載〈劍閣銘〉的名句「一夫荷戟，萬夫趦趄；形勝之地，匪親勿居」之意而變化其詞，使語氣更為斬釘截鐵，氣勢更為雄放遒壯之外；「一夫」兩句是由正面映襯其戰略地位之重要，「所守」兩句則是由反面凸顯其險要之形勢：筆法之靈活善變，值得借鏡。此外，長達十一句的這一大段中共有兩個四字句，三個五字句，五個七字句，和一個多達十一字的長句，可謂極盡跌宕頓挫、高下閃幻之能事矣，因此田雯《古歡堂雜著》卷2評曰：「太白以縱橫之才，俯視一切，〈蜀道難〉等篇，長短句奇而又奇，可謂極才人之致。然亦惟青蓮自為之，他人不敢學，亦不能學也。」

儘管指出了守將包藏禍心的可憂，畢竟「所守或匪親」只是詩人

設想的假象，未必能收到當頭棒喝的效果，立即令友人聞之色變，因此詩人便以自己生長於蜀地的親身體驗，更進一步指出：通過劍閣之後，並不表示已經平安抵達天府之國，從此否極泰來，可以安居樂業了；反而是走入了殺機四伏的魔窟鬼域而險象叢生。「朝避猛虎，夕避長蛇」，這兩句不僅表示毒蛇猛獸之多，以至於一日數驚，必須全神戒備，而且和前面所言守將或許懷有異志的杞人憂天比較起來，顯然並非詩人的危言聳聽之詞，而是真實存在的禍害，這就當然令人毛骨悚然而思之膽寒了！杜甫〈發閬中〉詩云：「前有毒蛇後猛虎，溪行盡日無村塢」，可見李白並非虛言恫嚇，而是蜀地荒僻凶險的真實寫照，這就自然具有震撼人心的效果了。

「磨牙吮血，殺人如麻」兩句，則刻意凸顯出牠們猙獰醜惡的狀貌和殘暴狠毒的本質，形象具體而語氣堅決，的確令人有驚心駭目、魂飛魄散之感。敘述至此，友人原本蠢蠢欲動的心意，大概也變得搖搖欲墜了，因此詩人再以「錦城雖云樂」來反襯一筆，提醒友人留意他所欲前往的蜀地雖然風光明媚，物阜民豐，卻必須冒著極大的生命危險，實在不值得逗留眷戀。何況一旦天下有變，則錦城之富庶適足以成為叛逆為禍的憑藉，而友人也終將淪為豺狼的奴臣，喪命虎吻而葬身蛇腹了！就在對方感到遲疑惶惑時，李白又加上一句：「不如早還家」，希望能夠經由反向作用的張力之大，收到振聾發聵、警醒迷誤的效果。換言之，有了「錦城」二句，除了能映襯出蜀道之凶險詭譎與艱危難行之外，也指出友人所欲前往的地點，同時還把詩人提心吊膽的關愛之情，和不惜威脅恫嚇，無所不用其極的挽留手段展露無遺了。

由篇首的追憶蜀道之難而惕之以「危乎高哉」，期望能在友人啟行之前就有效勸阻；到篇中各段馳騁筆墨，詳細地刻畫途中所遇的奇險之境，而又懼之以「仰脅息」「坐長嘆」，警之以「凋朱顏」「不可攀」，威之以豺狼蛇虎之磨牙吮血，殺人如麻，希望能令友人知難

而退，及早醒悟。而且還在問之以「何時還」「胡為乎來哉」之餘，更斷之以「不如早還家」！李白對朋友關切憂懼的情誼，實在表達得深刻異常，令人動容。唯其既有啟程之前的艱難，又有途中可以預知的危殆，更有入蜀之後難以測度而又必然遭遇的凶險，因此詩人才會三度不由自主地驚呼「蜀道之難，難於上青天！」從而自然形成回環往復，吁嗟唱嘆的悲愴聲情。最後詩人又以「側身西望長咨嗟」七字，傳神地勾勒出噩夢雖醒而驚魂未定，歷劫歸來而餘悸猶存的心理狀態，以及不敢再正面回望的惶悚情狀。詩筆雖然在此戛然而止，卻顯得餘波盪漾，耐人回味。相信友人聽了李白語重心長的描述之後，也能三復斯言而感念詩人的苦口婆心吧！

這首讓李白驚動公卿，騰譽人間的曠世傑構，其章法之變幻、句式之錯落、音韻之頓挫、謀篇之謹嚴、構思之靈活，均有可觀之處，有如張顛之狂草，在橫斜旁出的墨趣和龍飛鳳舞的筆勢中，自有森嚴的法度；而其氣象之恢弘、氣勢之磅礴、命意之奇譎、筆力之雄渾，則儼然有霸王扛鼎、拔山斷海之勢！杜甫〈寄李二十二白二十韻〉云：「筆落驚風雨，詩成泣鬼神！」本詩誠足以當之。因此，李東陽《麓堂詩話》才會以為本詩不僅是「精金美玉」「鳳凰芝草」而已，更是古今嘆賞，千載流芳的「盡善盡美」之作。

【補註】

01 請參見黃永武教授《唐詩三百首鑑賞》頁 293 至 294 所排列出的圖畫詩。

02 與李白曾經相遊甚歡的魏顥在〈李翰林集序〉中說：「故賓客賀公奇白風骨，呼為謫仙子。」唐人孟棨《本事詩·高逸第三》云：「李太白初自蜀至京師，舍於逆旅。賀監知章聞其名，首訪之。既奇其姿，復請所為文。出〈蜀道難〉以示之。讀未竟，稱歎者數四，號為『謫仙』，解金龜換酒，與傾盡醉。期不間日，由是

稱譽光赫。賀又見其〈烏棲曲〉，歎賞苦吟曰：『此詩可以泣鬼
神矣。』」五代王定保《唐摭言・知己》曰：「李太白始自西蜀
至京，名未甚振，因以所業贄謁賀知章。知章覽〈蜀道難〉一篇，
揚眉謂之曰：『公非人世之人，可不是太白星精耶！』」而與李
白同時的殷璠所編的《河岳英靈集》則收錄開元二年（714）至天
寶十二載（753）之間的詩作，〈蜀道難〉已在其中，因此顧炎武
《日知錄》卷 26「新唐書」條以為本詩當作於開元、天寶間，大
抵近是。

03 李白另有一篇〈劍閣賦〉和一首〈送友人入蜀〉的五律，賦題下
原注云：「送友人王炎入蜀。」因此詹鍈《李白詩文繫年》以為
這兩篇與本詩是對象與作用皆相同的一時之作。從內容觀察，大
概都屬於分手前夕，把盞餞別後或臨歧話別前的口吻。就本詩而
言，可能詩人特別憂念入蜀之友人安危，因而以懸想示現的口吻
（筆墨）表達難以釋懷的擔心，期盼友人知難而退，回心轉意。

04 唯有第四段前兩句的「尺／壁」押入聲十一「陌」韻，與「豗／
雷／哉／崿／開」用上平聲十「灰」韻，「豺」為上平聲九「佳」
韻（按：古詩「灰」「佳」二韻可以通押）者不協，因此施蟄存
《唐詩百話》頁 212 中說：「『尺』、『壁』一韻，只有二句，
接下去立刻就換韻，使讀者到此，有氣氛短促之感，在長篇歌行
中忽然插入這樣短韻句法，一般都認為是缺點。儘管李白才氣大，
自由用韻，不受拘束，但這兩句韻既急促，思想又不成段落，在
講究詩法的人看來，終不是可取的。」其說值得參考。

05 所謂「現身說法」，是假設詩人以歷劫歸來而餘悸猶存之人的口
吻，為對方極盡誇張之能事地描述險狀而言，並非表示詩人曾經
穿越詩中的這條蜀道。後文所謂「捨命陪君子」「現場導遊」云
云，意亦同此。

06 賀裳《載酒園詩話・又編》認為「連峰去天不盈尺」四句造句之

妙，「每讀之，劍閣、陰平（按：在今劍閣縣西北二十餘公里、
古劍閣關隘西南三十餘公里處）如在目前。」如其理解無誤，則
由「連峰」以下的十一句，都是寫劍閣一帶的形勝，當合為一段。

【評點】

01 范梈：七言長古篇法……舊題乃篇末一、二激上起句，又謂之「顧
首」，如〈蜀道難〉〈古別離〉〈洗兵馬〉是也。（《木天禁語》）

02 劉辰翁：妙在起伏。其才思放肆，語次崛奇，自不在言。（《唐
詩品彙》引）

03 桂天祥：辭旨深遠，雄渾飄逸，杜子美所不可到。（《批點唐詩
正聲》）

04 李沂：太白創體，空前絕後。（《唐詩援》）

05 郝敬：太白長歌，森秀飛揚，疾於風雨，本其才性獨詣，非由人
力。（《批選唐詩》）

06 陸時雍：近賦體，魁梧奇誦，知是偉大。（《唐詩鏡》）

07 周珽：總言蜀道之難也。劈空落想，竅鑿幽發，應使筆墨生而渾
沌死。（《唐詩選脈會通評林》）

08 邢昉：變幻神奇，仙而不鬼；長吉魔語，視之如何？ ○百代無
能仿象，才涉意即入長吉魔中矣。 ○通篇奇險，不涉旁意，不
參平調，其勝〈天姥〉〈鳴皋〉以此。（《唐風定》）

09 許學夷：屈原〈離騷〉，本千古辭賦之宗，而後人模仿盜襲，不
勝厭飫。……至〈遠別離〉〈蜀道難〉〈天姥吟〉，則變幻恍惚，
盡脫蹊徑，實與屈子互相照映。（《詩學辯體》）

10 朱之荊：倏起倏落，忽虛忽實，真如煙水杳渺，絕世奇文也。（《增
定唐詩摘抄》）

11 賀裳：〈蜀道難〉一首，真與河嶽並垂不朽。（《載酒園詩話‧
又編》）

091 送友人（五律） 李白

青山橫北郭，白水繞東城。此地一為別，孤蓬萬里
征。浮雲遊子意，落日故人情。揮手自茲去，蕭蕭
班馬鳴。

【詩意】

　　青翠的山巒靜靜地橫臥在北邊的城外，澄澈的流水默默地環繞著
東面的城垣，就在這山水有情的地方和你道別，而後你就像秋風中的
蓬草一樣，要獨自飄飛到萬里以外的天涯了，所以，我親愛的朋友，
請你要多加珍重。天邊漂浮的白雲，似乎和你一樣有著漂泊不定的靈
魂；而眷戀著山嶺的落日，彷彿和我一樣有著依依難捨的情感。揮一
揮手，你就從此離開了，看著你漸行漸遠漸模糊的背影時，又聽到馬
匹昂首悲鳴，更平添我無限的感傷……。

【注釋】

① 北郭—北邊的外城。內城曰城，外城曰郭。

② 「孤蓬」句—蓬草秋後根枯易斷，常隨風飄飛，故藉以譬喻遠行
　天涯的友人；鮑照〈蕪城賦〉有「孤蓬自振」之語，太白化用此
　句，也許寓有敦請友人珍重自勉之意。征，遠行也。

③ 「浮雲」二句—寫友人一去長別，漂泊不定，心緒茫然；而自己
　依戀難捨，無計挽留，黯然神傷。王琦注云：「浮雲一往而無定
　跡，故以比遊子之情；落日銜山而不遽去，故以比故人之情。」
　此為正解。按：浮雲句，有可能化自〈古詩十九首·行行重行行〉：
　「浮雲蔽白日，遊子不顧返。」

④ 「蕭蕭」句—蕭蕭，馬鳴聲；《詩經·小雅·車攻》：「蕭蕭馬

鳴」。班，別也；班馬，離群之馬。句謂兩人分手時的坐騎，彷彿也深知離別之悲而長鳴。

【導讀】

一首成功的送別或留別詩，往往是作者先把自己個感情融入景物之中，而後以景物渲染氣氛，襯托離情，使讀者經由景物所呈現的意象來引發聯想，並走入詩中的情境去親見親聞，從而產生恍如身歷其境時目遇其色，耳接其聲與心觸其情的深刻感受。王勃〈送杜少府之任蜀川〉的「城闕輔三秦，風煙望五津」、王昌齡〈芙蓉樓送辛漸〉的「寒雨連江夜入吳，平明送客楚山孤」、王維〈渭城曲〉的「渭城朝雨浥輕塵，客舍青青柳色新」，以及李白本人〈黃鶴樓送孟浩然之廣陵〉的「孤帆遠映碧山盡，惟見長江天際流」、〈贈汪倫〉的「桃花潭水深千尺，不及汪倫送我情」等皆是如此，本詩亦然。

茲分別從情景交融、空間推拓和時間綿延的角度，簡述本詩的高明之處。

先就情景交融而言，首聯「青山橫北郭，白水遶東城」，既能象喻感情綿延如山，長遠似水；也能喚起離愁橫亙於胸中，別緒縈繞於心裡的聯想。腹聯「浮雲遊子意，落日故人情」，更是借眼前景抒心中情的兩面手法，形象優美而意涵深刻。尾聯「揮手自茲去，蕭蕭班馬鳴」，又借馬鳴蕭蕭寫別情淒淒：原本可能未必相識的馬匹，猶不忍驟然離別；相知相惜之人，又豈堪長別？如此襯托，更顯得深情綿邈。雖不言悲，其悲自見；雖不言愁，其愁自深。因此沈德潛《說詩晬語》稱讚李白之作往往「語近情遙，含吐不露；以眼前景，道口頭語，而有絃外音，味外味，使人神遠。」屈復《唐詩成法》也說：「止寫馬鳴，黯然銷魂，見於言外。」

再就空間推拓而言，首聯的青山北郭，白水東城，已經先以遼闊邈遠的景象，點出送別之地的視野之寬廣，於是詩人的眼神便自然而

然地由送別的地點極目眺望，並遠遠地飄向萬里外友人即將前去的地方，表現出詩人對友人關懷之情的綿長可感。再者，孤蓬之渺小與萬里之廣大，形成對比懸殊的畫面，既使空間更形遼遠無盡，也使「孤」字的形象更為凸顯，於是友人前程茫茫的惆悵和漂泊不定的苦悶，以及自己依依不捨的眷戀和送別之後的孤單，都可以自然地延伸到腹聯中借「浮雲」「落日」來象喻。

而就時間的綿延而言，「此地一為別／揮手自茲去」兩句是寫依依惜別的此際，「孤蓬萬里征／浮雲遊子意」兩句則是聯想到別易會難的日後，充分流露出李白對於友人遠行後漂泊生涯的牽掛之情，也自然傳達了自己對於朋友的遙念之思。

總之，首聯「青山橫北郭，白水遶東城」，是以工整的對句描繪出惜別的地點，可以想像兩人並肩緩轡由城裡送到城外的情深義重。頷聯「此地一為別，孤蓬萬里征」，是以散行的句法舒暢首聯對偶的凝重句勢，使氣韻較為靈活流暢。至於腹聯「浮雲遊子意，落日故人情」，則是借眼前所見的景象來寄託情感，營造出豐懋深美的意蘊，可見詩人點染隨心的自然高妙；因此仇兆鰲《杜詩詳注》說：「太白詩『浮雲遊子意，落日故人情』，對景懷人，意味深永；少陵詩『寒空巫峽曙，落日渭陽情』，亦是寫景贈別，而語意淺短。杜詩佳處固多，此等句法卻不如李。」尾聯「揮手自茲去，蕭蕭班馬鳴」，則盪開一筆，轉寫馬匹之惜別，以襯人之不堪，顯得蘊藉含蓄，筆有餘情；因此沈德潛《唐詩別裁》說：「蘇李贈言，多唏噓語而無蹙蹙聲，知古人之意在不盡矣；太白猶不失斯旨。」

本詩所送之人、送別之地、寫作年代等背景資料均無從求證，然卻無礙其為言淺意深、語短情長的送別名作。就詩中用語觀察，似無少年時的剛腸壯懷，也無老年時的愁腸悲懷，只有中年時如水綿長，如酒醇厚的離情別緒，因此暫時將本詩視為中年所作。

【評點】

01 嚴羽：五、六澹蕩淒遠，勝多多語。（《李太白詩醇》引）

02 葉羲昂：不淺不刻，自是爽詞。（《唐詩直解》）

03 唐汝詢：起極弘遠，接得輕便，結更淒楚。　○吳敬夫：深情婉
　　轉，老致紛披。（《唐詩歸折衷》引）

04 弘曆：首聯整齊，承則流走，而下聯健勁，結有蕭散之致。大匠
　　運斤，自成規矩。（《唐宋詩醇》）

05 胡本淵：起句整齊，結得灑脫，悠然不盡。（《唐詩近體》）

06 梅成棟：青蓮五律無一首不意在筆先，掃盡人千言萬語，破空而
　　下。（《精選五七言律耐吟集》）

092 玉階怨（五絕樂府）　　　　　　　李白

玉階生白露，夜久侵羅襪。卻下水精簾，玲瓏望秋
月。

【詩意】

　　深宮之中，白色石階上滋生出越來越多晶瑩的露珠，這表示夜色
已深，不知道她已經佇立枯候多久了，直到沁涼的露水逐漸滲透浸濕
她的羅襪，她才突然驚覺早已庭寒露濃，今夜美好的期待又一次落空
了！無可奈何之餘，她只好失望地退回屋裡，放下水晶珠簾，似乎想
要斷然割捨糾纏煩亂的情絲而準備就寢了；可是，你看：她卻又悄悄
地隔著晶瑩得幾乎透明的珠簾，癡癡地凝望著秋空皎潔的明月……。

【注釋】

① 詩題—漢代班婕妤因趙飛燕姐妹入宮而失寵，遂自請退居長信宮

以侍奉太后，並作〈自悼賦〉以抒怨；謝朓取其「華殿塵兮玉階
苔」之句而作〈玉階怨〉，遂有本題；收入《樂府詩集》中〈相
和歌辭・楚調曲〉。李白擷取謝詩中「夕殿下珠簾……思君此何
極」之意而作本詩。本題與〈長信怨〉〈婕妤怨〉等皆為專詠宮
怨的詩題。

② 玉階——以似玉的白石所砌成的臺階。

③ 羅襪——羅，輕軟而有細孔的絲織品；羅襪，是古代富貴人家的女
性才穿得起的奢侈品。「襪」字古時屬入聲的「月」韻，故可協
韻。

④ 「卻下」句——卻，還也；有不得不然而又不甘如此之意。水精，
同「水晶」，似今之琉璃、玻璃。不過，當時可能尚未發展出水
晶珠簾；故詩中所寫，大概是以雲母片一類薄而透明的裝飾物所
綴成的簾子。

⑤ 「玲瓏」句——玲瓏，透明晶瑩貌。句謂透過水精簾的透明清瑩，
仍然癡望皎潔的秋月而不肯入眠。吳文溥《南野堂筆記》曰：「『玲
瓏』二字最妙，真是隔簾見月也。」

【導讀】

本詩是寫宮「怨」之情，但是作者卻只透過景物的描寫、人物的
動作與時間的移換來烘托渲染，就能不使用「怨」字而細膩地刻劃出
宮女嬪妃失意時內心深沉的幽怨，達到詩家所謂「不著一字，盡得風
流」的化境，因此讀來更覺含蓄蘊藉，情韻悠長；無怪乎胡應麟《詩
藪》以為本詩「妙絕古今。」乾隆《唐宋詩醇》也說：「妙寫幽情，
於無字處得之。『玉顏不及寒鴉色，猶帶昭陽日影來』，不免露卻色
相。」正由於本詩完全避開正面的抒情，只選擇以景傳情的婉約手法，
讓讀者經由豐富鮮明的景物和細膩傳神的動作，去領會作者在形象語
言之中所寄藏的幽微詩心，因此鍾惺《唐詩歸》才會驚嘆地說：「一

字不怨，深！深！」他所欣賞的，正是本詩情寄景中而意餘象外的遙情遠韻。

以下從三個面向探討本詩值得欣賞之處。

首先，是以景物烘托身分，渲染情境。「玉階」「羅襪」「水晶簾」三組詞語，足以使人想見詩中女子身分之尊貴與生活之優渥。可是越是錦衣玉食的富裕，越能反襯出其人內心之空虛；越是堂皇華麗的場景，也越能反襯出其人心境之暗淡寂寥。再者，沁涼的露水能夠逐漸浸濕羅襪，則夜色之深沉、佇候之久長與處境之孤寂，已不言可喻；而其人原本滿懷浪漫的熱情，因望穿秋水而逐漸冷卻，進而凝結成霜，而後更固化成冰的淒苦幽怨，也隱然可知了。此外，夜涼如水，羅襪生寒，又暗示這是一位失寵的宮妃；而玉階白露、水晶珠簾、玲瓏秋月等詞面，既帶有幽冷意味，又都泛著清光，自然把冷宮的情境和冷清的心境，烘托得使人有涼氣侵膚之感，也有助於讀者跨越文字的藩籬，融入詩歌的情境之中，去貼近詩中女子幽潔美好的心魂。因此，劉辰翁嘆賞說：「矜麗素淨，自是可人。」（《唐詩品彙》引）也無怪乎王夫之《薑齋詩話》一再強調情景交融的妙境說：「情景名為二，而實不可離。神於詩者，妙合無垠；巧者則有情中景，景中情。」

第二，以動作刻劃心理，細膩入微。「玉階生白露，夜久侵羅襪」兩句，已暗示獨立庭階，佇望枯候的動作及時間，曲傳出失意落寞的心理；「卻下水晶簾」則寫轉身入室的無奈，放下珠簾的黯然與失望。放下珠簾的動作代表的涵義相當豐富，包括：阻隔庭露的涼意、抵擋夜深的寒氣、保護淒冷的心靈、結束愚蠢的苦候、承擔失望的痛苦、割捨癡心的妄想，禁錮自己的思緒等。但是，她不過是在理智上不得不接受失意的事實，感情上仍然不自覺地抱著一絲渺茫的僥倖──畢竟君恩易斷而慧劍難揮──因此她才又情不自禁地隔簾望月。由此可見詩人選用含有「不得不然、卻又不甘如此之意」的「卻」字，表現她掙扎與矛盾的心理，可謂細膩入微，曲盡其妙了。從佇立、苦候、

轉身、入室、下簾、望月這幾個緩慢而持續的動作裡，我們不難想像她旖旎的綺思與浪漫的憧憬逐漸幻滅成空的痛苦。尤其是隔簾望月的形象裡，包藏著多少曲折的深愁，而茫茫遙望的雙眸中，又溢出多少顆淒獨的幽怨，其實也不難理解；因此蔣杲說：「玉階露生，待之久也；水晶簾下，望之息也。怨而不怨，惟玩月以抒其情焉，此為深於怨者，可以怨矣。」（《唐宋詩醇》）

第三，以形象觸發聯想，意餘言外。不論是風露中宵的佇候，或是玲瓏望月的幽獨，作者都能勾勒出生動鮮明的形象來引發讀者的聯想。換言之，即使作者並不直接抒情，卻有滿篇的幽怨之情逼人眼目；雖不明白寫怨，卻又有一簾的淒獨之怨盪人心神，因此李沂《唐詩援》說：「從未有過下簾望月者，不言怨而怨自深。」屈大均《粵遊雜詠序》說：「詩以神行，使人得其意於言之外，若遠若近，若無若有，若雲之於天，月之於水，心得而會之，口不得而言之，斯詩之神者也。而五七言絕，猶貴以此道行之；昔之擅其妙者，在唐有太白一人，蓋非摩詰、龍標之所及也。」他所做的優劣之評，雖然仍有見仁見智而值得商榷的餘地，但是本詩能夠不落言詮地以「玲瓏望秋月」的生動形象，把詩中女子眸中的幽怨投向皎潔的素月，使詩情更是綿長夐遠，搖曳生姿，的確當得上他所謂的「神行」之作，則是無庸置疑的。沈德潛《說詩晬語》說：「五言絕句，右丞之自然，太白之高妙，蘇州之古淡，並入化機；而三家中，太白近樂府，右丞、蘇州近古詩，又各擅勝場也。」本詩正可以作為這類作品的典範。

【評點】

01 嚴羽：賦怨之深，只二十字，可當二千言。（《李太白詩醇》引）

02 蕭士贇：太白此篇，無一字言怨，而隱然幽怨之意，見於言外；晦庵所謂「聖於詩者」，此歟？（《分類補注李太白集》）

03 郭濬：怨而不怨，渾然風雅。（《增訂詳注唐詩正聲》）

04 桂天祥：怨而不怨，可入〈風〉〈雅〉，後之作者多少，無此渾雅。（《批點唐詩正聲》）

05 黃叔燦：曰「卻下」，曰「玲瓏」，意致淒惻。（《唐詩箋注》）

06 李鍈：無一字說到「怨」而含蓄無盡，詩品最高，嚴滄浪所謂「不著一字，盡得風流」者，應推此種。就其用筆言之，曰「玉階」，則已藏有佇立玉階之人在。人之佇立玉階者，望秋月也；望月者，恩幸不至，望月而不能寐也。未言如何望月，而突曰「玉階生白露」，則已望月至夜半矣；落筆便已透過數層。次句以「夜久」二字承明。然望月者目在秋月，而心在君王。……二十字中，具有如許神通，而只淡淡寫來，是謂「有神無迹」。（《詩法易簡錄》）

07 俞陛雲：題為「玉階怨」，其寫怨意不在表面而在空際。第二句云露侵羅襪，則空庭之久立可知；第三句云卻下晶簾，則羊車之絕望可知。第四句云隔簾望月，則虛帷之孤影可知。不言怨而怨自深矣。（《詩境淺說·續編》）

＊ 編按：羊車，指帝王寵幸駕臨之宮車。《晉書·胡貴嬪傳》載武帝後宮萬人，得寵之佳麗甚多，常苦於不知夜寢何宮，乃乘羊車，任其所之；至則留宿其中。故宮人皆以竹葉插戶而灑鹽汁於地，以誘羊之食葉舐鹽而停駐也。

08 余光中：從開元到天寶，從洛陽到咸陽／冠蓋滿途車騎的囂鬧／不及千年後你的一首／水晶絕句輕叩我額頭／噹地一彈挑起的回音。（《隔水觀音·尋李白》）

093 怨情（五絕）　　　　　　李白

美人捲珠簾，深坐顰蛾眉。但見淚痕濕，不知心怨
誰？

【詩意】

　　美人默默地捲起華麗的珠簾，然後靜靜地枯坐在閨房深處，兩道
蠶蛾般又彎又細的眉毛，逐漸攢感成雲封霧鎖的峰巒……。只見她的
臉頰上掛著兩道濕潤的淚痕，卻不知道她的芳心正在怨誰惱誰？

【注釋】

① 詩題—怨情，描繪女子幽怨的情態。李白另有一首七言的同題之
　作：「新人如花雖可寵，故人似玉由來重；花性飄揚不自持，玉
　心皎潔終不移。故人昔新今尚故，還見新人有故時；請看陳后黃
　金屋，寂寂珠簾生網絲。」顯然是以男子喜新厭舊、移情別戀為
　內涵的棄婦之怨；不過，無法斷言兩詩的本事是否相關。

② 「美人」句—珠簾，以珠子串成的帷簾。王嘉《拾遺記》載：「越
　貢二美人於吳，吳處以椒華之房，貫細珠為簾幌；朝下以避景（陽
　光），夕捲以待月。」據此，則捲珠簾應有所期待。

③ 「深坐」句—深坐，久坐；亦可解為：獨坐於深閨之中。顰，皺
　眉。蛾眉，蠶蛾觸鬚微彎而細長，常用以形容女子眉毛之美；《詩
　經‧衛風‧碩人》形容莊姜之美是：「手如柔荑，膚如凝脂，領
　如蝤蠐，齒如瓠犀，螓首蛾眉，巧笑倩兮，美目盼兮。」

【導讀】

　　這首小詩，側重在刻劃深閨女子幽怨的表情變化。

　　首句「美人捲珠簾」五字，寫她捲起珠簾，暗示她有所期盼：也許是希望能及早看見心上人的身影翩然出現，也許是希望意中人看見自己仍未熄燈滅燭，也尚未下簾就寢，從而瞭解她深宵苦候的痴心；甚至也許她正是〈玉階怨〉中的宮妃，在玉階佇候，露侵羅襪，下簾望月之後，仍然無法撫平潛滋暗生的哀怨，也無法就此絕望而放棄等待，因此寧可忍受秋夜寒氣的侵襲而捲起珠簾，好讓她所思慕的人明白她終夜無眠的淒苦。

　　次句「深坐顰蛾眉」五字，則描寫她枯坐在深閨一隅，蛾眉深鎖，若有所思的模樣，暗示她心神不寧，思潮起伏。第三句「但見淚痕濕」五字，進而描寫她的感情波瀾終於潰決漫溢而出，經過一段時間的風乾之後，雙頰留下淚痕的楚楚可憐情狀；但是她仍然靜坐不動，彷彿執意要傾聽自己的心魂繼續悲泣時的幽音怨調。最後詩人才拈出「不知心恨誰」的輕問，表現出我見猶憐的心疼與不忍之情。李攀龍《唐詩訓解》說：「『不知恨誰』，最妙。」邢昉《唐風定》說：「太白諸什如〈十九首〉，渾渾無句可摘，故為神物。」黃生《唐詩摘抄》說：「有不敢前問」的溫存之意；可見還是頗受詩家推崇。

　　不過，筆者以為前人對本詩的稱許仍有值得商榷之處，因為不論就色調的搭配、光影的映照、景物的變換、感官的刺激、情節的發展、動詞的錘鍊、手法的細膩、風格的深婉等方面而言，〈玉階怨〉都比本詩含有更豐富的審美情趣，和更加引人入勝的藝術魅力。本詩比較特殊的優點是：由捲簾而深坐而顰眉而淚濕而心恨，表現出情緒波動由小而大的層次感，從而使詩筆由臉部表情的特寫轉而為心靈幽密的探索時，顯得自然而然，沒有突兀之感而已；因此章燮《唐詩三百首注疏》說：「不聞怨語，但見怨情……淺深有序；信手拈來，無非妙筆。」

　　儘管仍有前賢稱賞本詩，筆者依然認為它頂多只能算是〈玉階怨〉那場華麗的默劇落幕之後，應觀眾要求而臨時加演的一段「安可」，

或是勉強加上的「完結篇」而已,可能滿足了某些人對劇情後續發展的好奇與關切,卻不啻是破壞全劇藝術張力的蛇足之作。

另外一種可能的情況是:詩人先有模擬民歌豪放素樸的風格而作的本詩,因此語言平易自然,感情吐露無遺;而後才有講究藻繪,馳騁才思的〈玉階怨〉之作,因此顯得詞華境美,風神蘊藉。兩詩之間的優劣如何,儘管橫嶺側峰,仁智難斷;不過,就文學審美的豐富與細膩而言,本詩相對遜色,則是不爭的事實。

【評點】

01 嚴羽:寫怨情,已滿口說出,卻有許多說不出,使人無處下口通問。如此幽深。(《李太白詩醇》引)

02 胡震亨:「心中念故人,淚墮不知止」,此陳思王〈怨詩〉語也;明說出個故人來,覺古人猶有未工。(《分類補注李太白集》)

03 盧麰、王溥:神韻絕人,不在筆墨。　○毛衣儒曰:恨至不可解處,即已亦不自知。(《聞鶴軒初盛唐近體詩讀本》)

04 馬位:最喜王摩詰「看花滿眼淚,不共楚王言」,李太白「但見淚痕濕,不知心恨誰」,及張祜「一聲何滿子,雙淚落君前」,李嶠「山川滿目淚沾衣」,得言外之旨;諸人用「淚」字莫及也。(《秋窗隨筆》)

094 長相思二首 其一(七古樂府)　　李白

長相思,在長安。絡緯秋啼金井闌,微霜淒淒簟色寒。孤燈不明思欲絕,卷帷望月空長歎!美人如花隔雲端!上有青冥之長天,下有淥水之波瀾。天長路遠魂飛苦,夢魂不到關山難!長相思,摧心肝!

【詩意】

我綿長不盡的相思情愫啊──就牽繫在那遙不可及的長安哪！

（長安城裡現在應該正是清秋的夜晚吧！我彷彿可以看見，也可以聽到：有如用黃金）雕飾得異常精美的井欄邊，正傳出紡織娘淒切的鳴叫聲；（也彷彿可以感受到）伴隨著蟲吟聲而來的，則是微霜所帶來逼人的秋氣，連屋子裡的竹蓆都泛生出冷冷清清的寒意。（我彷彿還看到）一盞黯淡的孤燈，正陪伴著她思緒悄然、愁苦欲絕的孤單身影；在這樣的漫漫長夜裡，孤獨寂寞的她只能不自覺地捲起窗帷，凝望明月而空自長嘆！

我所思慕的美人啊！她嬌媚如花的容顏始終在我的心中浮盪；奈何卻又像遠隔在雲端之上那樣遙不可及！只恨我沒有翱翔穹蒼的翅膀，可以穿越那蔚藍而邈遠的長空去疼惜她！可歎我也沒有乘風破浪的雲帆，可以橫渡那碧綠而浩瀚的波瀾去安慰她！多少個夜晚，我的心魂淒苦地飄飛在地遠天長的夢境裡；奈何關塞迢遞，山高水闊，我始終難以度越，也無法飛進她的夢中去安慰她，疼惜她！

這綿長不盡的相思之苦啊──正一寸一寸地撕裂著我的心肝！

【注釋】

① 詩題──〈長相思〉，為樂府古題之一 ¹，收入《樂府詩集》卷 69 的〈雜曲歌辭〉中，內容多為閨婦對羈旅或久戍不歸之行人的思念之情，而且都是以女子口吻的代言體寫成。李白詩集中共有三首〈長相思〉，本詩收在卷 3，為男子口吻；下一首「日色欲盡花含煙」收在卷 6，則為女子口吻。蘅塘退士編《唐詩三百首》時將這兩首合錄一處，其實兩首的內容並無關聯，句型格式也不相同，可以視為各自獨立的情詩。另一首同題之作「美人在時花滿堂」則收在卷 25 的〈寄遠十二首〉之十一，更與前述二首無關。

② 「絡緯」句──絡緯，或名促織、莎雞，往往於露涼風冷之秋夜，

鳴聲淒緊，故俗謂之紡織娘，因其聲如紡機也。闌，一作「欄」，可通用。金井闌，謂井上之欄杆裝飾極為精美，價值有如金玉。

③ 「微霜」句——微，一作「凝」。簟，竹蓆；簟色寒，竹蓆泛生寒冷之感。色，一作「上」。

④ 「孤燈」句——明，或作「寐」「眠」。思欲絕，相思至極而難以承受。

⑤ 「美人」句——美人如花，或作「佳期迢迢」。隔雲端，極言難以企及。

⑥ 「上有」二句——極言夢魂之難以飛越。青冥，形容蔚藍而高遠的青天。長天，一作「高天」。淥，音ㄌㄨˋ；淥水，清澈之水。

⑦ 摧心肝——摧，傷痛；《昭明文選》載晉人歐陽建〈臨終詩〉云：「上負慈母恩，酷痛摧心肝。」

【補註】

01 長相思，本為漢人古詩中的用語，世傳李陵有詩贈蘇武曰：「行人難久留，各言長相思。」而蘇武答詩曰：「生當復來歸，死當長相思。」〈古詩十九首〉其十七云：「客從遠方來，遺我一書札；上言長相思，下言久別離。」〈古詩十九首〉其十八曰：「文彩雙鴛鴦，裁為合歡被。著以長相思（按：郭茂倩謂於被中著綿以致相思綿綿之意），緣以結不解。」今《樂府詩集》所錄，最早為劉宋時人吳邁遠之作而終於白居易之篇。

【導讀】

　　李白之前的〈長相思〉樂府詩，首句作「長相思」者計有十二首之多，其中次句作「久別離」者二，作「久離別」者六，其餘尚有「久相憶」「怨成悲」「望歸難」「好時節」者；至於在詩中重出「長相思」而以兩個三字句作結者，則唯有本詩。仔細比對《樂府詩集》所

錄，可知〈長相思〉並無固定的體製，創作上極為自由，很適合謫仙揮灑其妙逸不羈的才華，因此本書所錄二首，格式也不一致。然而不論就抒情效果或藝術成就而言，李白所作都凌駕在諸篇之上，鶴立於眾作之中，值得細加品賞。

「長相思，在長安」兩句，是承襲舊調的起筆，點出愁人（男子）思慕的對象所在的地點，流露出身隔兩地，情牽一線的鍾愛之意；以及思慕深切，目注神馳的離愁之悲。正由於望穿秋水而不見伊人倩影，才使愁人懸想益切，難以自拔，於是心神便在相思情愫的帶領下飄往長安去探視他所關愛的對象。「絡緯」以下四句，便是描寫他多少次朝思暮想時浮現腦海中的熟悉景象，勾勒出令他魂牽夢縈時感到黯然神傷與惆悵清狂的幽閨倩影。

由「絡緯秋啼金井闌」起，至「卷帷望月空長歎」為止這四句，是以懸想示現的手法，表達愁人對伊人的牽掛懷念。

「絡緯秋啼金井闌」七字，先由聽覺入手來烘托情境，觸惹愁緒。詩人寫出愁人彷彿可以看見，也可以聽見以下的景象：在萬籟俱寂的暗夜裡，短促的「喀囉喀囉、喀囉喀囉」的蟲鳴聲由庭院中的井欄邊傳進深閨之中，聽起來格外刺耳驚心，彷彿是造化老兒扭緊時間發條時轉軸絞動的聲響，使人的神經隨之緊繃而感到耳鳴腦昏，心神不寧。何況又是在令人感物悲秋的時節，傳入愁懷不寐的伊人耳中，自然更是亂人心曲，使人意緒寥落，倍增惆悵而不知如何自處。夜，也似乎變得更加漫長難捱了！

「微霜淒淒簟色寒」七字，是在秋蟲觸動伊人愁思的聲情中，再結合觸覺和視覺的感官描寫，進一步渲染淒清的秋意，透露出孤枕難眠的一段心事。「微霜淒淒」四字，寫伊人感受到觸肌生涼的寒意，自然會有擁被取暖的念頭；可是眼角一瞥，只見簟色冰冷，使人望而心怯，不免躊躇遲疑起來；再加上入耳亂心的蟲鳴聲隨著穿庭入室的秋氣而來，更使原本就因為幽居獨棲而鬱鬱寡歡的伊人，心絃變得更

為纖細脆弱，不免在產生淒神寒骨的衰颯之感時，下意識地移身接近
燈燭，希望取得一些溫暖的依靠。

「孤燈不明」四字，是在前面的聽覺、觸覺和視覺的刺激之餘，
再進一步以昏暗微弱的燭火象徵伊人黯然神傷的心緒，同時藉著暗窗
寒燭映襯出伊人窈窕而略帶單薄的身影，則伊人就燈獨坐時若有所思
而無所依靠的模樣，也就不難想像了。因此詩人便以「思欲絕」正式
點出伊人在搖曳的光影、急促的蟲鳴與森然的霜氣中相思情切，難耐
寂寞，以至於不勝淒苦的哀傷。「卷帷望月」是寫她相思情濃，無法
排遣，以及秋意淒寒，難以安寢之餘，只好捲起窗帷，仰望明月，寄
託一段深幽的心事。不難想像，她那憑窗佇立的眼眸中，應該正透露
出渴慕與心上人團圓相聚的訊息。奈何月色如霜，夜涼如水，更令伊
人倍覺淒清寂寥，徒增愛慕成空、好夢難圓的感慨而已，既難以化解
相思之苦，又無法傳達綿長之情，所以伊人只好望月吁嗟，幽幽長嘆
了！

詩人在前四句中刻意經由各種感官刺激的描寫，烘染出淒清寒瑟
的情境，摹畫出長安伊人在愁人心靈中多愁善感與孤苦無依的形貌，
使讀者宛如見到〈玉階怨〉中那位情深怨苦的幽閨女子，不禁對她產
生我見猶憐的疼惜之心；則愁人對她的思憶之深、愛慕之切，與百般
憐惜、千般不忍，卻又無法依偎在伊人身旁讓她消愁釋恨的萬般無奈，
也就不難體會了。換言之，這四句詩所刻畫的情境、包含的意蘊、勾
勒的形象、曲傳的心聲，與〈玉階怨〉四句並無二致，只是並未刻意
烘染美人的怨情而已。設想：當相思情切的愁人在心中浮現出這一幅
孤燈寒枕、幽閨長嘆的伊人望月圖時，又怎能不因而思緒悄然，愁懷
如潮，既有滿腔的柔情蜜意，又有滿心的歉疚與不忍呢？

「美人如花隔雲端」七字，是愁人既無法讓自己當真進入心靈圖
卷中去安慰與疼惜伊人，因此他的思緒不得不飄回現實中來；偏偏他
又無法忘懷伊人嬋娟的容顏、窈窕的身影及一腔幽苦的心事，因此才

噴迸出如此苦悶的心聲！「美人如花」，使人對於伊人有了甜美嫵媚的聯想和浪漫旖旎的情思；正因為她在愁人心中的形象是如此嬌媚明艷，所以更令人不思量而自難忘，只希望常相左右地呵護她，奈何她卻遠在長安！因此，儘管在愁人的心靈畫卷中她是那麼清晰具體，若可觸摸；但在現實中卻又是那麼縹緲飄忽，遙不可及！這自然令愁人在回憶與現實的時光隧道中來回擺盪，在憐惜不忍與眷戀愛慕的感情洪流中載浮載沉，以至於在搔首踟躕之餘，只能惆悵欲狂地喟嘆「美人如花隔雲端」了！就章法而言，這七個字固然是迥異於前四句的獨立意象，卻又正好是前四句思慕深切而不得相晤的苦悶所幻化出來的譬喻，同時還激盪出愁人滿腔追求的熱情與纏綿的渴望，以及長久以來壓抑在內心深處的痛苦。此時，他再也無法遏止自己狂飆烈焰般的愛慕之思了，於是便順勢噴薄出內心蓄積已久的苦悶，宣洩出滿腔的悲恨了！

「上有青冥之長天，下有淥水之波瀾」兩句，是進一步把重重阻隔與良會難期的苦悶，刻意加以深化而營造出來的意象。如果他所思慕的美人是在長安，終究還是有翻山越嶺，前去尋訪的可能；但是在愁人心目中，她卻是遙隔雲端！而且天梯難覓、天路難尋、天門難開，他只能仰天長歎了！何況青冥的長天，是何等浩瀚無垠，夐邈高遠；既無彩鳳雙飛之羽翼，將何以衝破雲羅而翱翔萬里？而淥水之波瀾，又是何其浩瀚遼闊，詭譎凶險；既無乘風破浪之雲帆，又如何能橫渡森茫而長相左右？因此，愁人只能望洋興嘆了！這兩句是為了配合全詩華美的風格，而以優美的造境概括現實中難以超越的重重障礙，已經寫得令人惆悵不已了；而「天長地遠魂飛苦，夢魂不到關山難」兩句，則又更進一步強調連稍微能夠彌補現實遺憾的夢境裡，都充滿艱難困阻，令人即使熬乾心血地奮力追求，都難免深感迷惘困惑，甚至於氣餒沮喪！則愁人在夢斷魂回時的辛酸痛苦，悽愴悲恨，也就不難體會了！

　　暌隔海角天涯，而又身無羽翼的苦悶，原本可以經由飛夢萬里的超越而獲得短暫的解脫與片刻的撫慰，但是愁人卻說天長路遠，夢魂淒苦；關山難越，心餘力絀！那麼這種現實與夢境的雙重遺憾，以及追憶與相思的雙重煎熬，對愁人心靈所造成的傷害，只怕連能夠煉石補天的女媧都無法修復了，因此他才會無法承受如此巨大的酷痛而脫口驚呼：「長相思，摧心肝」了！摧者，傷也、折也、斷也。在這種現實無法超越，夢魂又無法飛渡的情況下，愁人既有長情萬縷的纏綿相思，又有無法安慰伊人的愧疚遺憾，偏偏又良會難期，慧劍難揮，他又怎能不深陷在錯綜複雜的情網之中，被啃噬著心魂的相思之苦摧痛肝腸呢？

　　這一首體製特殊的七古樂府，是以「美人如花隔雲端」總收前六句的悵惘，同時開啟後六句的悲恨。如此安排，不僅使得「美人」句正好出現在全篇的中心位置，成為一幅形象鮮明而意蘊豐美的獨立圖畫，很能曲傳愁人千般無奈、萬般淒苦的心聲；同時也使詩境由靜態的描寫轉為動態的敘述時，銜接得極為巧妙自然，很能傾瀉出愁人如怨如慕，如泣如訴，而又波翻浪疊，纏綿悱惻的相思之情。再加上首尾兩句重出的「長相思」，在感情上自有含蓄與奔放的巨大差異，以及由於「上有青冥之長天」「天長路遠魂飛苦」「夢魂不到關山難」三句中採用了回文與連珠格的修辭手法[1]，自然形成了回環往復，層疊複沓的音律之美，彷彿出愁人心中剪不斷、理還亂的相思情愫，從而使全詩在感情的表露上呈現出由淡而濃，由淺而深，由輕而重的層次感，有如潺湲的流泉經過崖石的阻攔和激蕩之後，逐漸活潑奔騰起來，最後終於成為沛然莫之能禦的瀑布，奮勇地縱落千丈深谷一般，極具令人意奪神駭、心折骨驚的氣勢；因此王夫之說：「烏乎！觀止矣！」弘曆也有「辭清意婉，妙於言情」之評[2]。

　　讀了這首纏綿悱惻的樂府之後，真令人有一唱三嘆，迴腸蕩氣之感，不禁令人聯想起李商隱著名的情詩：「直道相思了無益，未妨惆

悵是清狂」（〈無題二首〉其二），以及歐陽修〈玉樓春〉詞中膾炙人口的名句：「人生自是有情痴，此恨不關風與月」！誰說男子一定魯鈍呢？李白除了大量酒香四溢、奇氣縱橫的佳作值得欣賞之外，這類既細膩婉約，又熱情奔放的詩篇，應該也會贏得世間多情之人的認可吧！

【補註】

01 黃慶萱教授所著《修辭學》頁 505 云：「頂真辭格包括下列兩種方式：其一，在同一段語文中，有連續或不連續的幾句，使用『頂真』句法的，叫做『連珠格』；其二，單單在段與段之間使用『頂真』法的，叫做『連環體』。」

02 王夫之《唐詩評選》云：「題中偏不欲顯，象外偏令有餘，一以為風度，一以為淋漓。烏乎！觀止矣！」評價雖高，終嫌抽象。大概他認為本詩是繼承《楚辭》以「美人」象喻君王的傳統而寄寓謫宦逐臣思慕君王的忠悃之心吧！《唐宋詩醇》正是如此體會，因此說：「《楚辭》：『恐美人之遲暮兮』，賢者窮於不遇，而不敢忘君，斯忠厚之旨也。」筆者並不反對解讀本詩時可以如此聯想，只是覺得「絡緯秋啼金井闌，微霜淒淒簟色寒；孤燈不明思欲絕，卷帷望月空長歎」四句，比較像是〈玉階怨〉的情調，用來描寫幽居獨處的美人，可謂恰如其分；如果用來影射玄宗，或是指涉李白本人，似乎都嫌過於纖弱。畢竟，唐玄宗不至於對李白如此相思難忘，而李白也不至於如此粉淚盈盈才是！

【評點】

01 嚴羽：（「微霜淒淒簟色寒」句）他人不能著「色」字。　○謝云：此篇戍婦之詞，然悲而不傷，怨而不誹，可以追《三百篇》之旨矣。（《李太白詩醇》引）

＊ 編按：「戍婦」之說值得商榷，蓋就詩意及口氣而言，應為男子思慕遠隔女子之作。

02 桂天祥：音節哀苦，忠愛之意藹然。至「美人如花」句，尤是驚艷。（《批點唐詩正聲》）

095 長相思二首 其二（七古樂府）　　李白

日色欲盡花含煙，月明如素愁不眠。趙瑟初停鳳凰柱，蜀琴欲奏鴛鴦絃。此曲有意無人傳，願隨春風寄燕然。憶君迢迢隔青天！昔時橫波目，今作流淚泉。不信妾腸斷，歸來看取明鏡前！

【詩意】

　　斜陽將盡時的餘暉，為庭園中的花朵披上一層淡黃色的輕煙，我的內心似乎也蒙上了輕愁淡恨的雲霧……。當心神又回到眼前時，只覺月華皎潔得如同白絹，輕柔地披覆在庭園中扶疏的花木上；這樣的景象雖然優美，卻讓我心中逐漸瀰漫著莫名的愁緒，以致後來久久難以成眠。取出雕飾精美的趙瑟來散愁遣悶，不知道撫弄了多久，突然被鳳凰比翼翔飛的圖案勾起形單影隻的感傷，不知不覺便停止演奏而陷入沉思……。回過神來後，想再撥彈蜀琴來寄託情懷，卻又看見雕飾著鴛鴦相隨的形象，又使我陷入遐想……。啊！我的曲調中深藏著綿長不盡的相思，可嘆竟沒有人能夠替我傳達憂苦的心意；多麼希望我的心聲能夠隨著春風的吹拂，遙遠地飄往燕然山，向你傾訴我悠悠不盡的思念。

　　啊！我魂牽夢縈的良人，就在那迢遙的地方，遠隔著連我的夢魂也無法飛渡的遼闊青天！

　　親愛的，你可知道：昔日我秋波流轉，顧盼多情的眼睛，如今已經變成流淚不止的泉源了！如果你不相信相思之苦早已使我肝腸寸斷，請你及早歸來，看看明鏡中會映照出如何憔悴瘦損的容顏來！

【注釋】

① 「日色」二句——日色欲盡，黃昏時斜陽將沒之際。欲，或作「已」。花含煙，庭院中的花朵籠罩著傍晚的煙靄。素，潔白的細絹。如，或作「欲」。

② 「趙瑟」句——趙瑟，相傳古代趙國之人善於鼓瑟；《史記・廉頗藺相如列傳》載秦昭王與趙惠文王會於澠池（今河南屬縣）時，昭王曰：「寡人竊聞趙王好音，請奏瑟。」漢人楊惲〈報孫會宗書〉中亦有「婦，趙女也，雅善鼓瑟」之說。楊齊賢注引《西京雜記》曰：「趙后有寶瑟曰『鳳凰』，皆以金玉隱起為龍螭、鸞鳳、列女之狀。」初停，撫絃方歇。柱，原指琴瑟上繫絃的短木，可代指琴瑟而言。鳳凰柱，殆指雕飾著鳳凰圖案的瑟身而言，或與「鴛鴦絃」互文見義，皆指能引發鸞鳳和鳴、鴛鴦恩愛聯想之曲調。

③ 「蜀琴」句——蜀琴，代指製作精良，音色優美的好琴；李善以為「相如工琴而處蜀，故曰蜀琴。」楊齊賢注：「或曰：『成都雷氏善斲琴，故曰蜀琴。』」絃，代指琴；鴛鴦絃，可能是指雕飾有鴛鴦圖案的琴身而言，也可能是說琴音極美，能喚起鴛鴦恩愛的聯想，使人產生旖旎的情思。

④ 燕然——山名，又名杭愛山，在今蒙古人民共和國境內；也可能是指唐時所設的燕然都督府而言，在今蒙古人民共和國首都烏蘭巴托一帶；此處泛指良人戍守的塞北邊境。

⑤ 「昔時」二句——橫波目，秋波流轉，顧盼生情的眼睛，是由「目如橫波」倒裝而來的略喻；傅毅〈舞賦〉：「目流涕而橫波。」

李善注曰：「橫波，言目斜視如水之橫流也。」流淚泉，謂相思
淒苦，哀傷難禁，只能以淚洗面；並以「作」字為喻詞，與「橫
波目」形成暗喻。

⑥ 看取—細看也。取，表示動作進行的詞語。

【導讀】

前一首〈長相思〉是寫男子悲秋的相思之痛，本詩是寫女子懷春
的相思之苦；儘管兩詩的格式和句法並不相同，但都是以第一人稱的
代言體方式，讓愁人自述其感春悲秋的刻骨相思，因此讀來最有切身
之痛的真實感而格外動人。

「日色欲盡花含煙，月明如素愁不眠」兩句，是以朦朧隱約的色
調，渲染幽閨寂寞的女子心中婉轉蘊藉的深情，並以「日色欲盡」「月
明如素」二語的跳接，暗示她心中悵惘的意緒已經延續了相當漫長的
時間，而且越來越糾纏煩亂，終至於難以撫平而輾轉反側了。黃昏斜
陽，是何等瑰麗絢爛？庭花含煙，又是何等綽約嫵媚？奈何如此良辰
美景卻無人共賞，乏人相伴，則瑰麗的景象與綽約的丰姿，適足以釀
成春愁，撩人春思而使人難以為懷。尤其是從黃昏時分開始，最容易
使情有所繫的寂寞芳心，感到若有所思、如有所盼而悵悵感傷。如果
這段所思所盼的情緣，又分明難以在短時間內如其所願，則無端的輕
愁淡怨便會在心中莫名所以地裊裊升起，逐漸擴散，甚至在不知不覺
間讓她陷入恍神與迷惘狀態之中……。不知道過了多久，當她從凝神
沉思之中驚覺而出時，才發現到自己獨倚軒窗，望月已久；此時只見
明月的清輝如白色素絹般為庭園中的花木披上一層空靈婉約的薄紗，
又使她一時之間看得如痴如醉……。直到突然驚覺孤身獨對良辰美景
時，便又頓時倍覺冷清寂寞，愁緒滿懷而難以成眠了！

「趙瑟初停鳳凰柱，蜀琴欲奏鴛鴦絃」兩句，是寫她在夜色漸深
時想要撫絃寄情，排遣愁悶；可是愁緒卻在纖纖玉手的撩撥之下，揮

之不去，拂之又來！她的心絃竟不由自主地隨著琴音瑟調而震顫起伏，久久難以平復。尤其是在手揮目送之際，瑟身上的鳳凰圖案似乎正栩栩然、翩翩然比翼翔舞，不禁勾惹起她幽居獨處的悲淒之感，自然令她目眩神搖而難乎為繼；於是在不知不覺之間，她的彈奏動作逐漸遲緩下來，到後來完全凝定不動，她又陷入若有所思的困惑之中了……。等到她推開趙瑟，想要改彈蜀琴時，偏偏又瞥見琴身上雕飾著鴛鴦恩愛的模樣，使她恍然領悟到自己所以無法成眠，原來都是為了形單影隻的緣故，這就更是讓她思潮澎湃到難以收拾情緒的地步了！

　　就寫作的手法而言，開篇的前兩句是訴諸視覺的感受，只以「愁不眠」三字暗示相思的意緒；三、四兩句則融入視覺與聽覺，並經由動作來演示她孤居獨處時細膩幽微的心理狀態。尤其是「鳳凰」與「鴛鴦」這兩組詞語所形成的對偶，不僅兼具色彩之濃艷與形象之鮮麗，透露出她對纏綿恩愛的浪漫憧憬，而且還以景物的華美與感情的難堪產生矛盾衝突的效果，來凸顯出她形單影隻，枕冷衾寒的淒苦，更是值得細加揣摩的高明手法。

　　就虛詞的運用而言，「初」停與「欲」奏相繼，表現出撫琴撥絃的時間之久，可見相思情愫之纏繞糾葛，難以解脫；因此只能一曲接著一曲，不斷地排遣，簡直到了「此情無計可消除，纔下眉頭，又上心頭」「剪不斷，理還亂」的地步了！惟其心絃與瑟絃共鳴，衷曲與琴曲並奏，以致中宵撫弄之久長，恰與相思煎熬之深切成正比；因此才會在消愁更愁、遣悲益悲之餘，不禁感嘆「此曲有意無人傳」，進而產生「願隨春風寄燕然」的奇思妙想。

　　相思未必都是痛苦的。如果兩情相悅的戀人，相隔的距離並不遙遠，會面並不困難，而且對於相思的情意，還能兩心相知，靈犀相通；那麼這種相思，其實是甜蜜的。相思最苦之處，是相距既遙不可及，良晤又杳不可期，同時對方還不了解自己早已被纏綿的相思摧絞得柔腸寸斷，被刻骨的相思折磨得憔悴瘦損！惟其如此，詩中的女子才會

悵惘莫名地喟嘆:「此曲有意無人傳,願隨春風寄燕然!」期盼能夠在披肝瀝膽地剖示心跡之後,贏得良人的疼惜,安慰自己忍受相思煎熬的痛苦。奈何曲中的幽情竟然無人能傳,而絃上的悲怨竟然無人能解,這恐怕是她內心最深沉難解的悲哀吧!因此她才會在念及良人遠在燕然之後,再也壓抑不住感情的波動,遏止不了相思的洪濤,又惱又怨地傾訴:「憶君迢迢隔青天!」這七字個中透露出她無法超越困境的淒苦無奈,和前一首中的「美人如花隔雲端」一樣,都是飽嘗相思之痛,卻又無力扭轉乾坤來縮短時空之餘,苦悶的心靈才噴薄出近乎絕望的哀嘆。那種天長路遠,哭訴無門,而又關山迢遞,夢魂難到的困境,真足以令人思之氣餒,念之沮喪!

「昔時橫波目,今作流淚泉」兩句,不僅對偶工整,意象鮮明,而且譬喻生動,造語天成,給人極為豐富深刻的審美情趣。「橫波目」三字,不僅可見女子對於自己容貌之美相當自負,而且自然勾勒出明眸善睞的俏麗模樣,與轉盼多情的嫵媚風韻,讓讀者產生柔情似水與天真爛漫的聯想,實在是不可多得的傳神之筆;再加上以傷心欲絕的「流淚泉」來作一喜一悲的今昔對照,也就不難理解詩中女子的幽愁暗恨之深刻了。一個春心蕩漾的少女,能夠認知到自己的橫波妙目已經化為流淚酸泉,則她長期忍受了攬鏡自照、顧影自憐的寂寞,飽嘗了紅顏易老、青春難駐的憂苦,也就不難想像得之了。

「不信妾腸斷,歸來看取明鏡前」兩句,便是在攬鏡自憐的暗示下,進一步吐露她對鏡自語時的癡情。「橫波目」和「流淚泉」已經寫得風華再現,楚楚可憐了;再加上這兩句亦嗔亦怨、維妙維肖的心靈獨白,更是把女子傾訴無門,只能對著鏡中憔悴的容顏自言自語的寂寞芳心,刻畫得細膩入微,惹人心疼,足可讓木石之人蕩氣迴腸而為之吁嗟悵嘆。後來李清照的〈醉花陰〉詞:「東籬把酒黃昏後,有暗香盈袖。莫道不銷魂,簾捲西風,人比黃花瘦!」更是把女子希寵邀憐的痴心囈語,烘襯得哀婉纏綿,風神蘊藉,足以令鐵石心腸之人

也為之黯然神傷。儘管青蓮詩中洋溢著奔放的熱情，易安詞中流露出含蓄的薄怨，兩者的情趣頗為不同；但是設想之奇與構思之妙，則同樣令人擊節嘆賞。

【評點】

01 譚元春：光景寂妙。　○鍾惺：「欲素」二字，幻甚。（《唐詩歸》）

＊ 編按：或本前兩句作「日色已盡花含煙，月明欲素愁不眠」。

02 王闓運：明艷絕底，奇花初開，李所獨擅之技。（《手批唐詩選》）

096 春思（五古）　　　　李白

燕草如碧絲，秦桑低綠枝。當君懷歸日，是妾斷腸時。春風不相識，何事入羅幃？

【詩意】

　　當河北一帶的青草，在早春中生長得像碧綠的絲絨那麼柔美時；陝西地區的桑樹，早已在暮春時枝繁葉茂，結實纍纍而低下頭來了。因此，當您看見芳草萋萋而有思歸念家的情懷時，正是我經歷了整個春季的想念，已經到了柔腸寸斷的時候了！可知有多少次我嗔怨惱人的春風：你根本不明白我的心事，那麼你掀開我的窗帷，進入我的羅帳裡來做什麼呢？

【注釋】

① 詩題──在《李太白詩文集》中，本詩前後各有一首〈秋思〉，皆屬趙翼《甌北詩話》所謂：「太白深於樂府，故多征夫怨婦傷離

之作，皆含蓄有古意」者；又與〈子夜四時歌〉相連屬，手法雖殊，情調則同，都是遠祖《風》《騷》，宗祧漢、魏的抒情傑構。思，音ㄙˋ，情愫也；春思，春天時感於外物而生的相思情懷。《詩經・召南・野有死麕》言「有女懷春」，後世遂謂男女相悅之事為「春」。因此，「春」字既點明季節，也含有男女情思在內。

② 「燕草」四句——燕，在今河北省北部、遼寧省西南部地區，此指征夫戍守之地。秦，在今陝西省一帶，此指思婦所守的家園。燕、秦兩地緯度相差約五度，直線距離遙隔一千二百公里以上，故雖同屬春季，而溫度不同，景觀有別，是以當陝西一帶春意已深，桑葉茂盛青翠，桑葚結實纍纍而壓低枝條時，河北一帶才春臨大地，芳草如茵；而當征夫見春草而興起思歸之念時，閨婦的相思之情早已經歷了孟春與仲春的煎熬而幾乎斷腸矣。絲，與「思」諧音雙關，暗逗思歸之意。

③ 「春風」二句——少婦以追述口吻自言曾嗔怨地申斥春風，表明此心貞潔，非外物所能動也；晉人〈子夜四時歌・春歌〉云：「春風復多情，吹我羅裳開。」南朝〈子夜歌〉亦云：「攬裙未結帶，約眉出前窗；羅裳易飄颺，小開罵春風。」太白殆化用其意而以反詰申斥，以示一往情深，義無反顧。羅幃，絲織的簾帳。

【導讀】

以春草寄寓離情，源於《楚辭・招隱士》：「王孫游兮不歸，春草生兮萋萋。」而後佚名的〈飲馬長城窟行〉云：「青青河畔草，綿綿思遠道。」王維〈山中送別〉云：「春草明年綠，王孫歸不歸？」李煜〈清平樂〉云：「離恨恰如春草，更行更遠還生。」這些都是情景相融的名句。李白除了遠襲騷人遺意之外，還能別出心裁地以兩面觀照的手法，針對征夫與思婦遠隔千里的時空差異，點出時序與景物

的不同來表現閨婦相思之纏綿悱惻，可謂思奇語新，詞淺情深，讀來別有一唱三歎的遙情遠韻。

前四句是以兩組不同時空下的景物，興起兩種相思的情愁，讓它們相互疊映對比而折射出先後有別、淺深有異而又濃淡有致的思憶光譜，讓讀者在兩相觀照之下，自然被閨婦蘊藉深婉的幽微情懷所感動。

「燕草如碧絲」五字，是化用前引《楚辭・招隱士》的意涵，寄藏了對遠方之人的思慕與盼歸之意，卻又渾然天成，不著痕跡，所以高妙；而且又是出於閨婦的設身處地的遙念懸想[1]，所以情深。「秦桑低綠枝」五字，則是讓閨婦觸目生悲的實境，代表最令人充滿浪漫憧憬與美麗期待的春光已然消逝殆盡，而朝思暮想的良人竟然杳無蹤跡，怎不令她憂念不安？又怎能不使她倍覺孤子淒苦？

不過，這兩句還不能獨立表達完整而優美的意念，它們必須要和三四句結合以後，才能呈現出神奇的藝術魅力，也才能見出作者以懸想的虛境和親見的實景交互疊映時的匠心獨運之妙。原來閨婦所在的秦地緯度較低，氣候較暖，春光先臨而青草先綠；而燕地則緯度較高，氣候較冷，春光稍晚而芳草遲生。因此，當思婦眼見芳草如絲，被逗起思夫的情懷時，戍守燕地的夫君卻可能仍在忍受著北方的苦寒；而當征夫見到碧絲而有思歸情懷的同時，閨婦卻早已忍受了漫長的相思煎熬，備嘗失望的折磨、牽掛的痛苦和孤棲的寂寞，幾乎到了柔腸寸斷的地步了！換言之，首二句景中藏情的畫面，其實是為三、四句中直抒幽怨之情蓄勢；而在前四句以錯綜句法形成情景相涵、虛實相映的意趣之後，便如兩鏡對照一般，形成景中有景、鏡中有鏡的新奇幻境，自有動人情腸的特殊魅力，因此吳瑞榮《唐詩箋要》評曰：「融兩為一，神氣飛動。」

「春風不相識，何事入羅幃」兩句，是寫閨婦雖在柔腸寸斷之際，仍然堅持對良人的忠貞，因此儘管春風穿簾入幃，不過是自然現象而

已,閨婦卻以為春風既不明白自己的憂傷,又無法排遣自己的苦悶,紓解自己的鬱結,反而似乎有意撩撥其空虛寂寞的心靈,故而嚴詞申斥以表明貞潔無二的心志。作者意想出奇地以閨婦之嗔怒作結,看似無理,卻能曲傳空閨獨守的寂寞心理,因此鍾惺在《唐詩歸》中評曰:「若嗔若喜,俱著『春風』上,妙!妙!比『小開罵春風』覺老成些;然各有至處。」譚元春在《唐詩歸》中評曰:「後人用此意跌入填詞者多矣!畢竟此處無一毫填詞氣,所以可貴。」王堯衢《古唐詩合解》說:「難在後二句結。」這種遷怒於物以表達情思纏綿難解的婉轉手法,和金昌緒的〈春怨〉詩:「打起黃鶯兒,莫教枝上啼。啼時驚妾夢,不得到遼西。」有異曲同工之趣。

【補註】

01 杜甫〈春日憶李白〉的「渭北春天樹,江東日暮雲」和〈月夜〉的「香霧雲鬟濕,清輝玉臂寒」,雖然是分寫憶友和思妻之情,也由於採用懸想示現的手法,所以情景交融,宛然如見,特別感人;即使是現代詩人鄭愁予的名作〈賦別〉:「念此際你已回到濱河的家居,想你在梳理長髮或是整理濕了的外衣;而我風雨的歸程還正長……。」也是因懸想抒情而顯得細膩真切,深婉動人。

【後記】

　　詩末「春風不相識,何事入羅幃」總是讓人感到困惑,因為如果前四句中閨婦正在如怨如慕地傾訴自己綿長的思念之情,忽然轉而申斥春風撩人情懷,容易造成情境的割裂截斷而顯得突兀,讓人有畫蛇添足的敗筆之感。因此,筆者以為這兩句應該仍然是閨婦向遠人傾訴心曲的口吻,意在詢問遠人是否知曉自己曾經遷怒春風而加以申斥;如此遙相詢問,除了向遠人表明此心貞潔,不可動搖之外,也有抒發幽怨情懷,期待遠人能體認到自己空閨獨守的寂寞,感到心疼不捨而

及早歸來之用意。儘管如此理解，似乎使女子的心思顯得更為曲折深婉，卻難免增字解詩之譏，未必妥適；是以略綴數語於此，以就教於方家。

【評點】

01 劉辰翁：平易近情，自有天趣。（《唐詩品彙》引）

02 蕭士贇：可謂得〈國風〉不淫不誹之體矣。（《分類補注李太白集》）

03 蕭士贇：末句喻此心貞潔，非外物所能動。（王琦《李太白詩文集‧輯注》引）

04 王夫之：字字欲飛，不以情，不以景。《華嚴》有兩鏡相入義，唯供奉不離不墮。（《唐詩評選》）

05 陸時雍：嘗謂大雅之道有三：淡、簡、溫；每讀太白詩，覺深得此致。（《唐詩鏡》）

06 吳喬：思無邪而詞清麗，妙絕可法。（《圍爐詩話》）

07 趙翼：（末二句）蘊藉吞吐，言短意長，直接〈國風〉之遺。少陵已無此風味矣。（《甌北詩話》）

08 弘曆：古意卻帶秀色，體近齊、梁。「不相識」言不識人意也，自有貞靜之意。　○吳昌祺曰：以風之來，反襯夫之不來，與「只恐多情月，旋來照妾床」同意。（《唐宋詩醇》）

097 子夜秋歌（五古樂府）　　　　李白

長安一片月，萬戶擣衣聲。秋風吹不盡，總是玉關情。何日平胡虜，良人罷遠征？

【詩意】

　　今夜，長安城全部籠罩在無邊的月色之下，不知道撩撥起多少閨中思婦憶念起遠征良人的情懷；何況耳畔又傳來千門萬戶擣練生絲與趕製冬衣的砧杵聲，也就使得思君情懷更是濃得化不開了。因此儘管秋風淒緊，也吹不斷滿城此起彼落的砧杵聲，更吹不散所有思婦心中綿長不盡的情意，因為她們朝思暮想，牽腸掛肚的，總是戍守在玉門關的良人啊！她們心中共同的想法應該是：不知道什麼時候才能蕩平敵寇，使良人都不必再遠征異域呢？

【注釋】

① 詩題—《舊唐書‧音樂志》：「〈子夜〉，晉曲也。晉有女子名『子夜』，造此聲，聲過哀苦。」後人模擬其體製而擴充為〈子夜四時歌〉，分寫春夏秋冬四時之情，內容多為女子思君的哀怨心聲。由於它本為六朝樂府〈清商曲〉中的〈吳聲歌曲〉，故又有「子夜吳歌」之名。李白本題之作，也有四首，本詩是寫秋情的第三首；形式上則變化舊調每首四句之例，新創為每首六句。

② 「萬戶」句—擣衣，是把絲帛煮過之後，放在砧上用力反復捶擣，以便去除絲帛上的膠質（因為絲帛上的膠質，既使布帛觸摸的手感粗硬，穿著起來並不舒適，又不利於染色），而後裁製衣服。唐代兵制規定征人須自備衣服，故寒衣往往由家人在秋季做好之後，交由驛使送到駐地；因此秋季家家戶戶趕製冬衣，往往徹夜不眠，月下擣衣之聲，遂傳遍長安[1]。

③ 玉關—即玉門關，見王之渙〈出塞〉詩注。

【補註】

01 當時玄宗正用兵邊地，因此於夏秋之交，就必須把全國各地徵集所得的生絲，分配給長安的民戶擣練製衣；故而初秋之時，月下

庭中便傳出此起彼落的擣衣聲，以便及時趕送冬衣給前線將士禦寒。李白〈子夜冬歌〉云：「明朝驛使發，一夜絮征袍；素手抽針冷，那堪把剪刀？裁縫寄遠道，幾日到臨洮？」就是描述這種情況。

【導讀】

本詩是借月色和砧聲起興，刻劃思婦憶念征夫時淒婉的心聲。大抵而言，前三句寫景，後三句抒情。寫景時借形象鮮明而又意涵豐富的月光、砧聲、秋風來烘托氣氛，渲染情境，自然使人有耳聞目見而心感的觸發聯想；抒情時則直寫胸臆，出語天然，純是民歌本色。至於銜接寫景和抒情的關鎖，則是千古以來永遠撩人情懷，使人相思難斷的「長風幾萬里，吹度玉門關。」（李白〈關山月〉）

「長安一片月，萬戶擣衣聲」兩句，先以大筆揮灑出廣闊深邃的空間意象，而後再以聲色呈現時間意象，渲染出撩人情懷的氣氛。望月懷人，原本就是傳統詩歌中最典型的情境，自然能引人遐思；何況又是硬被戰爭拆散的征夫思婦的孤棲憶遠之情？由於這種切身之痛具有普遍性，幾乎是家家戶戶有之，無人避免得了，自然就更能動人愁腸了；更何況還有入耳亂心的砧聲又來勾惹情愁，當然更使人心神撩亂，難以為懷了。因此張若虛〈春江花月夜〉以「玉戶簾中捲不去，擣衣砧上拂還來」曲傳懊惱的神韻，沈佺期〈獨不見〉以「九月寒砧催木葉，十年征戍憶遼陽」來明寫思憶的深情，都成為膾炙人口的名句。

「秋風吹不盡，總是玉關情」兩句，等於補充說明前兩句中一片月色，滿城砧聲的原因。身處繁華長安的思婦既感受到秋風的淒緊，則在緯度更高而又極度荒涼的西北地區征戰的良人，豈不是更須忍受邊地的苦寒嗎？因此思婦更是牽腸掛肚，寢食難安，必須徹夜趕製冬衣了。換言之，秋風不僅無法吹斷惱人的砧杵聲，反而使它們更形急

促緊湊而聲聲入耳動心了；也不僅吹不斷閨婦的相思，反而還把她們的心魂吹得恍恍惚惚——因為秋風正是來自征人所在的玉門關以西，於是她們的心魂似乎就因而飄飛到遙遠的玉門關而去了。因此，她們在魂牽夢縈之餘，才會有「何時平胡虜，良人罷遠征」的期盼。作者在詩末以問句作收，一方面表現出思婦心願的誠摯深切，一方面使罷征歸來的日期顯得遙不可及，從而也把閨婦的思慕之情，宕向蒼茫的邊地和綿長的時間中，最有縹緲飄忽的韻致。

值得注意的是：「秋風吹不盡」一語，既關聯著遠遠近近、此起彼落、不絕於耳的寒砧急杵聲，又銜接著綿綿邈邈、迢迢遞遞、難斷於心的玉關情愁，於是詩歌由前半的寫景過渡到後半的抒情來噴薄出內心的盼望，便顯得自然而然了；因此《唐宋詩醇》引吳昌祺的評語說：「萬戶砧聲，風吹不盡，而其情同，亦婉而深矣。」可見他對「秋風吹不盡」五字是寫景和抒情的津渡，深有體會。換言之，有了「秋風吹不盡」五字，便使揮之不去，拂之又來的月光，和入耳亂心，無所遁逃的砧聲，全都成了勾愁惹恨的可惱對象，自然也使所有閨婦都被剪不斷、理還亂的相思之情糾纏得難以為懷了，因此詩人才以「總是」二字來強調這種憂苦心境的普遍性與專注性；再加上「玉關情」三字，便把抒情的空間開拓到遙遠的玉門關去，不僅使詩歌的意境更形蒼莽雄闊，也使原本的兒女情長更具有國家興衰和民族存亡的歷史意義和悲壯情懷了。基於同樣的愛國情操，詩人才會在寫出「良人罷遠征」的深切期盼與美好願景之餘，再拈出「何時平胡虜」的正面期待，表示對於這場戰爭價值的肯定。

【商榷】

儘管這首小詩的主旨並不難掌握，但是某些人對本詩的評解，卻頗令人不安，例如：

＊李攀龍《唐詩訓解》說：此為戍婦之詞，以譏當時征戰之苦也。

＊沈德潛《唐詩別裁》說：不言朝家之黷武，而言胡虜之未平，立
　　言溫厚。

＊沈氏在《說詩晬語》又說：詩貴寄意，有言在此而意在彼者；李
　　太白〈子夜秋歌〉，本閨情語而忽冀罷征。

　　筆者以為這種言此意彼，託物寓志的說法，用來解讀〈登金陵鳳
凰台〉的「三山半落青天外，二水中分白鷺洲」時，可以曲探幽微的
詩心，得到更豐富的審美情趣；但是用在本詩，則頗有捕風捉影，穿
鑿附會之虞。因為李白這組詩的前兩首分別以秦羅敷和越西施比擬一
位美麗的女子：

秦地羅敷女，采桑綠水邊，素手青條上，紅妝白日鮮。蠶飢妾欲去，
五馬莫留連。（〈子夜春歌〉）

鏡湖三百里，菡萏發荷花，五月西施采，人看隘若耶。回舟不待月，
歸去越王家。（〈子夜夏歌〉）

最後一首又專力描寫民婦製衣絮袍、思念征夫的深情：

明朝驛使發，一夜絮征袍；素手抽針冷，那堪把剪刀？裁縫寄遠道，
幾日到臨洮？（〈子夜冬歌〉）

這三首詩各有主題，完全看不出有任何譏諷朝廷窮兵黷武的意味。何
況，本詩末二句也是以「平胡虜」為前提，希望良人能及早「罷遠征」
而歸來，所表達的不過是一種團圓的心聲而已，和斥責濫揮干戈，窮
兵黷武並無任何關聯。如果作者真有此意，他應該會像〈戰城南〉一
樣窮盡筆墨去寫戰爭之慘酷，然後提出類似「乃知兵者是凶器，聖人
不得已而用之」的忠告才是。

【評點】

01 郝敬：欻然起，悄悄往，故自翩翩。（《批選唐詩》）

02 唐汝詢：太白雖長才，尤妙於短，如〈烏夜啼〉、〈金陵酒肆留
　　別〉，七古之勝也；「長安一片月」「燕草如碧絲」，五古之勝

也。然〈吳歌〉三十字中，字字豪放，〈春思〉三十字中，字字和緩；謂非詩聖，不可。（《匯編唐詩十集》）

03 陸時雍：有味外味；每結二語，餘情餘韻無窮。（《唐詩鏡》）

04 蔣仲舒：前四語便是最妙絕句。（《唐詩廣選》引）

05 王夫之：情景名為二，而實不可離。神於詩者，妙合無垠；巧者則有情中景，景中情。如「長安一片月」，自然是孤棲憶遠之情。○前四語是天壤間生成好句，被太白拾得。（《薑齋詩話》）

06 弘曆：一氣渾成。有刪末二句作絕句者，不見此女貞心亮節，何以風世厲俗？（《唐宋詩醇》）

＊ 編按：此評用於〈春思〉似較貼切。儘管如此，由帝王眼光所作的詩評來看，本詩並非旨在諷刺朝廷的窮兵黷武，則是顯而易見的。

07 田同之：竊謂刪去末二句作絕句，便覺渾含無盡。（《西圃詩說》）

08 周嘯天：「一片」「萬戶」，寫光寫聲，似對非對，措語天然而得詠嘆味。……著「總是」二字，情思益見深長。……秋月秋聲與秋風織成渾成的境界，見境不見人，而人物儼在，「玉關情」自濃。（《唐詩鑑賞辭典》）

09 陳宗賢：「長安」二句，大有眾竅怒號之致，場面何其雄渾！而「秋風」二句，情思尤覺悠遠；蓋人在玉關西，秋風從西吹來，觸涼即憶起猶在玉關外未歸之人也。故冀其早日平胡虜而罷遠征，夫婦重聚……如此一則為國，一則為家，公私兼顧，可謂善得風人之旨。（《李太白詩述評》）

098 長干行二首 其一（五古樂府）　　　李白

妾髮初覆額，折花門前劇。郎騎竹馬來，遶床弄青
梅。同居長干里，兩小無嫌猜。十四為君婦，羞顏
未嘗開。低頭向暗壁，千喚不一回。十五始展眉，
願同塵與灰。常存抱柱信，豈上望夫臺？十六君遠
行，瞿塘灩澦堆。五月不可觸，猿聲天上哀。門前
遲行跡，一一生綠苔。

苔深不能掃，落葉秋風早。八月蝴蝶黃，雙飛西園
草。感此傷妾心，坐愁紅顏老。

早晚下三巴，預將書報家。相迎不道遠，直至長風
沙。

【詩意】

　　當我的頭髮短得才剛剛可以遮住前額的時候，常喜歡折著花枝在
門前玩耍；而你也常會騎著竹竿，揮舞著青梅樹枝當馬鞭，環繞著井
欄和我嬉戲。我們都住在長干里，那時兩人年紀還小，天真無邪，根
本沒有什麼男女之別的顧忌和疑猜。

　　十四歲時，我就成為你的妻子，由於害羞的關係，並沒有露出笑
容。還記得當時我獨自低著頭朝向陰暗的角落坐著，任憑你千呼萬喚
地哄我，我依舊羞怯得連回頭看你一眼都不敢。十五歲時，我才開始
展顏歡笑，享受新婚的幸福美滿，但願能和你像塵與灰一般，永遠相
依相隨，難捨難分；也始終秉持著尾生信守約定而抱柱至死的堅貞心
志，哪曾想到有一天必須到望夫台上去苦苦守候遠遊歸來的你呢？

十六歲時，你必須出門遠行，將要經過瞿塘峽口凶險萬分的灩澦石堆，因此我特別叮嚀你：「在五月水勢上漲的時候，行船得特別當心，可千萬別碰觸到它！還有兩岸猿猴淒厲的啼叫聲像是從天上傳來似的，會叫人心神慌亂，無處躲藏，你可要格外當心，特別珍重啊！」

每當看見昔日我們依偎在門前台階上，或是徘徊在花樹間所留下的蹤跡，都已經長滿了綠色的青苔，就覺得你不在身邊的日子特別難挨；苔蘚濃密得有如我內心無法排遣的離愁，直叫人感傷起來。看著庭院中飄落的樹葉，心中不免又是一陣悽涼：你不在家的時候，連秋風都似乎提早來臨了！八月裡，蝴蝶的顏色變黃了，雙雙對對在西園的草叢間飛舞。看到牠們的生命即將終了，還是雙宿雙飛，形影不離的情景，想到青春恩愛的我們，卻反而孤棲獨宿，忍受異地相思之苦，除了讓我感到悽楚哀傷之外，也不禁深深地為自己紅顏易老，青春難駐而憂愁煩惱。

什麼時候你才能沿著長江三峽儘早歸來呢？在啟程之前，請你務必來信告訴我一聲；不管路途有多麼遙遠，我也要先趕到長風沙那裡去迎接你！

【注釋】

① 詩題—本詩屬於《樂府詩集·雜曲歌詞 [1]》。干，江東人稱山崗、山陵為干 [2]。長干，地名，在今南京市秦淮河南。

② 「妾髮」兩句—初覆額，頭髮短得才剛能遮覆前額，有如今之瀏海一般；此謂年紀幼小。劇，通「戲」，嬉戲。

③ 竹馬—兒童嬉戲時當作馬來跨騎的竹竿；晉人張華《博物志》云：「小兒五歲，曰鳩車之戲；七歲，曰竹馬之戲。」

④ 「遶床」句—遶，通「繞」。床，井邊遮護的圍欄；一說指井上轆轤的支架而言。青梅，青澀未熟的梅子。弄青梅，可有二解：指兩人以青梅為遊戲之具，玩著辦家家酒的兒戲；也可以指總角

男童以青梅枝為馬鞭，自得其樂地揮舞吆喝，想像著風馳電掣的駕馭感。

⑤ 無嫌猜—謂感情融洽，天真無邪，沒有男女之別所應有的顧忌驚猜。

⑥ 展眉—放鬆縮皺的眉頭而展顏歡笑；意謂真心相愛的幸福洋溢在眉宇之間，不再如新婚時害羞矜持。

⑦ 「願同」句—祈望夫妻能長相廝守。同，如同。塵與灰，形名雖異而實質相似，故常並稱灰塵；此譬喻夫妻二人和合為一，永不離分[3]。

⑧ 「長存」句—謂心志始終堅貞如一，至死不渝。《莊子·盜跖》篇：「尾生與女子期於（橋）梁下，女子不來，水至不去，抱梁柱而死。」後世遂以「抱柱」喻守信，而以「尾生」喻堅守信約之人；《漢書·東方朔傳》云：「勇若孟賁，捷若慶忌，廉若鮑叔，信若尾生。」

⑨ 「豈上」句—謂未曾料想過有朝一日夫妻竟會分離，讓自己登上望夫臺去企盼夫君早歸。《幽明錄》載古時一女子以其夫遠役離鄉，攜子相送至今湖北武漢市江夏區的北山，後常至此望夫歸來，終化為石；世遂以「望夫臺」喻指女子思盼夫君之所，而以「望夫石」喻懷念夫君的貞婦。

⑩ 「瞿塘」句—瞿塘峽，又名廣溪峽、明月峽，在今四川省奉節縣東三十里，乃入三峽之門戶；兩崖相對，中貫一江。由於正當全蜀江路的門戶，所以是古今軍事上攻守必爭之地。灩澦堆，位於瞿塘峽口的巨型礁石，相傳冬日水淺，露出水面百餘尺；夏季水漲，沒入水中數十丈，對行船造成極大威脅。灩澦，猶豫也；蓋因人船至此險境則猶豫而不敢貿然前進，故名。

⑪ 「五月」句—陰曆五月時灩澦堆常被水淹沒，僅露出頂部一小塊岩端，船隻不易辨識而常觸礁罹難，故長干女叮嚀如此。編按：

古時行船之人常以灧澦堆被水淹沒的深淺，預測舟行的險夷[4]。

⑫ 「猿聲」句──三峽沿岸高山中多猿，啼聲哀切，極易牽惹旅人愁懷[5]。

⑬ 「門前」二句──門前，指屋外的台階、庭園而言。遲，緩步徐行，可以有散步，游憩、徘徊之意。行跡，指昔日儷影成雙地依偎談心或攜手散步時所留下的足跡。生綠苔，暗示良人遠行之後，自己意緒寥落地獨守空閨，無心再遊庭園，致足跡皆已遍生青苔。「遲」，或作「舊」「送」。

⑭ 「苔深」句──深密的青苔，除了實寫庭院景物之外，也象徵少婦內心的深愁幽怨，難以排遣，無法消除。

⑮ 「落葉」句──驚見落葉墜地，感慨秋風似較往年提早降臨；其實是因為良人不在身邊，才倍感孤獨淒清而產生錯覺。落葉秋風，也可能具有青春易老、紅顏難駐的暗示。

⑯ 「八月」二句──蝴蝶黃，白居易〈秋蝶〉詩云：「秋花紫蒙蒙，秋蝶黃茸茸。」黃，或作「來」。楊慎《升庵詩話》卷 10：「蝴蝶或白或黑，或五彩皆具，惟黃色一種，至秋乃多，蓋感金氣也。」並引本句以為深中物理；王琦注則以為「黃」字不如「來」字義長。

⑰ 「坐愁」句──坐，徒然；亦可釋為：深、甚、極之意。

⑱ 「早晚」句──早晚，何時也。下三巴，由三巴順流而下。三巴，古時將四川東北部分為巴東、巴西、巴郡三區，統稱三巴；可用以泛稱四川。

⑲ 「預將」句──預，預先。將，送。書，書信。報，通知。

⑳ 「相迎」二句──謂不辭路途遙遠，將先至長風沙等候迎接。相，前置代名詞，代指動詞下省略了的受詞；相迎，迎你。不道，不辭、不管、不論、不顧之意。長風沙，在今安徽省安慶市東約五十里的長江邊。陸游《入蜀記》云：「自金陵至長風沙七百里，

而室家來迎其夫，甚言其遠也。」

【補註】

01 《樂府詩集》卷72除了錄有一首描寫江邊女子不畏風濤險惡而泛舟與情郎相會的漢、魏古樂府〈長干曲〉：「逆浪故相邀，菱舟不怕搖；妾家揚子住，便弄廣陵潮」之外，又收入崔顥仿作的〈長干曲〉四首、李白的〈長干行〉二首、張潮的〈長干行〉和崔國輔的〈小長干曲〉各一首。

02 劉逵注《昭明文選・左思吳都賦》「長干延屬」句曰：「江東謂山岡為『干』。建業南五里有山岡，其間平地吏民雜居，號長干。」《輿地紀勝》則謂：「江東謂山隴之間為『干』。」

03 有些注譯本以「願同塵與灰」意即使化為灰塵，也要永遠相守，同生共死。筆者以為此解其實不妥，蓋本句雖由〈吳聲歌曲〉中的〈歡聞變歌〉：「沒命成灰土，終不罷相憐（憐，愛也）」而來，然李白並不取生命化為灰燼之意，只表示少年夫妻山盟海誓的赤誠心聲；否則即與「常存抱柱信」的句義重複了。編按：〈歡聞變歌〉中的歡，指所愛之人；歡聞變，意即聽說愛人變心了。

04 王琦注引《太平寰宇記》所載古諺語曰：「灩澦大如馬，瞿塘不可下；灩澦大如鱉，瞿塘舟行絕；灩澦大如龜，瞿塘不可窺；灩澦大如襆，瞿塘不可觸。」

05 古樂府〈西曲歌・女兒子〉曰：「巴東三峽猿鳴悲，猿鳴三聲淚沾衣。」《水經注・江水》亦云：「巴東三峽巫峽長，猿鳴三聲淚沾裳」，又曰：「常有高猿長嘯，屬引淒異；空谷傳響，哀轉久絕。」

【導讀】

　　《樂府詩集》卷72有幾首〈長干行〉〈長干曲〉之作，由內容

觀察，大都是寫船家婦女的生活及情感，具有較為樸實率直的民歌色彩；而由形式觀察，大多是四句短篇。惟獨李白的兩首鋪排成情調旖旎，風格婉約的長篇，不僅章節完整細密，人物鮮明生動，技巧變化多端，而且把女子由幼童而新婚而傷別而念遠的種種感情狀態，刻劃得細膩幽微，入木三分，簡直可以作為女子成長心理學或人格發展史的參考資料；因此乾隆《唐宋詩醇》批曰：「兒女子情事，直從胸臆中流出，縈迴曲折，一往情深。」

「妾髮初覆額，折花門前劇；郎騎竹馬來，遶床弄青梅。同居長干里，兩小無嫌猜」六句是第一段。詩人以逆溯示現的手法，剪取男女幼童歡笑嬉戲時天真無邪的具體影像，追述幼時親密無間的友誼；讀來彷彿是一組古代民間的兒童風情畫，使人有風趣清新的親切感。「初覆額」三字，不僅點出她年紀幼小，更和折花嬉戲的形象相結合，勾勒出女童無憂無慮，天真稚嫩的模樣。而揮舞梅枝，跨騎竹馬的形象，也把男童活潑好動，且滿腦子英雄幻想的個性，點染得宛然在目，讓人不得不嘆服李白筆觸之傳神，刻劃之生動和語言之流暢，因此才能使「青梅竹馬」和「兩小無猜」成為情致婉約而丰神搖曳的優美成語。在這一段兒童歲月的追述裡，不難由女子印象的深刻領會到兩人成親之後剪燭話舊時，那種趣味盎然而又幸福洋溢的恩愛情狀；回憶既然如此甜蜜美好，則分離時的寂寞苦悶，也就更加難捱了！

「十四」以下十二句為第二段。「十四為君婦，羞顏未嘗開」兩句，雖然跳過了許多年頭，省略了許多情事，但是由於青梅竹馬、兩小無猜的形象既溫馨又親愛，而且女子的口吻又充滿幸福甜蜜，因此讀來不但不覺得有任何遺漏的缺憾，反而覺得他們緣訂三生是理所當然的美事；由此可見前六句氣韻之生動與情致之迷人了。「羞顏未嘗開」五字，把儘管是感情基礎深厚的竹馬之交，可一旦結為夫妻時仍然難免羞怯與矜持的神韻，捕捉得細膩入微，耐人尋味。「低頭向暗壁，千喚不一回」兩句，更是以極度誇張的筆調，把女子揉合著甜蜜、

喜悅、興奮、欣慰等複雜感受，和既期待又怕受傷害的莫名恐慌及矛盾心理，描繪得情態如生，狀溢目前。這四句不僅把情竇初開的少女在和如意郎君結為夫婦時嬌嫩羞怯的心理，傳寫得極為真切動人，而且又能以簡潔輕快的筆致，把少年夫妻新婚期間浪漫旖旎的情事，描繪得風趣清新，閉目可想，不能不令人佩服謫仙體貼人情，刻劃神態之高妙；影響所及，後來白居易〈琵琶行〉中的「千呼萬喚始出來，猶抱琵琶半遮面」，也以形象婉約，情態生動而而成為膾炙人口的名句。

「十五始展眉」是直承「羞顏」句而來，描寫她已經能坦然享受新婚燕爾的情趣，沉浸在幸福美滿的恩愛生活中。如果說「低頭」兩句是藝術表現力極強的傳神之筆，「展眉」二字則是不遑多讓的點睛之筆；因為人的悲歡憂樂之情，沒有比眉峰的舒展或顰蹙更能表露無遺的，此所以曹雪芹先以「兩彎似蹙非蹙籠煙眉」為林黛玉寫真之後，才又以「一雙似喜非喜含情目」為她傳神。仔細比較之後，可以發現後者對眼睛含羞帶喜的形容，似乎不如前者由眉峰所勾勒出的多愁善感那麼鮮明具體；因為「似喜非喜」而又「含情」，須要更多想像力與理解力才能領略，畢竟那已經屬於更為深沉的心理層次了。

由於陶醉在鶼鰈情深的悅樂之中，女子自然希望永遠如膠似漆，形影不離，因此詩人進一步以「願同塵與灰」來譬喻少年夫妻山盟海誓的熱情，流露出同命鴛鴦的心聲。「常存抱柱信」是寫女子感念夫君對待自己的情深義重，堅貞不二；「豈上望夫臺」則是寫女子始終未曾料到會有夫妻離散而遠望佇候的淒苦，藉以襯托兩人神仙眷屬般的恩愛親密。這兩句不僅把夫妻愛情永固的忠貞信實，表現得真誠而熾烈，同時也巧妙地以尾生抱柱和貞婦化石的典故中所含藏的悲劇色彩和不祥氣氛，暗示勞燕分飛、形單影隻的苦況即將來臨。換言之，這兩句一方面為青梅竹馬以來所有甜蜜歡悅的回憶作一個淒美而纏綿的總結，令人蕩氣迴腸；另一方面又以望夫臺的形象開拓出後半離

別思慕的憂苦，令人黯然神傷；因此詩情便以「常存」「豈上」兩組詞語一正一反地鉤連起來，激盪出由樂而悲的波瀾，從而轉折出令人驚心動魄的「十六君遠行，瞿塘灩澦堆」了！

　　對於以操舟為業，或撈捕維生而慣於風行水宿的長干兒女而言，長江下游無疑是魚米之鄉和快樂天堂；但是一旦要溯江而上，由凶險的三峽進入遙遠的巴蜀地區，那就不啻是闖入猿嘯鬼哭的愁慘地界，因此她才會一念及夫君遠行，就立刻聯想到令人魂飛魄散的灩澦石堆了！就詩法而言，「瞿塘灩澦堆」五字是在筆勢剛剛折向分離時，就立刻急轉直下地把神出鬼沒的灩澦堆猛然送到讀者的眼前來，使人有猝不及防的突兀感和即將迎面撞上的震撼性；對長干女而言，正可以表現出這一程水路是多麼令她毛骨悚然、焦慮萬狀的夢魘，因此她才會聞之色變，思之膽寒！透過這五個字的具體形象，我們不難理解：當她剛得知夫君即將遠行時就已經開始擔驚受怕，因此在送君出門時要殷殷叮嚀：「五月不可觸，猿聲天上哀！」甚至是在良人離家數月之後的此際，仍然牽腸掛肚地默默祝禱，切切呼告。這兩句是由「艷澦大如襆，瞿塘不可觸」的古諺和「巴東三峽猿鳴悲，猿鳴三聲淚沾衣」的舟謠而來，經過詩人鎔鑄錘鍊的加工後，便極其傳神地重現長干女摧痛心肝的口吻，很可以看出李白在向民歌俗諺學習時奪胎換骨的功力之深厚。此外，詩人拈出「五月」二字，並非信口道來而已，它一方面遙承「弄青梅」所代表的三月以前（江南地區梅子成熟於春夏之交，則「青梅」可能就表示春季），作時間上的區隔和銜接，一方面符合三峽夏季水勢上漲的節候變化，更遠引「八月蝴蝶來」的秋天景象，使整首詩有了季節的差異性與延續性，因而顯得極為流暢自然；這也可以看出詩人在時序的安排上匠心獨運的細密之處。

　　「門前遲行跡」至「坐愁紅顏老」八句為第三段。「門前遲行跡，一一生綠苔」兩句，是在痛徹心扉的強烈呼告之後，轉而以憂傷的語調來敘述夫君久別之後觸景傷懷的感慨：昔日在台階上依偎而坐，在

花樹間耳鬢廝磨，在庭院裡攜手談心或笑鬧嬉戲時留下的蹤跡，早已遍生綠苔；則良人離家漸久及思婦無心遊園的意思，均已包藏其中。「苔深不能掃」五字，是以頂真的手法使詩句一氣呵成地連貫起來，藉以表示別離的時間更久，相思之情與日俱增，孤棲之悲彌深傷痛，而憂愁幽思也綿密而生，不絕如縷。「苔深」象徵思慕與憂傷之潛滋暗長，日益深濃；「不能掃」象徵憂傷無法排遣，難以消除，簡直無所遁逃而不知如何自處的無助與傍徨。「落葉秋風早」是以落葉離枝飄零的情狀來觸動孤獨無助的愁懷，生命苦短而別日苦多的感傷，以及好景不常偏又恩愛難久的憂慮；再加上蕭殺的秋風襲來，又捲落了更多的黃葉，自然使思婦益覺滿目蕭瑟而根觸百端了。即使在平日，秋風愁人，落葉添悲，已足令人惆悵；何況是在夫君遠去，頓失倚靠而慰藉無人之時？奈何落葉偏又提早飄零，秋風又提早逞威，自然更令人倍覺淒清難耐了。值得注意的是：「落葉秋風」似乎又有區隔五月猿鳴（六月苔深）及八月蝶黃的時間意象，「早」字也能凸顯出怵目驚心之感，可見詩人針線的綿密與思致的細膩；無怪乎朱熹說：「太白詩非無法度，乃從容於法度之中，蓋聖於詩者也。」（《朱子語類》卷 140）

　　「八月蝴蝶黃，雙飛西園草」是以蝶翼變黃引起少婦青春流逝，人老珠黃的憂慮，並反顯形單影隻的寂寞；尤其是生命即將終止的蝴蝶，尚且能如影隨形地雙雙飛舞，而正值青春年少的恩愛夫妻，反而必須形影分離，更是情何以堪？因此她不禁悲從中來地唱嘆人不如蝶了：「感此傷妾心，坐愁紅顏老！」畢竟紅顏易老而青春難駐，人生苦短而離恨苦多，怎能不令她觸景傷情而愁思如海呢？

　　後四句為第四段。「早晚下三巴，預將書報家」兩句，是少婦把自己從自哀自憐的吁嗟慨歎中救贖出來，轉而盼望夫君歸訊早報，佳音速傳。因為畢竟她的夫婿只是遠行謀生，終有歸期，並不是奔赴沙場，生死難料，因此實在無須過於摧肝斷腸地自苦自毀。何況她才十

六歲而已，儘管必須忍受小別時異地相思的煎熬，但是繾綣恩愛的歡聚卻是來日方長；因此，前段的「蝴蝶」固然引發了孤棲獨守的哀傷，同時也勾起了團圓歡聚的渴望，於是少婦便由刻骨的相思轉為熱切的盼望了。「相迎不道遠，直至長風沙」兩句，則更進一步以奔放的熱情表明不辭七百里風波的辛勞，也要逆流而上，泛舟相迎的誠意！一個柔弱的女子，只為了和夫君及早相會，以便儘快見到心上人平安地渡過險惡的灩澦堆而歸來，竟然不惜孤身前往浪高湍急的長風沙去迎接他，則她思憶之綿長、愛慕之熾烈、個性之堅毅與性情之浪漫，也就不言可喻了。

這首樂府詩完全採用女子自述的口吻，細數她童年的天真無邪，新婚的嬌怯羞澀，婚後的恩愛幸福，送別的深切囑咐，久離的寂寞憂苦，思憶的纏綿悱惻，直到渴盼團聚的熱情奔放，可以說把長干女的丰采勾勒得栩栩如生，躍然紙上了。仔細品賞本詩的優點，不僅摹情寫態，唯妙唯肖；而且刻劃心理，細膩入微；再加上聲情口吻的傳神生動，時間流程的銜接自然，借景增情的興象豐美，示現懸想的宛然如見，修辭手法（包括誇飾、象徵、譬喻、呼告等）的高明圓融，章節安排的波瀾迭起等，的確可以稱得上是敘事生動，結構完整的藝術珍品了！無怪乎不僅紀昀讚賞有加地說：「興象之妙，不可言傳，此太白獨有千古處。」孫洙也慧眼獨具地把本詩收入《唐詩三百首》的選本裡，讓它從許多相似的題材中脫穎而出，流傳千古，由此可見本詩藝術成就之可貴了。

【評點】

01 嚴羽：「兩小無嫌猜」，極尋常情事，說得出。 ○「低頭」云云，蓋常情羞生，此卻羞熟。（《李太白詩醇》引）

02 黃周星：雖是兒女子喁喁，卻原帶英雄之氣，自與他人閨怨不同。（《唐詩快》）

03 弘曆：嘗愛司空圖所云「道不自器，與之圓方」，為深得委曲之妙。此篇庶幾近之。（《唐宋詩醇》）

04 陳宗賢：此詩刻劃兒女情態，極為真摯，而敘述頗有條理層次，心境、面目，逐年而有不同。又帶寫景色，亦極具諧婉幽悄之韻致。（《李太白詩述評》）

099 清平調詞三首 其一（七絕樂府）　　　李白

雲想衣裳花想容，春風拂檻露華濃。若非群玉山頭見，會向瑤臺月下逢。

【詩意】

　　連天上的雲彩都羨慕貴妃華麗的衣裳可以襯托出她的雍容華貴，連地上的牡丹都驚嘆貴妃嬌豔的容顏真是國色天香，足以傾城傾國（也可以解讀成：貴妃的衣服似雲霓般絢爛華麗，貴妃的容顏如牡丹般嬌媚豐美）。得到君王寵幸的貴妃，更顯得嫵媚豔麗，正如欄杆前經過春風輕拂與雨露滋潤後的牡丹，更加穠豔豐腴一樣。君王林苑中名貴的牡丹，如果原先不是種植在西王母所居住的群玉山裡，就應該是生長在月光下的瑤臺宮中；而最得君王寵愛的貴妃，如果原先不是群玉山頭的花神幻化而生，就應該是披著清朗月色的瑤臺仙女降臨人間吧！

【注釋】

① 詩題──清平調，唐大曲中的曲調名，相傳本有清、平、側三調，李白僅依清調與平調作詞[1]，故名〈清平調〉，收入《樂府詩集‧近代曲辭》。

② 「雲想」句——貴妃的衣裳，有如是以天上的雲霓所織成的；貴妃
的容貌，有如是仙界的花神所化生的。想，暗喻所用的喻詞，與
「如」字義同[2]。

③ 「春風」句——謂牡丹受春風輕拂及雨露滋潤後益增其穠豔，猶如
貴妃得玄宗寵愛後益增其嫵媚。春風，可象徵君王之恩澤與寵幸；
王之渙〈涼州詞〉：「羌笛何須怨楊柳，春風不度玉門關。」義
同於此。檻，欄杆。露華，露水含有晶瑩的光華，故云。

④ 「若非」二句——謂楊妃之美，非人間所有，應是天仙花神所化生。
群玉，神話中西王母所居之山名。會，應當、必定。瑤臺，相傳
也是西王母所住的宮殿。

【補註】

01 據《松窗雜錄》所載，開元中，宮中牡丹盛開，玄宗命移植興慶
池東沉香亭前觀賞，並以金花箋宣翰林供奉李白入宮，立進〈清
平調詞〉三章。詞成，玄宗命李龜年率梨園弟子撫弄絲竹以譜曲，
由李龜年高歌，玄宗親奏玉笛以娛貴妃，貴妃笑飲葡萄酒聽歌罷，
特別拜謝玄宗寵賜，李白因此得到的禮遇高於諸學士。後高力士
因忌恨李白於奉詔賦詩既得玄宗龍巾拭吐、御手調羹及貴妃捧硯
之榮寵，復有命其脫靴之深恥，遂摘取詩中以亡國禍水之趙飛燕
比擬貴妃為大不敬而讒言中傷，以致貴妃亦怨恨李白之放肆無禮，
屢次阻撓玄宗欲提拔李白之舉。李白既不得志，乃請求離開朝廷，
回歸江湖。

＊ 編按：李白為翰林供奉與貴妃之得幸，皆在天寶初而非開元中，
是以《松窗雜錄》所記之時有誤。然俗傳龍巾拭吐、御手調羹、
貴妃捧硯、力士脫靴等事，使高力士銜恨詆毀，李白因而失意京
華，則騰播古今，故稗官野史多所渲染。筆者以為故事雖曲折動
人，可為助談之資，然衡諸情理，未必可信；請參見〈清平調〉

其二【導讀】後之補註。

02 首句亦可視為擬人化修辭，【詩意】即依此而譯。王琦注引吳舒鳬語，以為本句和王昌齡〈採蓮曲二首〉其二：「荷葉羅裙一色裁，芙蓉向臉兩邊開」，都是從梁元帝的〈採蓮曲〉：「蓮花亂臉色，荷葉雜衣香」脫出，並稱讚詩人能用兩個「想」字來化實為虛，尤見新穎。吳昌祺《刪訂唐詩解》則以為「本言衣如雲、容如花，用倒裝句法，加『想』字則超矣。」

【導讀】

　　這三首奉詔承旨的作品，都是花與人兼寫，詠花處即是詠貴妃，妙在兩者不即不離，若合若分。由於貴妃體態豐腴勻稱，而牡丹花則飽滿碩美，因此詩人利用一語雙關的手法，既可以襯托貴妃雍容華貴的特質，也可以賦予牡丹國色天香的靈性，如此讓花光與人面交相映襯之後，便相得益彰而更見精采，因此本詩才能贏得貴妃的垂青，並博得玄宗的讚賞而傳唱不衰。

　　「雲想衣裳花想容」七字，是以雲彩和花朵襯托貴妃的服飾之美、容顏之艷。這一句極有可能是由梁元帝的〈採蓮曲〉：「蓮花亂臉色，荷葉雜衣香」得到靈感，卻能推陳出新地以兩個「想」字取代「亂」「雜」二字，形成重出複沓的音響，增加唱誦時音情搖曳之美；而且又取代常用的「如」字作喻詞，便使得首句的意象更為飄忽靈動，詩意更為惝怳迷離而耐人尋繹。由於造語奇警生動，因此這七個字的詩意可以說是：

　＊見到天上的雲彩，使人聯想到貴妃春衫的絢麗；見到盛開的牡丹，使人聯想到貴妃紅顏的豔麗。

這是稱頌貴妃優雅自然之美，令人印象深刻。也可以解釋成：

　＊貴妃的衣裳之美，想必是天上的雲霓所織成的，才會那麼璀璨而飄逸；貴妃的容顏之美，想必是牡丹花神所化生的，才會那麼嬌

麗而嫵媚。

這是驚歎貴妃國色天香，艷麗絕倫。這種解釋，比前一種說法更添傳奇色彩而有縹緲迷離的韻味。還可以理解成：

＊連天上的雲霞都驚嘆貴妃華麗的衣裳比自己還要飄逸而燦爛，連御苑的牡丹都歆羨貴妃豐腴的紅顏比自己還要華麗而明艷。

這是在第二種說法的基礎上，加上擬人化後的神話色彩而顯得更加浪漫神秘，以為連飄逸浪漫的雲彩都自嘆弗如，連國色天香的牡丹都相形失色；如此一來，貴妃非人間所有而不可方物之美，又不僅是傾城傾國而已，簡直是諸神眷愛，萬方禮讚了！這一句縹緲天際的奇思妙想，即使前有所承，卻更見出謫仙鎔鑄舊語而推陳出新，錘鍊成句而脫化無痕的功力，已達爐火純青的境界了。白居易的〈長恨歌〉中形容貴妃是「芙蓉如面柳如眉」，雖然也是備受推崇的名句，卻總不如「雲想衣裳花想容」那麼氣韻超逸，那麼飄忽靈動。如果仔細比較，可以發現：香山詩比較像是客觀冷靜地形容，青蓮詩則是主觀熱情地頌讚；香山詩的涵義單純而固定，青蓮詩的意境豐富而奇幻。誇張地說，香山詩只能使貴妃點頭稱賞：「嗯，寫得不錯。」青蓮詩卻能使貴妃心花怒放，小鹿亂撞，以為李白是在唱情歌表示愛慕之意，而有飄然凌雲的幻想，甚至還能使貴妃午夜夢迴時，含笑清唱而有悠然遠思。

「春風拂檻露華濃」七字，則既是以賦筆實寫眼前春風之柔、露華之濃和牡丹之艷，又兼採比興手法來詠嘆貴妃沐浴君恩後之容光煥發，明艷動人。由於「春風」和「雨露」往往可以象徵君恩，便自然把唐玄宗帶進詩中，表現出他對貴妃的無比寵愛與疼惜，有如春風輕拂之無微不至，令人迷醉；有如露水滋潤之溫柔親蜜，沁人心神；而貴妃的生命也就因此而更加豐美充實，風韻也就因此而更為嫵媚成熟了。這一筆兩到而又婉轉含蓄的手法，正是玄宗與貴妃都能嘆賞有加，以至於一個賜酒、一個獻杯的關鍵；因為這一句等於肯定他們是恩愛

情深的神仙眷屬，而非違背禮教的昏君蕩婦！須知楊玉環原本是玄宗之子壽王李瑁的妃子，玄宗為了橫刀奪愛，曾經瞞天過海地讓玉環出家，並讓壽王改娶韋氏，然後才再迎接玉環入宮。在這種情況下，如果只是玄宗十年來的寵愛有加，而貴妃對玄宗卻沒有相對的情愛，只怕貴妃冤苦的心緒與堅貞的志節，應該會和春秋時被楚文王所奪的息夫人一樣：「莫以今時寵，能忘舊時恩。看花滿眼淚，不共楚王言。」（王維〈息夫人〉詩）即使是在良辰美景，賞心樂事的遊宴裡，也會觸景生悲而顯得形神憔悴，甚至恨思悠悠，哪能像本詩第二句所寫那樣欣沾雨露，春風得意，容光煥發呢？因此這一句等於巧妙地歌頌他們的不倫之愛是既合情又合理更合法的，應該很能打動原本對壽王還微覺愧疚的這一對老夫少妻，無形中使他們大為受用而深受感動。

再者，由於本句兼含賦比興三種筆法，詠牡丹即是詠貴妃，所以花是人的精魂幻化而生，人又是花的靈性孕育而成；人與花，靈性與精魂，若即若離，疑真疑幻。如此細密而蘊藉的寫法，便使得首句「雲想衣裳花想容」的傳奇色彩，在無形中又增添了浪漫的韻致，也增加了更為豐富飽滿而耐人回味的情思，因此黃叔燦《唐詩箋注》嘆曰：「次句人接不出，卻映花說，是『想』字之魂。『春風拂檻』，想其綽約；『露華濃』，想其芳豔。脫胎烘染，化工筆也。」

由於前半已經把牡丹與貴妃的關係，寫得神秘奇幻，而又飄逸浪漫，相當撩人情思，因此作者順著這種情調，又作瀟灑天外的縹緲之思，讓玄宗和貴妃乘坐著謫仙想像的羽翼，飛升到神仙幻境之中，一起去尋訪貴妃的出身：「若非群玉山頭見，會向瑤臺月下逢。」原來，貴妃真非人間凡品，她正是西王母群玉山頭的花神、瑤臺月下的仙女所化生的！「若非」「會向」兩組詞語，正像兩面對照的魔鏡：向左邊看，她分明具有仙姿玉骨；向右邊看，她隱約又是花神的化身。兩相映照時，則有亦花亦仙、亦人亦神的迷離縹緲之感。再加上群玉山和瑤臺仙境的晶瑩，明月玲瓏的光華，以及神話傳說的瑰麗，在詩人

的層層渲染之下，就更為「雲想衣裳花想容」這七個字增添了旖旎浪漫的情思，整首詩也因而意態靈動，丰神搖曳，讀來自然使人有目眩神迷，蕩氣迴腸之感。「群玉」「瑤臺」「月下」三組色調素雅清淡的詞語，又把雪膚花貌的貴妃襯托得更是白皙如玉，而又紅潤似花，的確也是傳神寫照的精采之筆，很值得用心體會。

【評點】

01 蔣仲舒：「想」「想」，妙！難以形容也。次句下得陡然，令人不知。（《唐詩絕句類選》引）

＊ 編按：次句云云，即黃叔燦之嘆：「次句人接不出。」亦在稱讚落筆之奇與設想之妙。

02 唐汝詢：聲響調高，神彩煥發，喉間有寒酸氣者讀不得。（《匯編唐詩十集》）

03 徐增：花上風拂，喻妃子之搖曳；露濃，喻君恩之鄭重。（《而庵說唐詩》）

04 李調元：「雲想衣裳花想容」已成絕唱。韋莊效之：「金似衣裳玉似身」，尚堪入目，而向子諲「花想容儀柳想腰」之句，毫無生色，徒生厭憎。（《雨村詩話》）

100 清平調詞三首 其二（七絕樂府）　　　李白

一枝紅豔露凝香，雲雨巫山枉斷腸。借問漢宮誰得似？可憐飛燕倚新妝。

【詩意】

雍容華貴而又國色天香的楊貴妃，正如眼前這一枝閃著晶瑩的露華，含著芬芳的清香，最為紅艷出色的牡丹一樣。楚王如果知道我們的君王竟然能夠得到人間絕色的深情愛戀，恐怕要為了自己當年竟然只能迷戀虛幻不實的巫山神女，而感到傷心斷腸了！請問漢朝的深宮之中，有哪一位美人能和貴妃媲美呢？即使是最惹漢成帝憐愛的一代尤物趙飛燕，經過刻意的新妝打扮之後，也仍然遠不及貴妃的天生麗質與仙姿神韻啊！

【注釋】

① 「一枝」句──以牡丹含露凝香之紅艷，譬喻貴妃承寵君恩時之艷麗絕倫。

② 「雲雨」句──化用〈高唐賦[1]〉之典故，謂楚王夢見與巫山神女歡會之暢，終究只是虛無縹緲的幻象，徒然使楚王夢醒成空，悵惘不已；豈若玄宗能得貴妃真心相愛而比翼連理，鶼鰈情深呢？

③ 「借問」二句──借問，請問之意。可憐，惹人憐愛。飛燕，指東漢成帝的皇后趙飛燕。飛燕原為長安宮人，隸屬陽阿公主之家，學歌舞，妙冠群倫。成帝嘗微行至公主宅作樂，見而悅之，遂召之入宮，後立為皇后；平帝時被廢為庶人，後自殺。《西京雜記》載趙飛燕「體輕腰弱，善行步進退，女弟昭儀不能及也。二人並色如紅玉，為當時第一，皆擅寵宮中。」倚，憑藉。新妝，《飛燕外傳》云：「飛燕為卷髮，號新髻；為薄眉，號遠山黛；施小朱，號傭來妝。」可見她是相當講究裝扮之美，具有創意而又勇於大膽嘗試的新潮女性。

【補註】

01 宋玉〈高唐賦〉中對楚襄王提及：「昔者先王嘗遊高唐，怠而晝寢，夢見一婦人曰：『妾，巫山之女也，為高唐之客。聞君遊高唐，願薦枕席（按：即願有魚水之歡）。』王因幸之。去而辭曰：『妾在巫山之陽，高丘之阻，旦為朝雲，暮為行雨。朝朝暮暮，陽臺之下。』旦朝視之，如言。故為立廟，號曰『朝雲』。」

【導讀】

在前一首詩中，謫仙挾帶著玄宗和貴妃飛入仙境去尋訪玉環的前身，已經可以見出李白筆落天外的迷人魅力；在本詩中，詩人又引領二人走入歷史去物色古來絕色的美女，又可以見出李白思入鬼神的驚人才情。第一首的筆意側重在情境的渲染烘托，第二首的手法側重在人物的映襯對比，兩首潛氣內轉而脈絡相通，正是聯章之作的典範。

「一枝紅艷露凝香」七字，是承第一首群玉花神與瑤臺仙姿的意涵而來。詩人先把玄宗和貴妃由仙界帶回人間，特別針對「眼前」憑欄所見，拈出滿園牡丹中最珍奇無比的「一枝」來象喻貴妃：這一枝牡丹之所以擁有絕異於苑中其它芍藥的不凡資韻，一方面是由於它的雍容華貴原本就艷冠群芳，正如貴妃的天生麗質誠然舉世驚艷一般；另一方面則是由於它得天獨厚，沾潤了最濃郁的露華，因此能夠含凝清香，正如貴妃專君之寵，獨沐恩澤，因此能夠含情無限，益增嬌媚。這七個字不僅寫花之色，又寫花之香，兼寫花之容光意態，便把楊妃天香國色的絕代風華描繪得更是芬馨神駿，耐人懸想。「露凝香」比起「露華濃」三字，多了沁人心脾的嗅覺刺激，更能傳寫花的精魂神韻，因此使人不僅目眩神搖而已，不知不覺間更是意亂情迷了。

「雲雨巫山枉斷腸」七字，則又由眼前的實境縱身躍入時光隧道之中，去尋覓古老傳說中一段浪漫的愛情故事。作者刻意以楚王為了化身成縹緲雲雨的巫山神女相思腸斷的虛妄之事，襯托出「眼前」活

色生香的貴妃可親可愛、可慕可戀的真實感，的確能使玄宗龍心大悅
而深感幸福美滿；則兩人只羨鴛鴦不羨仙的纏綿情愛，也就表露無遺
了。正如前一首的第二句以「春風拂檻露華濃」七個字，巧妙地提及
玄宗的恩寵一般，本句也是不著痕跡地把玄宗融入詩中，同時還頌讚
了兩人恩愛逾恆的感情之值得珍惜，自然更加讓背負著亂倫罪責而忍
受著異樣眼光的玄宗和貴妃，產生喜逢知己而心結頓解的快慰了。

　　「借問漢宮誰得似？可憐飛燕倚新妝」兩句，是由神話傳說落實
到歷史情境之中。詩人以色如紅玉而擅寵當時的人間尤物趙飛燕，經
過刻意梳妝打扮之後，仍然難及貴妃的自然美艷作映襯對比，更凸顯
出貴妃麗質天生的絕世風華[1]。前兩句中對貴妃仙姿艷骨的形容，儘
管能使人有飄然輕舉之感而悠然嚮往，但是畢竟縹緲虛幻得有如鏡花
水月，難以真切掌握；因此詩人在後半中便以有血有淚、有憑有據的
真人作對比，於是貴妃睥睨古今的羞花閉月之美，便被襯托得更為活
色生香，也更楚楚動人了。

【補註】

01 相傳李白曾奉詔醉草〈白蓮花開序〉（王琦謂即范氏墓碑所云〈泛
　　白蓮池序〉，今亡）時命高力士脫靴，高視為奇恥大辱，遂於日
　　後摘「飛燕」句向貴妃進讒言，謂李白以漢宮禍水比擬貴妃，賤
　　辱之意莫甚於此，貴妃信以為真而私心恨之，終於導致李白無緣
　　授官而放還江湖之遺憾。不過，筆者以為：第一，純就創作背景
　　而言，李白既是奉旨填詞，應該不至於甘冒大不韙，愚妄魯莽地
　　當面譏刺帝王和后妃的亂倫荒淫來自速其禍。第二，李白又是新
　　進，希意承歡之不暇，豈敢如此放肆？第三，何況玄宗之學養相
　　當精湛，豈能聽不出詩中有無譏刺之意？第四，再由詩中極力稱
　　頌貴妃之美艷，以及禮讚二人之情愛的態度來觀察，李白豈有微
　　詞隱諷之意？可見稗官野史風影之說，未必可信。

【評點】

01 葉羲昂：結妙有風致。（《唐詩直解》）

02 黃叔燦：此首亦詠太真，而竟以花比起，接上首來。（《唐詩箋注》）

101 清平調詞三首 其三（七絕樂府）　　　李白

名花傾國兩相歡，長得君王帶笑看。解釋春風無限恨，沉香亭北倚闌干。

【詩意】

　　觀賞牡丹和陪伴貴妃，真是讓君王心滿意足，歡悅無限。名花的風韻和美人的深情，永遠都能使君王笑逐顏開，百看不厭。當君王和貴妃在沉香亭北柔情蜜意地倚靠著欄杆品賞牡丹時，即使原本有再多的幽愁暗恨，也都消釋得無影無蹤了。

【注釋】

① 「名花」句—傾國，絕色美女也，《漢書·卷 97·外戚傳》載李延年嘗對武帝稱其妹之美曰：「北方有佳人，絕世而獨立；一顧傾人城，再顧傾人國。寧不知傾城與傾國，佳人難再得？」

② 「解釋」二句—謂當玄宗賞名花、對妃子，感到欣然自得時，縱使本有無限幽愁暗恨，也將消釋得無影無蹤。《開元天寶遺事》載玄宗曾讚貴妃曰：「不獨萱草可以忘憂，此花亦能銷恨。」可為此二句註腳。解釋，消除而釋懷也。春風，代指唐玄宗而言。沉香亭，在玄宗所居住的興慶宮苑的龍池東，以沉香木築成，故名。倚欄干，可指牡丹倚欄而開，也可指玄宗和貴妃憑欄並肩而

賞花。

【導讀】

第一首詩裡，李白先是差遣花雲二物來表現對貴妃的驚艷與讚嘆之意，而後以軒檻之前風拂露染的牡丹來象喻貴妃欣霑皇恩之美；接著又妙想聯翩地帶著玄宗和貴妃，遨遊到綺麗的群玉山頭與瑤臺仙境之中。由於詩人一方面從空間拓開意境，一方面藉神話點染詩情，因此全詩興象超逸，引人入勝。第二首詩中，李白先是讓玄宗和貴妃的旖旎情思降落在沉香亭的軒檻之前，拈出苑中嬌艷無雙的第一枝名花來象喻貴妃沾沐君恩而益增明艷，接著又帶著他們兩人的精魂穿越時空，來到戰國時期的楚宮和逗人遐思的巫山，而後再飛臨漢朝的昭陽殿去評論艷極一時的趙飛燕。經過詩人巧妙的安排之後，第一首詩中的神話色彩之浪漫，和第二首詩中的歷史雲煙之縹緲，便彼此交織成如夢如幻、亦仙亦凡的光怪陸離之境，的確使人在目不暇給、心蕩神馳之餘，領略到李白詩歌中開闔變幻之雄奇和章法呼應之綿密。經歷了前兩首詩中「上窮碧落下黃泉」（白居易〈長恨歌〉）的時空變換之後，到了第三首詩，李白讓玄宗和貴妃的心神又回到現實中來，落在沉香亭前並肩賞花。這三首詩，不論是情境和場景的變換，或時間和空間的轉移，以及章法呼應之綿密，都有可觀之處；無怪乎胡應麟《詩藪》說李白的詩歌：「開闔縱橫，變幻超忽；疾雷震霆，淒風急雨。」陸時雍《詩鏡總論》說李詩：「想落天外，局自變生，真所謂驅走風雲，鞭撻海岳。」

第一首詩中的「春風拂檻露華濃」，和第二首詩中的「一枝紅艷露凝香」，都是以象喻的手法把花的韻致和人的風華，相互疊映，因此詠花即是詠人；而第三首起筆的「名花傾國兩相歡」七字，則把牡丹和貴妃雙提並舉，表現上是分詠，其實仍是合寫。因為名花正是傾國的風韻所幻化而成，而貴妃又正是牡丹的精魂所孕育而生，她們都

深得玄宗的眷愛迷戀，也都能帶給玄宗無限的歡悅愉快，所以詩人說她們「長得君王帶笑看」。「兩相歡」三字，把《松窗雜錄》所載玄宗說出「賞名花，對妃子，焉用舊樂詞為」時那種心神俱暢的快意之情，簡潔地詮釋出來；而「帶笑看」三字，則既把貴妃集「三千寵愛在一身」而使「六宮粉黛無顏色」的千嬌百媚之態，不著痕跡地表現出來，同時也把「盡日君王看不足」（〈長恨歌〉）時心神俱醉的無限愛憐之意，寫得宛然在目。尤其是正式拈出「君王」二字，把原本隱藏在「春風拂檻露華濃」和「一枝紅艷露凝香」背後的玄宗，和「雲雨巫山」「飛燕新妝」兩個典故中呼之欲出的君王，正式顯像出來，如此一來，才使得三首聯章之作有了圓滿溫馨的情味和一氣呵成的結構。試想：如果這三首〈清平調〉始終只歌詠牡丹和美人，如何能夠表現出玄宗「賞名花，對妃子」時的快慰和滿足？又如何能恰如其分地符合應詔而作的本意？這三首一組的詩篇中如果缺少了玄宗這個重要的角色，就像一幅結婚照中只有嬌麗的新娘和鮮艷的捧花，卻沒有新郎一樣單調乏味；又如一部文藝愛情片中只有賞心悅目的女主角和滿園的奼紫嫣紅，卻始終沒有男主角一樣令人詫異錯愕。

「解釋春風無限恨」七字，是承「帶笑看」而來，表現了玄宗說出「不獨萱草可以忘憂，此花亦能銷恨」（《開元天寶遺事》）時，正沉浸在愛情的幸福之中，感到無比欣悅滿足的心境。這一句是以貴妃能消泯玄宗所有的新愁舊恨而笑逐顏開，更深入一層表示兩人恩愛情深，幸福洋溢，何嘗有恨？誠可謂正言若反，奇趣橫生；詩人筆致之靈妙，命意之新穎，都令人嘆賞。「沉香亭北倚欄干」七字，則進一步點出現實中的場景，把玄宗、貴妃、牡丹三者，全部攝入詩境之中作結，既呼應「名花傾國兩相歡，長得君王帶笑看」二句，使全詩一氣奔注，脈絡清晰，又有如攝影鏡頭先特寫牡丹之穠艷，再捕捉兩人並肩憑欄賞花的背影，而後鏡頭拉遠，只見兩人在沉香亭內柔情蜜意地依偎……。詩筆雖止於此，但覺有無限纏綿恩愛的情意瀰漫在畫

面之中，同時又彷彿有一唱三嘆的旁白：「在天願為比翼鳥，在地願
為連理枝」飄出畫面之外。如此情景優美，意境深婉，而又宕出遠神
的收筆，既有助於形成搖曳生姿的詩情，也使人彷彿觀賞了一齣動人
的歌劇落幕，產生迴腸蕩氣的感受。特別是「沉香亭北」指出了兩人
繾綣纏綿的地點，才使三首詩在讓人眼花撩亂的超時空變幻之後，有
一個固定的舞臺來表現這一齣動人的愛情戲劇，以免詩境過於縹緲而
流於詭異；同時也由於這個地點安排在全詩之末，使它顯得特別突出
而意義重大。換言之，不論是對玄宗或是對貴妃而言，這個地點都將
會是讓兩人刻骨銘心，永難忘懷的美好記憶；一如七夕夜半，密盟誓
心的長生殿一般，何其浪漫，何其旖旎！無怪乎玄宗要龍心大悅而「親
調玉笛以倚曲，每曲遍將換，則遲其聲以媚之」；而貴妃也笑領歌詞，
斂繡巾再拜，玄宗「自是顧李翰林尤異於諸學士」了[1]！

【補註】

01 見《松窗雜錄》及《太真外傳》。

【評點】

01 葉羲昂：四（句寫）出媚態，不以刻意為工，亦非刻意所能工。
（《唐詩直解》）

02 胡應麟：「明月自來還自去，更無人倚玉闌干」「解釋東風無限
恨，沉香亭北倚闌干」，崔魯、李白同詠玉環事，崔則意極精工，
李則語由信筆；然不堪並論者，直是氣象不同。（《詩藪》）

03 唐汝詢：三詩俱鑠金石，此篇更勝，句句得沉香亭真境。（《匯
編唐詩十集》）

04 朱之荊：婉膩動人。「解釋」句情多韻多。（《增定唐詩摘抄》）

【章法】

01 孫洙：（其一）言妃子之美，花似之。（其二）言花之美，妃似之。（其三）花與妃合寫，歸到君。（《唐詩三百首》）

02 黃生：三首皆詠妃子，而以花旁映之，其命意自有賓主。或謂初首詠人，次首詠花，三首合詠，非知詩者。 〇（初首）二「想」字是詠后妃語。 〇（次首）首句承「花想容」來，言妃之美，唯花可比。彼巫山神女，徒成夢幻，豈非「枉斷腸」乎？必求其似，唯漢宮飛燕，倚其新妝，或庶幾耳。 〇（三首）釋恨即從「帶笑」而來，本無恨可釋，而云然者，即《左傳》：「君非姬氏，居不安，食不飽」之意。（《唐詩摘抄》）

03 沈德潛：三章皆合花與人言之，風流旖旎，絕世丰神。（《唐詩別裁》）

04 李鍈：三首人皆知合花與人言之，而不知意實重在人，不在花也，故（初首）以「花想容」三字領起。「春風拂檻露華濃」乃花最鮮艷、最風韻之時，則其容之美為何如？說花處即是說人，故下二句極贊其人。 〇（次首）仍承「花想容」言之，以「一枝」做指實之筆，緊承前首三、四句作轉，言如花之容，雖世非常有，而現有此人，實如一枝名花，儼然在前也。兩首一氣相生，次首即承前首作轉，如此空靈飛動之筆，非謫仙孰能有之？ 〇（三首）此首乃直賦其事而歸結明皇也。只「兩相歡」三字，直寫出美人絕代風神，並寫得花亦栩栩欲活，所謂詩中有魂。第三句承次句（編按：指「釋恨」句由「笑看」句而生），末句應首句（編按：謂玄宗於亭軒攜美賞花而歡悅無限），章法最佳。（《詩法易簡錄》）

【總評】

01 周珽：語語藻豔，字字葩流，美中帶刺，不專事纖巧。（《唐詩選脈會通評林》）

02 黃生：太白七絕以自然為宗，語趣俱若無意為詩，偶然而已；後人極力用意，愈不可到。固當推為天才。（《唐詩摘抄》）

03 田雯：少陵〈秋興八首〉、青蓮〈清平調詞三章〉，膾炙千古矣。余三十年來讀之，愈知其未易到。（《古歡堂雜著》）

04 葉燮：李白天才自然，出類拔萃，然千古與杜甫齊名，則猶有間。蓋白之得此者，非以才得之，乃以氣得之也。……如白〈清平調三首〉亦平平宮艷體耳，然貴妃捧硯，力士脫靴，無論懦夫於此戰慄趑趄萬狀，（即使）秦舞陽壯士，不能不色變於秦皇殿上；則氣未有不先餒者，寧暇見其才乎？觀白揮灑萬乘之前，無異長安市上醉眠時，此何如氣也！（《原詩》）

05 吳烶：〈清平調三首〉章法最妙。……情境已盡於此，使人再接續不得，所以為妙。（《唐詩選勝直解》）

06 賀貽孫：大醉之後，援筆成篇，如此婉麗，豈非才人？（《詩筏》）

102 下終南山過斛斯山人宿置酒（五古）李白

暮從碧山下，山月隨人歸。卻顧所來徑，蒼蒼橫翠微。相攜及田家，童稚開荊扉。綠竹入幽徑，青蘿拂行衣。歡言得所憩，美酒聊共揮。長歌吟松風，曲盡河星稀。我醉君復樂，陶然共忘機。

【詩意】

傍晚時，我們從碧綠的峰巒間下山，多情的山月也一路相隨；回頭看看方才經過的下山路徑，只見縹緲的煙嵐已經為蒼翠的山林披上了一層淡青色的薄紗，顯得朦朧隱約，別有情趣。我們攜手回到你的田莊時，你的孩子興高采烈地替我們打開莊園的柴門，真讓我有賓至如歸的喜悅。穿過翠綠的竹林之後，就走入幽靜的小徑中，連樹梢懸垂而下青翠的松蘿都殷勤地牽動我的衣裳，讓我倍覺親切有味。我們一路愉快地閒聊，直到你替我安頓的客房才停下來。晚餐時，你又搬出美酒來和我開懷暢飲。當我們開心地引吭高歌時，連松林間的清風都為我們低聲伴奏；一直唱到盡興以後，才發現原本璀璨的星光已經稀疏黯淡下來了。這樣情味深濃的夜晚，不僅令我心神酣醉，你也顯得格外開朗快樂；我們在良辰美景和賞心樂事中陶然沉醉，渾然遺忘一切人世間的心機。

【注釋】

① 詩題—終南山，見王維〈終南山〉注。過，造訪；一作「遇」，偶逢。斛斯，複姓，杜甫有〈過斛斯校書莊二首〉及〈聞斛斯六官未歸〉詩，仇兆鰲注謂其人名融，未知確否。山人，隱逸山林之人。宿，留宿。置酒，備酒款待。王琦謂本詩作於居長安時。

② 碧山—蒼翠的終南山。

③ 「卻顧」句—卻顧，回頭看。所來徑，指下山的路。

④ 「蒼蒼」句—蒼蒼，草木蓊鬱貌。橫，瀰漫、籠罩。翠微，青縹的山氣；一說指淡青的煙靄所籠罩的山林幽深處。

⑤ 「相攜」二句—相攜，攜我之手。及，至、到。田家，指斛斯山人的田莊。荊扉，指田莊最外圍的院門。

⑥ 「綠竹」二句—寫莊院佔地之廣與環境之清幽。前句謂穿越竹林中深幽的小徑，後句謂松蘿懸垂而下，輕拂自己的衣衫。拂，輕

輕地摩挲。行衣，行客之衣。

⑦ 「歡言」二句——歡言，愉快地交談；亦可將「言」字視為語助詞，無義。聊，姑且，有隨興、隨意之意。揮，豪爽地舉杯敬酒、飲酒。

⑧ 「長歌」二句——長歌，引吭高歌。吟，嘯詠。松風，松林間的清風；參見〈聽蜀僧濬彈琴〉注。前句謂豪邁的歌詠吟嘯聲隨風吹送至松林之間；亦可釋為：豪邁的歌詠吟嘯聲引來了泠泠的松韻。河星稀，銀河黯淡，星光稀微；謂夜已深沉，將近天明矣。

⑨ 「陶然」句——陶然，和樂融融狀。忘機，忘懷功利機巧之心；《莊子‧天地》篇：「機心存於胸中，則純白（指未受世俗污染的純淨空明的本心）不備。」

【導讀】

　　本詩旨在紀錄遊山後留宿友人山野田園之中的情趣。詩人不僅以「碧山」「翠微」「綠竹」「幽徑」「青蘿」等詞語和明月星光的清輝營造出一個色澤優美，景致清幽的情境，令人宛如置身其中，渾忘塵囂；而且還點出山月之多情、松風之可人、青蘿之殷勤，令人倍感親切；何況還有純真懂事的童稚，熱情豪邁的主人，以及令人喜逐顏開的美酒，自然讓李白心神酣暢，情靈俱醉，因此才會長歌朗吟至河轉斗移、夜闌星稀的時分。正由於此中情味深濃，因此詩人在充分領略了賓主盡歡、陶然忘機的樂趣之後，便揮灑彩筆，賦詩紀念。

　　「暮從碧山下，山月隨人歸」兩句，是寫遊山盡興之樂。「碧」字點出終南山蓊鬱蒼翠的可愛；「暮」字暗示景致迷人，使人留連徘徊到薄暮前才依依不捨地下山。山月相隨而歸，則是深入一層的加倍渲染手法，不僅把景物寫得親切有味，也流露出心神舒爽的感受，因此詩人才會對迷人的山景和多情的山月懷有眷戀之意，進而不自覺地回首山路了。「卻顧所來徑」五字，又是進一層表現山景之令人迷戀，

因此以「卻顧」寫二人情不自禁地駐足回觀，又以「所來徑」表現出有如遊子離家時那種孺慕與不捨的深情。「蒼蒼」二字則形容碧山在日暮之後略帶淺灰的蒼翠色相；「橫翠微」是描寫輕颺如薄紗的煙嵐瀰漫山中時，為夐遠遼闊的林野敷設了朦朧隱約的淡青色調。起首四句便把意境刻劃得深邃縹緲，如夢似幻，不僅撩人情思，而且耐人懸想。尤其當初昇的月華把澄澹皎潔的清輝灑向氤氳而起的煙嵐時，不僅情景顯得清幽靜謐，如詩如畫，令人塵念盡消，俗慮盡滅，而且意象飄忽神秘，直如仙境，讀來的確令人有情靈搖盪與心神迷醉之感。

正由於這趟結伴的山行讓斛斯山人產生了樂哉遊乎而又意猶未盡的感受，再加上他對意氣飛揚、性情豪邁的謫仙自有一分難以言喻的好感，於是便邀請李白前往他的莊園歇宿一宵了；則兩人一路上談笑甚歡的情狀也就可想而知了。「相攜」二字，除了點出兩人聯袂同遊之意以外，又似乎強調山人既盛情地出言相邀，又熱情地出手相挽，使作者不禁被殷勤的好意打動而覺得卻之不恭，於是便隨之而往了；由此可見兩人同是胸懷磊落而熱情洋溢的性情中人。「及田家」三字，一方面表示情誼之深，因此一路攜手而返；一方面則寫斛斯山人過著亦耕亦隱、自給自足的生活。「童稚開荊扉」進一步表示不僅山人之盛情可感，連應門的稚童都親切有禮，更令人油然而生賓至如歸的欣喜之情。「綠竹入幽徑，青蘿拂行衣」兩句，描寫走進庭院大門以後所見的景致之清幽，以烘托山人高雅的志趣，還表示不僅主人熱情洋溢，連植物也都親切可愛。綠竹深邃，曲徑通幽，已使人心神恬和寧靜；而青蘿有意無意地牽動來客的衣衫，展現出迎賓的風情，似乎有心為主人留客而大獻殷勤，自然更讓人覺得歡喜自在了。

大概山人的田莊佔地甚廣，因此李白進入庭院後，會先穿綠竹而入幽徑，又經松林而拂青蘿，然後才在歡愉的交談中來到歇宿的客房，因此詩人說：「歡言得所憩」；連這一段不算太長的路程都還要絮絮叨叨地「歡言」，則遊山時之談天說地，和攜手而返時之傾心交談，

也就意在言外了。而且主人還談興不減，酒興正濃，因此在安頓好詩人之後，又來和李白「美酒聊共揮」。「美酒」寫出主人招待之熱忱，不惜以珍藏的佳釀款待賓客，同時也表示李白深深領略到主人的豪爽好客，因此格外有情深酒醇的感受。「聊」字寫出隨興自在的心境，「共揮」寫出開懷暢飲，杯到酒乾的豪氣；簡潔的五個字，的確寫出了酒仙和山人舉杯對酌時瀟灑的意態。如此月白山翠的良辰美景，如此清雅宜人的山居環境，再加上與好友歡言共飲，真是「雖南面而王，不易也」的賞心樂事了。於是在放言高論，酒酣耳熱之餘，便自然而然地引吭高歌了。

「長歌吟松風，曲盡河星稀」兩句，是寫酒濃情殷，意氣相得，令人胸膽開張，豪興大發，不禁放懷高歌。此時不僅歌詠吟嘯之聲隨風送入松林之中，連松韻清風似乎也善解人意地唱和而來，更是使人情靈迷醉到渾然忘我的境界，不知不覺間便已到了河轉斗移，夜闌星稀的時刻了。如此酒逢知己而又高歌盡興，更使人達到脫略形跡，放曠自在，賓主相得，物我無別的境界；因此詩人說：「我醉君復樂，陶然共忘機。」李白是詩酒風流，鯨吸龍飲的豪俊之人，曾經在〈襄陽歌〉中說：「百年三萬六千日，一日須傾三百杯！」因此，當時能讓他酣醉至放歌地步的，恐怕不只是「美酒聊共揮」而已，主要還是山景之清美與人情之親切，才讓他感到情味有如醇醪，未飲已自微醺，既飲更復陶然；正如他在〈客中作〉中所說的「但使主人能醉客，不知何處是他鄉」一樣：山人既有高雅的志趣，又有熱誠的情誼，美酒才能發揮使賓主俱歡，陶然共醉的無窮魅力。

【商榷】

本詩前四句是扣準「下終南山」四字詩題而寫，中四句是針對「過斛斯山人」五字詩題而發，末六句則記錄「宿置酒」三字的樂趣；誠可謂規形矩步，敘題不漏，字字有著落，語語有去處。

有些版本的詩題「過」字作「遇」，那麼詩題的後半就變成了「巧遇山人，承他留宿並設酒款待」，而不是「造訪山人的田莊」之意了。不過，筆者以為「遇」字當為抄寫之誤，理由有三：

　＊第一，詩中並無任何偶然相逢的巧遇情節，則「遇」字在詩中就完全沒有著落了，違反了前述「敘題不漏」的原則。

　＊第二，就「卻顧所來徑，蒼蒼橫翠微」的詩意來看，詩人正在回望山路，流露出遊山之後心滿意足的喜悅之情，應該不至於突然就「巧遇」山人在眼前出現；即使果真如此巧遇，作者也應該會在詩中表現出巧遇的驚喜才是；可是詩中卻毫無偶逢乍遇的線索可循。

　＊第三，當時作者正陶醉在回望翠微的情境之中，突然就被山人「相攜」往田家而去，完全沒有任何前後文的說明，或相見時應有的交談，不僅顯得相當突兀，而且還頗有把人嚇破膽的效果，顯然非常不合理。

　此外，有人以為「大約早在上山之時，雙方便已約好，所以山人屆時在門外路邊迎候；一見李白從蒼蒼翠微中走來，就攜手同行。」（見《古詩海》）這個說法雖然避開了「巧遇」的不合理之處，也符合詩題中「過」字的造訪之意，似乎比較圓融。但是，仔細想想，卻又不然；因為如果事先約定而後相迎，則詩中同樣應有相見的情節，以及感念對方久候的意思才合理──畢竟下山的時間極不易掌握，山人可能已經枯候甚久了。是以筆者也不採此說。

　筆者推測全詩的本事是：山人與李白結伴遊山，感到意猶未盡，因此臨時起意，熱情邀請李白前往山居過夜；「相攜」二字，是「攜我之手」的意思，正暗示略帶強迫性的挽手而行，不太讓李白有推辭的空間，而詩人也感念盛情，欣然造訪山人的園廬，並留宿其間，終於賓主盡歡，陶然共樂。如此理解，才能使情節順暢無礙，避免解說「相攜」二字時的突兀之感。

【評點】

01 王夫之：清曠中無英氣，不可效陶；以此作視孟浩然，真山人詩爾。（《唐詩評選》）

02 沈德潛：太白山水詩亦帶仙氣。（《唐詩別裁》）

03 弘曆：此篇及〈春日獨酌〉〈春日醉起言志〉等作，逼真淵明遺韻。（《唐宋詩醇》）

04 宋宗元：（首四句）俱是眼前真景，但人苦會不得，寫不出。（《網師園唐詩箋》）

05 王文濡：先寫景，後寫情。寫景處字字幽靚，寫情處語語率真。（《唐詩評注讀本》）

06 陳宗賢：辭情語態，溫文爾雅，從容閒適，有隱士野人之格調，無躁熱之煙火氣味。（《李太白詩述評》）

103 月下獨酌四首 其一（五古）　　　李白

花間一壺酒，獨酌無相親。舉杯邀明月，對影成三人。月既不解飲，影徒隨我身。暫伴月將影，行樂須及春。我歌月徘徊，我舞影零亂。醒時同交歡，醉後各分散。永結無情遊，相期邈雲漢。

【詩意】

在花叢間溫一壺美酒，可惜只有自己獨酌，沒有親密而知心的朋友可以和我共飲；於是索性舉起酒杯，邀請天上的明月過來，再對著自己的影子，倒也湊成三人，可以一起熱鬧熱鬧了。可是月亮並不懂喝酒的情趣，影子也只會跟著我移動姿勢，卻不明白我的心思。儘管

暫時陪伴我的只有月亮和影子，我仍然要趁著大好的春夜和它們及時行樂。當我放懷高歌時，月亮就流連徘徊，似乎正仔細傾聽；當我騰身而舞時，影子也若即若離地婆娑搖曳。清醒的時候，我們歡樂地相聚；喝醉之後，也就各自分散離去。這兩位毫無機心而又能使人渾然忘我的遊伴，真是永遠可以親近的好朋友，所以我和他們相約：「改天當我遠離塵世，飛回邈遠的雲霄河漢之上時，我們再來舉杯暢飲吧！」

【注釋】

① 三人—指李白、明月及孤獨的身影。

② 月「將」影—與、及、共、和。

③ 無情遊—忘卻世情，毫無機心之友。蓋月亦忘其為月，我亦忘其為我，影亦忘其為影，因緣際會，渾忘物我之別，故無不自適自如也。

④ 「相期」句—句謂與雲漢之上高遠的明月約定：回到天上後再相聚共飲。相期，相約。邈，高遠貌。雲漢，即銀河，此代指天上而言；水勢盛大曰漢，銀河在雲天之上而浩闊無際，故曰雲漢。

【導讀】

　　李白是一位瀟灑曠達而又率性任真的浪漫詩人，也是一位熱情奔放，英氣勃發的天才詩人，在他笑傲天地，飛揚跋扈的身影裡，包藏著一顆浸透了寂寞與苦悶的孤獨心靈；因此，他的詩中經常出現酌酒的情境，例如〈月下獨酌四首〉其二云：「三杯通大道，一斗合自然；但得酒中趣，勿為醒者傳。」其三云：「三月咸陽城，千花晝如錦；誰能春獨愁，對此徑須飲。」其四云：「窮愁千萬端，美酒三百杯；愁多酒雖少，酒傾愁不來。」〈客中作〉云：「但使主人能醉客，不知何處是他鄉。」〈將進酒〉云：「人生得意須盡歡，莫使金樽空對

月／呼兒將出換美酒，與爾同消萬古愁。」〈宣州謝朓樓餞別校書叔雲〉云：「抽刀斷水水更流，舉杯銷愁愁更愁。」其中有的感慨系之，有的借酒澆愁，有的以酒遣懷，有的飲酒忘憂；唯獨本詩的情境既無憂愁煩惱，亦無遣懷述志之意，詩人只是在花好月明的良辰美景中，攜酒衒杯，乘興而飲，不知不覺便歡然而歌，欣然而舞，陶然而樂，頹然而醉了。讀來不僅詩情飽滿，酒香洋溢，憨狀可愛，醉態可掬，而且墨氣與酒氣並香，詩趣偕酒趣俱濃；令人初讀之時醺醺然，再讀之際陶陶然，三讀之後則飄飄然矣。因此沈德潛《唐詩別裁》評本詩說：「脫口而出，純乎天籟。此種詩，人不易學。」正因為李白根本是以翰苑仙人的錦繡心腸研酒為墨，釀酒成詩，因此即使是天馬行空地信筆揮灑，也都能令人心神酣暢，情靈迷醉；如果沒有李白的俠骨仙氣，奇才逸思，哪能寫出如此酒興盎然、酒味淳厚的千古傑作呢？無怪乎現代詩人余光中要以〈尋李白〉這首詩對他頂禮加額地推崇了：

＊酒入愁腸，七分釀成了月光／餘下的三分嘯成劍氣／繡口一吐就半個盛唐。（《隔水觀音》）

本詩最成功的地方是能以謫仙超曠妙逸的才思，把詩人酩酊的酒意醉態，傳寫得維妙維肖，如聞如見。大概是由於美酒的催化，使詩人邀月對影的奇思，逐漸醞釀成狂想，更發酵成酒氣四射的幻象：明月和身影忽焉而來，又飄然而去；似乎近在眼前，又彷彿遠在天邊；有時似乎善體人意，有時卻又不解風情。它們始終讓詩人感受到若即若離，亦親亦疏，縹緲悠忽，難以捉摸；因此便以高妙的彩筆把他獨酌花間時，忽而孤單落寞，忽而樂群歡暢的多次轉變與多重感受時的微妙心思，曲折細膩地形諸於詩了。

本詩另一個值得稱道的地方是詩情步步展開，卻又步步頓跌；詩境層層轉折，卻又層層脫卸的手法運用自如，因而造成詩境的波瀾起伏和詩情的搖曳生姿：

＊詩情由有花有酒的適意，一轉而為無人共飲的寂寞，

＊二轉而為舉杯邀月的豪興，與對影同斟的瀟灑，

＊三轉而為月不解飲，與影亦無知的懊惱，

＊四轉而為行樂及春的快意，

＊五轉而為月能傾聽，與影能旋舞的歡欣，

＊六轉而為醒歡而醉散的惆悵和冷清，

＊七轉而為雲漢相期，永結同遊的冀望。

如此隨著酒興而倏起倏滅的飄忽閃動，即開即闔的縱橫跌宕，波翻浪疊的騰挪變化，又適足以使詩中的情思矯如遊龍，翩若驚鴻；來如春夢，去似朝雲；既靈活生動，又縹緲恍惚；同時也把詩人半醉半醒、半嗔半怨、又驚又喜、載歌載舞的情態，刻劃得形神畢肖，入木三分。方東樹《昭昧詹言》說李白發想之超曠「如列子御風，如龍跳天門，虎臥鳳闕，有非尋常地上凡民所能夢想及者。」實可謂知音之言與見道之論；試觀〈蜀道難〉〈夢遊天姥吟留別〉〈宣州謝朓樓餞別校書叔雲〉等篇，更可以看出李白想落天外而情寄八荒的驚人才思，的確令人嘆為觀止。

作者在妙想聯翩地舉杯邀月、俯身喚影而酣歌暢舞之餘，竟然還能醉眼惺忪地遙望中天明月，說出飛返天上再與明月共醉的驚人之語，更是把醉態寫足十分的精采之筆；無怪乎沈德潛《說詩晬語》要說李白的作品如「大江無風，濤浪自湧；白雲卷舒，從風變滅；此殆天授，非人力也。」正是這種變化無端、來去無方的章法，和龍騰虎躍、鷹揚鳳翻的才思，才使謫仙具有超逸絕塵，遠非尋常人所能追摹的瀟灑風神，也才使他的作品千百年來始終散發出令人難以抗拒的神祕魅力。

【商榷】

〈月下獨酌四首〉是李白的愛酒宣言，因此第二首說：「天若不

愛酒，酒星不在天；地若不愛酒，地應無酒泉。天地既愛酒，愛酒不愧天。已聞清比聖，復道濁如賢；聖賢既已飲，何必求神仙？三杯通大道，一斗合自然……。」第三首說：「……窮通與修短，造化夙所稟；一樽齊死生，萬事固難審。醉後失天地，兀然就孤枕。不知有吾身，此樂最為甚。」第四首又說：「……所以知酒聖，酒酣心自開。……當代不樂飲，虛名安用哉？……且須飲美酒，乘月醉高臺。」可見四首詩都是情調愉悅的勸酒歌，尤以本詩的情境最為歡樂暢快。

可是有些學者對本詩的解說，似乎很值得商榷：

* 題本獨酌，詩偏幻出三人，月影伴說，反覆推勘，愈形其獨。（孫洙《唐詩三百首》）

* 表面看來，詩人真能自得其樂，可是背面卻有無限的淒涼。……結尾兩句，點畫了詩人的踽踽涼涼之感。（《唐詩鑑賞辭典》）

* 骨子裡是愁，卻偏要說樂觀；明明孤獨無知音，卻偏要說的熱鬧非凡。（《唐詩三百首新譯》）

他們以為李白是以歡樂熱鬧的場面來反襯自己的孤獨寂寞，這已經差以毫釐了；甚至有人解讀本詩時還更進一步強調李白的失意、憤懣、吶喊、抗議等，這就恐怕要謬以千里了：

* 突出寫一個「獨」字。李白有抱負，有才能，想做一番事業，但是既得不到統治者的賞識和支持，也找不到多少知音的朋友，所以他常常陷入孤獨的包圍之中，感到苦悶、徬徨。從他的詩裡，我們可以聽到一個孤獨的靈魂的吶喊，這喊聲裡有對那個不合理的社會的抗議，也有對自由與解放的渴望；那股不可遏制的力量真足以「驚風雨」而「泣鬼神」的。（《古典詩詞名篇鑑賞集‧苦悶的寄託》）

筆者當然不反對詩人自有其孤獨苦悶的愁懷，但這並不是本詩所要凸顯的旨趣所在。因為通讀〈月下獨酌四首〉之後，必然可以發現不僅四首詩都洋溢著歡快的情調，高唱出詩人愛酒的心聲，甚至還會

讓人想要嘗試月下獨酌品詩的情趣。

【評點】

01 嚴羽：飲情之奇。於孤寂時覓此良伴，更不須下酒物。且一嘆一解，若遠若近，開開闔闔，極無情，極有情。如此相期，世間豈復有可相親者耶？（《李太白詩醇》引）

02 劉辰翁：（「對影」句）古無此奇。（《唐詩品彙》引）

03 譚元春：奇想！曠想！（《唐詩歸》）

04 弘曆：千古奇趣，從眼前得之。爾時情景，雖復潦倒，終不勝其曠達。陶潛云：「揮杯勸孤影」，白意本此。（《增定唐詩摘抄》）

104 行路難三首 其一（七古樂府）　　　李白

金樽清酒斗十千，玉盤珍羞直萬錢。停杯投箸不能食，拔劍四顧心茫然。欲渡黃河冰塞川，將登太行雪滿山。閒來垂釣碧溪上，忽復乘舟夢日邊。行路難！行路難！多歧路，今安在？長風破浪會有時，直掛雲帆濟滄海。

【詩意】

　　黃金酒樽裡，滉漾著一斗就索價十千的清醇美酒；白玉餐盤裡，盛裝著價值萬錢的山珍海味。可是我卻惆悵地擱置酒杯，丟下筷子，完全沒有大快朵頤、痛快喝酒的興致。我站起身來，拔出寶劍，環顧四周，心中一片茫然……。我曾經想要渡過黃河，可是瞬間凍結的冰層卻封阻了河川，我只能徒呼負負；我也曾經想要攀登太行山，可是

大雪卻覆蓋了所有的山徑，我也只能徒喚奈何（我空有經天緯地的雄心壯志，奈何時運不濟，命途多舛）！姜太公大半輩子都一事無成，八十歲時還無所事事地在清澈的溪水邊垂釣，十年後突然就得到明君周文王的賞識，後來輔佐周武王建立了不朽的功勳。伊尹屢次想勸夏桀仁民愛物，卻一再被夏桀斥逐而返；後來他偶然夢見乘船經過太陽旁邊，醒來後別有感悟，於是另投明君，才能夠幫助商湯成就王業（可見人生際遇完全出於偶然，是無法強求的）。

　　唉！世途是何其崎嶇坎坷啊！行路又是何其艱險困難啊！很多人都說道路紛歧繁多，令人難於抉擇；可是大家所說的那些歧路，而今安在？為什麼我竟然無路可走！唉！一個人想要乘風破浪，一展身手，實踐理想抱負，也須得因緣際會，適逢其時才成就得了功業啊！我終於了解孔子感嘆「道不行，乘桴浮於海」的悲哀了，只好高掛雲帆，航向滄海，就此寄託餘生了！

【注釋】

① 詩題──〈行路難〉屬於《樂府詩集》之〈雜曲歌辭〉，郭茂倩引《樂府解題》曰：「〈行路難〉，備言世路艱難及離別悲傷之意，多以『君不見』為首¹。」再者，劉宋時鮑照有〈行路難十八首〉之擬作，大抵抒發聖賢寂寞、志士不遇之嘆；李白之作頗能襲其貌而師其意，得其心而傳其神，可謂青出於藍矣。

＊ 編按：章燮《唐詩三百首注疏》云：「考李白集中〈行路難〉有三首，皆是辭官還家，放浪江湖而作。今《三百首》只錄其一，安足見李白之志？故補入。」筆者以為其說可參，故增收二首，以便觀覽全豹斑斕之美，並有助於掌握本詩旨趣。

② 「金樽」二句──金樽，指精美的酒器。清酒，清醇而無渣滓的美酒；一作「美酒」。斗十千，一斗索價萬錢，極言酒之名貴珍美。玉盤，華貴精緻的食盤。珍羞，山珍海味之佳餚；羞，通「饈」，

佳餚。直，通「值」。萬錢，與「十千」同義，極言飲食之豪奢。

③ 「停杯」二句——殆即鮑照〈擬行路難十八〉首其六：「對案不能食，拔劍擊柱長歎息。丈夫生世能幾時？安能蹀躞垂羽翼」之意，是以動作凸顯有志難伸、抑鬱不平的悲憤。

④ 「欲渡」二句——太行，山脈名，是河南、山西、河北間的山脈之總稱。近代地理學者以為是太岳山脈的支阜，並以汾水以東，碣石以西，長城與黃河之間的群山合指太行山脈。不過，在本詩中和「黃河」都是用為比興的意象而已，難以確指何地。冰塞川與雪滿山，都用來象喻世路坎坷、環境艱難、事與願違、有志難伸等複雜情事；鮑照有〈舞鶴賦〉：「冰塞長川，雪滿群山」，白化用其意。「雪」或作「雲」；「滿山」或作「暗天」「暗山」。清人劉威忻《風骨集評》曰：「渡河、登太行，濟世也。冰、雪，譬小人；猶〈四愁詩〉之水深雪雰也。」

⑤ 「閒來」二句——謂人生遇合皆出於偶然而不可強求；蓋暗用姜太公五十歲時賣酒於棘津，七十歲時屠牛於朝歌，八十歲時垂釣於渭水，九十歲才邂逅文王而獲識拔的典故。閒，殆兼有悠閒自在與無所事事之義。來，或作「居」。碧溪，或作「坐溪」。忽復，或作「忽然」。乘舟夢日邊，相傳伊尹屢以仁義之道諫夏桀而數遭斥逐，至夢日邊而感悟，乃另投明君，佐商湯而王天下；《宋書·符瑞志》：「伊摯將應湯命，夢乘船過日月之旁。」

⑥ 「多歧路」二句——多歧路，譬喻能夠馳騁壯懷，兼濟天下而一展抱負的得志之路甚多，與《列子·說符》多歧亡羊之意不同[2]。「今安在」或作「路安在」。

⑦ 「長風」句——長風破浪，象喻馳騁壯志，一展抱負；《宋書·宗慤傳》載宗慤少年時，叔父宗炳詢問其志負，答曰：「願乘長風，破萬里浪。」會，適、須；會有時，謂欲一展長才，並非全憑個人意志即可，必須適逢風雲際會之時，才能有所作為。

⑧ 「直掛」句──直，祇、只、即、就也；也可以涵有「高」之意。雲帆，航行於浩瀚大海之船隻，有如出沒於縹緲雲霧中，故云。濟，渡也；濟滄海，橫渡大海。《論語·公冶長》載孔子感嘆：「道不行，乘桴浮於海。」李白暗用其意，以喻不得志。

【補註】

01 郭茂倩又加按語曰：「《陳武別傳》曰：『武常牧羊，諸家牧豎有知歌謠者，武遂學〈行路難〉。』則所起亦遠矣。唐王昌齡又有〈變行路難〉。」可見〈行路難〉本為古題，故蕭士贇謂〈行路難〉為古樂府中道路六曲之一。

02 《列子·說符》：「楊子之鄰人亡羊，既率其黨，又請楊子之豎追之。楊子曰：『嘻！亡一羊，何追者之眾？』鄰人曰：『多歧路。』既返，問：『獲羊乎？』曰：『亡之矣』曰：『奚亡之？』曰：『歧路之中又有歧焉，吾不知所之，所以反也。』」

【導讀】

　　這組詩篇，雖然有人以為是詩人入京為供奉翰林之前，深感無緣施展抱負時的牢騷；不過，從詩中流露出感慨之沉痛，與最後有意離棄功名，放曠自得，只求及時行樂的態度來看，更有可能是李白在天寶三載（744）遭讒離京後，浪跡江湖之間所作。第一首感慨空懷壯志，奈何仕途險惡，青雲路斷，只好浮海而去；第二首感慨高才遭忌，明君不遇，故有不如歸去的悲憤；第三首以熱中功名者不知急流勇退而招致殺身之禍為戒，故此後欲以道家含光混世的態度，取代儒家積極入世的精神，縱情尋歡，終其一生。由於三首詩所呈現的主題思想蟬聯直貫，可以視為聯章之作。

　　「金樽清酒斗十千，玉盤珍羞直萬錢」兩句，是先以誇飾手法極寫飲食之珍美、餚饌之豐盛、器皿之華貴，描繪出行樂尋歡的典型場

景，然後再加上「停杯投箸不能食，拔劍四顧心茫然」的具體動作，來造成場景與感情的逆折衝突，從而暗示詩人心境的激盪起伏之大，與心情的盤鬱糾結之深。由於前兩句所寫的華筵之奢侈，正好和三四句所透露的心靈之苦悶形成強烈的對比，也和讀者的經驗法則和主觀期待（以為三四句即將出現痛飲狂歡的熱烈畫面）落差極大，因而造成跌宕懸疑，耐人尋思的效果。換言之，這四句在歡樂的期待中展開，卻在凝重的氣氛中定格，自然令讀者在錯愕之餘產生好奇的心理，想要探索出在詩人突兀的舉措背後，究竟隱藏著何等沉重的傷痛，也急欲理解詩人每一個停頓轉折的動作所代表的意義，這就使得開篇四句有了先聲奪人的特殊效果，格外引人入勝。

尤其是「停」「投」「拔」「顧」四個斬截有力的動詞，刻劃出傳神生動、逼人眼目的駭人形象，透露出他強顏難歡與塊壘難澆的苦悶，值得細細體會。「停杯」，寫其心神不寧，若有所思；「投箸」，則進而寫其意有所決而心有所斷；「拔劍」，再進一步寫其欲有所作為的憤慨和衝動；「四顧」，更進一步寫其思欲有所作為，卻又不知當如何作為的困惑不安；最後只見他在躊躇審顧之後，竟然不知該何去何從，只能陷入難以定奪的迷惘之中而一片茫然了！經由這幾個似斷實連的肢體語言，我們彷彿看見詩人手持金杯，凝眸遠天，顯得若有所思而又心不在焉；他忽然投置象箸，似乎注目席前，可是他空洞的眼神中卻流露出魂不守舍的茫然！他的臉上時而陰晴不定，風雲變幻；時而揚眉瞬目，意態昂揚；這透露出他的內心正進行著衝突激烈的天人交戰，也顯示出他正陷於糾纏煩亂的思緒之中。因此，他狂飆烈焰般的原始生命力才會爆發出拔劍而起的氣概，令人驚懼震恐。奈何寶劍雖利，難斷愁緒之長；意氣雖豪，也難敵失意之悲，詩人不禁陷入困惑的深淵之中，只覺四顧茫然而倍感惆悵了！

李白是被杜甫的〈飲中八仙歌〉稱為「天子呼來不上船，自稱臣是酒中仙」的豪曠之人，曾經在〈將進酒〉中說過「古來聖賢皆寂寞，

惟有飲者留其名」，也曾在〈月下獨酌四首〉其二和其四中分別中說出「三杯通大道，一斗合自然；但得酒中趣，勿為醒者傳」「窮愁千萬端，美酒三百杯；愁多酒雖少，酒傾愁不來」等豁達灑脫的雋語；如今面對金樽美酒與玉盤珍饈，何以他竟然不能盡興恣歡，反而酒傾愁更來呢？原來在詩人四顧茫然的落寞眼神中深藏著「欲渡黃河冰塞川，將登太行雪滿山」的憂憤，所以才使他酒雖酣而心不開，甚至反而「舉杯消愁愁更愁」，以至於停杯不飲、投箸黯然了。

「欲渡」二句是直承「心茫然」而來，採用比興的手法，表示雖然擁有平治天下，兼濟蒼生的抱負，和奔赴理想，攀越巔峰的熱情，奈何時空環境極其艱難，客觀形勢極其險惡，以至於心餘力絀，只能徒呼負負。「冰塞川」「雪滿山」二語，可能象喻讒佞當道，謗讟叢生，以致阻絕詩人事君報國的途徑，因此他才會有無法展翅壯飛的苦悶，和投箸拔劍的怨憤。李白一向自負有幹旋天地的長策，和輔佐聖王的才幹，卻受到高力士與張垍（玄宗女婿）等人的排擠中傷，以致賜金放還江湖；這種遭遇，與在政治鬥爭中慘敗而被攆出京城相去無幾！這對傲骨嶙峋，奇氣縱橫，而飛揚跋扈，志概凌雲的謫仙而言，真是情何以堪而意何由平？因此他桀驁不羈的靈魂在這空前挫敗的打擊之下，自然積累了滿腹難以宣洩的牢愁，和一腔無處傾訴的鬱悶；於是在義憤填膺，悲憤莫名之餘，詩人也就倍覺宦途險惡，行路艱難了！前面所謂「停杯投箸」「拔劍四顧」，正是這種痛苦心靈最逼真傳神而又狀溢目前的具體寫照！「欲渡黃河」兩句，不僅是以冰河難度和雪山難登，凸顯出形勢險峻，事與願違的意涵；也以陰鬱凝重的畫面，呈現出茫然消沉的心境，寄託理想破滅的失意和現實冷酷的憤慨；同時還逗出世途坎坷，行路艱難的喟嘆而切入主題，並伏下「多歧路，今安在」的線索；實可謂興象豐富，寄慨良深的譬喻[1]。

「閒來垂釣碧溪上，忽復乘舟夢日邊」兩句，是說即使才如呂尚，也曾落魄失意地賣漿屠牛，直到無所事事地垂釣渭水之濱，才因緣巧

合地得到文王的賞識而建立功業。賢如伊摯，也曾屢次遭受夏桀的斥逐而灰心沮喪，直到因夢感悟，才風雲際會地輔佐商湯，平治天下。這兩個時來運轉的典故，不僅用來感慨歷史上君臣遇合的佳話完全出於偶然，也對襯出自己時運不濟，命途多舛的悲哀；同時又和前兩句中冰塞雪覆的畫面，形成一個對比鮮明的完整段落，透露出詩人四顧茫然時意識活動的跌宕變幻，和心緒的糾纏煩亂。

「行路難，行路難，多歧路，今安在」四句，是跳接「冰塞川」與「雪滿山」的意象而來，藉世人感嘆行路艱難而又歧路錯雜，令人難於取捨的困惑，對比自己遭讒放廢而報國無門，以及功名路斷而寸步難行的悲哀。這四個短促而有力的三字句，等於是李白在政治傾軋失敗後，頹廢沮喪，半籌莫展的吶喊，也是他對比呂尚、伊摯的飛龍在天和自己龍困淺灘之後，感到英雄氣短時悲恨莫名的控訴。由於在整齊的七字句中穿插逼仄迫促的三字句，使聲情變得抑揚頓挫，跌宕有致，更能模擬出詩人投訴無門的困頓與憤慨，因此日人近藤元粹之《李太白詩醇》評曰：「句格長短錯綜，如縛龍蛇。」

此時內心正在震盪衝突的李白，幾乎已經被挫折擊倒，顯得極為灰心絕望。儘管他勉強抖擻起精神，想以「長風破浪」的豪情壯志來激盪自己的活力，鼓舞自己的意志，卻仍然深切地感受到欲振乏力的悲哀，因此他才神情萎頓地以「會有時」三字來否定自己不切實際的幻想，告訴自己：想要施展抱負，還必須要有時來運轉的美好機緣！正由於詩人深知自己時運不濟，所以他才以「直掛雲帆濟滄海」七字來抒發失路之悲，表達避世遠遁的消極態度。原本具有仙風道骨的絕代詩豪[2]，此時竟然完全失去了李陽冰在〈草堂集序〉所謂「橫被六合」「力敵造化」的奇氣，和方孝孺〈弔李白〉詩中所稱「若非胸中湖海闊，定有九曲蛟龍蟠」的豪邁，只剩下遷客騷人顧影自憐的哀怨了；即此可見，辭別京華而淪落民間，對於孤高自負的李白而言，是如何沉痛徹骨的打擊了！

【補註】

01 由於無法確知李白此時身在何處，能否望見黃河和太行山，以及當時是否有「冰塞川」「雪滿天」的景象，再加上「垂釣」「夢日」二典，和「乘風破浪」「雲帆濟滄海」等詞語的內涵，大概都不是當時詩人的目力所可及者，因此將「欲渡黃河」與「將登太行」兩句視為譬喻，而不歸類為象徵。

02 白居易〈與元微之書〉云：「詩之豪者，世稱李白。李之作，才矣！奇矣！人不逮矣！索其風雅比興，十無一焉。」

【商榷】

　　有些人以為詩中選用姜太公和伊尹這兩個典故，是以先賢終究能夠否極泰來，建立功業來寬慰自己，表現出冀望再受重用的雄心與信心。筆者以為值得商榷，理由如下：

＊第一，前此兩句的冰封雪覆，已經表現出道阻路斷的絕望，所以詩人才會有拔劍而起的衝動；如果這兩句表示詩人又產生了剝極必復的信念，顯然極為突兀而不合理。

＊第二，如果這兩句表示自己必有東山再起的契機，則又與緊接其後的「行路難，行路難，多歧路，今安在」那種愁絕悶極的悲憤莫名難以銜接。

＊第三，如果詩人藉姜太公和伊尹的典故，表示相信自己也能否極泰來，那就又會和第二首前後四句「大道如青天，我獨不得出」「行路難，歸去來」的消沉頹廢相互牴觸，無法圓融順暢地連貫起來。

＊第四，姜太公直到九十歲才得以施展抱負，李白此時不過四十餘歲；以他不甘寂寞的個性，要他忍受四十餘年的否塞困阨，才能青雲得志，恐怕詩人早已錯亂瘋狂。

因此，說李白以姜太公和伊尹自況自勉，顯然值得商榷。

再者，有些人以為「會有時」三字，是「有朝一日將會」的意思，表示李白的雄心壯志永不摧折沮喪，他仍然相信自己有朝一日能夠受到重用而展開錦繡前程，態度是積極樂觀的，精神是昂揚進取的。筆者也不認同此說，因為：

* 第一，「行路難，行路難，多歧路，今安在」四句分明才吶喊出自己陷入絕境的苦悶與孤憤，表現出無路可走的頹廢喪志；豈能突然就豪氣干雲地說自信可以扭轉局勢，實踐理想，進而神采飛揚地唱出「長風破浪會有時」這兩句？果真如此，會讓人有忽冷忽熱、忽悲忽喜，摸不著頭緒之感。

* 第二，何況，假如「長風破浪會有時」兩句表示李白充滿積極進取的自信與豪邁奔放的熱情，那麼就又和第二篇開頭的「大道如青天，我獨不得出」的悲憤相矛盾，也和結尾的「行路難，歸去來」的頹喪相牴觸了。

總而言之，詩人絕不可能在第一首的結尾充滿凌雲壯志，第二首的開頭就突然發出無路之嘆；也不至於才剛豪邁地誇口要乘風破浪，卻又在轉眼間消沉地低吟歸去來兮！李白儘管狂放，但也絕不至於如此瘋癲！

基於同樣的邏輯，筆者對於有些人把「直掛雲帆濟滄海」七字視為李白滿懷自信而發出豪氣萬丈、睥睨一切的壯語之說，也很難認同。事實上，詩人在離開長安不久所作的〈答高山人兼呈顧權二侯〉共四十句的長詩中，對於遭讒被放，打算避世遠遁而追步范蠡的想法，就不僅表述得極為明白，其語調之幽咽哀傷，也可以和本詩的末句相互參照：

* 謬揮紫泥詔，獻納青雲際。讒惑英主心，恩疏佞臣計。……未作仲宣詩，先流賈生涕。掛帆秋江上，不為雲羅制。……我於鴟夷子，相去千餘歲。運闊英達稀，同風遙執袂……。

105 行路難三首 其二（七古樂府） 李白

大道如青天，我獨不得出！羞逐長安社中兒，赤雞
白狗賭梨栗。彈劍作歌奏苦聲，曳裾王門不稱情。
淮陰市井笑韓信，漢朝公卿忌賈生。君不見：昔時
燕家重郭隗，擁篲折節無嫌猜。劇辛樂毅感恩分，
輸肝剖膽效英才。昭王白骨縈蔓草，誰人更掃黃金
臺？行路難，歸去來！

【詩意】

大家都說世路寬廣得有如浩蕩的青天，可以任人自由地馳騁，唯
獨我卻找不到任何可以一展抱負的出路！要我去學長安街坊中乳臭
未乾的小娃兒，以鬥雞賭狗的伎倆去爭寵承歡，博取利祿，只讓我感
到羞愧和不齒！

自古以來，有才幹，有志氣，有抱負的人，總是時運不濟，有志
難伸：寄食孟嘗君門下的馮諼，曾經委屈地彈著劍鋏唱歌，抒發懷才
不遇的苦悶。漢朝的鄒陽，不願搖曳著長袍的邊襬，卑躬屈膝地奔走
於王侯之門，因為那違反他的真心和本性！我雖然自負具有韓信和賈
誼的才情，卻也像他們一樣飽嚐市井無賴冷嘲熱諷的侮辱，屢次遭受
三公九卿誣衊中傷的排擠！

你可曾知道：從前燕昭王尊奉郭隗為師，對他紆尊降貴地彎身行
禮，毫無猜忌之心，於是劇辛、樂毅便都感念昭王的恩深義重，願意
來到積弱不振的燕國，披肝瀝膽，竭智盡忠地為昭王效命，終於打敗
了強敵齊國，收復了許多被齊國掠奪的失土，取回國家的重鼎，成功

地雪恥復仇。如今，昭王的白骨早已埋沒在荒煙蔓草之間，還有誰願意清掃黃金臺，效法他禮賢下士的誠意呢？

　　唉！世路是多麼崎嶇啊！行路又是何其艱難啊！無路可走的我只好歸隱於山林之間了！

【注釋】

① 「羞逐」二句──羞逐，羞於追隨效法。社，古時二十五家為社，此處殆泛指里巷街坊而言；社中兒，指賈昌一類能馴養鬥雞以取得富貴之人 [1]。一說「社」也可能是暗指宦官集團 [2]。赤雞白狗，殆指鬥雞賽狗或鬥狗，引申為各種旁門左道之伎倆。白狗，一作「白雉」。梨栗，本指鬥雞賽狗之賭資；然此處可能指君王之恩寵賞賜，猶如梨栗一般微不足道；蓋李白志在建功立業，澤被蒼生，而非以各種旁門左道之伎倆邀取恩寵賞賜。

② 「彈劍」句──意指寄人籬下，感慨懷才不遇，知音難覓。戰國時馮諼寄食孟嘗君門下，起初未見重視禮遇，屢次倚柱彈劍而歌：「長鋏歸來乎！」左右皆笑而漸惡之；事見《戰國策・齊策》及《史記・孟嘗君列傳》。

③ 「曳裾」句──曳，拖行、搖曳。裾，音ㄐㄩ，原指衣之前襟，此則代指下裳而言。曳裾，快步行走則下裳的邊襬隨之搖曳飄動，亦即形容逢迎、奔走之狀；《漢書・鄒陽傳》：「飾固陋之心，則何王之門不可曳長裾乎？」不稱情，違反本性而不能快意稱心。

④ 「淮陰」句──《史記・淮陰侯列傳》載韓信少時貧賤，市井中無賴子弟侮之曰：「若雖長大，好帶刀劍，中情怯耳。」繼而率眾辱之曰：「信能死，刺我；不能死，出我胯下！」韓信熟視之，俯出胯下蒲伏，市中之人皆笑韓信怯懦。

⑤ 「漢朝」句──見劉長卿〈長沙過賈誼宅〉詩注。

⑥ 「君不見」二句──君不見，樂府詩中慣用的襯字，有強化語氣、

增加親切情味的作用。郭隗，《史記‧燕召公世家》載燕昭王為郭隗築宮室而師事之，又築臺於易水東南，置黃金於其上以延攬天下英才（見陳子昂〈登幽州臺歌〉注）；樂毅遂自魏往，鄒衍自齊來，劇辛自趙而附。事亦見《戰國策‧燕策》。

⑦「擁篲」句──篲，箕帚。擁篲，指俯身彎腰，恭敬行禮；有如持帚掃道時，唯恐塵土飛揚而失敬於長者，故以衣袖障蔽掃帚而擁之的模樣。《史記‧孟荀列傳》載鄒衍至燕，昭王為之擁篲而先導以示敬意，並為之築碣石宮，親往師事之，請列弟子座而受業。折節，曲折肢節，亦即紆尊降貴，彎身行禮，備極卑遜之狀。無嫌猜，謂昭王能推心置腹，用人不疑，群賢遂能發揮所長，無所顧忌與保留。

⑧「劇辛」二句──感恩分，感念昭王竭誠禮遇之情分深、恩義重。輸肝剖膽，即披肝瀝膽，竭盡忠誠。效，奉獻、效命。

⑨「昭王」二句──嘆明君已逝，時無聖主。

⑩歸去來──棲身山林、歸隱田園。來，語助詞，無義。

【補註】

01 陳鴻《東城父老傳》載長安宣陽里人賈昌，七歲即善應對，解鳥語；時京城鬥雞風氣正熾，都中男女皆以弄雞為事，貧者亦弄假雞。一日玄宗出遊，見賈昌弄木雞於雲龍門道旁，異之，召入為雞坊小兒，入雞群如狎群小，蓋熟悉雞性，群雞皆畏而馴，使令盡如人意。玄宗金帛之賜，日至其家，當時天下號為「雞神童」，時人為之語曰：「生兒不用識文字，鬥雞走馬勝讀書；賈家小兒年十三，富貴榮華代不如。」又，《新唐書‧王鉷傳》載鉷之子準為衛尉少卿，以鬥雞供奉禁中，氣焰囂張，連親貴都不敢拂逆其意。

02 《新唐書‧宦者傳》載開元、天寶中，宦官一旦為禽鳥使，不僅

薪俸優渥，而且權位尊崇，監軍須持禮相敬，而節度反屈居其下；於是京畿的甲舍名園、上好良田，半為宦官所佔。所謂「長安社中兒」，也許是暗示這批宦官新貴；故李白〈古風五十九首〉其二十四云：「中貴多黃金，連雲開甲第。路逢鬥雞者，冠蓋何輝赫；鼻息干虹蜺，行人皆怵惕。」

【導讀】

儘管在前一首的最後，詩人以「直掛雲帆濟滄海」表明遠離京華，乘桴於海的失意之嘆，似乎他已經勘破功名，不再漂泊於宦海，奔波於仕途了；其實，詩人由於遭受擯斥而不能施展抱負的感慨，並沒有因為「長風破浪會有時」這一句彷彿已經「知天命」的通達之言而消散，甚至反而更鬱結為「人生至此，天道寧論」的怨懟。正由於詩人「多歧路，今安在」的悲哀，根本就無法在短時間內完全忘懷，所以在前一首詩之末，他才會以「時運不濟而已」來自我寬慰，暫時給自己雲帆濟海的浪漫出路；但是，畢竟他擁有紫電青霜般的英銳之氣和鷹揚鳳翩般的雄奇之才[1]，並不容易就此自甘寂寞，因此他不安的靈魂在表面的片刻安頓之後，便又噴薄出「大道如青天，我獨不得出」的不平之鳴了！這兩句從內心深處所吶喊出的怨嘆，顯然已經衝破理智的藩籬了，由此可見失意京華而「賜金放還」對他的打擊之大，也不難想像此時他內心的悲恨之深了。後來孟郊〈贈崔純亮〉詩中的名句「出門如有礙，誰謂天地寬？」儘管句意相似，但是他並沒有李白那種由雲端跌落塵泥的刻骨銘心之痛，也沒有「我獨不得」這樣強烈的控訴，因此也就沒有李白這兩句能撞人胸臆的力道了。大概唯有像屈原那樣忠而被謗，信而見疑，以至於走投無路，告愬無門的人，才會吐露出「舉世皆醉我獨醒，眾人皆濁我獨清」這樣悲恨莫名的怨懟；也唯有李白這樣才調驚世的謫仙，才能對於屈原的騷心有深切體認，也才會真有這種蹐天踏地，無處容身的憤慨！

儘管如此，在意氣難平之際，詩人也和屈原一樣，寧可堅持懷瑾握瑜的人品，獨守孤芳自傲的志概，也不願自貶身價地隨波逐流，希旨承歡，因此他不屑地說：「羞逐長安社中兒，鬥雞白狗賭梨栗！」這兩句對於屈己事人、苟容取合者所得的富貴，表現出極度輕蔑與嘲諷之意，與李商隱〈安定城樓〉詩的尾聯「不知腐鼠成滋味，猜意鵷雛竟未休」同樣既悲憤又冷峻！由此既可見出李白心中蓄積的牢愁之深重，也可以看出第一首結尾所謂的「長風破浪」，並非表示仍有風雲再起的雄心；而「雲帆濟海」云云，也並非表示仍有兼濟蒼生的壯志了！因為當詩人強烈地表現出羞與彼等為伍的齒冷之意時，其實正是劃清界線，準備高蹈遠引，遁世而去的意志展現；因此他才會在天寶四載左右所作的〈古風〉第四十六首中不以為然地批判這批人：「鬥雞金宮裡，蹴踘瑤臺邊。舉動搖白日，指揮回青天！」並感慨地表示自己打算從此遠離官場的是非，像揚雄一樣閉戶著書了。

「彈劍作歌奏苦聲，曳裾王門不稱情」兩句，則是以馮諼唱出「長劍歸來乎！食無魚／出無車／無以為家」的長鋏之歌，和鄒陽不願矯情飾心地奔走王侯之門這兩個典故，表明不願委屈自己的靈魂去依附權貴，寄人籬下，表現出「安能摧眉折腰事權貴，使我不得開心顏[2]」的志概。詩人既不願俛首下心地仰人鼻息，又不願搖尾乞憐地送往迎來，因此只好帶著一身傲骨，黯然地辭闕離京了！可是，即使是在事過境遷，痛定思痛的此際，他仍然無法撫平內心的憤懣，因此他又義憤填膺地說：「淮陰市井笑韓信，漢朝公卿忌賈生！」表示自己儘管如韓信和賈誼一般心高志奇，卻無法擺脫英才遭忌的厄運，在飽嘗冷嘲熱諷的輕侮蔑視之後，終於被詆毀排擠而放還民間。如果回顧李白在天寶二載秋所作的〈南陵別兒童入京〉詩：「遊說萬乘苦不早，著鞭跨馬涉遠道。會稽愚婦輕買臣，余亦辭家西入秦。仰天大笑出門去，我輩豈是蓬蒿人！」就可以清楚看出當年他進京供職時是何等豪邁自信，何等意氣昂揚！〈贈從弟南平太守之遙二首〉其一亦云：「翰林

秉筆回英眄，麟閣崢嶸誰可見？承恩初入銀臺門，著書獨在金鑾殿。……當時笑我微賤者，卻來請謁為交歡。」又是何等志得意滿，顧盼自雄[3]！可是當我們再往下細讀「一朝謝病游江海，疇昔相知幾人在？前門長揖後門關，今日結交明日改」四句中所流露出的世態炎涼之歎與人情冷暖之悲時，也就不難理解謫仙此際追憶時怨忿的深刻了。

前四句舉馮諼、鄒陽、韓信、賈誼四位同樣不得志的古人，由正面襯托自己失路的悲憤，似乎讓詩人更無法抑制翻騰的情緒，因此他又說：「君不見：昔時燕家重郭隗，擁篲折節無嫌猜；劇辛樂毅感恩分，輸肝剖膽效英才。」這是舉四位青雲得路、馳騁長才的古人，由反面來對比自己有志難伸的困頓，流露出對於君臣能夠恩義相得的無限嚮往之情[4]。

可是越是經由懷古傷今的正反對比，交錯映襯，也就越是激盪他不平的牢愁，撩亂他糾結的意緒，刺痛他苦悶的心靈，以至於他再也無法壓抑滿腔鬱勃的悲憤之氣；所以他先以激昂高亢的反問語氣「君不見」噴迸出沉痛的失路之嘆，再以「昭王白骨縈蔓草」的荒涼景象寄託他生不逢時的哀傷之情，更不惜以「誰人更掃黃金臺」悲淒地痛斥時無明主，聖君難逢了！仔細玩味起來，不難察覺到李白已經相當直率露骨地批判玄宗的愚闇昏庸了！

「昭王」二句雖然語氣上已經由悲憤莫名轉為幽咽哀傷，但是他沉痛的感情仍然難以平復，滿腹的牢騷仍然找不到宣洩的出口，因此他不禁脫口長嘆：「行路難，歸去來！」再度表明他對政治現狀的絕望，流露出不得不離開京城的落寞與失意[5]。《李太白詩醇》評曰：「短句作結，結法警拔，寄託兀傲。」指出了詩人沉鬱悲愴的心魂之痛，值得細加揣摩。

【補註】

01 「紫電青霜」，為古代的寶劍之名。崔豹《古今注》載吳大帝孫
　　權有寶劍六，其二曰紫電。又，《西京雜記》載高祖劉邦斬白蛇
　　之寶劍，刃上常帶霜雪。「鷹揚鳳翽」，喻人雄傑威武。

02 見李白〈夢遊天姥吟留別〉詩末。

03 李白得意京華，躊躇滿志的情態，由以下詩句又可見一斑，〈東
　　武吟〉：「歸來入咸陽，談笑皆王公。」〈駕去溫泉後贈楊山人〉：
　　「王公大人借顏色，金章紫綬來相趨。」〈流夜郎贈辛判官〉：
　　「昔在長安醉花柳，五侯七貴同杯酒。」

04 李白對於燕昭王與賢達間恩義相得的典範，嚮往不已，因此〈古
　　風〉第十五首云：「燕昭延郭隗，遂築黃金臺。劇辛方趙至，鄒
　　衍復齊來。奈何青雲士，棄我如塵埃。珠玉買歌笑，糟糠養賢才。
　　方知黃鵠舉，千里獨徘徊。」

05 〈古風〉第三十六首中也可以看出這種失意與絕望揉合成的哀傷
　　心曲：「抱玉入楚國，見疑古所聞。良寶終見棄，徒勞三獻君。
　　直木忌先伐，芳蘭哀自焚。盈滿天所損，沉冥道為群。東海汎碧
　　水，西關乘紫雲。魯連及柱史，可以躡清芬。」詩人感慨忠信遭
　　謗，英才受妒，哀傷時衰世微，難逞雄圖，打算效法魯仲連和老
　　聃遁世出關的心意，表露得極為具體明白。

106 行路難三首 其三（七古樂府）　　　　李白

有耳莫洗潁川水，有口莫食首陽蕨。含光混世貴無
名，何用孤高比雲月？吾觀自古賢達人，功成不退
皆殞身：子胥既棄吳江上，屈原終投湘水濱；陸機

雄才豈自保？李斯稅駕苦不早。華亭鶴唳詎可聞，
上蔡蒼鷹何足道？君不見：吳中張翰稱達生，秋風
忽憶江東行。且樂生前一杯酒，何須身後千載名！

【詩意】

千萬別學許由隱居在潁川時，聽到唐堯要徵召他擔任九州長，便連忙用水清洗耳朵的怪異舉止（其實他在標新立異，沽名釣譽）；也千萬別學伯夷叔齊堅持所謂「義不食周粟」，硬是躲在首陽山上採薇而食，卻終究餓死的孤僻行徑（其實他們在孤芳自賞，矯俗干名）！人生在世，應該和光同塵地混跡在流俗之中，以老子的「無名」為最可貴的境界，何必刻意孤芳自賞地標榜自己高潔的志行，可以上比白雲和明月呢？

依照我的觀察，自古以來曾經飛黃騰達的賢才，如果在功成名就之後不懂得急流勇退，結果總是斷送了可貴的性命！你看：伍子胥戰功彪炳，最後被吳王逼得自盡，屍體還被投入錢塘江中載沉載浮！屈原身受楚懷王倚重，後來被流放到湘、潭之間，終究自沉於汨羅江中！晉朝的陸機儘管懷有雄才偉抱，又哪能保得住自己的性命？直到臨刑前才感慨：哪能再聽到當年在故鄉華亭讀書時白鶴清亮的鳴叫聲呢？秦朝的李斯貴為丞相，也不能及早脫卸塵累，引退還鄉，直到被殺之前才感嘆：再也無法回到故鄉上蔡，手上架著蒼鷹，身邊帶著黃犬，享受獵逐狡兔的樂趣了！像這樣遲來的覺悟，又有什麼意義呢？

你可知道：晉朝時吳郡之人張翰，以胸懷曠達著稱，儘管他身為權貴政要，卻在出使異鄉時感受到秋風的蕭瑟，因而特別想念江東故鄉的風物之美，於是隨即辭官返家，躲過了日後被清算鬥爭的慘禍！從今以後，我要以他曾經說過的名言作為自己立身處世的南針了：及時享受生前的一杯美酒吧！哪裡須要死後千秋萬世的美名呢！

【注釋】

① 「有耳」句——意謂不要像許由一樣標新立異，沽名釣譽。相傳許由為堯之師，曾隱於沛澤，堯欲以天下讓之而不肯受，遁耕於中岳潁水之陽、箕山之下（今洛陽市東南約六十公里的嵩山附近）。後堯又欲召之為九州長，許由不欲聞，竟洗耳於潁水濱；當時有隱士名巢父者，牽犢欲飲，詢問其故後斥責許由故作清高狀，其實意在沽名釣譽，於是牽其犢至上游而飲。其事散見《莊子》各篇及皇甫謐《高士傳》。

② 「有口」句——意謂勿學伯夷叔齊孤芳自賞，矯俗干名。首陽，山名，相傳因日出時陽光先照臨於此，故名；然地點不詳，有位於山西、河南、隴西、遼西諸說。《史記·伯夷叔齊列傳》載伯夷、叔齊聞武王欲伐紂，叩馬而諫之以忠孝仁義，不聽。後聞武王已平殷亂，天下宗周，乃恥食周粟而隱於首陽山，採薇而食，終餓死。蕨，植物名，通「薇¹」。

③ 「含光」二句——含光，收斂鋒芒，韜光養晦。混世，混同於世俗之作為而不標新立異。貴無名，謂能棄絕機心，歸真返璞，既不求世俗之名位，亦不求世外清高之美名，乃為可貴²。雲月，一作「明月」。

④ 「子胥」句——伍子胥（？－484 B.C.）主張聯齊滅越，吳王夫差不聽，又信讒言以為子胥與齊勾結，乃使人賜屬鏤之劍欲其自盡；子胥死後，吳王納其尸於牛皮袋中而投於江。吳江，指錢塘江。

⑤ 「屈原」句——屈原（？－278 B.C.），與楚王同姓，出身尊貴。事楚懷王為左徒，入則圖議國政，以出號令；出則應對諸侯，接遇賓客。上官大夫與之爭寵，嫉怨其能，詆毀讒譖，屈原終遭斥逐；乃作〈離騷〉〈漁父〉〈懷沙〉諸賦以寄意，後投汨羅江自盡。

⑥ 「陸機」事——唳，鳴叫聲。詎，豈也、寧也；反詰之詞。陸機（261

－303），西晉文人，八王之亂時，成都王司馬穎起兵討伐長沙王司馬乂，由陸機督軍二十萬人，大敗，宦者孟玖藉端譖害；臨刑前嘆曰：「華亭鶴唳，豈可復聞乎？」事見《晉書・陸機傳》。華亭，在今江蘇省松江區西，有清泉茂林之美，陸機兄弟嘗同遊其間十餘年。《語林》載陸機為河北都督時聞警角之聲，謂孫丞曰：「聞此不如華亭鶴唳。」

⑦「李斯」事——稅，通「脫」字；稅駕，指脫卸重擔，如馬匹解開駕車之轡轡而休息。李斯（284 B.C.－208 B.C.），楚國上蔡（今河南屬縣）人，為秦丞相；後為趙高所害而獲罪棄市，臨刑前顧謂其子曰：「吾欲與汝牽黃犬，臂蒼鷹，出上蔡東門，不可得矣。」事見《史記・李斯列傳》。

⑧「張翰」事——張翰，字季鷹，晉吳郡（今江蘇省吳中區、相城區）人，為齊王司馬冏之屬吏，出使時因秋風起而思吳中菰菜、蓴羹與鱸魚膾之美，嘆曰：「人生貴適志，豈能羈宦數千里以求名爵？」於是命駕賦歸。後司馬冏敗，人皆謂張翰能見機之早；事見《世說新語・識鑒》篇。又，張翰任心自適，不求當世之功名，或謂之曰：「卿乃可縱適一時，獨不為身後名耶？」對曰：「使我有身後名，不如及時一杯酒。」人皆貴其曠達，事見《晉書・文苑傳》。江東，泛稱長江下游一帶，詩中指張翰的家鄉而言。

【補註】

01 蕨與薇雖有別，然古人多混言之，故《漢書・阮孝緒傳》曰：「周德雖興，夷齊不厭薇蕨；漢道方盛，黃綺無悶山林。」編按：黃綺，代指秦末漢初隱居的商山四皓：東園公、夏黃公、綺里季、甪（音ㄌㄨˋ）里先生。

02 無名，在《老子》的哲學中等於是「道」的代稱，〈三十七章〉云：「化而欲作，吾將鎮之以無名之樸；無名之樸，夫亦將無欲

（試譯：當人心有貪慾而萌生妄作之念時，便以「道」的渾樸本質加以淨化，而使慾念鎮定下來；一旦能回復純樸的本心，使它合乎自然之「道」，也就不再有貪妄的慾念）。」準此，貴無名，等於是「回復自然之道為可貴」的意思；不過，李白的用意則有所不同。

【導讀】

經過前兩首詩中總共十位得志與失意的古人交互映顯的對比之後，詩人的悲憤似乎逐漸獲得宣洩，情緒的波動也逐漸平緩下來了。他似乎逐漸理清紊亂的思緒，恢復他曠達的胸襟和灑脫的豪情，不知不覺間，老莊清靜無名的思想又從他內心深處浮現出來，使他脫胎換骨，破繭而出了，因此他說：「有耳莫洗潁川水，有口莫食首陽蕨！」儘管許由和伯夷、叔齊被世人推許為志行高潔的典範，但以老莊不爭不炫、無名無待的人生哲學來看，他們終究過於執著清高的美名，以致作繭自縛，也難免過於孤芳自賞，而流於怪誕乖僻；遠不及道家的「神人」能夠和光同塵，混世無求，及時行樂，逍遙自在。因此，他進一步闡釋莫須洗耳食蕨的原因說：「含光混世貴無名，何必孤高比雲月？」因為唯有無欲無為，不忮不求，才能擺脫一切名韁利鎖的羈絆，回復純真的本心，擁有「舉世譽之而不加勸，舉世毀之而不加沮」的修為，優游在無用之用、無名之名的境界裡。反之，如果心中執著於皓如白雲、皎若明月的清高之念，難免就陷於追逐世外虛名的妄境之中。陶淵明能夠「欲仕則仕，不以求之為嫌；欲隱則隱，不以去之為高」（蘇軾〈書李簡夫詩集後〉），贏得歷代文人雅士的嘆賞，正因為他早已拋棄虛名浮譽，達到清真率性，無罣無礙的境界，所以能夠隨緣自適，逍遙自樂；而這正是世俗之人最難勘破的功名關頭，因此更顯得彌足珍貴而令人悠然神遠。

李白原本侷促逼仄、徬徨苦悶的心境，在經過前兩首〈行路難〉

的山窮水盡之後，似乎有了柳暗花明的轉機；而他原本怨嘆憤慨的激情，也在託古諷今的吟詠裡逐漸平靜下來了。於是他與生俱來的仙道氣質，又自然而然地導引他走入老莊遁世無悶的世界中，回復飄逸灑脫的襟懷，使他能以旁觀者冷靜的睿智，看待歷史上的功過得失、窮通成敗，因而更加堅定自己應該選擇識時歸去的想法了。

「吾觀自古賢達人，功成不退皆殞身」兩句，正是他歷經痛苦的心靈煎熬之後，鎔鑄錘鍊而成的血淚結晶，也是他早在入仕之前就具有的思想特質 [1]，更是此際最真摯也最清醒的肺腑之言了。因此，不論是戰功彪炳的伍胥，露才揚己的屈原，雄才如海的陸機，或是位極人臣的李斯，對於此時的李白而言，全都是功成名就之後不知急流勇退，以致終遭殺身之禍的慘痛教訓。詩人先以「陸機雄才豈自保」來發問，而後以「李斯稅駕苦不早」來喟嘆，接著以「華亭鶴唳詎可聞」來發人深省，再加上以「上蔡蒼鷹何足道」來警醒迷夢，自然讓人感慨系之，若有所悟。有了一問一嘆的這四句，不僅聲情顯得頓挫跌宕，唱嘆有致；句法參差錯落，搖曳生姿；還使這些不能識時見機，明哲保身的歷史悲劇，成為撞擊讀者心靈的暮鼓晨鐘，具有振聾發聵的警惕作用。

就章法而言，華亭鶴唳之思和上蔡蒼鷹之想，一方面和昔日位高權重形成強烈的對比，凸顯出臨刑覺悟，為時已晚的感慨；另一方面，又以對家鄉風物的追憶和眷戀，逗出後段張翰的秋風鱸膾之思，並順勢導出另一番及時行樂的議論作結。如此構思，如江流過峽，既有紆深之曲折，又有回環之映帶，同時還有出峽時一氣貫注的奔放暢快之勢。

由於第三首詩中並沒有出現「行路難」三字來回應詩題，因此詩人特意在本詩第三段重出「君不見」來銜接第二首「君不見，昔時燕家重郭隗」的唱嘆之意；如此安排，既使能針線綿密不斷，也具有強化主題思想的提醒作用。

　　「吳中張翰稱達生」七字是呼應二段的「自古賢達」而來；「秋風忽憶江東行」是緊承「華亭鶴唳」「上蔡蒼鷹」而來，而且正好和前面四則不能急流勇退的事例形成對比，映襯出識時見機的睿智，和適志忘名的曠達——而這正是李白此後行走在人間世的最高指導原則。詩筆至此，他又頓時恢復了詩酒風流的自信和遊戲人間的放縱，彷彿自己便是以見機與曠達聞名的張翰了，於是便又以張翰為人所津津樂道的名言雋語入詩：「且樂生前一杯酒，何須身後千載名！」一時之間，他似乎又能領略到「三杯通大道，一斗合自然」「愁多酒雖少，酒傾愁不來」的情趣了，於是便以縱酒尋歡的及時行樂作結，回扣首章的「金樽清酒斗十千」，完成首尾圓合，布局嚴謹的聯章之作。

　　儘管李白以張翰思歸江東的見機與放曠自許，好像渾忘自己被攆出京城的傷痛了，但是仔細領略詩意之後，可以發覺詩人並非藉此表現出從此逍遙林泉，優游山水的歸隱志趣，而是透露出及時行樂，終老醉鄉的消極態度，因此他才會在天寶八載以後所作〈答王十二寒夜獨酌有懷[2]〉詩中還難掩怨憤地說：「人生飄忽百年內，且須酣暢萬古情；……吟詩作賦北窗裡，萬言不值一杯水！」也才會在距此八年之後所作的〈將進酒〉中還要故作曠達地說：「古來聖賢皆寂寞，惟有飲者留其名！」甚至還故意放誕地喧賓奪主，頤指氣使地要元丹丘典當五花馬，變賣千金裘，以便能夠在美酒中和友人「同銷萬古愁」！由此可知，賜金還山的打擊之大，竟成為他記憶中難以磨滅的椎心之痛，以至於他必須不斷地以放曠縱酒的形象來掩飾自己佈滿傷痕的苦悶心靈。

　　想到謫仙的飛揚跋扈，痛飲狂歌，只不過是他掩飾真我的面具罷了，不禁擲筆長嘆，有了淺斟獨酌的念頭了……。

【補註】

01 李白的思想特質裡，始終以功成不居，急流勇退的歷史人物自許，

因此他在〈古風〉第十首說：「齊有倜儻生，魯連特高妙。明月出海底，一朝開光曜。卻秦振英聲，後世仰末照。意輕千金贈，顧向平原笑。吾亦澹蕩人，拂衣可同調。」表達出對魯仲連高義的景仰之情。第十二首說：「松柏本孤直，難為桃李顏。昭昭嚴子陵，垂釣滄波間。身將客星隱，心與浮雲閒。長揖萬乘君，還歸富春山。清風灑六合，邈然不可攀。使我長歎息，冥棲巖石間。」流露出對嚴光淡泊的企慕之懷。第十八首說：「功成身不退，自古多愆尤。黃犬空嘆息，綠珠成釁仇。何如鴟夷子，散髮棹扁舟。」對於范蠡能夠明哲保身的睿智與豁達，充滿了嚮往與效法之意。

02 王琦所編〈年譜〉以為〈答王十二寒夜獨酌有懷〉一詩是天寶八載以後所作。蕭士贇則以為此篇造語敘事，錯亂顛倒，絕無倫次；董龍一事，尤為可笑，絕非太白之作，乃先儒所謂五季間學太白者所為也。不過，詹鍈以為宋初之樂史、呂縉叔都曾經見過此詩，似非五代間人所可偽造。說法紛紜，難以定奪，姑誌於此，以俟將來。

【評點】

01 陳宗賢：此詩大旨言人貴見機，不刻意追求浮名，不貪戀利祿，無名累，無刑戮，而能快意平生。莊子「為善無近名，為惡無近刑」之微意差近之。（《李太白詩述評》）

107 夢遊天姥吟留別（七古）　　　　李白

海客談瀛洲，煙濤微茫信難求；越人語天姥，雲霓明滅或可睹。天姥連天向天橫，勢拔五嶽掩赤城；天臺四萬八千丈，對此欲倒東南傾。

我欲因之夢吳越，一夜飛度鏡湖月。湖月照我影，送我至剡溪。謝公宿處今尚在，淥水蕩漾清猿啼。腳著謝公屐，身登青雲梯。半壁見海日，空中聞天雞。千巖萬轉路不定，迷花倚石忽已暝。熊咆龍吟殷巖泉，慄深林兮驚層巔。雲青青兮欲雨，水澹澹兮生煙。

列缺霹靂，邱巒崩摧。洞天石扉，訇然中開。青冥浩蕩不見底，日月照耀金銀臺。霓為衣兮風為馬，雲之君兮紛紛而來下。虎鼓瑟兮鸞回車，仙之人兮列如麻。忽魂悸以魄動，恍驚起而長嗟。惟覺時之枕席，失向來之煙霞。

世間行樂亦如此，古來萬事東流水。

別君去兮何時還，且放白鹿青崖間，須行即騎訪名山。安能摧眉折腰事權貴，使我不得開心顏！

【詩意】

　　長年遨遊在海上的朋友，對我談起傳說中的瀛洲仙境，他把那裡描述得煙霧迷離，虛無縹緲，而又濤翻浪湧，茫茫渺渺，實在無法前去探求；而越中一帶的朋友向我細數天姥山在浮雲繚繞、彩霞明滅中時隱時現的奇麗景觀，似乎更勝海外的仙境，也許更有前往尋訪的機緣。他說：「天姥山橫向天際，直插入雲天之中。它聳峻峭拔的形勢，遠超出五嶽之上，更覆壓著赤城仙山；連高達四萬八千丈的天台山都

不敢和它爭高炫峻，只能向它低頭之後，傾身斜臥在東南方的山腳邊！」

　　他的這番形容，使我極為神往，想要前去造訪越州的意念，便在夢中自然地實現；當天夜裡，我就在明月清輝中飛渡澄澈平靜的鏡湖了。夢境裡的湖光月色映照著我的身影，伴隨我降臨在謝靈運歇宿過的剡溪邊。我發現到他走過的蹤跡，仍清楚地保留著；那裡碧波蕩漾，不時傳來猿猴清厲的啼叫聲。我穿著謝公發明的活齒木屐，輕快地登上穿入雲霄中的石梯。在半山腰上就可以看見橙紅的旭日從海面上蒸融升騰而起，也可以聽到空中傳來天雞報曉的啼音。當我穿梭在千巖萬壑之中，走入紆曲盤折、變化莫測的山路時，只見花光撩亂，迷人眼目；巖石敧斜，坎坷磊落……可才一轉眼功夫，夜幕便突然降臨了！此時，空谷中傳來熊羆的咆哮和蛟龍的吟嘯，有如雷霆震撼，竟然把山巖間的流泉都鼓盪得活潑奔放起來；不僅幽密深邃的林木為之戰慄不已，連重巒疊嶂也全都驚悚得搖晃起來！空中的雲靄變得黑黑沉沉的，好像暴風雨就要來襲；水面上的波光則不斷搖蕩閃爍，冉冉地升起了迷茫的煙霧……。

　　突然間，電光閃幻，疾雷爆震，山岳崩裂，峰巒倒塌，神仙洞府的石門就在轟天巨響中敞開了！仙洞裡面湛藍的青天浩蕩無垠，深不可測；日月的精光同時輝映著由黃金白銀打造裝飾而成的華麗樓臺。以虹霓為衣裳，以長風為駿馬的雲中君，正帶領著許多神仙翩翩然從空中飄降下來；隨行的白虎演奏著曼妙的瑟曲，七彩的鸞鳳為他們迴旋雕飾華美的車輛，飄逸的仙人則排列得密密匝匝……。這些光怪陸離的奇景，使我魂魄悸動……，就在心神恍惚中，我突然驚醒過來。回想先前的夢境，讓我惆悵迷惘良久，不禁長聲嘆息：眼前只有醒轉時空蕩蕩的枕席，原先夢境中詭譎的煙霞已經完全無影無蹤了！

　　唉！人世間榮華富貴的享樂正如夢境一般虛幻；自古以來，萬般世事都如流水一樣匆匆而逝，又何曾長久駐留呢？

　　如今，我即將辭別你們遠遊而去，不知道何時才能歸來。我將放任白鹿在青山綠水間隨興漫步；心血來潮時，就悠閒地騎著牠去尋訪名山勝境。人生在世，還是順心適意最為可貴，怎麼能垮下自己的眉梢，彎折自己的腰身去奉承權貴，使我的心靈感到苦悶難堪，因而不能展顏歡笑呢？

【注釋】

① 詩題──一作〈別東魯諸公〉，《河嶽英靈集》作〈夢遊天姥山別東魯諸公〉。天姥（音ㄇㄨˇ），山名，一說海拔 818 公尺（按：說法不一），在今浙江省天台縣西北、新昌縣與嵊州市之間，屬於道書中第十六洞天福地，東晉以來，就有許多名流隱居於此，也是唐代遊覽勝地之一。夢遊天姥，是本詩的內容；留別，說明本詩的作用。吟，則是詩體名；喻守真說：「大概宜於吁嗟慨歎，悲愛深思。」

② 「海客」二句──居住海邊或慣於航海之人。瀛州，古代傳說中東海有三座神山：蓬萊、方丈、瀛洲，見《史記・秦始皇本紀》《史記・封禪書》。煙濤，煙氣縹緲，濤翻浪湧。微茫，隱約渺茫，似有若無貌。信，實在。

③ 「越人」二句──越，指今浙江一帶，古時為越國疆域，唐時屬越州。雲霓，雲霞、彩虹。或，有時。

④ 「天姥」二句──向天橫，橫絕天空而直摩穹蒼。拔，高聳超越貌。五嶽，指山東的東嶽泰山、陝西的西嶽華山、湖南的南嶽衡山、山西的北嶽恒山、河南的中嶽嵩山之合稱，因山勢峻拔聳峙，雄鎮四方及中央，古代奉為神山，唐時以三公之禮祭之。掩，覆壓、壓倒、蓋過。赤城，山名，在今浙江天台縣北，為天台山之南門。

⑤ 「天台」二句──天台，山名，位於浙江省台州市天台縣境內，海拔 1138（一說 1098）公尺。四萬八千丈，極言其高[1]。「對此」

句，謂天台山雖高，也只能低頭傾身，斜臥於天姥山東南邊的山腳下，也就是天台山相形失色，表示臣服的意思；然此時為想像中之誇張，實際上天台山高於天姥山。

⑥ 「我欲」二句—謂深受越人誇示的天姥山吸引而心神嚮往，遂於夜裡夢遊越州。因之，因此；之，指越人之言。吳越，偏指越州而言，「吳」字僅具陪襯作用，無義。鏡湖，在今浙江紹興，因波平如鏡而名，又有鑑湖、慶湖之稱。

⑦ 剡溪—剡，音ㄕㄢˋ；剡溪，流經今嵊州市西南。

⑧ 「謝公」四句—謝公，指謝玄之孫謝靈運，為中國山水詩人之祖，曾由家鄉上虞山行七百里，遍遊浙中山水。宿處，謝靈運〈登臨海嶠〉詩云：「暝投剡中宿，明登天姥岑。」淥水，清澈之水，殆指剡溪而言。謝公屐，為謝靈運創製便於遊山玩水時的活齒木屐，可保持上下山時身體的平衡，見《南史‧謝靈運傳》。青雲梯，高峻陡峭而穿入雲霄的石梯。

⑨ 「半壁」二句—半壁，半山腰。見海日，見到海上初昇的旭日；聞天雞，《述異志》：「東南有桃都山，山有大樹名桃都，枝相去三千里，上有天雞，日初出照此木，天雞則鳴，天下之雞皆隨之鳴。」

⑩ 「千巖」二句—前句謂千巖萬壑間的山路極為紆曲轉折，登山的石徑幾經盤旋迴繞。轉，坊本或作「壑」。迷花，花光撩亂，迷人眼目，使人難辨方位。倚石，倚靠巖石歇息。倚，亦可通作「敧（音ㄑㄧ）」，則作形容詞解，指山石之敧斜坎坷。忽已暝，轉眼間暮色已降臨；暝，昏暗。

⑪ 「熊咆」二句—意謂山巖間盛大的泉水奔騰之聲，如熊之咆哮，似龍之吟嘯，使深林為之戰慄，令層崖為之震驚。殷，盛大充沛狀。慄，使之戰慄；驚，使之震驚；層顛，層疊的峰頂。編按：亦可視熊、龍為夢境中實有之物，而「殷」作震動如雷解，也是

致使動詞；如此則此二句亦可釋為：熊咆龍吟之聲，震響如雷，使巖泉為之激盪奔濺，深林為之戰慄顫抖，危崖為之驚駭撼動。

⑫ 「雲青」二句──青青，色調蒼茫貌。澹澹，水波澄淡閃動貌。生煙，水氣氤氳而起，煙霧繚繞瀰漫。

⑬ 「列缺」二句──列缺，閃電，《通雅》謂陽氣由雲中決裂而出，故云列缺。霹靂，疾雷爆裂聲，揚雄〈羽獵賦〉云：「霹靂列缺，吐火施鞭。」李善注引應劭曰：「霹靂，雷也；列缺，閃隙也。」邱，通「丘」。崩摧，崩裂傾塌。

⑭ 「洞天」二句──洞天，道教所稱神仙居處之一，表示洞府中別有天地。石扉，如門的巨巖。訇，音ㄏㄨㄥ；訇然，聲響巨大貌。

⑮ 「青冥」二句──青冥，形容蔚藍而深不可測的天空。浩蕩，廣闊無垠貌。不見底，形容窈冥不可窮極。金銀臺，相傳神仙所居的金銀宮闕與樓臺。

⑯ 「霓為」二句──「霓為」句，描寫仙人服飾之華美與車駕之飄逸。雲之君，即《楚辭‧九歌》中的「雲中君」，王逸注謂即雲神，名曰豐隆。紛紛，形容神仙翩翩然降臨之多與美。

⑰ 「虎鼓」二句──鼓，演奏。瑟，與琴相似的絃樂器。鸞，鳳鳥之屬，古時常指神仙豢養的珍禽，能騰雲駕霧，供神仙坐騎。列如麻，形容隨扈雲中君的神仙之眾多。

⑱ 「忽魂」四句──悸，心神驚動。怳，通「恍」，恍惚貌；形容由夢境驚醒時精神恍惚，心緒不寧。長嗟，長聲嘆息。覺，夢醒。向來，方才。煙霞，指夢中的奇景幻境。後二句謂：驚醒時只剩眼前之枕席，夢境已杳不可尋矣。

⑲ 「世間」二句──謂世間之榮華富貴，尋歡享樂，亦如夢境之虛幻不實，過眼成空。東流水，一去不返之意。

⑳ 「別君」三句──別君，辭別同遊東魯之諸友。且，將。放，鬆開韁繩，任其所之。白鹿，傳說中仙人的坐騎。須行，從容而行。

即，就也；即騎，就坐在白鹿上。

㉑ 「安能」二句—摧眉，眉梢下垂；形容低首下心，恭謹惶恐地聽命行事的情態。折腰，卑躬屈膝，彎腰行禮。開心顏，開暢心懷，展顏歡笑。《河嶽英靈集》末句作「暫樂酒色凋朱顏」，而以本句為注。

【補註】

01 《臨海記》、陶弘景《真誥》及《雲笈七籤》都說天台山有一萬八千丈高，因此王琦以為白詩中的「四」當作「一」。

【導讀】

天寶三載（744），李白離開長安後，曾與高適及杜甫漫遊梁、宋、齊、魯，並卜居於東魯。此時生活雖已安定，但他不安定的靈魂還是常有驛動之思，因此便在天寶四五載間，又再度漫遊他在天寶初年和道士吳筠一起隱居過的剡中¹；本詩殆為啟程前夕，詩人告別東魯諸友所作。

這是一首句法變化多端，章節轉接自如，辭藻穠麗繁縟，氣勢雄俊奔放，風格超逸健舉，想像恢奇詭譎的七言古詩，同時也是藉夢境抒懷言志，向友人表明即將遠離紅塵，尋訪雲仙的告別宣言。作者因越語而神馳，因神馳而飛夢，由飛夢而魂驚，由魂驚而醒覺，由醒覺而迷惘，由迷惘而頓悟，因頓悟而遠離，因遠離而留別，因留別而賦詩抒懷。內容雖荒誕離奇，層次卻如筍出土，節中有節；如蕉捲葉，心中有心。沈德潛《唐詩別裁》說：「託言夢遊，窮形盡相，以極『洞天』之奇幻，至醒後頓失煙霞矣！知世間行樂亦同一夢，安能於夢中屈身權貴乎？吾當別去，遍遊名山以終天年也。詩境雖奇，脈理極細。」可謂深中肯綮的知言之論。

本篇可以分為四段：「海客談瀛洲……對此欲倒東南傾」八句是

第一段，交代夢遊的緣起，先把天姥山描述得穿雲橫空，氣象雄奇，令人無限嚮往。「我欲因之夢吳越……失向來之煙霞」共三十句為第二段，則詳述夢中場景及夢醒心情；整段筆隨意走，移步換景，脈絡分明，而又自成首尾。起初景致之清儁神秘，頗能引人入勝；而後之奇態異響、險境怪景，又寫得惑人眼目；直至雷霆震怒、仙府洞開的景象，更令人意奪神駭，心驚膽顫；猛然驚醒的煙消霞滅，又使人失魂落魄，悵然迷惘。「世間行樂皆如此，古來萬事東流水」兩句為第三段，是借夢境之虛妄，抒發人生空幻之感慨，以帶出末段抒懷言志，鄭重相別之意。

全詩筆觸豪快縱恣，卷舒自如；氣象恢宏壯闊，雄渾浩蕩；情節波翻浪疊，扣人心弦；意境險怪奇詭，懾人魂魄。讀來令人爽然若失，卻又似乎憬然有悟，很能體現李白七言古詩變幻超忽如疾風驟雨，奇氣橫逸如迴飆掣電的奧妙；因此《唐詩紀事》引張碧之說曰：「太白辭，天與俱高，青且無際；鯨觸巨海，瀾濤怒翻。」孫覿〈送珊定侄歸南安序〉說：「李太白周覽四海名山大川，一泉之旁，一山之阻，神林鬼冢，魑魅之穴，猿狖所家，魚龍所宮，往往遊焉，故其為詩，疏宕有奇氣。」

「海客談瀛洲，煙濤微茫信難求」兩句，是以藉賓顯主的陪襯法入手，經由瀛洲只是虛無縹緲、空泛難求的神話傳說，逗引出「越人語天姥，雲霞明滅或可睹」這兩句對比的情景，表示雲山非遙，時常有瞻仰煙霞仙氣的機緣，並為次段「我欲因之夢吳越」預伏線索；因此《唐詩品彙》引范梈說：「瀛洲難求而不必求，天姥可睹而實未睹，故欲因夢而睹之耳。」說明得相當精確。「煙濤微茫」寫出海霧瀰漫，濤瀾洶湧而不見其影蹤的虛無渺茫之感，可知連長年與波浪為伍而立志追尋仙蹤的海客，也都未曾親眼看過海市蜃樓的奇觀；則陸地之人心神嚮往的蓬萊仙島，顯然只是肉眼凡胎之人在心靈苦悶時逃避現實的美麗傳說，也是紅塵男女在無法掌握命運時的自我催眠罷了。因此

詩人特別再加上「信難求」三字，來廓清世人的愚妄。相形之下，雲蒸霞蔚中明滅閃耀的天姥山就不僅光燦照眼，時或可見，而且它的奇觀勝景也因為對比映襯的關係而顯得真實親切，而且相距甚近，很能動人遊興。在前四句中，「談」字帶有天馬行空，浮泛虛妄的不切實之感；「語」字則有鉅細靡遺，親切詳盡之意。「信難求」表現出敘述者吁嗟悵嘆的迷惘之感，和詩人理性思辯後的斷然否定；「或可睹」則表現出描述者眉飛色舞的神態，也流露出詩人對它所懷有的浪漫憧憬。由此可見詩人選字措詞時的細膩精確。

「天姥連天向天橫，勢拔五嶽掩赤城」兩句中，連用三個「天」字來表現它層巒疊嶂，節節高起，儼然有侵逼穹蒼而衝破天宇的氣勢，則它凌駕在雄震四方而氣蓋中原的五嶽之上，以及掩蔽雲霞連岫的赤城山，也就不足為奇了，因此嚴羽說：「重用『天』字，縱橫如意。」（《李太白詩醇》引）「天臺四萬八千丈，對此欲倒東南傾」兩句，則拈出浙東最為聳峻的天臺山也相形失色，甚至有向東南傾倒拜服或遁逃的姿態作陪襯，更是把越地之人炫耀自負的口吻寫得恍然如聞；而天姥山崢嶸突兀的氣勢，也就宛然如見，撩人遐思了。換言之，首段八句裡連用四次映襯對比的手法，以瀛洲、五嶽、赤城和天臺來烘托天姥山凌雲指天的氣勢與真切可親的形象，儘管筆調誇張，但卻符合情理而令人悠然神往，而且還開啟二段積想成夢的契機，更為夢境的瑰麗奇詭預作引人入勝的鋪墊。沈德潛《說詩晬語》說：「歌行起步宜高唱而入，有『黃河落天走東海』之勢。」本詩之首段，實足以當之。

「我欲因之夢吳越」是承接前六句越人誇侈已極的內容而總收，流露出不勝嚮往之意，同時也是追述夢境的一個楔子；承轉之間，自然順暢。「一夜飛度鏡湖月；明月照我影，送我至剡溪」三句，是以頂真的手法加速夢中情事的進行，表現出夢魂若飛的迅捷之勢；同時又以明月多情地照影相送，流露出詩人暢遊其境時的欣喜之情。「謝

公宿處今尚在，淥水蕩漾清猿啼。腳著謝公屐，身登青雲梯」四句，
則表現出對山水詩人之祖謝靈運的仰慕之意，故而追躡其蹤，亦步亦
趨。由於詩人心情愉悅，不僅感到身輕腳健，履險如夷，而且連平日
令人聞而悲戚的猿啼都成了使人心曠神怡的清音了。「半壁見海日，
空中聞天雞」兩句，則一面以在半山腰即可望見海日東昇來襯托天姥
山的高峻，可以遠眺千里，一覽無遺，令人胸懷開朗，精神抖擻；一
面又以天雞啼曉來暗示仙界不遠，令人倍感鼓舞，精神振奮。

　　接著詩人先以「千巖萬轉路不定」來顯示群山萬壑的幽深窈遠，
和山路紆曲盤折的情趣，表現出桃源難尋，行蹤易迷的景況；又以「迷
花倚石忽已暝」來表現出花影撩亂，怪石攲斜，使人置身其間既難辨
方位，又渾忘時間，恍然已遠隔紅塵的神遊狀態。有了這兩筆來泯滅
行跡，渾沌時間，便使詩人「偶然」闖入仙界的際遇，多了幾分縹緲
迷濛的色彩而顯得合情入理；同時也和夢思閃爍，忽斷忽續的情狀，
若合符節。因此周伯弼說：「謫仙號為雄俊，而法度最為森嚴。」（趙
宦光《彈雅》引）的確指出了李白詩法細密的匠心。

　　「熊咆龍吟殷巖泉，慄深林兮驚層巔」兩句，則是在天色倏忽明
暗的背景裡，再加上空谷傳響的熊吼和龍嘯，來烘托險怪的情境，渲
染詭異的氣氛；表示連山巖間的流水都為之奔湍飛濺而聲勢如雷，連
深邃的林木也為之戰慄顫抖，甚至連層疊的峻嶺也因為震驚而搖晃起
來！如此構思佈局之後，一種山風海雨、鬼哭神號的氣氛已經隱隱醞
釀成形了，因此便又以「雲青青兮欲雨，水澹澹兮生煙」來表現狂風
驟雨前寧靜而詭譎的氛圍，為吉凶難料的情節發展蓄積了使人聞之色
變、思之膽寒的驚人氣勢。此時，只見愁雲慘霧糾結有如蒼暗的濃墨，
所以儘管仍是將雨未雨之際，卻又使人對它蘊蓄著陰風暴雨的豐沛能
量深自戒惕，不敢掉以輕心；而原本澄澹明淨的谿水上也瀰漫著陰沉
的水氣，彷彿即將掀起令人心魂震懾的巨浪狂濤一般！讀詩至此，只
覺令人驚疑參半，不自覺地屏氣凝神到幾乎完全窒息的地步！

　　此時儘管熊羆的咆哮聲和蛟龍的吟嘯聲已然杳不可聞，環境頓時一片闃寂，卻反而令人感覺到在萬籟有聲中，隱隱的雷霆聲已經在心鼓上滾滾而來了！換言之，「雲青青兮欲雨，水澹澹兮生煙」這兩句，安排在熊咆龍嘯、林驚山搖之後，既能夠以靜襯動地對比出先前詭譎的形勢，足以令人心弦震顫，惶惑不安；又能夠為下一節地坼山崩、電光石火的情節翻騰蓄勢。經過作者如此用心點染氣氛之後，除了使下文仙府洞開的場面顯得更加氣象磅礡，聲勢驚人之外，夢中情境的發展也因而更令人有高潮迭起，變幻莫測，目不暇接之感。沈德潛《說詩晬語》論七古氣勢時說：「其間忽疾忽徐，忽翕忽張，忽停瀯，忽轉掣，乍陰乍陽，屢遷光景，莫不有浩氣鼓盪其機；如吹萬之不窮，如江河之滔莽而奔放，斯長篇之能事極矣。」儘管談論的是句式變化多端的問題，卻也不妨移來解讀本詩開闔幻變，縱橫自如的筆法。沈氏在討論七古中段的寫法時又說：「以下隨手波折，隨步換形，蒼蒼莽莽中，自有灰線蛇蹤，蛛絲馬跡，使人眩其奇變，仍服其謹嚴。」這段話也可以用來說明本節文字如奔龍過峽時夭矯多姿的轉折之奇與銜接之妙。

　　到了「列缺霹靂，邱巒崩摧；洞天石扉，訇然中開」四句，詩人突然改變句法，縮短音節，連用四個四字句來表現出閃電乍現，霹靂橫空時迅雷不及掩耳的驚人威勢；又描寫出天崩地陷，峰巒倒塌時駭人的場面，以及神仙洞府在轟然巨響中突然裂開的奇景壯觀！這種短捷有力的句式，極其傳神地捕捉到疾雷破柱時劈出電光石火的景象，並表現出天地為之動搖的萬鈞力道，讀來確實令人有驚心動魄，意奪神駭之感，無怪乎前人對李白龍騰虎躍的筆致和鷹揚鳳翩的奇氣要嘆賞不已了；陸時雍《詩境總論》說：「太白七古，想落天外，局自變生，真所謂驅走風雲，鞭撻海岳，其殆天授，非人力也！」乾隆在《唐宋詩醇》中評〈憶舊遊寄譙郡元參軍〉一詩時也說：「往往風雨爭飛，魚龍百變；又如大江無風，波浪自湧；白雲從空，隨風變滅。誠可謂

怪偉奇絕者矣！」

儘管詩人面對這種令人驚心動魄的情境，可是他有〈廬山謠寄盧侍御虛舟〉所謂「五嶽尋仙不辭遠，一生好入名山遊」的個性，和釣鰲屠龍的膽氣，都使他不僅不會膽裂魂飛，反而仍然能夠意態自若地趨前探望「青冥浩蕩兮不見底，日月照耀兮金銀臺」的洞天福地，又心神嚮往地瞻仰「霓為裳兮風為馬，雲之君兮紛紛而來下」的神姿仙影，並且趣味盎然地欣賞「虎鼓瑟兮鸞回車，仙之人兮列如麻」的儀仗之盛、音樂之美、車駕之華、扈隨之多與情景之奇。在這六句中，詩人特別採用《楚辭》常用的「兮」字作為語氣詞，一方面藉著舒緩的聲情和悠長的音節，來表現出歌頌讚嘆之意；另一方面則調整出少則七言、多則九言的參差句式，來模擬群仙由浩瀚的青天冉冉降臨時曼妙空靈的畫面，和輕盈飄逸的身影。由於節奏變得舒徐柔和，使人恍如在仙樂飄揚聲中，見到以慢動作重播的方式，呈現出天女散花時綽約的風韻和繽紛的畫面，不禁目眩神搖而意亂情迷起來，因此《唐詩別裁》特別評論這一節詩句說：「一路離奇滅沒，恍恍惚惚，是夢境？是仙境？」

儘管詩人並未清楚交代原因，終究他還是會從這場聲色誘人、光影迷離、情節生動而過程逼真的夢境中醒轉過來，因此他說：「忽魂悸以魄動，怳驚起而長嗟！」詩人除了以「忽」「怳」二字來表現出心神恍惚，魂不守舍的情狀，流露出對於夢中情景的眷戀難捨之情以外，還刻意轉用漢賦的句法來模擬長噓短嘆的聲情，傳達惆悵感傷的情緒。然而他似乎是很難接受那些奇妙的際遇竟然只是一場短暫的幻夢，因此不免在凝神細想之餘，又認真地辨識夢醒時的處境，這才讓他不得不接受仙界已杳、夢魂難追的事實；因此詩人以「惟覺時之枕席，失向來之煙霞」來進一步表現他覺察到幻夢成空後追憶尋覓和冥神苦思的心理狀態，以及頓覺空虛迷惘時失魂落魄的情態。

「忽魂悸以魄動……失向來之煙霞」這四句，寫出由樂生悲、急

轉直下的巨大變化，不僅把次段種種瑰麗險怪的景象一掃而空，帶領
讀者從夢遊的情境重返人間，並且由於和前面種種令人迷戀的奇觀勝
境相對照，更顯出歡樂快意的短暫和虛無，為三段抒發頓悟的感慨預
留了揮灑的空間；同時還使整個夢境來得自然，去得突然，既自成首
尾而有完整的情節，又高潮迭起而奇趣橫生，因此很受前人的稱讚。
王琦注李白詩文時引范德機的評論說：「夢吳越以上，夢之源也；以
下諸節，夢之波瀾也。其間顯而晦，晦而顯，至『失向來之煙霞』，
夢極而與人接矣；非太白之胸次筆力，亦不能發此。『枕席』『煙霞』
二句最有力。」吳山民也稱許「煙霞」兩句為「篇中神句」（《唐詩
選脈會通評林》引），是結上起下的關鍵。朱之荊《增訂唐詩摘抄》
推崇這四句說：「束上生下，筆意最緊。」由此可見李白在縱橫跌宕、
大開大闔的筆意中，仍然隨時注意到關合的細密和佈局的嚴謹，絕非
只是一味地噴薄出胸中的凌雲之氣，就能在長篇中表現出如此森嚴的
法度。

　　「世間行樂亦如此，古來萬事東流水」兩句，是在夢境煙滅，惘
然若失之餘，詩人回首前塵，若有所悟之後所發出的浩嘆。當年他供
奉翰林，優游京師時，固然也曾風光得意，躊躇滿志；奈何卻因為得
罪權貴，不為玄宗的親近所容而落得賜金放還的下場！如今沉吟細數
那段繁華的歲月，真如雲煙過眼，轉頭成空；又如江水東流，一逝難
追！有了這層覺悟之後，已經請北海高天師傳受道籙於齊州紫極宮的
李白 [2]，可能在感慨萬千之餘，以為這一場疑幻似真的夢遊是天仙有
意藉難得的機緣來點化自己應該脫卸塵累，拋開俗念，優游名山，修
真返道，以求恢復仙風道骨的本來面目 [3]；於是他便有意循夢而遊覽
天姥山，重臨他和道士吳筠一同隱居過的剡中，探訪名勝，尋覓仙蹤
去也！

　　「別君去兮何時還？且放白鹿青崖間，須行即騎訪名山」三句，
便是他鄭重地告別同遊東魯地區的王昌齡、杜甫等友人，行將騎鹿遊

山，習道訪仙的宣言了。「別君」句可以看出李白對友人的情深義重，因為儘管此際他應該清心寡欲，淡泊沉靜地踏上旅途，也應該甘於寂寞，了無牽掛地飄然而去，才合乎仙家風範；但是他仍然難免還有依依不捨的眷戀與感傷。不過，他畢竟又是一位豪快俊爽，胸懷磊落的奇男子，所以在稍露性情中人臨歧相別的真心之後，便又以謫仙特有的灑脫，意氣自若地說明此後的生涯規劃。「且」字是即將之意，其中並沒有「姑且、暫且」的無奈之感；「放」字是放任之意，流露出隨興所之，無往不樂的閒適之情；再加上「須行」是從容自如，欲行則行之意，便流露出對於逍遙於風塵之外與悠游於名山之中的無限嚮往之情了。

「安能摧眉折腰事權貴，使我不得開心顏」兩句則是倒插一筆，補敘自己厭棄低首下心、奴顏卑膝地奉承阿諛。因為儘管逢迎媚悅的行徑能夠使人廁身權貴之間，滿足一時的虛榮，終究還是出賣靈魂，侵蝕道骨的齷齪之舉，徒然令自己鬱憤難宣，歡顏難展而已；更何況詩人早已藉著前面詩境的開展，明白地揭示出他所澈悟的道理：榮華顯達不過是轉眼成空的一場幻夢罷了！

「安能摧眉折腰事權貴，使我不得開心顏」這兩句雖然像是天外飛來的奇峰，與前面的詩境彷彿格格不入，難免令人有突兀之感；其實深一層來看，可以發現：它一方面延續「世間行樂亦如此，古來萬事東流水」的喟嘆，表示所謂「行樂」之事是指在長安三年的歲月中，包括金鑾召見，醉草殿廷的殊榮，和供奉翰林，侍從遊宴的恩遇，可能也包括和達官顯宦與詩朋酒友的應酬往來；另一方面則是發表絕意仕進的心靈告白，表示放鹿青崖，尋仙訪勝的心意已決；同時又似乎在有意無意之間，以一個「悟已往之不諫，知來者之可追」而大澈大悟的過來人心境，暗示仍然在宦海浮沉而艱苦備嚐的王昌齡，和正熱中於仕進而求助無門的杜甫，應該回頭是岸，切勿迷途不返！換言之，這異峰突起的兩句，不僅能照應前文而意脈相續，而且能波瀾再起而

發人深省；同時既流露出臨別贈言的真心，也表現出忠告善導的情義——詩題中「留別」二字的深義，到此才算是功德圓滿地表露無遺。范德機以為「結語平衍，亦文勢當如此。」（同前）恐怕並沒有真正領略到在激越峭折的語調中自有蕩漾的餘波、蘊藉的騷心，以及耐人涵詠的深情遠意。

這一首以夢境為體而以「留別」為用的遊仙詩，不僅色彩繽紛，撩人眼目，而且情境瑰奇，動人心魄。詩人在長短錯綜而參差歷落的句式中，又採用了〈離騷〉的句法來增加吁嗟詠嘆的韻味，使人在諷詠時自然聯想到《楚辭》雄奇奔放、熱情浪漫而又飄忽詭譎的風格，也讓人在賞讀時，眼前彷彿出現忽隱忽沒、時聚時散而又變幻莫測的煙霞；再加上漢賦句法穿梭其間，就更增加了全詩抑揚頓挫，跌宕多姿的聲情。劉勰《文心雕龍‧神思》篇說：「吟詠之間，吐納珠玉之聲；眉睫之前，卷舒風雲之色。」正可以用來說明本詩的構思之神與句法之妙；因此高棅《唐詩品彙》評論李白的〈遠別離〉〈長相思〉〈烏棲曲〉〈廬山謠〉和本詩時，就以為「長篇短韻，驅駕氣勢，殆與南山秋氣並高可也；雖少陵猶有讓焉，餘子瑣瑣矣。」毛先舒《詩辨坻》也嘆賞曰：「太白天縱逸才，落筆警挺，其歌行跌宕自喜，不閒整栗（按：不欲嚴謹拘束之意）；唐初規制，掃地欲盡矣。」

【補註】

01 李白從青年時期就對浙東的山水之美嚮往不已，因此在他初出四川東遊時所作的〈秋下荊門〉就說：「此行不為鱸魚鱠，自愛名山入剡中。」

02 見李陽冰〈唐李翰林草堂集序〉。

03 李白〈大鵬賦‧序〉云：「余昔於江陵見天台司馬子微，謂余有仙風道骨，可與神遊八極之表，因著〈大鵬遇稀有鳥賦〉以自廣。」

【後記】

　　在《唐詩三百首》選本中，提到夢境、夢思的作品雖然不少[1]，但是大抵而言，只是作為和現實對比的單一語詞，藉以凸顯出作者在現實生活中所遭遇到的挫折，映射出作者心靈中的苦悶；或者是藉以感嘆理想的遙不可及，和現實的虛幻不可把握而已。能夠把夢境作為詩篇描述的主體，仔細刻劃得歷歷如繪，使人有如臨其境、如入其夢而頓生驚心動魄之感的，應首推本詩[2]。謫仙揮灑他的才思，馳騁他的幻想，變化他的妙筆，調和出瑰麗的色彩，營造出雄奇的意境，渲染出詭譎的氣氛，因而使本詩既有金碧輝煌、絢麗耀眼而光怪陸離的景象，又有疑真似幻、迷離惝恍而浪漫飄忽的情境。讀者彷彿可以經由他生花妙筆的導覽，也遊歷了煙霞明滅、峰巒雄峻的天姥山，聽到了清猿啼嘯、天雞報曉、泉澗雷鳴、熊咆龍吟、霹靂破山等奇態異響，遨遊了神仙洞府，觀覽了金銀樓臺，會晤了雲中帝君，更聆虎瑟而乘鸞車，披霓衣而御風馬，飛湖月而登雲梯，俯瞰五嶽而睥睨天台了！讀畢全詩，不僅令人頗有在魔幻仙境中乘坐了幾趟雲霄飛車的驚魂未定之感，甚至還有幾分意猶未盡的遺憾──由此可見李白詩藝之迷人了。

【補註】

01 例如：張泌的〈寄人〉：「別夢依依到謝家，小廊回合曲欄斜」；陳陶的〈隴西行〉：「可憐無定河邊骨，猶是春閨夢裡人」；韋莊的〈臺城〉：「江雨霏霏江草齊，六朝如夢鳥空啼」；杜牧的〈遣懷〉：「十年一覺揚州夢，贏得青樓薄倖名」、〈旅宿〉：「遠夢歸侵曉，家書到隔年」；李商隱的〈春雨〉：「遠路應悲春睕晚，殘宵猶得夢依稀」、〈無題二首〉其二：「神女生涯原是夢，小姑居處本無郎」、〈無題四首〉其一：「夢為遠別啼難喚，書被催成墨未濃」、〈錦瑟〉：「莊生曉夢迷蝴蝶，望帝春

心託杜鵑」；許渾的〈秋日赴闕題潼關驛樓〉：「帝鄉明日到，猶自夢漁樵」；司空曙的〈雲陽館與韓紳宿別〉：「乍見翻疑夢，相悲各問年」；戴叔倫的〈江鄉故人偶集客舍〉：「還作江南會，翻疑夢裡逢」；杜甫的〈夢李白二首〉其一：「故人入我夢，明我長相憶」、〈夢李白二首〉其二：「三夜頻夢君，情親見君意」；張九齡的〈望月懷遠〉：「不堪盈手贈，還寢夢佳期」等。

02 杜甫的〈夢李白二首〉中儘管也有關於夢境的具體描述，但是就瑰麗雄奇與詭譎奧秘的效果而言，仍遜本詩一籌。

【評點】

01 嚴羽：李、杜二公，正不當優劣。太白有一二妙處，子美不能道；子美有一二妙處，太白不能作。子美不能為太白之飄逸，太白不能為子美之沉鬱。太白〈夢遊天姥吟〉〈遠別離〉等，子美不能道；子美〈北征〉〈兵車行〉〈垂老別〉等，太白不能作。論詩以李、杜為準，挾天子以令諸侯也。少陵詩法如孫吳，太白詩法如李廣。（《滄浪詩話》）

02 嚴羽：「半壁」二句，不獨境界超絕，語音亦復高朗。 ○有意味，在「青青」「澹澹」字作疊。 ○（「霓為衣兮風為馬」句）太白寫仙人境界，皆渺茫寂歷，獨此一段極真，極雄，反不似夢中語。 ○「世間」云云，甚達，甚警策；然自是唐人語，無宋氣。萬斛之舟，收於一柁。（《李太白詩醇》引）

03 桂天祥：胸次皆煙霞雲石，無分毫塵濁，則是一副言語，故特為難到。（《批點唐詩正聲》）

04 郭濬：恍恍惚惚，奇奇幻幻，非滿肚皮煙霞，決揮灑不出。（《增訂詳注唐詩正聲》）

05 周珽：出於千絲鐵網之思，運以百色流蘇之局（按：形容構思密緻，藻采瑰奇，常用於形容李商隱之詩風），忽而飛步凌頂，忽

而煙雲自舒。想其拈筆時，神魂毛髮盡脫於毫楮而不自知，其神耶！（《唐詩選脈會通評林》）

06 宋宗元：（「列缺霹靂」以下十句）縱橫變化，離奇光怪；以奇筆寫夢境，吐句皆仙，著紙欲飛。　○（「世間行樂」二句）卷然收勒，通體宗主攸在，線索都靈。（《網師園唐詩箋》）

07 弘曆：七言歌行，本出〈離騷〉、樂府，至於李白而後窮極筆力，優入聖域。昔人謂「以氣為主，以自然為宗，以俊逸高暢為貴，詠之使人飄揚欲仙*」，而尤推其〈天姥吟〉〈遠別離〉等篇，以為雖子美不能道。蓋其才橫絕一世，故興會標舉，非學可及，正不必執此謂子美不能及也。此篇夭矯離奇，不可方物，然因語而夢，因夢而悟，因悟而別，節次相生，絲毫不亂。若中間夢境迷離，不過詞意偉怪耳。胡應麟以為「無首無尾，窈冥昏默」，是真不可以說夢也。特謂「非其才力，學之立見顛踣」，則誠然耳。（乾隆御批《唐宋詩醇》）

* 王世貞《藝苑卮言》說：「太白以氣為主，以自然為宗，以俊逸高暢為貴；子美以意為主，以獨造為宗，以奇拔沉雄為貴。其歌行之妙，詠之使人飄揚欲仙者，太白也；使人慷慨激烈，歔欷欲絕者，子美也。」

08 延君壽：奇離惝恍，似無門徑可尋；細玩之，起手入夢不突，後幅出夢不竭，極恣肆變幻之中，又極經營慘淡之苦。若只貌其格句字面，則失之遠矣！一起淡淡引入，至「我欲因之夢吳越」句，乘勢而入，使筆如風，所謂緩則按轡徐行，急則短兵相接也。「湖月照我影」八句，他人捉筆，可云已盡能事矣，豈料後邊尚有許多奇奇怪怪。　○「千巖萬轉」二句，用仄韻一束，以下至「仙之人兮」句，轉韻不轉氣，全以筆力驅駕，遂成鞭山倒海之能。讀之似未曾轉韻者，有真氣行乎其間也。此妙可心悟，不可言喻。○出夢時，用「忽魂悸以魄動」四句，似亦可以收煞得住；試想：

若不再足「世間行樂」二句，非但喝題不醒，抑亦尚欠圓滿。　○「且放白鹿」二句，一縱一收，用筆靈妙不測，後來惟東坡解此法，他人多昧昧耳。（《老生常談》）

09 賀貽孫：太白短篇佳矣，乃其〈蜀道難〉〈鳴皋歌〉〈夢遊天姥吟〉諸篇，亦何遽不如子美長歌？　○太白〈夢遊天姥吟〉〈幽澗泉吟〉〈鳴皋歌〉〈謝朓樓餞別叔雲〉〈蜀道難〉諸作，豪邁悲憤，〈騷〉之苗裔。（《詩筏》）

108 登金陵鳳凰臺（七律？）　　　　李白

鳳凰臺上鳳凰遊，鳳去臺空江自流。吳宮花草埋幽徑，晉代衣冠成古邱。三山半落青天外，二水中分白鷺洲。總為浮雲能蔽日，長安不見使人愁。

【詩意】

　　相傳金陵的鳳凰臺上曾經有鳳凰來此遨遊，如今，鳳凰早已高飛遠去，空留一座讓人登臨時發思古之幽情的高臺，伴隨著亙古以來默默東流的長江水而已！當年孫吳宮殿裡的瑤花琪草，現在都已經湮沒在荒僻的幽徑裡了；而東晉王導、謝鯤等顯赫的豪族貴戚，如今也只成為一堆一堆的古墳罷了！登臺覽眺，只見遠處的三山籠罩在縹緲的雲霧之中，忽隱忽現；白鷺洲硬是把秦淮河截隔成兩條水道（這不禁讓我聯想到：忠臣被奸邪離間而不能為國效命）。浮動的雲影總是能夠遮蔽白日的光華（這景況又讓我聯想到：君王容易被群小包圍矇蔽），使我極目遠眺時也看不見令我眷戀難忘的長安，真教我憂愁不已……。

【注釋】

① 詩題──本詩可能作於天寶六載左右[1]。金陵[2]，即今南京，曾經是中國歷史上十個朝代的首都，與西安、洛陽、北平，合稱中國四大古都。鳳凰臺，王琦注引《江南通志》曰：「宋元嘉十六年（429），有三鳥翔集山間，文彩五色，狀如孔雀，音聲諧和，眾鳥群附，時人謂之鳳凰。起臺於山，謂之鳳凰臺；山名鳳凰山，里曰鳳凰里。」

② 「鳳凰」二句──古人以鳳凰為祥瑞的神鳥，鳳凰之翔集與遠去，被視為王朝興衰的徵兆。

③ 「吳宮」句──吳宮，《三國志・吳志・嗣主傳》裴松之注謂孫權起太初宮，方三百丈；孫皓作昭明宮，方五百丈。花草，指三國時吳大帝孫權建都建業（金陵之別稱）時興造宮室；其後孫皓又營造新宮，大闢園囿，遍植奇花異卉，窮極奢巧。埋幽徑，為荒煙蔓草所掩沒。

④ 「晉代」句──衣冠，士族縉紳之代稱，通常指顯貴而言；晉代衣冠，晉琅琊王司馬睿渡江後即位於建康，史稱東晉元帝，宮城仍依吳之舊規，而王導、謝鯤等顯貴世族隨之群居左近。古邱，古墳；邱，通「丘」，代指墳塚而言。

⑤ 「三山」句──三山，僅約三十丈高[3]，在今南京市板橋鎮西、長江東岸。落，隱沒；半落，半隱半現。

⑥ 「二水」句──謂秦淮河被白鷺洲中分為二[4]。水，指秦淮河；二水，或作「一水」，其義同。中分，被阻隔而分為兩條水道。白鷺洲，殆因洲上常聚白鷺而得名；郁賢皓說在今南京市江東門一帶，一說在今南京市水西門外，已與陸地相連。

⑦ 「總為」句──浮雲蔽日，兼有二義：奸邪矇蔽君王，及小人讒害君子。《尚書・湯誓》云：「時日何喪？予及汝偕亡！」是以日喻夏桀；陸賈《新語・慎微》：「邪臣之蔽賢，猶浮雲之障日月

也。」則是以浮雲譬喻奸邪，而以日月譬喻賢良。

⑧ 「長安」句——長安不見，謂橫遭讒廢，不得仕宦京城；既憂念君
王，也深憂國事。

【補註】

01 郁賢皓《李白詩選》繫本詩於天寶六載（747），詹鍈《李白詩文
繫年》推測本詩當作於上元二年（761）。瞿蛻園、朱金城《李白
集校注》認為：「『浮雲』一語，當指開元、天寶間之讒諂蔽明，
若在上元末年，則白方獲罪遇赦，方銷聲斂跡之不暇，似不當復
有此激切之語。」筆者以為言之成理，故暫依郁、瞿、朱氏之說，
以作於天寶六載前後解之。

02 《太平御覽》引《金陵圖》謂戰國時楚威王（339 B.C. ─ 329 B.C.
在位）滅越，以為其地有王氣，恐將禍延子孫，故於西元前 333
年在今獅子山北邊江畔（古稱「龍灣」）埋金以鎮之，並於今清
涼山上修築城邑，名為金陵。不過，埋金之人，《三國志‧吳書
八》以為是楚武王（740 B.C. ─ 690 B.C. 在位），《藝文類聚‧
卷 83‧寶玉部上‧玉》以為是秦始皇。

03 王琦注引《景定建康志》：「三山在城西南五十七里，周迴四里，
高二十九丈。」《輿地志》：「其山積石森鬱，濱於大江，三峰
排列，南北相連，故號三山。」陸游《入蜀記》云：「三山自石
頭（城）及鳳凰山望之，杳杳有無中耳。及過其下，則距金陵才
五十里。」

04 王琦注引史正志《二水亭記》云：「秦淮源出句容、溧水兩山，
自方山合流，至建康貫城而西，以達於江，有洲橫截其間，李太
白所謂『二水中分白鷺洲』是也。」《建康志》則謂秦淮河「至
建康之左，分為二支：一支入城，一支繞城外，共夾一洲，曰白
鷺。」

【導讀】

本詩大約是李白因得罪權貴，不為玄宗親近所容，而由供奉翰林解職還山以後所作，時當天寶六載（747），詩人四十七歲左右。前半懷古，憑弔古代繁華銷歇，治世難返；後半傷今，慨歎奸佞當道，國事日非，振救為難。詩人想由繁華一逝不返的六朝帝京，遠眺都城長安，其弔古傷今之感，思君憂國之情，空懷壯志而報國無門之悲，洋溢滿紙。因此蕭士贇《分類補注李太白詩》評曰：「此因懷古而動懷君之思乎？抑亦自傷讒廢，望帝鄉而不見，乃觸境而生愁乎？太白之志，亦可哀也！」他的語氣雖然未必完全肯定，卻已經指出本詩懷古傷時的主旨了。

「鳳凰臺上鳳凰遊，鳳去臺空江自流」兩句，已經把崔顥〈黃鶴樓〉詩前半「昔人已乘黃鶴去，此地空餘黃鶴樓；黃鶴一去不復返，白雲千載空悠悠」四句中望雲思仙的懷古之情，以更為簡潔凝鍊的筆墨涵括無遺了，而且還多了鳳凰遠翔，治世難返的盛衰之感和滄桑之慨，同時又流露出心懷蒼生，憂念天下的偉大胸襟，所以更耐人玩味。

「吳宮花草埋幽徑，晉代衣冠成古丘」兩句，直承「鳳去臺空」四字，抒發弔古傷今的感慨。當詩人由神話傳說的邈遠之想折回現實情境時，他應該已經來到鳳凰臺上登臨覽眺了，此時原本就縈繞心頭的滄桑無常之感和盛衰有時之嘆，便更為深刻了。因為金陵畢竟是六朝最具有歷史地位與人文內涵的京都所在，因此詩人在〈金陵三首〉中說：「地即帝王宅，山為龍虎盤」「當時百萬戶，夾道起朱樓」「古殿吳花草，深宮晉綺羅」，的確是雄誇東南的形勝之地，富甲天下的繁華之區！但如今卻是「亡國生春草，王宮沒古邱」，這怎能不令詩人悵觸百端呢！尤其是詩人眼看著大唐運數竟然因為當朝邪佞的亂政而江河日下，令人有盛世難返之嘆時，他的弔古傷今之感便愈加沉痛深切，於是便以映襯對比的手法，形成矛盾衝突的詩意，來凸顯出歷代興衰變滅之快速，流露出怵目驚心的感慨：「吳宮花草」與「晉

代衣冠」,是何等繽紛豔麗,何等顯赫威風?然而轉眼間竟然已經「埋幽徑」而「成古邱」了,又是何其蕭條冷落,何其荒涼寂寞!詩人把這種盛衰榮枯、成敗興亡的意象,全部收攝在語勢頓挫跌宕的兩句中,不僅造成昔熇今涼、倏忽變滅的示現效果,使人有如見如聞的悚惕之感,而且感慨深沉,層出不窮,足以表現出詩人以史為師、以古為戒的用心之良苦;因此梅成棟《精選七律耐吟集》評曰:「讀之如層巒聳翠,迭出不窮。」就意脈而言,頷聯的感慨其實和首聯的盛世難再環環相扣,節節相生,可謂如泉湧地,自然成文;腹聯的山水之望,又由登臺有感而生發,則可謂如雲歸岫,妙合無痕了[1]。

「三山半落青天外,二水中分白鷺洲」兩句,則正式由前半的登臨懷古,轉而為借景傷今,以抒發思君憂國之意。中間四句的承轉之際,已如行雲流水,清暢自然;而意脈潛通之處,又符合沈德潛在《說詩晬語》中「論歌行起結之法」裡所謂「自有灰線蛇蹤,蛛絲馬跡,使人炫其奇變,仍服其謹嚴」的觀點,值得多加體會。就扣合詩題而言,首聯就「鳳凰臺」而抒感,次聯因「金陵」而興嘆,本聯則針對「登」字描寫詩人遠眺近瞰的景色而感慨系之。先就近瞰而言,秦淮河被白鷺洲阻截隔絕為兩條水道,可能象徵聖君賢臣原本同心共命,卻被奸邪離間而不得遇合;再就遠眺而言,雲霧縹緲,杳茫難尋的三山,又可能象徵君王被群小包圍,以致賢良難以企及接近[2]。尤其值得稱道的是:「半落青天外」五字中,暗藏著雲封霧鎖、繚繞遮掩、隱約渺茫等意象,自然逗出浮雲蔽日而不見長安的感慨,更可以見出詩人收發自如,卷舒隨心的運筆之妙。換言之,有了本聯之後,全詩便可謂敘題飽滿,字字落實;針線綿密,章法謹嚴;情景交融,興象超妙;同時也讓詩人悃悃款款的忠愛之忱,溢於言表了。

正由於詩人確實有憂讒畏譏的切膚之痛,因此才會在觸境傷情,百感交集之餘,讓自己的視線渡過近水,飛越遠山,投向更遙遠的長安而去。奈何不論他如何望斷心眼,卻依舊是「總為浮雲能蔽日,長

安不見使人愁」，詩人又怎能不憑欄佇立而黯然神傷，愁懷如海呢？「總為」二字，寫出他窮盡心力，卻難以突破困境的沉痛；「浮雲蔽日」四字，關合著腹聯三山半隱而二水隔分的情景作收。「長安不見」四字，則回扣登臺覽眺之意；再加上他追昔撫今，憂國傷時的懷抱，又是首尾一氣貫注而下，不僅立意渾厚正大，而且氣象雄奇壯闊，因此最得前人稱讚。高棅《唐詩品彙》引劉辰翁之言曰：「開口雄偉，脫落雕飾，俱不論。若無後兩句，亦不必作。出於崔顥而特勝者，以此。」瞿佑《歸田詩話》說：「愛君憂國之意，透過鄉關之念，善占地步矣。」並稱本詩有「十倍曹丕」的聲價。高步瀛《唐宋詩舉要》說：「惟結句用意似勝（崔）。」

【補註】

01 至於王世貞《藝苑卮言》批評頷聯說：「亦非作手」，王世懋《藝圃擷餘》以為中二聯皆不及崔作，屈復《唐詩成法》說：「三、四熟滑庸俗，全不似青蓮筆氣。」筆者以為那是因為他們並沒有掌握到詩人憂深慮苦的用心。

02 如果詹鍈推測本詩作於上元二年（761）可以成立，表示其時安史之亂尚未平定，長安、洛陽尚未收復，則「三山半落青天外」可能象喻半壁江山正淪陷於叛賊之手；而「二水中分白鷺洲」也可能象喻國家分崩離析，形勢堪憂。至於「浮雲」句的意涵，則可能如王夫之《唐詩評選》所說：「悲江左無人，中原淪陷。」由此可見一首好詩往往能在有限的文字裡傳達豐富的涵意，在精確的意象中孕育深遠的情思。劉知幾《史通‧敘事》說：「……斯皆言近而旨遠，詞淺而義深，雖發語已殫而含意未盡，使夫讀者望表而知裡，捫毛而辯骨，睹一事於句中，反三隅於字外。」正可以用來說明本詩之興象渾融，情景相生，所以寄慨遙深，耐人咀嚼，的確已達言有盡而意無窮的藝術妙境。

【後記】

《唐詩紀事》載李白嘗登黃鶴樓，見壁間有崔顥所題〈黃鶴樓〉詩，嘆賞久之，亟欲擬作以爭勝，終不得不折服斂手，乃題「眼前有景道不得，崔顥題詩在上頭」二語，悵然而去。後偶遊金陵，登鳳凰臺，賦成此篇，始一償夙憾。其事雖難以徵信，卻久傳詩苑，騰播人耳，於是歷代詩家遂有其事真偽之辨。

就事之真偽而言，如果缺乏客觀可信的證據，筆者以為《唐宋詩醇》所言，最為平允：

＊弘曆：傳者以為擬崔而作，理或有之。崔詩直舉胸情，氣體高渾；白詩寓目山河，別有懷抱。其言皆從心而發，即景而成；意象偶同，勝境各擅。論者不舉其高情遠意而沾沾吹索於字句之間，固已蔽矣；至謂白實擬之以較勝負，並謬為搥碎鶴樓等詩，鄙陋之談，不值一噱也。

關於李作模仿崔詩的問題，沈德潛《唐詩別裁》的看法相當持平，值得參考：

＊沈德潛：從心所造，偶然相似。必謂摹仿司勳，恐屬未然。

茲將崔詩與李作相似之處，略加爬梳，以見前人認為李作模擬崔詩之所在：

＊首先，二詩皆由神話傳說入手，暗寓今昔之感。

＊其次，二詩都連用三珍禽（鶴與鳳），以寄託弔古與傷今的情懷。

＊第三，二詩都以「去」「空」抒發感慨。

＊第四，腹聯都寫眺望所見之景象，而景中藏情，自然導出尾聯之意。

＊第五，末句皆寫因不見所思而愁懷倍增，且同樣採用「使人愁」三字作結，同時「愁」字又正為二詩的詩眼所在。

＊第六，二詩同為平起式，同押「尤」韻，且韻腳中的「洲」「愁」又都相同。

＊第七，則是值得檢討的地方：這兩首詩的平仄都不合格律，實在都不應該稱之為「律詩」。

【優劣】

關於本詩與崔顥之作的優劣，雖然自古及今，爭訟未決，難有定論，但是大抵而言，以為白不如崔者居多（請參見【評點】）。張表臣《珊瑚鉤詩話》以為古今題詠金陵鳳凰臺之作中「唯謫仙為絕唱」；恆仁《月山詩話》說：「愚謂此詩雖效崔體，實為青出於藍」，又說：「王維之〈敕賜百官櫻桃〉，岑參之〈早朝大明宮〉，李白〈登金陵鳳凰臺〉，不獨可為唐律壓卷，即在本集，此體中亦無第二首也。」可證仁智互見，自古已然。

儘管賞析難工，毫釐易失，優劣高下之別，全憑個人會心；可是筆者以為：李白本詩不論就思想之高遠、興象之精切，或是章法之綿密、句法之勁健，以及起承轉合之自然超妙，都有勝過崔詩之處，茲略述理由如下：

＊第一，就聲調的動聽而言，本詩首句中重出的兩個「鳳凰」，已經使音節回環往復，讀來特別流暢奔放了；次句除了再複沓「鳳」「臺」二字來加強節奏感之外，又以「二／二／三」的句式來形成抑揚頓挫，搖曳生姿的韻律，造成一唱三嘆的聲情，因此比崔詩四句同為「上四下三」的單調句式來得活潑生動，悅耳快心。

＊第二，就思想的層面而言，崔作中望雲仙之杳不可見，只是個人發思古幽情的惆悵而已；遠不如本詩懷古傷今，憂國憂時的感慨來得深沉廣博而更具有正面的積極意義。

＊第三，就詩句的密度而言，本詩的濃縮洗鍊，也比崔作來得堅實勁健，意涵豐富；因此陸貽典說：「起二句即崔顥四句意也，太白縮於二句，更覺雄偉。」（《瀛奎律髓匯評》）

＊第四，就章法的起承轉合而言，首聯盛衰滄桑之感，自然逗出次

聯的王朝興滅，人事幻變之嘆；而首聯的傷今之懷，也轉而帶出
三聯寓目山河、憂念時艱之意，又直貫尾聯的思念明君，報國無
門之嘆。換言之，本詩在起承之間，氣脈貫通，條理分明；在轉
合之際，前後呼應，首尾相顧。因此王夫之《唐詩評選》以為二
詩都以「使人愁」作結，但是「語同意別」，「太白詩是通首渾
收，顥詩是扣尾掉收。」的確很有見地。所謂「通首渾收」，正
說明了本詩首聯的意蘊籠罩全篇，以下各句即由此蟬聯綿貫而生，
最後綺交脈注在「使人愁」三字上，最有細密的章法可循；至於
崔詩由雲仙空嘆轉而為日暮思鄉，的確難免給人攔腰截斷的「錯
覺」。

【商榷】

除了前述的優劣之見以外，金聖嘆《選批唐才子詩》說：

* 人傳此是擬〈黃鶴樓〉詩，設使果然，便是出手早低一格。蓋崔
第一句是「去」，第二句是「空」……今先生豈欲避其形跡，乃
將「去」「空」縮入一句。既是兩句縮入一句，勢必上句別添閒
句，因而起云「鳳凰臺上鳳凰遊」，此於詩家賦比興三者，竟屬
何體哉？……今我於此詩一解三句之上，求其所以必寫鳳凰之緣
故而不得也。

筆者以為，他的說法根本錯誤在於忽略了「鳳集河清」所隱含的
太平盛世之意，又先有〈黃鶴樓〉詩之高妙後人難以追摹的偏見橫於
胸臆之中，因此才會有此怪異之論。事實上，李白首句是對祥瑞的神
鳥降臨所帶來的清明治世，流露出無比嚮往之情；次句則表達出盛世
難返、世變滄桑的無限感慨之意，顯然是賦筆中含有興寄之嘆，又豈
是金氏所謂無所取義的「閒句」可以抹殺得了的呢？如果用同樣的邏
輯來檢視崔詩的三、四句「黃鶴一去不復返，白雲千載空悠悠」，豈
不是重復了一、二句中的『去』、『空』之意而成了連用兩句「閒句」

了嗎？由此可見他以為本詩不及崔作的看法，以及所謂「然則先生當日定宜割愛，竟讓崔家獨步，胡為亦如後世細瑣文人，必欲沾沾不捨，而甘出於此哉？」完全不足為憑。

【評點】

01 嚴羽：〈鶴樓〉祖〈龍池〉而脫卸，〈鳳臺〉復祖〈鶴樓〉而翻䂼。〈龍池〉渾然不鑿，〈鶴樓〉寬然有餘；〈鳳臺〉構造，亦新豐凌雲妙手，但胸中尚有古人，欲學之，欲似之，終落圈圚。蓋翻異者易美，宗同者難超；太白尚爾，況餘子乎！（《李太白詩醇》引）

02 范德機：登臨詩，首尾好，結更悲壯，七言律之可法者也。（《唐詩品彙》引）

03 王世貞：效顰崔顥，可厭。次聯亦非作手。（《唐詩廣選》引）

04 李攀龍：一氣噓成，但二聯仍不及崔。（《唐詩直解》）

05 王世懋：崔郎中作〈黃鶴樓〉詩，青蓮短氣，後題〈鳳凰臺〉，古今目為勍敵。識者謂前六句不能當，結語深悲感慨，差足勝耳。然余意更有不然，無論中二聯不能及，即結語亦大有辨。言詩須道興、比、賦，如「日暮鄉關」，興而賦也；「浮雲蔽日」，比而賦也。以此詩之「使人愁」三字雖同，孰為當乎？（編按：「浮雲蔽日」一語，焉知非以眼前景興感慨乎？胡能遽謂之「比」？又奚能遽以為不及？）「日暮鄉關」「煙波江上」，本無指著，登臨者自生愁耳，故曰「使人愁」；煙波使之愁也。「浮雲蔽日」「長安不見」，逐客自應愁，寧須「使」之？（編按：使李白愁懷鬱結之事，非止一端；令崔顥愁思茫茫者，亦非一事，故此說似是而非）青蓮才情標映萬載，寧以余言輕重？尺有所短，寸有所長，竊以為此詩不逮，非一端也。如有罪我者，則不敢辭。（《藝圃擷餘》）

06 胡應麟：（崔、李二詩）但略點題面，未嘗題黃鶴、鳳凰也。……故古人之作，往往神韻超然，絕去斧鑿。（《詩藪》）

07 周敬：太白眼空法界，以感生愁，劫敵〈黃鶴樓〉，一結實勝之。○周珽：胸中籠蓋，口裡吐吞，眼前光景，又豈慮說不盡耶？（《唐詩選脈會通評林》）

08 王夫之：「使人愁」三字總結「幽徑」「古丘」之感，與崔顥〈黃鶴樓〉落句，語同意別。宋人不解此，乃以疵其不及顥作；觀面不識，而強加長短，何有哉？（《唐詩評選》）

09 屈復：三、四熟滑庸俗，不似青蓮筆氣；五、六佳句，然音節不合。結亦淺薄。（《唐詩成法》）

10 王琦：〈黃鶴〉〈鳳凰〉相敵在何處？〈黃鶴〉第四句方成調，〈鳳凰〉第二句已成調。不有後句，二詩首唱皆稚淺語耳。（《李太白全集》）

11 毛奇齡：崔顥〈黃鶴樓〉便肆意為之，白於〈金陵鳳凰臺〉效之，最劣。（《唐七律選》）

12 吳昌祺：（白詩）起句失利，豈能比肩〈黃鶴〉？後村以為崔顥敵手，愚哉！（《刪定唐詩解》）

13 馮舒：第三聯絕唱。 ○馮班：（頷聯）登鳳凰臺便知此句之妙，今人但登清涼臺，故多不然此聯也。 ○窮敵矣，不如崔自然。 ○極礙矣，然氣力相敵，非床上安床也。次聯定過崔語。 ○紀昀：氣魄遠遜崔詩，云「未易甲乙」，誤也。（《瀛奎律髓勘誤》）

＊ 編按：二詩之優劣，劉克莊《後村詩話》以為「真敵手棋也」；方回《瀛奎律髓》認為：「格律氣勢，未易甲乙。」

14 陳德公：高迥遒亮，自是名篇。（《聞鶴軒初盛唐近體讀本》）

15 潘德輿：（二詩首尾）運意不同，各有境地，何可軒輊？（《養一齋詩話》）

16 俞陛雲：（頷聯）慨吳宮之秀壓江山，而消沉花草；晉代之史傳

人物，而寂寞衣冠。在十四字中，舉千年之江左興亡，付憑欄一嘆，與「漢家簫鼓空流水，魏國山河半夕陽」句調極相似，但懷古之地不同爾。（《詩境淺說》）

* 編按：李益〈同崔邠登鸛雀樓〉詩：「鸛雀樓西百尺檣，汀洲雲樹共茫茫。漢家簫鼓空流水，魏國山河半夕陽。事去千年猶恨速，愁來一日即為長。風煙並起思歸望，遠目非春亦自傷。」

109 關山月（五古樂府）　　　　　李白

明月出天山，蒼茫雲海間。長風幾萬里，吹度玉門關。漢下白登道，胡窺青海灣。由來征戰地，不見有人還。戍客望邊色，思歸多苦顏。高樓當此夜，歎息未應閒。

【詩意】

　　每當明月從東邊的天山悄悄地升起，徘徊在綿亙的峰巒和蒼茫的雲海之間時，總會勾起戍守西北邊塞的將士遙遠而綿邈的鄉愁；每當浩浩長風穿越中原幾萬里的山河大地，吹度到玉門關來時，也總會觸痛遠征異域的漢家兒郎脆弱的思家情懷。遠從漢高祖出兵到白登山而被匈奴圍困了七天七夜起，到最近吐蕃殲滅本朝駐守在青海灣的神威軍為止，千百年來，征戰離鄉的士卒，有的埋骨沙場，有的老死邊庭，就是從來沒有見過能夠生還返家的人！戍守邊境的人，望著皎潔而又冷清的關山月色時，總會帶著思歸不得的愁苦容顏；想來他們的家人在故鄉的高樓上，仰望著同樣明潔的月色時，也應該是一聲緊接著又一聲深長的嘆息吧！

【注釋】

① 詩題—原為古樂府曲名,屬於〈鼓角橫吹〉十五曲之一,內容多寫征戍感別之苦。由於詩中有「胡窺青海灣」句,因此有人以為本詩專為天寶八載(749)神威軍盡沒之事而作(見注⑤);筆者則持保留態度,因為如果拘執於某一戰役的成敗來解讀全詩,則「漢下白登道」句,便顯得扞格不通了。

② 天山—即祁連山,位於今之甘肅、青海間,主峰在今甘肅張掖市西南;蓋因古時匈奴稱天為「祁連」而命名。玉門關則在天山西北,離中原更遠。

③ 玉門關—本詩中的天山和玉門關,其實只是詩人選擇性地分筆描寫兩個各自獨立的戍守之地,和詩人寫作時所在的位置無關。因為由古玉門關(見王之渙〈出塞〉詩注)到天山主峰相距四五百公里以上;而由新玉門關起算,則至少還相距兩百公里以上;兩地之間根本不可能以目視相互遙望,由此可知前四句分寫兩個征塞,彼此並無直接關聯。同理可知:五、六句中的「白登道」「青海灣」,也是既互不相連屬,且與前四句的「天山」「玉門關」毫無瓜葛。

④ 「漢下」句—下,出兵。白登,山名,在今山西大同市東北十公里左右¹。漢高祖曾親自率軍和匈奴交戰,被圍困於山上達七日之久。

⑤ 「胡窺」句—胡,殆指吐蕃而言。窺,覷覬。青海,湖泊名,在今青海省西寧市以西約一百公里處,湖面積廣達八九百里,原為吐谷渾所有,高宗龍朔三年(663)為吐蕃所併。開元中,唐軍屢破吐蕃,皆在青海西;然吐蕃與唐朝經常為青海而劍拔弩張。天寶七載(748)十二月,隴右節度使歌舒翰駐神威軍於青海邊,又築應龍城於青海湖中的龍駒島上。八載六月,歌舒翰先攻拔吐蕃的石堡城;冬,吐蕃入寇報復,駐守應龍城的神策軍竟被全數殲

滅。

⑥ 邊色——指荒邊冷月、窮關寒風等景色。

⑦ 「高樓」二句——高樓，代指故鄉中在高樓上佇望的思婦而言。閒，
　停歇。

【補註】

01 白登距離玉門新關將近一千四百公里，距離六句的青海灣也達一
　　千一百公里左右；可見詩中的四個地名全不相干，只是作為思歸
　　客和爭戰地的背景鏡頭而已。

【導讀】

　　這首詩是以「由來征戰地，不見有人還」披露出詩人厭惡開邊戰
爭的主題思想，而以末四句的戍客思歸，高樓嘆息，表達出作者對於
征夫和思婦感離傷別之苦的深切同情。

　　解讀本詩最主要的關鍵在於掌握詩人敘事抒情的觀點：李白是以
全面觀照的角度來反省邊戰不已所造成的傷害，因此詩中提及的戍地
和戰場才會時東時西，相距千里以上；時間也忽漢忽唐，遠隔將近千
年。換言之，作者並未把寫景的焦距固定在一個地理位置上來作特寫，
而是分別攝取四個場景：「天山明月／長風玉關」，是作為戍客思歸
的背景，「白登道／青海灣」，則是作為征戰不息的場所；而後把四
個鏡頭統一在厭戰和同情的主題之下，來抒發詩人深沉的感慨。同樣
的，作者也並未把感情融入任何一位特定的戍客或思婦身上，去具體
而細膩地描述他們心中的情感波瀾（這和他在〈春思〉中化身為秦女，
以及兩首〈長相思〉中分別化身為多情暖男和深閨怨女，都以第一人
稱的方式來抒情的觀點，大不相同），而是與〈怨情〉及〈玉階怨〉
的態度相似，只採取旁觀的角度作忠實的報導而已。換言之，這首詩
比較接近於客觀敘事兼冷靜議論的報導文學，而非主觀抒情和熱情融

入的浪漫文學。

　　前四句表面上似乎是在歌詠塞外風月之雄奇壯美，但是結合中間四句來體會，就會發覺其實大謬不然！「明月出天山，蒼茫雲海間」兩句，是由遠征至天山以西（而又難以確指何地）的戍客眼光來描寫邊庭山月給人的感受：在清峻幽靜而又雄渾蒼茫的景象中，自有悲壯而淒涼的哀傷。清宵明月，原本就是勾起人思鄉念遠情懷的典型景象，因此張九齡〈望月懷遠〉說：「海上生明月，天涯共此時；情人怨遙夜，竟夕起相思。」杜甫〈月夜憶舍弟〉說：「露從今夜白，月是故鄉明。」〈月夜〉又說：「今夜鄜州月，閨中只獨看。……何時倚虛幌，雙照淚痕乾。」白居易〈望月有感〉說：「共看明月應垂淚，一夜鄉心五處同。」〈江樓聞砧〉又說：「一夕高樓月，萬里故園心。」李白本人也有傳誦千載的名句，〈靜夜思〉說：「舉頭望明月，低頭思故鄉。」〈子夜吳歌〉說：「長安一片月，萬戶擣衣聲；秋風吹不斷，總是玉關情。」這些感人肺腑、動人柔腸的佳句中，所寫的都還只是身在中原的人所見的月色，就已經使人湧現難耐的情愁了；何況是遠赴窮邊，屯戍荒塞時所見的天山皓月，當然更使人情懷撩亂，難於自處了。更何況還是在「由來征戰地，不見有人還」的境況下所見的荒山涼月，則其心境之淒清悲苦，也就可想而知了——他們是根本就不敢奢望能夠擁有蘇軾〈水調歌頭〉中「但願人長久，千里共嬋娟」這種美麗幻想的人，因為他們早就註定要成為黃沙白骨的異域冤魂！

　　「長風幾萬里，吹度玉門關」兩句，則是把取景的地點，轉移到更向西邊數百公里外的關隘去，以浩浩長風由東向西吹度萬里，來表現大漠風沙的凌厲之勢和窮關孤城的荒僻之感；儘管意境雄偉浩瀚，語調卻極為蒼涼悲壯，令人不禁黯然神傷！萬里長風，當然不是寫實之筆，而是心理距離之長：征戍的戰士拋家別親，一路跋涉到西北邊塞來的旅程上，已經覺得路途迢遙，彷彿是朝向永遠走不到盡頭的天邊而去；如今在這「一片孤城萬仞山」的征戍之地，只能看看浩浩長

風把故鄉的月色吹來荒塞，引發自己濃得化不開的鄉愁，自己卻除了感嘆「可憐閨裡月，長在漢家營」（沈佺期〈雜詩〉）之外，根本就思歸不得，遣愁無方，又怎能不感到返鄉之路遠超過萬里之遙呢？又怎能不發出李煜〈清平樂〉中「路遙歸夢難成」的浩歎呢？

　　李白以前四句點染出一幅氣象磅礴，意境雄渾，情調悲涼的萬里邊塞圖，而且又能不著痕跡地把詩題「關／山／月」三字嵌入句中，使人宛然見到那蒼茫壯闊的邊庭景象，也隱然感受到雲山月涼、玉關風寒所透露出的淒清情調，自然會百感交集而根觸萬端了。因此胡應麟《詩藪》稱賞前四句之筆力非凡與氣概驚人說：「雄渾之中，多少閒雅。」不論是閉目遐想或展圖覽讀時，都可以感受到在前四句夐遠超曠的意境之中，瀰漫著蕩人性靈的神秘氣氛，無怪乎徐增《而庵說唐詩》說：「太白以氣韻勝」，的確點出了李白詩篇最超邁絕俗的奧妙所在。

　　「漢下白登道，胡窺青海灣」兩句，是以跳接的鏡頭，快速地呈現胡漢爭戰之頻繁、激烈、慘酷與長久，和前四句的天山與玉關結合起來觀察，作者似乎有意以縱橫跌宕、騰挪跳躍的筆勢，表現出轉戰千里、疲於奔命的行役之苦；同時也委婉地傳達出對於烽火連天，邊釁不斷的厭倦之意，因此才會接著慨歎：「由來征戰地，不見有人還！」有了這兩句沉痛的議論，原本隱藏在首四句壯闊雄渾意境中的悲愴蒼涼之情，便如怒濤排壑般洶湧而來了！

　　前八句的詩意和王昌齡〈出塞〉詩：「秦時明月漢時關，萬里長征人未還」極為相似，儘管簡潔凝鍊不及王作，但是卻更傳神地勾勒出關山風月的氣韻和形象，給人親臨其境的真實感。再者，王詩中還能寄望只要龍城飛將領軍，就能使征人還鄉；本詩卻以「由來征戰地，不見有人還」徹底斬斷戍客思歸的指望！連龍城飛將都被包括在「不見有人還」的死亡名單中，成為《楚辭·國殤》中「出不入兮往不返」的戰地鬼雄；則尋常征夫又豈能不淪為異域冤魂？顯然李白在詩中所

寄寓的感慨要比王詩來得沉痛。有了中間這四句作為承上啟下的過片，便能自然逗出末段四句的淒涼了。

「戍客望邊色」五字，是遠承前四句而來，把關山風月的邊庭景色一筆收束；「思歸多苦顏」五字，則近接「不見有人還」的沉痛而來。儘管所有的戍客都知道注定要埋骨黃沙，但是在雲山蒼茫而邊月皓潔的漫漫長夜裡，誰不會有思歸念遠的情懷呢？有了這種無法化解的故園之思，卻又只能困守在長風浩浩、關山迢迢的孤城荒戍裡，忍受著死神步步逼來的無窮煎熬，則其騷擾不寧的心境與糾纏煩亂的意緒，自然也就表現為思歸不得的「苦顏」了！

詩筆至此，已經沉痛至極，一般詩人應該難以為繼了，可是作者卻又從極為悲愴的畫面跳開，把詩筆移向數千萬里外的家園，帶領讀者去凝視由明月的光華所勾勒出的閣樓剪影，是何其清幽孤迥，並傾聽沉靜的閣樓上所傳來的歎息聲，又是何其撩人情思：「高樓當此夜，歎息未應閒。」那一聲聲的嘆息，似乎不僅是發自樓中，還彷彿隨著浩浩長風傳送到天山，更飛度到玉門關而去，讓本來就沉痛已極的征戍之人更是聞之悽涼而思之腸斷了！

儘管詩筆就在戍客苦顏的畫面裡和高樓歎息的聲音中戛然而止，但是那愁苦的表情和幽怨的嘆息，千百年來卻一直迷失在荒涼沙塞的關山月色之中……。

【評點】

01 呂本中：太白詩如「曉月出天山，蒼茫雲海間；長風一萬里，吹度玉門關」……之類，皆氣蓋一世。學者能熟味之，自然不褊淺矣。（《童蒙特訓》）

02 嚴羽：「天山」亦若「雲海」，皆虛境；若以某處山名實之，謂與玉門關不遠，即曲為解，亦相去萬里矣。「由來」二句，極慘，極曠！ ○似近體，入古不礙，真仙才也。（《李太白詩醇》引）

03 弘曆：「朗如行玉山」，可作白自道語。格高氣渾，雙關作結，彌有逸致。（《唐宋詩醇》）

04 宋宗元：（前四句）飄舉欲仙。（《網師園唐詩箋》）

110 將進酒 (七古樂府)　　　　　　　李白

君不見：黃河之水天上來，奔流到海不復回！君不見：高堂明鏡悲白髮，朝如青絲暮成雪！人生得意須盡歡，莫使金樽空對月！

天生我材必有用，千金散盡還復來。烹羊宰牛且為樂，會須一飲三百杯！

岑夫子、丹丘生！將進酒，杯莫停！與君歌一曲，請君為我傾耳聽：鐘鼓饌玉不足貴，但願長醉不願醒！古來聖賢皆寂寞，惟有飲者留其名！

陳王昔時宴平樂，斗酒十千恣歡謔。主人何為言少錢？徑須沽取對君酌。

五花馬、千金裘，呼兒將出換美酒，與爾同銷萬古愁！

【詩意】

　　您是否看見：黃河之水從天上浩浩蕩蕩而來，又滔滔滾滾地向大海奔流而去，再也不回頭！您是否想過：高大堂屋中的明鏡裡映照出令人悲傷的白髮，它們早晨還像黑色的絲線般烏亮而有光澤，傍晚時

卻已經覆蓋著皚皚白雪（朋友！可見人生是多麼短暫而無常啊）！因此人生在世，只要好友能夠順心快意地歡聚，就應該盡情享樂，可千萬別讓金樽空對著明月，不懂得開懷暢飲啊！

上天賦予我們的才幹，一定會有讓我們盡情揮灑的大用；所以，一時的惆悵失意，又何必英雄氣短？（或譯為：上天創造給我們的財富，必定足夠我們豪邁地揮灑花用；所以，只管開懷暢飲吧！破費又算得了什麼呢？）千斤黃金用光了，必定還會再有更多的黃金任你支配！（親愛的丹丘生老友啊！）好好烹煮肥羊吧！好好宰殺肥牛吧！演奏起最美妙的音樂吧！一喝就該喝上三百大杯才痛快啊！

岑夫子啊！丹丘生啊！請開懷暢飲吧！酒杯可不許放下來喔！我來為你們高歌一曲，你們可得仔仔細細地聽著：「鐘鳴鼎食的富貴，山珍海味的佳餚，都不值得特別珍惜！我只想要永遠沉浸在醉鄉裡，再也不要清醒過來！自古以來，多少聖賢全都沒沒無聞，沒有誰還記得他們；唯有好酒善飲的人才能把美名流傳下來啊！」

你聽我說，從前陳王曹植在平樂觀宴客時，一斗美酒就值一萬錢，還任憑你痛飲歡醉，盡情笑謔；那樣的主人才夠豪氣、夠爽快、夠熱情啊！丹丘生啊！如今你身為主人，怎麼能說缺少酒錢呢？只管去買酒回來，讓我和你繼續乾杯痛飲吧！

去！去！去！去！去——！去把你家五色花紋的千里馬牽來，也把價值千斤黃金的白狐裘拿來，叫僕人趕快拿去換美酒回來！我可要和你們同赴醉鄉，才好消除那千萬年以來所累積成的苦悶和憂愁啊！

【注釋】

① 詩題—將，請也。將進酒，請痛快地乾杯之意；換言之，這是一首勸酒歌。〈將進酒〉原是漢代樂府中〈短簫鐃歌〉裡二十二曲調之一，唐時遺音尚存，李白填新詞以抒暢懷抱，而有此作。《敦煌殘卷》中詩題作「惜罇空」。

② 「君不見」二句—感慨時間之流逝，一去莫追。君不見，樂府詩中慣用的襯字，有強化語氣與增加親切情味的作用。黃河，發源於青海巴顏喀喇山的崑崙山脈，流經九省後注入渤海，全長四千六百餘公里。因其源遠流長，極目望之，不見其始，不見其終；再加上黃河上游的落差極大，河水洶湧翻滾的聲勢驚人，當它浩盪而來時，宛如自天而降，故有「黃河之水天上來」的誇張聯想。

③ 「高堂」二句—感慨生命短暫，青春難駐，為歡幾何。高堂，高大華麗的堂屋；《敦煌殘卷》作「床頭」。青，黑色。青絲，喻黑髮；《敦煌殘卷》作「春雲」，《文苑英華》作「青雲」。

④ 「人生」二句—意謂當使金樽常滿，開懷暢飲；莫使空杯對月，徒自嗟嘆。此二句意謂好友快意歡聚難能可貴，必當及時行樂。得意，與功名富貴無關[1]，此處專指良朋佳會，自然意興遄飛，豪氣干雲。樽，酒器名；金樽，泛指精美講究的酒器。

⑤ 「天生」二句—前句《敦煌殘卷》裡唐人手抄本作「天生吾徒有俊才」，表現出才華洋溢、豪氣干雲的自負與自信；另有作「天生我身必有財」之說[2]。千金，一作「黃金」。

⑥ 「烹羊」二句—古人以膳食能備辦牛羊為豐美，故曹植〈箜篌引〉云：「中廚辦豐膳，烹羊宰肥牛。」且，聊且、暫且。為樂，行樂之意。會須，同義複詞，必須、務必、應當、正該之意；〈清平調〉第一首中的「會向瑤臺月下逢」之「會」字，義同於此。三百杯，誇言豪飲之意氣[3]。

⑦ 「岑夫子」二人—岑夫子，指岑勛，南陽人，可能年長於李白，故以「夫子」尊稱。丹丘生，殆為詩集中經常提及的元丹丘，李白曾以「逸人」稱之。

⑧ 「鐘鼓」句—鐘、鼓，皆古時樂器，盛筵席開時常以之助興[4]。饌，音ㄓㄨㄢˋ，飲食。饌玉，極言飲食珍美如玉。

⑨ 「古來」二句—以聖賢或沒沒無聞，或有志難伸，凸顯不如飲酒

者之快意自在。寂寞，兼指沒沒無聞，名聲不彰，與懷才不遇，有志難伸[5]。

⑩ 「陳王」二句——陳王，指在魏明帝太和六年（232）受封為陳王的曹植（192-232）。平樂，觀名，在洛陽西門外，為東漢明帝所造。斗十千，極言酒美價昂。曹植〈明都篇〉：「歸來宴平樂，美酒斗十千。」恣，任性肆意。歡謔，歡樂嬉笑。

⑪ 「徑須」句——徑須，儘管放手去做，含有乾脆、痛快、毫不猶豫之意。沽取，買酒來；取，語助詞，表示動作的進行。

⑫ 「五花馬」二句——五花馬，毛色作五花紋的駿馬，或馬鬃梳飾成五綹的良駒；杜甫〈高督護驄馬行〉云：「五花散作雲滿身」，可以想見其英姿。《杜陽雜俎》謂唐代宗有御馬名為「九花虯」，以身被九花而得名，則詩中的五花馬應指身價奇昂的名駒。千金裘，《史記·孟嘗君列傳》載孟嘗君有價值千金的狐白裘，天下無雙。

⑬ 「呼兒」句——呼兒，使喚僮僕。將，持也；將出，拿去。

【補註】

01 李白在〈潁陽別元丹丘之淮陽〉詩中說：「吾將（按：與也）元夫子，異姓為天倫」，又在〈題嵩山逸人元丹丘山居並序〉中說：「故交深情，出處無間」，更在〈酬岑勛見尋就元丹丘對酒相待以詩見招〉末云：「開顏酌美酒，樂極忽成醉；我情既不淺，君意方亦深。相知兩相得，一顧輕千金。且向山客笑，與君論素心。」可見三人情誼深厚之一斑；如今歡聚一堂，暢飲美酒，自然胸膽開張，意氣豪邁，故曰「人生得意須盡歡」。

02 筆者頗疑「材」字或為「財」字之誤，如此方可接以「千金散盡還復來」，也能呼應「主人何為言少錢」。最近得知分別藏於北京中國國家圖書館和日本東京靜嘉堂的兩種宋版《李太白文集》、

清乾隆刊本王琦注《李太白文集》，和清繆曰芑刊本《李太白文集》，均謂此句另有「天生我身必有財」與「天生吾徒有俊才」兩種版本；使筆者益覺「材」字當作「財」字解釋。不過，從內容觀察，似乎無法完全排除李白在詩中也流露出懷才不遇的感慨，同時也為了符合讀者長久以來的閱讀印象，筆者仍選擇「天生我材必有用」來書寫導讀文字。

03 由於唐人還不會釀造酒精濃度較高的白酒，一般人所喝的是糯米或黃米所釀的米酒，而且是以過濾法（而非蒸餾法）榨取酒汁，酒精濃度又遠低於現在的米酒，因此才有可能誇言「會須一飲三百杯」，李白〈襄陽歌〉也說「百年三萬六千日，一日須傾三百杯」。

04 《文苑英華》《唐文粹》作「鐘鼎玉帛豈足貴」，《河嶽英靈集》作「鐘鼎玉帛不足悦」。《李白集校注》云：「『鐘鼓饌玉』不成對文，疑當作『鼓鐘饌玉』，即鐘鳴鼎食之意。」並以為當依《河嶽英靈集》《文苑英華》之文。

05 本詩之主旨並非抒發懷才不遇之牢騷，而在展現良朋佳會之快意；是以「寂寞」二字應該兼指沒沒無聞與有志難伸這兩層義涵，比較圓融合理。

【導讀】

　　本詩大約是天寶十一載[1]（752）與友人岑勛前去拜訪另一位好友元丹丘，並在元丹丘嵩山的潁陽山居作客時所寫的詩篇。當時李白可能還有用世行道之心，卻不得遇合，適逢友人置酒相邀[2]，遂將一腔鬱積的憤懣化為酒興詩情，元氣淋漓地揮灑出來。詩中奔騰跌宕的感情激流，濤翻浪捲的懾人氣勢，直如黃河九曲，浩蕩而來。如果沒有謫仙欹崎磊落的胸壑，豪俊雄奇的膽氣，驚風雨而泣鬼神的才思，和揮灑自如的生花妙筆，只怕很難孕育出如此凌厲健爽的曠世絕作；因

此嚴羽評點曰:「一往豪情,使人不能句字賞摘。蓋他人作詩用筆想,李白但用胸口一噴即是,此其所長。」(王琦注《李太白詩文集》引)仔細玩味起來,可以感到全詩有如李白在席間勸酒的原音重播,因此讀來如聞其聲,如見其人,極富臨場感與親切感,而且別具酣暢的氣勢與狂放的興味。

「君不見黃河之水天上來,奔流到海不復回」十七字,是登高飲酒時縱目騁懷的真實感受。由於嵩山的潁陽山居距黃河不遠,晴朗時隱約可以目視,登覽時可以想望黃河蜿蜒而來時蒼莽雄放的氣勢,因此激盪起詩人原本就波瀾壯闊,魚龍百變的才思,遂以誇張的聯想,就空間推擴其懾人心魄、壯人胸懷的浩蕩之勢。詩人把黃河之來,從天而降,勢不可擋;和黃河之去,奔瀉千里,怒不可遏的景象,描寫得壯浪迅猛之至,可謂充分展現了謫仙胸懷宇宙,思入風雲的本色,因此嚴羽評曰:「一起奇想,亦自天外來。」(《李太白詩醇》引)「君不見」三字,本是樂府中常用的襯字,安排在黃河浩大的聲勢之前,更有聳人耳目的強調作用,自然讓讀者隨著他誇張的聯想而有身歷其境,親見親聞的生動感受。

「君不見高堂明鏡悲白髮,朝如青絲暮成雪」十七字,則是在前兩句雄健凌厲的逼人氣勢下,繼續以極度誇張的手法,轉而從時間落筆。詩人把光陰易逝,一去莫追,和青春難駐,轉眼白頭的景象,壓縮在極短暫的幻境之中,使人讀後自然湧生惆悵感傷的情緒。尤其是當它們和前兩句結合起來觀察時,更容易造成「黃河浩蕩而去,亙古如常,永恆不變;而人生則短暫迫促,紅顏難久,轉眼成灰」的強烈對比,自然產生搖撼人心的悲壯與悽涼之感。這種對於時空的認知與感慨,和作者在〈春夜宴桃李園序〉中所感慨的「夫天地者,萬物之逆旅;光陰者,百代之過客」頗為一致,顯然是深藏於詩人心中難以釋懷的悵恨,因此他才時常要以這種兩兩相對的長句來噴薄出心靈深處所鬱積的苦悶:「棄我去者,昨日之日不可留;亂我心者,今日之

日多煩憂！」（〈宣州謝朓樓餞別校書叔雲〉）雖然兩首詩觸發感興的情事未必相同，但那種歲月如流，年華似水，詩人只能搔首顧影，耽酒求醉而徒呼負負的無力感，卻不難體會；因此他才會從黃河的一去不回聯想到光陰的一逝莫追，又轉而引出紅顏難駐，青春易老的感慨。

「人生得意須盡歡，莫使金樽空對月」兩句，是由前面四句對生命短暫，年華易逝的深沉喟嘆，轉筆折入良友聚會，自當順心快意地盡興尋歡的豪邁之中。李白對於生命雖然有悲涼的感受，但是由於擁有飛揚跋扈的豪放性情，使他不太有悲觀消沉的人生態度，他往往能夠把莊子任性逍遙的思想，適時引入他「人生既已苦短，行樂更當及春」的概念中，從而使自己任性放誕，縱情享樂的行徑有一個合理的思想基礎，同時也使他的心境能得到平衡的調適；因此《唐詩廣選》引楊慎評本詩說：「太白狂歌，實中玄理，非故為狂語者。」大概正是指他狂飆烈焰的生命特質中，既包藏著一顆不甘寂寞的苦悶心靈，又涵蘊著一段灑脫自放的老莊性格，因而他的生命之歌有時呼嘯激蕩如怒海狂瀾，震人心魂；有時清朗宏遠如古剎鐘磬，發人深省。儘管光陰易逝，遇合無常，生命短促，青春難久，詩人總認為只要能夠一時得意適志，逍遙自在，便能彌補這些缺憾。惟其如此，恣意尋歡的態度始終是他躬行實踐的價值觀點，也是他的詩中極力表現的主題意識，因此李白的〈春夜宴桃李園序〉說：「浮生若夢，為歡幾何？」〈梁園吟〉說：「人生達命豈暇愁，且飲美酒登高樓。」〈行路難三首〉其三說：「且樂生前一杯酒，何須身後千載名？」這些膾炙人口的雋語，無一不是根源於同樣的思想基礎。「人生得意須盡歡」是以賦筆直抒胸臆，快人快語，純是太白本色。「莫使金樽空對月」則是以金杯酒冷、明月空臨的寂寥景象來導入「將進酒」的主題，同時又以「莫」與「空」的雙重否定，強烈地批判有酒不飲、有月不賞的癡騃愚蠢。這兩句採用一正一反的對比手法，把兼涵勸誘和警惕的口吻

聲情，表達得相當真切動人，不難想像此時的李白正是幾杯美酒下肚後，意興高昂之際。

「天生我材必有用，千金散盡還復來」兩句，是承上啟下的一個樞紐[3]。就承上而言，前一句是銜接青春易逝，唯恐難有作為的苦悶而發出昂揚激切的自信；後一句則延續得意盡歡，縱情享樂的痛快，表現出揮金如土，面不改色的豪氣。就啟下而言，「天生我材必有用」的樂觀，先為後面「古來聖賢皆寂寞，惟有飲者留其名」的落寞預留了翻轉的餘地，同時為末句「與爾同銷萬古愁」埋下悲愴的線索；「千金散盡還復來」的豪邁，則一氣貫注，蟬聯直下，開拓出以下由「烹羊宰牛」到「裘馬換酒」的種種奇思壯語。

李白雖然曾經在賜金放還而黯然離開長安之初，有過短暫的失意憤懑而寫了三首〈行路難〉，表現出「道不行，乘桴浮於海」的退避和無奈，但是他驚人的熱情和豪獷的意氣，使他隨時能夠重振飛揚跋扈的雄風，頑強堅毅地展現出絕不向命運低頭的樂觀態度與進取精神。正由於在他渴望用世的旺盛企圖裡，永遠充滿野性的活力和狂飆的烈焰，使他能夠從一時挫敗的黯淡心境中，重新燃起生命的光熱，從而浴火重生，脫困而出，所以他才會以「天生我材必有用」的豪氣與自信，展現出不屈不撓的強韌意志！這一句足可振聾發聵的千古名言，今天讀來，仍使人膽氣豪壯，熱血沸騰！既有這種豪氣干雲的志概，也就會有「千金散盡還復來」的瀟灑曠達了，所以他在〈上安州裴長史書〉中自言：「囊昔東遊維揚，不逾一年，散金三十餘萬。有落魄公子，悉皆濟之。」由此可見他確實具有尋常人所難及的奇情豪氣，因此當他勸勉岑勛和元丹丘這兩位知交應該表現出揮金如土的闊綽手段時，不僅不會令人感到虛矯做作，粗魯無理，反而更見出三人莫逆於心的深厚情誼。

這時的李白大概又喝了幾杯，酒興更高昂了，居然在不自覺中喧賓奪主地吩咐起來：「烹羊宰牛且為樂」！不過是三個人的小酌，作

者卻嚷著要朋友把全牛全羊搬上桌，來一場氣派十足的筵席！如此口氣，既可以見出三人不拘形跡的深厚情分，也表現出「酒酣胸膽『更』開張 4」的豪邁，所以他誇下海口：「會須一飲三百杯」！隨著他的吆喝，這場酒席也越來越熱鬧了！

「岑夫子！丹丘生！將進酒，杯莫停！」連用四個短促急切的三字句，既使詩歌的節奏增強轉快，也把作者喧賓奪主之後高踞中筵，高聲勸酒的畫面和口吻，刻劃得維妙維肖，如聞如見。換言之，這四個活潑跳動的短句，表現出作者在喜逢知己，話又投機的快意下，頻頻要求乾杯的任性。此時，什麼賓主之禮、敬酒儀節，早已全不矜持了；我們彷彿可以聽見詩人對岑、元兩人說：「沾唇的淺酌就好？不成！那太虛情假意，絕不容許！」「小半杯的隨意？不行！那太敷衍了事，怎麼可以！……非得杯到酒乾，才夠痛快！才夠豪氣！」此時的李白，不僅是舌大聲粗地打開話匣子，而且還似乎因為岑夫子和丹丘生終究順著自己的意思乾杯，覺得醺醺然、飄飄然起來，甚至還意興遄飛地想要引吭高歌了：「與君歌一曲，請君為我傾耳聽！」這兩句把作者意猶未盡，不唱不快的「得意」情態，和詩人想要高歌，還不許對方不聽的狂態與霸氣，隱隱約約地透露出來。以下四句，正是〈將進酒〉這首勸飲歌的「歌中之歌」了。

「鐘鼓饌玉不足貴，但願長醉不用醒」兩句，前句承續「千金散盡還復來」的意思，表現出富貴只如雲煙，錢財乃身外之物的灑脫；後句則銜接「天生我材必有用」所透露出的懷才不遇與功業未就的隱憂。鐘鼓助興的華筵，炊金饌玉的豪奢，都是富貴之人才能擁有的享受，可謂「得意」矣；然而作者卻明言「不足貴」！那麼作者所謂的「人生得意」，顯然是指酒逢知己的歡會了！相形之下，友誼的溫馨就遠勝富貴的奢華了，所以詩人才斷然地說「鐘鼓饌玉不足貴」！至於「但願長醉不用醒」七字，則是凸顯出朋友間的情義之使人眷戀沉迷，同時也進一步把功業無成的隱憂，深化為壯志難酬的悲哀；只不

過表達得相當含蓄婉轉，留待下兩句「古來聖賢皆寂寞，惟有飲者留其名」才以更激切的語氣噴薄出一腔不合時宜的憂憤罷了。

李白向來自許擁有安邦定國的才幹，以為取得富貴功名易如反掌，而且他始終嚮往功成身退，遨遊五湖的范蠡與張良等人[5]，因此當他說：「鐘鼓饌玉不足貴」時，還只是酒後的真言而已；至於「但願長醉不用醒」，則已經吐露出深沉的哀傷了！因為他的兼濟之志與用世之心，根本無從施展，就已經遭受排擠而失意長安，放還江湖了，這自然令他有〈行路難三首〉其二那種「大道如青天，我獨不得出」的窒悶不平！甚至在事隔七八年之後的此刻，詩人仍然難以撫平這個創痛，因此他先在酒入愁腸之後對朋友說出「古來聖賢皆寂寞」的調侃語，而後又故作曠達地說出「惟有飲者留其名」的場面話來自我寬慰，這就更是以古人的寂寞寫自己的鬱悶，藉古人的酒杯澆自己的塊壘了！這首「歌中之歌」本來就已經是奇之又奇的妙想了，而其中所透露出的心境，由酒後吐真言而傾訴苦衷而抒發怨憤而故示曠達，則又可謂痛之又痛、曲之又曲了。

「陳王昔時宴平樂，斗酒十千恣讙謔」兩句，就詩歌作法而言，一方面是以曹植獵罷歸來，在平樂觀大宴賓客的闊綽豪邁，作為「人生得意須盡歡」「鐘鼓饌玉不足貴」的例證；另一方面，是先為「主人何為言少錢」的逼問調笑語作襯墊；同時還可能寓有以下四層深意：

＊第一，曹植在曹丕和曹叡在位期間，備受猜忌而屢被排擠打壓，儘管他在〈與楊德祖書〉中表明亟欲「戮力上國，流惠下民，建永世之業，留金石之功」，奈何終究齎志以歿，正可以作為聖賢寂寞的例證。

＊第二，曹植七步成詩，才高八斗；李白也是謫仙名高，斗酒百篇。兩人正是蕭條異代，千古同悲。

＊第三，曹植又以善飲著名，與酒的淵源頗深，正可以作為「惟有

飲者留其名」的例證。

* 第四，「斗酒十千恣讙謔」的豪爽奢華，又可以用來對比調侃主
人的慳吝小氣，暗示丹丘生應該取法古人，罄其所有，才能善盡
主人的道義，同時也為後面典當狐裘、賤賣寶駒以沽酒對飲的驚
人之舉，先行埋下線索。

有了以上種種細密的用心，「主人何為言少錢，徑須沽取對君酌」
兩句的玩笑語氣，就顯得既輕狂又鄭重，既率性又認真，既無賴又有
理，既粗魯又細膩了。「主人何為言少錢」七字，是近乎教訓和逼供
的語氣，表示不能接受主人乏錢沽酒的託辭（事實上，元丹丘只怕還
沒有說什麼話，這些全是李白自言自語在演獨角戲，或者是作者眼花
耳熱之際的錯覺或幻聽罷了，這就更可以看出李白已經到了酒酣將醉
而胡言亂語的地步了），甚至還更進一步不肯接受任何藉口，要求元
丹丘乾脆一些，痛快一些，別再推托了。也許當時元丹丘說了：「別
鬧了！你喝醉了！」因此李白表示只管買酒來喝，自己絕對可以再乾
三百杯！換言之，這兩句像夢囈又像醉語的怪話，又把作者既任性又
狂誕的口吻情態，刻劃得逼肖傳神，活靈活現。如果不是傾心深交到
莫逆的地步，豈容如此放浪撒野？惟其面對的是知己，因此讀來只覺
酒氣四射，溫馨滿紙，思緒不自覺地飄回年少輕狂時三五同窗率性妄
為的歲月裡去了……。

「五花馬、千金裘，呼兒將出換美酒」等句，又承接前一句放肆
粗魯的語氣而來，表示不僅不接受缺少酒資的告饒，還更進一步點名
求索，要求對方拿出（實際上可能並無其物，只是作者撒潑耍賴的）
傳家寶物來！這種口氣，豈止是無禮而已，根本就是橫行霸道了！又
豈止是無賴而已，簡直就是強盜了！更豈止是喧賓奪主而已？根本就
是抄家清算了！此時的詩人，只怕已經又由前一段酒酣將醉的眼花耳
熱，更進一步變成借酒裝瘋時的眼睛發直、嗓門變粗了！因此他在頤
指氣使地命令元丹丘典裘賣馬時，才會表現出理所當然的態度和英明

果決的口吻，簡直到了不令對方傾家蕩產以充酒資，就絕不善罷甘休的地步了！詩情發展至此，可謂雄快豪宕已極，不僅作者早已渾忘自己只不過是作客潁陽，恐怕連元丹丘都要隨著李白元氣淋漓的酒徒醉歌而吁嗟唱嘆，意亂神迷，甚至更要被李白吆喝差遣的驚人霸氣所懾服，以至於身不由己地為他典裘賣馬、破家買酒去也！

誰知道李白在意氣激盪得最豪邁而情緒翻騰得最高昂時，筆鋒又作轉折頓挫，以獅吼雪山的驚人氣勢唱出「與爾同銷萬古愁」的深沉悲恨！如此一來，既噴薄出深藏在詩人內心底層鬱怒憤激的情感，來回應篇首時光如流，年華短促的基調，而有了神龍掉尾的迴旋之姿；又以「萬古愁」的深沉渾厚和首句的壯闊浩瀚形成「銅山西崩，洛鐘東應」的鼓盪之勢。如此奇妙的章法結構，使全詩有了大開大闔、大起大落的跌宕之美，讀來自有天風海雨撲人臉面而來的滿紙奇氣，和驚濤駭浪撞人胸臆而來的震撼之感；無怪乎沈德潛《說詩晬語》評論太白歌行之妙時會說：「太白想落天外，局自變生。大江無風，濤浪自湧；白雲卷舒，從風變滅。此殆天授，非人力也！」

此外，詩人對於朋友的稱呼，從「岑夫子、丹丘生」的親切，以及由「『君』不見」「與『君』歌一曲，請『君』為我傾耳聽」「徑須沽取對『君』酌」這五個相互尊重而不算太失禮的稱呼，到末句「與爾（差不多就是「和你這傢伙」的意思）」這樣直率而不講求禮數的叫喚，又可以看出李白的確已經喝醉至「忘形到爾汝」、醉態可掬的地步了！

這首傑作，全篇以七言為主，穿插著短捷勁健的三字句，點綴著疾徐有致的五字句，再加上開篇就出現一瀉千里、聲勢懾人的十字句，形成全詩抑揚頓挫、奔放騰湧的節奏感，相當有助於彷彿謫仙鬱鬱壘壘的憤懣和嶔崎磊落的襟抱。此外，詩中屢次採用意涵鉅大的數目字（如：千金、三百杯、斗酒十千、五花馬、千金裘、萬古愁等），與或壯闊、或沉雄的形象語（如：黃河之水天上來，奔流到海不復回；

高堂明鏡悲白髮，朝如青絲暮成雪；金樽對月、烹羊宰牛、鐘鼓饌玉、長醉不醒、聖賢寂寞、飲者留名、宴平樂、恣歡謔等），以及時而沉鬱、時而憤激，時而壯浪、時而狂放，時而笑謔、時而誇誕的語氣，全都有助於營造出整首詩縱橫豪邁、筆酣墨飽的氣勢，也是值得用心的地方。

【補註】

01 本詩的寫作年代，大致有三種說法：一謂開元二十四年（736），一謂天寶三載（744）離開長安之後，一謂天寶十一載（752）。筆者無法確定何者為是，僅能由詩中似有不平之憤、老大之悲及萬古之愁等心緒來設想，因而選擇較晚的年代。

02 至於此次歡宴是由李白作東邀集，或是由元丹丘在嵩山或潁陽山居置酒招飲，各家解讀亦有差異。筆者採元丹丘置酒相邀的觀點解讀本詩，主要是由於李白有〈酬岑勛見尋就元丹丘對酒相待以詩見招〉詩，其前半云：「黃鶴東南來，寄書寫心曲。倚松開其緘，憶我腸斷續。不以千里遙，命駕來相招。中逢元丹丘，登嶺宴碧霄。對酒忽思我，長嘯臨清飆。」

03 如果採用「天生我身必有財」的版本，則所謂承上，是連同「千金散盡還復來」七字，均指銜接「人生得意須盡歡」的豪邁，延續縱情享樂的痛快，表現出揮金如土，面不改色的氣魄。就啟下而言，「天生我身必有財，千金散盡還復來」的樂觀自信與豪邁狂放，開拓出由「烹羊宰牛」到「裘馬換酒」的種種奇思壯語。

04 蘇軾〈江城子‧密州出獵〉詞云：「酒酣胸膽『尚』開張，鬢微霜，又何妨？」

05 李白在〈代壽山答孟少府移文書〉曾自剖心跡：「申管晏之談，謀帝王之術，奮其智能，願為輔弼，使寰區大定，海縣清一，事君之道成，榮親之義畢，然後與陶朱留侯浮五湖，戲滄洲，不足

為難矣。」

【評點】

01 徐增：此歌最為豪放，才氣千古無雙。（《而庵說唐詩》）

02 近藤元粹：一起奇想，亦自天外來。（《李太白詩醇》）

03 周嘯天：〈將進酒〉篇幅不算長，卻五音繁會，氣象不凡。它筆酣墨飽，情極悲憤而作狂放，語極豪縱而又沉著。詩篇具有震動古今的氣勢與力量……同時，又不給人空洞浮誇感，其根源就在於它那充實深厚的內在感情，那潛在酒話底下如波濤洶湧的鬱怒情緒。此外，全篇大起大落，詩情忽翕忽張，由悲轉樂、轉狂放、轉憤激、再轉狂放，最後結穴於「萬古愁」，回應篇首，如大河奔流，有氣勢，亦有曲折，縱橫捭闔，力能扛鼎。……節奏疾徐盡變，奔放而不流易。《唐詩別裁》謂「讀李詩者於雄快之中，得其深遠宕逸之神，才是謫仙人面目」，此篇足以當之。（《唐詩欣賞‧李白》）

04 陳宗賢：起二句，氣壯語決，滔滔直去，有一瀉千里，不可遏阻之勢。用以象徵人生之流，意顯而切，於是次二句青絲變為白髮之慨，乃為必然之局。而其形容髮色變化之速，直在朝暮之間……極具警醒震盪之力。　○太白此詩，辭情慷慨磊落，極富跌宕縱橫之至，外則豪誕快意，內則肚藏心酸，為其表現消極頹廢思想（按：此處值得商榷）之典型之作。（《李太白詩述評》）

111 宣州謝朓樓餞別校書叔雲（七古）李白

棄我去者昨日之日不可留；亂我心者今日之日多煩憂！長風萬里送秋雁，對此可以酣高樓。

蓬萊文章建安骨，中間小謝又清發；俱懷逸興壯思飛，欲上青天覽明月。

抽刀斷水水更流，舉杯消愁愁更愁！人生在世不稱意，明朝散髮弄扁舟！

【詩意】

（李白：）棄我而去的無數個昨日的時光，已經一逝不返了！即使想要極力挽留，卻無論如何也挽留不了！（李雲：）亂我心神的今日，又伴隨著接踵而至、紛至沓來的煩擾和憂憤，即使想要竭力阻攔，卻無論如何也阻攔不了！（李白：）唉！歲月不居，時光難駐的悲哀，已經夠令人愁苦了；何況又是在萬里長風吹送著北雁南飛這種特別讓人感到惆悵的秋季裡，偏偏要送別您遠行離去，就更令人感傷了！（李雲：）此時最好是登上高樓，舉杯酣醉，才能暫時沖淡離情，排遣悒悶哪！

（李白：）擔任校書郎的您所寫的文章，很有蒼勁剛健的建安風骨；（李雲：）而您信筆揮灑的詩篇，也頗有謝朓清朗秀發的格調。（李白：）我們都懷藏著超逸不凡的抱負，只待風起雲湧，就要振翅壯飛；（李雲：）也都有高朗豪邁的志氣，想要遨遊青天，攬月入懷（意謂：想要超脫現實汙穢的政治環境，追求崇高的理想）！

（李白：）奈何我們終究斬不斷塵世紛亂的糾葛，理不清現實污穢的亂象，也阻擋不了光陰的流逝如飛；正如儘管我們都有抽刀斷水的豪情，可是水流卻更洶湧地奔騰而去。（李雲：）想要舉杯痛飲來澆平憤鬱的愁懷，可是愁懷卻更為深沉浩蕩！（李白：）唉！理想崇高而胸懷遠大的人總是在現實裡不能如意；（李雲：）不如早日跳開紛亂的塵網，辭官後披散著頭髮，駕船遨遊江湖去也！

【說明】

01 本篇導讀約完成於 1999 前後，原本全篇皆以李白口吻解讀；2000 年後，筆者突發奇想，以為本詩可能是二人唱和聯吟而成，也就是奇數句全屬李白，偶數句全屬李雲，是以在【詩意】中添加括弧標註如上，注釋與導讀部分，則保留舊觀。

【注釋】

① 詩題—宣州，治所在今安徽省宣城市。謝朓樓，南齊詩人謝朓（464－499）任宣城太守時所建，又稱謝公樓、北樓。唐懿宗咸通年間（860－873）刺史獨孤霖改建後易名為疊嶂樓。校書，秘書省校書郎的簡稱。叔雲，殆指族叔中名為「雲」之人；李白另有〈餞校書叔雲〉一詩。詹鍈《李白詩文繫年》以為本詩作於天寶十一載（752）以後。《文苑英華》本題作〈陪侍御叔華登樓歌¹〉；華，則應指李華，為著名的古文家。

② 「蓬萊」句—此句應是稱賞族叔李雲的詩文。相傳蓬萊是海上三仙山之一，仙府中典藏有幽經秘錄，因此《後漢書·竇融列傳》載東漢時學者對於官方著述及藏書所在的東觀曾有「老氏藏（書）室，道家蓬萊山」之稱，唐人也以蓬山、蓬閣指負責校勘典籍的秘書省。李雲為校書郎，故以蓬萊呼之。文章，泛指詩文歌賦等。建安（196－220），漢獻帝劉協（181－234）之年號，當時以曹氏父子為核心的文學之士，皆擅於詩賦文章，風格剛健遒勁，有「建安風骨」之稱。骨，常指文章的風格氣勢而言。按：《文心雕龍·風骨》對建安文學著墨甚多，評價極高，〈時序〉篇也稱建安詩人「雅好慷慨」「并志深而筆長，故梗概而多氣也。」李白對建安風骨相當推崇，故〈古風五十九首〉之一云：「自從建安來，綺麗不足珍。」

③ 「中間」句—此句殆以小謝比李白。中間，此處可能是由詩文發

展的歷史著眼，指由建安文學以迄天寶詩人之間。小謝，即謝朓，字玄暉，擅寫山水詩，清新秀美，與山水詩人之祖謝靈運在文學史上合稱為「大、小謝」；李白常在詩中流露出對於謝朓的心儀[2]。清發，詩文清新脫俗，秀逸不凡。

④ 「俱懷」二句──俱懷意興，謂兩人都懷有恢廓遠大的胸襟氣度，和超逸不群的理想抱負。壯思，豪邁的志氣、遠大的理想等；盧思道〈盧記室誄〉曰：「麗辭泉湧，壯思雲飛。」覽，通「攬」字，有兜攬入懷之意。按：「興」與「思」，也可以指意趣雅興和詩才文思而言。

⑤ 「人生」二句──不稱意，不得志。明朝，指未來的不特定時間。散髮，古人以束髮簪冠為常俗，散髮則有擺脫束縛以求狂放自在，無所羈絆之意。弄扁舟，駕船出遊，有避世遠遁之意；《論語·公冶長》篇：「子曰：『道不行，乘桴浮於海。』」《史記·貨殖列傳》：「范蠡既雪會稽之恥，乃喟然而歎曰：『計然之策七，越用其五而得意。既已施於國，吾欲用之家。』乃乘扁舟浮於江湖，變名易姓，適齊為鴟夷子皮，之陶為朱公。」末句一作「明朝舉棹還滄州」。

【補註】

01 儘管瞿蛻園、朱金城合著的《李白集校注》主張本詩應以《文苑英華》的詩題「陪侍御叔『華』登樓歌」較為合宜，並考察出李華遭貶之事，以為「人生在世不稱意」殆指李華曾經擔任安祿山的鳳閣舍人而遭左遷為杭州司戶參軍；筆者仍以為由詩中的「蓬萊」指校書之職，而「送秋雁」三字可能暗指送別，以及「酣高樓」「舉杯消愁」表現餞席，「小謝」點出謝朓樓等文詞線索來看，仍以原題較為渾融熨貼；如果以為是陪李「華」侍御登樓，則詩中「蓬萊」一語就無所取義了，是以仍以原題解詩。

02 例如〈金陵城西樓月下吟〉云：「解道澄江淨如練，令人長憶謝
　　玄暉。」〈秋登宣城謝朓北樓〉云：「誰念北樓上，臨風懷謝公。」
　　〈秋夜板橋浦泛月獨酌懷謝朓〉云：「獨酌誰可徵？玄暉難再得。」
　　因此王士禛〈論詩絕句〉說李白：「一生低首謝宣城」。

【導讀】

　　本詩大約是天寶後期，李林甫秉權當國，安祿山蠢蠢欲動的年代
所作。當時李白放還江湖，前後已達十年之久，眼見朝政日非，國勢
日感，他的內心充滿了無可奈何的焦慮感。理想與現實的衝突日趨強
烈，出世與入世的矛盾更形尖銳，種種憂慮逐漸在他的內心積鬱成難
以紓解的精神苦悶，因此當登樓餞別（可能遭到遷調或貶謫）的族叔
時，便在酒膽開張之下激盪出滿腔的憂憤了。痛定思痛之餘，李白便
驅策淋漓的元氣，馳騁豪宕的筆墨，揮灑出這篇氣勢磅礴而風格沉鬱
的七古名作。我們不妨拿陳子昂的〈登幽州臺歌〉來和本詩作比較：
陳詩是以蒼勁樸拙的文字表現出環視宇宙、俯仰古今時志士的寂寞；
本詩則是以抑揚頓挫的唱嘆流露出奸邪當道、賢良失路時文人的悲愴。
儘管兩詩的篇幅有長短之別，卻同樣具有震古鑠今、撼天動地的驚人
力道，也同樣具有扣人心弦、感人肺腑的神奇魅力。

　　本詩每四句為一個獨立的段落，隨情轉韻，共分三段；段與段之
間，採用跳脫和突接的手法，既造成雄奇奔放，跌宕頓挫的氣勢，同
時也使詩意變得飄忽閃幻，難以捉摸，有如天馬脫韁，揚蹄翻飛，既
無法羈握，也難以追蹤。惟其如此，全詩的旨趣，便顯得撲朔迷離，
晦澀難辨；各句的意蘊，也眾說紛紜，難有確詁。因此王夫之《唐詩
評選》說本詩：「興比超忽」，難以逆料；方東樹《昭昧詹言》也認
為：「起二句發興無端。『長風』二句落入（編按：殆指扣合餞別高
樓的題意）。如此落法，非尋常所知。」正由於全篇意象之變換，有
如龍騰虎躍，兔起鶻落，迅捷豪快至極，因此氣勢或如江河奔放，一

瀉千里；或如風雨驟至，動人心魄。音調忽而淒切悲壯，忽而慷慨激越。情思則忽如大鵬展翅，搏扶搖直上九萬里；然而才轉瞬間，卻又已如流星隕地，一落千丈矣！因此《唐宋詩舉要》引吳北江之感嘆說：「首句破空而來，不可端倪；（三句）再用破空之句作接。非太白雄才，那得有此奇橫？」

反覆推敲本詩之所以有倏起倏落，大開大闔的構思，令人有飛黃騰踏，奔逸絕塵之感，主要的原因恐怕是在於：詩人只截取高樓餞行的片段記憶和雙方交談時的零星雋語入詩，並沒有呈現比較完整的送別過程，所以才使情節顯得奇突橫斜，不可捉摸。大概當時酒入愁腸之後，雙方志概昂揚而胸膽開張，血脈沸騰而豪氣鼓盪，於是醉言快語和離樽別觴共傳，奇氣豪情與逸懷雅興齊飛！一旦酒醒人遠之後，追憶酒酣耳熱時飛揚跋扈、高談闊論的情景，就只剩下肝膽相照的肺腑之言使自己刻骨銘心，也只留下俯仰古今、揮斥天地時的豪興與壯思讓自己唏噓悵嘆了！因此詩人思前想後，悵觸百端之餘，便以謫仙特有的靈思妙筆，追述一場情深酒濃而又意奇語俊的餞席。其間開合無端、承轉無跡而又斷續無痕的奧妙之處，似乎只有痛飲狂歌、放浪縱恣過的當事人能夠心領神會；局外人除了目眩神迷而驚嘆稱奇之外，恐怕很難窺知當事人波濤洶湧、瞬息萬變的心跡。話雖如此，筆者認為本詩仍有藕斷絲連的意脈可尋，是以強作解人，試作導讀如下。

「棄我去者昨日之日不可留，亂我心者今日之日多煩憂」兩句，是以洪流決堤般的驚人力道，噴薄出謫仙失意京華，漂泊江湖以來滿腔鬱勃悲憤的牢愁；其中有歲月如流、時光難駐的煎迫，也有功業未就、一事無成的苦悶。如果我們再從末二句「人生在世不稱意，明朝散髮弄扁舟」來揣摩，可能還有權奸當道，賢良失路，國事日非，無力回天的憂憤；和種種不堪回首，難以言傳的淒愴，以及曾經與族叔相處甚歡，奈何好景不常，轉眼即將黯然而別的感傷等。事實上，這兩句是以互文見義的句法來容納前述的豐富意蘊，因為對詩人而言，

拋棄他與族叔李雲而去的時光，流逝如飛，並非僅止於昨日而已；而擾亂他們心神的新愁舊恨，也並非始自今日。因此，詩人才刻意以重疊複沓的語言形式，營造出回環反復而又雄渾厚重的氣勢，藉以表現出在過去長久的歲月中，困阨挫折之紛至沓來，逼人眼目，使人難以招架；以及煩惱憂悶之波翻浪疊，亂人心曲，使人難以喘息。

就音調而言，作者在首句的十一個字中共用了九個仄聲字：「棄／我／去／者／昨／日／日／不／可」來形成急迫倉促的節奏感，次句則改變形式，安排了五仄（「亂／我／者／日／日」）六平的聲調，並在句末連用三個平聲字「多煩憂」，來形成悠揚而上飄的餘韻，使原本一氣奔注，蟬聯直貫的凝重氣勢，有了頓挫跌宕，搖曳起伏的聲情；既宣洩出詩人長久蓄積心中的憂憤之深厚沉重，也彷彿出詩人心中剪不斷、理還亂的愁緒之紛雜錯亂。如果把發唱驚挺、聳人耳目的前兩句寫成「昨日棄我不可留，今日亂心多煩憂」，使全篇成為十二句都是七言的整齊形式，或是寫成「棄我去者昨日不可留，亂我心者今日多煩憂」的九字句，對詩意而言，似乎並無任何不足之處；然而詩人在加了「之日」兩字之後，便使它們和「者」字結合而延展成重疊複沓，回環層折的散文長句，不僅符合〈詩大序〉所謂「言之不足故嗟嘆之，嗟嘆之不足故永歌之」的抒情習慣，又以一氣呵成的十一個字長句，模擬了長江黃河般滾滾而來，無法阻擋，又浩浩而去，無法挽回的驚人氣勢，從而表現出心中鬱結之糾纏撩亂，與煩憂之深沉綿密，以及它們一波未平、一波又起，令人既難以承受，又無計掙脫，幾乎要被它們完全吞噬淹沒的壓迫感與窒息感。

如果我們仔細玩味〈蜀道難〉的「噫！吁戲！危乎高哉！蜀道之難，難於上青天！……上有六龍回日之高標，下有沖波逆折之迴川！」〈將進酒〉的「君不見黃河之水天上來，奔流到海不復回！」〈長相思〉的「上有青冥之長天，下有淥水之波瀾！」〈遠別離〉的「古有皇英之二女，乃在洞庭之南，瀟湘之浦，海水直下萬里深，誰人不言

此別苦！」「皇穹竊恐不照余之忠誠，雷憑憑兮欲吼怒，堯舜當之亦禪禹。……慟哭兮遠望，見蒼梧之深山，蒼梧山崩湘水絕，竹上之淚乃可滅！」以及〈夢遊天姥吟留別〉的「惟覺時之枕席，失向來之煙霞」等帶「之」字的詩句，都可以看出李白刻意運用古文句法，並結合聲調來宣洩情感的用心，也可以約略掌握到他的詩歌氣韻特別飛揚健舉，而又頓挫跌宕的奧妙所在。

至於詩人究竟是在何種情境之下被觸動詩腸而寫下這兩句有如天外飛來的奇思雋語呢？那就可能和謝朓樓前洶湧而來，又浩盪而去的宛溪水有關了（詳見後文對「抽刀斷水」句之解讀）。

「長風萬里送秋雁，對此可以酣高樓」兩句，是由前兩句的直抒胸臆，突然轉筆折回眼前來抒發觸景生情的感興。詩境雖然因為筆勢從情緒洶湧的洪流中盪開而頓時遼闊起來，卻也令人在乍讀之際，一時間很難察覺到串連前四句的針線何在，須得反復涵泳推敲之後，才能尋獲一些蛛絲馬跡。原來，首句「棄我去者昨日之日不可留」已經隱藏著歲月不居，歡情難久，一逝莫追的感慨；次句「亂我心者今日之日多煩憂」又暗示了離別今朝，無計挽留，心緒煩亂的憂傷。惟其如此，詩人才會在萬里長風中目睹秋雁南翔時，觸動族叔行將遠去的憂傷，自然令兩人離思滿懷，必得登高痛飲才能勉強沖淡別愁了。再者，前兩句中先用語氣強烈的「棄我去者」「亂我心者」來宣洩激切的憂憤，又用「不可留」「多煩憂」來加重渲染感慨的分量，則兩人心中鬱悒之深沉與糾結之繁亂，已經不難想像。當他們眼見遼闊的萬里長空正足以壯人胸懷，盪人豪情，而清秋的風色又足以滌人愁腸，遣人煩悶時，自然激發曾經說過「窮愁千萬端，美酒三百杯；愁多酒雖少，酒傾愁不來」（〈月下獨酌四首〉其四）的李白想要酣飲高樓而與族叔「同銷萬古愁」了！就針線的穿梭而言，「送秋雁」和「酣高樓」二語，正暗扣詩題的「餞別」之意，自然逗出次段主客雙方在離席上的高談闊論與醉言快語了。

「蓬萊文章建安骨，中間小謝又清發」兩句，是分寫族叔的文筆有建安時期蒼勁剛健的風格氣勢，而李白的詩篇也有謝朓清朗發越的俊逸之美。如此雙提，既充分流露出兩人志趣相投，意氣相得，而且才情並馳的惺惺相惜之意，又足以展現出揚名詩國的極度自負，同時還不著痕跡地透露族叔「校書」的身分，並拈出餞別的地點「謝朓樓」來關合詩題。換言之，這兩句不僅賓主雙寫，敘題飽滿，而且流露出仰慕前賢，神交古人的謙虛，和睥睨當代，捨我其誰的氣概，同時還反映出詩人的文學觀點，可謂一筆數到，功力不凡；有如淵渟嶽峙的武學宗師，氣定神閒地把手中長劍隨手一抖，便有九朵劍花瞬間閃現一般，令人嘆為觀止！

「俱懷逸興壯思飛，欲上青天覽明月」兩句，是以「俱懷逸興」四字銜接前兩句的詩文才情與風格成就，並以「壯思飛」轉而合言兩人超邁不群、凌厲健舉的志氣；又以「上青天覽明月」象喻抱負遠大、胸懷磊落與品德高潔。筆意或實或虛，卻又靈動自如；針線時隱時顯，猶能脈絡分明。「逸興壯飛」，可見志氣之恢宏奇偉，頗思在卑污的現實裡超拔而出，騰空奮飛，絕不肯屈服於環境，隨波於濁流。「青天覽月」，可見人品之光風霽月，襟懷之卓絕遠大，亟欲在黑暗的世界中追求高潔的理想，樹立永恆的價值。「青天」象喻可以自由翱翔的寬廣境地，「明月」象徵聖潔的理想與永恆的價值；欲上青天而覽明月，則透露出掙脫束縛桎梏的心願與嚮往無拘無束的個性。

經過氣韻生動的畫面和涵義豐富的形象，層層渲染、句句疊映之後，便把兩人在餞席中酒酣耳熱地評詩論文時那種英氣勃發，眉飛色舞的神態，描摹得栩栩如生；也把他們俯仰天地，議論古今時胸膽開張，神采飛揚的志概，表現得淋漓盡致。詩人一方面為叔姪兩人的志負相契，才情相當而欣喜興奮，自然在觥籌交錯間吐屬風雅而欬唾成珠，凝聚成「俱懷意興壯思飛，欲上青天覽明月」這兩句遒健警策的奇思壯語；一方面卻也相對地深感兩人懷才不遇，有志難伸而滿腹牢

騷，因此便在酒入愁腸時化為豪情快語，吐露出一腔鬱憤不平之氣，因而有了耐人尋味的豐富情韻。

「抽刀斷水水更流，舉杯消愁愁更愁」兩句，是由酒酣興發，壯思凌雲，意欲攬月青天的豪情中急轉直下，陡然跌落令人失望的現實之中；詩人在幾乎被煩憂苦悶所吞噬之餘，也只能借酒澆愁了。然而喝酒之後，他卻更感覺到愁懷如海！這兩句表面看來相當突兀，其實是延續「亂我心者今日之日多煩憂」的意念，和「欲上」二字所暗示的有心遠離污穢黑暗，卻又難以超脫的苦悶而來，因此必須在別席中藉酒漿來澆平心中的塊壘。

另外一個觸發「抽刀斷水」之舉的重要媒介，則是樓前悠悠的流水。由於謝朓樓前是終年長流的宛溪之水，當李白酣飲高樓時，眼見秋空翔雁，以及流水滾滾而來，又滔滔而去的景象，已經不勝「逝者如斯夫，不捨晝夜」的歲月蹉跎之感，而有「棄我去者昨日之日不可留，亂我心者今日之日多煩憂」的喟嘆了；而後可能因為酒酣膽壯的關係，在醉眼惺忪中，悠悠不盡的溪水彷彿變成一股邪惡勢力的濁流，於是他不肯屈服的頑強個性和謫仙特有的浪漫情懷，便激起他與之對抗的豪情壯志，因而才有「抽刀斷水」這樣奇特的形象思維。但是，即使是飛揚跋扈、猛志橫空的李白也阻擋不了它浩蕩的奔騰，挽回不了它洶湧的流勢，詩人也只能無奈地舉杯澆愁而益覺惆悵失意了！這兩句寫詩人由意興遄飛地青天攬月，突然一落千丈而失速墜地，只能心餘力絀地抽刀斷水，舉杯消愁，其筆勢之縱橫跌宕，頓挫逆折，已達隨心所欲、出神入化的地步了！

「人生在世不稱意，明朝散髮弄扁舟」兩句，則總收愁懷如海之意，表示既不能經天緯地，施展抱負，又不能旋乾轉坤，力挽狂瀾，只好另謀消愁遣悶的出路，選擇暫時跳離現實，隱逸江湖，追求心靈的放曠自在了。「散髮」二字，既表現出擺脫一切羈絆而悠閒自在、從容不迫的瀟灑之態；也可能寓有族叔不如辭官歸隱，從此率性隨心

之意。「弄」字則傳達出無拘無束、逍遙自得的悅樂之情。

　　值得注意的是：詩人在理想和現實尖銳對立所形成的矛盾衝突之下，儘管深刻地感到無法紓解的極度苦悶，和難以宣洩的極度鬱憤，卻仍然能夠維持謫仙特有的豪邁飄逸之神態，和奔放爽朗之個性，因此才會在本詩中大量出現「長風萬里」「酣歌高樓」「懷逸興壯思飛」「上青天覽明月」「抽刀斷水」等足以動人魂魄的雄文勁采，充分展現出他壯浪恢弘的胸襟氣度，和瑰奇浪漫的才藻風神。古人說：「文如其人」，旨哉斯言！

【後記】

　　這首想落天外，興象超忽的名作，之所以顯得奇趣橫生，不可捉摸，除了只是擷取酒氣四射時豪言醉語的一鱗半爪入詩，因此令人有難窺全貌的驚疑與困惑之外，還可能因為李白和李雲兩人是在酒酣耳熱時玩起一唱一和的聯句接力遊戲。大抵當時兩人都有憂國傷時，壯志難酬之感，因此酒入愁腸之後便催化出激昂發越的聲情，由李白發唱繼而李雲應和（也就是說單數句屬李白，雙數句屬李雲），經過彼此各逞奇思，競發豪情，激盪出高亢健爽，擲地鏗鏘的金章玉句之後，便由李白以高明的藝術構思，元氣淋漓地揮灑出雄文勁采，記錄兩人針鋒相對，旗鼓相當的機智對答，完成這一首章奇語儁的聯吟傑作。

　　如此大膽假設，固然異想天開，卻不禁令筆者悠然神往：如果李白和陳子昂、張九齡、王昌齡、杜甫、劉禹錫、杜牧、李商隱，甚至再招來屈原、宋玉和賈誼，以及當代的余光中[1]、鄭愁予等人——舉辦一場詩酒風流的聯吟接龍大會，將能在各逞才思時激盪出多麼令人魂飛魄動而拍案叫絕的曠世奇構呢！

【補註】

01 本文大約成於 1999 年前後，當時余先生雖面容清瘦，仍精神矍鑠；

如今再讀舊作，難免有「鳥啼花落人何在」之感慨；2018 年 8 月 1 日補記。

【評點】

01 劉辰翁：崔嵬跌宕，正在起一句。（《唐詩品彙》引）

02 蕭士贇：此篇眷顧宗國之意深。（《全唐風雅》引）

03 周珽：厭世多艱，興思遠引。韻清氣秀，蓬蓬起東海，蓬蓬起西海。異質快才，自足橫絕一世。（《唐詩選脈會通評林》）

04 王堯衢：起勢豪邁，如風雨驟至。（《古唐詩合解》）

05 沈德潛：（首二句）此種格調，太白從心中化出。（《唐詩別裁》）

06 弘曆：遙情飈豎，意興雲飛，杜甫所謂「飄然思不群」，此矣！千載而下，猶見酒間（傲）岸（特）異之狀，真仙才也。（《唐宋詩醇》）

07 宋宗元：（首二句）聳突爽逸。（「抽刀斷水」二句）奧思奇句。（《網師園唐詩箋》）

08 方東樹：「抽刀」二句，仍應起意為章法。「人生」二句，言所以愁。（《昭昧詹言》）

09 劉熙載：昔人謂激昂之言出於「興」。……激昂，大抵只是情過於事，如太白詩「欲上青天覽明月」是也。（《藝概》）

112 早發白帝城（七絕）　　　　　　　李白

朝辭白帝彩雲間，千里江陵一日還。兩岸猿聲啼不住，輕舟已過萬重山。

【詩意】

　　旭日初昇時，我就告別了彩雲繚繞的白帝城而放舟東下，才不過一天的工夫，就已經回到了千里之遙的江陵城來了！在這一程水路中，當兩岸猿猴的長嘯聲還不絕於耳時，一葉輕舟已經比羽箭還快地從千山萬壑間疾飛而過了！

【注釋】

① 詩題—或作〈白帝下江陵〉〈下江陵〉。白帝城，舊址在今四川省奉節縣東白帝山上，山峻而城高，如入雲霄之中。相傳東漢末年公孫述至魚腹縣，見白龍出井中，自以為有稱帝為王之徵兆，於是自稱白帝，以山為白帝山，城為白帝城。

② 「千里」三句—江陵，今湖北屬縣。啼不住，啼嘯聲不絕於耳。住，止絕也；一本作「盡」，義同。《水經注・江水》：「至於夏水襄陵，沿泝阻絕，或王命急宣，有時朝發白帝，暮到江陵，其間千二百里，雖乘奔御風，不以疾也。……每至晴初霜旦，林寒澗肅，常有高猿長嘯，屬引淒異，空谷傳響，哀轉久絕。」輕舟已過，或作「須臾即過」。

【導讀】

　　唐肅宗乾元元年（758），李白因依附永王李璘叛亂之罪而長流夜郎。當他由長江西行時，曾寫出表達心境愁苦之〈贈江夏韋太守良宰〉詩：「夜郎萬里道，西上令人老。」而由湖北跋涉三峽時又有〈上三峽〉詩云：「三朝上黃牛，三暮行太遲；三朝又三暮，不覺鬢成絲。」此時的謫仙已經年近六十了，竟陷入困阨至極的處境之中，其意志之消沉，心境之愁慘，可想而知。他一路泝江而西，仍然存著萬分之一的僥倖心理，希望能夠盼到大赦天下的詔令：「我愁遠謫夜郎去，何日金雞放赦回¹？」當時他憂心如煎，形神交瘁，從〈贈別鄭判官

詩中可見一斑：「遠別淚空盡，長愁心已催；三年吟澤畔，憔悴幾時回？」那種與朋友一一訣別的心酸，讀來令人感傷。到了白帝城時已經是乾元二年春天了，忽然接獲「天地再新法令寬」的赦令時，自然會有「寒灰重暖生陽春 [2]」那種絕處逢生、驚喜欲狂的興奮與激動，因此便無比歡欣地放舟東下，因而寫下了這首「生平第一快詩 [3]」。

掌握了以上的背景資料之後，李白在本詩中流露出陰霾盡掃，快意至極的興奮之情，也就比較容易領略了。

「朝辭」二字，先暗示了迫不及待，片刻不留，急於返家的心境，因此朝陽乍現，詩人就要放舟而下了。「彩雲間」三字，除了以瑰麗的霞光顯示時間之早外，也以彩雲繚繞來描寫白帝城地勢之高峻，先為以下江浪若奔，舟行似箭的動態蓄勢；如果沒有這三個字凸顯出白帝城之巍峨高聳，則無法具體演示長江上下游之間水位落差之大。換言之，正由於白帝城高入雲霄，才使得若有神助而瞬息千里的舟行之速，有了合理的著落；而猿聲之不絕於耳，銜接成渾融的一片，以及千巖萬壑之前遮後攔、迎送若飛的變幻之妙，也都有了可以揣摩想像的根據。再者，「彩雲間」三字的設色極美，可以象徵詩人由屯遭否塞的命運籠罩而成的幽暗陰霾中，撥雲見日、脫困而出時所感受到的光明氣象和開朗心境，有助於聯想詩人在明燦的曙光祝福和送行之下，告別白帝城時歡快興奮的心情。

「千里」之紆曲遼遠，和「一日」之直截短暫，形成時空上的懸殊對比，於是小舟如脫弦急箭一飛千里的勁道和氣勢，便有了豁然醒目的效果。著一「還」字，便流露出僥倖重臨中原時恍如隔世，以及期待從此否極泰來的複雜心情。再者，「江陵」其實並非李白的故鄉，可是詩人卻以「還」字傳達出宛如死刑犯竟能重返家園安居樂業時那種絕處逢生、喜出望外與感激涕零的多重情味，值得細加體會。

在前兩句已經把船行若飛，即日歸來的迅捷之勢，寫得宛然在目之後，詩人突然以「倒帶」的方式，帶領讀者去搜尋這奇快無比的旅

程中的見聞。然而仔細檢視這段紀錄片,卻發覺那些閃幻詭譎的記憶畫面,由於倒帶與重播時的速度實在太快,根本難以清晰辨認,而唯一貫串全程、始終不變的則是「兩岸猿聲啼不住」——融合成一大片而不曾間斷的猿啼聲!那一大片巫峽的啼猿聲,並不是此起彼落的幾聲清嘯而已,而是有如夏蟬鳴林的合唱一樣滿林振響,不僅充斥在「倒帶重播」的全程之中連成一片,甚至在落筆寫作時還盈滿耳輪,可以使人「三月不知肉味」!

　　有了這一大片猿聲來點染前兩句迅疾若飛的畫面,並把詩文一瀉千里的氣勢略加羈勒而稍作停頓,然後才放出疾於閃電的「輕舟已過萬重山」,於是平鋪直敘的詩情便有了迴旋轉折的波瀾,顯得風神搖曳,奇氣橫生而格外耐人尋味了;因此沈德潛《唐詩別裁》說:「入『猿聲』一句,文勢不傷於直;畫家佈景設色,每於此處用意。」施補華《峴傭說詩》說:「太白七絕,天才超逸,而神韻隨之,如『朝辭⋯⋯一日還』也,如此迅捷,則輕舟之過萬山,不待言矣。中間卻用『兩岸猿聲啼不住』一句墊之,無此句,則直而無味;有此句,走處仍留,急語仍緩,可悟用筆之妙。」桂馥《札樸》也說:「此但言舟行快絕耳,初無深意,而妙在第三句能使通首精神飛越;若無此句,將不得為才人之作矣。」事實上,有了這一大片猿聲的襯墊之後,不僅使畫面氣韻生動,聲情洋溢,足以呈現出詩人歡暢欣慰的心境;而且使白帝到江陵的兩個定點之間,增加了兩岸的高度和縱深,形成一個有如電腦模擬畫面所能呈現的多角度視野和多層次實感的立體空間,更有助於讀者想像「超音速」的舟行之快!

　　接著詩人又以「輕舟」和「萬重山」形成飄逸與厚實,輕盈與沉重的強烈對比,再用「已過」兩字略加點化,於是千巖萬壑、重巒疊嶂突然迎面撞來,不禁使人神經緊繃,心跳加速;可是就在正要驚呼卻又還來不及出聲的瞬間,它們突然又迅速向兩側避讓,轉眼又向身後飛掠而去了。場景的變換,顯得光怪陸離,詭異莫測,直令人眼花

撩亂；再加上第三句渾沌一片的猿啼襯托，更使舟行破空疾馳的凌厲之勢，在一氣奔注中又有了流轉迴旋的跌宕之美，更能呈現出「超極速快感」所帶給人的震撼！一時之間，只覺得前遮後攔的萬重青山，令人目不暇接而意奪神駭；前迎後送的萬猿啼嘯，又使人耳不暇聽而驚心動魄！因此胡應麟《詩藪》認為本詩與〈聞王昌齡左遷龍標〉〈望天門山〉〈春夜洛城聞笛〉等七絕「讀之真有揮斥八極、凌屬九霄意。賀監謂為謫仙，良不虛也。」李鍈《詩法易簡錄》說：「通首只寫舟行之速，而峽江之險，已歷歷如繪，可想見其落筆之超。」

此外，啼之不盡的兩岸猿聲和隱天蔽日的萬重山巒，似乎還象徵詩人背負重罪長流夜郎時心靈的極度鬱悶和心境的極度沉重；而在轉瞬的刹那之間，輕舟即已歷盡凶險而進入坦途，也象徵詩人化險為夷，重臨康莊時心境的極度喜悅和無比暢快。二十八字之中，誠可謂比興寄託，深婉蘊藉，而且景美情真，妙在言外；讀來似有兩脅生風，凌空振飛的快意[4]，無怪乎《唐詩紀事》引張碧詩序曰：「覽李太白辭，天與俱高，青且無際，鷗觸巨海，瀾濤怒翻。」王士禎在《唐人萬首絕句選・凡例》中也以為本詩可以和王維的〈渭城曲〉、王昌齡的〈長信秋詞〉、王之渙的〈出塞〉並為唐人絕句的壓卷之作，由此可見前人對本詩的推崇之高了。

【補註】

01 見〈流夜郎贈辛判官〉詩。金雞，代指赦書，按：古時下詔大赦時於竿上設雞，口銜紅旗，以示吉辰；因雞頭裝飾黃金，故稱金雞，見《新唐書・卷48・百官志3》。

02 以上兩句皆見〈江夏贈韋南陵冰〉詩，但用法與原詩之意有所不同。

03 浦起龍評杜甫〈聞官軍收河南河北〉詩時所言。

04 李綱〈讀四家詩選序〉說：「太白詩豪邁清逸，飄然有凌雲之志。」

【評點】

01 楊慎：盛弘之《荊州記》云：「白帝至江陵，春水盛時，行舟朝發夕至，雲飛鳥逝，不是過也。」太白述之為韻語，驚風雨而泣鬼神矣。（《升庵詩話》）

02 桂天祥：亦有作者，無此聲調、此飄逸。（《批點唐詩正聲》）

03 郭濬：「已過」二字，便見瞬息千里。點入「猿聲」，妙！妙！（《增定評注唐詩正聲》）

04 周敬：灑脫流利，非實歷此境說不出。（《唐詩選脈會通評林》）

05 漢儀：境之所到，筆即追之；有聲有情，腕疑神助，此真天才也。（清人張揔輯《唐風懷》引）

06 吳敬夫：（末二句）只為第二句下注腳耳，然有意境可想。（清人劉邦彥重訂《唐詩歸折衷》引）

07 朱之荊：插「猿聲」一句，布景著色之法。第三句妙在能緩，第四句妙在能疾。（《增訂唐詩摘抄》）

08 弘曆：順風揚帆，瞬息千里，但道得眼前景色，便疑筆墨間亦有神助。三、四設色托起，殊覺自在中流。（《唐宋詩醇》）

09 宋宗元：（首二句）一片化機。（末二句）烘托得妙。（《網師園唐詩箋》）

10 宋顧樂：讀者為之駭極；作者殊不經意，出之似不著一點氣力。阮亭推為三唐壓卷，信哉！（《唐人萬首絕句選評》）

11 李鍈：通首只寫舟行之速，而峽江之險，已歷歷如繪，可想見其落筆之超。（《詩法易簡錄》）

12 朱寶瑩：絕句要婉曲回環，刪蕪就簡，句絕而意不絕。大抵以第三句為主，而第四句接之。有實接，有虛接。承接之間，開與合相關，反與正相依，順與逆相應，一呼一吸。「啼不住」三字，與四句「已過」呼應，蓋言曉猿啼猶未歇，而輕舟已過萬山，狀其迅速也。（《詩式》）

13 俞陛雲：四瀆之水，惟蜀江最為迅急，以萬山緊束，地勢復高，
江水若建瓴而下，舟行者帆櫓不施，疾於飛鳥。自來詩家無專詠
之者，惟太白此作足以狀之。誦其詩，若身在三峽舟中，峰巒城
郭，皆掠艦飛馳；詩筆亦一氣奔放，如輕舟直下。（《詩境淺說‧
續編》）

14 劉永濟：寫江行迅速之狀，如在目前。而「兩岸猿聲」句，雖小
小景物，插寫其中，大足為末句生色；正如太史公於敘事緊迫中，
忽入一二閑筆，便令全篇生動有味。（《唐人絕句精華》）

113 廬山謠寄盧侍御虛舟（七古）　　　李白

我本楚狂人，鳳歌笑孔丘。手持綠玉杖，朝別黃鶴
樓。五嶽尋仙不辭遠，一生好入名山遊。

廬山秀出南斗旁，屏風九疊雲錦張，影落明湖青黛
光。金闕前開二峰長，銀河倒掛三石樑，香爐瀑布
遙相望。回崖沓嶂凌蒼蒼，翠影紅霞映朝日，鳥飛
不到吳天長。

登高壯觀天地間，大江茫茫去不還。黃雲萬里動風
色，白波九道流雪山。

好為廬山謠，興因廬山發。閑窺石鏡清我心，謝公
行處蒼苔沒。

早服還丹無世情，琴心三疊道初成。遙見仙人彩雲裡，手把芙蓉朝玉京。先期汗漫九垓上，願接盧敖遊太清。

【詩意】

　　我的前生原本就是楚國的狂人接輿，曾經高唱著〈鳳歌〉去嘲笑妄想拯濟蒼生的孔丘太過迂腐，也太過頑固。如今我手持碧玉仙杖，一大早告別黃鶴樓，打算雲遊四方；我不辭路途遙遠，一定要深入五嶽之中尋訪仙蹤，因為我這一生最愛漫遊各地的名山勝境。

　　秀麗聳拔的廬山，正位於南斗星宿分野的潯陽邊；九疊屏風有如錦繡般華美，又像彩霞般絢麗地展開在山頂上。當廬山的倒影映入明媚的鄱陽湖中時，便把水域浸染成蒼青色的波光。山上的金闕巖前有兩座巍峨高峻的雙峰對峙著，三疊泉的水勢左拐右折地飛濺而下，有如銀河倒掛在石梁上一般壯觀，香爐峰雄偉的瀑布則和它遙遙相望。這裡曲折的峻崖、層疊的險峰，全都凌雲而上，可以撫摩蒼天。當旭日初昇時，蒼翠的山影便和天際的虹霞相映成趣；連禽鳥都無法飛上高峻的危崖，只能在遼闊的吳天下盤旋徘徊。

　　登臨峰頂來眺望壯闊的天地時，可以俯瞰長江向蒼茫的東方浩盪奔流，一去不返的氣勢；也可以展望橫亙萬里的黃雲，隨著長風的聚散不定和天色的陰晴轉換而幻形變相的神奇景觀。還可以看到九道水流匯注長江時，洶湧奔騰的浪花有如翻疊起伏的雪山！

　　這雄奇秀麗的廬山之美，使我不禁豪情萬丈，詩興大發，忍不住要為它歡唱，對它歌頌！可是當我悠閒地來到圓形的石鏡旁，感到心靈清明純淨時，卻發現從前謝靈運遨遊的蹤跡早已被蒼苔覆蓋掩沒了！

　　我早年就服下仙丹，斷絕了煩擾不安的塵念和爭逐名利的俗情，而今學道初成，更是心境平和，精神怡悅。我常常可以見到雲彩中的仙人手持蓮花，飛往玉京去朝拜元始天尊。我已經和廣渺難知的汗漫天仙預先訂下了在九天之外的約會，希望能接引你共遊最高明的太清仙境！

【注釋】

① 詩題——謠，不入樂而徒歌之謂。「廬山謠」，歌詠廬山的詩篇，這是寄贈的內容；「廬侍御虛舟」則是寄贈的對象。廬山，在今九江市南，標高 1474 公尺。廬侍御，名虛舟，字幼真（一作「幼直」），范陽（今河北大興區）人，任職御史臺，為人樸實正直而清廉；《全唐文》收有賈至〈授廬虛舟殿中侍御史制〉，謂其人「閑邪存誠，遁世頤養，操持有清廉之譽，在公推幹蠱（按：能幹老練之謂）之才。」李白曾有〈和廬侍御通塘曲〉之作，殆為同一人。

② 「我本」二句——楚人陸通，字接輿，躬耕不仕，時人謂之楚狂。曾對周遊列國的孔子高歌嘲諷：「鳳兮鳳兮，何德之衰！」並拒絕與孔子交談。楚王聞其賢，遣使者持黃金百鎰、車馬二駟往聘，陸通笑而不應。變名易姓遊諸名山，食桂櫨實，服黃精子。相傳隱於蜀之峨嵋山，壽命數百年，世俗以為仙。其事參見《論語・微子》《莊子》及皇甫謐《高士傳》。

③ 「手持」二句——綠玉杖，相傳為仙人之杖；《漢武內傳》載武帝家中有一玉杖。黃鶴樓，見崔顥〈黃鶴樓〉詩注。李白在白帝城遇赦後曾泛舟湖南洞庭湖，遊覽湖北黃鶴樓，後輾轉至江西潯陽（今九江市），故曰「別」黃鶴樓。

④ 「五嶽」二句——五嶽，見〈夢遊天姥吟留別〉注④。作者〈秋下荊門〉詩云：「此行不為鱸魚鱠，自愛名山入剡中。」

⑤「廬山」句——秀出，秀麗挺拔。南斗，古名斗宿，由六顆星組成，今屬人馬星座。古人講究天、地、人三才的配合關係，認為分封諸侯國或劃分州郡的行政區域時，皆可對應天上的星域，謂之「分野」，並以星域天象之變化，占卜地上所屬郡國之吉凶興衰。南斗星在潯陽分野，廬山正在其側，故云「秀出南斗旁」。

⑥「屏風」句——屏風九疊，形容山峰曲折堆疊，有如屏風摺疊狀。雲錦張，謂山屏之狀，如雲霞般絢麗，如錦繡般華美地展開。

⑦「影落」句——影，指廬山的倒影。明湖，指鄱陽湖，在廬山東南。黛，古代婦女描畫眉毛所用的深青色顏料；青黛光，言山光映水，把水域染成蒼青色調而淵然有光。

⑧「金闕」句——金闕，指金闕巖，又名石門，《水經‧廬江水注》曰：「廬山之北有石門水，水出嶺端，有雙石高竦，其狀若門，因有石門之目焉。水導雙石之中，懸流飛瀑，近三百許步，下散漫十許步，上望之連天，若曳飛練於霄中矣。」二峰，殆指「石門」高聳如門之雙石而言；一說謂香爐峰和雙劍峰。筆者未曾親歷其境，姑兩存其說。

⑨「銀河」句——王琦注謂屏風疊之左有三疊泉，水勢三折而下，如銀河倒掛於三座石樑之上，故云。

⑩「香爐」句——楊齊賢注引《廬山記》說香爐峰與雙劍峰在瀑布之旁。王琦注引《廬山記》說：「東南有香爐峰，游氣籠其上，氤氳若香煙。西南有石門山，其形似雙闕，壁立千餘仞，而瀑布流焉。」白詩所指，未詳何處。

⑪「迴崖」句——謂層巒疊嶂極其迂迴而雄偉，可以上摩青天。沓，重疊也。凌，逼近或凌駕其上。蒼蒼，指穹蒼之色。

⑫「翠影」句——謂晨曦初現時，山色和霞光相互輝映，極其瑰奇絢麗。翠影，青翠之山色。

⑬「鳥飛」句——謂廬山之高峻，連飛鳥亦無法度越，只能盤旋於吳

天之下；蓋廬山在三國時屬東吳，故云吳天。

⑭ 「黃雲」句──寫登高眺望西北時意想中之景色。黃雲，殆指如沙塞上空昏黃的雲層。動風色，殆謂隨著長風聚散飄忽而天色亦因而陰晴不定。

⑮ 「白波」句──白波九道，長江流至潯陽境內分為九派，故云；一說九條水流於潯陽匯注於長江[1]。流雪山，謂白浪翻湧於江中，有如無數雪峰翻騰流湧於長江。

⑯ 「好為」二句──殆謂因景色雄奇，江山壯美，故胸懷豪曠，意興遄飛，遂樂於以酣暢之筆墨作此〈廬山謠〉以歌頌之，並藉以抒懷述志。

⑰ 「閒窺」二句──《藝文類聚‧卷第6‧地部‧石》：「宮亭湖邊傍山閒，有石數枚‧形圓若鏡，明可以鑑人，謂之石鏡[2]。」清我心，謂使塵慮盡消，靈臺清明。謝公，指謝靈運，參見〈夢遊天姥吟留別〉詩注⑧，曾遊歷此地而有〈入彭蠡湖口〉與〈登廬山絕頂望諸嶠〉詩。

⑱ 「早服」句──早服，謂早已服食。還丹，相傳可以使人飛昇成仙的丹藥；《廣弘明集》載道教練丹之法，謂燒丹砂成水銀，積久又還原為丹砂，故稱還丹。早服還丹，殆謂早已信仰道教[3]。無世情，無爭逐世俗名利之念。

⑲ 「琴心」句──琴心三疊，道教修煉之術語，殆謂已至心神寧靜平和而怡悅自得之境也。

⑳ 「遙見」二句──上句殆謂學道初成而略具天眼通之異能，故彷彿能於廬山奇幻仙境裡遙見雲中仙人。芙蓉，蓮花；佛、道均崇蓮花，以為純淨無垢之象徵。朝，朝拜也。玉京，神話傳說中眾仙所居之地。

㉑ 「先期」二句──先期，預先約定會聚之期。汗漫，原為無邊無際、難以形容而又無可測知之意；本詩是指傳說中其下無地而其上無

天之境的仙聖而言[4]。九垓，九重天外也。盧敖，燕人，秦始皇召
為博士，使求神仙，亡而不反；此處代指盧侍御而言。太清，道
教中最高明的神仙境界；《太平御覽・卷659・太真科》：「三清
之間各有正位：聖登玉清，真登上清，仙登太清。」按：此二句
乃李白誇示得道的想入非非之言，以迎風而舞之神人自比，而以
盧敖關合盧侍御，欲邀之共赴仙境，可見兩人之契合與相親。

【補註】

01 九水之名、匯注或分流之狀，古今地理書所載頗有出入，難斷是
非；故王琦注引林少穎之言曰：「九江之名與地勢，久遠不可強
通；然各自別源而下流入江，則可以意臆也。當由水道通塞、離
合，古今各異故也。」

02 王琦注除引此外，又引《太平寰宇記》及《清一統志》之文，然
所引三說之石鏡，有數枚與一枚之異，亦有位於湖邊、山間與崖
上之別，實難以確指，故不逐錄於此。

03 李白早年從逸人東巖子遊隱於岷山之陽，巢居數年，不入城市；
養奇禽以千計，呼之皆就掌取食，了無驚猜；見〈上安州裴長史
書〉。又嘗於江陵見天台司馬子微，謂白「有仙風道骨，可以神
遊八極之表。」見〈大鵬賦・序〉。天寶初年，李白與道士吳筠
隱居剡中，天寶三載離京之後，請北海高天師授以道籙。凡此，
皆可見李白與道教淵源深而夙緣久，且始終不斷；故「早服還丹」
云云，未必全屬幻想。

04 《淮南子・道應訓》載：秦博士盧敖嘗遊北海，經太陰，入玄闕，
至於蒙穀之上，見一神人迎風而舞。盧敖邀彼同遊，其人曰：「我
南游乎岡㟅之野，北息乎沉墨之鄉，西窮窅冥之黨，東開鴻蒙之
光，此其下無地而上無天。……吾與汗漫期於九垓之外，吾不可
以久駐。」遂舉臂竦身，入雲中不見。

【導讀】

這首詞藻浮華，寫景空洞，章法凌亂，轉折突兀的作品，筆者幾乎絞盡腦汁地反復參究，想要破解文字的迷障，卻除了產生「仰之彌高，鑽之彌堅」的感慨外，總覺得詩中實在缺乏吸引人的元素。因此，僅就閱讀詩思考所及，提供幾點想法於後，以供參考（如果本詩確實為李白之作），不再逐句深入賞析。

甲、寫作動機

坊間所見各種注譯本解讀本詩時，往往認定本詩的寫作背景是：李白因為在安史之亂時投入永王李璘麾下，與肅宗爭奪王位，結果兵敗被俘，長流夜郎；後雖遇赦得歸，仍然難掩他本欲力圖平治天下的功業[1]，竟被視為叛逆而幾至喪命的悲憤不平之氣，因此在本詩中借憤世嫉俗的語氣，和佯狂求仙的遨遊，抒發積鬱心中的怨懟之情。

筆者以為這種說法值得商榷，因為細讀全詩，除了「我本楚狂人，鳳歌笑孔丘」兩句流露出狂傲之氣以外，再也找不到慷慨悲憤之調了；而且這兩句中除了直呼被玄宗尊稱為「文宣王」的孔子名諱，嘲諷他奔走求仕，熱中功名的迂腐可笑外，不過是表示自己蔑視權威與鄙夷利祿的態度，流露出他非儒非佛、亦仙亦俠、或狂或誕的複雜性格而已，何嘗與永王事件有絲毫關聯？如果與永王有關，李白也不至於嘲諷在亂世中想要一展抱負的孔子了；因為他投身永王幕下時，不論用心或行徑都和孔子相去不遠了！

當然我們無法否認具有仙風道骨和奇情俠氣的李白，在遭遇到政治上最慘痛的打擊，蒙受了他所認定的不白之冤和奇恥大辱之後，會以學道訪仙與遨遊山水的方式撫慰心靈的創傷，寄託內心的悲憤；但是只以楚狂鳳歌就要把全詩二十九句和永王事件掛鉤，無論如何雄辯，都是穿鑿風影之談，徒然表現出思慮的粗疏與判斷的輕率而已！因此，筆者以為作者以楚狂鳳歌的典故開篇，與叛逆謀反之誣並無關聯。

乙、楚狂寓意

至於詩人以楚狂鳳歌入詩的用心為何？筆者以為可以分三點來論述：

* 第一，就述志抒懷而言，詩人意在標榜自己鄙棄禮教的束縛，蔑視世俗的價值，具有放誕狂傲的個性，和睥睨一切的氣概；這在李白不少篇章中都曾經出現過。

* 第二，就使事用典而言，詩中雖然暗用《論語・微子》篇中「今之從政者殆而」的涵義，表明世衰道微，當高蹈林泉，斂藏避世之意，但是更側重在皇甫謐《高士傳》對於楚狂陸通的描述：他能泥塗軒冕，笑辭楚王之聘；後來隱於峨嵋山，安享數百年的高壽，甚至羽化成仙。李白既來自四川，又曾隱居岷山之陽，身登峨嵋，很可能因而自認為是陸通再世的化身（所謂「謫仙」是也）；因此「我本楚狂人」的涵義就不止於「鳳歌笑孔丘」而已，其實是在誇言自己具有絕異於常人的仙風道骨和靈心慧根。

* 第三，就詩歌作法而言，有了以上兩層亦狂亦仙的稟賦作引子，自然就能帶出手持碧玉杖，騎鶴乘雲去尋訪靈山勝境的後四句，同時也使末段具有天眼通，能見雲中仙，並且邀友同登太清仙界的詩意，能和首段遙相呼應，渾融一片。

簡單地說，前六句中只是流露出狂放自負的神氣，和灑脫飄逸的意態而已，完全看不出有借怨懟悲憤之音來抒發困頓愁苦身世之感的涵義存在。

丙、景觀視角

第二段九句是正面描寫廬山景致之雄奇瑰麗，每三句自成一個小節。第一、二節是由遠處眺望，總寫廬山的壯偉與清美；第三節則是游目四望所見的景觀：

* 第一節的「廬山秀出南斗旁」不僅說明地理位置而已，也形容其峻拔之勢，可以摩天宇而接星斗。「屏風九疊」寫其紆曲迴環、

層疊轉折之姿韻；「雲錦張」形容其色調之絢麗明燦。「影落明湖青黛光」則寫湖光山色相映成趣的秀逸之美。

* 第二節「金闕前開二峰長，銀河倒掛三石樑，香爐瀑布遙相望」三句，則細寫三處著名的景點：金闕雙峰、銀河石樑、香爐瀑布，側重在它們的奇觀妙境。然而，令人不解的是：首節的「屏風九疊」和第四段的「石鏡清心」，也是相當知名的兩個景觀，把它們一併放在專門描寫知名景點的第二節中，豈不是合情順理嗎？何以作者卻要把它們獨立於本節之外？至今筆者仍然無法自圓其說。

* 第三節「迴崖沓障凌蒼蒼，翠影紅霞應朝日，鳥飛不到吳天長」這三句，則是泛寫游目四望所見的景觀：或氣勢聳拔，層疊而上；或色澤鮮艷，明麗照眼；或山勢崇峻，意境曠遠等，不一而足。這一節是身在山中，和首節人在山外的位置不同，視角有別。

丁、覽眺而悟

三段「登高壯觀天地間，大江茫茫去不還。黃雲萬里動風色，白波九道流雪山」四句，則是寫登高壯觀時視野之遼闊，景象之雄闊，令人心胸豁朗，意興遄飛，因而有作詩謠歌頌的豪情，從而帶出第四段的前兩句「好為廬山謠，興因廬山發」。至於「閒窺石鏡清我心」，可能意在暗示眼見山川之壯麗，已足令人渾然忘我；而親近澄潔的石鏡，又能照見自己靈明的本真，使自己清心寡欲，斷絕俗慮塵念。因此，當他再看到謝公留蹤之處已為蒼苔掩沒之時，似乎產生了世人只知在紅塵中爭名逐利，奔波忙亂，以至於迷失向道之心，卻不知回到鍾靈毓秀的名山勝境來尋覓自己本真的體認與感慨。

有了這層感悟之後，詩人才能轉筆折入第五段（末段）六句：「早服還丹無世情，琴心三疊道初成……願接盧敖遊太清」，敘述自己服丹成道，斷絕世情的夙緣之早，以及如今心和神悅，能夠開啟天眼，觀照雲仙的火候之深，並且表明願意接引盧侍御同遊太清之境；既緻

清詩題中的作謠寄友之意，又揮灑浮想聯翩的奇思妙筆，以凌雲升天的仙人自許，來和楚狂羽化的涵義作神龍掉尾的迴映之姿，同時還把詩情拓向縹緲無垠的清虛之境便戛然而止，最能逗出盧侍御的出塵之想與同遊之興。

只是，李白真的能開天眼、觀雲仙而遊太清嗎？盧侍御真的相信這些神奇事蹟，讀了本詩之後就與李白攜手登仙了嗎？筆者至今仍然覺得懷疑。

【補註】

01 其〈永王東巡歌十一首〉其二云：「三川北虜亂如麻，四海南奔似永嘉；但用東山謝安石，為君談笑靜胡沙。」其十一云：「試借君王玉馬鞭，指揮戎虜坐瓊筵；南風一掃胡塵靜，西入長安到日邊。」流露出的都是為永王打江山、安天下的宏願。

【指瑕】

這是一首歌頌廬山鍾靈毓秀之美以寄同好的七古長篇，就內容觀察，詩人大概是借瑰麗雄奇的景致來散愁遣悶，並以名山勝境的仙蹤來招引道友同遊。

反復仔細閱讀一二十次之後，卻無奈地發現：本詩既沒有值得深刻探求的思想寄託，也沒有特別值得賞讀或析評的藝術匠心，甚至反而有內容蕪雜、章法凌亂的缺失。儘管張戒《歲寒堂詩話》評曰：「此乃真太白詩矣！」高棅《唐詩品彙》譽為：「驅駕氣勢，殆與南山秋氣爭高可也。」《唐宋詩舉要》引吳北江稱曰：「壯闊稱題。」筆者仍然懷疑本詩的藝術水平和謫仙的詩歌成就難以相提並論；因為不論就章法的謹嚴、佈局的細密、氣勢的奔暢與意脈的貫通而言，本詩都乏善可陳，令人難以親近。茲大略指出本詩的瑕疵於後，敬請博雅君子指教。

甲、寫景凌亂，方位難辨

　　首先，就寫景而言，主要是集中在第二段的九句之中：「廬山秀出南斗旁，屏風九疊雲錦張，影落明湖青黛光。金闕前開二峰長，銀河倒掛三石樑，香爐瀑布遙相望。回崖沓嶂凌蒼蒼，翠影紅霞映朝日，鳥飛不到吳天長。」其中除了第八句以外，句句押韻；試問：這九句該如何區隔？是兩句一組？或是三句一組？如果是兩句一組，顯然和「九」之數難以調和。如果是三句一組，看得出各組三句間的內在關聯嗎？換言之，各組三句間是否有共通的旨趣，而且又有足以和另外一組區隔的特色呢？如果有，那是什麼？如果沒有，何以三句合為一組？或者，九句之間其實各自獨立，互不相干？如此，豈不是顯得極為混亂而應該可以任意調動句子的順序了嗎？甚至是不是也可以任意增刪句數？設想：如果一首詩中寫景的部分居然可以隨意調動語順、任意增刪句數，它還能稱得上是佈局嚴謹，章法綿密，句意緊湊，氣勢順暢，寫景如見的好詩篇嗎？

　　然而令人感到遺憾的是，筆者以為這九句竟然可以調整句順，甚至可以從心所欲地調換位置，而且多一句不嫌其多，少一句也不覺其少！由於這九句的拉雜拼湊，胡亂組合，因此讀來極為凌亂，完全無法理解詩人遊覽的路線，或仰視與俯瞰的角度，以及遠眺和近看的位置何在，因為詩中的影像忽東忽西，景致忽南忽北；讀過之後，對廬山之美仍然無法體會，只覺印象模糊，一片朦朧！尤其是第八句才出現「朝日」二字，則前七句所寫的奇觀勝景之雄峻，遠近風物之清美，究竟是在何種天色之下看得如此清晰真切的呢？實在令人好奇不已！

　　再者，第三段也有少數寫景的句子，其中「黃雲萬里動風色」是往哪個方向極目所見的呢？而「白波九道流雪山」又該如何解釋呢？如果說：白波九道是由西域的雪山流來九江，顯然不符事實。如果是以「流雪山」形容長江中的白浪滔天，似乎也不合理，因為廬山標高

1474 公尺，在「登高壯觀」時俯瞰的江水即使洶湧，也頂多只像是「小雪堆」在湧動起伏而已；以「雪山」形容，除非是站在比浪花還低數百公尺以下的位置才有可能！

乙、承接轉折，突兀生硬

就詩情的轉折接合而言，第四段的「好為廬山謠，興因廬山發」兩句，應該是總收二、三段共十三句所寫的奇偉壯觀之景，因此意興遄飛而胸懷歡暢；但是，接下來的「閒窺石鏡清我心，謝公行處青苔沒」兩句，就變得極為突兀了！首先，何以不能把它們安排在第二段中，讓它們也屬於寫景的一環？筆者既看不出它們不能穿插在第二段的原因何在，也想不透第二段的各句不能移調到這兩句前後的道理為何？其次，「謝公行處青苔沒」七字，給人的感覺是荒蕪寂寥的，它要如何和前面「好為廬山謠」兩句的神采飛揚，意氣豪邁相銜接呢？情緒的轉換和意境的改變是否太過突兀呢？而它又如何能和末段突如其來的飛仙凌雲直上太清之想相關呢？反而是把這兩句刪除之後，由「好為廬山謠，興因廬山發」直接以下的「早服還丹無世情，琴心三疊道初成……」各句，在情緒的脈絡上才能顯得更為順暢無礙。

丙、大而無當，華而不實

總體而言，儘管首段六句寫得飛揚跋扈，意態狂傲，頗有謫仙睥睨寰宇，卑視禮俗的口氣，也交代了由湖北而來江西遊廬山的原由，為次段描繪廬山的仰望俯瞰、遠眺近觀之景作了很好的引言。但是，第二、三段卻顯得詞藻堆砌，意脈截斷，語順凌亂，內容蕪雜，結構鬆散，很難不讓人產生大而無當、浮而不實的空洞感！再加上第四段的承轉生硬，第五段的接合突兀，便使整首詩讀來頗有氣鬱而難宣、理澀而不暢及辭溺而傷亂之感了。

因此，儘管本詩的顏彩繽紛（例如：綠玉杖、黃鶴樓、疊屏、雲錦、明湖、青黛、金闕、銀河、翠影、紅霞、朝日、大江茫茫、崖嶂

蒼蒼、黃雲萬里、白波九道、濤捲雪山、蒼苔掩沒、彩雲繚繞、芙蓉玉京等），可以迷人眼目，色澤優美，頗能變化多端，而且使事用典（例如：楚狂鳳歌、玉杖鶴樓、石鏡清心、還丹忘情、琴心三疊、芙蓉玉京、汗漫九垓、接遊太清等），繁富稱題，既能切合學道求仙的旨趣，又能使仙境人間變得惝恍縹緲，茫茫難辨；但是筆者仍然偏執地認為比起〈夢遊天姥吟留別〉來，本詩實在大為遜色！

筆者以為：如果本詩竟然是李白在上元元年（760）遇赦後歸來，途經九江而再度登覽廬山時所作，而它的藝術功力卻反而不如十五年前所作的〈夢遊天姥吟留別〉〈登金陵鳳凰臺〉等詩，就未免太令人意外了！無怪乎朱諫《李詩辨疑》說本詩：「辭有駁純，強弱不一，為可疑也。」他的質疑，的確有其道理。

基於以上述的觀點，筆者實在無法人云亦云地嘆賞本詩之佳妙，也無意再為本詩逐句詳細賞讀了，敬請博雅君子見諒。

【商榷】

筆者對本詩的確懷有「仰之彌高，鑽之彌堅；瞻之在前，忽焉在後」的困惑不安與迷茫惶恐之感，儘管一再深思細求，想要披文入情，以意逆志地尋幽訪勝，以求窺探詩人窈冥的騷心，奈何在多次徒勞無功的摸索之後，仍然覺得本詩充滿了堅不可破的魔障與深不可辨的迷霧，以致不得不倍覺挫折而生「書到用時方恨少」的愧悔之心；因此只能略作說明如前以供參考，或許讀者靈臺澄明，別有會心，也未可知。

有些人由用韻方面欣賞詩歌，以為詩歌的韻律和作者所要表達的情思之間存在著值得發掘的奧妙關聯，筆者則持保留的態度。茲以本詩為例，列舉二家說法於後，讀者只要稍加比對，即可發覺這種賞讀的角度很有商榷的必要。

＊張教授：首用「尤」韻，以表感慨盤旋之意。其次用「陽」韻，

以狀高明開朗美大之景觀。次用「刪」韻，以示寬平壯闊之境。次用「月」韻為轉接，就顯得跳脫之妙。末用「庚」韻，頗能象徵其振翮奮飛的學仙心態。（《唐詩三百首鑑賞》）

　　*何國治：開頭一段抒懷述志，用「尤侯」韻，自由舒展，音調平穩徐緩。第二段描寫廬山風景，轉「唐陽」韻，音調較前提高，昂揚而圓潤。寫長江壯景則又換「刪山」韻，音調慷慨高亢。隨後，調子陡然降低，變為入聲「月沒」韻，表達歸隱求仙的閒情逸致，聲音柔弱急促，和前面高昂調子恰好夠成鮮明的對比，極富抑揚頓挫之妙。最後一段表現美麗的神仙世界，轉換「庚清」韻，音調又升高，悠長而舒暢，餘音裊裊，令人神往。（《唐詩鑑賞辭典》）

我們不妨把他們的意見抽離出來相互比對如下：

　　*「尤侯」韻：張說「感慨盤旋」，何說「自由舒展，音調平穩徐緩」。

筆者以為這兩說似乎很難融合為一，因為「感慨」的語調往往較為強烈或蒼涼，那就和「自由舒展」或「平穩徐緩」的感受有所牴觸。

　　*「唐陽」韻：張說有「高明開朗美大」之感，何說「音調較前提高，昂揚而圓潤」。

筆者以為儘管兩說一個談景觀，一個說音調，似難謂之衝突，卻難免感到過於抽象空洞。

　　*「刪山」韻：張說「以示寬平壯闊之境」，何說「音調慷慨高亢」。

筆者以為所謂「寬平」之感和「慷慨高亢」恐怕就有衝突了。

　　*「月沒」韻：張說「顯得跳脫之妙」，何說「表達歸隱求仙的閒情逸致，聲音柔弱急促」。

筆者以為：除了所謂「跳脫」和「閒情逸致」「柔弱急促」應該不屬於同一種性質之外，何說的「閒情逸致」和「急促」本身就已經矛盾了；「柔弱」和「急促」恐怕也自相衝突而顯得不知所云。

＊「庚清」韻：張說「象徵其振厲奮飛的學仙心態」，何說「音調
　又升高，悠長而舒暢，餘音裊裊」。

筆者以為：首先，用聲韻來「象徵」某種心態，本身就是一句值得商
榷的怪話；其次，「振厲奮飛」屬於陽剛之美，而「悠長而舒暢，餘
音裊裊」則屬於陰柔之美，兩者所指涉的性質顯然大不相同。

　　光是從他們對同一個韻部在抒情寫景和音感效果方面所作的說
明，就可以發覺有著不小的差異，甚至還有互相衝突之處，大概也就
可以了解這種解讀方式的抽象與空洞了。

【評點】

01 嚴羽：篇中祇「雲」「鳥」「大江」三句開豁，餘俱尋常仙語，
　　更屬厭。（日人近藤元粹《李太白詩醇》引，見《宋詩話全編》
　　頁 8749）

02 劉辰翁：（「我本楚狂人」句）為此桀態。（見《宋詩話全編》
　　頁 9970）

03 桂天祥：方外玄語，不拘流例。全篇開闔佚蕩，冠絕古今，即使
　　杜工部為之，未易及此；高、岑輩，恐亦脅息。又襟期雄闊，辭
　　旨慷慨，音節瀏亮，無一不可。結句非素胎仙骨，必無此詩。（《批
　　點唐詩正聲》）

＊ 編按：此段評點完全避開二、三段的寫景說明與詩境串解，只給
　　人空洞浮泛之感。

04 黃周星：鍾伯敬云：「太白有飲酒、學仙兩路語，資淺俗人口角。」
　　言俱不謬；若如此等詩，則有雄快而無淺俗矣。（《唐詩快》）

05 沈德潛：先寫廬山形勝，後言尋幽不如學仙；與盧敖同遊太清，
　　此素願也。筆下殊有仙氣。（《唐詩別裁》）

06 弘曆：天馬行空，不可羈紲。（《唐宋詩醇》）

二二、高適詩歌選讀

【事略】

高適（704？－765），字達夫，一字仲武，滄州（今河北省滄州市東南）人，一說渤海（今滄州市東南約一百五十公里處，距渤海邊二十餘公里）人，一說蓨縣（今河北景縣，滄州市西南約七十公里處）人。

其父高崇文官終於韶州（今廣東省韶關市）長史，早卒，故高適幼孤貧，自少年時起即長期流寓梁、宋（今河南商丘市）。二十歲遊長安，求仕不遇，失意而歸。三十歲時，幽、薊地區與契丹、奚人交戰，高適嘗北上薊門，漫遊燕、趙，欲謀軍功。悵然而返後，又入京求取功名；落第後結識顏真卿、張旭，又與王之渙、王昌齡為友。天寶三載（744）秋，與李白、杜甫相會於汴州，後同遊齊、魯。

天寶八載（749），始得宋州刺史張九皋薦舉「有道科」，授封丘縣（今屬河南）尉；曾送兵至薊北。後因志趣不合而棄官。天寶十二載，入河西節度使哥舒翰幕府掌書記，從此仕途平順，歷任右拾遺轉監察御史、侍御史、諫議大夫、揚州大都督府長史、淮南節度使兼採訪使。安史亂後，又任彭州、蜀州刺史，劍南西川節度使，又攝東川節度使，轉刑部侍郎、散騎常侍，加銀青光祿大夫，進封渤海縣侯；故《舊唐書》本傳稱：「有唐以來，詩人之達者，唯適一人而已。」又評曰：「以詩人為戎帥，險難之際，名節不虧，君子哉！」卒諡「忠」。

高適工七言歌行，言語質樸，格調高朗，氣度雄邁，音節瀏亮，詞鋒峻健；與岑參齊名，並稱「高岑」，同為盛唐邊塞詩人之高調。

　　《全唐詩》存其詩 4 卷，《全唐詩外編》及《補遺》增詩 12 首，斷句 4 句。

【詩評】

01 杜甫：高岑殊緩步，沈鮑得同行。意愜關飛動，篇終接混茫。（〈寄彭州高三十五使君適虢州岑二十七長史參三十韻〉）　○當世論才子，如公復幾人？驊騮開道路，鷹隼出風塵。（〈寄高適〉）

02 殷璠：詩多胸臆語，兼有氣骨，故朝野通賞其文。至如〈燕歌行〉，甚有奇句。且吾所最深愛者：「未知肝膽向誰是？令人卻憶平原君。」（《河嶽英靈集》）

03 嚴羽：高、岑之詩悲壯，讀之使人感慨。（《滄浪詩話》）

04 時天彝：高適才高，頗有雄氣。其詩不習而能，雖乏小巧，終是大才。（元人吳師道《吳禮部詩話》引）

05 徐獻忠：常侍朔氣縱橫，壯心落落，抱瑜握瑾，浮沉閭巷之間，殆俠徒也。故其為詩，直舉胸臆，模畫景象，氣骨琅然，而詞鋒華潤，感賞之情，殆出常表。（《唐詩品》）

06 陸時雍：七言古盛於開元以後，高適當屬名手，調響氣佚，頗得縱橫。　○達夫調響而急。（《詩鏡總論》）

07 陸時雍：高適七言古往來如意，聲調激揚；至七言律便覺意格隕落，知律之束人多矣。（《唐詩鏡》）

08 胡應麟：盛唐之歌行，高適之渾、岑參之麗、王維之雅、李頎之俊，皆鐵中錚錚者。　○達夫歌行、五言律，極有氣骨，至七言律，雖和平婉厚，然已失盛唐雄贍，漸入中唐矣。　○常侍五言古，深婉有致，而格調音節，時有參差。　○高、岑、王、李，音節鮮明，情致委折，濃纖脩短，得衷合度，暢矣！　（七律）常侍意勝詞，情致纏綿而筋骨不逮。（《詩藪》）

09 王世貞：高岑一時不易上下，岑氣骨不如達夫遒上，而婉縟過之。
　　○五言近體，高岑俱不能佳。七言，岑稍濃厚。（《藝苑卮言》）

10 鍾惺：唐人如沈宋、王孟、李杜、錢劉之類，雖兩人並稱，皆有
　　不能強同處；唯高岑心手如出一人，其森秀之骨，淡遠之氣，既
　　皆相敵。古詩似張九齡、宋之問一派；五言律只如說話。其極煉、
　　極厚、極潤、極活，往往從攲側歷落中出，人不得以整求之，又
　　不得學其不整。（《唐詩歸》）

11 周珽：其七言古諸篇，感慨悲壯，氣骨、風度，決然建一代旗鼓
　　者。盛唐佳品，豈能多得？（《唐詩選脈會通評林》）

12 許學夷：高五言（古）未得為正宗，七言乃為正宗耳。岑五言（古）
　　為正宗，七言始能自騁矣。五言古，高岑俱豪宕，而高語多粗率，
　　未盡調達；岑語雖調達，而意多顯直。……七言歌行，高調合準
　　繩，岑體多軼蕩。　○五言律，高語多蒼莽，岑語多藻麗。　○
　　高岑五言不拘律法，猶子美七言以歌行入律，滄浪所謂「古律」
　　是也。雖是變風，然豪曠磊落，乃才大而失之於放。　○高、岑、
　　王、李（頎）諸公七律，體多渾圓，語多活潑，而氣象風格自在。
　　（《詩源辯體》）

13 毛先舒：盛唐歌行，高適、岑參、李頎、崔顥四家略同。然岑、
　　李奇傑，有骨有態；高純雄勁，崔稍妍琢。其高蒼渾樸之氣，則
　　同乎為盛唐之首也。　○達夫五言律多似短古，亦是風調別處。
　　（《詩辯坻》）

14 謝榛：律詩重在對偶，妙在虛實。子美多用實字，高適多用虛字；
　　惟虛字極難，不善學者失之。實字多，則意簡而句健；虛字多，
　　則意繁而句弱。（《四溟詩話》）

15 賀裳：唐人稱「有唐以來，詩人之達者，唯適而已。」今讀其詩，
　　豁達磊落；寒澀瑣媚之態，去之略盡。……眉宇如此，豈久處塢
　　壁。　○高五言古勁樸渾厚耳，岑稍點染，遂饒穠色。高七言古

最有氣力，李、杜之下，即當首推。岑自膚立，然崔季珪代魏王，雖雅望非常，真英雄尚屬捉刀人也；惟短律相匹，長律亦岑不如高。（《載酒園詩話・又編》）

16 賀貽孫：高、岑五言古、律，俱臻化境，而高達夫尤妙於用虛。非用虛也，其筋力精神俱藏於虛字之內，急讀之遂以為虛耳。……但覺其運脫輕妙，如駿馬走坂，如羚羊掛角耳。且其虛字實對，仍不破除律體；太白雖有此不衫不履之致，然頗近古詩矣。（《詩筏》）

17 吳敬夫：讀高、岑者，當於豪邁之外賞其風神。（《唐詩歸折衷》引）

18 王夫之：達夫七言近體，湊泊以合體式，情景分判。（《唐詩評選》）

19 張實居：唐七律，李頎、高適皆足為萬世法程。（清人郎廷槐輯《師友詩傳錄》）

20 王士禛：高、岑迥別：高悲壯而厚，岑奇異而峭。（清人劉大勤輯《師友詩傳續錄》）

21 葉燮：高七古為勝，時見沉雄，時見沖澹，不一色；其沉雄直不減杜甫。岑七古間有傑句，苦無全篇；且起、結意調往往相同，不見手筆。高、岑五、七律相似，遂為後人應酬活套作俑。（《原詩》）

22 黃子雲：高、岑、王三家，均能刻意煉句，又不傷大雅，可謂文質彬彬。（《野鴻詩的》）

23 喬億：高常侍五言質樸，七律別有風味。 ○高、岑詩同而異，高詩渾樸，岑詩警動。 ○嘉州五言，微不逮高；至歌行奇崛處，不翅過之。 ○古人詩境不同，譬諸山川：杜詩如河嶽，李詩如海上十洲；孟詩如匡廬，王詩如會稽諸山；高、岑詩如疏勒、祁連，名標塞上。（《劍溪說詩》）

24 翁方綱：高之渾樸老成，亦杜陵之先鞭也。　○高之渾厚，岑之奇峭，雖各自成家，然俱在少陵籠罩中。(《石洲詩話》)

25 管世銘：(五古)岑嘉州獨尚警拔，比於孤鶴出群。陶員外、高常侍沉著高塞，亦不與諸君一律。　○(七古)高常侍豪宕感激，岑嘉州創譬經奇(疑當作「精奇」)，各有「建大將旗鼓出井陘」之意。　○(七律)高常侍律法稍疏，而彌見古意。岑嘉州始為沉著凝鍊，稍異於王(維)、李(頎)，而將入於杜矣。(《讀雪山房唐詩・序例》)

26 沈德潛：李、杜外，高、岑、王、李，七言古中最矯健者。(《唐詩別裁》)

27 方東樹：王、李、高、岑，別有天授，自成一家；如如來下又有文殊、普賢、維摩也；又如太史公外，別有莊、屈、賈生、長卿也。　○高、岑奇峭，自是有氣骨，非低平庸淺所及，然學之者，亦須韻句深長而闊遠不露乃佳。(《昭昧詹言》)

28 宋育仁：其源出於左太沖，才力縱橫，意態雄傑，妙於造語，每以俊言取致。……七古與岑一骨，蒼放音多，排揚騁妍，自然沉鬱。駢語之中，獨能頓宕，啟後人無限法門；當為七言不祧之祖。(《三唐詩品》)

114 燕歌行 (七古樂府)　　　　高適

漢家煙塵在東北，漢將辭家破殘賊。男兒本自重橫行，天子非常賜顏色。

摐金伐鼓下榆關，旌斾逶迤碣石間。校尉羽書飛瀚海，單于獵火照狼山。

山川蕭條極邊土，胡騎憑陵雜風雨。戰士軍前半死
生，美人帳下猶歌舞！

大漠窮秋塞草腓，孤城落日鬥兵稀。身當恩遇常輕
敵，力盡關山未解圍。

鐵衣遠戍辛勤久，玉筋應啼別離後。少婦城南欲斷
腸，征人薊北空回首。

邊庭飄颻那可度，絕域蒼茫更何有？殺氣三時作陣
雲，寒聲一夜傳刁斗。

相看白刃血紛紛，死節從來豈顧勳？君不見：沙場
征戰苦，至今猶憶李將軍！

【詩意】

　　戰火的煙塵還瀰漫在漢朝的東北邊境，於是奉命增援前線的漢朝
大將便豪邁地辭別家人，帶領著遠征軍前去掃蕩敵寇的殘餘部眾（編
按：此處可能暗示前線守將隱瞞軍情，謊報戰功）。漢家兒郎原本就
以馳騁沙場的本事自豪自負，而天子又特別賞識驍勇善戰的猛將，給
予他們非比尋常的禮遇和恩寵，他們的士氣當然也就更加昂揚了！

　　（且讓我們隨行前去拍攝遠征軍吧！）他們敲鉦擊鼓，軍容浩蕩
地向山海關出發，高舉的軍旗盤屈如遊龍般綿延在碣石山間。突然接
獲校尉（編按：應指前線守將）緊急從瀚海沙漠傳來戰情危殆的軍用
文書：原來匈奴的首領正在迅速徵調各部兵馬，他們準備傾巢而出的
獵火已經照遍了整座狼山了！

　　（讓我們先把鏡頭轉向危急的前方防線：）在極其荒涼偏僻的邊
地，山川都顯得蕭瑟而冷清，相當有利於敵方馳騁前進；胡人的騎兵

往往像捲地而來的狂風驟雨一般，不斷衝擊著死守在孤城中的漢軍士卒。正當這邊的戰士們在拼命搏殺而死傷大半時，（讓我們再回顧另一邊：）遠征軍主帥的營帳裡，美人也正在香汗淋漓地酣歌曼舞……。

（我們再回頭看看前線：）深秋的大漠裡，滿眼都是枯黃的衰草，在落日斜暉的映照下，被圍困的孤城裡能夠挺身戰鬥的士卒是越來越少了……。（這不禁讓人感慨：）蒙受天子特別恩寵禮遇的邊城守將和遠征軍主帥，往往驕縱而輕敵，以至於即使漢朝在關山耗盡兵力，也始終無法為形勢危急的邊城解圍，反而自己也陷入被圍剿的困境中。

（讓我們再同時兩邊對照看看：）身穿鐵甲而遠赴塞外的士卒，長期辛苦地戍守征戰，他們的妻子自從夫君離家以後，應該每天都以淚洗面吧！當少婦在長安城南的深閨裡柔腸欲斷時，征人也正在薊北回首中原，空自懸念不已……。

（唉！空斷腸哪！莫回首啊！）邊庭是那麼迢遠遼闊，縹緲的夢魂那能度過千山萬水和家人短暫相會呢？在絕無人煙的荒塞裡，他們回首的眼眸中除了無邊無盡蒼茫的沙漠之外，還能看見或聽見些什麼呢？只有從早晨開始，歷經中午，直到傍晚為止，騰騰的殺氣無時不凝聚成陰鬱濃密的戰雲，以及伴隨著秋風傳來的徹夜巡邏警戒的刁斗聲，令人憂苦心酸罷了！

好不容易才捱過淒寒而漫長的夜晚，他們彼此慘然相望之後，又得打起精神在刀光劍影裡格鬥，在腥風血雨中肉搏！他們只有誓死報國的志節，那裡想過要謀取個人的功勳呢？

您可曾看清楚：他們在沙場征戰的生涯是多麼地艱險危苦！直到現在，大家依舊對能夠愛護部屬而奮勇退敵的李廣將軍追念不已！

【注釋】

① 詩題—《樂府詩集》卷32〈相和歌辭·平調曲〉中有本題*，郭茂

倩引《廣題》曰：「燕，地名也；言良人從役於燕而為此曲。」此調創自曹丕，至高適時計有十一首，大抵皆模擬思婦口吻，以曼聲麗辭反復抒發良人行役不歸的怨曠之情，極盡纏綿哀悱之能事。

＊　編按：本詩原有序云：「開元二十六年，客有從御史大夫張公出塞而還者，作〈燕歌行〉以示適。感征戍之事，因而和焉'。」序中張公，指張守珪（684－740）。客，不詳，其所作之〈燕歌行〉亦不可見。序中「御史大夫張公」六字，或作「元戎」二字。

② 「漢家」句——漢，代指唐而言。煙塵，烽煙戰塵，代指邊境戰事。東北，泛指奚族、契丹等外族擾邊入寇的地區。

③ 「男兒」句——橫行，馳騁沙場，如入無人之境；《史記・季布傳》載樊噲對呂后誇口說：「臣願得十萬眾，橫行匈奴中。」唐汝詢《唐詩解》說：「言煙塵在東北，原非犯我內地，漢將所破，特餘寇耳。蓋此輩本重橫行，天子乃厚加禮貌，能不生邊釁乎？」換言之，本句意在責備邊將輕開邊釁，妄生事端，以圖功勳。

④ 「天子」句——非常，破格也。賜顏色，謂禮遇有加，寵賜優渥＊。

＊　編按：張守珪，陝州河北人，開元十五年至二十三年之間，歷任瓜州刺史、墨離軍使、幽州長史兼御史中丞、營州都督、河北節度副大使兼御史大夫，於東北邊境屢立戰功，勳業彪炳，曾蒙玄宗召見賜宴，並賦詩寵眷，御賜金彩，二子授官，又詔令立碑紀功，拜為輔國大將軍、右羽林大將軍，誠可謂寵遇非常，榮盛一時矣。

⑤ 「摐金」句——摐，音ㄔㄨㄤ，撞擊。金，鉦、鈴一類的銅製軍樂器，行軍時敲擊以壯聲勢。伐，擊也。下，出也。榆關，即山海關，在今秦皇島市東北約十五公里處，當河北與遼寧分界嶺，東距海邊約四公里，自古即為漢民族通往東北的要塞。

⑥ 「旌旆」句——旌，竿頭飾有羽毛的旗幟。旆，音ㄆㄟˋ，大旗。

逶迤,音ㄨㄟ ㄧˊ,蜿蜒綿長狀。碣石＊,山名,在今河北省昌黎縣北方約五公里處,山海關在其東北約三十公里處(編按:此依《中國歷史地圖集》比例估算,如依《中華人民共和國國家地圖集》估算,則約五十餘公里)。

＊ 編按:榆關、碣石兩地,與下文中之瀚海、狼山等地,相距甚遙,詩中殆用以泛指以長安而言的東北邊塞,範圍涵蓋甚廣,而且歷代對「燕」所指涉的幅員也屢有變遷,故難以確指位置。

⑦ 「校尉」句──校尉,次於大將的武官,此泛指駐紮沙塞的邊地長官。羽書,插有羽毛以示火速傳遞的軍用文書。瀚海＊,沙漠之代稱,一說指今內蒙古赤峰市西北、西拉木倫河上游的沙漠區,古時為奚族所居之地,位於山海關北方約三百餘公里處。

＊ 編按:瀚海,一說謂西北地區的維吾爾族稱陡峭山崖所形成的陂谷為「瀚海」,見岑參〈白雪歌送武判官歸京〉注⑤。本詩中之瀚海,應以奚族所居之處較貼切。

⑧ 「單于」句──單于,匈奴對領袖之尊稱。獵火,古代游牧民族出征前舉行大規模校獵活動時所持的火炬,可以代指戰爭、烽火、煙火而言。狼山,殆指陰山山脈西段,東距山海關已達一千公里以上[2]。

⑨ 「山川」二句──蕭條,荒涼寥廓、蕭瑟冷清。極邊土,窮極邊界的僻遠之處。胡,泛稱東北外族。憑陵,衝擊侵犯,凌逼壓迫。雜風雨,形容胡騎之迅捷剽悍,勢如狂風驟雨,銳不可擋;劉向《新序‧善謀》載韓安國云:「且匈奴者,輕疾悍亟之兵也,來如風雨,解若收電。」

⑩ 「大漠」四句──大漠,泛指塞北荒漠地區。窮秋,深秋苦寒之時。腓,音ㄈㄟˊ,草色枯黃貌。孤城,泛稱戍守之地,難以確指。未解圍,指馳援而來的遠征軍也無法解除危城告急的形勢,反而也陷入被圍剿的困境之中。

⑪ 「鐵衣」四句──鐵衣，鐵甲。玉箸，玉製的筷子，借喻思婦臉上長垂不斷的兩行珠淚。城南，長安城裡的民宅區位於城南，故云。薊北，唐時薊州治所在漁陽，位於今河北薊縣；然此處則泛指東北邊地。

⑫ 「邊庭」句──飄颻，迢遞遼闊貌，或形容秋風淒寒蕭殺狀。度，指夢魂飛渡關山萬里，可兼涵征夫與思婦雙方而言。

⑬ 「殺氣」句──三時，指春、夏、秋三季；《左傳‧桓公六年》：「謂其三時不害，而民和年豐也。」孔穎達疏：「謂其春、夏、秋三時，農之要節，為政不害於民，得使盡力耕耘，自事生產。」古時常於冬季作戰，以免妨礙農事，且便於徵召士卒；今三時皆戰，則終年從事戰鬥矣。一說指早晨、中午、傍晚，亦即整個白晝，以與下句之「一夜」相對。作陣雲，殺氣蒸騰成密佈之戰雲，可見兵凶戰危，死傷慘烈。

⑭ 「寒聲」句──可視為「刁斗一夜傳寒聲」的倒裝。刁斗，古時軍中所用可容一斗的銅製炊具，夜裡巡邏警戒時則敲擊以代更柝。寒聲，淒寒的風聲與令人聞而心驚膽寒的刁斗聲。

⑮ 「相看」二句──相看，城中倖存的士卒慘然對望。白刃血紛紛，形容浴血力戰，決不放棄。死節，誓死報國的志節。顧，念也；顧勳，掛念個人的勳業。

⑯ 李將軍──指被匈奴稱為飛將軍的李廣＊，操持廉直，得賞賜則分其麾下，飲食與士卒共享；待人寬厚而不嚴苛，士卒皆愛敬之而樂於效命。《史記‧李將軍列傳》稱他「乏絕之處，見水，士卒不盡飲，廣不近水；士卒不盡食，廣不嘗食。」

＊ 編按：一說李將軍指趙國的良將李牧，也以愛護士卒，能得其死力著稱。然作者另有〈塞上〉詩云：「維昔李將軍，按節出此都；總戎掃大漠，一戰擒單于。常懷感激心，願效縱橫謨；倚劍欲語誰？關河空鬱紆。」也是以單于和李將軍對舉，則此處李將軍殆

指李廣而言。

【補註】

01 唐人所編的《河嶽英靈集》及宋初所編的《文苑英華》所錄之序
文皆作「開元十六年，客有隨御史張公出塞而還者……。」然張
守珪開元二十一年始兼御史銜，則序文顯然有誤，是以不錄。

02 據《中國歷史地圖集》可知漢時並無「狼山」之名，而有狼居胥
山，在今內蒙古自治區首府烏蘭巴托東邊，遠在山海關西北約一
千二百公里處。至於唐時的狼山則為陰山山脈的西段，在今內蒙
古自治區烏蘭布和沙漠北方、黃河河套西北，位於山海關以西達
一千公里以上。這兩地既在長城以北，又為西漢時之匈奴、東漢
時之鮮卑、唐時之突厥與回紇盤踞之地，似較符合詩意；而且上
述外族佔領之地甚廣，其南境可以直抵河套地區，故以河套西北
之狼山較為可能。

【導讀】

這是一首形式整齊，結構特殊，而且筆力矯健遒勁，氣勢雄渾奔
放，詩思跌宕頓挫，情感細膩悽愴，音調瀏亮悅耳，議論沉痛鬱憤的
邊塞名作。詩人除了以次句的「破殘賊」三字暗點東北守將謊報軍情
外，全篇主旨在譴責馳援遠征之將領恃寵驕縱，荒忽職責，以致軍事
失利，圍城不解，徒使士卒或滯久不歸，或命喪胡沙，流露出詩人既
同情士卒，又憂憤邊事的感慨之意。

本詩總共二十八句，可以分成每四句一組的七個獨立段落。

就情節的發展而言，前八句彼此相互鉤連，以求脈落清晰綿貫，
敘述完整細密。從第三段開始的「山川蕭條極邊土，胡騎憑陵雜風雨」
以下，則時或採用兩面觀照的手法、示現烘托的技巧與唏噓唱嘆的語
氣來增加詩歌的藝術魅力，因此令人有繪影繪聲，如見如聞的親臨

感。

　　就韻調的配置而言，大抵依照韻隨意轉的原則安排，每個段落，除了第三句以外，全都入韻[1]；由於韻腳密集，因此節奏加快，有助於表現緊迫危急的戰況。五、六段則採用同一韻部，使節奏稍微舒緩，有助於抒發纏綿哀怨的情懷，形成吁嗟低回的悲涼氣氛。而且每個段落間則以平仄互換的方式轉韻，一方面使聲情較為和諧悅耳，優美動聽；一方面也使聲調抑揚頓挫，鏗鏘有力，能夠展現出邊塞詩篇雄渾豪邁的氣勢。再加上大量使用疊韻詞，如：橫行、逶迤、蕭條、憑陵、關山、辛勤、斷腸、飄颻、蒼茫等，增加了綿邈婉轉的音樂感，更顯得風神搖曳，錯落有致；因此邢昉《唐風定》評曰：「金戈鐵馬之聲，又玉磬鳴球之節，非一意抒寫以為悲壯也。」

　　「漢家煙塵在東北，漢將辭家破殘賊」兩句，像說書人的開場白一般，先交代故事的時空背景和爭戰的緣由。「男兒本自重橫行，天子非常賜顏色」兩句，則暗諷武將貪圖功勳，輕啟邊釁；天子又不辨利害，不明是非，以致助長悍將窮兵黷武而糜爛士卒的舉動。「摐金伐鼓下榆關，旌旆逶迤碣石間」兩句，是示現遠征軍的軍容壯盛，軍威浩蕩，士氣高昂，同時側寫將領自負得不可一世的驕態。「校尉羽書飛瀚海，單于獵火照狼山」兩句，採用駢偶句法，表現出雙方在前線對陣時嚴肅而緊張的氣氛，因此守軍求援的羽檄，急於星火地飛渡沙漠而來；匈奴也緊急動員，徵調兵馬，以致校獵的火炬可以照遍廣袤的狼山！敘述至此，精明的聽眾應該可以發現：原來前面所謂的「殘賊」並非不堪一擊的傷兵殘卒，而是匈奴傾巢而出的精銳親兵；則遠征軍將如飛蛾撲火、羊入虎口的敗戰命運，以及邊塞守將隱匿軍情，妄圖掩飾守邊不力的罪過，並謊稱克敵奏捷以邀功的僥倖心理，也就隱然可知了！由於這八句能夠採用摹寫示現的手法，因此能令人在心目中浮現出煙塵滾滾、威風凜凜、皇恩浩浩、軍樂鏦鏦、鼓聲咚咚、旌旗獵獵、軍容赫赫、瀚海漠漠、烈火熊熊、騎影幢幢的畫面，已經

為短兵相接的鏖戰渲染了有力的氣勢。

「山川蕭條極邊土，胡騎憑陵雜風雨」兩句，鋪敘前線守軍在窮邊極遠的荒漠中，無險可守而進退失據；胡騎則有天時地利之助而攻勢猛烈，銳不可當。「戰士軍前半死生，美人帳下猶歌舞」兩句，則以極其衝突矛盾的兩個畫面作尖銳的對比，凸顯出前線的軍士敗狀已露，死傷枕藉而命懸一髮之際，應該馳援的遠征軍的將領卻正在耽溺聲色，縱情享樂！如此令人震驚的巨大落差，說明了漢軍必敗的原因，不僅是孤城殘軍難以抵擋凌厲暴虐的攻勢而已，還有遠征將領此時昏聵愚蠢地狎妓宴飲，緩於馳援解圍，既辜負皇恩，置民族存亡於度外，又愧對戍守的士卒，忍令他們肝腦塗地；同時也為末段的總評「至今猶憶李將軍」預留了沉痛深切的伏筆。因此宋宗元《網師園唐詩箋》說：「沉痛語，不堪多讀。」《唐宋詩舉要》也引吳北江之評曰：「二句最為沉至。」如此以說書人穿梭時空、出入古今的全知觀點作鮮明的對照，自然令人有親見親聞時義憤填膺的真切感受。

「大漠窮秋塞草腓」七字，既描繪出蕭殺秋風吹黃牧草的衰殘景象，烘托出邊塞荒涼寥廓的氣氛，也表示此刻正是匈奴士飽馬肥，戰力最為強悍的秋季，自然引出「孤城落日鬥兵稀」七字，透露出圍城已經力竭兵稀，奈何救援不至，只能坐以待斃的危苦之意。詩人特別以落日餘暉的昏黃光線來替薄弱的孤城敷色，正象徵了殘兵敗卒無可避免的淒涼命運！「身當恩遇常輕敵，力盡關山未解圍」兩句，則兼寫前線沙塞的殘軍與馳援而來的將領；他們原本都是以縱橫沙場而自傲，且又蒙受「天子非常賜顏色」的虎賁之士；奈何竟貪功輕敵，以至於邊庭的烽火始終未息，甚至連援軍也身陷危城之中！詩人說書至此，原本將帥誇耀能橫行疆場時的驕矜自負，和欣承皇恩時的意氣自雄，以及浩蕩出師時的威武顯赫，早已全然灰飛煙滅，令人不勝感慨憂慮；而且又正好與深秋草枯，孤城落日的殘破荒涼景象相互映襯，使人倍覺感傷，是極為高明的即景即情，夾敘夾議的手法。

「鐵衣遠戍辛勤久」七字，是詩人跳開刀光劍影，腥風血雨的格鬥場面，帶領聽眾的心神潛入圍城之中，去貼近激戰之餘倖存士卒的心靈，並替他們抒發戰爭未已，久戍難歸的苦悶。「玉筋應啼別離後」七字，是直探征夫懸念妻子時疼惜不忍的心理，並想像妻子淒苦欲絕的神態；「應」字透露出士卒思家念遠時的揣測與體貼。「少婦城南欲斷腸」則經由兵士的遙想，又帶領聽眾前往長安城南去探望粉淚盈盈的閨婦，看她們是如何為丈夫的安危而憂思成疾，憔悴瘦損，甚至於柔腸欲斷。「征人薊北空回首」七字，再度引導聽眾飛回孤城來觀察征夫望鄉的眼眸中飄浮著的無奈與茫然，並為他們的牽腸掛肚，長情不減發出浩嘆！

詩人在這四句中採用兩面映襯對照的手法，把兩地相思而苦不得見的情景，用錯綜的句法來交互呈顯，最有纏綿悱惻，哀怨欲絕的韻致；因此王夫之《唐詩評選》稱賞這種倒裝錯綜以見身隔兩地而情牽一線，關山難度而心飛萬里的筆墨，最為「神理不爽」。再者，「少婦斷腸」的情景，不僅與「征人回首」的畫面形成兒女情長和英雄氣短的對比，傳達出哀怨悱惻的綿長思慕之意，又與「美人歌舞」的熱鬧形成心酸悽楚和沉湎歡樂的強烈對比，凸顯出軍士的情深義重與將領的薄情寡義。此外，「鐵衣遠戍辛勤久，玉筋應啼別離後」兩句，是時間的逆溯追憶；而「少婦城南欲斷腸，征人薊北空回首」兩句，則是空間的轉移變換；時空的交錯疊映，不僅能具體呈現出所有征人困守孤城時幽微複雜而又曲折沉痛的心境，也能浮現出相思情切而黯然銷魂的憂苦容貌，可謂形神畢肖，入木三分，最具撩人情愁的藝術魅力。

「邊庭飄颻那可度？絕域蒼茫更何有」兩句，是把困守圍城的士卒，由於思鄉望遠而湧現的溫柔情懷與縹緲心魂拉回城裡，並化為悽慘的絕望：城南的少婦儘管日夜悲啼，妝淚如雨，依然無法遠渡關塞而來夢中相會；薊北的征人儘管望眼欲穿，歸思悠悠，仍舊無法返家

歡聚！因此他們只能在「殺氣三時作陣雲」的白晝裡鼓足餘勇而作困獸之鬥，又在「寒聲一夜傳刁斗」的悲涼柝聲中勉強提起精神來徹夜警戒；他們早已意識到自己隨時會在詭譎蕭殺的沙場上喪失生命，成為飄盪在異域的孤魂野鬼了！

經由以上的鋪敘演示，已經把守軍和援兵陷身重圍的過程交代清楚了，也把征夫無可排遣的愁苦心理刻劃得細膩入微了，更把昏昧荒唐的將領應該遭受譴責的主旨烘托的淋漓盡致了，於是詩人進而拈出「相看白刃血紛紛，死節從來豈顧勳」兩句，來歌頌士卒在氣衰兵稀、苦無後援的孤城中仍然浴血鏖戰，力戰不屈的奮勇精神，並對他們誓死報國的忠貞志節表達既景仰又悲憫的崇敬之意，同時更和「天子非常賜顏色」「身當恩遇常輕敵」「美人帳下猶歌舞」三句成為強烈的對比，有力地譏諷了貪功好戰、輕敵誤國的將領之罪無可赦，從而鞭逼出一腔的激憤，更噴薄出千古的長嘆：「君不見：沙場征戰苦，至今猶憶李將軍！」

換言之，就在聽眾仍然深陷在歷史情境中，感覺到無比悲憤時，說書人突然跳出來為千古以來埋骨黃沙的漢家兒郎抒發激越跌宕的不平之氣，自然令聽眾感到血脈賁張而扼腕不已！尤其是以李廣能愛護部屬如保赤子，和詩中將領草菅士卒無異腐鼠的作為相映襯；又以李廣的絕甘分少和詩中將領的耽溺聲色作對照；更以李廣威懾醜虜，使之不敢越雷池一步，來和馳援的驕兵悍將也身陷重圍，無法出孤城半步相比較；因此，儘管出語樸婉，但是沉痛入骨的絃外之音，卻顯得格外悲愴，也格外悠長。

除了對比鮮明，託諷深遠；韻隨意轉，平仄和諧；聲調鏗鏘，氣韻綿長；摹寫示現，狀溢目前；時空疊映，錯綜有致等優點之外，詩人也很注意奇偶互用，駢散相間的效果。在本詩二十八句共十四聯中，除了一、三、十一、十三、十四等五聯以外，全都出之以駢偶句法，因此能在散調中見出沉雄鬱勃，嚴整凝鍊的氣勢；也在駢偶中奏出行

雲流水，飄逸清峻的聲調，因此沈德潛《說詩晬語》說：「高、岑、王、李四家，每段頓挫處，略作對偶，於局勢散漫中，求整飭也。」清人宋育仁《三唐詩品》也說：「蒼放音多，排奡騁妍，自然沉鬱。駢語之中，猶能頓宕，啟後人無限法門；當為七言（古詩）不祧之祖。」

　　雖然就詩歌主題而言，本篇與王昌齡的〈出塞〉詩：「秦時明月漢時關，萬里長征人未還；但使龍城飛將在，不教胡馬度陰山」相同，但是由於本詩的體制雄偉，技巧繁富，結構嚴謹，情節生動，因此藝術效果不可同日而語。作者不論是描寫武將的驕矜自負，出師的威風凜凜，軍情的緊張危急，胡騎的剽悍迅猛，士卒的視死如歸，邊將的愚闇失職，塞外的荒涼景色，敗軍的無力突圍，孤城的淒涼命運，征夫的思歸念遠，少婦的柔腸粉淚，戰場的風雲詭譎，大漠的遼遠難度，夢魂的徬徨無助，以及刁斗的淒涼、殺氣的濃密……，全都刻劃得鮮明具體，氣韻傳神，因此整體情境充實飽滿，全篇風格變幻多端：或雄奇、或壯偉，或蒼涼、或悲悽，或哀怨、或纏綿，或紆鬱、或愁慘，或激切、或憂傷……，可謂魚龍百變，能令鬼神惶怪！因此殷璠《河嶽英靈集》說：「甚有奇氣。」吳喬《圍爐詩話》說：「縱橫出沒，如雲中龍。」換言之，王詩固然凝鍊蘊藉，發人深省；但是終究不如本詩的波瀾壯闊，扣人心弦。

　　如果把本詩的文字轉換成感情豐富的語音表演來體會，可以發覺高適的確是一位很棒的說書人，因為在他舌燦蓮花的敘述下，不僅歷史戰役的時空背景和慘烈情狀，活靈活現地印在聽眾的心版上；而且由於擅長渲染氣氛，掌握情境，又能變換時空，穿插情節，因此聽眾的心魂彷彿追隨其唱嘆有致的語調而遠赴沙塞，飛越關山，穿梭在不同的歷史情境中，產生驚心動魄的親切感受。正當所有的聽眾徘徊在窮邊絕域的荒漠之中而迷途忘返之際，作者又以一句「君不見」來召回大家如痴如醉的心魂，帶引聽眾跳脫歷史情境之外，回到說書棚下來聽他作總評：「至今猶憶李將軍！」由於高適唱作俱佳，不僅把情

節表演得傳神生動，入木三分，而且把歷史教訓詮釋得簡潔有力，擲地有聲，因此讓聽眾在聆賞了這一段說書評史的獨腳戲之後，自然覺得深獲我心而讚賞有加。唯其如此，才使本詩不僅成為高適樂府的傑作，也是唐代邊塞詩中可以傳誦千古的長篇偉構。

【補註】

01 施蟄存《唐詩百話》頁 121 說：「這首詩一共用了七個韻，每韻成為一首絕句。第二、四、七韻是平韻絕句，其餘都是仄韻絕句。每一首絕句都押三個韻腳。第四韻『大漠窮秋塞草腓』，這個『腓』字有許多本子都作『衰』字，肯定是錯的；因為『腓』字是韻。第六韻『邊庭飄颻那可度』，這個『度』字下句的『有』『斗』二字現在讀起來好像不押韻，但在唐代可能是押韻的。『度』應當讀如『豆』，如果不是古音，准是方言韻。」這種推測，合情入理，故依其說。

115 送李王二少府貶峽中長沙（七律） 高適

嗟君此別意何如？駐馬銜杯問謫居。巫峽啼猿數行淚，衡陽歸雁幾封書？青楓江上秋帆遠，白帝城邊古木疏。聖代即今多雨露，暫時分手莫躊躇。

【詩意】

當馬匹停駐在長亭邊，我們共飲幾杯送行的水酒時，你們（終於壓抑不住心中的落寞與惆悵，在多次欲言又止的掙扎之後）向我詢問你們即將前往的謫所的種種情況。我的內心不禁深深地感嘆：這次你們遠離京洛，心中真是不知道充滿多少橫遭打擊的忿恨苦悶、陷入困

境的焦慮不安，以及前程渺茫的驚懼惶恐啊！依照我的經驗來看：李兄所要前往的巫峽，常有高猿啼嘯而惹得行旅之人清淚滿襟（不過我想以李兄的豁達爽朗，倒還不至於黯然神傷才是）；而王兄前去長沙後，可以把平安書信託付給由衡陽北返洛陽的鴻雁送來給我（也還不至於覺得坐困愁城、孤立無援才對）。王兄還不妨在青楓江邊眺望遠方的點點秋帆而敞開胸懷；李兄也可以領略白帝城邊蕭森的古木所特有的幽情遠韻而寵辱皆忘……。如今正是政治清明的偉大時代，皇恩如同霑被萬物的雨露一般無遠弗屆（所以我深信你們很快就會被召還重用），實在不必為了這次短暫的分手而懷憂喪志，躊躇再三啊！

【注釋】

① 詩題——為筆者所節略，原作「送李少府貶峽中王少府貶長沙」。少府，唐時對縣尉的別稱。李、王二人之名事不詳。峽中，泛指今四川東部的長江沿岸地區。長沙，今屬湖南。編按：本詩殆為至德三年（758，二月改年號為乾元元年）作者在洛陽任太子少詹事時送別友人之作，見金性堯注及周勛初《高適年譜》。

② 「嗟君」二句——此為倒裝句，如按動作的時間先後，應作「駐馬銜杯問謫居，嗟君此別意何如？」問謫居，指遭貶二人不安地詢問打聽謫所的種種狀況。

③ 「巫峽」二句——巫峽啼猿，參見李白〈長干行〉及〈早發白帝城〉注。衡陽歸雁，相傳秋季北雁南飛時，至衡陽回雁峰即於落雁坪歇止，待來春再行北返。又，古有雁足傳書之說，故作者叮囑貶往長沙的王少府，應託鴻雁捎書信到北方的洛陽，既聊遣旅況之寂寥，也稍慰自己對王的思念之情。

④ 「青楓」二句——青楓江，又名瀏陽水，因流經長沙南方之青浦（又名雙楓浦），故有「青楓江」之稱；又流經長沙折向西北而注入湘水。白帝城，舊址在今四川省奉節縣東白帝山上，山峻而城高，

如入雲霄之中；相傳東漢末年時公孫述至魚腹縣，見白龍出井中，自以為有稱帝為王之徵兆，於是自稱白帝，以山為白帝山，城為白帝城。

⑤ 「聖代」二句——安慰友人不久將被召還京城，無須懷憂喪志。聖代，當代之美稱。雨露，借喻皇恩。躊躇，滿腹憂悶而跼躅猶豫、徘徊不前貌。

【導讀】

本詩是送別分別被貶到四川和湖南的兩位友人，為了避免有所偏頗而造成輕重失衡的現象，因此作者採用兩面並陳而又同時觀照的方式：第三句寫李少府至巫峽，第四句就寫王少府赴湖南；第五句直承四句的王而來，第六句又遙應第三句的李而發。如此錯綜銜接之後，形成中間兩聯的銖兩悉稱，旗鼓相當；因此周珽在《唐詩選脈會通評林》評曰：「脈理針線錯落，自不知所自來。」正是欣賞詩人能夠巧為安排穿插，使兩聯功力悉敵、平分秋色的佈置之妙。

「嗟君此別意何如，駐馬銜杯問謫居」兩句，意謂：駐馬路邊，餞別長亭時，王、李二人難掩遭貶謫的落寞情懷，不安地問起謫所的情形，使詩人不禁感嘆二人貶離京國，內心真不知有多少前程渺茫的惶恐憂懼。詩人故意錯置對話的先後順序，既可避免平鋪直敘的單調呆板，又能符合平仄安排的要求，還能藉著輕嘆的語氣與關懷的詢問，造成起勢的突兀高古，產生一唱三嘆的特別情韻；因此《唐宋詩舉要》引吳北江之言說：「起得丰神。」而且由於倒裝句法的關係，又讓「問謫居」三字正好落在首聯之末，自然引出中間兩聯的景物，巧妙融入作者的安慰與愛護之意，使首聯的「別意」和「謫居」這兩個重要的詞語，在中間兩聯都有了自然的呼應，從而讓全詩一氣舒卷而又開闔有法，句聯意串而又條理井然，因此馮班說：「中二聯從次句生下。」（《瀛奎律髓匯評》）應該注意的是：「嗟」字只是詩人自己出於同情

與理解的內心感嘆，實際上並未表現於外；因為即將分手之際，送別的詩人卻不去勸慰焦慮苦悶的謫宦，反而在席間長吁短嘆起來，恐怕正是使遷客更加難堪的搧風點火甚至是火上加油之舉，實非深諳人情義理的作者應有的作為。

作者高適此時五十七歲，曾經宦遊各地，閱歷豐富，對於四川、湖南一帶素所熟稔，因此面對兩人的詢問打聽，便專揀巫峽、衡陽等地在傳說中容易使遷客騷人驚懼不安的情景加以開脫，自然帶出頷聯的景象。「巫峽啼猿數行淚」是說李少府所要前往的巫峽，常有高猿啼嘯，惹人落淚；但以李兄的豪爽豁達，當不至於英雄氣短。「衡陽歸雁幾封書」是說王兄可以託付由衡陽北返洛陽而經過長沙的歸雁捎回平安書信，當不致有坐困愁城，舉目無親的苦悶。「青楓江上秋帆遠」是料想王少府在長沙時，可以佇望秋帆遠空而暢放胸懷，寄託歸思。「白帝城邊古木疏」是遙想李少府可以在古木成林的白帝城發思古之幽情，其間自有足以流連徘徊的深情遠韻。這四句是在李、王二人的詢問之後，作者聞聲知意與察言觀色後的安慰排解語，充分表現出作者對待後輩的關愛之意；寫得溫柔敦厚，語淺情深。何焯說：「中四句神往形留，真是與之俱去；結句才非世情常語，乃嗟惜之極致也。」（《瀛奎律髓匯評》）的確是善體騷心的評點。

就藝術手法而言，中間兩聯在工整的對偶之中，又有句法的錯綜變化：「青楓江上」句是直承「衡陽歸雁」而來，「白帝城邊」句是回扣「巫峽啼猿」而生。如此錯綜盤紆的句順，可以曲傳詩人一體關心而又兩面牽掛以致腸迴九曲的用意，相當耐人尋味。經過如此安排之後，使得三、六句是寫李少府的謫所而景中藏情，四、五句是寫王少府的貶地也情寓景中；可謂整齊中有變化，錯綜中見和諧，別有動人的情韻。再者，啼猿清厲和歸雁悠悠，在古典詩詞中既積澱有豐富的情思，又有動態的形象與聲音，自然可以和巫峽、衡陽山高水廣的靜態景觀，形成動靜相襯的聲色之美；秋帆渺渺和古木蕭蕭，既有幽遠

的情思，又有搖曳的動態感，也自然可以和青楓與白帝的色相，以及平水古都的靜態景觀，形成動靜互映的形色之美。因此，儘管前人對中間兩聯頗有微詞¹，但仍無礙於本詩成為七律名作，因為其中自有動靜的映襯、句法的錯綜、聲色的渲染、情景的交融，並非一味死套地名而已；因此何焯說：「中二聯，工整中仍錯綜變換。」（高士奇輯《唐三體詩評》引）吳北江也說：「分殊有色澤敷佐，便不枯寂。」（《唐宋詩舉要》引）可見即使中間四句平列四個地名，只要能情寄景中，意餘象外，再加上藝術手法的巧妙安排，和聲色動靜的適度點染，自然可以避免套用固定格式的呆板笨拙。

「聖代即今多雨露，暫時分手莫躊躇」兩句，是以樂觀的態度和慰勉的語氣，描繪出兩人不久將被召還京洛而再獲重用，以及朋友將能重逢歡聚的光明遠景；勸諭之中見真摯，安慰之中顯豁達，可以看出高適溫柔敦厚的性情和磊落開朗的胸懷。因此，即使內容是令人黯然神傷的離別，仍然沒有寒傖苦澀之態和悽楚哀傷之情，無怪乎周敬評曰：「造聯天然巧致，結撰相慰情真。」（《唐詩選脈會通評林》）紀昀評曰：「通體清老，結更平和不迫。」（《瀛奎律髓匯評》）吳北江除了認為本詩「意思沉著」之外，更嘆賞有加地說：「一氣舒卷，復極高華朗曜，盛唐詩極盛之作。」（《唐宋詩舉要》引）

【補註】

01 沈德潛《唐詩別裁》說：「連用四地名，究非律詩所宜，五、六渾言之，斯善矣。」《說詩晬語》也說：「中二聯不宜純乎寫景。」葉燮《原詩》說：「高岑五、七律相似，遂為後人應酬活套作俑。如高七律中疊用『吳峽啼猿』『衡陽歸雁』『青楓江』『白帝城』……四語一意；後人行笈中攜《廣輿記》一部，遂可吟詠九州，實高、岑啟之也。」

【評點】

01 郝敬：清婉流暢，不損天真。（《批選唐詩》）

02 黃生：此雖律詩八句，其實一席老練人情世故說話也。（《唐詩摘抄》）

03 趙臣瑗：「聖代即今」二句，緊照「意何如」三字，唯其嗟之，是以寬之慰之，叮嚀苦誡之。（《山滿樓箋注唐詩七言律》）

04 王闓運：（中）二聯選聲配角，開晚唐一派。（《湘綺樓說詩》）

二三、劉昚虛詩歌選讀

【事略】

　　劉昚虛（按：「昚」為「慎」之古字）（？－735 以前），生平事跡不詳。茲略述不同說法於下（凡經傅璇宗《唐才子傳校箋》辨誤者，則刪略）：

＊《唐才子傳》：嵩山人，性高古，脫略勢利，嘯傲風塵；後欲卜隱廬阜，不果。多與山僧道侶交往。

＊《全唐詩》《全唐文》小傳皆謂江東人。

＊清同治十年（1871）重修之江西《奉新縣志》卷 8〈人物志・宏詞科〉：唐開元中劉昚虛，字全乙，奉化鄉（按：今江西奉新縣西，唐名新吳，屬洪洲之轄縣）人。孝友恭儉，哲悟過人；時吳兢為洪洲刺史，方直而少許可人，獨高其行，特改昚虛所居之里曰「孝悌鄉」以表異之。開元中舉宏詞，累官弘文館校書郎。

＊《唐才子傳校箋》：昚虛有〈登廬山封頂寺〉，詩末云：「雖知真機靜，尚與愛網並；方首金門路，未遑參道情。」謂方求仕進而未遑入道。與孟浩然交遊，嘗有〈暮秋揚子江寄孟浩然〉之作；又與高適、王昌齡、司空曙等，有詩作相寄酬。

　　《全唐詩》存其詩 1 卷，僅 15 首（另有殘句）。

【詩評】

01 殷璠：昚虛詩情幽興遠，思苦語奇；忽有所得，便驚眾聽。頃東南高唱者數人，然聲律宛態，無出其右；唯氣骨不逮諸公。自永明以還，可傑立江表。至如「松色空照水，經聲時有人」，又「滄

溟千萬里，日夜一孤舟」，又「歸夢如春水，悠悠遶故鄉」，又「駐
馬渡江處，望鄉待歸舟」，又「道由白雲盡……清輝照衣裳」，並
方外之言也。惜其不永，天碎國寶。（〈河嶽英靈集〉）

02 鍾惺：妙在只十四首，一字去不得；其用意狠處，全在不肯多。
與嘗愛十四首，命林茂之書成小冊，而題其後有云：「陶公坐高秋，
孤意自先立。」自謂此君實錄。 ○詩少而妙，難矣。然難不在
淘洗，而在包孕；妙不在孤嚴，而在深廣。讀眘虛一字一句一篇，
若讀數十篇；隱隱隆隆，其中甚多。吾取此為少者法。（《唐詩歸》）

03 喬億：於王、孟外，又闢一徑……氣象一派空明。 ○空明深厚，
饒有理趣。（《劍溪說詩》）

04 李慈銘：其詩多清空一氣如話，卻有不落色相之妙；然稍近率易，
殷璠謂其「氣骨不逮」，誠哉是言。（《越縵堂詩話》）

05 賀貽孫：劉眘虛、王昌齡五言古，風味近於王、孟；但王孟澹宕
而眘虛高嚴，王孟疏遠而昌齡綿密。詩家以澹宕疏遠為主，然每
為淺學形似所混；獨高嚴而綿密，非深心此道者亦難與措手。故
世有假王右丞、孟襄陽，而無假劉江東、王龍標也。（《詩筏》）

116 闕題（五古） 劉眘虛

道由白雲盡，春與青溪長。時有落花至，遠隨流水
香。閒門向山路，深柳讀書堂。幽映每白日，清輝
照衣裳。

【詩意】

穿過白雲深處之後，沿著蜿蜒的山路再向上尋訪，兩旁爭紅鬥艷
的花草會伴隨著長遠而清澈的溪水把無邊的春色映入你的眼中。隨時

都會有飄落的花瓣漂浮到你面前，並且還從遙遠的上游隨著流水送來沁人心脾的清香。當你陶醉在途中美景而渾忘疲倦時，也許你已經隱約看見那幽靜的門戶正朝向青翠的山路迎你而來了。進入庭中，才發覺掩映在綠柳深蔭裡，有一座相當雅致的書齋。即使是在陽光耀眼的白晝，當你身在這寧靜的庭院和書齋中，也時時都只會有柔和的光線穿過深密的柳蔭，輕輕映照在你的衣衫上。

【注釋】

① 詩題—唐人殷璠編《河嶽英靈集》時已不知本詩之題目為何，故云「闕題」。由內容觀之，不妨視為作者描寫自己山居的書齋，或者勾勒理想中的幽居景致。

② 「道由」二句—山路穿越白雲盡頭後，又向上蜿蜒而去；曲折的溪水既清澈又悠長，岸旁爭奇鬥艷的花草，也把無邊春色送入行人眼中。

③ 「幽映」二句—每，雖然、即使。意謂即使是在白晝，由於花木扶疏，穿過林蔭而映照在衣裳的陽光也變得柔和可親。

【導讀】

　　根據《唐才子傳》的記載，作者原有意卜居廬山而未果，又常懷嘯傲方外之志；因此這首「闕題」的五古，不妨視為作者描寫自己山居的書齋，或因其人心中本有此清幽靜謐而紅塵不到的淨土，於是以詩歌寫其理想之桃花源。

　　起筆的「道由白雲盡」五字，點明山居所在的地勢極為高峻，所以必須穿越氤氳縹緲的白雲深處，再循著山路蜿蜒而上，才得以尋訪得到；則廬舍之遠離塵世之外，已悠然可想。雖然首句五字所描繪的情境，會讓人聯想到杜牧的〈山行〉：「遠上寒山石徑斜，白雲生處有人家」，不過杜牧的人家正隱藏在白雲蒸騰處，劉愼虛的幽居則似乎

更在雲端之上，因此作者入手就擺脫上山時許多筆墨的描寫，直接由
雲端之上的山路開展詩境，便顯得起勢突兀不凡，很能凸顯出山居之
高與其境之幽。

「春與青溪長」五字，是說山行途中，只見清澈的溪水和岸邊的
花草，正伴隨著漫長而蜿蜒的山路把無邊春色呈獻到行人的眼前來。
詩人以青溪的長度來衡量無法測度的春意，不僅把春意寫得彷彿可以
隨手掬取而兜滿衣袖，春色也因「青溪」二字的點染，顯得更加澄澈
碧綠，使人塵慮盡消；連一路上紛紅駭綠的景色，似乎也都親切地送
到讀者眼前來了。殷璠評論劉慎虛的詩歌時說他：「思苦語奇，忽有
所得，便驚眾聽。」換言之，這兩句看似信口道來的尋常文字，應該
是經過作者爐火純青的錘鍊工夫之後，才能使雕鑿技巧渾化無跡，因
此讀來只覺清新平易，入口即化，卻又能讓人領略到齒頰留香，口舌
生津的甘美滋味。王安石〈題張司業〉詩所謂「看似尋常最奇崛，成
如容易卻艱辛」，應該就是這種境界吧！

「時有落花至，遠隨流水香」兩句，是直承次句的春溪而生發，
一句從視覺落筆，寫其色彩繽紛；一句由嗅覺著墨，寫其芳香襲人。
這一聯流水對，詩人的畫筆不過隨意點染，就能觸手成春，不僅把青
溪上游落英繽紛，使人賞心悅目的優美景致，送到讀者的眉睫之前；
也讓讀者彷彿經歷了這一段山青水綠、草熏花香的旅程，不覺心曠神
怡，塵慮盡消，有如進入了李白在〈山中問答〉詩中所說的「桃花流
水窅然去，別有天地非人間」的世外桃源；大家筆力，的確不同凡響。

由於本詩前半四句，寫景清麗如畫，語言明澈自然，很有王維山
水佳作的情味，因此高步瀛《唐宋詩舉要》評曰：「王、孟勝景。」
可見作者鍊意鍊句的工夫的確已達爐火純青的地步，才能絕無雕琢之
跡，不留斧鑿之痕，使人誦讀時悠然神遠，寵辱皆忘。

「閒門向山路，深柳讀書堂」兩句，一句寫遙望門庭之清靜，一
句寫入觀山居之幽謐。「閒門」意謂塵囂不到，極為清幽；「向山路」

是說柴門朝向山路而設。這五個字表示詩人嚮往紅塵不染，山翠迎人的景觀，也點染出詩人閒雲野鶴般遺世獨立的性格。「深柳讀書堂」五字，則既可以見出詩人自甘淡泊，不慕名利的態度，也表現出詩人好讀書而又不求甚解的雅懷。這一聯可以看出作者蕭散自得而追慕淵明的志趣所在，絕不是以終南為捷徑的沽名釣譽之徒。

「幽映每白日，清輝照衣裳」兩句，是承「深柳讀書堂」而來，進一步表示書齋極為靜謐，柳蔭也頗為幽深，因此即使白日朗照，也唯有柔和溫暖的光線會穿林透戶而映照衣裳，伴人讀書，由此可見山居並非一味幽冷陰森，而是陽光充足，生意盎然，氣候宜人，相當適合隱居讀書的好地方。

儘管本詩八句純然寫景，但是由於詩人胸懷雲山，心有閒情，因此能夠以簡淡素淨的筆墨隨意點染，便描畫出一座充滿詩情畫意的清幽山屋，使人彷彿隨著他生花妙筆的導遊，造訪了雲深不知處的人間淨土，領略了山居歲月裡獨有的淡遠而寧靜的情趣。仔細推敲起來，除了山水有情，花草有意，頗能引人入勝之外，「深柳讀書堂」的知性色彩與風雅情懷，正好和五柳先生「好讀書，不求甚解」的率性適志相互輝映，彼此融合，無形中便把純粹是山水清芬的感性之美，調理得極為和諧恬適，充滿幽情雅趣，使詩中的情境完全擺脫修道煉丹的妄想而貼近人情，所以讀來倍覺親切有味，令人神往。換言之，詩人在「清水出芙蓉，天然去雕飾」的詩句中，不過是抒寫他愛好自然，嚮往山居的情志而已，並沒有遠離紅塵，不食人間煙火的方外之想，所以詩境更為樸實自然，情趣也更為恬和雋永，耐人回味。鍾惺《唐詩歸》評本詩曰：「骨似王、孟，而氣韻隆厚過之。」可見詩人模山範水的筆觸之清妙，無怪乎王士禛《漁洋詩話》稱賞劉詩「超遠幽夐，在王、孟、王昌齡、常建、祖詠伯仲之間。」喬億《劍溪說詩》也給予極高的評價說：「於王、孟外又闢一境，氣象一派空明。」

【評點】

01 唐汝詢：嚴整幽細，五言拗體中之佳者。（《匯編唐詩十集》）

02 顧安：水遠、花香、山深、林密，書堂正當其處，何樂如之！看他「長」字、「時」字、「至」字、「遠」字、「香」字，回環勾鎖，一字不虛。「道由白雲盡」是望見；「閒門向山路」是到來，非重複也。（《唐律消夏錄》引）

03 譚宗：清宕傲逸，純乎古作，不徒所謂拗律已也。（《近體秋陽》）

04 沈德潛：每事過求，則當前妙境，忽而不顧；解此意，方見其自然之趣。（《唐詩別裁》）

05 宋宗元：（「時有落花」二句）純乎天籟。（《網師園唐詩箋》）

06 李慈銘：（「時有落花」二句）十字有禪諦。（《越縵堂詩話》）

07 俞陛雲：起、結皆不用諧律，彌見古雅，初學效之，恐有舉鼎絕臏之患，仍以諧音為妥帖。（《詩境淺說》）

二四、崔顥詩歌選讀

【事略】

　　崔顥（？－754），字不詳，汴州（今河南省開封市）人。開元十一年（723）進士及第，天寶初入朝為太僕寺丞，官終司勳員外郎。

　　崔顥少時雖有俊才而無士行，好蒲搏，嗜酒；娶妻必擇妍美，稍不愜意，即休棄之，前後凡易三四。

　　早歲詩作多寫閨情閒愁，流於浮豔輕薄；後壯遊山川，從軍邊塞，詩風轉趨雄渾高朗，故《河嶽英靈集》稱其「晚年忽變常體，風骨凜然，一窺塞垣，說盡戎旅。」並謂其氣骨遒上之作，可與鮑照並驅。

　　崔顥詩每苦吟而成，嘗病癒而清虛，友人戲之曰：「非子病如此，乃苦吟詩瘦耳。」可見其認真之程度。

　　《全唐詩》存其詩 1 卷，《全唐詩續拾》補詩 5 首。

【詩評】

01 顧璘：崔詩在閨情較勝。（《批點唐音》）

02 徐獻忠：（崔顥）氣格奇俊，聲調葺美，其說塞垣景象，可與明遠抗庭。然性本靡薄，慕尚閨幃，集中此類，殊復不少。……李白極推〈黃鶴樓〉之作，然顥多大篇，實曠世高手；〈黃鶴〉雖佳，未足上列。（《唐詩品》）

03 胡應麟：（崔顥）〈邯鄲宮人怨〉敘事幾四百言，李、杜之外，盛唐歌行無贍於此，而情致委婉，真切如見。後來〈連昌（宮詞〉〉〈長恨〉，皆此兆端。（《詩藪》）

04 許學夷：（崔顥）七言律雖皆匠心，然體制、聲調，靡不合於天成；
所謂「從心所欲不踰矩」是也。（《詩源辯體》）

05 丁儀：（崔顥）善為樂府歌行，辭旨俊逸，不減明遠。〈黃鶴樓〉
詩，尤為膾炙人口，為唐人拗律半格之始，實則晉、宋七言歌行
之變體也。（《詩學淵源》）

117 長干曲四首 其一（五絕樂府）　　　　　崔顥

君家何處住？妾住在橫塘。停船暫借問，或恐是同
鄉。

118 長干曲四首 其二（五絕樂府）　　　　　崔顥

家臨九江水，來去九江側。同是長干人，生小不相
識。

【詩意】

　　「先生──！請問您住在哪裡？我就住在橫塘附近……。萍水相
逢就冒昧停船借問，是因為或許我們正好是同鄉呢！」

　　「哦──！我家正在長江下游邊上，來來去去都在附近的水域討
生活……。原來我們都是長干人氏，可惜從小互不相識……。」

【注釋】

① 詩題─〈長干曲〉屬於《樂府詩集》中的〈雜曲歌辭〉，多寫男女

情事；見李白〈長干行〉詩注①。崔顥所仿製者共計四首，屬聯章之作，內容寫男女青年萍水相逢以致情愫漸生，相互愛慕之事。

② 橫塘—指今江蘇省南京市西南的一段秦淮河邊，與長干相近；相傳是東吳大帝孫權築隄開鑿而成。一說指今蘇州附近的橫塘，則遠離長干一百五十公里以上，殆非。

③ 九江—泛指長江下游一段而言，非實指與南京市相距四百公里左右的江西九江。

④ 生小—自小、從小。

【導讀】

崔顥這組小詩是繼承前代民歌遺風，以男女一問一答的方式，採用樸素平淺的口語，簡潔扼要地捕捉了男女初次相見時的交談內容，細膩入微地刻劃了彼此的心理情態。由於內容生動有趣，感情直率坦白，語言流暢優美，人物性格也隱然浮顯而出，即使未曾深入賞讀詩句，光是聽到這兩段對話，也能充分感受到詩中純真無邪，清淺可愛的趣味。吳喬《圍爐詩話》評曰：「絕無深意，而神采郁然；後人學之，即為兒童語矣。」，沈德潛《說詩晬語》說：「五言絕句，右丞之自然，太白之高妙，蘇州之古澹，並入化機。……他如崔顥〈長干曲〉、金昌緒〈春怨〉、王建〈新嫁娘〉、張祜〈宮詞〉等篇，雖非專家，亦稱絕調。」可見本詩評價之高。

前一首寫少女蓮舟輕泛時暫停槳櫓，向鄰船的男子唐突發問，主動搭訕；讀來聲情宛然，有如天籟（管世銘《讀雪山房唐詩抄》評），而又風神搖曳，撩人情懷。少女何以會在偶然邂逅、萍水相逢時便冒昧請教，作者並未交代，但是不論是由於聽到對方和他人交談時（可能是在靠岸卸貨時，也可能是在錯船而過時）的口音極為熟稔親切而引發她借問的動機，或者是原本就遙望身影，心儀已久，只是苦無相識的機緣；而今江面遼闊，舟旁無人，因而鼓起勇氣自我介紹，少女

的語言都相當流暢自然，態度也落落大方，表現出風行水宿的江湖兒
女豪爽開朗，活潑熱情的個性。話雖如此，少女仍然還有幾分羞澀之
情，因此在請教對方籍里，又自報居處之後，似乎也感覺到自己過於
冒昧，因此便以自言自語的方式為自己的唐突解釋：「停船暫借問，
或恐是同鄉。」這兩句表面上極為合理的說詞，一方面可以看出她心
思之細密，應變之機靈；另一方面也把她內心的羞澀之情欲蓋彌彰地
流露出來了——表面上似乎替自己的冒昧找到理直氣壯的說詞，其實
倒頗有幾分心虛情怯的味道。詩人不過是簡單地白描速寫，並不加上
任何修飾，但是不僅少女停槳發問時凝眸注視對方的情態閉目可想，
連她天真無邪，熱情爽朗的個性，以及七分坦白三分羞怯的心理也躍
然紙上，的確耐人玩味；因此王夫之《薑齋詩話》卷下說：「墨氣所
射，四表無窮；無字處皆其意也。」劉宏煦《唐詩真趣編》也推崇備
至地說：「直述問語，不添一字，寫來絕癡絕真。用筆之妙，如環無
端。心事無一字道及，俱在人意想間遇之。」

　　第二首寫男方的答話部份，似乎有意一句一句加重兩人之間的特
殊關係：地緣接近，生活方式相同，而且還不僅同鄉而已，甚至還是
同一里巷；充分表現出兩人雖然並沒有青梅竹馬的甜美回憶，卻自有
人不親而水親的溫馨感受。換言之，在「家臨九江水，去來九江側，
同居長干里」這三句裡正透露出「啊！原來我們都是喝長江水長大的
呀！」那種驚喜交加的親切情味，無形中便消除了陌生的隔閡，有了
生命情境的交流與共鳴。由於有這麼多的共通點，可以累積成深厚的
淵源背景，因此末句的「生小不相識」便表現出昔日無緣相識的遺憾，
和今日幸喜相逢的快慰。不難想像，當男子在前三句回答對方「君家
何處住」的問題，並肯定對方「或恐是同鄉」的猜測之時，應該也同
時努力搜尋腦海中的印象，想要找出和眼前少女曾經謀面的記憶，卻
又一無所獲；因此末句的「生小不相識」中便含有幾分迷惘與抱歉。

　　仔細比較，可以發覺男子的回答全是據實相告，無所隱瞞；相形

之下，少女的問句就顯得比較婉轉曲折。男子的個性似乎顯得純樸而敦厚，少女則顯得既天真無邪，又慧黠機靈；如果拿金庸筆下的人物來比襯，這一幕水上相逢的對話，直如黃蓉和郭靖的翻版。

　　這兩首語言純淨，風趣清新的佳作，除了人物個性鮮明，形象栩栩如生之外，第一首的前兩句坦率直截，有如江水一洩千里；第三句略作停頓，第四句再作轉折，於是豪邁奔放的流勢便有了迴旋吞吐姿態，詩情也更形雋永有味。第二首的逐句渲染彼此關係，到最後才吐露出未曾相識的遺憾與幸能相逢的喜悅，既回應了少女的問題，也交代了少女所以請教的背景；佈局之巧妙，章法之細密，筆致之簡鍊，的確都有值得學習之處，無怪乎成為傳誦千古的名作。

【評點】

＊ 第一首

01 顧璘：風流蘊藉。（《批點唐音》）

02 朱之荊：次句不待答，亦不待問，而竟自述，想見情急。（《增訂唐詩摘抄》）

03 郭濬：二詩妙在有意無意；正使長言說破，反不及此。（《增訂詳注唐詩正聲》）

04 范大士：婉款真樸，居然樂府古制。（《歷代詩發》）

05 李鍈：此首作問詞，卻於第三句倒點出「問」字，第四句醒出所以問之故；用筆有法。（《詩法易簡錄》）

06 吳瑞榮：首句明明是問，末二句已自包也，卻又故作重複，失檢樣愈見情多，非初盛唐人不肯為此。（《唐詩箋要》）

07 徐增：（首句）問得不可解，然問者意中自有緣故，須要聽者暗會；此中有味，妙不可思議也。（次句）出語神妙。（《而庵說唐詩》）

＊ 第二首

01 顧璘：顥素善情詩，此篇亦是樂府體。（《批點唐音》）

02 陸時雍：宛是情語。(《唐詩鏡》)

03 刑昉：情思纏綿，聲辭逼古，真乃清商曲調之遺也。(《唱經堂杜詩解》)

04 周敬：此與前篇含情宛委，齒頰如畫。 ○楊慎：不驚不喜，正自佳。(《唐律偶評》)

05 徐增：字字入耳穿心，真是老江湖語。(《而庵說唐詩》)

119 黃鶴樓 (七古) 崔顥

昔人已乘黃鶴去，此地空餘黃鶴樓。黃鶴一去不復返，白雲千載空悠悠。晴川歷歷漢陽樹，芳草萋萋鸚鵡洲。日暮鄉關何處是？煙波江上使人愁。

【詩意】

　　傳說中的仙人已經乘著黃鶴遠飛而去了，此地只留下一座黃鶴樓讓人在登臨之際，不免望空遙想，倍增惆悵。仙人駕鶴飛去之後，就不再重返人間了，唯有天上的白雲千古以來悠悠飄盪，始終不變，讓人頗有世事蒼茫的感受。如今我登樓攬勝，只見晴空下隔江的漢陽一帶樹木清晰可見；而西南邊上芳草茂美的鸚鵡洲，則是懷才不遇的禰衡的葬身之地……。傍晚時，天色漸暗，我仍然佇立在樓頭極目四顧，卻分辨不出家鄉究竟是在何方？只見煙水迷茫的江面上，暮靄沉沉，不禁歸思難收而悵惘不已……。

【注釋】

① 詩題—黃鶴樓，相傳始建於吳大帝孫權黃武二年（223），歷代屢毀屢修，舊址在今湖北省武昌長江大橋的武昌橋頭邊，古時與湖

南岳陽樓、江西滕王閣並稱江南三大名勝。古時黃鶴樓因建築雄偉，又當江漢合流之處，登臨覽眺，氣勢非凡，再加上歷代騷人墨客的吟詠，更添傳奇色彩，遂有「天下江山第一樓」之譽。1957年為建長江大橋而拆除，建材均一一編號保存，1985年於武昌市黃鶴山（又名蛇山）西側重建，樓高五層，外覆以黃色琉璃。

② 「昔人」二句—昔人，傳說中的仙人。乘黃鶴[1]，或作「乘白雲」，優劣難斷[2]。空，僅、徒然也；三句之「空」字，義同於此。

③ 悠悠—漂蕩貌。

④ 「晴川」句—謂晴空下可以俯瞰隔江的漢陽，樹木歷歷在目。歷歷，清楚分明狀。漢陽，在漢水北岸，與武昌隔江對峙。

⑤ 「芳草」句—謂可在樓上眺望鸚鵡洲上茂美的芳草。萋萋，草木茂盛貌。鸚鵡洲，在漢陽縣西南江中，相傳東漢末年，禰衡曾為江夏太守黃祖之子黃射作〈鸚鵡賦[3]〉，借鸚鵡之風姿、性情等抒發懷才不遇，淪落不偶的悲憤。後得罪黃祖而被殺，即葬於洲上，世人因而稱此洲為鸚鵡洲。編按：此句可能暗用《楚辭·招隱士》：「王孫游兮不歸，春草生兮萋萋」之意，從而逗引出尾聯鄉關何處，歸思不已之意；同時由於鸚鵡洲上葬有懷才不遇的東漢名士禰衡，因此可能暗寓壯志難酬之嘆。

【補註】

01 仙人乘鶴的傳說非一，以《報應錄》所載較詳：「辛氏昔沽酒為業，一先生來，魁偉襤褸，從容謂辛氏曰：許飲酒否？辛氏不敢辭，飲以巨杯。如此半歲，辛氏少無倦色，一日先生謂辛曰：『多負酒債，無可酬汝。』遂取小籃橘皮，畫鶴於壁，乃為黃色，而坐者拍手吹之，黃鶴蹁躚而舞，合律應節，故眾人費錢觀之。十年許，而辛氏累巨萬，後先生飄然至，辛氏謝曰：『願為先生供給如意。』先生笑曰：『吾豈為此？』忽取笛吹數弄，須臾白雲自空下，畫鶴

飛來，先生前遂跨鶴乘雲而去，於此辛氏建樓，名曰黃鶴。」又，《齊諧志》與《南齊書‧州郡志》則載仙人王子安曾駕鶴至此小憩，後人遂建樓其地而名。《圖經》謂費褘於黃鶴山得道登仙，常乘黃鶴重遊舊地，後人遂於此建樓招鶴，故名；然《太平寰宇記》引《圖經》則仙人名「費文褘」。另一說法則以《報應錄》為藍本，謂吹笛酒客為呂洞賓，畫鶴之具為西瓜皮而非橘子皮者，不一而足。

02 首句之「黃鶴」，唐代選本《國秀集》《河嶽英靈集》《又玄集》，宋代之《唐詩紀事》《三體唐詩》，元代選集《唐音》均作「白雲」；而元代《唐詩鼓吹》始作「黃鶴」，此後之《唐詩品彙》《唐詩解》《唐詩別裁》《唐詩三百首》均作「黃鶴」。本書取習見之「黃鶴」而捨古本之「白雲」，非謂「黃鶴」接近原作，而是因為相傳為李白的模仿之作〈鸚鵡洲〉及〈登金陵鳳凰臺〉也分別重出三次的「鸚鵡」「鳳凰」，似有追風步影之意。雖然高步瀛《唐宋詩舉要》云：「起句云乘『鶴』，故下云『空餘』；若作『白雲』，則突如其來，不見文字安頓之妙矣。」似乎言之成理；但首句若作「白雲」，則前半四句成為「昔人已乘白雲去，此地空餘黃鶴樓；黃鶴一去不復返，白雲千載空悠悠」，其中一、四句自成呼應，二、三句連環頂真，另有參差錯綜之美，未必遜於首句作「黃鶴」者，也未必缺乏文字安頓之妙。再者，高氏以為首句作「白雲」者為淺人妄改，則不敢遽以為信。

03 禰衡（173－198），字正平，少有才辯，博學強記，而尚氣剛傲，好矯時慢物；唯善孔融（153－208）及楊脩（175－219），嘗稱曰：「大兒孔文舉，小兒楊德祖。餘子碌碌，莫足數也。」融亦深愛其才，數稱於曹操。曹操欲召見，衡素輕疾操而稱病不往；操怒，令為鼓吏以罰之，衡乃裸身擊鼓於廣眾之間以辱操，操雖恨而欲誅之，然以衡為名士，恐有不便，乃轉送與荊州刺史劉表，意欲

借刀殺人。衡又侮慢劉表，表亦效操之故技，轉送江夏太守黃祖。後因言語冒犯黃祖而被殺，得年僅二十六。禰衡雖輕鄙黃祖，然與其子黃射相善。黃射宴賓時，客有獻鸚鵡者，射素重禰衡之才，乃舉觴向衡致意曰：「禰處士，今日無用娛賓，竊以此鳥自遠而至，明慧聰善，羽族之可貴，願先生為之賦。」衡乃操觚命筆，文不加點，詞采富麗，觀者無不嘆服。事見《後漢書‧文苑列傳下》。

【導讀】

本詩主題為訪古思鄉，流露出懷才不遇之悲。前半與後半之間，看似截斷兩分，其實深入賞讀之後，可以發覺作者的情思藕斷絲連，脈絡潛通，是以全詩仍具一氣旋折，首尾相應銜之妙。

就詩情的醞釀發展而言，前半登臨懷古，望雲思仙，頗有不勝世事滄茫的感慨，已暗逗後半淪落不偶，不如歸去之情。腹聯即承前作轉，情寄景中：晴川綠樹，歷歷在目，芳草鮮美，萋萋滿洲，正符合《楚辭‧招隱士》：「王孫游兮不歸，春草生兮萋萋」和王粲〈登樓賦〉：「雖信美而非吾土兮，曾何足以少留」的倦遊思歸之意；再加上禰衡淪落不遇，埋骨沙洲的悲劇，更使作者歸思難禁，自然引發尾聯煙波浩淼，日暮懷歸之情。奈何望斷天涯，卻不知鄉關何在，詩人不免惆悵難當；於是詩情又遙映前半蒼茫無際，杳不可尋的意境。換言之，整首詩始終瀰漫著似有還無，若斷若續的愁緒，才使詩情首尾相銜，渾融無隔。

就作法的起承轉合而言，首聯「昔人已乘黃鶴去，此地空餘黃鶴樓」，是借樓名的傳說，讓情懷在神話境界中浮想聯翩；其中「昔人已去」和「此地空餘」的對比，前者引發縹緲的思古幽情，後者興起物是人非的滄桑感慨。頷聯「黃鶴一去不復返，白雲千載空悠悠」兩句，是直承首聯的傳說，抒發神仙傳說之虛幻難驗，現實人生則蒼茫無際的感受，因此元人楊載《詩法家數》稱次聯能緊承首聯為「驪龍

之珠，抱而不脫。」正說明了這兩聯之間銜接自然，意脈相通。腹聯「晴川歷歷漢陽樹，芳草萋萋鸚鵡洲」兩句，則由蒼茫百端的感受，突然盪開筆勢，轉而描寫眼前清麗明媚的景致，暗中融入懷才不遇的感慨，借以引發尾聯悠悠之歸思；詩情固然有藕斷絲連之線索可循，構思卻頗為出人意表，符合楊載所謂「（腹聯）與前聯之意相避，要變化；如疾雷破柱，觀者驚愕」的轉折要點。尾聯「日暮鄉關何處是，煙波江上使人愁」兩句，則以煙波浩淼之景渲染日暮思鄉的典型情境，正好回應前半的雲天渺茫之感，而且又有神龍掉尾的迴旋之姿，使全詩既有細密的明針暗線，又有迴旋起伏的波瀾，值得用心賞讀。

就聲情諧和、氣韻生動而言，前四句看似不假思索，脫口即出，而詞清氣暢，有如行雲流水。作者連用三「黃鶴」而不覺有重疊複沓的累贅之感，反增珠聯玉串，音韻和諧之美，無怪乎相傳謫仙要處心積慮地以三「鸚鵡」、三「鳳凰」加以刻意追摹了。再者，首句「昔人已乘黃鶴去」是以去聲煞尾，既彷彿了失望感歎之音，也勾勒出目送歸鴻的惆悵之感。次句「此地空餘黃鶴樓」是以陽平聲作結，既表現出追慕哀傷之音，也顯示了觸目感懷之情。三句「黃鶴一去不復返」則連用六仄聲，正如六記連續的重鼓，越來越低沉有力，也越來越扣人心弦；既表現出吁嗟唱嘆之音，也彷彿了絕望沉痛之感。「白雲千載空悠悠」則以陰平聲宕出遠神，正如鼓聲在最後懾人心魂的奮力一擊之後，又繼之以悠揚的銅鐘和清亮的玉磬，既敲擊出餘韻繞樑之音，也曲傳出落寞悵惘之情。此外，頷聯純是運古入律，上句先連用六仄，下句又連用三平收尾，正好和「一去不返」和「千載悠悠」的情境妙合無痕，更透露出聲情諧和則氣韻生動的消息；因此讀來不僅有清越疏蕩之氣，又有金石宮商之音，足以傳達悵觸蒼茫之情。後半首則由前半的散行變調轉而整飭規矩，聲情也由高唱入雲化為幽咽惆悵，借以表達淪落之悲和思歸之情。整首詩讀來既壯闊雄奇，又細膩婉約，的確有一唱三嘆，風神搖曳的情味，無怪乎嚴羽《滄浪詩話》推許本

詩為唐人七律第一，而吳昌祺《刪定唐詩解》更說本詩「不古不律，亦古亦律，千秋絕唱，何獨李唐！」

【評點】

01 劉辰翁：但以滔滔莽莽，有疏宕之氣，故勝巧思。（《唐詩品彙》引）

02 方回：前四句不拘對偶，氣勢雄大。李白讀之，不敢再題此樓，乃去而賦〈登金陵鳳凰臺〉也。（《瀛奎律髓》）

03 陳繼儒：前四句敘樓名之由，何等流利鮮活？後四句寓感慨之思，何等清迥悽愴？……賦景抒情，不假斧鑿痕，所以成千古膾炙。○李夢陽：一氣渾成，淨亮奇瑰，太白所以見屈。　○周敬：通篇疏越，煞處悲壯，其妙天成。（《唐詩選脈會通評林》）

04 胡震亨：崔詩自是歌行短章，律體之未成者；安得以太白嘗效之，遂取壓卷？（《唐音癸籤》）

05 邢昉：本歌行體也，作律更入神境。雲卿〈古意〉猶涉鍛煉，此最高矣。（《唐風定》）

＊ 沈佺期，字雲卿，〈古意呈喬補闕知之〉：「盧家少婦鬱金堂，海燕雙栖玳瑁梁。九月寒砧催木葉，十年征戍憶遼陽。白浪河北音書斷，丹鳳城南秋夜長。誰為含愁獨不見，更教明月照流黃。」按：本詩又名〈獨不見〉。

06 顧璘：此篇太白推服，想是一時登臨，高興流出，未必常有此作。……起句高邁，賦景切且實。（《批點唐音》）

07 陸時雍：此詩氣格高迥，渾若天成。第律家正體，不當如是；以古體行律，在五言不可，何況七言？後人因太白所推，莫敢齟齬耳。（《唐詩鏡》）

08 鍾惺：此非出唐高手不能。　○譚元春：妙在寬然有餘，無所不寫；使他人以歌行為之，猶覺不舒，宜令太白起敬也。（《唐詩歸》）

09 許學夷：讀之有金石宮商之聲，蓋晚年作也。（《詩源辯體》）

10 桂天祥：氣格音調，千載獨步。（《批點唐音正聲》）

11 王夫之：鵬飛象行，驚人以遠大。竟從懷古起，是題樓詩，非登樓詩。一結自不如〈鳳凰台〉，以意多礙氣也。（《唐詩評選》）

12 金聖嘆：此詩正以浩浩大筆，連寫三「黃鶴」字為奇耳。……四之忽陪「白雲」，正妙於有意無意，有謂無謂。〇作詩不多，乃能令太白公擱筆，此真筆墨林中大丈夫也。……真為大家規摹也。……此為絕奇之筆也。（《貫華堂選批唐才子詩》）

13 毛奇齡：此律法之最變者，然係意興所至，信筆書寫而得之，如神駒出水，任其蹋踔，無行步工拙。裁摩擬，便惡劣矣。前人品此為唐律第一，或未必然，然安可有二。（《唐七律選》）

14 徐增：此詩稱絕唱矣，就不可學也。字字針鋒相湊，如此作轉，方是名手。（《而庵說唐詩》）

15 范大士：此如十九首古詩，乃太空元氣，忽然逗入筆下；作者初不自知，觀者嘆為絕作，亦相賞於意言工拙之外耳。（《歷代詩發》）

16 何焯：此詩體式可與老杜〈登岳陽樓〉匹敵。（高士奇輯《唐三體詩評》）

17 查慎行：此詩為後來七律之祖，取其氣局開展。（《初白庵詩評》）

18 屈復：格律脫灑，律調諧和；以青蓮仙才，即時擱筆，已高絕千古。（《唐詩成法》）

19 王濟之：唐人雖為律詩，猶以韻勝不以餖飣為工。崔顥詩「晴川歷歷漢陽樹，芳草萋萋鸚鵡洲」氣格超然，不為律縛，故自有餘味也。」（《全唐詩話續編》引）

20 沈德潛：章法之妙，不見句法；句法之妙，不見字法。（《說詩晬語》）　〇意得象先，神行語外，縱筆寫去，遂擅千古之奇。（《唐詩別裁》）

21 方東樹：此千古擅名之作，只是以文筆行之，一氣轉折；五、六

雖斷寫景，而氣亦直下噴溢，收亦然，所以可貴。　○此體不可再學，學則無味，亦不奇矣。細細較之，不如「盧家少婦」有法度，可以為法千古矣。(《昭昧詹言》)

22 朱之荊：前半一氣直走，竟不作對，律之變體。……前半四句筆矯，中二句氣和，結又健舉。橫插「煙波」二字點睛。雄渾傲岸，全以氣勝；直如《國策》文字，而其法又極細密。(《增訂唐詩摘抄》)

23 趙臣瑗：(三「黃鶴」)，令讀者不嫌其複，不覺其煩，不訝其何謂；尤妙在一曰黃鶴，再曰黃鶴，三曰黃鶴，而忽然接以「白雲」，令讀者不嫌其突，不覺其生，不訝其無端。此何故耶？由其氣足以充之，神足以運之而已矣。(《山滿樓箋注唐詩七言律》)

24 馮班：真奇，上下有千里之勢。起四句宕開，有萬鈞之勢。　○無名氏：前六句中神興溢湧，結二語蘊含無窮，千秋第一絕唱。　○趙熙：此詩萬難嗣響，其妙則殷璠所謂神來、氣來、情來者也。(《瀛奎律髓匯評》)

25 王闓運：起有飄然之致。觀太白〈鳳凰台〉〈鸚鵡洲〉詩學此，方知工拙。(《湘綺樓說詩》)

26 俞陛雲：此詩向推絕唱，而未言其故，讀者欲索其佳處而無從。評此詩者謂其「意得象先，神行語外」，崔詩誠足當之；然讀者仍未喻其妙也。余謂其佳處有二：七律能一氣旋轉者。五律已難，七律尤難。大曆以後，能手無多。崔詩飄然不群，若仙人行空，趾不履地，足以抗衡李、杜，其佳處則格高而意超也。黃鶴樓與岳陽樓並踞江湖之勝，杜少陵、孟襄陽登岳陽樓詩，皆就江湖壯闊發揮；黃鶴樓當江、漢之交，水天浩蕩，登臨者每易從此著想。設崔亦專詠江景，未必能去杜、孟範圍；而崔獨從「黃鶴樓」三字著想：首二字點明題意，言鶴去樓空；乍觀之，若平鋪直敘，其意若謂仙人跨鶴，事屬虛無。不欲質言之，故三句緊接黃鶴已

去，本無重來之望，猶〈長恨歌〉言入地升天，茫茫不見也。謂
其望雲思仙固可，謂其因仙不可知，而對此蒼茫，百端交集，尤
覺有無窮之感，不僅切定「黃鶴樓」三字著筆，其佳處在託想之
空靈，寄情之高遠也。通篇以虛處既已說盡，五、六句皆當寫樓
中所見，而以戀闕懷鄉之意總結全篇，猶〈岳陽樓〉二詩，前半
首皆實寫，後半首皆虛寫。虛實相生，五、七言同此律法也。（《詩
境淺說》）

120 行經華陰（七律）　　　　　　　崔顥

岧嶢太華俯咸京，天外三峰削不成。武帝祠前雲欲
散，仙人掌上雨初晴。河山北枕秦關險，驛路西連
漢畤平。借問路旁名利客，何如此處學長生？

【詩意】

　　在華陰縣城外，可以看見崢嶸雄偉的太華山彷彿正俯瞰著秦漢以
來的都城咸陽，而環拱著華山的那三座鬼斧神工的山峰，是那麼陡峭
筆直地聳入雲天之外，那氣勢絕非人力所能砍削雕鑿而成。到了華陰
縣城裡，只見原本瀰漫在（漢武帝所設立的）巨靈祠前的煙雲即將散
盡；再迴望魏峨的崖壁上，正逢雨過初晴，所以仙人的掌印顯得特別
醒目。此地的河山是那麼險峻，東北面臨近函谷關，可以控扼著中原
進入關中的咽喉；而連接西邊的驛路又是那麼平坦，可以直達漢朝時
祭祀天地的神壇。請問在道路上絡繹不絕地競求名利的旅客，與其在
險惡的關塞間奔波追逐，那裡比得上就留在群仙駐留的華山裡學習長
生之道呢？

【注釋】

① 詩題—華陰,今陝西省華陰市,在華山之北;蓋古人以山之北、水之南為陰,故名華陰。行經華陰,殆指經華陰向西邊的長安而去。

② 「岧嶤」句—岧嶤,音ㄊㄧㄠˊ ㄧㄠˊ,高峻貌。太華,華山之別稱(有別於西南方之少華山,故曰太華),海拔約 2160 公尺,為五嶽最高之山峰。相傳因遠望有如一朵青蓮聳出雲表,故名「華」山;而《太平御覽・地部四》引《華山記》則說:「山頂有池,生千葉蓮花,服之羽化,因曰華山。」咸京,即指今陝西省咸陽縣,位於華陰之西;因秦、漢都建都於此,故云「京」。俯,形容其高峻之形勢;蓋華山下之渭河平原,海拔僅三百餘公尺,高下之落差極大,更凸顯出其居高俯瞰之險峻形勢。

③ 「天外」句—天外,極言其高可以聳入雲天之外,《山海經・西山經》云:「太華之山,削成而四方,其高五千仞,其廣十里,鳥獸莫居。」三峰,或謂蓮花、明星、玉女三峰;或謂落雁、朝陽、蓮花三峰;此外尚有各種說法,不一而足。削不成,謂其陡峭壁立之勢,乃鬼斧神工所削成,非人力所能鑿也。

④ 「武帝」二句—武帝祠,又名巨靈祠,相傳乃漢武帝在華陰縣(今已廢縣改市)觀賞傳說中的巨靈神所留下的仙人掌後,下令各地立祠祭祀者;事見《華山志》。仙人掌,岩壁名,相傳古代華嶽較今所見者為廣袤,黃河南流至此受阻,河神巨靈憤而手擘其上,足蹠其下,使河水能通流無礙,於是華嶽中分為二,東北方形成中條山,西南方形成華山,兩山夾黃河遙相對峙;而巨靈開山時留下的掌印,猶存於朝陽峰之崖壁間,因此於天朗氣清時,自華山腳下東北方十餘公里處遙望之,五指具備,掌印宛然,故名仙人掌。

⑤ 「河山」二句—枕,靠臨。秦關,指函谷關,戰國時秦所建置,

故名；在今河南省靈寶縣東北，西距華陰約 100 公里。險，函谷
關為由洛陽進入關中、前往長安的必經要道，為天然之險塞，秦
據之以抗中原，進攻退守，固若金湯。驛路，在此指通往漢畤的
交通要道。畤，音ㄓˋ，神靈之所止，乃古時帝王祭祀天地、五
帝之祠廟。漢畤，漢高祖所立，舊址在今陝西省鳳翔縣；距離華
陰市約 300 公里。

【導讀】

從〈黃鶴樓〉詩與本篇來看，可以發現崔顥在記錄行旅山水與登
臨懷古的詩篇裡，往往藉著將神話仙跡融入山水景色中的手法，讓詩
歌包含著遼遠壯闊的空間和綿長悠久的時間，不僅使意境更加渾厚雄
奇，內容更加充實飽滿，所抒發的情感也因而更加深沉有味。

「岧嶢太華俯咸京，天外三峰削不成」兩句，是寫將到華陰前遠
眺華嶽崇山壓頂，睥睨天地的氣勢。金聖嘆《聖嘆選批唐才子書》說：
「咸京者，即下解路旁千千萬萬名利之客所為鑽頭不入、拔足不出，
半生奔波、一世沉沒之處。」換言之，首句已經預先埋下尾聯感慨爭
名逐利不如學仙之意。作者選用擬人化的動詞「俯」字，表示群仙所
居的太華山自古以來便覆壓著帝王所居的京城，隱然透露出仙界冷眼
監臨著人間的富貴雲煙，繁華幻夢之意；以下各句便順著這個基調展
開，直到篇末才畫龍點睛地發出「何如學仙」的詰問，便使全詩的旨
趣顯得水到渠成，豁然開朗。因此胡以梅《唐詩貫珠》說：「起處堂
皇雄特，妙在『俯』字有神。」趙臣瑗《山滿樓箋注唐詩七言律》說：
「著一『俯』字，便見從來仙靈高出於名利之上。」

「天外三峰」是對「岧嶢」和「俯」字的加倍渲染，更見出其氣
勢之突兀奇崛，崔嵬高峻。「削不成」三字是反用《廣輿記》：「華山
石壁直上如削成」之意，更凸顯出其鬼斧神工的造化之奇，因此金聖
嘆說：「言三峰到天，天已被到而峰猶不極，故曰『天外』。『削不成』

之為言，此非人工所及，蓋欲言其削成，則必何等大人，手持何器，身立何處，而後乃今始當措手？與上『俯咸京』三字，皆是先生脫盡金粉章句，別舒元化手眼，真為蓋代大文，非經生恆睹也。」這段文句，的確有助於啟發我們聯想其險峻雄奇之勢。而「天外」所透露的遠離塵世之意，「削不成」所暗示的非人力所及之意，都同樣指向棄俗學仙才能可長可久的旨趣。

「武帝祠前雲欲散，仙人掌上雨初晴」兩句，則是寫進入華陰時正值雲散煙收，雨霽初晴，補足了首聯之所以能遙望三峰如洗，遠眺華山如俯的天候條件，同時也以「武帝祠」和「仙人掌」兩則關於巨靈神的典實來點染華山雲仙縹緲而又神靈駐蹕的奇幻氛圍。詩人以出句暗示連文治武功足以威震寰宇的漢武帝，也不得不被巨靈神河伯懾服之意，對句則透露出對於仙蹤神跡的無限景仰之情；再加上武帝祠是平視原野的角度，而仙人掌是仰望崖壁的角度，則集富貴權勢於一身的帝王下令修築的祠廟，遠不如何伯的巨掌所呈現的造化之雄奇的涵義，也隱然可知，因此方東樹《昭昧詹言》說：「三、四句寫景有興象，故妙。」

「河山北枕秦關險，驛路西連漢時平」兩句，寫的是身在華陰欲往京城時印象中的景況，而非實際眼見心感的形勢；因為從詩題觀察，作者只是「行經華陰」，並未登高遠望，因此他不可能同時北望黃河之奔暴洶湧，東顧二百公里外函谷關之險峻雄奇，而又西望三百公里外漢時之平遠遙通。不過，這並不妨礙他在寫作時發揮《文心雕龍・神思》所謂可以「思接千載、視通萬里」的想像力，於是河山勝概，奔赴筆下；驛路坦蕩，直達五時。

尤其是以「秦關險」和「漢時平」相對襯，似乎寓有富貴名利之路充滿坎坷風「險」，不如學仙長生之道的「平」坦寬廣之意；如此便能順理成章地逗出末聯「借問路旁名利客，何如此處學長生」的詰問。因此金聖嘆評曰：「五、六運筆，真如象王轉身，威德殊好。蓋

欲切諷路旁之不須復至咸京，而因指點太華之北枕西連，則有秦關漢時。當時兩朝何等富貴，而今眼見盡歸烏有，則固不如天外三峰之永永常存也。」屈復《唐詩成法》也說：「五、六包含多少興廢在內，方逼出七、八意。」由此可見本詩所描寫的山川形勢，不僅壯闊雄渾，氣象非凡，而且融情入景，寄託深遠，可見詩人之取景佈局，實有獨到之處。

【評點】

01 方回：五、六痛快而感激。（《瀛奎律髓》）

02 顧璘：此篇六句皆雄渾，獨結語似中唐。（《批點唐音》）

03 桂天祥：雄渾沉壯，令人不敢著筆。（《批點唐詩正聲》）

04 胡應麟：盛唐王、李（頎）之外，崔顥〈華陰〉、李白〈送賀監〉、賈至〈早朝〉、岑參〈和大明宮〉〈西掖〉、高適〈送李少府〉、祖詠〈望薊門〉皆可競爽。（《詩藪》）

05 胡應麟：唐七言律起筆之妙，自「盧家少婦」以下，崔顥「岧嶤太華府咸京，天外三峰削不成」……李白「鳳凰臺上鳳凰遊，鳳去臺空江自流」、李頎「朝聞遊子唱驪歌，昨夜微霜初度河」……杜甫「花近高樓傷客心，萬方多難此登臨」……皆冠裳宏麗，大家正脈，可法。（《詩藪》）

06 周敬：孤峭。　○蔣一葵：起翻奇，中聯完整。（《唐詩選脈會通評林》）

07 王夫之：「削不成」，言削不成而成也。詩家自有藏山移月之旨，非一往人所知。（《唐詩評選》）

08 吳昌祺：「秦關」「漢時」，皆足感人，故宜「學長生」也。（《刪定唐詩解》）

09 屈復：前半經華陰而望岳也，後半經華陰而生感也。「削不成」用典活動。（《唐詩成法》）

10 范大士：淨煉之極，句挾清音。(《歷代詩發》)

11 黃培芳：盛唐平正之作，以此為最。(批《唐賢三昧集箋注》)

12 沈德潛：太華三峰如削，今反云「削不成」，妙！(《唐詩別裁》)

13 王闓運：人多學此種句，是寫景工切，不落凡近。(《湘綺樓說詩》)

14 王文濡：前六句，句句切太華說，移不到他處；一結忽作世外之
想，意境便覺高超。(《唐詩評注讀本》)

15 高步瀛：雄渾壯闊。(《唐宋詩舉要》)

二五、王翰詩歌選讀

【事略】

王翰，自子羽，并州晉陽（今山西省太原市）人，生卒年不詳。

少豪邁不羈，日以摴蒲縱酒為戲。家蓄樂伎，櫪多名馬；然視千金駿馬如草芥，有俠士風範。發言立意，輒自比王侯。

工詩，多壯麗之辭。文士祖詠、杜華等嘗從之遊。華母崔氏曰：「吾聞孟母三遷，吾今欲卜居，使汝與王翰為鄰足矣。」由此可見其人豪俊之一斑。

睿宗景雲元年（701）進士，又舉直言極諫，再舉超拔群類科；可見其才識之高博。頗得張嘉貞（665－729）、張說（667－730）之禮遇拔擢，曾任秘書省正字、駕部員外郎。說罷，出為仙州（今河南省葉縣）別駕；後因日與豪俊之人縱禽擊鼓、痛飲狂歡而貶道州（今湖南省道縣）司馬，卒於任。

嘗竊定海內文士百餘人為九等，而高自標置；與張說、李邕（678－747）並居第一，其餘皆所排斥，可見其人自視之高。燕國公張說評其文約：「如瓊杯玉斝，雖爛然可珍，而多玷缺。」

《全唐詩》存其詩 1 卷，《全唐詩續拾》補詩 1 首。

【詩評】

01 辛文房：翰工詩，多壯麗之語。文士祖詠、杜華等，嘗與游從。（《唐才子傳》）

121 涼州詞二首 其一（七絕）　　　　王翰

葡萄美酒夜光杯，欲飲琵琶馬上催。醉臥沙場君莫
笑，古來征戰幾人回？

【詩意】

　　主帥慷慨地擺開盛大的慶功宴，除了滿桌滿盤的牛羊之外，還有
一罈罈西域的葡萄美酒，一只只精緻的夜光白玉杯。正當將士們看得
酒癮大發、食指大動時，軍樂隊又在馬背上演奏起歡快激越的琵琶樂
曲來助興，使這場豪華的盛筵的氣氛更加熱烈沸騰，將士們也就更是
酒膽開張、意氣昂揚地彼此勸起酒來了：「來！來！來！再喝！再乾！
再來一滿杯！如果我醉倒沙場，你可別笑我貪杯易醉！自古以來，遠
征邊塞的英雄豪傑……呃，能有幾人凱旋而歸？來！來！來！再來一
滿杯！再喝！再乾！我……呃，……可還沒醉喔！」

【注釋】

① 詩題—〈涼州詞〉是唐朝新興的流行曲調，由於充滿異國風情而
　廣受歡迎。相傳是一位龜茲君王在山中聽取風聲水響之後，與樂
　師共同譜成許多流行於西域的曲調之一。唐時隴右節度使郭知運
　蒐集曲譜後獻給玄宗，玄宗交付教坊翻成中國曲譜，配以新詞，
　併以歌曲原產地為曲調名，故有涼州、伊州、甘州等新出的樂府
　曲調名。其後詩人常以之為題而寫出充滿邊塞風情的詩篇。餘參
　見王之渙〈出塞〉詩注。編按：同題之二為：「秦中花鳥已應闌，
　塞外風沙猶自寒。夜聽胡笳折楊柳，教人氣盡憶長安。」

② 「葡萄」句—葡萄美酒，乃西域特產酒精濃度較高，口感較為醇
　厚的名酒，與中原以糯米或黃米釀成味淡而薄者大異其趣，因此

成為帝王之家專享的名貴貢品。《史記‧大宛傳》載西域富人所藏葡萄美酒可以多至萬石以上。夜光杯，舊題東方朔所撰之《十洲記》載周穆王時西胡曾獻「昆吾割玉刀」及「夜光常滿杯」，杯由白玉之精琢製而成，晶瑩剔透而光明夜照；夜出杯於庭，天明時水汁已滿杯矣。

③ 「欲飲」句──馬上，琵琶本為馬上演奏之樂器，故云。催，此處作「伴奏助興以鼓舞飲酒情緒」解，李白〈襄陽歌〉：「車旁側挂一壺酒，鳳笙龍管行相催」中之「催」字，義亦同此。

【導讀】

　　這是一首膾炙人口的七絕名篇，贏得歷代詩家不倦的讚賞；胡應麟《詩藪‧內編‧卷 6》以為是初唐絕句之冠，王世懋《藝圃擷餘》以為本詩勝過王昌齡〈出塞〉，可與王之渙〈涼州詞〉平分秋色，同為唐人絕句的壓卷之作；李鍈《詩法易簡錄》稱之為「絕句正宗」。然而，遺憾的是，歷來詩家對本詩後半旨趣的解讀，卻大多半以為是傳達厭戰思想或征戰悲慨：

　＊徐增《而庵說唐詩》：說得愴然，可為好邊功者之戒；真仁人君子之用心也。

　＊沈德潛《唐詩別裁》：故作豪飲之詞，然悲感已極。

　＊李鍈說：意甚沉痛，而措語含蓄。

　＊章燮《唐詩三百首注疏》：他在那裡催，我在這裡飲；即醉臥沙場，亦得一時痛快。

　＊俞陛雲《詩境淺說‧續編》：於百死中姑縱片時之樂，語尤沉痛。

　＊喻守真《唐詩三百首詳析》：故作曠達的話，尤見其內心的悲憤。其聲促，其意苦，也是一首反戰的詩。……意在及時行樂，為將士解嘲。

　　筆者以為本詩語言明快，音律鏗鏘，氣勢俊爽，風格豪邁。就內

容而言,是描寫熱烈歡樂的慶功軍宴;就情調而言,散發出昂揚激越的生命火光;就對話而言,流露出狂歌痛飲的曠達性格。儘管末二句難免略含悲壯之氣,表現的卻是視死如歸的勇氣和肝膽相照的袍澤情誼,絕無消沉、頹廢、悽慘、憤慨的情緒摻雜其中;和常見的反戰詩篇中表現出的邊地荒涼苦寒、征戰血流成河、屯戍淒哀悲慘、形勢兵凶戰危……等令人聞之色變,思之慘然的情調,絕不相侔。試析述如下:

「葡萄美酒」是難得品嚐得到的瓊漿玉液;相傳當年李白賦〈清平調〉詞三章之後,龍心大悅的唐玄宗也不過才御賜一杯以示嘉勉而已,可見其稀罕之一斑了。「夜光杯」則是傳說中以白玉製成的域外珍寶;晶瑩的玉杯中盛著玫瑰色澤的紅葡萄酒,真是器珍酒美,流光映彩,何止賞心悅目,簡直未飲先醺了!換言之,當時應該是凱旋歸來後,大將慷慨地搬出各色各樣的戰利品來犒賞部屬,大肆慶功;那種佳餚滿桌,珍饈滿盤,酒香四溢,以及將士歡樂興奮,笑聲爽朗的熱鬧場面,其實不難想像。因此徐增《而庵說唐詩》云:「夫葡萄美酒,言酒之美,而肴饌之豐腆在其中矣;夜光杯,言杯器之精,則其他器皿之炫耀在其中矣。總言其筵席之盛。」這對遠征塞外的將士而言,真是生平難得的嘉年華會,當然令人歡欣鼓舞,興奮莫名;此時不痛飲醇醪,飽飫珍饈,更待何時?即此七字,已經先為全詩定下了熱烈暢快,爽朗豪宕的基調了。

「欲飲」二字,寫出將士由於歡樂的氣氛而酒癮大發、垂涎三尺的身心反應,補足了首句七字所散發出來的誘人魅力,也暗示了大家急著想暢飲的並非二次大戰時日本「神風特攻隊」出征前敬別祖國及袍澤的「絕命酒」。因此「琵琶馬上催」五字的意涵,就不是將士貪杯縱酒,奈何軍樂急促地催人躍馬橫槍,上陣搏命;而應該是琵琶演奏出繁促歡快的旋律來激盪人心,鼓舞情緒,彷彿是在催促將士拋開一切煩憂,開懷暢飲,不醉不休!「催」字是伴奏助興的意思,在節

奏明快而聲情激越的樂曲演奏下，原本歡樂熱鬧的氣氛，更是被鼓動
得沸騰起來了；此時誰能不被這一場凱旋慶功的華宴和歡快悅耳的音
樂，激盪出李白〈將進酒〉中「烹羊宰牛且為樂，會須一飲三百杯」
的豪情呢？

　　「醉臥沙場君莫笑，古來征戰幾人回」兩句，應該是寫將士在激
越奔放的節奏裡和歡樂熱鬧的氣氛中，彼此舉杯、相互勸飲時神采飛
揚，意氣豪邁，胸膽開張的對話。他們才聞酒香就已經醺醺然，手捧
玉杯又為之陶陶然，再聽到歡樂的旋律和明快的節奏，自然會有昂昂
然的感覺；何況還有凱旋的飄飄然、立功的欣欣然，再加上同生共死、
浴血並肩的袍澤殷勤地斟酒，豪邁地勸酒，熱情地敬酒，甚至激將地
逼酒，當然更是胸懷浩浩然而情緒沸沸然、揚揚然了！「醉臥沙場君
莫笑」七字，正是軍士們出生入死的情誼和豪邁爽朗的性格在觥籌交
錯間相互激盪出來的歡言快語。「古來征戰幾人回」七字，流露出的
正是凱旋歸來的慶幸、視死如歸的豪氣；以及與其為了不知何時會戰
死沙場，埋骨異域而煩憂，倒不如及時行樂，痛飲狂歡，還來得曠達
而奔放。如果結合前兩句中的熱烈氣氛，再來推敲後兩句的詩意，就
可以發覺詩人似乎已經搖身一變，化為詩中的將士，正以酒酣耳熱時
的粗聲大嗓對著戰友說：「咱們能夠凱旋歸來，豈不是大大值得慶祝
麼？誰怕喝醉了？咱們兄弟馬革裹屍都毫不畏懼了，醉臥沙場又何足
道哉？來！來！來！再乾！再喝！再來一滿杯……！」

　　王翰原本就是一位意氣自高，豪宕不羈的詩人，因此他以昂揚奮
發的志負和飽蘸激情的筆墨，寫下這一首雄文壯采足以逼人眼目，而
聲情激越又足以動人心魄的邊塞詩，自然讓人感到精神抖擻，志概昂
揚，胸膽開張，意氣豪邁。儘管前人對本詩的理解似有偏差，但卻無
礙於這是一首光華四射，高唱入雲，足以代表盛唐氣象的七絕名作！

【評點】

01 朱之荊：詩意在末句，而以飲酒發之，沉痛語也；若以豪飲解之，則人人所知，非古人之意。(《增訂唐詩摘抄》)

02 王世貞：「可憐無定河邊骨，猶是深閨夢裡人」，用意工妙至此，可謂絕唱矣；惜為前二句所累，筋骨畢露，令人厭憎。「葡萄美酒」一絕，便是無瑕之璧；盛唐地位，不凡乃爾。(《藝苑卮言》)

03 沈德潛：故作豪飲曠達之詞，而悲感已極。(《唐詩別裁》)

04 宋顧樂：氣格俱勝，盛唐絕作。(《萬首唐人絕句選評》)

05 施補華：作悲傷語讀便淺，作諧謔語讀便妙；在學人領悟。(《峴傭說詩》)

二六、張旭詩歌選讀

【事略】

　　張旭（生卒年不詳），字伯高，蘇州吳郡（治所在今江蘇蘇州）人，與賀知章、張若虛、包融，合稱「吳中四士」。曾任常熟尉、金吾長史、左率府長史，世稱張長史。

　　嗜酒，與李白、賀知章等合稱「酒中八仙」。張旭精通書法，尤善草書，往往大醉後呼號狂走，然後落筆；或以頭濡墨而書，既醒，自視以為神，世呼為「張顛」。嘗自言「由擔夫爭道、歌女舞劍」而領悟書法變化意蘊之奧妙。唐玄宗特別下詔，以他的草書、李白的詩歌和裴旻的劍舞，合稱「三絕」，可見其書法造詣之超妙入神。

　　《全唐詩》存其詩 6 首。

【詩評】

01 鍾惺：張顛詩不多見，皆細潤有致。（《唐詩歸》）

122 桃花谿（七絕）　　　　　　　　　　張旭

隱隱飛橋隔野煙，石磯西畔問漁船：桃花盡日隨流水，洞在清溪何處邊？

【詩意】

　　隔著縹緲繚繞的雲煙望去，那座橫跨在深山野谷中的長橋，顯得忽隱忽現，似有還無，彷彿雲中的神龍一般遙不可及。我佇立在石磯西側向搖槳而來的漁人打聽：「桃花整日不停地隨著流水漂浮而來，請問桃源仙洞是在清澈溪流邊的哪個地方呢？」

【注釋】

① 詩題——一作「桃花磯」。舊注引《清一統志‧湖南常德府》云：「桃花溪在湖南桃源縣西南二十五里，源出桃花山，北流入沅江。」該處溪岸多林木，暮春時節落英繽紛，花光映波，綠水流霞，景致清幽秀美，相傳陶潛的〈桃花源記〉就是以此為背景而加以想像渲染之作；《輿地記》甚至還附會進入桃花源的漁人黃道真（按：《續搜神記》所載漁人之名同此）所見之溪林即此處。

② 「隱隱」句——隱隱，隱約不明貌。飛橋，橫跨谿山上之長橋。隔野煙，被朦朧的煙靄籠罩遮隔著。

③ 石磯——水邊凸出的巖石。

【導讀】

　　這首七絕名作，是以虛實相涵、動靜相襯的手法，和遠近交疊的佈局，把情境營造得朦朧惝怳，虛無縹緲；讓人有疑真似幻、虛實難辨的撲朔迷離之感，和只可遠觀遐想，卻難於身歷其境之憾。因此，儘管賞讀時令人心旌搖盪，悠然神往，似乎那就是傳說中的桃源仙境了；可是讀畢卻又使人惘然惆悵，若有所失，仍有「洞在清谿何處邊」的疑惑。不過，如果能揚棄尋訪仙蹤的妄想，拋開執著色相的迷思，純粹針對作者簡淡的筆墨所勾勒出的景象而言，本詩有如一幅意境深邃、情趣盎然的寫意畫，不僅令人有眼清目爽，心曠神怡之感，而且別有引人入勝，使人樂而忘返的特殊魅力。

　　「隱隱飛橋隔野煙」七字，是以縹緲浮動的煙嵐和形影若飛的長橋相映成趣，營造出朦朧飄忽，若隱若現的畫面。「隔」字的安排，既使野煙氤氳浮盪，升騰瀰漫的動態，和長橋橫空若飛的靜姿相互映襯，營造出靈山仙界的典型氛圍，又點出詩人遠觀的位置所在，畫面也因而顯得迷離朦朧，幽靜深邃起來。光是起筆這七個字的寫景設色，就已經詩情飽滿，畫意玄邈，令人悠然神遠了。

　　「石磯西畔問漁船」七字，是在首句渲染迷濛幽深的遠景之後，進一步描畫明麗可親的近景，並且藉著「問」字把詩人由遠觀的位置帶入了圖畫之中。第一句雖然是動靜交融的畫面，畢竟還是以靜物為主的場景；這一句則讓漁船輕輕地從水邊嶙峋的嚴石後面搖盪出來，我們彷彿可以看見詩人正在彎身發問，而漁人則抬頭側耳傾聽，於是原本煙嵐迷濛的畫面頓時清朗秀麗起來，而原本寧靜空廓的場景，也突然生動活潑起來。我們不妨想像：詩人是在尋幽訪勝的迷途中踽踽獨行，始終找不到方向，好不容易才脫離深山野谷中繚繞的煙霧，乍見水碧山青中盪舟搖櫓的漁翁，自然欣喜不已，因而有了「問漁船」的舉動。這三個字，若實若虛，詩人應該是詢問眼前的漁人，可是由於環境的優美寧靜，使詩人恍惚中誤以為面對的就是當年深入桃花源中的武陵人，因此悠然神往地向他打聽仙源的所在。第一句的「隔」字，讓畫面有了深遠的層次感；這一句的「問」字，不僅讓原本靜態的畫面生動起來，也自然表現出詩人對世外桃源的心馳神往之情；用筆簡鍊傳神，值得玩味。

　　「桃花盡日隨流水，洞在清溪何處邊」這一問，更完全切合〈桃花源記〉與〈桃花源詩〉給人如詩如夢，疑真疑幻的感受而發。詩人竟然會天真地向漁人請教千古的迷惑，正好折射出此地花光林影之清幽與水碧山青之明媚，的確能讓人在不知不覺中渾忘現實世界，意亂情迷地走進時光隧道去追求傳說中的仙境所在。「盡日」二字，點出詩人陶醉在落英繽紛、綠水流霞的情境之久，也透露出他心曠神怡、

渾然忘我的程度，以至於他當真以為隨水而來的桃花瓣是由仙源流入人間的，因此不禁心馳神往，打算問津而入。只不過，漁人當然無可奉告，詩筆也只能戛然而止，留給讀者的是美妙的虛擬幻想和悵然失落的千古惆悵；桃花源依舊是隱沒在水道縱橫而煙嵐迷濛之中的香格里拉……。

　　張旭傳世的詩作雖然不多[1]，但是僅此一篇就足以和陶淵明的〈桃花源記〉〈桃花源詩〉以及王維的〈桃源行〉並美了。張旭另有一首情韻雋永、耐人回味的〈山中留客〉：「山光物態弄春暉，莫為輕陰便擬歸；縱使晴明無雨色，入雲深處亦沾衣。」由這兩首如畫的詩境可以看出張旭豈止是草書顛狂，連詩歌也寫得亦禪亦仙，足可比肩李白而攜手王維了。

【補註】

01 蔡崇名教授認為本詩乃宋人蔡襄所作，詩題應作「度南澗」；而下文所錄張旭的〈山中留客〉也同屬蔡襄，詩題應作「入天台山留客」。蔡教授由蔡襄之前所有唐、宋人編選的詩集中皆未見此詩，以及句法、題材、疊字等均類似蔡襄手筆，斷言俗傳張旭所作者，乃南宋洪邁編《萬首唐人絕句》時考證未精，始肇其謬誤，後人皆沿襲而未覺，於是訛傳至今。其說持之有故，言之成理；讀者可以參閱《國文天地》雜誌5卷1期。

【評點】

01 鍾惺：境深，語不須深。(《唐詩歸》)
02 唐汝詢：閒雅有致，初不見淺。(《匯編唐詩十集》)
03 楊慎：余又見崔鴻臚所藏有旭書石刻三詩，其一〈桃花磯〉……其二〈山行留客〉……其三〈春遊值雨〉……字畫奇怪，擺去捔風，而詩亦清逸可愛。(《升庵詩話》)

04 黃培芳：詩中有畫。（《唐賢三昧集箋注》）

05 黃生：長史不以詩名，然三絕恬雅秀潤，盛唐高手無以過也。（《唐詩摘抄》）

06 孫洙：四句抵得上一篇〈桃花源記〉。（《唐詩三百首》

二七、杜甫詩歌選讀

【事略】

　　杜甫（712-770），字子美，晉代名將杜預之後。《舊唐書》謂原為襄陽人，後遷徙至河南鞏縣；《新唐書》則以為祖籍京兆杜陵，故自稱杜陵布衣，又號少陵野老。完成七言律詩格律的著名詩人杜審言為其祖父，故杜甫嘗以「詩是吾家事」自負。

　　杜甫少時貧困，曾漂泊於今浙江、江蘇、河北、山東一帶。開元二十三年（735）於洛陽應試不第，次年起即漫遊齊、趙一帶，達四五年之久；直至三十歲成婚。天寶三載（744）結識李白，雖僅交往兩年，始終對李白極為仰慕愛重。四十歲獻〈三大禮賦〉，玄宗奇之，命待制集賢院，使宰相試其文，擢河西尉，不拜；改右率衛府兵曹參軍，管理兵甲倉庫。天寶十四載（755）安祿山反，玄宗奔蜀。次年肅宗即位靈武（今甘肅靈武市），杜甫把家屬安頓在鄜州羌村（今陝西富縣境），隻身前往依附肅宗，途中被叛軍所擄，俘至長安。至德二載（757），冒險逃往鳳翔（今陝西鳳縣）謁見肅宗，授左拾遺。不久宰相房琯兵敗獲罪，杜甫上疏營救，被貶為華州（今陝西華縣）司功參軍。後值關輔大饑，辭官輾轉入蜀，在嚴武等人幫助下，築草堂於成都西郊浣花溪畔。嚴武任劍南道（轄今四川、甘肅、雲南部分地區，治所在成都）節度使時薦為節度參謀，加檢校工部員外郎銜，故世稱「杜工部」。嚴武死後，離開成都，舉家寄居夔州（今四川奉節縣）。兩年後買舟東下，攜家出峽，輾轉流離於江陵、衡陽一帶。代宗大曆五年（770），病死於江湘船中。

　　杜甫一生，歷經玄宗、肅宗、代宗三朝，見證了李唐由盛而衰的

危難歲月,飽嚐流離顛沛的痛苦與飢寒交迫的心酸,體會了生老病死、悲歡聚散的無常,於是便以飽蘸憂患的筆墨,記錄了時代的悲劇,留下了大量社會寫實詩篇,例如〈哀江頭〉〈兵車行〉以及著名的〈三吏〉〈三別〉等,都能本著悲天憫人的胸懷,發揮人溺己溺的精神,深刻地反映社會的亂象和人民的悲苦,因而贏得「詩聖」「詩史」的稱號。不僅中唐元、白的新樂府運動以杜甫為宗,宋代的「江西詩派」也以杜甫為祖;影響之深遠,可見一斑。

杜甫詩律精細,用字老練,能別出心裁,自鑄偉辭;嘗言「為人性癖耽佳句,語不驚人死不休」(〈江上值水如海勢聊短述〉),可見其態度之嚴謹,求好之心切。其詩風繁富多變,或豪邁奔放,或雄渾深厚,或遒勁俊爽,或沉鬱悲涼;體裁則古近體、長短篇,無不指揮如意,盡態極妍,故詩歌成就之高,無人能出其右。

其詩今存一千四百餘首,《全唐詩》存其詩 19 卷,《全唐詩外編》及《續拾》補詩 2 首、斷句 4 句。

【詩評】

01 白居易:詩之豪者,世稱李、杜。李之作,才矣,奇矣,人不逮矣,索其風雅比興,十無一焉;杜詩最多,可傳者千餘篇,至於貫穿今古,覼縷格律,盡工盡善,又過於李焉。(〈與元九書〉)

02 元稹:沈、宋之流,研練精切,穩順聲勢,謂之律詩。由是而後,文體之變極焉,然莫不好古者遺近,務華者去實;效齊梁則不逮於魏、晉,工樂府則力屈於五言,律切則骨格不存,閒暇則纖穠莫備。至於子美,所謂上薄〈風〉〈雅〉,下該沈、宋,言奪蘇、李,氣吞曹、劉,掩顏、謝之孤高,雜徐、庾之流麗,盡得古人之體勢,而兼今人之所獨專矣。⋯⋯苟以為能所不能,無可無不可,則詩人以來未有如子美者。時山東人李白,亦以奇文取稱,時人謂之「李、杜」,余觀其壯浪縱恣,擺去拘束,模寫物象,

及樂府歌詩，誠亦差肩於子美矣。至若鋪陳終始，排比聲韻，大或千言，次猶數百，辭氣豪邁而風調清深，屬對律切而脫棄凡近，則李尚不能歷其藩翰，況堂奧乎？（〈唐故檢校工部元外郎杜君墓系銘並序〉）

03 韓愈：李杜文章在，光焰萬丈長。（〈調張籍〉）

04 孟棨：杜逢祿山之難，流離隴、蜀，畢陳於詩，推見至隱，殆無遺事，故當時號為「詩史」。（《本事詩》）

05 宋祁：唐興，詩人承陳、隋風流，浮靡相矜，至宋之問、沈佺期等，研揣聲音，浮切不差，而號律詩，競相沿襲。逮開元間，稍裁以雅正，然恃華者質反，好麗者壯違，人得一概，皆自名所長。至甫，渾涵汪茫，千匯萬狀，兼古今而有之。他人不足，甫乃厭餘，殘膏剩馥，沾漑後人多矣，故元稹謂「詩人以來，未有如子美者。」甫又善陳時事，律切精深，至千言不少衰，世號「詩史」。（《新唐書‧杜甫傳‧贊》）

06 孫僅：公之詩，支而為六家：孟郊得其氣格，張籍得其簡麗，姚合得其清雅，賈島得其奇僻，杜牧、薛能得其豪健，陸龜蒙得其贍博，皆出公之奇偏爾，尚軒軒然自號一家，嚇世煊俗，後人師擬之不暇，矧合之乎？《風》《騷》而下，唐而上，一人而已。是知唐之言詩，公之餘波及爾。（〈讀杜工部詩集序〉）

07 蘇軾：古今詩人眾矣，而杜子美為首，豈非以其流落飢寒，終身不用，而一飯未嘗忘君也歟？（〈王定國詩集敘〉）

08 王安石：吾觀少陵詩，謂與元氣侔，力能排天斡九地，壯顏毅色不可求。（〈杜甫畫像〉）

09 黃裳：讀杜甫詩如看羲之法帖，備眾體而求之無所不有。……故工於書者，必言羲之；工於詩者，必取杜甫。（〈陳商老詩集序〉）

10 黃庭堅：自杜子美以來，四百餘年，斯文委地，文章之士，隨世所能，傑出時備，未有能升子美之堂者。　○子美詩妙處，乃在

無意於為文。夫無意而意已至，非廣之以〈國風〉〈雅〉〈頌〉，深之以〈離騷〉〈九歌〉，安能咀嚼其意味，闖然入其門耶？（〈大雅堂記〉）

11 黃庭堅：老杜作詩，退之作文，無一字無來處。古人之為文章，真能陶冶萬物，雖取古人陳言入翰墨，如靈丹一粒，點鐵成金也。（〈答洪駒父書〉）

12 秦觀：杜子美之於詩，實積眾家之長，適其時而已。……嗚呼！杜氏、韓氏亦集詩之大成者歟！（〈韓愈論〉）

13 張戒：阮嗣宗詩專以意勝，陶淵明詩專以味勝，曹子建詩專以韻勝，杜子美詩專以氣勝。然意可學也，味亦可學也；若夫韻有高下，氣有強弱，則不可強矣，此韓退之之文，杜子美之詩，後世所以莫能及也。世徒見子美詩多麤俗，不知麤俗語在詩中最難；非麤俗，乃高古之極也。自曹、劉死至今一千年，惟子美一人能之。……子美之詩，顏魯公之書，雄姿傑出，千古獨步，可仰而不可及耳。 ○杜子美、李太白、韓退之三人，才力俱不可及。而就其中，退之喜奇崛之態，太白多天仙之詞；退之猶可學，太白不可及也。至於杜子美，則又不然，氣吞曹、劉，固無與為敵。○子建、李、杜，皆情意有餘，洶湧而後發者也。（《歲寒堂詩話》）

14 張戒：（子美真知世間一切皆詩者，）在山林則山林，在廊廟則廊廟；遇巧則巧，遇拙則拙，遇奇則奇，遇俗則俗。或放或收，或新或舊；一切物、一切事、一切意，無非詩者，故曰：「吟多意有餘」，又曰：「詩盡人間興」，誠哉斯言！ ○子美詩，讀之使人凜然興起，蕭然生敬，〈詩序〉所謂經夫婦、成孝敬、厚人倫、美教化、移風俗者也。（《歲寒堂詩話》）

15 張戒：杜子美、李太白，才氣雖不相上下，而子美獨得聖人刪詩之本旨，與《三百五篇》無異，此則太白所無也。（《歲寒堂詩話》）

16 王荊公：白之歌詩，豪放飄逸，人固莫及；然其格止於此而已，不知變也。至於甫，則悲歡窮泰，發斂抑揚，疾徐縱橫，無施不可，故其詩有平淡簡易者，有綺麗精確者，有嚴重威武若三軍之帥者，有奮迅馳驟若泛駕之馬者，有淡泊閒靜若山谷隱士者，有風流醞藉若貴介公子者。蓋其詩緒密而思深，觀者苟不能臻其閫奧，未易識其妙處，夫豈淺近者所能窺哉？此甫所以光掩前人，而後來無繼也。（胡仔《苕溪漁隱叢話》引《蔡齋閒覽》）

17 嚴羽：少陵詩，……至其自得之妙，則前輩所謂集大成者也。 ○李杜二公，正不當優劣；太白有一二妙處，子美不能道；子美有一二妙處，太白不能作。子美不能為太白之飄逸，太白不能為子美之沉鬱。（《滄浪詩話》）

18 虞集：杜公之詩，沖遠渾厚，上薄〈風〉〈雅〉，下凌沈、宋。每篇之中，有句法、章法，截乎不可紊。至於以正為變，以變為正，妙用無方，如行雲流水，初無定質，出於精微，奪乎天造，是大難以形器求矣。公之忠憤激切，愛國憂君之心，一係於詩，故常因是而為之總說曰：『《三百篇》，經也；杜詩，史也。』『詩史』之名，指事實耳，不與經對言也；然〈風〉〈雅〉絕響以後，惟杜公得之，則史而能經也。學工部則無往而不在也。（高棅《唐詩品彙》引）

19 王世貞：（七律）七字為句，句皆調美。八句為篇，句皆穩暢。雖復盛唐，代不數人，人不數首。古惟子美，今或于鱗。 ○五言古、《選》體及七言歌行，太白以氣為主，以自然為宗，以俊逸高暢為貴；子美以意為主，以獨造為宗，以奇拔沉雄為貴。其歌行之妙，詠之使人飄揚欲仙者，太白也；使人慷慨激烈，歔欷

欲絕者，子美也。……五言律、七言歌行，子美神矣；七言律，聖矣。五七言絕者太白神矣；七言歌行，聖矣，五言次之。　○十首以前，少陵較難入；百首以後，青蓮較易厭。揚之則高華，抑之則沉實，有色有聲，有氣有骨，有味有態，濃淡深淺，奇正開闔，各極其則，吾不能不伏膺少陵。（《藝苑巵言》）

20 謝榛：用事多則流於議論。子美雖為「詩史」，氣格自高。（《四溟詩話》）

21 李東陽：長篇中須有節奏，有操有縱，有正有變。若平鋪穩布，雖多無益。唐詩類有委曲可喜之處，惟杜子美頓挫起伏，變化不測，可駭可愕，蓋其音響與格律正相稱。回視諸作，皆在下風。　○五七言古詩仄韻者，上句末字類用平聲。惟杜子美多用仄，如〈玉華宮〉〈哀江頭〉諸作，概亦可見。其音調起伏頓挫，獨為遒健，似別出一格。回視純用平字者，便覺萎弱無生氣。自後則韓退之蘇子瞻有之，故亦健於諸作。（《麓堂詩話》）

22 胡應麟：（古詩）少陵才具，無施不可，而憲章祖述漢、魏、六朝，所謂風雅之大宗，藝林之正朔也。　○（五古）備諸體於建安者，陳王也；集大成於開元者，工部也。　○樂府則太白擅奇古今，少陵嗣跡風雅，〈兵車行〉〈新婚別〉等作，述情陳事，懇惻如見。　○開闔縱橫，變幻超忽，疾雷震霆，凄風急雨，歌也；位置森嚴，筋脈聯絡，走月流雲，輕車熟路，行也。太白多近歌，少陵多近行。　○（七言歌行）少陵〈公孫大娘〉〈渼陂行〉〈丹青引〉〈麗人行〉等，雖極沉深橫絕，格律尚有可尋。　○（七言）歌行兆自（漢高祖）〈大風〉、（項羽）〈垓下〉，……至唐大暢，王、楊四子，婉轉流麗；李、杜二家，逸宕縱橫。（《詩藪》）

23 胡應麟：李、杜二公，誠為勁敵，杜陵沉鬱雄深，太白豪逸宕麗。○太白幻語，為長吉之濫觴；少陵拙句，實玉川之前導。　○杜

體大思精而格渾。超出唐人而不脫唐人者,李也;不盡唐調而兼得唐調者,杜也。　○太白筆力變化,極於歌行;少陵筆力變化,極於近體。李變化在調與詞,杜變化在意與格。然歌行無常數,易於錯綜;近體有定規,難於伸縮。(《詩藪》)

24 胡應麟:初唐七言古,以才藻勝,盛唐以風神勝,李、杜以氣概勝,而才藻、風神稱之,加以變化靈異,遂為大家。　○古詩窘於格調,近體束於聲律,惟歌行大小短長、錯綜開闔,素無定體,故極能發人才思,李、杜之才,不盡於古詩,而盡於歌行。(《詩藪》)

25 胡應麟:五言律體,極盛於唐,……。唯工部諸作,氣象嵌峨,規模宏遠,當其神來境諧,錯綜幻化,不可端倪,千古以來,一人而已。……宏大則「昔聞洞庭水」,富麗則「花隱掖垣暮」,……皆神化所至,不似人間來者。　○杜五言律,規模正大,格致深沉,而體勢飛動。　○杜五言律,自開元獨步至今。　○用事之工,起於太沖〈詠史〉,……至老杜苞孕汪洋,錯綜變化,而美善備矣。　○杜用事錯綜,固極筆力,然體自正大,語尤坦明;晚唐宋初用事如謎。(《詩藪》)

26 胡應麟:唐人……體兼一代者,杜也;……杜若地負海涵,包羅萬彙,……故利頓雜陳,鉅細咸畜。　○盛唐一味秀麗雄渾,杜則精粗、鉅細、巧拙、新陳、險易、淺深、濃淡、肥瘠,靡不畢具。參其格調,實與盛唐大別;其能會萃前人在此,濫觴後世亦在此。言理近經,敘事兼史,尤詩家絕睹。　○杜詩正而能變,變而能化,化而不失本調,不失本調而兼得眾調,故絕不可及。　○杜公才力既雄,涉獵復廣,用能窮極筆力,範圍今古,但變多正少,不善學者,類失粗豪。(《詩藪》)

27 胡應麟:唐人賦、興多而比少,惟杜時時有之。　○老杜用字入化者,古今獨步。　○大概杜有三難:極盛難繼、首創難工、遵

衰難挽。子建以至太白，詩家能事都盡，杜後起，集其大成，一也。排律、近體，前人未備，開山道源，為萬世師，二也。開元既往，大曆既興，砥柱其間，唐以復振，三也。（《詩藪》）

28 胡應麟：老杜七言律，全篇可法者：〈紫宸退朝〉〈九日登高〉〈送韓十四〉〈香積寺〉〈玉臺觀〉〈登樓〉〈閣夜〉〈藍田崔莊〉〈秋興八篇〉，氣象雄蓋宇宙，法律細入毫芒，自是千秋鼻祖，異時微之、昌黎並極推尊，而莫能追步。（《詩藪》）

29 陸時雍：杜子美之勝人者二：思人所不能思，道人所不敢道，以意勝也；數百言不覺其繁，三數語不覺其簡，所謂「御眾如御寡」「擒賊先擒王」，以力勝也。五、七古詩，雄視一世，奇正雅俗，稱題而出，各盡所長，是謂「武庫」。五、七律詩，他人每以情景相合而成，本色不足者往往景饒情乏；子美直抒本懷，借景入情，點熔成相，最為老手。（《唐詩鏡》）

30 陸時雍：子美之病，在於好奇，作意好奇，則於天然之致，遠矣。五、七言古，窮工極巧，謂無遺恨；細觀之，覺幾回不得自在。　○少陵五言律，奇法最多，顛倒縱橫，出人意表。余謂萬法總歸一法，一法不如無法，水流自行，雲生自起，更有何法可說？　○少陵七言律，蘊藉最深，有餘地，有餘情，情中有景，景外含情，一詠三諷，味之不盡。（《詩鏡總論》）

31 許學夷：盛唐諸公，唯在興趣，故體多渾圓，語多活潑，若子美則以意為主，以獨造為宗，故體多嚴整，語多沉著耳。（《詩源辯體》）

32 仇兆鰲：自元微之作〈序銘〉，盛稱其所作，謂「自詩人以來，未有如子美者」，故王介甫選四家詩，獨以杜居第一。秦少游則推為孔子大成，鄭尚明則推為周公制作，黃魯直則推為詩中之史，羅景綸則推為詩中之經，楊誠齋則推為詩中之聖，王元美則推為詩中之神，諸家無不崇奉師法；宋惟揚大年不服杜，詆為村夫子，

亦其所見者淺。至乾隆間，突有王慎中、鄭繼之、郭子章諸人，嚴駁杜詩，幾令身無完膚，真少陵蟊賊也。楊用修則抑揚參半，亦非深知少陵者。（《杜詩詳注》）

33 沈德潛：少陵五言古，意本連屬，而學問博、力量大，轉接無痕，莫測端倪，轉似不連屬者，千古以來，讓渠獨步。　○七言古如建章之宮，千門萬戶；如鉅鹿之戰，諸侯皆從壁上觀，膝行而前，不敢仰視；如大海之水，長風鼓浪，揚泥沙而舞怪物，靈蠢畢集，別於盛唐諸家，獨稱大家。　○杜詩近體，氣局闊大，使事典切，而人所不可及處，尤在錯綜任意，寓變化於嚴整之中，斯足以凌轢千古。（《唐詩別裁》）

34 沈德潛：五言長篇，固須節奏分明，一氣連屬，然有意本連屬而轉似不相連屬者：敘事未了，忽然頓斷，插入旁議；忽然聯續，轉接無痕，莫測端倪。此運左史法於韻語中，不以常格拘也。千古以來，且讓少陵獨步。　○王維、李頎、崔曙、張謂、高適、岑參諸人，品格既高，富饒遠韻，故為正聲；老杜以宏才卓識、盛氣大力勝之。讀〈秋興八首〉〈詠懷古跡五首〉〈諸將五首〉，不廢議論、不棄藻繢，籠蓋宇宙，鏗戛韶鈞，而縱橫出沒中，復合蘊藉微遠之致，目為大成，非虛語也。（《說詩晬語》）

35 賀貽孫：大凡讀子美洋洋大篇，當知他人能短者不能長，能少者不能多，能人者不能天；惟子美能短能長，能少能多，能人能天，亦復愈長愈短，愈多愈少，愈人愈天。如韓信用兵，多多益善，百萬人如一人。……蓋韓信之能在用多，而其奇在用少，子美亦然。故於五言長篇，雖見能事，然其短篇，尤為神奇。（《詩筏》）

36 賀裳：詠物詩惟精巧乃佳，如少陵之詠馬詠鷹，雖寫生者不能到。○不讀全唐詩，不見盛唐之妙；不遍讀盛唐諸家，不見李、杜之妙。太白胸懷高曠，有置身雲漢、糠粃六合意，不屑屑為體物之言，其言如風捲雲舒，無可蹤跡。子美思深力大，善於隨事體察，

其言如水歸墟，靡坎不盈。兩公之才，非惟不能兼，實亦不可兼也。杜自稱「沈鬱頓挫」，謂李「飛揚跋扈」，二語最善形容。 ○杜詩惟七言古終始多奇，不勝枚舉；五言律亦前後相稱。五古之妙，雖至老不衰，然求其尤精出者，如〈玉華宮〉〈羌村〉〈北征〉〈畫鶻行〉〈新安吏〉〈石壕吏〉〈新婚別〉〈垂老別〉〈無家別〉〈佳人〉〈夢李白〉〈前後出塞〉，俱在未入蜀以前，後雖有〈寫懷〉〈早發〉數章，奇亦不減，終不可多得。餘但手筆妙耳，神完味足，似不復如。老杜有句曰：「為人性僻耽佳句，語不驚人死不休。老去詩篇渾漫興，春來花鳥莫深愁。」固是實論，非謙退之詞。惟七言律，則失官流徙之後，日益精工，反不似拾遺時曲江諸作，有老人衰颯之氣。在蜀時猶僅風流瀟瀟，夔州後更沉雄溫麗。（《載酒園詩話‧又編》）

37 田雯：少陵〈秋興八首〉、青蓮〈清平調三章〉，膾炙千古矣，余三十年來讀之，愈知其未易到。 ○子美為詩學大成，沉鬱頓挫，七古之能事畢矣。 ○杜之七律，百美畢備。 ○老杜（五律）登峰造極，諸法俱備。（《古歡堂集雜著》）

38 張謙宜：少陵古詩，立意高，折筆健，此所以獨步。 ○律詩細潤，不礙老蒼。（《絸齋詩談》）

39 牟願相：杜子美詩如書成天泣，血漬石上。 ○杜子美詩，自漢、魏以來，都兼其體，所不能兼者陶耳。（《小澥草堂雜論詩》）

40 葉矯然：子美絕句，古直理趣，最得樂府遺意。 ○學者早年讀杜，未能遽悉高深，必馳騖眾家之奇者，……及至五十，菁華刊落，筆墨銷歸，繙杜集一再讀，而覺向之所奇者、麗者、澹者、逸者、奔者、峭者，不過有杜之一體，至其包括眾妙，波瀾獨老，真覺人所不能為而為者也。 ○細玩少陵夔府秦州諸詩，皆非少年之作，而凌雲掣海，擲地金聲，略無一毫頹放習氣。其自道云：「晚節漸於詩律細」「語不驚人死不休」；稱人云：「庾信文章

老更成」「暮年詩賦動江關」，洵千古宗匠也。　○予欲合子美、子瞻七言古詩，梓為一集，蓋此體中之神通廣大，無如二公：杜奇而壯，蘇奇而秀，千古雙絕。（《龍性堂詩話・初集》）

41 喬億：杜五言二百七十餘篇，精警之什，皆少壯時作。入蜀後律詩則更精。　○杜子美原本經史，詩體專是賦，故多切實之語；李太白枕藉《莊》《騷》，長於比興，故多惝恍之詞。　○太白詩法，齊尚父、淮陰侯之兵法也；少陵師法，孫、吳之兵法也。……杜猶節制之師，百世之常法也。　○世人但目皮色蒼厚、格度端凝為杜體，不知此老博學深思，筆力矯變，於沉鬱頓挫之極，更見微婉。（《劍溪說詩》）

42 喬億：凡讀杜詩，先即其議論，想其襟抱，固高出唐一代詩人；再觀其法度，或謹嚴，或奔放，順各篇之體勢，非有意為之也。而鍊字於句法之中，與諸家異同，亦宜參看，方識杜之大，又未嘗不細也。　○半山謂學杜當從義山入，愚以為從六朝入更無氣粗之弊。（《劍溪說詩・又編》）

43 趙翼：其真本領仍在少陵「語不驚人死不休」一句，蓋其思力深厚，他人不過說到七八分，少陵必說到十分，甚至有十二三分者。其筆力之豪勁，又足以傳其才思之所至，故深人無淺語。（《甌北詩話》）

44 翁方綱：杜之魄力、聲音，皆萬古所不再有。其魄力既大，故能於正位卓立鋪寫，而愈覺其超出；其聲音既大，故能於尋常語言，皆作金鐘大鏞之響。此皆後人必不能學，必不可學者。　○杜五言古詩，活於大謝，深於鮑照，蓋盡有建安、黃初之實際，而并有王、孟諸公之虛神，不可執一以觀之。　○杜五律雖沉鬱頓挫，然此外尚有太白一種，暨盛唐諸公在，至七律雖雄闊萬古，前後無能步趨者，允為此體中獨立之一人。（《石洲詩話》）

45 管世銘：五言（古詩）肇興至唐，將及千載，故其境象尤博。……岑嘉州峭壁懸崖，峻不得上；元次山松風澗雪，凜不可留；李供奉襟情倜儻，集建安、六代之大成；杜員外氣韻沉雄，盡樂府古詞之變。　○工部五言詩，盡有古今文字之體，……可謂牢籠眾有，揮斥百家。（《讀雪山房唐詩‧序例》）

46 管世銘：（七古）一人作一面目，王、李、高、岑，太白所能也；一篇出一面目，王、李、高、岑，太白所不能也。杜工部七言古詩，隨物賦形，因題立制，如怒猊抉石，如香象渡河，如秋隼搏空，如春鯨跋浪。如動庭張樂，魚龍出聽；如昆陽濟師，甌甖皆震。如太原公子，褐裘高步而來；如許下狂生，蹀躞摻撾而至。千態萬狀，不可殫名，悲喜無端，俯仰自失，觀止之嘆，意在斯乎！　○（五律）惟老杜苦學力思，久而大通，恢張變化，律切渾成。　○七言律詩，至杜工部而曲盡其變。蓋昔人多以自在流行出之，作者獨以沈鬱頓挫。其氣盛，其言昌，格法、句法、字法、章法，無美不備，無奇不臻，橫絕古今，莫能兩大。（《讀雪山房唐詩‧序例》）

47 管世銘：少陵七律，自當以〈諸將五首〉為壓卷，關中、朔方、洛陽、南海、西蜀，直以天下全局運量胸中。如借兵回紇，府兵法壞，宦官監軍，皆關當時大利大害，而群臣無能見及者。氣雄詞傑，足以稱其所欲言。每章起結，皆具二十分力量。　○〈秋興〉八章，只一時遣興之作，其得意處固入神品，而亦時有利鈍。又對結最未是杜公好處，而此凡三用之。（《讀雪山房唐詩‧序例》）

48 管世銘：杜工部有三體詩古今無兩：七言古、七言律、五言長律也。　○少陵絕句，〈逢李龜年〉一首而外，皆不能工，正不必曲為之說。（《讀雪山房唐詩‧序例》）

49 施補華：少陵五言千變萬化，盡有漢、魏以來之長而改其面目，故於唐以前為變體，於唐以後為大宗，於《三百篇》為嫡支正派。〇少陵七律，無才不有，無法不備，義山學之，得其濃厚；東坡學之，得其流轉；山谷學之，得其奧峭；遺山學之，得其蒼鬱；明七子學之，佳者得其高亮雄奇，劣者得其空廓。（《峴傭說詩》）

50 方東樹：杜公包括宇宙，含茹古今，全是元氣，迥如江河之挾眾流以朝宗於海矣。〇杜公以《六經》《史》《漢》作用行之，空前後作者，古今一人而已。〇大約飛揚峰兀之氣，崢嶸飛動之勢，一氣噴薄，真味盎然，沉鬱頓挫，蒼涼悲壯，隨意下筆而皆具元氣，讀之而無不感動心脾者，杜公也。（《昭昧詹言》）

51 高步瀛：唐初七言古亦沿六朝餘習，以妍華整飭為工，至李杜出而縱橫變化，不主故常，如大海迴瀾，萬怪惶惑，而詩之門戶以廓，詩之運用益神。〇杜公涵蓋古今，包羅萬象，又非有唐一代所能限者。（《唐宋詩舉要》）

52 吳北江：有唐一代以詩賦取士，故詩學極盛，而尤爭五律一體，人人皆以自負，爭奇鬥勝，然真能摶捖有氣勢，運掉自如者，王、孟、李、杜四家而已。至於悲壯蒼涼，沉鬱頓挫，使律詩勝境與長篇古體、經史文字相頡頏，則杜公一人而已。〇（五律）至杜公一以浩氣行之，開合陰陽，千變萬化，乃與《六經》、揚、馬同風，所以為詩聖也。〇七律以老杜為祖，極悲壯蒼涼，沉鬱頓挫之妙，驚天拔地，可泣鬼神，前無古人，後無繼者，亙古絕今，一人而已。以前作者，雖高華朗潤，要未能摶捖自如，無足追配杜公者也。（《唐宋詩舉要》引）

123 望嶽（五古）　　　　　　　　　杜甫

岱宗夫如何？齊魯青未了。造化鍾神秀，陰陽割昏曉。盪胸生曾雲，決眥入歸鳥。會當凌絕頂，一覽眾山小。

【詩意】

　　嗯——！巍峨的泰山，要怎樣形容它才好呢？它橫跨齊、魯兩地，彷彿自古以來它就是這樣一望無際、綿延不斷地青翠下去！造物主對它情有獨鍾，在這裡匯聚了天地間所有神秘靈秀的特質，才鍛鑄出它雄奇磅礴的氣勢！它的峭拔聳峻，竟然能把山脈切割成兩個截然不同的世界：北麓陽光照射不到，有如昏夜般晦暗；南麓則陽光普照，有如清曉般明朗！當雲氣升騰而起時，有如浪濤在峰巒之間洶湧翻疊，使我的胸臆也隨之奔盪澎湃起來（按：以雲靄之繚繞，襯托峰頂之崇峻）；當歸鳥投入廣大而深邈的山林時，你幾乎要睜裂眼眶才能勉強搜尋到牠微小的飛影（按：以飛鳥之渺小，反襯泰山之遼闊廣袤，視野之無所阻隔）！終有一天，我一定要攀登上絕頂的巔峰，好好地飽覽風光，看腳下的群山萬壑究竟變得有多麼矮小！

【注釋】

① 詩題—眺望東嶽泰山之意；嶽，高峻的大山。本詩是開元二十三年（735）杜甫在洛陽舉進士落第，次年前往兗州（在山東濟寧）探望父親杜閑時乘便遊覽之作。當時二十五歲的杜甫寫了兩首詩，一首是〈登兗州城樓〉，另一首便是號為「絕唱」而被刻石立碑，藏於泰山岱廟碑廊中的本詩了。

② 「岱宗」句—岱宗，對泰山的尊稱；《風俗通‧山澤》篇云：「泰

山，山之尊者，一曰岱宗。岱，始也；宗，長也。萬物之始，陰
陽交代，故為五嶽之長。」在今山東省泰安市北，海拔 1524 公尺，
主峰峻拔聳峙，雄偉壯麗，名勝極多。夫，語助詞，無義；作用
在傳達乍見泰山時的無限欣羨與仰慕之感，以及不知該如何傳神
地形容及讚頌的揣摩之情。

③「齊魯」句—《史記・貨殖列傳》：「泰山之陽則魯，其陰則齊。」
見注⑤。青未了，意謂泰山的蒼翠色相，橫跨齊、魯兩地綿延不
盡。了，盡也。

④「造化」句—造化，造物主、大自然。鍾，萃集、匯聚；有特別
偏愛專寵而賦予之意。神秀，謂神奇秀麗的天地之美與日月精氣。
此句意在凸顯其得天獨厚的靈異姿韻。

⑤「陰陽」句—山之南、水之北曰陽；山之北、水之南曰陰。割，
判、分也；有截然劃分為二之意。句謂：山北陽光照射不到，故
如昏夜之晦暗；山南則陽光普照，故如清曉之晴朗。此句意在凸
顯其高峻峭拔的雄奇景象。

⑥「盪胸」二句—望層雲之湧升，覺胸臆為之奔騰激盪，恍若浪濤
之翻湧推捲；望歸鳥之入山，則目眦似欲睜裂，才得以搜尋其飛
影。曾，通「層」字，積也。決，裂開。眦，音ㄗˋ，眼眶。入，
兼指歸鳥投入山林和映入眼中。按：出句「盪胸生曾雲」乃「層
雲生而胸為之盪」的省略倒裝；是以雲靄之繚繞，襯托峰頂之崇
峻。對句「決眦入歸鳥」乃「歸鳥入而眦為之決」的省略倒裝及
誇飾；是以飛鳥之渺小反襯泰山之遼闊廣袤。

⑦「會當」句—會當，必然要、必須要、必然會、必定會，屬於懸
想未來的預定之詞¹，有時也單用「會」字；如王勃〈春思賦〉：
「會當一舉絕風塵，翠蓋朱軒臨上春。」以及杜甫〈奉送嚴公入
朝詩〉：「此生那老蜀，不死會歸秦。」凌，登上、躍上。

⑧「一覽」句—化用《孟子・盡心》篇：「孔子登東山而小魯，登

泰山而小天下」之典，隱然有一時科考失利並不足慮，終將青雲
直上，睥睨宇宙之概。

【補註】

01 本詩題為「望嶽」，又云「會當凌絕頂」，理應是未曾登上泰山
頂峰。大曆二年（767）作者又有〈又上後園山腳詩〉之作，前四
句云：「昔我遊山東，憶戲東嶽陽；窮秋立日觀，矯首望八荒。」
後兩句表示杜甫後來還是登上了泰山東南的日觀峰，料想詩人應
該是在寫作本詩之後的秋季另有攻頂之舉，蓋「齊魯青未了」的
「青」與「窮秋」所代表的山色似不相同。今杜甫詩集中另有兩
首〈望嶽〉之作：一寫西嶽華山，一寫南嶽衡山，則是望而未登。

【導讀】

玄宗開元二十三年（735），杜甫自吳、越漫遊歸來，赴東都洛
陽舉進士不第後，次年便展開了長達四五年的二次漫遊，歷覽河北、
河南、山東、山西的巨山名川，因此他在〈壯遊〉詩中說：「忤下考
功第，獨辭京尹堂。放蕩齊趙間，裘馬頗清狂。」本詩便是作者前往
山東曲阜西邊的兗州探望擔任司馬職務的父親杜閑時，乘便遊覽之
作。

本詩完全由「望」字著眼，貫串全篇，並馳騁想像，寄託志概。
作者當時大概立足於岳麓，幾次變換取景的角度才完成本詩[1]。首二
句寫瞭望全景的印象，三、四句寫仰望主峰的氣勢，五、六句寫凝神
細望的感受，七、八句則設想將來凌越萬仞時極目千里的情境。綜合
而言，前六句是實寫所見所感，末二句則虛擬未來勝境[2]。詩人善用
由實入虛的手法，盪出遠神；並能融情入景，寓頌於嘆；再加上呈現
出來的意境壯闊，氣勢磅礴，隱然與作者恢弘的胸襟、高遠的抱負和
昂揚奮進的志氣相稱，因此備受前人推崇。

　　首句「岱宗夫如何」，是以古文句法作創新的嘗試。「夫如何」三字，表現出乍見遙望時驚奇矚目之感，流露出斟酌詞語以形容時那種頗費思量，沉吟再三，儘管有意極力描摹想像，依舊難以抉擇定奪的遲疑和困惑之情。由於設問得相當突兀，不僅顯得氣勢非凡，也把挖空心思，搜索枯腸時的猶豫，寫得極為傳神出色。以下七句，全是直接或間接針對此句作答，可謂氣貫篇末，而又開闔有法。不稱之以「泰山」而尊之以「岱宗」，隱然暗示泰山特有的莊嚴神聖之氣勢，使作者產生不勝崇仰敬羨之情。

　　「齊魯青未了」五字，是由泰山的廣袤展開之勢落筆，而以贊嘆代替回答。「青未了」三字，粗看似乎平淡無奇，細細品味之後才發覺那是作者千錘百鍊之後苦心孤詣、精挑細選的詞語：「青」雖然是形容詞，卻兼具動詞的作用，既可以表現出鬱鬱蒼蒼的泰山最初闖入眼中的色相之美，又能讓人感受到蘊藏其內的生命潛力；同時還助長了「未了」二字所代表的自古及今，直到未來那種亙古不變的時間意象，以及從齊到魯、由近而遠那種綿延不盡，迢遞無已的態勢。如此一來，極目眺望的夐遠感、浩蕩開展的動態感，以及雄闊的空間感和無窮的時間感，全都生動地展現眼前了。因此，明人莫如忠的〈登東郡望嶽樓〉特別援引本句入詩曰：「齊魯到今青未了，題詩誰繼杜陵人？」充分流露出對於本詩曠絕古今、難乎為繼的崇仰歎賞之情，也無怪乎前人對本句氣韻之雄渾磅礴要讚譽有加了；王嗣奭《杜臆》說：「語未必實，而用此狀岳之高，真雄蓋一世[3]。」浦起龍《讀杜心解》也說：「越境連綿，蒼峰不斷。寫嶽勢只『青未了』三字，勝人千百矣。」

　　此外，由於「齊魯青未了」是以質樸的語詞呼應「岱宗夫如何」的古拙句法，便使首句的橫空而來和次句的浩蕩而去，衝激出渾涵蒼勁的氣勢，因此仇兆鰲《杜詩詳注》引盧世㴭之言說：「試思他人千萬語，有加於『齊魯青未了』者乎？」施補華《峴傭說詩》也說：「『齊

魯青未了』五字，囊括數千里，可謂雄闊；後來唯退之『荊山已去華山來[4]』七字足以敵之。」

　　三句「造化鍾神秀」五字，是藉著「鍾」字的萃聚專注之意，把造化對泰山的特別眷顧，表現得親切有情而又鄭重無比；而且由於「鍾」字具有由四面八方收集凝聚到一點上的涵義，便賦予了泰山拔地而起的動態和擎天而立的氣勢，以及蘊藏在其內的無窮潛能。「神秀」二字則寄寓了難以名狀的仰慕讚頌之情，刻劃出泰山在鬼斧神工的氣勢之外，更具有天地日月的精華所孕育的靈氣。

　　四句「陰陽割昏曉」是藉著「割」字的俐落斬截之義，凸顯出山勢的崢嶸峻峭和山崖的壁立千仞；於是首二句的雄闊夐遠，和三、四句的聳拔矗峙，便雕塑出泰山既高峻又廣袤且深邃的宏偉形象，賦予岱宗渾涵豐沛的生命力，也孕育出東嶽磅礡雄奇的氣象。再加上陰陽和昏曉在光線上明暗、淺深的對比，更凸顯出一峰之隔而景觀頓異的奇趣，使人產生驚心動魄，目眩神搖的感受；因此仇兆鰲《杜詩詳註》以為頷聯「奇峭」，楊倫《杜詩鏡銓》稱賞「割」字之「奇險」，高步瀛《唐宋詩舉要》引吳北江之言說：「此十字氣象旁魄，與岱嶽相稱。」

　　「盪胸生曾雲，決眥入歸鳥」兩句，轉而以倒裝句法特有的勁健跌宕之氣，和誇張筆法特有的新奇警動之勢，描寫全神貫注地凝望時的感受。「盪胸」句表現出雲氣翻疊騰湧時，詩人心靈所受的震撼與產生共振效應之強度，隱然象徵自己浩蕩的胸次，可以與天地造化融通無隔，而有心凝形釋、渾然忘我的超越之感。換言之，含精藏雲的山嶽大氣，已經和渾灝流轉的天地元氣，以及詩人渾厚鬱勃的陽剛之氣，匯聚成沛然莫之能禦的豪邁志氣了，因此才會鼓盪出尾聯「會當凌絕頂，一覽眾山小」的奇情壯懷。

　　「決眥」句則以山勢的崇峻廣袤和飛鳥的渺小身影形成極大的反差，凸顯出搜尋歸鳥行蹤時的難度；除了藉以形容眼界的寬闊之外，

並襯托出泰山群峰的雄偉聳峻和廣遠深邃。這兩句不僅把雲霧洶湧的動態感和飛影難覓的蒼茫感，描寫得氣韻如生，逼人眼目，而且句法的峻刻峭折，又和首聯「岱宗夫如何，齊魯青未了」的由拙而樸、頷聯「造化鍾神秀，陰陽割昏曉」的先平後奇，形成截然異趣而又錯落有致的變化，有助於曲傳泰山嶔崎突兀而又氣象萬千的雄偉形勢，同時又隱約浮現出詩人恢弘浩蕩的胸襟氣度；因此王嗣奭《杜臆》說：「『盪胸生曾雲』，狀襟懷之浩蕩也；『決眥入歸鳥』，狀眼界之寬闊也。」又說：「集中望嶽詩三見，獨此詞愈少，力愈大，直與泰岱爭衡。詩垂近千年，未有賞識者；余初亦嫌『盪胸』一聯為累句，今始知其奇。」吳北江則說此二句乃「奇情寫望嶽之神。」（同前）

　　尾聯「會當凌絕頂，一覽眾山小」是在前六句實寫之後，繼之以虛擬的想像；一方面表示「望」之不足，意猶未盡的嚮往之情，一方面暗示泰山之奇險雄峻有非文字所能盡傳者。前面的所見所感，已經寫得驚心動魄，後二句的揣摩想像，自然使它更具有莫測高深，引人入勝的神奇魔力；同時又在有意無意之間寄託了作者在追求功名仕途上雖然一時失意，但是他攀登絕頂、超越巔峰的雄心壯志絕不動搖的堅毅信念和奮勉精神。如此化實為虛的手法，等於是暗示讀者：岱宗的偉大，絕不是立足於岳麓一隅作遠眺近觀的巡禮，就能窺其全貌；而是必須登臨絕頂才能體驗其雄震神州、君臨天下氣象。如此安排，不僅把詩人「望嶽」時悠然神遠的表情浮現在讀者的眉睫之前，讓人驚嘆其意量之恢宏奇偉，也讓首句「岱宗夫如何」的設問，有了耐人懸想的圓滿回應；同時還使全篇顯得興象曠遠而意境渾茫，墨氣四射而筆有餘妍，別有令人涵詠不盡的遙情遠韻。

　　綜合言之，本詩的謀篇佈局，層次分明，虛實相生；遣詞造句，則奇警健爽，錘鍊功深。再加上作者對鬼鐫神鑿的造化之奇發出禮讚之餘，還巧妙寄託了蓬勃昂揚的朝氣和凌越絕顛的抱負，因此儘管這是杜甫傳世詩篇中最早期的作品，卻已經法度嚴謹，技巧圓熟，可以

看出作者英華勃發而鋒芒畢露的才情，無怪乎浦起龍《讀杜心解》極力推崇說：「杜子胸襟氣魄，於斯可觀；取為壓卷，屹然作鎮。」

【補註】

01 王嗣奭《杜臆》以為「『齊魯青未了』『盪胸生雲』『決眥入鳥』，皆望見岱嶽之高大，揣摩而想像得之。」又說「盪胸」二語：「想像登嶽如此，非實語，不可以句字解也。公蓋身在岳麓，神遊岳頂，所云『一覽眾山小』者，已冥搜而得之矣。」不過，曹樹銘教授在《杜臆增校》注中認為：「細玩此詩，公必已先登嶽，所見如此；惟為寫足『望』字神裡，故詩不言登。」筆者在部分詩境的理解上，傾向於採用王氏的說法，因為老杜如果已然攻頂，大可根據事實立題賦詩，明言已登峰造極矣，何必拘限於「望嶽」之題而虛偽作假？

02 仇兆鰲云：「詩用四層寫意：首聯遠望之色，次聯近望之勢，三聯細望之景，末聯極望之情。上六實敘，下二虛摹。『岱宗如何』，意中遙想之詞。自齊至魯，其青未了，言嶽之高遠。拔地而起，神秀之所特鍾；矗天而峙，昏曉於此判割。」

03 本書所引王嗣奭之言，皆出自藝文印書館發行曹樹銘所撰之《杜臆增校》。

04 韓愈〈次潼關先寄張十二閣老使君〉：「荊山已去華山來，日出潼關四扇開。刺史莫辭迎候遠，相公親破蔡州回。」

【評點】

01 范溫：老杜詩凡一篇皆工拙相半，古人文章類如此。皆拙固無取，使其皆工，則峭急無古氣，如李賀之流是也。然後世學者，當先學其工，精神氣骨，皆在於此。如〈望嶽〉詩云：「齊魯青未了」，〈洞庭〉詩云：「吳楚東南坼，乾坤日夜浮。」語既高妙有力，

而言東嶽與洞庭之大，無過於此。後來文士極力道之，終有限量，益知其不可及。〈望嶽〉第二句如此，故先：「岱宗夫如何？」〈洞庭〉詩先如此，故後云：「親朋無一字，老病有孤舟。」使〈洞庭〉詩無前兩句，而皆如後兩句，語雖健，終不工。〈望嶽〉詩無第二句，而云：「岱宗夫如何」，雖曰亂道可也。（《潛溪詩眼》）

02 劉辰翁：「齊魯青未了」五字雄蓋一世；「青未了」，語好。「夫如何」，跌蕩，非湊句也。「盪胸」語，不必可解；登高意豁，自見其趣。對下句苦。　○郭濬：他人遊泰山記，千言不了，被老杜數語說盡。　○周珽：隻言片語，說得泰岳色氣凜然，為萬古開天名作；句字皆能泣鬼磷而裂鬼膽。（《唐詩選脈會通評林》）

03 范梈：起句之超然者也。（《唐詩品彙》引）

04 鍾惺：（「夫如何」）三字，得「望」字之神。　○譚元春：（「盪胸」句）險奧。（《唐詩歸》）

05 王嗣奭：首用「夫如何」，正想像光景，三字直管到「入歸鳥」，此詩中大開合也。……「陰陽割昏曉」，造語亦奇，此實語也。……結語不過借證於孟（子之言）而照應本題耳，非真須再登絕頂也。（《杜臆》）

06 金聖嘆：「岳」字已難著語，「望」字何處下筆？試想先生當日有題無詩時，何等慘澹經營？一字未落，卻已使得者胸中、眼中隱隱隆隆具有「岳」字、「望」字。蓋此題非此（「夫如何」）三字亦起不得，而此三字非此題亦用不著也。……此起二語，皆神助之句。凡歷二國，尚不盡其青，寫「岳」奇絕，寫「望」又奇絕。（「齊魯青未了」）五字何曾一字是「岳」？何曾一字是「望」？而五字天造地設，恰是「望岳」二字。（「造化鍾神秀，陰陽割昏曉」）二句寫「岳」；「岳」是造化間氣所特鍾，先生「望岳」，直算到未有「岳」以前，想見其胸中咄咄！……一句

寫其從地發來，一句寫其到天始盡；只十字，寫「岳」遂盡。（末
二句）翻「望」字為「凌」字已奇，乃至翻「岳」字為「眾山」
字，益奇也。如此作結，真有力如虎。（《唱經堂杜詩解》）

07 黃周星：（「齊魯」句）只此五字，可以小天下矣。（「陰陽」
句）「割」字奇。（「決眥」句）「入」字又奇，然「割」字人
尚能用，「入」字人不能用。（《唐詩快》）

08 仇兆鰲：少陵以前題詠泰山者有謝靈運、李白之詩。謝詩八句，
上半古秀，下卻平淺；李詩六章，中有佳句，而意多重複。此詩
遒勁峭刻，可以俯視兩家矣。　○〈龍門〉及此章，格似五律，
但句中平仄未諧，蓋古詩之對偶者，而其氣骨崢嶸，體勢雄渾，
能直駕齊、梁以上。（《杜詩詳注》）

10 沈德潛：起得闊大，這老詩膽之大可見。三、四二句亦闊大；而
「鍾」字人或下之，「割」字非老杜著不得。五、六精細而勁建；
不必言山高，山高自見。一結出意表，妙。老杜之於諸作家，亦
猶嶽之於眾山乎！上泰山天下為小之典故，見之有意無意間。（《杜
詩評鈔》）

11 沈德潛：「齊魯青未了」五字，已盡泰山。（《唐詩別裁》）

12 浦起龍：「鍾神秀」，在嶽勢前推出；「割昏曉」，就嶽勢上顯
出。「盪胸」「決眥」，明逗「望」字。末聯則以將來之凌眺，
剔現在之遙觀，是透過一層收也。（《讀杜心解》）

13 延君壽：予嘗謂「讀〈北征〉詩與王荊公〈上仁宗書〉（可知）
唐宋有大文章；後人斂衽低首，推讓不遑，不敢復言文字矣。」
此言出，人必謂震其長篇大作耳。不知「齊魯青未了」才五字，
〈讀孟嘗君傳〉才數行，後人越發不能。古人手段，縱則長河落
天，收則靈珠在握；神龍九霄，不得以大小論。（《老生常談》）

14 吳北江：（末二語）抱負不凡。　○邵子湘：語語精警。（《唐
宋詩舉要》引）

【貶詞】

01 鍾惺：（末句）定用「望岳」景語作結，便弱便淺。 ○此詩妙在起，後六句不稱。 ○如此結，自難乎其稱。又當設身為作者想之。（《唐詩歸》）

＊ 編按：王嗣奭並不認同此說，謂鍾惺「猶然俗人之見也」，並反詰之曰：「請問將用何語作結耶？」

02 黃生：衡、華、岱三嶽，皆有詩望之；以三作相較，此為下矣。諸家每每登選，意賞「齊魯青未了」五字耶？然短古既難盡題意，中四語復費力之甚。「夫如何」，「夫」字若非誤，竟不成語。余不敢一概吠聲也。《金陵瑣事》云：「『夫如何』三字，頭巾氣甚矣。細思之，『夫』字當是『大』字之誤；上云『大如何』，下云『青未了』，正見大也。此詩起結暗用『小魯』『小天下』之意，而能融液其詞，故人不能知。」（《杜詩說》）

03 汪師韓：起輕佻失體。（《詩學纂聞》）

＊ 編按：老杜「岱宗夫如何？齊魯青未了。」二語破空壁立，蒼勁古拙，實與玄宗〈經鄒魯祭孔子而歎之〉的開筆「夫子何為者？栖栖一代中」同其氣象雄渾，大巧若拙。

124 兵車行（七言樂府）　　　　　杜甫

車轔轔，馬蕭蕭，行人弓箭各在腰。爺娘妻子走相送，塵埃不見咸陽橋。牽衣頓足攔道哭，哭聲直上干雲霄！

道傍過者問行人，行人但云點行頻！

或從十五北防河，便至四十西營田。去時里正與裹

頭，歸來頭白還戍邊。

邊庭流血成海水，武皇開邊意未已！君不聞：漢家山東二百州，千村萬落生荊杞！縱有健婦把鋤犁，禾生隴畝無東西！況復秦兵耐苦戰，被驅不異犬與雞！長者雖有問，役夫敢申恨？且如今年冬，未休關西卒。縣官急索租，租稅從何出？

信知生男惡，反是生女好。生女猶得嫁比鄰，生男埋沒隨百草！

君不見：青海頭，古來白骨無人收。新鬼煩冤舊鬼哭，天陰雨濕聲啾啾！

【詩意】

　　一隊又一隊的兵車正在轔轔的輪轉聲中滾滾前進，一批又一批的戰馬正不安地悲嘶長鳴；懸掛在每一位軍士腰間的弓箭，也隨著出征的隊伍搖晃碰撞出嘈雜的聲音。怎麼數也數不清的爺娘和妻兒，正奔前跑後地在隊伍兩旁追趕著送別，他們所踢起的塵埃瀰漫半空，連咸陽橋都被遮掩得看不見了！送行的老弱婦孺裡，有人悽楚地拉著出征士卒的衣袖，有人悲愴地搥胸跺腳，有人死命地攔著道路痛哭，那千千萬萬破碎家庭哀號的哭聲，不僅震耳欲聾，而且直衝雲霄！

　　路旁的過客詢問出征的人發生什麼事了？出征的人只是匆匆地丟下一句：「徵召士兵的次數實在是太過頻繁了！」

　　（經過多方打聽之後，可以知道：）他們有些人打從十五歲起就到西北邊的黃河駐守，一轉眼就四十歲了，還得在西方邊境上屯田備戰。年少出征時，由里長替他們裹上黑頭巾；可是返鄉時頭髮都白了，

還得被抽調去戍守邊境！邊境上慘烈的戰鬥之後總是血流成海，可是漢武帝開疆拓土的雄心始終未曾衰減！

（親愛的朋友，）您沒有聽說過嗎——漢朝時華山以東的兩百多個州裡面，千千萬萬的村落全都長滿了荊棘和野草！即使還有些健壯的農家婦女努力地犁田鋤草，田裡的莊稼仍然長得亂七八糟，東倒西歪！何況關中的士兵特別能夠吃苦耐勞，擅長纏鬥鏖戰，自然就更被當作雞犬一般驅趕上戰場了！即使也有來訪查的長官詢問過他們的心事，可是他們哪裡敢申訴心中的怨恨（大家都怕會遭到更嚴酷的報復啊）！就說這一年吧，直到冬天都不曾停止過徵召關西的士卒，可是官府仍然急著催逼他們的賦稅，這稅租又能從哪裡生出來呢？唉！難怪大家都說生了男孩的確是可怕的災難，反倒是生了女孩才算是幸福美滿！因為女兒還能嫁給附近的鄉親，總還相互照應得到；男孩就只能到戰場去送死，隨同百草一起腐爛！

（親愛的朋友，）您沒有見過這種景象嗎——光是和吐蕃爭戰不休的青海邊，自古以來的纍纍白骨始終都沒有人收拾過！新冤死的鬼魂還在煩怨地申訴他們的憤恨，舊的鬼魂則只能死心地哭泣！每當遇到陰森濕冷的雨天，他們就啾啾——啾啾地不斷哀號！

【注釋】

① 詩題—本詩收入《樂府詩集》卷 91〈新樂府辭〉中[1]，換言之，本詩是遠承〈國風〉以來「飢者歌其食，勞者歌其事」的敘事傳統，近接漢代樂府如〈東門行〉〈孤兒行〉〈病婦行〉等「感於哀樂，緣事而發」的抒情特色而自製詩題，獨抒懷抱的創新之作；而且又下啟中唐時元、白以樂府新題刻畫時事，寄託諷喻的社會寫實之先聲，因此有「唐詩史[2]」之稱。筆者推測本詩當作於天寶九載之後，參見注⑯，詩人時在長安。

② 「車轔轔」二句—轔轔，眾車行進聲。蕭蕭，馬鳴聲。

③ 行人──行役之人，指征夫而言。

④ 咸陽橋──原名便橋，在長安城外咸陽縣西南十里，因橫跨渭水，又名渭橋，是唐時由長安前往西北的必經之路。

⑤ 干──衝、犯、逼近也。

⑥ 點行頻──點，點名徵召也。行，音ㄏㄤˊ，指名冊上的行列。點行，按照壯丁名冊，逐行點名徵調。頻，次數繁多。

⑦ 「或從」二句──或，有也，指涉不特定人稱。十五、四十，皆指征夫年紀。北防河，殆泛指前往西北方的黃河邊駐守，防備外族蠢動入侵[3]。營田，即古代屯田制，平時耕作，戰時打仗。王嗣奭《杜臆》云：「北防河，防北虜乘冰合而入。……西營田，乃戍卒防吐蕃者。」

⑧ 「去時」句──去時，指十五歲離家時。里正，唐時百戶為里，每里置里正一人，掌按比戶口、課植農桑、檢查非違、催驅賦役。與，為也、助也。裹頭，古代以皁羅三尺為頭巾；由於征丁年紀太小，無法自行束髮裹頭，故由里正代為裹頭，使之裝束整齊。

⑨ 「邊亭」句──《杜臆》引《資治通鑑・唐紀31》曰：「天寶六載，帝欲使王忠嗣攻吐蕃石堡城（按：在今青海西寧市西邊約60公里處），忠嗣上言：『石堡險固，吐蕃舉國守之，非殺數萬不能克；恐所得不如所亡，不如俟釁取之。』帝不快。將軍董延光自請取石堡，帝命忠嗣分兵助之；忠嗣奉詔而不盡付延光所欲，蓋以愛士卒之故[4]。延光過期不克。八載，帝使哥舒翰攻石堡，拔之；士卒死者數萬，果如忠嗣之言。故有『邊亭流血』等語。」

⑩ 「武皇」句──唐人詩中常以「武皇」「漢武」「漢皇」來託古諷今，以避忌諱。開邊，開疆拓土。意未已，謂野心勃勃，未嘗稍衰。

⑪ 「君不聞」三句──「君不聞」與後文「君不見」，皆為樂府詩中常用的襯字。山東，謂華山以東（閻若璩說），義同於關東。二

百州，舊注引《十道四蕃志》：「關以東七道，凡二百一十七州。」《杜臆》：「隋得天下，改郡為州；唐又改州為郡，凡一百九十二郡。曰州，仍舊名也；曰兩百州，已盡天下矣。」荊、杞，皆野生灌木；生荊杞，謂田園荒蕪寥落。

⑫「禾生」句—隴，通「壟」，田埂。無東西，謂壯丁出征，無人整修隴畝田界，故莊稼長得雜亂不堪，行列不整，以致影響收成。

⑬ 秦兵—即指此次被徵調者，亦即下文之「關西卒」，素以堅毅耐戰著稱。

⑭「被驅」句—《杜臆》云：「秦兵……因堅勁耐戰，故驅之尤迫。今驅負耒者為兵，直棄之耳，與犬雞何異？」

⑮「長者」二句—長者，可能指朝廷所派遣訪查軍情民隱的使者而言[5]。敢，豈敢也。

⑯「且如」二句—且如，正如、就像、比方說、再說。今年冬，黃鶴注引《資治通鑑·唐紀 32》云：「天寶九載冬十二月，關西遊奕使王難得擊吐蕃，克五橋，拔樹敦城（按：在今青海西寧市西南約 80 公里處）。」高步瀛認同此注，以為本詩作於其時；筆者則以為詩云「去年冬」，顯然應作於九載以後。未休，既未曾停止徵調，亦未能休兵返鄉。

⑰「縣官」二句—縣官，可指天子、朝廷與地方官府而言。《史記·絳侯周勃世家第二十七》司馬貞《索隱》曰：「縣官，謂天子也。所以謂國家為縣官者，〈夏〉（按：指《周禮·夏官》）王畿內（之）縣即國都也；王者官天下，故曰縣官也。」索租，索求租稅，朱鶴齡注：「名隸征伐，則當免其租稅矣；今以遠戍之身，復督其家之輸賦，豈可得哉？」

⑱「信知」四句—信知，確知；有前曾聽聞而未敢遽信[6]，直至了解戍卒悲慘命運後方始相信之意。生男惡，謂生男孩反而不吉祥。比鄰，近鄰。隨百草，謂死於邊地，無人收葬，隨塞草而腐朽。

⑲ 「青海頭」二句—青海，湖泊名，在今青海省西寧市以西約一百公里處，湖面積廣達八九百里，原為吐谷渾所有，高宗龍朔三年（663）為吐蕃所併。開元中王忠嗣等屢破吐蕃，然其後吐蕃與唐朝仍常為青海而爭戰不休。天寶七載（748）十二月，隴右節度使歌舒翰駐神威軍於青海邊，又築應龍城於青海湖中的龍駒島上。八載六月，歌舒翰先攻拔吐蕃的石堡城；冬，吐蕃入寇報復，駐守應龍城的神策軍竟被全數殲滅。

⑳ 「新鬼」二句—鬼哭陰雨，《後漢書・陳寵傳》載陳寵為太守時，洛陽城南每陰雨常有哭聲聞於府中。寵下令調查，官吏回報說：「世衰亂時，此下多死亡者，而骸骨不得葬，儻在於是？」寵即敕縣盡收斂藏之，自是哭聲遂絕。李華〈弔古戰場文〉亦云：「往往鬼哭，天陰則聞。」啾啾，摹聲詞，指鬼魂冤啼聲。

【補註】

01 《樂府詩集・新樂府辭》下〈題解〉云：「〈新樂府〉者，皆唐世之新歌也；以其辭實樂府，而未嘗被於聲，故曰『新樂府』也。元微之病後人沿襲古題，唱和重複，謂不如寓意古題，刺美見事，猶有詩人引古以諷之義；近代惟杜甫〈悲陳陶〉〈哀江頭〉〈兵車〉〈麗人〉等歌行，率皆即事名篇，無復倚傍。乃與白樂天、李公垂輩，謂是為當，遂不復更擬古題。……由是觀之，自〈風〉〈雅〉之作，以至於今，莫非諷興當時之事，以貽後世之審音者；儻採歌謠以被聲樂，則〈新樂府〉其庶幾焉。」

02 楊倫《杜詩境銓》引邵子湘評此詩之言云：「是唐詩史，亦古樂府。」施補華《峴傭說詩》云：「〈兵車行〉：『行人但云點行頻』『去時里正與裹頭』『縱有健婦把鋤犁』，合之五古〈新婚行〉〈無家別〉〈垂老別〉〈石壕吏〉諸詩，見唐世府兵之弊，家家抽丁遠戍，煙戶一空；少陵所以為詩史也。」

03 「北防河」三字，仇注引錢箋：「《舊唐書》：開元十五年十二月，制以吐蕃為邊患，令隴右道及諸軍團兵五萬六千人，河西道及諸軍團兵四萬人，又徵關中兵萬人，集臨洮（按：殆指臨洮軍的駐地，在今青海省西寧市東約 60 公里處），朔方兵萬人集會州（按：在今甘肅省蘭州市東北約 90 公里處的靖遠縣，正位於黃河邊），防秋；至冬初，無寇而罷。」並曰：「是時吐蕃侵擾河右，故曰防河也。」按：引文實出自《資治通鑑·唐紀 29》，其中「朔方兵」《通鑑》載「二萬人」。再者，本詩中表明是由十五歲至四十歲的長期駐防，與《通鑑》所載「至冬初，無寇而罷」顯然不符，故不可拘泥於時地與人事而求解。

04 《舊唐書·列傳第 53》亦載此事。

05 吳師道《吳禮部詩話》云：「杜老〈兵車行〉『長者……？』尋常讀之，不過以為漫語而已；更事之餘，終知此語之信。蓋賦斂之苛，貪暴之苦，非無訪查之司、陳訴之令，而言之未必見理，或反得害；不然，雖幸復伸，而異時疾怒報復之禍尤酷，此民之所以不敢言也。『雖』字、『敢』字，曲盡事情。」

06 所謂前曾聽聞，可能是指古代〈飲馬長城窟行〉之類的作品。《樂府詩集》卷 38〈相和歌辭·瑟調曲·飲馬長城窟行〉下之題解引《水經注》曰：「始皇二十四年，使太子扶蘇與蒙恬築長城，起自臨洮，至於碣石，東暨遼海，西並陰山，凡萬餘里；民怨勞苦，故楊泉《物理論》曰：『秦築長城，死者相屬，民歌曰：「生男慎勿舉，生女哺用脯。不見長城下，尸骸相支柱。」』其冤痛如此。」又同卷中所錄陳琳〈飲馬長城窟〉亦云：「生男慎莫舉，生女哺用脯；君獨不見長城下，死人骸骨相撐拄。」

【導讀】

本詩是杜甫學習民歌精神，根據敘事內容而自擬詩題的正宗樂府

詩 ¹，主題是批判帝王窮兵黷武，開邊征戰，導致農村殘破、中原凋敝、室家離散、生靈塗炭的貪婪愚昧；充分展現出感事傷時，悲天憫人的仁厚胸懷，與憂念蒼生，為民請命的儒生本色。尤其以「兵車」二字命題，寄寓著兵凶戰危、聖人所非的深義，因此《草堂詩箋》引王深父的見解說：「雄武之君，喜馳中國之眾，以開邊服遠為烈，而不寤其事乃先王之罪人耳；此詩蓋託於漢以刺玄宗也。《論語》曰：『不以兵車，管仲之力也。』」

首段七句是描寫軍隊開拔，即將遠征西北時混亂喧囂的場面。詩人除了以車輪的滾動傾軋聲、駕馬的悲嘶長鳴聲和驚天動地的號泣聲來表現出生離死別的悽慘之外；又運用煙塵蔽天的景象來點染嘈雜騷動的畫面，並透過爺娘妻子百般難捨、千般不甘地在隊伍旁追前奔後，以及老弱婦孺失去家庭支柱和經濟依靠時驚惶萬狀，以至於不顧一切地「牽衣頓足攔道哭」等動作的特寫鏡頭，便把軍隊出征時天昏地暗、哭天搶地，令人膽顫心悸、眼熱鼻酸的典型情境，活靈活現地呈現在讀者的眼前了！僅此七句，便令人有身歷其境時怵目驚心的惶悚危懼之感，頓覺慘不忍睹，油然而生掩耳欲逃的念頭；無怪乎乾隆對於這一段有如電影運鏡的生動畫面要嘆賞說：「篇首寫得行色匆匆，筆勢洶湧，如風潮驟至，不可逼視。」

如果更深入地體會詩人用筆之細膩，可以發覺「爺娘妻子走相送」七字，不僅寫出百姓扶老攜幼送別的情景，從送行人中爺、娘、妻、子的不同身分，也透露出遠征軍士卒年齡的參差不齊，暗示戰況之危急與兵員之奇缺，為後段「邊庭流血成海水」的場面埋下伏筆。「走相送」的「走」字，既表現出難分難捨的親情，也生動地捕捉到隊伍快速行進時老弱婦孺追趕不及的孱弱與不堪；再加上「牽衣／頓足／攔道／哭」四個動作表現出越來越強的力道，更把送行之人由不捨而留戀而悲愴而絕望的感情波動與神情心態，刻畫得絲絲入扣，令人鼻酸。

　　次段「道旁過者問行人，行人但云點行頻」兩句，是詩人設計的一小節過渡。其中「道旁過者」是詩人特意安排的虛擬腳色，目的是經由他的發問（其實根本是明知故問）來逼出行人回答「點行頻」三字，藉以凸顯出全篇的靈魂，並開啟以下詩人種種唏噓感慨和悲憤沉痛的控訴而已；在現實中未必真有一個不明就裡的過路客提出如此顢頇可笑的疑問。值得特別注意的是：「點行頻」三字應該是詩人所設計的問對中行人唯一的答話；以下直到詩末，全是老杜以社會詩人的角度，多方尋訪民隱，全盤了解積弊之後，抒發悲憫憤慨之情的血淚紀錄。換言之，所謂「過者」，只是藉以逗出「行人」怨忿之詞的虛構人物；所謂「行人」，只是遠征軍中抱怨「點行頻」的一員，年紀不詳。至於後來的「長者」，是察訪軍情民隱的上級長官（見注⑮）而非杜甫[2]；「役夫」呢，則是泛指所有遠征異域的可憐百姓而言，和「行人」並非指述同一人。至於詩中種種情節，也許是詢問征夫家屬的心聲，也許是烽火餘生的老兵退卒的回憶，也許是作者綜合半生所見所聞的感慨之後，逐漸孕育成型的藝術創作。

　　「或從十五北防河，便至四十西營田；去時里正與裹頭，歸來頭白還戍邊」四句為第三段。前兩句是寫少年時期就被徵召離家，禦敵守邊，直到中年仍須輪調西塞去屯田備戰而不得返鄉；既補足首段一旦出征則萬家野哭的深層原因——原來征夫的青春歲月都必須拋家辭親，因此相送形同生離死別——也為後文所述內郡殘破及農村凋敝的慘狀預作鋪墊。「去時里正與裹頭」七字，是進一步點出被徵召時年幼無知，甚至還無法打理自己的稚嫩可悲，並暗示烽火漫天，壯夫未歸，因此徵召血氣未定的成童以為奧援。「歸來頭白還戍邊」七字，則進一層側寫邊境告警，暗示征戰失利，以致連血氣既衰的老朽都得動員之可歎。如此層層渲染之後，戰情危急，煙塵未已而「萬里長征人未還」的旨意也就呼之欲出了，既寫足了前文「點行頻」的具體事例，也為第四段開頭「邊庭流血成海水，武皇開邊意未已」的愁慘憤

慨蓄積了足夠的怨怒，自然便逗引出譴責帝王忍令百姓肝腦塗地的殘酷不仁，和輕啟邊釁，窮兵黷武，以致良田成荒野，士卒如芻狗，縣官急催租，以及第五段生男不如女的大段控訴了！

「君不聞：漢家山東二百州」到「被驅不異犬與雞」六句，把場景由咸陽橋擴大到華山以東的廣大地區，表示君王開疆拓土的野心不僅造成長安居民的離鄉背井而已，也導致中原地區男丁稀少、田園殘破、農村凋敝、經濟蕭條，為後面「租稅從何出」的悲憤控訴預留伏筆。經過前面四句的襯墊之後，「況復秦兵耐苦戰」七字轉筆折回泣訴關中男丁的命運與雞犬無異時，就顯得更加悽涼可悲，令人憤慨了！「長者雖有問，役夫敢申恨？且如今年冬，未休關西卒；縣官急索租，租稅從何出」六句，寫征夫長年在外屯戍或戰鬥，家人卻還要一再忍受官府無理的催繳賦稅，其內心之怨怒與憤慨，不問可知。前兩句是反問句，表示儘管官府也曾派人來作出訪查民隱的動作，其實這種表面功夫只是為殘酷不仁的君王搽脂抹粉地裝飾罷了，對於解決百姓困境，不僅無濟於事，甚至還會帶來後患，造成傷害，百姓豈敢流露真正的心聲？因此吳師道《吳禮部詩話》說：「賦斂之苛，貪暴之苦，非無訪查之司、陳訴之令，而言之未必見理，或反得害；不然，雖幸復伸，而異時疾怒報復之禍尤酷，此民之所以不敢言也。『雖』字、『敢』字，曲盡事情。」接著詩人以今年冬天的情況反問：「按理說函谷關以西的壯丁既已被徵調遠征，應該可以抵免賦稅才是；可是地方官吏還要到他們家裡強索賦稅，請問沒有壯丁可以耕種的人家租稅要從何而來呢？」這個反問，一針見血地指出政府作為的荒謬，揭露君王不恤民命的真相，有如一把利刃戳破官方偽善的假面具，讀來的確令人悲憤不平！

「信知生男惡，反是生女好；生女猶得嫁比鄰，生男埋沒隨百草」四句是第五段，等於把「或從十五北防河」以來的種種血淚控訴作一個總結。詩人藉著「開邊未已」的不義戰爭所造成的種種禍端，早已

顛覆封建社會中根深柢固的重男輕女之觀念，有力地折射出百姓對於戰爭的厭惡和對君王的憎恨。

「君不見：青海頭，古來白骨無人收；新鬼煩冤舊鬼哭，天陰雨濕聲啾啾」是第六段。詩人刻意渲染白骨遍野的戰場上天昏地暗，陰雨連綿，溼氣淋漓，而又鬼哭魂號的景象，來作最痛切的控訴，不僅呈現出悲天憫人的胸懷，也清楚地表達出反對不義之戰的立場。為了凸顯出邊庭慘絕人寰的景象來警惕人君，詩人先以「君不見」三字喚醒注意，而後巧妙地以「天陰雨濕」的淒涼冷清和昏暗晦暝來點染恐怖陰森的氣氛，並以「啾啾」二字來模擬新鬼控訴而舊鬼悲泣時淒厲哀切的啼嘯聲；如此經由視覺、聽覺與觸覺的刺激和烘托之後，便讓人有心驚肉跳，毛骨悚然，不寒而慄的感受了。尤其是刻意分辨鬼魂之新舊，凸顯出由於君王的野心未熄，遂使漢家兒郎前仆後繼地化為異域亡魂，邊庭已經到了「鬼」滿為患的地步，更是令人痛心疾首，悲憤莫名！

詩人借著「新鬼煩冤舊鬼哭」七字表示：新添的孤魂，因為還是「菜鳥鬼」的關係，仍然深深地替自己及室家的無限冤苦而悲愴憤慨，濺淚控訴；而舊有的野鬼儘管早已明白嘵嘵呶呶的申冤根本無濟於事──他們早已成為「老鳥鬼」了──可是偶而還是會忍不住嗚咽飲泣，但卻已經哀莫大於心死了！他們的哭聲，經由詩人敏感的耳朵和悲憫的心靈作出細膩入微的區隔之後，便有了淒厲與哀切，怨忿與悲涼，亢烈與深沉的差異，同時也透露出這些先來後到的孤魂野鬼不同層次的心理狀態，的確令人不得不聞之色變，思之膽寒，念之神傷，並為之悽愴慘怛而憫然興悲了。因此單復說：「此為明皇用兵吐蕃而作，故託漢武以諷，其辭可哀也。先言人哭，後言鬼哭，中言內郡凋散，民不聊生，此安史之亂所由起也。吁！為人君而有窮兵黷武之心者，亦當為之惻然興憫，惕然知戒矣！」（《杜詩詳注》引《杜詩愚得》）由此可見杜甫這種聞聲知意，直探鬼魂冤情的特異功能，以及渲染愁

慘氣氛，捕捉幽怨聲情，營造詭迷意境的奇筆，比起「詩鬼」李賀而言，實在不遑多讓。

就章法脈絡而言，君王「開邊未已」的好大喜功，草菅人命，正是全詩承前轉後的關鍵所在：因為它既引起胡、漢的長期征戰和累世仇怨，以致必須不斷為了增援邊關而拉丁抽夫，進而導致室家離散、經濟蕭條、農村破產；又必須急徵暴斂以充實軍需，更是讓連年歉收的老弱婦孺無以維生而怨聲載道地泣訴：「租稅從何出！」同時它更導致了西疆流血成海而白骨枕藉，中原如煉獄而邊庭為鬼城的恐怖後果！

再者，拿首段的喧騰混亂，對照末段的陰森恐怖；再加上首段的人哭震天，上衝雲霄，對照末段的鬼哭淒厲，下徹荒野；便不難看出詩人早已暗示：煙塵漫天中的遠征軍，即將成為天陰雨濕中的冤鬼隊了！這自然更令人有心折骨驚、意奪神駭的怖懼之感了，因此沈德潛《杜詩評鈔》說：「有起、結二段，便能動人。」又說：「以人哭起，以鬼哭結，有意無意，章法最奇。」

綜合言之，本詩是以欲吐還吞，悲咽壓抑的「點行頻」三字透露出全篇的詩眼，帶出「武皇開邊意未已」的諷喻旨趣，從而衍生出送別的酸楚、室家的離散、征戍的漫長、邊戰的慘酷、農村的荒涼、生計的艱難、人命的微賤、民心的怨憤、蒼生的絕望、鬼魂的冤苦。不僅結構嚴謹，脈絡清楚，章法圓融，針線細密，意象生動，對比鮮明；而且騷心憂苦，命意深遠，訴求痛切，主旨明確，因此沈德潛《杜詩評鈔》說：「會古樂府、〈變雅〉之神，縱筆所之，猶龍夭矯，可以泣鬼神矣！」方東樹《昭昧詹言》也推崇備至地說：「此篇真《史》《漢》大文、論著奏疏，合《詩》《書》《六經》相表裡，不可以尋常目之。」

【補註】

01 浦起龍《讀杜心解》說：「是為樂府創體，實乃樂府正宗。齊、梁間擬漢、魏者，意在倣古，非有所感發規諷也；若古樂府，未有無謂而作者。」

02 所謂「長者」應該不是指杜甫而言，而是上級所派來察訪軍心或民隱的使者。因為依照高步瀛的看法，本詩是天寶九載冬所作，詩人時年三十九；而假設「便至四十西營田」與「歸來頭白還戍邊」這兩句都是那位口若懸河、滔滔不絕的「行人」描述自己的悲慘情狀，那麼他顯然年紀比杜甫來得大，應該不至於稱杜甫為「長者」才是。

【商榷】

對於這首長詩的腳色認知，長久以來一直存在著兩個問題：「行人」回答內容的長短，以及「長者」是指誰？

有些人似乎認為「行人」的回答又長又多：

* 邵子湘：通篇設為役夫問答之詞，乃風人遺格。（《杜詩境銓》引）

* 仇兆鰲：首段敘送別悲楚之狀，乃記事；下二段，述征夫苦役之情，乃記言。　○次提過者、行人，設為問答。　○再提長者、役夫，申明問答。（《杜詩詳注》）

他們似乎把「或從十五北防河」以下許多情節的描述，都當成是行人蓄積已久的怨憤之詞，實在很有商榷的必要。

首先，「行人但云點行頻」七個字，是說行人在隊伍前進、車馬喧嘩而路旁又哭聲震天的情況下，只能匆匆回答一句話而已。因為在當時混亂倉卒的情境下，既不可能容許作者或過路客變成隨軍採訪記者，一路上和行人並肩行進，長久交談，而且還聲如洪鐘，字字入耳動心，讓作者後來能毫不含糊地以詩歌來「原音重現」這一段採訪內

容；也不可能由過路客或作者把行人拉出隊伍之外，作詳盡的採訪問答，而後寫成詳實的報導文學。換言之，當時行人即使有滿腹委屈、一腔冤苦，既不可能有足夠時間讓他發表長達二十餘句的血淚控訴；也不可能有好整以暇的心情來追述自己一生的淒涼、細說全國人的慘痛；更不可能突然生出暢所欲言、高談闊論的膽量，敢來散播這種顛覆政府、動搖軍心的大逆不道之言；因此他只能欲言又止地把千言萬語合併為一句「點行頻」而已！

其次，「長者雖有問，役夫敢申恨」以下的句子，也不是「行人」怨憤的反語，而是作者悲憫的敘述口吻；而且所謂「長者」，也不是指那位「路旁過者」，而是指上級所派的訪察長官。因為：

＊第一，如果這位「長者」正好是前述的「路旁過者」，那就表示他竟能混跡行伍之中從事深度採訪，一路隨著軍隊往西北前進而不被揪出隊伍之外，顯然不合情理之至。

＊第二，如果「或從十五北防河……被驅不異犬與雞……租稅從何出」都是這位「行人」所言，那麼他所爆的內幕之多，已經足夠開記者招待會了，又豈是「但云點行頻」而已？又哪能說「役夫（豈）敢申恨」呢？

換言之，由「或從十五北防河」以下的二十餘句，都不可能是行人的口吻，而是詩人的憤激之言；否則既和「但云」「（豈）敢申恨」兩組詞意明顯矛盾，又會有前述種種令人難以想像的情節（包括隱身有術、採訪有方、雙方在兵荒馬亂、嘈雜喧囂的環境中竊竊私語，卻又字字如雷貫耳等），顯然絕非當時對談的實錄。

以上種種問題，環環相扣，很有澄清的必要，因此不憚辭費，論述如上。

【評點】

01 蔡寬夫：齊、梁以來，文士喜為樂府辭，往往失其命題本意，唯

老杜〈兵車行〉〈悲青坂〉〈無家別〉等篇，皆因時事，自出己意，立題略不更蹈前人陳迹，真豪傑也。（楊倫《杜詩鏡銓》引）

02 黃徹：杜集多用經書語，如「車轔轔，馬蕭蕭」，未嘗外入一字；如……皆渾然嚴重，如天陛赤墀，植璧鳴玉，法度森鏘，然後人不敢用者，豈所造語膚淺不類耶？（《蛩溪詩話》）

03 吳山民：首段作樂府語，不嫌直率。「且如今冬」二句，應「開邊未已」來；「縣官急索」二句，應「村落生荊杞」來。○周珽：以開邊之心未已，致令人鬼哭不得了，聞者有不痛心者？寫至此，應胸有鬼神，筆有風雨。○陸時雍：起、結最是古意。《唐詩選脈會通評林》引）

04 吳逸一：語雜歌謠，最易感人。愈淺愈切（編按：殆指「信知生男惡」四句而言）。（《匯編唐詩十集》引）

05 胡應麟《詩藪》說：「〈兵車行〉〈麗人行〉〈王孫〉等篇，正祖漢、魏，行以唐調。」

06 王嗣奭：此詩已經物色（編按：殆謂有聲有色、如聞如見，使人怵目驚心），其妙尤在轉韻處磊落頓挫，曲折條暢。公用「爺孃」字而自引樂府以注，知其用語必有來處，即用字亦無改換。（《杜臆》）

07 何焯：篇中逐層相接，累累珠貫。弊中國以徼邊功，農桑廢而賦斂益急，不待祿山作逆，山東已有土崩之勢矣。況畿輔根本，亦空虛如是，一朝有事，誰與守耶？借漢喻唐，借山東以切關西，尤得體。（《義門讀書記》）

08 沈德潛：詩為明皇用兵吐蕃而作，設為問答，聲音節奏，純從古樂府得來。（《唐詩別裁》）

09 浦起龍《讀杜心解》說：「欲人主鑑既往而憫將來，假征人之苦語，轉黷武之侈心，此《三百篇》之遺也。噫！山東近在中土，乃事之可見者，而深宮竟不得聞；青海陷我窮民，宜君所習聞者，

而絕域又不可見。兩呼『君不聞』『君不見』，喚醒激切！」

10 弘曆：詞意沉鬱，音節悲壯，此天地商聲，不可強為也。（《唐宋詩醇》）

11 俞犀月：聲調自古樂府來，筆法古峭，質而有文。從行人口中說出，是風人遺格。（《初白庵詩評》引）

12 張謙宜：句有長短，一團氣力。　○「牽衣頓足攔道哭」，夾此等句不妨；一味作爾許聲口，格便低。　○「長者雖有問」數句作緩語，一間急勢。末用慘急調，收得陡。《繭齋詩談》）

13 周甸：少陵值唐運中衰，其音響節奏，駸駸乎〈變風〉〈變雅〉，與《騷》同功。唐非無詩，求能仰窺聖作，裨益世教，如少陵者，鮮矣。（《杜詩詳注》引）

14 楊倫：敘起一片慘景，筆勢如風潮驟湧，不可迫視。（「武皇開邊」句）一篇微旨。（「縱有健婦」句）善作反襯。（「長者雖有問」句）又作一折。（「生女猶得」二句）痛絕語。　○蔣弱六：（「點行頻」）三字一吞聲，小頓，下再說起。（《杜詩鏡銓》）

15 潘德輿：若〈桃竹杖引〉，特一時興到語耳，非其至也。必求其至，〈兵車行〉為杜集樂府首篇，具長短音節，拍拍入神，在〈桃竹杖引〉之上。（《養一齋詩話》）

125 麗人行（七言樂府）　　　　　杜甫

三月三日天氣新，長安水邊多麗人。態濃意遠淑且真，肌理細膩骨肉勻。繡羅衣裳照暮春，蹙金孔雀銀麒麟。頭上何所有？翠微㔩葉垂鬢唇。背後何所見？珠壓腰衱穩稱身。

就中雲幕椒房親，賜名大號虢與秦。紫駝之峰出翠
釜，水精之盤行素鱗。犀筯厭飫久未下，鸞刀縷切
空紛綸。黃門飛鞚不動塵，御廚絡繹送八珍。簫鼓
哀吟感鬼神，賓從雜遝實要津。
後來鞍馬何逡巡，當軒下馬入錦茵。楊花雪落覆白
蘋，青鳥飛去銜紅巾。炙手可熱勢絕倫，慎莫近前
丞相嗔！

【詩意】

　　陰曆三月三日這一天，天宇晴朗，空氣清新，長安東南的曲江岸
邊，出現了許多踏青遊宴的佳麗。她們的容貌濃艷嫵媚，意態清遠飄
逸，舉止端莊嫻淑，風韻優雅自然，而且肌膚白皙細潤，骨肉豐腴勻
稱；加上她們輕軟的羅衫上繡著金碧輝煌的麒麟和孔雀，把暮春時節
的曲江映照得更是風光明媚，景色迷人。她們的頭上有什麼裝飾呢？
由翡翠薄片鑲嵌成花葉的髮簪和首飾正垂掛在鬢邊。背後有什麼花樣
呢？點綴著珍珠的腰飾使她們的衣服極為合身，正好襯托出她們婀娜
動人的體態。

　　在水邊的許多彩棚中，那繡著與畫著雲霞圖紋的帳幕，是當今皇
妃的親眷休憩的地方——她們正是榮獲天子恩賜封號的虢國夫人和
秦國夫人。儘管翠綠的玉鍋端出栗紫色的駝峰羹來，水晶盤也傳遞出
雪白的鮮魚膾來，可是她們早已吃膩了山珍海味，因此用犀牛角精製
而成的筷子遲遲不肯挾起美食，這可枉費了御廚們用鸞刀細切肉絲、
雕出花樣的苦心而空忙一場。只見黃門太監馳騁著駿馬，絡繹不絕地
從御膳堂傳送各色珍美的佳餚來，可是你看那些馬蹄卻沒有揚起一點
塵埃來！現場演奏起嘹喨悅耳的簫鼓聲，連鬼神聽了都深受感動；眾

多的隨扈和賓客，則忙亂地佔據了重要的路口。

最後騎馬而來的那個人，意態是多麼從容悠閒多麼顧盼自得啊！他一直來到雲幕前的軒廊才下馬，隨即踏著錦繡地毯進入雲幕裡去。雲幕之外，只見雪白的柳絮紛紛飄落，正覆蓋在水中的白蘋花上……。青鳥突然啣著啟人疑竇的紅巾驚飛而去……。喔！原來他正是權傾當世、炙手可熱而氣焰熏天的丞相哪！那可得格外小心，千萬別走上前去，否則丞相是會惱羞成怒的！

【注釋】

① 詩題—麗人，美人也，詩中泛指遊宴曲江的貴婦仕女，尤指與楊國忠亂倫私通的虢國夫人而言[1]。本詩雖收在《樂府詩集》卷 68〈雜曲歌辭〉中崔國輔的〈麗人曲〉：「紅顏稱絕代，欲並真無侶；獨有鏡中人，由來自相許」之後，但不論形式與內涵均與〈麗人曲〉大不相同；因此應將本詩視為與〈兵車行〉同屬一空倚傍，即事名篇的新樂府之作，而且託諷深遠[2]，宜細加玩味。按：楊國忠於天寶十一載（752）十一月因李林甫卒而為右丞相兼吏部尚書，領四十餘使，故詩中內容可能是寫十二載三月三日上巳節遊宴曲江之事，意在譏刺虢國夫人與楊國忠的驕奢淫逸，亂倫瀆禮；不過究竟是當年的即日之作，或者是事後的追憶之詠，則尚難邃定。

② 「三月」二句—三月三日，古人以三月第一個巳日為上巳節，有到水邊舉行祭祀，並以水淨身以祓除不祥而祈求福祉的習俗，謂之「修禊」。魏以後則固定於三月三日行此古禮，不再泥用巳日，後逐漸演變成遊春宴吟的踏青活動。王羲之〈蘭亭集序〉所載曲水流觴之詠，即其事也。唐時每至上巳節，君王往往在曲江宴饗皇親國戚與達官顯宦，長安之文人雅士、名媛佳麗，幾乎傾城而出，留連於曲江、杏園一帶遊賞美景盛觀[3]。天氣新，天宇澄朗，空氣清新。

③ 「態濃」句——態濃，謂姿色之美如穠桃艷李。意遠，謂意態飄逸閒適。淑，美善；真，自然。淑且真，大概形容氣質高貴，舉止端莊，性情嫻淑，風度自然優雅等[4]。

④ 「肌理」句——謂肌膚極細緻柔嫩，滑膩如脂，而骨肉極勻稱，肥瘦適中；可謂增一分則太多，減一分則太少的國色天香矣。

⑤ 「繡羅」二句——謂麗人華貴的羅衫上，有由撚緊的金銀絲線織繡而成的奇禽瑞獸，使得暮春的曲江增添了許多光采。金、銀二字，互文見義；孔雀、麒麟，則舉偏以概其餘。羅，輕軟而有疏孔的絲織品。蹙，縮皺；蹙金，刺繡工藝的術語，是把金絲銀線撚緊，以便刺繡的圖案因紋路蹙縮攢聚而有立體之美，故又稱「撚金」。仇兆鰲注：「趙曰：杜牧自謂其詩『蹙金結繡』，知『蹙金』乃唐人之常語。」又引胡夏客之言曰：「唐宣宗嘗語大臣：『玄宗時內府錦襖二，飾以金雀，一自御，一與貴妃；今則卿等家家有之矣。』此詩所云，蓋楊氏服擬於宮禁也。」

⑥ 「翠微」句——以翡翠薄片鑲嵌成花葉狀的髮飾，正簪插在髮髻上，懸垂在鬢腳邊。翠微，指翡翠薄片；殆因其色澤如微煙籠翠，故云。微，一作「為」，精製也，較能與下文「珠壓」對舉。鈿，音ㄉㄧㄢˋ，婦人髮上的花飾；鈿葉，婦女結為花葉狀的髮飾。鬢唇，鬢邊。

⑦ 「珠壓」句——用珍珠綴飾在腰身裙帶上，以使其服飾平整合身而襯出身段體態之美。袨，音ㄐㄧㄝˊ，郭璞注《爾雅》謂指衣服的後襟；腰袨，殆指腰帶、裙帶之屬。穩稱身，謂使服飾合身，能襯出體態之窈窕。

* 編按：以上十句為首段[5]，仇注謂：「首敘遊女之佳麗也，三言丰神之麗，四言體貌之麗；頭背四句，舉上下前後，而通身之華麗俱見。」

⑧ 「就中」二句——就中，其中，當中。雲幕，繡繪有雲靄圖紋的帳

幕；一說謂鋪設帳幕如雲霧之多也。椒房，漢代后妃的宮室常以椒末和泥塗壁，取其溫暖而有香氣，兼喻多子之意；故可代指后妃，見《三輔黃圖》《漢官儀》。椒房親，指楊貴妃的親族，亦即外戚。「賜名」句，《舊唐書・列傳第一・后妃上》載貴妃「有姊三人，皆有才貌，玄宗並封國夫人之號：長曰大姨，封韓國；三姨，封虢國；八姨，封秦國。並承恩澤，出入宮掖，勢傾天下。」

⑨ 「紫駝」二句——以山珍海味概括一切庶饈佳餚之珍美。駝，通「駝」；紫駝，即棕紅色的駱駝。相傳駱駝背峰之肉質，滋味甚美，名列八珍。翠釜，色澤鮮綠的炊器或食器。行，傳遞而進。素鱗，借代指白色的魚。

⑩ 「犀筯」二句——極寫其暴殄珍饈之情狀。犀筯，以犀牛角裝飾製成的筷子，常代指象牙筷子而言。厭，通「饜」，飽足也；飫，音ㄩˋ，飽食也。久未下，久久不肯挾食菜餚，蓋早已吃膩各種珍饈；《晉書》載何曾日食萬錢，猶云無下筯處。鸞刀，刀環上繫有鈴鐺的切肉刀。縷切，形容刀藝極精，能切肉成薄片細絲。紛綸，忙碌紛亂貌；空紛綸，空忙一場，謂無法令其食指大動而討其歡心。

⑪ 「黃門」二句——寫由宮中御廚精心烹調，而由宦官飛騎送來各色佳餚美味，忙碌異常。黃門，宦官之代稱，以其供職於禁中黃門之內，故名。鞚，音ㄎㄨㄥˋ，馬勒也；飛鞚，馳馬若飛。不動塵，塵土不揚；既見騎術之精湛、馬匹之輕駿，亦見宮庭規矩之不同凡俗。八珍，八種珍美的佳餚，其名色紛繁，各家說法不一，此泛稱御膳堂所製的庶饈百味而言[6]。

⑫ 「簫鼓」二句——簫鼓，代指音樂而言。哀，形容聲音清亮悅耳；古樂府〈子夜四時歌〉：「春林花多媚，春鳥意多哀；春風復多情，吹我羅裳開。」曹丕〈與朝歌令吳質書〉：「高談娛心，哀箏順耳。」哀吟，婉轉纏綿也。賓從，指楊氏之賓客與隨從。雜

遝，紛雜眾多貌。實要津，堵塞了通衢要道；既寫其排場之大、隨扈之盛、賓從之眾，亦隱喻趨附者多。

⑬ 「後來」二句──「後來鞍馬」句，指楊國忠按轡徐來。逡巡，原指徘徊不進貌，此形容其顧盼自雄，意氣自得的情狀。軒，殆指雲帳前鋪有地毯的廊軒而言。錦茵，錦繡地毯；入錦茵，指踏上錦毯而步入雲帳之中。仇注：「末乃指言國忠，形容其烜赫聲勢也。秦、虢前行，國忠殿後，鞍馬逡巡，見擁護填街，按轡徐行之象。當軒下馬，見意氣洋洋，旁若無人之狀。」

⑭ 「楊花」句──以無根之楊花飄落而覆蓋在有根之白蘋上，暗諷楊國忠與虢國夫人亂倫之醜行。楊花，古典詩詞中通常指柳絮；此處除了可能切「楊」國忠的姓氏之外[7]，也以容易脫離枝條而隨風翻飛、濛濛亂撲的柳絮，暗示楊國忠或許並非楊姓子弟，實乃冒姓依親之輩。白蘋，借喻本即姓楊的虢國夫人。楊花覆蘋，則既暗示楊國忠之冒姓依親，又諷刺兩人之間有曖昧的情事[8]。

⑮ 「青鳥」句──青鳥，傳說中西王母的信使，乃三足之烏，後常以青鳥代指信使、紅娘之流；見孟浩然〈清明日宴梅道士山房〉詩注。紅巾，為婦人之飾。紅巾為飛鳥銜去，殆暗示雲幕之中已羅帶輕分而兩情繾綣矣。蓋鳥性畏人，竟能入幕銜虢國夫人妝飾之巾帕而去，則兩人此時或已衣衫褪盡而翻雲覆雨至渾然忘我矣，故楊倫《杜詩鏡銓》引何焯之言謂青鳥紅巾：「幾於感悅矣[9]」。

⑯ 「炙手」二句──炙手可熱，謂君王之寵眷正隆而氣焰熏天。勢絕倫，謂權傾當代，位極人臣。錢箋引《唐語林》曰：「會昌中，語曰：『鄭、楊、段、薛，炙手可熱。』當時長安語如此。」嗔，音ㄔㄣ，惱怒也。

【補註】

01 關於虢國夫人與楊國忠私通的情況，《舊唐書‧列傳第一‧后妃

傳》曰：「國忠私於虢國而不避『雄狐』之刺（編按：雄狐，見《詩經・齊風・南山》，舊說以為是諷刺齊襄公與其妹文姜的淫亂之作），每入朝或聯鑣方駕，不施帷幔。」《新唐書・列傳第一・后妃上》曰：「虢國素與國忠亂，頗為人知，不恥也。每入謁，並驅道中，……不施幛障，時人謂為『雄狐』。」《舊唐書・列傳第五十六・楊國忠》：「貴妃姊虢國夫人，國忠與之私，於宣義里構連甲第，土木被綈（音ㄊㄧˊ，光滑細潤的厚絲織品）繡，棟宇之盛，兩都莫比，晝會夜集，無復禮度。有時與虢國並轡入朝，揮鞭走馬，以為諧謔，衢路觀之，無不駭歎。」樂史《太真外傳》也有類似記載。

02 《分門集注杜工部詩》引師尹曰：「觀《詩》以〈碩人〉美莊姜與申后，蓋取其碩美之德；今此詩以『麗人』名篇，豈非刺貴妃之黨，徒以艷麗之色寵貴乎？杜甫深意於茲可見。」由此可知詩人命題之用意，與〈兵車行〉之取義於「不以兵車，管仲之力也」者，皆可謂反面託諷，譏刺尤深矣；故仇兆鰲說：「此詩刺諸楊遊宴曲江之事。……本寫秦、虢冶容，乃概言麗人以隱括之，此詩家含蓄得體處。」

03 曲江，位於長安城東南，又名曲江池，相傳乃秦世之隑州，漢武帝時闢建為遊樂區，名為宜春苑；池中遍植荷花，故隋文帝易名為芙蓉苑。開元年間，唐玄宗大加疏鑿，廣植千花萬柳，修建離宮別館，遂為勝境。唐人康駢《劇談錄》卷下記曲江勝境云：「其南有紫雲樓、芙蓉苑，其東有杏園、慈恩寺。花卉環周，煙水明媚，都人遊玩，盛於中和、上巳之節；彩幄翠幬，匝於隄岸，鮮車健馬，比肩擊轂。入夏則菰蒲蔥翠，柳蔭四合，碧波紅蕖，湛然可愛。」唐人趙璜〈曲江上巳〉詩云：「長堤十里轉香車，兩岸煙花錦不如。欲問神仙在何處，紫雲樓閣向空虛。」唐人許棠〈曲江三月三日〉詩云：「滿國賞芳春，飛蹄復走輪；好花皆折

盡，明日恐無春。鳥避連雲幄，魚驚遠浪塵。如何當此節，獨自作愁人。」可見其時宴遊景況之一斑。

04 仇兆鰲《杜詩詳注》注謂：「濃如紅桃裹露，遠如翠竹籠煙，淑如瑞日祥雲，真如澄川朗月；一句中寫出絕世丰神。」雖仍略嫌抽象，然實善於形容而耐人懸想。楊倫《杜詩鏡銓》注曰：「淑真，婦人美德；公反言以刺之也。」可謂慧眼獨具，和《詩經·鄘風·君子偕老》中稱頌宣姜之美，奈何卻亂倫悖禮，令人浩歎的手法一致。

05 楊慎《升庵詩話》云：松江陸三汀深語予：「杜詩〈麗人行〉，古本『珠壓腰衱穩稱身』下有『足下何所著，紅蕖羅襪穿鐙銀』二句，今本亡之。」淮南蔡衡仲昂聞之擊節曰：「非惟樂府鼓吹，兼是周昉（按：中唐著名畫家，特別擅長仕女畫、佛像畫）美人畫譜也。」編按：鍾惺和王嗣奭都以為此二句不可少而從之；錢謙益則以為宋刻本無此二句，必屬楊氏所偽託。仇兆鰲以為除了末段六句以外，前兩段各以十句為界，添此二句，反為累贅。茲依仇說分段。

06 錢謙益箋引《明皇雜錄》謂虢國夫人出入禁中，常乘紫驄，使小黃門（按：小太監也）為御，紫驄之健駿，黃門之端秀，皆冠絕一時。即所謂「黃門飛鞚」也。

07 以「楊花」切楊姓，殆與〈楊白花〉歌辭有關，且有數義可參：
＊《梁書·列傳三十三·楊華傳》載楊華本名白花，乃北魏名將楊大眼之子，少有勇力，容貌雄偉，甚得北魏胡太后慕愛，進而逼迫與之私通；華懼及禍，乃率其部眾降梁。太后思之不已，作〈楊白華〉歌詞，且令宮人晝夜連臂踏足以歌之，聲甚悽惋。又，《樂府詩集·卷 73·雜曲歌辭》錄無名氏所作〈楊白華〉歌詞：「陽春二三月，楊柳齊作花；春風一夜入閨闥，楊花飄蕩落南家。含情出戶腳無力，拾得楊花淚沾臆。秋去春來雙燕

子，願銜楊花入窠裡。」並在題解中引用前述《梁書・楊華傳》
之文，可見認定〈楊白華〉是胡太后所作之淫辭。

*杜甫似乎有意借前述之典實暗指虢國夫人淫蕩之外，〈楊白華〉
歌中的「春風一夜入閨闈」句，也可以暗指楊國忠和虢國夫人
有瀆禮亂倫之事；而「願銜楊花入窠裡」句，又隱然與國忠直
闖虢國夫人雲幕，以及虢國夫人期待楊國忠入幕成其好事相
合。

*前引《劇談錄》謂曲江「入夏則菰蒲蔥翠，柳陰四合。」老杜
〈哀江頭〉亦云：「江頭宮殿鎖千門，細柳新蒲為誰綠？」晚
唐時章碣〈曲江〉詩更云：「落絮卻籠他樹白。」可見當時曲
江楊柳紛披，白絮飄飛之狀；則詩人乃切合時地之景觀而實寫
當時之風光，卻又能暗藏春色，託意在有無之間，誠可謂「不
著一字，盡得風流」之妙喻。

08 胡震亨《唐音癸籤》曰：「萍之大者曰蘋，根生水底，不若小浮
萍無根漂浮。國忠實張易之之子，冒姓楊，與虢國通，是無根之
楊花落而覆有根之白蘋也。」此雖可備一說，然正史則僅謂國忠
本名釗，為楊貴妃堂兄、武則天寵臣張易之外甥，並無冒姓之記
載。

09 所謂「感帨」，指解開女子腰間的佩巾，有寬衣解帶之意，語出
《詩經・召南・野有死麕》：「野有死麕，白茅包之。有女懷春，
吉士誘之。林有樸樕，野有死鹿。白茅純束，有女如玉。舒而脫
脫兮！無感我帨兮，無使尨也吠！」

【導讀】

這是一首以賦筆直書其事，而又義兼比興，託諷遙深的新樂府名
作。概略而言，本詩可分為三段，詩人在「三月三日天氣新……珠壓
腰衱穩稱身」和「就中雲幕椒房親……賓從雜遝實要津」這兩段中運

用濃彩重墨，竭力為麗人的容顏體態、服飾妝扮、飲食排場、簫鼓琴瑟等敷色添香，藉以襯托她們身分的高貴；寫得纖毫畢現，委曲詳盡，令人為之目眩神迷，驚羨不置，以為是一幅仕女賞春宴遊的華麗圖卷，渾然不覺詩人別有諷諭的用心。末段「後來鞍馬何逡巡……慎莫近前丞相嗔」六句，則先兼用「當軒下馬入錦茵／青鳥飛去銜紅巾」的暗示，與「楊花雪落覆白蘋」的象徵手法，讓人驚覺到事有蹊蹺而疑雲滿腹，然後詩人才點出入幕之賓的特殊身分是「炙手可熱勢絕倫」的丞相，又令人有曲徑通幽，煙霧散盡之感而恍然領悟：原來這是一幅權貴宣淫、外戚亂倫的春宮圖！因此蔣弱六依照詩中情節發展遞嬗的過程說：「美人相、富貴相、妖淫相，後乃顯出羅剎相！真可笑可畏！」（楊倫《杜詩鏡銓》引）誠可謂一針見血、深刻入骨的箋評了。

由於詩人只是以報導文學的手法，忠於記錄客觀事實，並不摻雜主觀的好惡評斷，讓讀者在理解了典故傳說、暗示手法與象徵筆法的奧妙，進而通讀全篇之後，反而會有詩人雖不論是非而褒貶自見的犀利嚴峻之感；因此許顗《彥周詩話》說：「虢國、秦國何預國忠事而近前即嗔耶？東坡言老杜似司馬遷，蓋深知之。」浦起龍《讀杜心解》也嘆之曰：「冷雋！」冷者，稱其立場客觀而態度冷靜也；雋者，嘆其託諷深刻而意在言外也。正由於詩人筆法嚴密，態度冷峻，並不直接訴諸冷嘲熱諷而流於尖酸刻薄，因此浦起龍總評曰：「無一刺譏語，描摹處語語刺譏；無一慨歎聲，點逗處聲聲慨歎！」可謂道盡詩人苦心孤詣的佈局與託諷之妙了。浦氏名其書曰「心解」，正其宜也！施補華《峴傭說詩》也說：「前半竭力形容楊氏姐妹之游冶淫佚，後半敘國忠之氣焰逼人。絕不作一斷語，使人於意外得之，此詩人善諷也。」這些深中肯綮的親切指點，都是引領我們穿門入戶，一窺詩聖的堂廡之大與百官之富的絕佳嚮導。

本詩第一個值得觀察的特點是：模擬樂府民歌的手法，以繁華縟麗的詞藻來對美人作細膩入微的工筆寫生，務必使之艷冠群芳，光彩

絕倫；然其興寄之曠遠與託諷之遙深，又有超出樂府民歌所能及的深刻內涵。因此張謙宜《絸齋詩談》說〈麗人行〉脫胎自〈碩人〉而「主刺淫奢，全是骨力好；加上千珠萬寶，壓他不倒，此繡虎也。」所謂「繡虎」，大概是說兼有繁縟華貴如錦繡般眩人眼目的藻飾，又有沉雄鬱勃如猛虎咆嘯般撼動人心的詩才與諷喻吧[1]！試看「繡羅衣裳照暮春，蹙金孔雀銀麒麟。頭上何所有？翠微𦏘葉垂鬢脣。背後何所見？珠壓腰衱穩稱身」數句，與辛延年的〈羽林郎〉：「長裾連理帶，廣袖合歡襦。頭上藍田玉，耳後大秦珠。兩鬟何窈窕，一世良所無。一鬟五百萬，兩鬟千萬餘」、佚名之〈陌上桑〉：「頭上倭墮髻，耳中明月珠。緗綺為下裙，紫綺為上襦」，以及佚名之〈孔雀東南飛〉：「足下躡絲履，頭上玳瑁光；腰若流紈素，耳著明月璫」等，雖然都是面面俱到、層層渲染的華辭麗藻，因此顯得金光銀亮，富貴氣派；然而本詩中麗人的雍容華貴與端莊淑麗，顯然更勝一籌，而且筆含諷刺，寓意深遠，更有耐人尋味的墨外之趣。因此黃生《杜詩說》評曰：「醖釀漢、魏之風骨，齊、梁小兒，直氣吞之！若其鋪敘繁華，仸陳貴盛，則效〈鄘風〉之刺宣姜，但歌其容服之美，而所刺者自見者也。」張謙宜也針對這一點評之曰：「古人有盛稱其衣服車馬之美，不下斷語而諷刺最深，如〈麗人行〉是也。」楊倫也認同本詩為《春秋》筆法中「痛之深則詞益隱」與「譏之切則旨益微」的具體實踐，以為「詩至老杜，乃可與《風》《騷》代興耳。」（見《杜詩鏡銓》轉引李安溪錄歐陽修語）

　　第二段的十句也像首段一樣，從各種不同面向寫出虢、秦夫人身分之尊貴，飲食之奢侈，恩賜之優渥，音樂之精美與賓從之眾盛。「紫駝之峰出翠釜，水精之盤行素鱗，犀箸饜飫久未下，鑾刀縷切空紛綸」四句，寫食器之精緻貴重，排場之氣派講究，親貴之暴殄天物，御廚之刀藝精湛，料理之珍奇可口；「黃門飛鞚不動塵，御廚絡繹送八珍」兩句，寫出宦官騎術之精湛，馬匹之輕駿，宮庭規矩之威風與法度之

嚴整;「簫鼓哀吟感鬼神,賓從雜遝實要津」兩句,寫音樂之動聽悅耳,賓從排場之大與趨附者之眾。凡此種種,都透過民歌重重渲染的手法,層層堆疊出末段「炙手可熱勢絕倫」的薰人氣焰,來寄寓深刻的諷刺之意。

比第一個特色更值得稱道之處是:圖形寫貌,不僅氣韻如生,神采畢現;而且雍容端淑,風情萬種,比《詩經‧碩人》中「手如柔荑,膚如凝脂,領如蝤蠐,齒如瓠犀,螓首蛾眉,巧笑倩兮,美目盼兮」的天生麗質還更勝一籌,因此王嗣奭《杜臆》說:「『態濃意遠』『骨肉勻』,畫出一個國色。狀姿色曰『骨肉勻』,狀服飾曰『穩稱身』,可謂善於形容。」在讚嘆老杜描摹精妙的評賞中,黃生的《杜詩說》無疑是最為體貼入微的:「寫麗人意態、肌膚、服飾、無所不備;以從《楚些》[2]來,故莊而不佻,華而不靡。美人有態有質,詠態易,詠質難。〈國風〉『倩』『盼』二語,非不妙極形容,亦只寫其態而已;如『肌理細膩骨肉勻』七字,寫美人形質,真毫髮無憾!古來美人,首稱玉環、飛燕,然不無剩肉露骨之恨;『骨肉勻』三字,可謂跨楊而躪趙矣。」其實,不僅骨肉勻稱,亭亭玉立之美,可以勝過趙飛燕與楊貴妃而令人好奇嚮往;「態濃意遠」透露出雖艷若桃李,而意態自如的閒適淡遠,彷彿是超級名模凝眸遠方,神馳天外,不在乎鏡頭的刻意捕捉,也不在意世人驚羨的眼光——儘管稍顯孤高自負而略帶神秘,反而更撩人情懷,引人遐思。再加上「淑且真」所表現的氣質優雅,相貌端莊,性情嫻淑,風度自然,在在都令人聯想到西施「芙蓉出水,倚風自笑」的清麗自然之美而悠然神遠。

第三個值得玩味的地方是:章法佈局的匠心獨運,因此沈德潛在《唐詩別裁》中根據楊慎和王嗣奭的意見說:「『態濃意遠』下倒插秦、虢,『當軒下馬』下倒插丞相,他人無此筆法。」換言之,由於詩人在「長安水邊多麗人」以下,連用八個華辭麗句來圖寫其神韻氣質之出色,容貌體態之姣美,服飾妝扮之靡麗,使人對「長安水邊多

麗人」所指為何，充滿了驚艷之感與好奇之心，因而有所企慕與期待；
而後作者才以「就中雲幕椒房親，賜名大號虢與秦」二語來揭示謎底，
便使人恍然大悟而有「原來她們是楊貴妃的姊妹，是當今皇上最寵幸
的皇親國戚，名號響噹噹的虢國夫人與秦國夫人，怪不得啊……怪不
得……」之嘆，也就自然會稱讚詩人用筆之細，描繪之工，措詞之精
與運思之妙了。再者，由於「後來鞍馬何逡巡」七字，也未曾明示其
人的身分，所以令人對他竟然能夠悠哉悠哉地緩轡漫步前來，而不必
先來布置場地、安排節目或迎接貴賓，而且還可以不經通報而臨軒駐
馬，甚至還敢直奔雲幕的大膽行徑和輕狂舉止，頓感詫異；也對「楊
花覆蘋」與「青鳥啣巾」兩句所指涉的興象，似懂非懂而落入困惑的
迷霧中。而後作者才以告誡警惕之詞，凸顯其人乃當今國舅的身分和
當朝宰輔的地位！原來他正是長安城人盡皆知色膽包天、寡廉鮮恥之
徒，敢於和楊氏姐妹公然調情而有亂倫情事的楊國忠！甚至民間還傳
說他是因為冒姓依親才能飛黃騰達，權傾一世，炙手可熱；這就又再
度令人有「原來如此……難怪啊！難怪……」的頓悟。如此深沉曲折
的構思，又使人有迷霧漸散、疑雲盡消而豁然開朗之感，不覺嘆賞詩
人匠意安排點睛之筆的苦心孤詣，因此施補華《峴傭說詩》認為本詩
「通篇皆先敘後點」的「章法可學」。

　　經由詩人以心裁別出的章法和鋪排華靡的麗句，狀寫了皇親貴戚
於祓禊春郊時服飾精美、飲食珍異、簫鼓喧闐、賓從麇集等遊宴盛況
之後，已經凸顯出楊氏兄妹專寵嬌貴，肆意揮霍，窮奢極侈，暴殄天
物的腐化形象；詩人再以情景交融的暗示手法來點染雲帷之中發生的
曖昧情事，便令人對他們鋒頭佔盡而又醜態百出的淫媟瀆倫之行，深
覺污穢可鄙了。換言之，前幅越是用濃彩重墨來精描細繪，敷色生輝，
使排場益發豪華奢侈而富麗堂皇；後幅的諷刺也就越加冷峻犀利，辛
辣深刻了。因此鍾惺在《唐詩歸》裡稱賞這種先揚後抑、寓褒貶於色
相之中的筆法說：「本是諷刺，而詩中直敘富麗，若深羨不容口者，

妙！妙！」又說：「如此富麗，而一片清明之氣行乎其中。」陸時雍《唐詩鏡》也說：「詩，言窮則盡，意褻則醜，韻軟則庳。杜少陵〈麗人行〉、李白〈楊叛兒〉，一以雅道行之，故君子言有則也。」這些評語都說明了本詩穠麗而不輕軟，含蓄而不晦澀，犀利而不刻薄，細膩而不猥褻的特殊風格；再加上本詩章法之嚴謹、佈局之巧妙等高明之處，無怪乎本詩能成為諷刺藝術的經典之作。胡應麟《詩藪》說本詩與〈觀公孫大娘弟子舞劍器行〉〈丹青引〉等：「雖極沉深橫絕，格律尚有可尋。」可謂深造有得，探驪得珠之論矣。

　　作者在詩歌的末段裡，隨手結合曲江柳蔭四合的實景，化用魏太后逼姦楊白華的典故，採取象徵和暗示的手法來點逗楊氏兄妹亂倫的醜行，表現得極為蘊藉深刻，耐人回味，因此浦起龍《讀杜心解》說：「『楊花雪落』『青鳥啣巾』，隱語秀絕，妙不傷雅。」此外，詩人在「炙手可熱勢絕倫」一語總結楊國忠熏天灼日的囂張氣焰，並暗諷他喧賓奪主的倨傲驕橫之後，拈出「慎莫近前丞相嗔」的喝斥之語，讓讀者尋繹其中的深義，更有發人深省的詩心存焉；因此王士禛《評杜詩話》譽之為：「意在言外，《三百篇》之致也。」仇兆鰲《杜詩詳注》也引盧元昌之言曰：「中云『賜名大號虢與秦』，後云『慎莫近前丞相嗔』，玩此二語，則當時上下驕淫，瀆倫亂禮，已顯然言下矣！」

【補註】

01 宋人曾慥的《類說》卷 4 引《玉箱雜記》：「曹植七步成章，號繡虎。」繡，殆指文采華麗優美；虎，殆喻氣勢雄渾遒勁。

02 所謂《楚些》，殆即指《楚辭》而言，蓋「些」為《楚辭》中常見的語詞，故以之代稱。

【評點】

01 劉辰翁：（「態濃意遠」二句）便爾親切，蓋身親見之日，自與想像次第不同。「紫駝之峰」二句，語特迭蕩稱前。魚肉互見。「鸞刀縷切」二句，形容驕貴，至「黃門飛鞚不動塵」，自是氣象。「楊花雪落」二句，畫出次第宛然。「楊花」「青鳥」兩語……作者之意，自不必人人能識也。（《宋詩話全編》引）

02 陸時雍：色古而厚，點染處，不免墨氣太重。（《唐詩鏡》）

03 吳山民：「頭上」數語是真樂府，又跌宕而雅。　○周敬：「態濃」以後十句，摹寫麗人妖艷入神，想其筆興酣時不覺。大家伎倆，自不可禁。（《唐詩選脈會通評林》）

04 王夫之：「賜名大號虢與秦」……乃〈國風〉之怨而誹、直而絞者也。（《薑齋詩話》）

05 王夫之：是杜集中第一首樂府，楊用修猶嫌其末句之露，則為（求疵）已甚。（《唐詩評選》）

06 周敬：鋪敘得體，氣脈條暢，的從古樂府摹出，另成少陵樂府。（《唐詩選脈會通評林》

07 錢謙益：此詩語極鋪揚而意含諷刺，故富麗中特有清剛之氣。（仇兆鰲《杜詩詳注》引）

08 黃周星：通篇俱描寫豪貴濃艷之景，而諷刺自在言外；少陵豈非詩史？（首二句）實有所指，轉若無所指，故妙。（「態濃意遠」）二句何以體認親切至此？（《唐詩快》）

09 浦起龍：「繡羅」一段，陳衣妝之麗；「紫駝」一段，陳廚膳之侈。而秦、虢諸姨，卻在兩段中間點出，筆法活變。　○末段以國忠壓後作收，而「丞相」字直到煞句點出，冷雋！（《讀杜心解》）

126 哀王孫（七言樂府）   杜甫

長安城頭頭白烏，夜飛延秋門上呼；又向人家啄大屋，屋底達官走避胡。金鞭斷折九馬死，骨肉不待同馳驅。

腰下寶玦青珊瑚，可憐王孫泣路隅。問之不肯道姓名，但道困苦乞為奴。已經百日竄荊棘，身上無有完肌膚。高帝子孫盡隆準，龍種自與常人殊。豺狼在邑龍在野，王孫善保千金軀。

不敢長語臨交衢，且為王孫立斯須。昨夜東風吹血腥，東來橐駝滿舊都。朔方健兒好身手，昔何勇銳今何愚？竊聞天子已傳位，聖德北服南單于。花門剺面請雪恥，慎勿出口他人狙。哀哉王孫慎勿疏，五陵佳氣無時無。

【詩意】

　　長安城頭突然聚集了一大群白頭烏鴉，夜裡飛到延秋門上啞啞地啼呼；後來又撲向豪門大戶去猛啄屋瓦和大門，使得屋裡的達官顯宦驚慌得紛紛逃竄走避，以為胡人的騎兵已經攻入京城了！他們在趕路逃命時，不知道抽斷了多少條金鞭，累死了多少匹駿馬，卻完全顧不得帶著骨肉一起逃亡！

　　有一位腰際掛著玉玦和青色珊瑚的王子皇孫，可憐地獨自在路邊哭泣。我詢問他的來歷時，他驚嚇得不肯說出姓名，只說他的處境非

常困窘，乞求能成為奴僕來保全性命。他已經有百來天在荊棘中躲藏逃竄，身上幾乎沒有一寸完好的肌膚。我對他說：「帝王的子孫全都鼻梁高挺，氣宇非凡；我看你也是相貌和常人大不相同的神龍遺種。如今豺狼般的胡人鐵騎正盤踞著京城，神龍子孫卻淪落在荒野；王子皇孫啊！你可要特別保重你的千金身軀啊！」

　　我原本不敢和他在大馬路邊長久詳談，以免暴露他的身分；但是為了給他一點安慰，就暫且為他多待片刻吧！我告訴他：「昨夜東風吹來濃重的血腥味，安祿山從東邊調來載運珠寶的駱駝隊伍擠滿了長安城。鎮守潼關的哥舒翰將軍，原本是身手矯健的朔方男兒；你看他從前擊退吐蕃時，何其驍勇精銳？可歎後來竟然兵敗如山倒，才使君王蒙塵，王孫落難。不過我聽說天子已經傳位給太子，他的聖德已經使北方的回紇表示親附臣服；他們在花門山堡以利刃割臉來表示萬分沉痛，願意竭盡全力為我大唐出兵雪恥。這個祕聞你可千萬別說出去，以免被人偵查得知而陷害你。可哀可歎哪！王子皇孫，你可千萬不要妄自菲薄；因為我大唐五座帝王的陵寢所在，風水奇佳，隨時都會有中興的王氣映射而出！」

【注釋】

① 詩題──〈哀王孫〉也是即事命題的新樂府詩，因此和〈兵車行〉〈哀江頭〉同收錄在《樂府詩集》卷 91〈新樂府辭〉中，最能看出杜甫記載亂離時代的筆觸之細膩與感情之沉痛，正是「詩史」的當行本色之作。

② 「長安」二句──此二句是以樂府詩慣用的比興手法渲染恐怖淒苦的氣氛，並以侯景之敗亡比安賊的氣焰終難久長。《南史・卷80・侯景傳》載侯景篡位後，令修築朱雀、宣陽等門，就傳出有童謠暗諷其位不久，謠曰：「的脰烏（即白頭烏），拂朱雀，還與吳。」楊慎《升庵詩話》卷 3「白頭烏」條也有類似記載。延秋門，唐宮

苑西門，出此門由咸陽橋渡過渭水，即可由咸陽大道前往馬嵬。

③ 「達官」句——《禮記·檀弓》注：「受命於君，名達於上，謂之達官。」本句只稱達官逃命而不言天子出奔，前人以為是以曲筆回護玄宗的《春秋》筆法，而究責於尸位素餐的顯宦貴戚。

④ 「金鞭」二句——寫玄宗倉皇逃命之情狀。九馬，《西京雜記》卷2〈文帝良馬九乘〉條載漢文帝從代郡還，有良馬九匹，此處代指天子的坐騎。詩人把玄宗拋棄骨肉、倉皇出奔的薄情寡義，歸之於馬死鞭斷，似乎仍有回護君王的苦心存焉。

⑤ 「腰下」句——玦，環形而有缺口的玉珮。寶玦與青珊瑚都是皇家寶物（見《西京雜記·飛燕昭陽贈遺之侈》），因此老杜能一眼即知對方王孫之身分。

⑥ 「高帝」二句——表示唯恐對方因相貌特殊而暴露身分，致有性命之憂。《漢書·高帝紀第一》載高祖之體貌特徵為「隆準而龍顏，美鬚髯，左股有七十二黑子。」應劭注曰：隆，高也；準，鼻也。《後漢書·光武帝紀第一》也說光武帝的體貌是「身長七尺三寸，美鬚眉，大口，隆準，日角。」因此世人以為隆準乃皇族血胤的特徵。

⑦ 「豺狼」句——豺狼在邑，譬喻安祿山在洛陽稱帝，其部眾又進而盤踞長安。龍在野，喻玄宗出奔至蜀。

⑧ 「長語」二句——長語，詳談、久談。交衢，十字街口，此指交通要衝。斯須，須臾、短時間、一會兒。仇兆鰲《杜詩詳注》謂：「且立斯須，欲屏跡而密語也。」

⑨ 「橐駝」句——橐駝，即駱駝。舊都，指長安，因當時肅宗已即位於靈武。《舊唐書·列傳第一百五十上》：「自祿山陷兩京，常以駱駝運兩京御府珍寶於范陽，不知紀極。」《新唐書·逆臣傳》也有類似記載。

⑩ 「朔方」二句──朔方健兒，指哥舒翰。昔何勇銳，指哥舒翰曾屢破吐蕃，威震西塞，使異族不敢近犯。今何愚，指安祿山的部眾來犯時，時已衰病的哥舒翰率領河隴、朔方及蕃兵二十萬鎮守潼關，足可拒敵，並待四方兵馬集結圍剿安賊；然因楊國忠勸使玄宗下令迎戰，不得不慟哭出關，卻因誤中埋伏而慘敗。敗軍之餘，又被蕃將火拔歸仁捆往降賊邀功，終向安賊屈膝，並為之寫招降書信給各路將領以求自保；事見《新唐書‧列傳第六十‧哥舒翰傳》。

⑪ 「竊聞」二句──天子傳位，表明法統延續，國祚未絕；可能寓有詩人對河山重整，中興在望的殷切期盼，同時也有勸慰王孫之意。北服南單于，是說後漢光武帝時，匈奴分為南北二支，而南單于遣使稱臣；此處則代指肅宗即位後，回紇曾遣使結好，出兵助唐，事見《舊唐書‧卷 11‧肅宗紀》。

⑫ 「花門」句──花門，原指花門山堡，在今內蒙古自治區內西北，居延海的北方約 300 公里處，古時是回紇騎兵的駐地，故可借指回紇而言。剺，音ㄌㄧˊ；剺面，古時匈奴有以刀割面以示忠誠或哀痛之舉，見《後漢書‧耿弇列傳第九》。

⑬ 「慎勿」句──勿出口，戒其勿口無遮攔，洩露身分而遭迫害[1]。狙，音ㄐㄩ，以如獼猴之善於伏伺攫食，喻襲擊、陷害。

⑭ 「哀哉」二句──慎勿疏，切勿妄自菲薄之意。五陵，根據《舊唐書》帝王〈本紀〉，高祖葬獻陵，太宗葬昭陵，高宗葬乾陵，中宗葬定陵，睿宗葬橋陵，故曰五陵。佳氣，指陵墓間鬱鬱蔥蔥的樣子，舊時堪輿家以為是風水地理所呈現的氣象。無時無，謂隨時都有中興氣象。

【補註】

01 錢謙益箋云：「當時降賊之臣必有為賊耳目，搜捕皇孫妃主以獻

奉者，不獨如孝哲輩為賊寵任者也，故曰『王孫善保千金軀』，又曰『哀哉王孫慎勿疏』，危之也，亦戒之也。有宋靖康之難，群臣為金人搜索，趙氏遂無遺種；讀此詩，如出一轍。」

【導讀】

本篇和〈兵車行〉〈哀江頭〉都是作者自擬標題，用來記載亂離時代中可悲可痛之事的新樂府詩，可以看出「詩史」操心之危，慮患之深，的確有其過人之處。

天寶十五載（756）六月九日，由哥舒翰鎮守的潼關失陷，京師震駭，人人自危。玄宗聽從楊國忠幸蜀之策，命龍武大將軍陳玄禮點調兵馬，作出御駕親征的姿態，卻又暗中選九百匹駿馬，於十二日黎明，與貴妃姐妹、宮中之皇子皇孫、妃子、公主、楊國忠、韋見素、高力士、陳玄禮等人出延秋門西遁；凡在宮外的妃嬪、公主、皇子皇孫全都拋棄長安，可見其時情況之緊急混亂。《資治通鑑·卷 218·唐紀 34》載當天破曉時，「百官猶有入朝者，至宮門，猶聞漏聲，三衛立仗儼然。門既啟，則宮人亂出，中外擾攘，不知上所之。於是王公、士民四出逃竄，山谷細民爭入宮禁及王公第舍，盜取金寶，或乘驢上殿。又焚左藏大盈庫……。」七月，安祿山的部將孫孝哲佔領長安，大肆屠殺；霍國長公主、永王妃、駙馬楊駟及皇孫等百餘人罹難，甚至被挖出心肝以祭拜為唐室所殺的安祿山之子安慶宗。王侯將相扈從入蜀者，子孫兄弟雖在嬰孩之中，也無所倖免。杜甫當時被叛軍擄回長安，詩中所遭遇的王孫殆即兔脫倖存者。由詩中王孫已經逋竄百日的句意來看，本詩可能是至德元載九十月間所作（天寶十五載七月，肅宗李亨即位靈武，改元至德）。

本詩由首至尾一韻到底，卻不會使人產生單調呆板的感覺，有幾個原因：

＊第一，有意無意之間安排重複出現的字詞，複疊出和諧悅耳而又

錯落有致的分明節奏，造成珠落玉盤的熟悉感和音律美；例如：
「長安城『頭頭』白烏」「又向人家啄大『屋』，『屋』底達官
走避胡」「問之不肯『道』姓名，但『道』困苦乞為奴」「豺狼
『在』邑龍『在』野」「昨夜『東』風吹血腥，『東』來橐駝滿
舊都」「『慎勿』出口他人狙，哀哉王孫『慎勿』疏」「五陵王
氣『無』時『無』」等，讀起來自然有珠聯玉串的音符洋溢耳畔。

＊第二，除了偶數句為固定韻腳之外，部分奇數句也間雜入韻；甚
至前四句，句句入韻，而末三句，又韻韻相連；因此使韻腳更形
緊湊密集，有助於強化全篇的節奏感。

＊第三，詩中頻繁地使用「三平聲落腳」的調式，例如：「同馳驅」
「青珊瑚」「完肌膚」「常人殊」「千金軀」「臨交衢」「今何
愚」「南單于」「他人狙」「無時無」等，共計十次，造成聲情
的高揚響亮，正可以和「魚／虞（ㄨ／ㄩ）」韻所模擬的低沉傷
嘆，嗚咽悲泣的聲情相調和，形成錯落起伏，頓挫跌宕的聲韻美。

＊第四，再加上首句末字是「烏」，次句末字是「呼」，結尾的出
句是「哀哉」，正好形成「嗚呼哀哉」的唱嘆語氣來增加全篇飲
泣吞聲的哽咽效果，自然使讀者在朗讀全篇時若斷若續、時有時
無地感受到如怨如慕、如泣如訴的哭聲入耳動心，增加賞讀時的
情味。這種別開生面的安排，最能看出杜甫以聲摹情，隨境選韻
的細膩詩律，很值得仔細體會詩人幽微奧妙的匠心；因此沈德潛
《杜詩評鈔》讚嘆說：「一韻到底，波瀾變化，層出不窮，似逐
段轉韻者；七古能事，至斯已極！」

「長安城頭頭白烏，夜飛延秋門上呼」兩句，是借用童謠俗諺的
形式，以梁武帝時侯景之叛比擬安賊之亂，同時又有借「白頭烏，拂
朱雀，還與吳」的讖語，預兆安賊的氣焰終不久長之意，已經先為篇
末「五陵王氣無時無」的結論預留伏筆，可見作者佈局之用心與期望
中興再造的忠貞。烏鴉本是朝飛暮宿的禽鳥，如今竟然暗夜驚飛而聒

噪亂呼,可知時局之騷擾動盪;何況還是民間視為不祥之甚的白頭怪鴉,更是在開篇就瀰漫著十分詭異而恐怖的妖氛,使人有毛骨悚然之感。「延秋門」三字,暗點玄宗倉皇出奔的情事,立意警策而用心溫婉,頗得風人蘊藉含蓄之旨。「又向人家啄大屋,屋底達官走避胡」二句,加上了疑似敵寇破城而入、搜刮劫殺的叩門節奏,自然造成有如勾魂索命的音效和畫面,更使人感受到無比驚惶怖懼的氣氛。至於明言達官走避胡而不言天子遁逃,以及段末「金鞭斷折九馬死,骨肉不待同馳驅」兩句,把玄宗棄置骨肉的無情,委之於金鞭揮斷與九馬累死,都既可見出迴護君王的苦心,又能曲傳史詩的諷刺之意;的確是氣度不凡而又手眼獨到的大家風範。

次段開始「腰下寶玦青珊瑚,可憐王孫泣路隅」兩句,既表示由佩飾認出王子皇孫的身分,也側寫出這些生於深宮之中、長於婦人之手的天之驕子,平日養尊處優慣了,竟然不知形勢險惡,人心難測,還敢公然佩帶皇家寶物在路旁悲泣之愚蠢,讀來不免使人詫異而懷疑他的智能高低。「問之不肯道姓名,但道困苦乞為奴」兩句,寫出作者效忠李唐、救護皇胤的焦憂之情與疑測之意,以及對方驚弓之鳥的恐懼之狀:一邊是出於挽救王孫免於慘遭殺戮的忠誠,因此要確認對方身分;一邊則是悚懼於安賊剖心酷刑的荼毒,因此倉促間極力想要掩飾自己的出身。偏偏王孫又不知「懷璧其罪」的道理而佩掛著珊瑚玦來洩露天機,誠可謂既憨且愚,令人浩歎!這兩句活繪出在風聲鶴唳的恐怖局勢下,兩人乍見時的驚猜和疑懼的情狀,是相當深刻細膩,逼肖傳神的精采之筆。「但道困苦乞為奴」七字,又寫出王孫急欲抹去龍種印記,想要遁入民家以求免禍的驚惶憂懼之心;讀來使人倍覺沉痛,不禁想起黃宗羲在〈原君〉一文中所謂帝王之家「其血肉之崩潰在其子孫矣」那種慘烈酷痛的景象。

「已經百日竄荊棘,身上無有完肌膚」兩句,是杜甫聽他自述淒苦的近況,細心觀察他狼狽的情狀,了解他已經在荊棘叢莽中竄逃百

日，幾乎遍體鱗傷，才得以倖免開膛剖心之禍。「高帝子孫盡隆準，龍種自與常人殊」兩句，是從面相進一部肯定對方的皇室身分，詩人自然會為他的落難感到不忍與同情，也會為他岌岌可危的處境和可能遭遇的不測而憂心不已，因此才又關切地叮嚀對方在敵寇橫行、危機四伏的情況下要善自珍重：「豺狼在邑龍在野，王孫善保千金軀」！在以上簡短的交談中，已經自然流露出忠愛君國的赤誠和關照王孫的憂切，因此高步瀛《唐宋詩舉要》說：「苦語慰藉，深情無限。」

三段的開頭兩句：「不敢長語臨交衢，且為王孫立斯須」，表示在滿城戒嚴的情況下，不敢長久在路口詳談，也是基於保護對方，以免身分敗露的考慮。但是由於衡量當時尚無立即而明顯的危險，也為了略盡忠臣的微忱，給予對方些許的安慰，因此不怕受累，再多留一會兒；詩人忠藎誠懇之心，溢於言表。「昨夜東風吹血腥，東來橐駝滿舊都；朔方健兒好身手，昔何勇銳今何愚」四句，是作者說起潼關不保、長安失陷的夢魘，感到無限悲憤與唏噓；這段獨白表現的是同仇敵愾之情和不堪回首之恨。「竊聞天子已傳位，聖德北服南單于，花門剺面請雪恥」三句，則是以簡潔扼要的口吻告訴對方三件祕聞：英主即位、回紇親好、異族相助，希望在倉促危急的形勢下，塞給顛沛中的王孫一個光明美好的期待，讓對方更為堅強地珍惜千金之軀；簡短的三句話中，表現出老臣的拳拳忠愛。但詩人說話到此際，又忽然煞住，似乎驚覺到對方的懵懂，深怕他會毫無戒心地又把這些秘密傳播於他人之耳，反而害了他，因此立刻又叮嚀一句：「慎勿出口他人狙」，警惕他務必謹言慎行，以免大禍臨頭！儘管是在胡騎滿城，賊眾四出的危急情況下，詩人仍然處處為對方設想，不僅愛護關切的口吻，宛然如聞，連憂心驚惶的情態，也閉目可想；無怪乎蘇軾在〈王定國詩集序〉中說：「古今詩人眾矣，而子美獨為首者，豈非以其流落飢寒，終身不用，而一飯未嘗忘君也歟？」

末了詩人又誠懇囑咐，三復斯言：「哀哉王孫慎勿疏」，真是既

鄭重又哽咽，簡直苦口婆心而幾近於哀求了！在兩度強調「慎勿」的
叮嚀之餘，才又再度以「五陵王氣無時無」來重建王孫的信心，重燃
對方的希望，既回應「王孫善保千金軀」請對方切勿妄自菲薄之意，
又遙映篇首「頭白烏」所暗示的叛逆必亡，唐室中興的意思；同時也
使全詩所流露出的憂懼、驚心、恐怖、焦慮、慨歎、唏噓、警勉、戒
惕、憐惜、悲憫、傷痛、惶惑……種種複雜的心緒中，更糅入了興奮、
安慰、期待與希望的積極意義，從而增加了詩歌的感情張力，噴薄出
詩人忠君愛國的熱烈情懷；因此劉辰翁評曰：「忠臣之盛心，倉卒之
隱語，備盡情態。」（見《宋詩話全編》）王嗣奭《杜臆》評曰：「忠
義肝腸，抒以心血，至今未乾；非必取辦於筆舌者。」又說：「通篇
哀痛顧惜，潦倒淋漓；似亂而整，斷而復續，無一懈語，無一死字，
真下筆有神。」王西樵評曰：「此等自是老杜獨絕，他人一字不能道
矣。」（《唐宋詩舉要》引）

本詩文字淺俗，幾近口語，似乎與錘鍊功深而「語不驚人死不休」
的老杜風格不相類似；但是仔細吟詠、反復玩味之後，卻覺得本詩和
〈兵車行〉一樣，在淺俗的口語中自有深婉之情與清暢之氣，符合沈
德潛《說詩晬語》所謂：「古人不廢鍊字法，然以意勝而不以字勝，
故能平字見奇，常字見險，陳字見新，朴字見色。」

比方說「長安城頭頭白烏，夜飛延秋門上呼；又向人家啄大屋，
屋底達官走避胡」四句，是以近乎鄙野的俗諺，見奇險而生新色。「問
之不肯道姓名，但道困苦乞為奴；已經百日竄荊棘，身上無有完肌膚」
四句，文氣清暢，語勢連貫，淺白如話，把賊中相逢而心膽俱怯的光
景，寫得細膩入微，傳神欲活，卻又不過是平常質樸的字詞組合而成
的對白和畫面而已，最見大巧若拙，歸真反樸的功力。「隆準」「龍
種」二語，不僅表現出作者仔細觀察外貌形象，進而推測判斷王孫身
分的心理活動，而且詞面高華軒朗，和前文的古樸淺易又有不同，因
此王嗣奭說：「忽入『高皇子孫』二語，極有氣象，死中得活，匪夷

所思。」（《杜臆》）「豺狼在邑龍在野」的對比重出，自然見出賊氛瀰漫而王孫淪落的困窘。「昨夜東風吹血腥，東來橐駝滿舊都」二句，不僅把胡騎橫行、殘殺劫掠的情狀，描寫得逼人眼目，而且又跳接回應「豺狼在邑」「善保金軀」之意，使詩情產生似斷實連的迴波逆瀾，因此王嗣奭《杜臆》稱賞如此穿插的手法能使「文勢紆迴，不致淺促，此局陣之妙。」

至於「不敢長語立交衢，且為王孫立斯須」兩句，也有頰上添毫、神韻全出的精采；老臣憂懼百端與愛護皇胤之心，溢於言表。再加上「慎勿出口他人狙」的驚覺與警惕，「哀哉王孫慎勿疏」的悲憫與期勉，「武陵王氣無時無」的鼓舞與激勵，有如波瀾翻疊，動盪起伏，又如鉤鎖連環，一氣直下，自然把忠愛之悃、倉卒之狀、叮嚀之切、表達得淋漓盡致，情態畢現，因此《唐詩選脈會通評林》引陸時雍稱許〈哀江頭〉與本詩「去繁就簡，語歸至要。觀其分布起伏，有斷崖千里之勢。」方東樹《昭昧詹言》說本詩：「詞色古澤，氣魄大，筆仗雄，自非他人所能及。」良非虛譽。正由於前人術藝兼修，學博識精，往往能觸類旁通，左右逢源，才能留下不少深造有得而驪珠先探，與心裁別出而慧眼獨具的評論，讓我們能略窺古人藝術堂奧之美輪美奐，的確令人心生感佩而嚮往不已。

【評點】

01 張戒：觀子美此詩，可謂心存社稷矣。（《歲寒唐詩話》）

02 許學夷：子美七言歌行……如〈哀王孫〉〈哀江頭〉等，雖稍入敘事，而氣象渾涵，更無有相類者。（《詩學辯體》）

03 譚元春：邂逅王孫，惓惓有情，寫得可歌可泣。　○鍾惺：看他倉卒，敘致有節奏。（《唐詩歸》）

04 邢昉：〈兵車〉〈王孫〉二起語，至高至古，不摹古而自合，蓋《風》《騷》之遺意也。（《唐風定》）

05 吳山民：「身上無有完肌膚」以上，發自忠悃，故敘得痛切。「豺狼在邑」二句，語健而古。　○周啟琦：兩「慎勿」，殷勤厚語。○陸時雍：深情苦語。（《唐詩選脈會通評林》）

06 黃周星：古致錯落，硍硍磤磤。屢喚王孫，一喚一哀，幾於泣涕如雨矣。（《唐詩快》）

07 薛雪：提得筆起，放得筆倒，才是書家；撇得出去，拗得入來，方為作者。顯而易見者，右軍〈蘭亭序〉、工部〈哀王孫〉；世人習於聞見，不肯細心體認耳。（《一瓢詩話》）

08 施補華：是樂府體，故起用比興。「高帝子孫」六句，筆頭提得起，尤佳在一句一轉，曲盡賊中相逢心膽俱怯光景。結處勉勵得體。（《峴傭說詩》）

127 月夜（五律）　　　　　　　　　　　　杜甫

今夜鄜州月，閨中只獨看；遙憐小兒女，未解憶長安。香霧雲鬟濕，清輝玉臂寒。何時倚虛幌，雙照淚痕乾？

【詩意】

　　今夜的月色很美，可歎的是妻子只能獨自在鄜州羌村的家中望月懷遠了（從前我們在長安忍飢耐寒的生活雖然艱苦，但是夫妻相互扶持、共賞明月的親愛，卻是無比的甜美……）。遙想留在她身邊的幼兒弱女，都還不能明白她此時思憶長安歲月的複雜心情，真讓人又憐惜又心疼（想來她正記掛著丈夫的安危，卻未必知道我身陷賊營；她多麼希望我陪在她身旁，化解她心中的煩憂）。我彷彿可以看見她長久佇立庭院中，以至於霧氣沾濕了她烏雲般的秀髮，我彷彿還聞得到

她的髮香；而她潔白如玉的手臂，應該也被清冷的月光浸透而感受到寒意了吧（此情此景，此夜此際，怎不教我好生不忍，倍感歉疚而愁思如潮呢）？什麼時候我才能和她倚偎在輕薄透明的帷幔前，互相傾訴離別以來種種際遇和心情，讓月光同時照乾我們兩人臉上的淚痕呢？

【注釋】

① 詩題——至德元載（756）八月，杜甫把家人安頓在鄜州的羌村（今陝西省富縣）後，孤身前往靈武（今寧夏回族自治區靈武市）擁戴剛即位的肅宗李亨，卻在途中被叛軍所擄，押回長安；詩人只能望月思家而有本篇之作。就寫作時間而言，大約比〈哀江頭〉〈春望〉早了幾個月。

② 「今夜」二句——鄜州，今陝西省富縣，時作者家人在羌村。閨中，指閨中的杜夫人。作者三十歲時娶司農少卿楊怡之女，兩人困居長安時期，甘苦與共，相互扶持。看，音ㄎㄢ，除了望月之外，兼有回憶之意。

③ 「遙憐」二句——憐，疼惜；兼對妻子及兒女而言。小兒女，杜甫三十八歲得長子宗文，四十一歲得次子宗武，此時分別為六歲、三歲；又育有二女。未解，不懂得。未解憶長安，兼含數義：不會思念出遠門的父親、不會掛慮父親的安危，以及不了解此夜杜夫人望月懷遠的複雜心情，包括：思憶困居長安的歲月、惦記夫君的安危、獨立撫育幼雛的心酸等。

④ 「香霧」二句——想像嬌妻徘徊庭中，佇望已久的形象。香霧，指夜裡的霧露之氣摻雜著夫人膏沐後的髮香。雲鬢，秀髮濃密如雲。清輝，清冷的月光。

⑤ 「何時」二句——虛幌，形容輕薄柔軟而透明的帷幔。雙照，懸想異時團圓，月光將同時映照著並肩依偎的夫妻。

【導讀】

　　至德元載（756）八月，杜甫在鄜州的羌村安頓好家人後，獨自前往靈武擁戴剛即位的肅宗，卻在途中被叛軍所擄而押回長安，因而寫下這首生平最浪漫的詩篇。

　　這一首構思精巧，命意曲折，風格蘊藉，情懷溫婉的名作，之所以得到歷代詩家普遍的嘆賞，可能有兩個主要的原因：

＊第一，發揮想像的藝術，純從思慕的對象落筆，因此顯得語淺情深，含蓄不露，形象生動，而又情景交融，自然使人有丰神搖曳，蕩氣迴腸的感受。這種手法和王維的「遙知兄弟登高處，遍插茱萸少一人」、李白的「高樓當此夜，歎息未應閒」、韋應物的「空山松子落，幽人應未眠」、李商隱的「何當共剪西窗燭，卻話巴山夜雨時」等詩句，有異曲同工之妙，都是經由詩人的靈心慧眼，把空間拓展得極為遼遠，從而使意境特別綿邈，情致格外纏綿；因此浦起龍《讀杜心解》說：「心已神馳到彼，詩從對面飛來；悲婉微至，精麗絕倫。」紀昀說：「入手便擺落現境，純從對面著筆，蹊徑甚別。」（《唐宋詩舉要》引）施補華《峴傭說詩》則從詩文忌直貴曲的角度稱賞本詩「無筆不曲」；其實也是從思慕的對象著想下筆，才能顯得特別曲折情深之意。

＊第二，敘題飽滿，情境優美。詩中所有的情景，全是在月光映照下的清朗畫面，月色點染的情境越優美，則作者的思憶便顯得越真摯深切，幽情也就越是綿邈淒苦；因此王嗣奭《杜臆》說：「月本傷神，而偏說到『香霧』『清輝』。『香霧』與『雲鬢』相宜，而無奈其『濕』也；『清輝』與『玉臂』相映，而不勝其『寒』也。以看之久也，月似可快而實苦也。」浦起龍也說：「又妙在無一字不從月色照出也。」

　　「今夜鄜州月，閨中只獨看」兩句，表現出對於妻子的處境和心情的充分了解及無限牽掛。特別拈出「今夜」「獨看」二語，極可能

曲折地暗示了幾層涵義：

* 第一，昔日曾在長安有過共看蟾圓的恩愛溫馨，也曾經有過甘苦共嚐的心酸歲月。

* 第二，逃難到鄜州的羌村時，夫妻也曾憑窗而立，由閨中共看明月而遙憶長安，不由得有流離顛沛的滿腹悲哀；所幸當時還能一家團圓，夫妻相隨，共同分擔責任與憂苦。

* 第三，然而今夜呢？唯有妻子獨自在異鄉守著暫時落腳的家園，承受著亂離時代的驚恐、夫君遠行的憂慮、獨立育兒的艱苦，以及茫茫然不知何時才能找到安身立命之所的迷茫與苦悶。

換言之，首聯已經極其曲折地流露出作者內心對妻子深沉的摯愛與無限的疼惜之情；文字雖然只寫妻子獨看鄜州之月而遙念良人，其實自己獨看長安之月而遠懷妻子之情，也不言可喻。仔細推敲，可以發覺「今夜」兩字已經暗藏著一段對過去的回顧，又遙引尾聯「何時」二字對於未來的期望；而「獨」字雖然只寫妻子，其實兼含作者而言。仇兆鰲《杜詩詳注》說：「公對月而懷室人也。前說『今夜月』，為『獨看』寫意；末說來時月，以『雙照』慰心。」楊倫《杜詩鏡銓》說：「『獨』『雙』二字。一詩之眼。」他們都掌握到了「獨」字曲傳的絃外之音，值得細加涵詠，再三玩味。

「遙憐小兒女，未解憶長安」兩句，是借兒女的幼稚無知，曲折地映襯妻子「獨」憶之悲苦；不僅表現出詩人對兒女的想念，同時也透過天真無邪的兒女，含蓄地表露了詩人思念的深度。由於映襯得法，深受前人的推崇：

* 譚元春：「遍插茱萸少一人」「霜鬢明朝又一年」，皆客中人遙想家中的相憶之詞，已難堪矣；此又想其「未解憶」，又是客中一種愁苦。（《唐詩歸》）

* 王嗣奭：意本思家，而偏想家人之思我，已進一層；至念及兒女之不能思，又進一層。……蓋人處苦難，若有親人講話，猶可過

日；若寡婦無夫，苦向誰說？今閨中看月者，兒女尚小，雖與言父在長安，全然不解；有夫而與無夫同，其苦可勝道耶？（《杜臆》）

*黃生：閨中雖有兒女相伴，然兒女不解見月則憶長安；……言不憶見憶，是句中藏句法。（《杜詩說》）

*李調元：此借葉襯花也。總之善用反筆，善用旁筆，故有伏筆，有起筆，有淡筆，有濃筆；今人曾夢見否？（《雨村詩話》卷下）

*施補華：兒女不解憶，則解憶者獨其妻矣。（《峴傭說詩》）

仔細體會之後，可以發覺其中至少有兩層涵義：第一，身旁的小兒女未諳世事，啼笑無常，還不能體會望月懷遠之悲，更能反襯出妻子思憶時的孤獨愁絕。第二，兒女越是年幼無知、天真無邪，越增加妻子心頭的沉重與肩上的負擔，也讓作者對於妻子既覺憐惜，又覺心疼，甚至還會深感抱歉與內疚。正由於詩人善用映襯烘托的妙技，能把自己憶念妻子的真情表達得深沉婉曲，語悲意遠，既撩人愁思，動人柔腸，也使人鼻酸，令人心軟，因此沈德潛《杜詩評鈔》說：「反復曲折，尋味不盡。」

「香霧雲鬟濕，清輝玉臂寒」兩句，是以濃麗的筆墨描畫出詩人遙憶妻子時心中所浮現的情景。詩人藉著「濕」「寒」兩字，把霧氣瀰漫而清輝籠罩的情境，點染得相當清幽靜美，藉以勾勒妻子屬弱的形象，側寫她淒獨的心境。不僅妻子獨對冰輪之苦、佇立中庭之久、懸念夫君之深與記掛焦慮之切時楚楚動人的形象，宛然可見；同時也流露出詩人既纏綿又細膩，既疼惜又體貼，既感念又不忍的複雜情感，因此王嗣奭說：「語麗而情悲。」唯其體貼與疼惜之情真，所以能寫得情景如畫而又柔情似水，使人深受感動。如果不是關心入微，怎能把妻子雲濃玉潤的髮膚勾勒得除此鮮明傳神而又氣韻生動呢？如果不是鶼鰈情深，又怎能把妻子佇望之苦描寫得如此景麗情悲，楚楚動人呢？即此而論，杜甫何嘗只是忠君愛國、悲天憫人的「詩聖」而已？

應該也稱得上「暖男」而無愧了；無怪乎《杜詩詳注》引劉克莊之言說老杜「篤於伉儷如此！」這一聯雖不言「獨」，而其幽獨的形影，入目驚心；雖不言「思」，然其思憶的淒哀，動人愁腸。只此一聯，足可抵得上李白〈玉階怨〉：「玉階生白露，夜久侵羅襪；卻下水晶簾，玲瓏望秋月」所表達的象外之神、言外之意了。

「何時倚虛幌，雙照淚痕乾」兩句，是以未來夫妻團圓時共看明月的美好期望，彌補今夜獨看的遺憾，同時撫慰兩地暌隔的悲哀，頗有李商隱〈夜雨寄北〉：「何當共剪西窗燭，卻話巴山夜雨時」的纏綿悱惻；因此王嗣奭《杜臆》說：「末又想到聚首時對月舒愁之狀，詞旨婉切，見此老鍾情之至。」又說：「至他日相會，並倚虛幌，香霧、清輝，不減於今；然追思今日苦，亦必先墜淚而後乾，雖樂而不能忘其苦也，然不厭於久看矣。意亦兩層，描寫情事曲盡。」這是從悲喜交集而有酸甜苦辣的複雜感受，領略出詩中的豐富情味。黃生《杜詩說》云：「言『乾』見不乾，是言外見意法。」這是由將來雙照而淚痕始乾的期望，領略出今日乖隔兩地、共仰清輝時雙雙淚濕衣襟的淒苦，可見其筆意之曲折宛轉；無怪乎劉熙載《藝概‧詩概》評論杜詩以為「曲折到人不能曲折」的地步。此外，「何時」回應首句的「今夜」，「虛幌」回應次句的「閨中」，「雙照」回應「獨看」，針線頗為細密；因此黃生又說：「『照』字應『月』字，『雙』字應『獨』字，語意玲瓏，章法緊密，五律至此，無忝稱聖矣。」正由於老杜能以含茹不露的手法言外傳情，因此詞雖盡而意有餘，相當耐人回味；既使本詩贏得極高的評價而傳誦不衰，也使我們認識了他細膩纏綿的感情：杜甫幾乎也可以當選現代「新好男人」了。

【評點】

01 劉辰翁：（頷聯）愈緩愈悲，俯仰俱足。（見《宋詩話全編》）

02 鍾惺：「淚痕乾」，苦境也；但以「雙照」為望，即「庶幾共飢

渴」意。（《唐詩歸》）

03 黃生：尾聯見意格。結云云，則今夕天各一方，淚無乾痕可知；此加一層用筆法。題是「月夜」，詩是思家；看他只用「雙照」二字輕輕縮合，筆有神力。（《唐詩矩》）

04 李因篤：苦語寫來不枯寂，此盛唐所以擅場也；猶善畫者，古木寒鴉，正須一倍有致。（劉濬《杜詩集評》卷7引）

05 何焯：（「香霧雲鬟」二句）襯托出「獨」字，逼起落句，精神百倍，轉變更奇。（《義門讀書記》）

06 紀昀：言兒女不解憶，正言閨人相憶耳，故下文直接「香霧雲鬟濕」一聯。……後四句又純為預擬之詞，通首無一筆正面，機軸奇絕。　○馮舒：只起二句，已見家在鄜州矣；第四句說身在長安，說得渾合無跡。五、六緊應「閨中」，落句緊接鄜州、長安。如此詩是天生成，非人工碾就；如此方稱「詩聖」。　○許印芳：此等詩從（《詩經》）〈陟岵〉篇化出。對面著筆，不言我思家人，卻言家人思我；又不直言思我，反言小兒女不解思我，而思我之苦衷已在言外。……結語「何時」與起句「今夜」相應，「雙照」與次句「獨看」相應；首尾一氣貫注，用筆精而運法密，宜細玩之。（《瀛奎律髓匯評》）

07 邵長蘅：一氣如話。（《杜詩鏡銓》引）

08 沈德潛：「只獨看」，正憶長安（之情也）；兒女無知，「未解憶長安」者，苦衷也。反復曲折，尋味不盡。五、六語麗情悲，非尋常穠艷。（《唐詩別裁》）

09 施補華：詩猶文也，忌直貴曲。少陵「今夜鄜州月，閨中只獨看」，是身在長安，憶其妻在鄜州看月也。下云：「遙憐小兒女，未解憶長安」，用旁襯之筆。……「香霧雲鬟」「清輝玉臂」，又從對面寫，由長安遙想其妻在鄜州看月光景。收處作期望之詞，恰好去路；「雙照」緊對「獨看」，可謂無筆不曲。（《峴傭說詩》）

10 霍松林：作者在半年以後所寫的〈述懷〉詩中說：「去年潼關破，
妻子隔絕久」「寄書問三川（鄜州的屬縣，羌村所在），不知家
在否」「幾人全性命？盡室豈相偶！」兩詩參照，就不難看出「獨
看」的淚痕裡浸透著天下亂離的悲哀，「雙照」的清輝中閃耀著
四海升平的理想。字裡行間，時代的脈搏是清晰可辨的。（《唐
詩鑑賞辭典》）

11 黃永武：杜甫的律詩有一個慣法，就是「二必開，七必闔」，本
詩的第二句開出了下文，三、四句是由「只獨看」引起的，五、
六句是由「閨中」推演得來；到了第七句「倚虛幌」來收結「閨
中」的種種，第八句的「雙照」結應著「獨看」。整首詩的結構
非常清楚，從「今夜」到「何時」，由於時間的不確定，不免有
前途茫茫的感覺。（《唐詩三百首鑑賞》）

128 春望 (五律) 杜甫

國破山河在，城春草木深。感時花濺淚，恨別鳥驚
心。烽火連三月，家書抵萬金。白頭搔更短，渾欲
不勝簪。

【詩意】

　　國都在被安賊攻陷以後，成群的豺狼便肆無忌憚地劫殺掠奪，如
今只剩下滿目瘡痍的破碎山河了！原本車水馬龍，遊人如織的繁華京
城，到了暮春時分竟然闃無人蹤，只見草深樹密，一片荒涼！在令人
憂憤感慨的時局裡，見到花開也使人傷心落淚；在令人含恨離別的歲
月裡，聽到鳥啼也使人驚心動魄（或可譯為：連花朵都感受到時局的
動盪而傷痛落淚，連禽鳥都面臨含恨的離別而驚心動魄）。只要戰事

持續三個月以上，一封平安的家書就抵得上萬金那麼珍貴，何況至今已經長達八九個月了，音訊斷絕，怎不令人牽掛焦慮呢？時局的動亂、家人的離散，早已催逼得我滿頭白髮，我卻只能愁煩而無奈地越搔越短越稀疏，簡直就要無法插上髮簪了。

【注釋】

① 詩題─本詩與〈哀江頭〉均作於肅宗至德二年（757）二月，當時作者仍身陷賊手，困居長安；然因官卑位微，未遭拘囚。仇兆鰲言：「此憂亂傷春而作也。上四（句），春望之景；下四，春望之情，遭亂思家。」

② 「國破」句─國，指京師長安而言；破，指天寶十五載六月安賊攻陷長安而言。山河在，謂只餘殘破的城池而已；安賊入京之後，燒殺擄掠的混亂情狀，見〈哀王孫〉【導讀】第二段。

③ 草木深─烽火之餘，滿目瘡痍，只見草木茂密叢雜，荒無人蹤。

④ 「感時」二句─此聯是以悅樂之景來抒寫哀傷之情，意謂：由於感慨時局動亂，故見花開而傷痛墮淚；由於拋家別子，身陷賊窟，故聞鳥啼而驚心惹恨[1]。

⑤ 「烽火」二句─烽火，本指古時設於邊地以傳遞敵情的警報；然此處代指戰爭而言。抵，值得也；抵萬金，極言其難得而彌足珍貴。烽火三月，則家書萬金，何況至今戰事已持續達八九月[2]，更是珍貴無比。

⑥ 「白頭」二句─杜甫此時四十六歲，華髮已生，故作者〈北征〉云：「況我墮胡塵，及歸盡華髮。」更短，更形稀疏短少。渾，簡直。簪，連髮於冠的長針，是古代男子成年後的束髮整冠之具，並非女子專用；不勝簪，無法插簪於稀疏的白髮上。尾聯應脫化自鮑照〈擬行路難〉十八首其十六：「白髮零落不勝冠。」

【補註】

01　頷聯也可以釋為：連無情的花朵都為時局動亂而感傷濺淚（然而其實是詩人見花含露珠的聯想），連無知的林鳥都為離群孤飛而含恨悲啼（然而其實是作者移情入物的關係）；何況是憂心國事、繫念蒼生，有情有義而又遭亂思家的人呢？

02　杜甫因長安米珠薪桂，居大不易，乃於天寶十三載把家人安置在奉先（今陝西省蒲城縣），十五載五月又帶領家人遷至白水（今陝西屬縣），六月初，潼關失守，一家人逃至鄜州而暫居羌村，七月，肅宗即位靈武，詩人隻身前往投靠，於途中被安賊擄回長安。因此，從長安於前一年失陷到寫作時而言，已達九月；就與家人音訊斷絕而言，也已有八月之久了；因此作者於本年夏季的〈述懷〉詩才說：「去年潼關破，妻子隔絕久……寄書問三川（按：為鄜州之屬縣，羌村的所在），不知家在否……幾人全性命，盡室豈相偶？……自寄一封書，今已十月後；反畏消息來，寸心亦何有？」雖似畏恐來信，其實惦記之情，與腹聯並無二致。

【導讀】

　　唐玄宗天寶十五載（756）六月，安史叛軍攻下長安；七月，肅宗即位於靈武後，杜甫即隻身由鄜州前往投奔，途中為叛軍俘獲後帶回長安，然因官卑職微，未遭拘囚。本詩殆作於次年二三月左右。

　　「國破山河在，城春草木深」兩句，不僅是以嚴謹的對仗開篇，又以上二字和下三字的詩意形成矛盾逆折（山河雖在而國已殘破，京城逢春而草木叢雜凌亂），以及上下句的詞面形成衝突跌宕（國破之殘酷悲慘對比城春之繁華榮茂）的手法見奇，更以蘊藉深婉的唱嘆語氣表露出悽惻傷痛而耐人尋味，因此司馬光《續溫公詩話》說：「古人為詩，貴於意在言外，使人思而得之，……如……山河在，明無餘物矣；草木深，明無人矣。」換言之，首句是寫京師慘遭浩劫的山河

破碎之悲；次句是寫人去城空後的黍離麥秀之痛。一個「破」字使人心神慘然，一個「在」字又使人心存希望；一個「春」字先使人眼睛一亮，一個「深」字又使人滿眼悽涼。句式如此頓挫跌宕，自然形成大開大闔、倏起倏落的轉折變幻，而京師殘破，人事全非的蕪穢荒寂之感便由然而生了；因此何焯說首聯「筆力千鈞」。(《瀛奎律髓彙評》)

「感時花濺淚，恨別鳥驚心」兩句，是由首聯景中藏情的含蓄手法，進一步強烈地表露憫時憂國，念家思親的主題。司馬光說：「花鳥平時可娛之物，見之而泣，聞之而悲，則時可知矣。」(《續溫公詩話》) 點出了詩人採用王夫之《薑齋詩話》所說的「以樂景寫哀，以哀景寫樂，一倍增其哀樂」的反面烘托技巧，來凸顯出遭遇到動亂時局的傷痛；因此沈德潛《唐詩別裁》也說：「『濺淚』『驚心』轉因花鳥，樂處皆可悲也。」此外，這兩句也可以視為融入了擬人手法，表示連無知的花鳥尚且墮淚而驚心，則有情有義且思家念親之人的深憂沉痛，也就可想而知了。

就詩意的承接轉折而言，「感時」上承首聯的「國破」「草木深」之殘敗動亂而來，因此眼見花容之美，不僅不能稍抑憂國之愁憤，反而觸目傷情，淚灑衣襟。「恨別」則下啟「烽火」「家書」之煎熬焦慮，因此耳聞鳥鳴之清音，不但不覺悅耳動聽，反而入耳驚心，撩我念遠情懷。換言之，有了這一聯作為承上的接榫和啟下的鉤鎖，整首詩才能氣韻流轉，血脈暢通。

「烽火連三月，家書抵萬金」兩句，是以流水對來表達戰禍頻仍所造成的傷害之深。詩人在稍後的夏季所寫的〈述懷〉詩說：「自寄一封書，今已十月後；反畏消息來，寸心亦何有？」表面上似乎畏恐來信，其實牽掛擔憂之情，與本聯並無二致。「連三月」表示干戈擾攘之久，以見煎熬痛苦之綿長無盡；何況現在的戰亂已經接連九個月了！「抵萬金」表示企盼音訊之切，流露出對於家人安危未卜的牽掛

與憂心如焚的焦慮。就章法結構而言，「烽火」是遠承「國破」與「感時」而來，「家書」則近接「恨別」之意；針線細密，條理分明。再就抒發「望」字的層次井然而言，前兩聯均可能是寫回「望」城中之景：國破城春，是由大處、遠處著墨；花鳥草木，是由小處、近處落筆。本聯之「烽火」「家書」，才轉而眺「望」城外，於是末聯更進而以搔首自悲的形象，刻劃出引領遠「望」鄜州的家園及翹首北「望」王師的焦慮無狀和煎迫無奈，勾勒出蒿目時艱，「望」眼欲穿的神情。換言之，由於腹聯的穿針引線，不僅能敘題飽滿，逐層深化，同時也使尾聯搔首踟躕，延頸佇「望」的形象，狀溢目前，令人印象深刻；因此吳喬《圍爐詩話》中以為本聯「極平常語，以境苦情真，遂同《六經》中語之不可動搖。」

「白頭搔更短，渾欲不勝簪」兩句，是以生動的形象，傳示愁憤之深長與苦悶之難解。「白頭」，是愁煩與焦慮所造成的；「搔」，是排遣憂悶時不自覺的舉動，可見煎熬的迫切；「更短」，則可見愁煩之深長與鬱悶之難解。正於由烽火漫天，家書難通，因此詩人既憂念國步維艱，難以振救；又掛慮親人安危未卜，擔心重逢無期；兼又年紀老邁，身陷賊手，無計可施；可謂千愁萬慮，逼上心頭，因而有搔首苦思而不得其解的愁憤。讀來只覺滿篇哀痛，令人神傷，而老杜在眺望的眼神中所流露的家國之憂與親倫之愛，也讓人深深動容；因此《瀛奎律髓》說：「此第一等好詩！想天寶、至德，以至大曆之亂，不忍讀也！」

《唐宋詩舉要》引盧文子之言說：「當時兩京從逆簪紱賊庭者何限？白頭不勝，公意正微。」換言之，「不勝簪」三字，不僅是說愁煩過甚使短髮稀疏而已，更暗傳不願意擔任安賊偽官的忠貞之意；黃永武《唐詩三百首鑑賞》也說：「這冠簪不勝，是對淪陷區功名富貴作嚴正的拒絕。」這兩種說法，側重指出老杜每飯不忘君國的忠骨，頗能闡發少陵之騷心；無怪乎葉燮《原詩》說：「杜甫之詩，隨舉其

一篇與其一句，無處不可見其憂君愛國，憫時傷亂；遭顛沛而不苟，處窮約而不濫。……此杜甫之面目也。」

【評點】

01 劉辰翁：髮本白，今更短，亦感時所致；總見傷時之意以結之。（《宋詩話全編》引）

02 鍾惺：（「烽火」二句）爛熟（而）入口不厭，於此見身分。（《唐詩歸》）

03 胡震亨：唐五言多對起，……要其極致，無出老杜，如「國破山河在，城春草木春」「四更山吐月，殘夜水明樓」「江漢思歸客，乾坤一腐儒」，對偶未嘗不精，而縱橫變幻，盡越陳規；濃淡淺深，動奪天巧。百代而下，當無繼者。（《唐音癸籤・卷9》）

04 周珽：氣渾語楚。（《唐詩選脈會通評林》）

05 徐用吾：幽情邃思，感時傷事，意在言外。（《唐詩分類評釋繩尺》）

06 紀昀：語語沉著，無一毫做作，而自然深至。（《瀛奎律髓匯評》）

07 吳北江：意境直似〈離騷〉。（《唐宋詩舉要》引）

129 哀江頭（七言樂府）　　　　　　杜甫

少陵野老吞聲哭，春日潛行曲江曲。江頭宮殿鎖千門，細柳新蒲為誰綠？

憶昔霓旌下南苑，苑中萬物生顏色。昭陽殿裡第一人，同輦隨君侍君側。輦前才人帶弓箭，白馬嚼齧黃金勒。翻身向天仰射雲，一笑正墜雙飛翼。

明眸皓齒今何在？血污遊魂歸不得。清渭東流劍閣深，去住彼此無消息！

人生有情淚沾臆，江水江花豈終極？黃昏胡騎塵滿城，欲往城南望城北。

【詩意】

　　春暖花開的時候，少陵野老偷偷地來到曲江旁邊幽僻的角落裡，強忍著滿懷的憂憤，暗自飲泣吞聲。當他看著曲江邊千門萬戶的宮殿全都緊緊閉鎖著，顯得無比冷清荒涼時，不禁慨歎：那岸邊新嫩的細柳和青翠的菰蒲究竟是為誰而綠意盎然呢？

　　想起從前皇上駕臨芙蓉苑遊幸的時候，鮮豔燦爛得有如霓虹的彩旗在空中飄揚，苑中的景物都被華麗美盛的儀仗和嬪妃們珠光寶氣的首飾，輝映得光彩照眼，生色不少。宮殿裡那位最嬌豔最得寵的美人楊貴妃，正伴隨著皇上同坐在一輛車上，獨享尊榮地陪侍在君王的左右。車前引導的女官們，腰間佩帶著強弓利箭，騎著用黃金裝飾馬銜勒口的白色駿馬，顯得英姿煥發，好不威風。突然間，一位女官扭腰翻身，仰首向雲天射出一箭，就在貴妃粲然一笑的喝彩聲中，比翼雙飛的鳥雀已經凌空墜地了！

　　那位秋波明媚、貝齒潔白的美人，如今在哪裡呢？她早就已經成為一身血汗，滿腹冤屈的孤魂野鬼，再也無法回來長安了！就在她香消玉殞的佛堂邊，清澈的渭水嗚咽地向東流去，而落難蒙塵的君王則繼續向遙遠深險的劍閣前進。他們一個埋骨馬嵬坡，一個離開傷心地，從此天人永隔，再也無法互通消息了！

　　人生是有情有義的，回想這件悲劇時，不禁使人唏噓感慨得淚濕胸臆；只是曲江的流水依舊清澈，江邊的花朵依舊嬌豔，它們哪裡會了解人間悲歡離合中深藏的沉痛而有終止的時候呢？天色漸漸昏黃

時，胡人的騎兵又四出巡查警戒而揚起了滿城的塵埃；少陵野老想溜回去城南，卻又心神恍惚地向城北走去……。

【注釋】

① 詩題——本詩與〈春望〉均作於肅宗至德二載（757）春，當時作者仍身陷長安。詩人目睹昔日煙水明媚、軒蓋雲集的繁華曲江，竟變得荒涼殘破，不免追憶玄宗與貴妃遊幸此地的盛事，同情貴妃命喪馬嵬的悲劇，更憂懼安賊的殘酷恐怖，以及李唐的氣數衰微，因而寫了這一首新樂府詩[1]。

② 「少陵」二句——少陵，原為漢宣帝之許后的陵墓，在今陝西省長安區的杜陵（宣帝陵寢）東南十餘里處；杜甫曾居於陵西，故自號杜陵布衣、少陵野老。吞聲哭，哽咽飲泣而不敢放聲痛哭。曲江，見〈麗人行〉注。曲江「曲」，指曲折的岸邊。編按：此二句可視為倒裝語序，蓋因賊眾橫行，只能冒險潛行至曲江隱密處；可是又唯恐被安賊的偵騎所察知，因此雖有憑弔之痛，也只能飲泣吞聲而已。

③ 「江頭」二句——言繁華成空，臺榭冷落，雖春景依舊，然人事全非；與「國破山河在，城春草木深」義近。千門，漢時建章宮有千門萬戶之稱，此代指岸邊離宮別館的門戶[2]。

④ 「憶昔」二句——霓旌，儀仗中以五色羽毛裝飾，並綴以長條絲縷而成的彩旗，望之有如霓虹煥彩，故云；此處可以代指玄宗及其車駕。南苑，即芙蓉苑，因在曲江之南，故云。萬物生顏色，既因儀仗器物之美，又因貴妃與宮女之端麗及其首飾之珠光寶氣，故使南苑光采煥發，更添風韻。

⑤ 「昭陽」二句——昭陽殿，漢宮殿名，是趙飛燕的妹妹趙合德得成帝寵幸而賜號昭儀時所居住的宮殿；此代指貴妃之所居。第一人，最得恩寵者，指貴妃。輦，帝王的座車；仇注：「昭陽第一，寵

特專也；同輦侍君，愛之篤也。」

⑥ 「輦前」二句——才人，宮中的女官名[3]；此指扈從御駕與陪侍貴妃的宮女而言。帶弓箭，舊注謂輦前才人似有帶弓箭者[4]。齧，咬、銜、含著。勒，馬銜的嚼口。

⑦ 「翻身」二句——寫女官箭術之精湛，卻僅為博得貴妃一笑罷了；仇注：「射禽供笑，宮人獻媚也。」笑，或作「箭」「發」[5]；衡諸前後詩意，以「笑」字義長。

＊ 以上八句極寫盛時遊宴之樂[6]。

⑧ 「明眸」二句——明眸皓齒、血污遊魂，均代指貴妃而言；前者描繪其明艷嬌美，後者凸顯其慘死情狀[7]；〈長恨歌〉寫貴妃慘死及玄宗悲痛之狀曰：「花鈿委地無人收，翠翹金雀玉搔頭；君王掩面救不得，回看血淚相和流。」

⑨ 「清渭」二句——馬嵬驛在今陝西省興平市東，南濱渭水，貴妃即草葬其側；世云：「涇清渭濁」，本詩卻云「清渭」，殆美飾其詞，以為詩歌生色[8]。東流，蓋渭水自隴西而來，流經興平而東去。劍閣，見李白〈蜀道難〉注⑱，乃由長安入蜀的主要通道。去，殆指離馬嵬而入蜀避難的玄宗；住，殆指魂羈馬嵬而不得相隨的貴妃而言[9]。仇注：「妃子遊魂，明皇幸劍，死別生離極矣。」彼此無消息，即〈長恨歌〉所謂「一別音容兩渺茫」。

⑩ 「人生」二句——謂有情之人，必為玄宗與貴妃之悲劇共灑同情之淚，豈若江水江花之無知無情而不斷流逝、欣榮不已[10]。

⑪ 「黃昏」二句——胡騎，指安祿山的軍隊。塵滿城，謂往來巡邏奔馳，戒備極為嚴密。欲往南而望北，摹寫出沉痛至極，以致心神恍惚到不辨方位的情狀。編按：此時肅宗李亨即位於長安以北的靈武，乃唐室中興之所寄，故「望城北」既可能有渴望奔赴靈武以輸誠效忠之意，也可能有切盼王師早日收復長安之意。

【補註】

01 黃生《杜詩說》云：「詩意本哀貴妃，不敢斥言，故藉江頭行幸處標為題目耳。」楊倫《杜詩鏡銓》曰：「此公在賊中時，睹江水江花哀思而作。因帝與貴妃遊幸曲江，故以江頭為名。」可以補《樂府詩集》中未作解題之憾。

02 《舊唐書‧文宗紀下》載文宗朝多次賜宴曲江與疏濬曲江，又令修紫雲樓、彩霞亭等。且文宗雅好詩歌，每誦本詩（按：詩題作〈曲江行〉）此二句，「乃知天寶以前，曲江四岸皆有行宮台殿、百司廨署，思復升平故事，故為樓殿以壯之。」

03 《新唐書‧百官志二‧內官》：「才人七人，正四品，掌敘燕寢，理絲枲，以獻歲功。」

04 王建〈宮中詞一百首〉其五十一云：「射生宮女宿紅妝，頃得新弓各自張；臨上馬時齊賜酒，男兒跪拜謝君王。」舊注引胡震亨《唐音癸籤》謂唐制宮人扈從帝王出行時，亦騎馬挾弓矢。王詩中的「射生宮女」，殆即以受過武藝訓練的宮人充當射取生物之好手，與本詩所寫騎馬挾弓之才人相仿。

05 王嗣奭《杜臆》云：「『一箭』，山谷定為『一笑』；甚妙。曰『中翼』，則箭不必言；而鳥下雲中，凡同在者雖百千人，無不啞然發笑，此宴遊事也。」

06 然施蟄存《唐詩百話》頁 248 對本詩的旨趣，則頗有迥異於記敘遊宴情節之別裁，故迻錄於此：「翻身、向天、仰射，連用三個形容射箭姿態的詞語，……是作者暗示『犯上』的意思。尤其明顯的是『雙飛』，豈不是指玄宗與貴妃同輦逃難？一箭射下了其中之一，豈不是象徵了貴妃之死？……以貴妃的身分，當時執行縊殺的人，絕不會是軍將，故作者安排了帶弓箭的才人。射箭是虛構，才人可能是實情。」

07 《舊唐書‧列傳第一‧楊貴妃傳》謂：「潼關失守，從幸至馬嵬，

禁軍大將陳玄禮密啟太子，誅國忠父子。既而四軍不散，玄宗遣力士宣問，對曰『賊本尚在』，蓋指貴妃也。力士復奏，帝不獲已，與妃詔，遂縊死於佛室。時年三十八，瘞於驛西道側。」

08 不過，又有涇水污濁的說法；《漢書・溝洫志》載關中的鄭國渠和白渠對農田水利的貢獻之大：「田於何所？池陽谷口。鄭國在前，白渠在後。舉鍤為雲，決渠如雨。涇水一石，其泥六斗。且溉且糞，長我禾黍。衣食京師，億萬之口。」

09 施蟄存《唐詩百話》頁 249 說：「考《唐書・玄宗紀》說，當時殺死楊國忠，縊死楊貴妃之後，隨玄宗出奔的將士、官吏、宮女都口出怨言，不願從行。玄宗無可奈何，止得說：『去住任卿。』於是走散了許多人。玄宗到成都時，止剩軍將官吏一千三百人，宮女二十四人，這就是杜甫用『去住』二字的根據。因此我以為『去』指散伙的人，『住』指留下來擁衛玄宗入蜀的人。從此，去者如渭水之東流，住者深入劍閣，彼此都不相干了。」筆者以為不論依照施說，或者如朱熹以「去」指玄宗，「住」指杜甫本身，或者如李耆卿和吳昌祺以「去」指玄宗，「住」指肅宗，都很難與前面的「明眸皓齒」及後面的「人生有情」的詩意相連屬，是以皆所不取。

10 《杜臆》云：「江水長流，江花長開，而有情之淚，亦與之無終極也。」其說雖與筆者不同，亦可參考。

【導讀】

本詩是杜甫在至德二載（766）春，身陷安史叛軍所盤據的長安時所作，讀來既像〈長恨歌〉的精華預告片，又像是為唐室傾危而作的輓歌。儘管本詩並沒有〈長恨歌〉史詩般波瀾壯闊的篇幅，但是在具體而微的情節安排中，同樣流露出對於愛情悲劇的哀憫之情，也寄託了對於玄宗和貴妃貪歡誤國的委婉諷刺之意¹，因此蘇轍說：「予

愛其詞氣，若百金戰馬，注坡驀澗，如履平地，得詩人之遺法。如白
樂天，詩詞甚工，然拙於紀事，寸步不遺，猶恐失之，所以望老杜之
藩垣而不及也。」（《欒城三集‧詩病五事》）這是稱賞作者剪裁精
當，筆勢縱橫，在空間相當險仄逼促的短幅小篇裡，能有龍騰虎躍、
夭矯橫逸的神韻，和揮灑自如、遊刃有餘的從容丰采。黃生《杜詩說》
也認為：「善述事者，但舉一事，而眾端可以包括，使人自得其於言
外；若纖悉備記，文愈繁而味愈短矣。〈長恨歌〉古今膾炙，而〈哀
江頭〉無稱焉，雅音之不諧俗耳如此。」同樣欣賞作者以簡馭繁而情
味彌遠的高妙手法。

　　本詩是以「哀」字為核心，以「江頭」為撫今追昔、嘆往思來的
場景；概略而言，本詩可以分為四個段落。

　　「少陵野老」以下四句為首段，抒寫物是人非，觸景傷懷的感慨，
確立了全詩籠罩在哀傷氣氛中的基調。

　　「憶昔霓旌」以下至「一笑正墜」八句為第二段，是以追述的筆
墨具體地示現玄宗與貴妃的遊宴之樂，藉此蓄滿了樂極而悲、歡極而
哀、盛極而衰的力道，使第三段描寫天崩地坼般的巨變時更具有駭人
心神的爆發力。這一段寫得氣韻生動，形象鮮明，全用側面烘托的筆
法，所以吳瞻泰《杜詩提要》卷9說：「〈哀江頭〉為貴妃而哀也，
則宜專以貴妃為主。看其寫貴妃，只『朝陽殿裡第一人』一句。而於
未寫貴妃之前，則寫『萬物生顏色』；既寫貴妃之後，則寫才人：寫
才人之弓箭，寫才人之馬，寫才人之馬飾，寫才人之射雲，寫才人之
墜翼，精光四射，若全不及貴妃者；而後接以『明眸皓齒』二句，乃
知其極寫才人處，正其極寫貴妃處也。用側面襯正面，則正面益顯。」
此外，雙飛墜翼的畫面，可以象徵玄宗和貴妃終究駕鴦離分的悲劇，
既有涵虛蘊實的奇幻，又有旋乾轉坤的勁道；與第三段合觀，其章法
之開闔跌宕，承轉之妙不著痕，皆有可觀之處。

　　「明眸皓齒」以下四句為第三段，是由樂事跌入哀境，把貴妃橫

死之悲與山河變色之痛綰合一處；又把天人永訣、幽明異途的愁慘，寫得如在睫前。這四句可以切割成兩組對比鮮明的畫面：「明眸皓齒／血汙遊魂」「去劍閣／住馬嵬」，同時又和「一笑正墜雙飛翼」形成移位疊映的畫面──墜落染血的雙禽，竟然幻化成硬是被拆散開來的玄宗和滿身血汙的貴妃──所以特別能幻化出令人怵目驚心、毛骨悚然的詭異效果；和陳綯〈隴西行〉：「可憐無定河邊骨，猶是深閨夢裡人」的技法對照來看，可謂異曲同工，各臻其妙。

「人生有情」以下四句為末段，寫作者悵恨無已的感概，和失魂落魄而心神恍惚的惶惑，更是極為悽愴哀傷的具體形象。

「少陵野老吞聲哭，春日潛行曲江曲」二句，是以倒轉語序的手法來引起好奇：詩人何以不敢盡情嚎啕痛哭？何以只能躲在幽僻的曲江岸邊飲泣吞聲？又何以須要「潛行」？詩人並不急於提供解答，而是讓詩句逐步浮顯出他深悲極痛的原因所在。覽者通讀全詩之後，自然能領悟到：面對國破家亡的沉哀巨痛，詩人竟然不敢放聲悲號，是由於當時詩人身陷賊窟；而安史叛軍為了防止百姓反抗，偵騎四出，嚴密巡邏，因此詩人只能偷偷地來到僻靜的角落，獨自憑弔遺跡，傷嘆往事而感慨萬千了！「潛行」暗示了滿城皆賊的恐怖氣氛，遙引末段「黃昏胡騎塵滿城，欲往城南望城北」那種既憂懼惶惑又目迷心亂的情狀。「吞聲哭」三字，傳神地描摹出愁腸百結而紆曲難伸，和悲憤莫名而傾洩無由的壓抑情狀，因此楊倫《杜詩鏡銓》引蔣弱六的評語說：「苦音急調，千古魂消。」

至於「江頭宮殿鎖千門，細柳新蒲為誰綠」二句，則是以植物之無情無知，自榮自茂，反襯出物是人非的盛衰滄桑之感，流露出黍離麥秀之悲。作者〈春望〉云：「國破山河在，城春草木深」，岑參〈山房春事〉云：「庭樹不知人去盡，春來猶發舊時花」，杜牧〈金谷園〉云：「繁華事散逐香塵，流水無情草自春」，韋莊〈臺城柳〉云：「無情最是臺城柳，依舊煙籠十里堤」，這些膾炙人口詩句，都是以無知

反顯有情之可悲，因此別有撩人情懷的魅力。本詩的「為誰綠」三字，更是以反詰語氣噴薄出江山易主和貴妃玉殞的悲痛，以及曲江勝地昔盛今衰的蕭條冷落和滿目瘡痍之感。正由於含有這兩層傷心之意，因此能自然逗出二段的「憶昔」和三段的傷往情事，為全篇的聯絡照應，預留了清晰的線索。

「憶昔霓旌下南苑，苑中萬物生顏色」兩句，是直承「為誰」而來，追憶御駕遊苑時珠玉寶器之華彩、儀仗侍衛之美盛、貴妃宮人之豔麗，因而映照得南苑花木生輝，春光無限。「昭陽殿裡第一人，同輦隨君侍君側」兩句，刻意重出兩個「君」字，以及選用三個意義相近的動詞「同、隨、侍」，更能凸顯出白居易在〈長恨歌〉中描寫貴妃「承歡侍宴無閒暇，春從春遊夜專夜。後宮佳麗三千人，三千寵愛在一身」的專寵之盛，同時也許還有意暗用班婕妤婉拒與漢成帝同輦的典故 [3]，寄託詩人微諷玄宗之荒唐昏聵，以及貴妃不如婕妤明禮守義的深心。「輦前才人帶弓箭，白馬嚼齧黃金勒」兩句，是通過才人英姿之煥發及其坐騎裝飾之講究，側面烘托玄宗與貴妃遊宴時之奢華氣派，足以耀人眼目，同時也有助於引起貴妃專寵之盛的聯想。「翻身向天仰射雲，一笑正墜雙飛翼」兩句，興象超妙而意蘊深婉，相當耐人尋味：

* 首先，「翻身」「向天」「仰射」三個動作行雲流水，一氣呵成，已把女官敏捷輕俊的身手，刻畫得狀溢目前；再加上一個「雲」字，又見出飛鳥之高不可見，而女官竟能聽音辨位，一箭雙鵰；其技藝之神妙，的確令人嘆為觀止。

* 其次，這批女官技藝如此精純，身手如此了得，不知耗費了多少心血才能調教有方，訓練有素，然而其目的卻不過是討貴妃歡心，更可見貴妃之專寵。

* 第三，就在一箭中的，雙飛折翼的剎那間，已經暗示了玄宗和貴妃「在天願作比翼鳥，在地願為連理枝」的盟誓，必然要被命運

摧毀的悲劇了，因此高步瀛《唐宋詩舉要》稱賞這個奇幻的手法說：「『一箭』句敘苑中射獵，已暗中關合貴妃死馬嵬事，何等靈妙！」換言之，就在雙飛之鳥中箭哀鳴而墜落的瞬間，已經象徵了〈長恨歌〉所謂「六軍不發可奈何，宛轉蛾眉馬前死」的噩運了！

＊第四，「一笑」二字，既可見出貴妃輕鬆愉快，粲然一笑的神情，又可見出貴妃專寵得意，嫣然嫵媚的嬌態，同時還能關聯到三段起首「明眸皓齒」的容顏之美，誠可謂金針暗度、巧繡鴛鴦的奇筆，值得玩味再三，因此楊倫《杜詩鏡銓》引邵子湘說：「轉折矯健，略無痕跡。」

「明眸皓齒今何在？血汙遊魂歸不得」兩句，是轉筆折寫貴妃冤死於馬嵬驛佛堂旁的梨樹下之事，讓詩中情境陡然由繁華已極的歡樂天堂，頓時跌落到淒苦無盡的陰慘地獄！「明眸皓齒」四字，是化用曹植〈洛神賦〉中「丹脣外朗，皓齒內鮮，明眸善睞，靨輔承權⁴」的美儀來形容貴妃的嬌艷端麗，而且也補足前段「一笑」的巧倩情態，不僅氣韻如生，風華可想，而且接榫天然，無跡可尋。「今何在」三字，則遠承首段中「細柳新蒲為誰綠」的哽咽悲淒之苦，把「為誰綠」所隱而未發的對象，描摹得鮮明生動，而其筆觸則沉痛無比，相當發人深省。「血汙遊魂」四字，正與「明眸皓齒」形成讓人怵目驚心的強烈對比，同時又使人聯想到：就在飛鳥哀鳴而墜地濺血的同時，明眸皓齒的楊貴妃已經在轉瞬間化為血汙遊魂般的厲鬼，更是令人心驚膽顫而毛骨悚然！這種翻騰跌宕、幻變詭異的承轉手法，既自然銜接「一笑正墜雙飛翼」的興象義涵，又把飛鳥墜地氣絕的畫面，幻化為貴妃命喪馬嵬，香消玉殞的場景，同時還把對昔日宴遊的追憶，轉折為而今安在的感慨；就波瀾之震盪、筆勢之靈動、構思之奇詭與承轉銜接之渾融而言，在在令人驚豔！

「清渭東流劍閣深，去住彼此無消息」兩句，是說貴妃遭變慘死

而草葬於渭水之濱，唯有渭水為之嗚咽感傷，似乎要帶著她的魂魄東流長安；而玄宗則迫於形勢，不得不跋涉劍閣，進入崎嶇難行的蜀道，從此幽明永隔，生死異路，真是情何以堪？這兩句是以吁嗟感嘆的口吻來和次段形成歡樂與悲苦的對比：昔日是芙蓉苑裡同輦侍君，形影相隨，何其專寵，何其恩愛？今日是馬嵬坡前生離死別，鶯孤鶴獨，何其薄情，何其寡義！如此藉助於渭水的嗚咽與劍閣的紆遠，點染出陰陽永隔、人鬼長訣的氣氛，真足以令人憫然神傷而黯然魂銷！

「人生有情淚沾臆，江水江花豈終極」兩句，是說世事滄桑，變局難料，有情之人都難免觸景傷情，撫今追昔而淚沾胸臆；然而景物則無知無情，是以江水自碧而江花自紅，永無休止！這兩句跳開了三段的追憶示現，突然掉轉筆鋒點染曲江的景物，是藉著時空變異的條忽來深化榮枯盛衰的慨歎。就手法而言，是以人之有情翻疊出自然之無情，更見出佗悵悽愴的悲恨和纏綿悱惻的深情。就呼應而言，「人生有情」反扣首段的「為誰綠」，又下啟「豈終極」之嘆。「淚沾臆」遠承開篇的「吞聲哭」，又引出「豈終極」之怨，因此讀來似乎聲淚俱下，怨憤滿紙。江水，指曲江澄碧之水而言；江花，遙接「細柳新蒲」之意，呼應得極為綿密。

「黃昏胡騎塵滿城」七字，形象化地表現出滿城賊眾嚴密巡邏，偵騎揚塵時令人望人生畏的恐怖緊張，使首段的「吞聲哭」與「潛行」有了具體的背景。「欲往城南望城北」七字，則點出作者憂心如焚，惶惑不安，驚怖無狀，以致一時間精神恍惚而走反了方向，因此錢謙益《杜工部集箋注》說：「興哀於無情之地，沉吟感嘆，瞀亂迷惑，雖胡騎滿城，至於不知地之南北，昔人所謂有情癡也。」沈德潛《唐詩別裁》也說：「結出心迷目亂，興起潛行意關照。」換言之，末二句不僅關照了開篇的「吞聲哭」和「潛行」的內在原因，而且又以具體的行動演示出作者遭遇國破家亡的慘禍之後，感情的深悲極痛和心緒的迷惘錯亂，因此他才會心神不寧，甚至魂不守舍到不辨南北的地

步！如此作結，既使全篇的章法嚴謹，脈絡分明，而且關照呼應，綿密渾融，甚至還隱寓翹首王師，企盼中興的忠藎之忱 [5]。正由於義涵如此深刻雋永，耐人玩味，才使本詩不僅體現出老杜沉鬱頓挫的獨特詩風，也使本詩成為值得反復諷誦，再三涵詠的一代傑作。

【補註】

01 王嗣奭《杜臆》說：「公追溯亂根，自貴妃始，故此詩直述其寵幸宴遊，而終之以血污遊魂，深刺之以為後鑑也。」仇注引黃生說：「此詩半露半含，若悲若諷。天寶之亂，實楊氏為禍階，杜公身事明皇，既不可直陳，又不敢曲諱。如此用筆，淺深極為合宜。」不過，筆者以為老杜在本詩中同情之詞多而譴責之意少。

02 《漢書・卷 97・外戚傳》載班婕妤在成帝即位初即選入後宮，頗為得寵。成帝遊後庭時，嘗欲與婕妤同輦，婕妤辭曰：「觀古圖畫，賢聖之君皆有名臣在側，三代末主乃有嬖女；今欲同輦，得無近似之乎？」成帝嘉善其言而止。太后聞之，喜曰：「古有樊姬，今有班婕妤。」

03 靨輔，即今所謂「酒窩」。權，借指顴骨。靨輔承權，謂臉頰上有兩個甜美的酒窩。

04 此時蕭宗李亨即位於長安以北的靈武，乃唐室中興之所寄，故「望城北」既可能有渴望設法奔赴靈武以效忠新君之意，也可能有切盼王師及早收復長安之意。

【評點】

01 單復：詞不迫而意已獨至。 ○周敬：「吞聲哭」三字，含悲無限！「清渭」二語，怨深，卻又蘊藉，所以高妙。 ○陸時雍：總於起、結見情，中間敘事，以老拙見奇。（《唐詩選脈會通評林》）

02 張戒：楊太真事，唐人吟詠至多，然類皆無禮。太真配至尊，豈可以兒女語黷之耶？惟杜子美則不然，〈哀江頭〉云：「昭陽殿裡第一人，同輦隨君侍君側」，不待云「嬌侍夜」「醉和春」，而太真之專寵可知；不待云「玉容」「梨花」，而太真之絕色可想也。至於言一時行樂事，不斥言太真，而但言「輦前才人」，此意尤不可及。如云：「翻身向天仰射雲，一笑正墜雙飛翼」，不待云「緩歌慢舞凝絲竹，盡日君王看不足」，而一時行樂可喜事，筆端畫出，宛在目前。「江水江花豈終極」，不待云「比翼鳥」「連理枝」「此恨綿綿無盡期」，而無窮之恨，黍離麥秀之悲，寄於言外。……其詞婉而雅，其意微而有禮，真可謂得詩人之旨者。〈長恨歌〉在樂天詩中為最下，〈連昌宮詞〉在元微之詩中乃最得意者。二詩工拙雖殊，皆不若子美詩微而婉也。元、白數十百言，竭力摹寫，不若子美一句，人才高下乃如此。（《歲寒堂詩話》）

03 張謙宜：敘事矆栝，不煩不簡，有駿馬跳澗之識。（《絸齋詩談》）

04 弘曆：所謂對此茫茫，百端交集，何暇計及風刺乎？敘亂離處全以唱嘆出之，不用實敘；筆力之高，真不可及。（《唐宋詩醇》）

05 浦起龍：起四，寫哀標意，浮空而來。次八，點清所哀之人，追敘其盛。「明眸」以下，跌落目前；而「去住彼此無消息」，並體貼出明皇心事。「淚沾」「花草」，則作者之哀聲也，又回映多姿。（《讀杜心解》）

06 施補華：亦樂府。〈麗人行〉何等繁華，〈哀江頭〉何等悲慘；兩兩相比，詩可以興。（《峴傭說詩》）

07 高步瀛：（「人生有情」兩句）悱惻纏綿，令人尋味無盡。　○吳北江：（「人生有情」兩句）更折入深處。（《唐宋詩舉要》）

130 春宿左省（五律）　　　　　　　杜甫

花隱掖垣暮，啾啾棲鳥過。星臨萬戶動，月傍九霄多。不寢聽金鑰，因風想玉珂。明朝有封事，數問夜如何？

【詩意】

　　黃昏時，門下省牆垣邊的花朵逐漸暗淡朦朧起來；歸巢的鳥雀飛過時啾啾的鳴叫聲，把此地的環境襯托得一片幽靜。當繁星在夜空中閃爍時，宮闕的千門萬戶似乎也明滅不定地微微晃動；當皓月傍臨巍峨的宮殿時，宮殿也被清潤美好的光輝烘托得更是莊嚴聖潔，有如天庭中的玉殿一般。因為唯恐疏忽了（準備早朝時）金鑰開啟宮門的聲響，因此在漫長的夜晚裡我隨時側耳傾聽，完全不敢入睡；連風吹動屋簷下的風鈴時，我都驚疑是百官上朝時玉珮相互撞擊的聲音（而急著想要上朝面聖）。明天清晨，我有重要的封事要呈報君王，深怕耽誤了時辰，因此一再地詢問值夜的衛士：「現在是什麼時刻了？」

【注釋】

① 詩題──宿，值夜、留宿。左省，唐門下省在殿廊之左，中書省在殿廊之右，有如人的左右兩腋，故門下省又稱左省、左掖。杜甫在至德二載（757）四月由長安脫逃而出，奔赴鳳翔拜謁肅宗，五月拜左拾遺，隨即因疏救房琯而觸怒君王，幸而宰相張鎬相救而免罪[1]；八月初放還鄜州省家。九月，郭子儀收復了安史叛軍所控制的長安；十月，肅宗自鳳翔還京。十一月，杜甫由鄜州趕回京師，次年改年號為乾元元年，仍任左拾遺，屬門下省；本詩即作於此時。

② 「花隱」二句──寫薄暮時在左省所見到的景色。花隱，謂傍晚時光線模糊昏暗，只見隱約朦朧的花色。掖垣，偏殿的矮牆，代指門下省官署的圍牆。棲鳥，歸飛棲宿的鳥雀。

③ 「星臨」二句──寫入夜後所見的景致：星光臨照宮殿時，千門萬戶或明或暗，似乎隨著閃爍的繁星而微微晃動；月亮傍臨巍峨的宮樓時，似乎顯得特別清潤美好。萬戶，代指重重的宮門。九霄，猶言九重，相傳為天帝所居天庭的極高處；因古人有天人對應的觀念，故又以九霄代指巍峨雄峻的皇宮御殿。多，特別值得嘆美；韓愈〈八月十五贈張功曹〉詩：「一年明月今霄多」的「多」字，義同於此。

* 編按：頷聯是藉著宮闕之高迥，暗傳詩人心目中莊嚴肅穆、崇高聖潔的皇室形象，表現出位列朝臣、戮力上國的無比榮耀之感，以及對帝王效忠的無限景仰敬慕之意。

④ 「不寢」二句──寫心繫朝奏而徹夜不眠的情狀。金鑰，指宮門鎖鑰的開啟聲。想，表示詩人在專注留神的期待中帶有驚疑之意。珂，似玉的美石；玉珂，指朝服上的珮飾所發出的碰撞聲。「因風」句，古時屋簷下裝飾有鐵馬或玉馬，風起則叮噹作響，類似今日的風鈴；因其音清亮，有如玉珂碰撞作響，故使作者驚疑是朝臣奔集發出的珮飾碰撞聲，唯恐自己上朝落後而誤事。

* 編按：腹聯兩句所寫，其實都是出於神經過敏的想像：出句是唯恐朝門已開，對句是驚疑朝臣已集；表現出戰戰兢兢，忠勤國事，深怕耽誤上朝奏事而有虧職守的誠惶誠恐情狀。

⑤ 「明朝」二句──點出不寢的原因及心緒不定的情狀。封事，古代臣子上書或奏狀，為求隱密勿洩，則以皁囊密封進呈；當時杜甫身為拾遺，掌供奉諷諫，大則廷爭，小則封事。數，音ㄕㄨㄛˋ，屢次。數問夜如何，承腹聯寫作者急欲恪勤奉公，面聖啟奏，深恐高臥晏起而誤了早朝大事，因而心神不寧地坐待天明，遂一再

向值更侍衛詢問夜晚的時辰究竟過了幾何？

【補註】

01 《新唐書·列傳第一百二十六·文藝傳·杜甫》載：「琯時敗陳
濤斜，又以客董廷蘭，罷宰相。甫上疏言：『罪細，不宜免大臣。』
帝怒，詔三司親問。宰相張鎬曰：『甫若抵罪，絕言者路。』帝
乃解。」

【導讀】

　　杜甫在至德二載（757）四月由長安脫逃而出，奔赴鳳翔拜謁肅
宗，五月拜左拾遺；八月初放還鄜州省家。九月，郭子儀收復長安；
十月，肅宗還京。十一月，杜甫入朝續任左拾遺；次年改乾元元年，
本詩即作於此時。

　　本詩是立志要「致君堯舜上，再使風俗淳」（〈奉贈韋左丞丈二
十二韻〉）的杜甫在長期有志難伸之後，又僥倖從安史之亂中劫後餘
生，因此躬逢王室中興，河山再造的偉大時刻，急於恪勤國事，報效
朝廷的心理圖像。詩人在四十五歲時才終於能奔赴鳳翔，親侍君王；
四十六歲時才終於回到長安，正式上朝任事。因此，他秉持著戒慎危
懼的態度，懷著兢兢業業的心理，想要戮力國事，克盡職守的心情，
不難體會；而他急欲善盡諫官言責以拾遺補過的忠耿之心，在他同期
所作的〈晚出左掖〉：「避人焚諫草，騎馬欲雞棲」中，也表露得極
為深刻具體，因此鍾惺稱讚他：「『避人焚諫草』，是大臣之體；『數
問夜如何』，是諫臣之心。」（王嗣奭《杜臆》引）仇兆鰲《杜詩詳
注》也說：「自暮至夜，自夜至朝，敘述詳悉，而忠勤為國之意，即
在其中。」換言之，這首詩最可貴的地方是把老杜短暫參與國事時敬
業勤敏的態度，披露得歷歷如見，不負他以稷、契自許的志氣[1]。不
過，除此以外，本詩也別無深妙的寄託，因此紀昀在《瀛奎律髓》中

評曰:「平正妥帖,但無深味。」筆者以為本詩讀來像是一則平淡無奇的值夜手記,雖然不如同樣描寫長夜難眠的〈宿府〉〈閣夜〉那麼包孕豐富,氣象雄闊而又意蘊深遠,但也有其值得玩味的優點,不容一筆抹殺它的價值,因此前人才會對本詩嘆賞有加;茲將本詩可取之處,條舉評析如後。

第一,敘題不漏,筆法精練。首聯的「花」「鳥」二物,暗點詩題中的「春」字;「不寢」二字,反點題目中的「宿」字;「掖垣」和「封事」二詞,正點題目中的「左省」,而且還能見出作者身分,曲傳諫臣心事;因此金聖嘆《唱經堂杜詩解》分析說:「此詩之妙,妙於詩題劈頭寫盡,卻出己意,得大寬轉。只起二句,已盡題矣!何也?『掖垣』者,左省也,『暮』則應宿之候也;卻於『暮』字上加『花隱』二字,補『春』字也。『啾啾棲鳥過』,言萬物無不以時而宿也。如此十字,『春宿左省』已完矣。」正由於首聯就已經敘題完盡,因此後三聯便有寬綽的餘地來抒情寫景,曲傳心意;同時又句句不離「宿省」二字;可謂針線綿密,筆法老練。

第二,時程遞進,條理井然。花隱而鳥棲,日已暮矣,人將宿矣;繁星臨空,已入夜矣,正宜眠也;月傍九霄,夜至半矣,當熟睡矣;靜聽金鑰,夜既深而竟未眠也;風鳴玉珂,懷心事而不敢寐也;問夜如何,坐待旦而終不寢也。前六句已寫出漫長的時程,暗示自己難以成眠;直到尾聯作者才點出不寢之因,便使詩境有了懸疑的效果而耐人尋繹。值得注意的是:尾聯更進一步跳出題面的「宿」字之外,把時間更推向「明朝有封事」的清晨,如此層層推進,環環相扣的鋪敘,既能顯示徹夜不寐的忠勤,又交代了詩人難以入眠的原因,使人疑慮盡消,豁然領悟;由此可見本詩佈局之嚴謹與章法之靈活。

第三,情寄景中,意餘象外。由於老杜是在長期淪落不偶之後,兼又歷劫歸來才得以晉身朝班,因此當他置身在氣派堂皇的巍峨宮禁之中,很可能會產生步青雲而凌九霄的朝聖之心與莊嚴之感;再加上

唐室中興氣象的鼓舞，和詩人思報明主以善盡言責，以及澄清天下的心理作用的影響；皇宮的樓闕對他而言，便不啻是九天之上的瓊樓玉宇，讓他充滿景仰嚮慕的忠愛之忱了。因此，當他夜宿左省至萬籟俱寂時，他所遙望的星光便顯得特別低垂而璀璨，似乎伸手可掬，彷彿自己的理想就在眼前了；他所瞻仰的月色也顯得格外皎潔而清潤，似乎不僅朗照自己光明忠貞的心志，同時還以交輝的星月把巍峨堂皇的宮殿襯托得更莊嚴神聖，散發出令人蕭然起敬的和穆氣派。因此，施補華《峴傭說詩》稱頷聯「星臨萬戶動，月傍九霄多」是「華貴語」；換言之，頷聯兩句除了以景物表示夜深不寐的時間流程之外，還可能透露出他對王室無限景仰向慕的忠誠之心，以及置身禁苑，位列朝班，亟欲戮力上國時無比欣幸振奮的榮譽感和使命感。這種心理因素，自然更激發出他忠勤國事而徹夜不眠的熱誠，因此才會對於面聖奏事念茲在茲，以至於傾聽鎖鑰聲和驚聞玉珂聲都唯恐耽誤上朝時刻，甚至要屢次詢問夜已幾何了！黃淮論杜詩時說：「忠君愛國之意，常拳拳於聲嗟氣嘆之中，而所以得夫性情之正者，蓋有合乎《三百篇》之遺意也。」（見仇兆鰲《杜詩詳注‧附編‧諸家論杜》引）陶開虞也說：「子美隨地皆詩，往往見志。」（同前）由頷聯兩句來觀察，的確很有道理。

第四，選字精確，匠意獨到：

＊就首聯而言，「花隱掖垣暮」五字，即訴諸視覺拈出薄暮昏黃的天色，故以「隱」字描寫省垣庭園中花草逐漸黯淡的色澤與形象，給人光影朦朧的模糊感。次句「啾啾棲鳥過」五字，即因夕陽的斜暉已經完全消逝隱沒，故而只能訴諸聽覺來寫棲鳥歸巢時的唧啾聲。感官的運用和時間的移轉，配合得相當自然和諧。

＊就頷聯而言，「星臨」，則夜幕初降，在繁星輝映下的宮闕門戶，頗有或明或暗、影影綽綽的浮泓之感，故以「動」字傳寫其神秘幽邃的形象。「月傍」，則夜已深沉，在澄淨月色的襯托下，宣

政殿及其環擁護衛的樓觀宸宇，更顯得光華流滿而莊嚴聖潔，故以「多」字傳達詩人心中肅穆虔敬的仰慕之情。由於頷聯形象清美，氣氛靜穆，而又情景交融，意境高遠，因此極受前人推崇；趙汸說「動」與「多」是使頷聯精采倍見的句眼所在（見《杜詩詳注》引），王嗣奭《杜臆》以為頷聯寫景之妙，尤在「動」「多」二字，胡本淵《唐詩近體》說：「『動』字警。『多』字有意味，他人不敢下。」楊倫《杜詩鏡銓》也稱此聯為「警句」。

＊再就頷、尾兩聯而言，「不寢」二字，反扣題面的「宿」字，並藉以帶出一段心事；既見措詞之靈活，亦見獨出機杼，另闢詩境之巧妙。宮門既有千門萬戶之多，則金鑰顯然成串相連，因此當宮門漸啟之際，金鑰碰撞聲迤邐而來，在闃寂的宮苑中清晰可聞，故以「聽」字寫其專注之情。晚風時來，簷間的鈴鐸皆鳴，才使急於奏事的詩人驚疑早朝之期已屆；可見「因風」「想」字，皆極為貼切當時的光景與詩人的心理。大概當詩人誤以為已有官員匆匆上朝，搖響玉珮時，曾有幾度連忙推門欲出的舉動，這才發覺天色猶暗，於是才一再向值宿的衛士詢問夜已如何；由此可見「想」字的疑猜誤會，既上承「聽」字的神情和「風」字的逗弄，帶出「明朝有封事」的忠勤，又和尾聯的「數問」結合，實寫他一夕數驚的惕厲之舉。

如此字字相關，筆筆相連的匠心，才使尾聯能在水到渠成的形勢下，和盤托出恪勤公務的心理活動，因此吳齊賢說：「讀詩之法，當先看其題目。唐人作詩，於題目不輕下一字，亦不輕漏一字；而杜詩尤嚴。次看其格局段落，其中反覆照應，絲毫不亂，而排律更精。終看其句法，前後相合，虛實相生，而詩之能事畢矣。」（見仇兆鰲《杜詩詳注・附編・諸家論杜》引）本詩正可以用來印證這些見解。

【補註】

01 杜甫〈自京赴奉先詠懷五百字〉詩云：「許身一何愚，竊比稷與契。」

【評點】

01 葛立方：「明朝有封事，數問夜如何？」蓋憂君諫政之心切，則通夕為之不寐，想其犯顏逆耳，必不為身謀也。（《韻語陽秋》）

02 劉辰翁：後四句見宿省之情，言不寐而聽宮門之開鑰，因風而想朝馬之鳴珂，以有封事欲奏，其急於正君，坐以待旦之意可見也。（《宋詩話全編》）　○「星臨」句與「風連西極動」相近，「星臨」較奇。（《唐詩廣選》引）

03 胡應麟：「九衢寒霧斂，萬井曙鐘多」，右丞壯語也；杜「星臨萬戶動，月傍九霄多」，精采過之。　○杜詩五律，結句之妙者，如「明朝有封事，數問夜如何」「經過自愛憐，取次莫論兵」「親朋滿天地，兵甲少來書」「安危大臣在，不必淚長流」「無由睹雄略，大樹日蕭蕭」，語皆矯健振勁，絕非錚錚細響也。（《詩藪》）

04 周敬：正大冠冕，近臣規度。　○趙雲龍：情思宛然，故自可想。（《唐詩選脈會通評林》）

05 王夫之：前四句皆不寐之景，一字不妄；杜陵早歲詩，固有典型。（《唐詩評選》）

06 黃生：「宮雲去殿低」「月傍九霄多」，皆形容宮殿之高耳。五恐宮門已開，六恐朝士已集；及數問夜漏如何，極盡胸中有事，竟夜無眠光景。　○五、六是腹中有事，枕上猜疑，寫得逼真。（《唐詩摘抄》）

07 唐汝詢：「花」見「春」，「暮」見「宿」；（首句）五字寫盡題目。　○吳敬夫：（「星臨」句）「動」字有神氣。　○山野

之言易工，仕宦之詩每俗。如「避人焚諫草」「明朝有封事」，仕宦事也，覺冠冕之中，風神掩映矣；二詩神韻悉敵。（《唐詩歸折衷》引）

08 陸貽典：盡忠補過之意，溢於言表。　○查慎行：靈武即位以後，缺事多矣；岑嘉州云：「聖朝無闕事」，不如老杜「明朝有封事」為紀實也（編按：岑詩是反諷，杜詩是直陳，非關「紀實」與否）。　○紀昀：結二句是五、六注腳。　○無名氏甲：因「星」「月」而撫民之愛、事主之忠，具見於此；所謂「文章有神」也。　○無名氏乙：神采貫古；五、六展拓虛空。（《瀛奎律髓匯評》）

09 賀裳：老杜五言律，善寫幽細之景，余尤喜其正大者，如「避人焚諫草，騎馬欲雞棲」「明朝有封事，數問夜如何」……；真堪羽翼〈風〉〈雅〉。（《載酒園詩話‧又編》）

10 浦起龍：三、四只是寫景，而帝居高迥，全已畫出。後四，本點「宿」字，反用「不寢」二字；翻出遠神，都無滯相。（《讀杜心解》）

11 趙翼：杜詩五律，究以「江山有巴蜀，棟宇自齊梁」一聯為最，東西數千里，上下數百年，盡納入兩個虛字中，此何等神力！其次則「星臨萬戶動，月傍九霄多」，亦有氣勢。（《甌北詩話》）

131 再出金光門（五律）　　杜甫

此道昔歸順，西郊胡正繁。至今猶破膽，應有未招魂。近侍歸京邑，移官豈至尊？無才日衰老，駐馬望千門。

【詩意】

　　昔日我也曾經由長安西邊的金光門偷偷脫離安賊的控制，前往鳳翔去歸順聖上，擁護王室，當時西邊的郊原上全都是胡人的騎兵，形勢混亂，兇險異常。現在回想起來，仍然有過分驚嚇以致肝膽破裂的感覺，大概因為當時失落的魂魄，還有一些未曾完全回歸我的軀殼吧！不料才擔任可以隨侍君王的拾遺不久，又被移官調往華州；我理解這是因為被讒言毀謗所害，哪裡是至尊的本意呢？才幹平庸而又日漸衰老的我，在二度經過金光門時，不禁駐馬回望宮闕，心中真有世事無常的感慨與何日才能重返長安的憂慮啊！

【注釋】

① 詩題──此為筆者所刪節，原題甚長：「至德二載甫自京金光門出，間道歸鳳翔。乾元初從左拾遺移華州掾，與親故別，因出此門，有悲往事。」金光門，是長安外城西三門的中門，北有開遠門，南有延平門。詩人曾在至德二載（757）四月冒險逃出金光門外，抄小路趕往鳳翔拜謁肅宗以示效忠，授左拾遺。後因上疏迴護兵敗遭罷相的房琯而忤肅宗，險遭不測，幸賴宰相張鎬以「甫若抵罪，絕言者路」力救而免禍；遂於八月初放還鄜州省家。然此事並未完全平息，乾元元年（758）六月，詩人被貶為華州司功參軍。華州位於今陝西華縣一帶，在西安市東約九十公里處，詩人卻西出金光門，因此在詩題中特別交代是前去與親故道別；至於親故為誰，則不詳。間道，抄小路。移，貶謫。掾，州縣僚屬的統稱。

② 「此道」二句──此道，指由金光門離京的路線。歸順，指投奔鳳翔之事。胡正繁，謂叛軍甚眾，正燒殺擄掠，形勢危殆；因安祿山的部將多為胡人，故云。正，一作「騎」。

③ 「至今」二句──謂昔日冒死潛逃而魂飛魄散，今日思之仍覺驚魂未定，餘悸猶存。猶，一作「殘」。應，一作「猶」。

④ 「近侍」二句——近侍，指左拾遺之職得以侍從皇帝。歸京邑，王
　嗣奭《杜臆》謂遭貶華州；因華州屬關內道，乃距長安不遠的畿
　縣，故曰京邑。侍，一作「得」。豈，或謂應作「遠」[1]。
⑤ 千門——漢時建章宮有千門萬戶之稱，此代指宮闕。

【補註】

01 黃生《杜詩說》謂：「『遠』字是。公因房琯而出，實肅宗之意；
　若『豈』字，恐非公本旨。前半具文見意：拔賊自歸，孤忠可錄；
　坐黨橫斥，臣不負君，君負臣矣。」筆者以為不論作「遠」或「豈」，
　都足以達到黃生所謂「臣不負君，君負臣矣」的怨嘆效果，而且
　作「豈」字，更有吞吐含蓄之致，也較符合老杜忠君之本性，因
　此不取黃說。

【導讀】

　　本詩是杜甫再度經由金光門離開京師時撫今追昔的述懷之作。儘
管詩人對自己遭讒被貶之事有所怨憤，卻能發乎牢騷而止乎忠貞，寫
來意悲而詞婉，語痛而心厚，充分體現〈小雅〉「怨誹而不亂」的風
格，因此鍾惺《唐詩歸》評曰：「此詩不無怨，然不怨（則）不（見
其宅心之溫）厚。」仇兆鰲《杜詩詳注》說：「上四，憶往時奔竄；
下四，傷今日左遷。撫今思昔，無非惓惓忠愛之心，而留別親故意，
亦在言表。」

　　如果拿前半和後半對照，可以察覺詩人兩度經由金光門時心境的
差異之大：昔日是在兵燹遍地，烽火連天的亂局中，冒著萬死一生的
危險去擁護新君；如今卻是在兩京收復，局勢粗安時因為竭誠效忠而
以言賈禍，以至黯然離京！昔日是〈述懷〉詩所寫的狀況：「麻鞋見
天子，衣袖露兩肘；朝廷憫生還，親故傷老醜。涕淚授拾遺，流離主
恩厚。」當時蒙受至尊授予諫官之職，是何其感激涕零；如今卻遭至

尊疏離而貶謫華州，又是何其感慨萬千！昔日是跨越死亡的界線而奔赴光明希望的前程，如今卻是由理想的高峰摔落失意與黑暗的深淵！換言之，昔日之凶險越是讓人魂飛魄散，則今日之窘境就越是令人膽顫心寒！可是詩人卻僅止於以「至今猶破膽，應有未招魂」兩句話輕描淡寫地帶過而已，讓讀者自行會心於有意無意之間，因此楊倫《杜詩鏡詮》稱讚說：「前四句明述己之忠心苦節，妙在不露。」

　　儘管自許能夠「致君堯舜上，再使風俗淳」的理想已經趨近於破滅了，詩人仍然以「近侍歸京邑」這樣溫婉的口吻說自己只是暫離宮闕，前往長安的畿縣華州，並未遠離君王；又以「移官豈至尊」這樣體諒的心意說自己是遭讒去職，並非至尊不能察納雅言。如此平和忠厚的宅心，不僅沒有揚雄批判屈原「露才揚己，暴顯君過」的罪責，反而充分展現樂毅在〈報燕惠王書〉中所謂「忠臣之去也，不絜其名」的大臣風範，實踐溫柔敦厚的詩教，無怪乎仇兆鰲《杜詩詳注》引顧宸推崇備至之言曰：「此公事君交友，生平出處之大節。曰『移官豈至尊』，不敢歸怨於君也。當時讒毀，不言自見；又以無才自解，更見深厚。王維詩云：『執政方持法，明君無此心。』與此同意，而老杜尤為渾成。」如果我們拿孟浩然〈歲暮歸南山〉的名聯「不才明主棄，多病故人疏」來和本詩的「移官豈至尊，無才日衰老」相比較，就更能清楚看出襄陽的直露激切與少陵的含蓄委婉了；因此朱鶴齡在〈杜詩輯注序〉中說：「子美之詩，惟得性情之至正而出之，故其發於君父、友朋、家人、婦子之際者，莫不有敦篤倫理，纏綿宛結之意；極之履荊棘、漂江湖，困頓顛躓，而拳拳忠愛不少衰。自古詩人，變不失貞，窮不隕節，未有如子美者。」的確是摸透了杜甫騷心忠骨的證道之論，絕非人云亦云的侫譽浮諛而已。

　　「無才日衰老」五字，透露出理想灰滅、壯志消沉、年華難駐、歸京無期、事君無望等複雜的心緒，因此詩人在欲振乏力，徒呼負負之餘，只能倍感悵惘悲切地駐馬回顧他所眷戀憂念的宮闕與君王了。

「駐馬望千門」五字，描繪出一位獨坐馬鞍，深情迴望，卻蒼茫百感，漠然無語的老臣背影；他似乎不僅是為了個人的窮通榮枯而悲傷，也為李唐政治之敗壞與忠奸之莫辨而感慨，更為逐漸黯淡褪色的盛世光華而憂念不已……。然而，這眷戀不捨的迴望，卻也是詩人對於京華所作的最後巡禮了；從此，他便展開了晚年漂泊流離的歲月，再也沒有回到長安了！

【評點】

01 劉辰翁：昔以拾遺從駕還京，至今移外，豈是天子之意？蓋直言見忌耳。（《宋詩話全編》）

＊ 編按：至德二載十月二十三日，肅宗回到長安，杜甫時在鄜州，聞訊作〈收京〉三首；十一月，杜甫才攜家人返京。故「從駕還京」云云有誤。

02 何焯：不無少（怨）望，然淡淡直敘，怨而不怒，諷刺體之聖也。（《義門讀書記》）

03 黃生：前半具文見意：拔賊自歸，孤忠可錄；坐黨橫斥，臣不負君，君負臣矣。後半移官京邑，但咎己之無才，遠去至尊，不勝情之瞻戀；立言忠厚，可觀可感。方采山云：此詩有介子從龍之感，而詞意歸於厚，所謂「可以怨」者也。（《杜詩說》）

04 楊倫：（「移官」句）怨而不怒。趙汸曰：結句言雖遭貶黜，不忘朝政也。（《杜詩鏡銓》）

＊ 編按：仇注亦引趙汸之言曰：公雖遭讒黜，而終不忘君，則所謂「悲往事」「日衰老」者，豈為一身計耶？

05 弘曆：詞意婉曲。昔之忠款，今之眷戀皆見。怨而不怒，忠厚之道也。（《唐宋詩醇》）

06 浦起龍：題曰「有悲往事」，而詩之下截並悲今事矣。妙在三、四說往事，卻以「至今」為言，下便可直接移掾。（《讀杜心解》）

132 贈衛八處士（五古） 杜甫

人生不相見，動如參與商。今夕是何夕？共此燈燭光。少壯能幾時？鬢髮各已蒼。訪舊半為鬼，驚呼熱中腸。焉知二十載，重上君子堂？昔別君未婚，兒女忽成行。怡然敬父執，問我來何方？問答未及已，驅兒羅酒漿。夜雨剪春韭，新炊間黃粱。主稱會面難，一舉累十觴。十觴亦不醉，感子故意長。明日隔山岳，世事兩茫茫。

【詩意】

　　在聚散無常的人生裡，朋友一但離別之後，就很難再度重逢；正像天上的參、商二星，此出則彼沒，永無會面之期。今夜，究竟是如何的良宵吉辰呢？我們居然還能意外地在燈燭搖曳的輝光中敘舊，不禁令人感慨萬千：人生能有多少年輕歲月呢？如今我們都已經兩鬢灰白了！我們相互打聽親朋故舊的消息，卻大半都已經離開人世了，不禁讓我們連連驚呼、嗟嘆，心情為之激動不已。誰料得到經過漫長的二十個年頭之後，我竟然還能僥倖存活，再度來到你家的廳堂之上。從前分手時，你尚未娶親，才不過一眨眼的功夫，你已經兒女成群了！他們開開心心地向父親的摯友請安，還詢問我是打哪兒來的；我回答的話還沒有說完，你已經迫不及待地差遣他們擺出了酒漿待客。桌上還有他們冒著夜雨剪下來的香嫩的春韭，真使人被他們的殷勤深深感動；新煮好的米飯中還摻雜了一些香噴噴的黃粱，又使我倍覺溫馨親切。你語重心長地說：「再見一面，可真不容易啊！」於是在不勝唏噓、無限感慨中，我們一連喝上十來杯酒漿；連乾十來杯我也不怕喝

醉，因為我能感受到你的情深意長。只是，想到明天分手之後，我們又將被重重的關山阻隔，未來的世事變化，我們都覺得茫茫渺渺，難以預料；今夜，就由它醉吧！

【注釋】

① 詩題—衛八，名事不詳。一說指衛賓，一說唐時有蒲州隱逸之士衛大經，衛八殆其族人。處士，有才學品德而隱居不仕之人。詩人於蕭宗乾元元年（758）貶華州，冬末赴洛陽，次年春返回華州任所，於途中邂逅二十年不見的老友，感於戰亂未平，世事難料，因有此作；時年四十八。

② 「動如」句—動，往往、每每。參、商，星宿名；參（ㄕㄣ）星在西，商星在東，此出則彼沒，二星永不在天宇同時出現。

③ 「訪舊」二句—訪舊，相互詢問對方所知的親朋故舊之訊息。驚呼，驚詫而失聲吁嗟。熱中腸，內心激動而哀傷悲痛；為「中腸熱」之倒裝。

④ 父執—父親的摯友。執，親近；又通「摯」，真誠。

⑤ 「驅兒」句—驅，差遣。驅兒，一作「兒女」。羅，羅列、擺設。

⑥ 間黃粱—間，音ㄐㄧㄢˋ，摻雜。黃粱，黃小米，其味較白粱為香。

⑦ 故意—故人念舊的情誼。

⑧ 「明日」二句—謂明日作別之後，將為重重高山所阻隔；不僅世局之演變茫茫難料，彼此的消息亦將渺茫難知矣。山岳，殆指華山。

【導讀】

杜甫於乾元元年（758）冬末赴洛陽；次年春返回華州司功參軍任所，於途中邂逅二十年不見的老友，因有此作，時年四十八。當時

安史之亂已經延續三年有餘（755 冬至 759 春），兩京雖已收復，叛軍仍然猖獗地燒殺剽掠，四處流竄；再加上戰亂造成農村殘破，連年饑荒，形勢相當混亂，局面極不安定。烽火餘生的半百詩人，意外與故友重逢，已是悲喜交集；再加上故人情深意重，慇勤款待，自然倍感溫馨親切而格外珍惜留戀。尤其是國勢之衰與時局之危，始終讓詩人憂懼不安，因此詩中充滿老友亂世偶逢，暫聚復別的複雜情緒，流露出世事滄桑，前途難料的苦悶與茫然。

對於經歷了天崩地坼般的政局巨變，又飽嚐了流離顛沛之苦而倖免於難的詩人來說，能夠和睽隔二十年的老友偶然重逢，自然令他驚喜交集，而且還能剪燭話舊，更令他有恍如隔世的滄桑之感；此時瀰漫室內的黃粱與春韭的香味，充斥滿屋的童言笑語以及盪漾心靈的酒醇情深，也就使人倍覺溫馨感動而眷戀陶醉了。不過，就在作者歡享重逢之樂與人情之美的同時，他又感受到明日即將告別老友的惆悵，以及投入干戈擾攘，烽火未熄的亂局中的隱憂，因此心中不免百味雜陳，感慨叢生了。這種笑中有淚、樂中藏哀，憂喜參半、悲歡交集的錯綜感受，正是本詩之所以感人的關鍵所在，值得我們在讀詩時設身處地，細加體會。

本詩是以時間為線索來抒發今昔之感、悲喜之情，和聚散無常、世事難料的感慨。時間又以「今夕」為中心，先追憶二十年來的滄桑世變，再預想明日作別之時的惆悵與前途未卜的茫然，藉以襯托出今夕的意外重逢和杯酒盤桓之偶然與難得。依照情節、場景和心境的變換來看，全詩可以分為四個段落。

首段四句，意在抒發感慨，帶出今夜的挑燈談心。「人生不相見，動如參與商」兩句，先極言人生離闊之容易與會面之難得，藉以凸顯出偶然邂逅之悲喜交集，和燈燭相對的恍然如夢，隱然透露出時代亂離，局勢動盪之意。「今夕是何夕，共此燈燭光」的疑問，表現出司空曙〈雲陽館與韓紳宿別〉詩中「乍見翻疑夢」那種難以置信的驚詫

與感嘆,相當傳神生動。

第二段八句,主要是以今昔對比的手法,傳達歲月如流,浮生若夢,綠鬢難駐,黃泉非遙的滄桑感慨。「少壯能幾時,鬢髮各已蒼」兩句,是由容貌的改變來傳達久別重逢時心中的悸動與嘆惋之情,形象鮮明如見,手法直接俐落;「能幾時」之問,使無限悲涼之嘆,如在耳畔。「訪舊半為鬼,驚呼熱中腸」兩句,是寫故舊凋零太半的驚痛之情。「訪舊」,流露出關心而打聽的焦慮;「半為鬼」,暗示戰禍頻起,干戈擾攘的世局。「驚呼」,傳寫不勝唏噓之狀;「熱中腸」,形容難掩激動之情。如此層層渲染,更襯托出亂世生還與偶然重逢的彌足珍貴。「焉知二十載,重上君子堂」兩句,承接「今夕是何夕」的驚疑而來,流露出劫後餘生的慶幸與哀傷。「昔別君未婚,兒女忽成行」兩句,則呼應「鬢髮各已蒼」的劇變之意;這兩句誇張地把時間壓縮在短暫的瞬間,藉以表現出倏忽之頃已至暮年的悲哀,並順勢把追憶的心神帶回眼前來敘述今夕情事。

三段十句,正面描寫待客之慇懃,情誼之溫馨。「怡然敬父執,問我來何方」兩句,是以兒女能應對得體,側寫主客之垂垂已老;可能還寓有主人教子有方的意思,流露出既敬且羨之情。「問答未及已,驅兒羅酒漿」兩句,是寫摯友急欲與作者敘舊,不許子女「霸佔」作者,因而差遣子女擺設酒菜;「驅」字表現出衛八珍惜重逢之可貴與晤面之短暫而急欲舉杯暢言的熱情。「夜雨剪春韭,新炊間黃粱」兩句,是寫罄其所有,竭誠待客的慇懃之狀。雖然春韭並不昂貴,但是冒雨採摘的誠意則令人難以忘懷;何況遍地饑荒的亂世裡,友人還特意在新炊的黍飯上摻雜著香噴噴的黃粱,那種竭盡所有的盛情,實在令人感動。「主稱會面難,一舉累十觴」兩句,寫出兩人心情的激動與複雜,可謂一言難盡,因此在「會面難」的吁嗟喟嘆之中,不免思潮起伏,心情激動到難以言語而幾乎哽咽的地步,只能頻頻以舉杯勸飲的動作來示意,其中自有無限感慨。「十觴亦不醉,感子故意長」

兩句，則寫出「珍重主人心，酒深情亦深」的感受，以見情誼之真摯。

　　末段二句「明日隔山岳，世事兩茫茫」，則寫暫聚復別，感慨萬千的心境。蓋後會難期，世事難料，回首已覺淒惻哀傷，前瞻更覺愁思茫茫。尤其是明日之別，悲於昔日之別，蓋昔日之別，幸而尚有今日偶然之會晤；而明日必然之別，殆可逆料絕無重逢之期矣！今日邂逅，已是感慨萬千；何況此去關山阻隔，亂世飄蕩，更無相會之日？自然也就悲慨益切而沉痛益深了，因此陳式《杜意》以為「蘇李河梁，三復殆無以過此！」的確點出了本詩樸婉沉痛的感人魅力。

【後記】

　　「訪舊半為鬼，驚呼熱中腸」也可以釋為：「由洛陽至華州的路途中，每欲尋訪親朋故舊，卻已多半名登鬼錄，使人不勝唏噓；今日和你乍然相遇，實有恍如隔世之感而難以驟信，是以不禁驚呼失聲：『居然是你！你竟然還活著！』隨即心腸發熱，感情激動，驚喜交加而難以自已！」如此解釋，則詩中場景與情節便不止於燈下桌畔的對話而已，還包括詩人由洛陽至華州途中一路尋訪故舊的辛酸與悲愴了。不過，這樣理解，除了缺乏文獻資料的佐證，場景與時空也和前後文格格不入而顯得過於突兀，是以筆者不採此說。

【評點】

01 蒲大受：凡人做詩，中間多起問答之辭，往往至數十言，收拾不得，便覺氣象委帖。子美……「怡然敬父執，問我來何方」，若他人說到此，下須更有數句，而甫便接云：「問答未及已，兒女羅酒漿」，此有抔土障黃流氣象。（魏慶之《詩人玉屑》引《漫齋語錄》）

02 劉辰翁：（末二句）〈陽關〉之後，此語為暢。（高棅《唐詩品彙》引）

03 鍾惺：（前四句）寫情寂寂。 ○只敘真境，如道家常；欲歌，
欲哭。 ○（「夜雨」二句）幽事著色。 ○譚元春：（「怡然」
句）「父執」二字淒然，讀之使人自老。（《唐詩歸》）

04 唐汝詢：凡詩情真者不厭淺；鍾、譚雖喜深，不能刪此作。（《匯
編唐詩十集》）

05 王嗣奭：信手寫去，意盡而止，空靈宛暢，曲盡其妙。（《杜臆》）

06 周甸：前曰「人生」，後曰「世事」；前曰「如參商」，後曰「隔
山岳」，總見人生聚散不常，別易會難耳。（《杜釋會通》）

07 王夫之：每當近情處，即抗引作渾然語，不使泛濫；熟吟「青青
河畔草」，當知此作之雅。杜贈送五言能有節者，唯此一律。（《唐
詩評選》）

08 朱之荊：只是「真」便不可及，真則熟而常新；人也未嘗無此真
景，但為筆墨所隔，寫不出耳。（《增訂唐詩摘抄》）

09 陳式：開首四句，惆悵未見以前，亦惆悵既見之後；而後此之悲，
則生於前此之悲也。……至「問答」以下，敘款待風味率真，兩
意纏綿，則又謂後此之別，悲於前此之別。（《杜意》）

10 黃生：寫故交久別之情，若從肺腑中流出。手未動筆，筆未蘸墨，
只是一「真」；然非沉酣於漢、魏而筆墨與之俱化者，即不能道
隻字。因知他人未嘗不遇此真境，卻不能有此真詩，總由性情為
筆墨所格耳。此詩口頭爛熟，畢竟其色如新，蘇、李〈十九首〉
亦如此；可知詩有塵氣者，皆由身分不足故也。（《杜詩說》）

* 編按：古人對〈十九首〉之作者或有臆測為蘇、李之一說。

11 黃周星：此首無甚奇妙處，既逸而復收之，只是一「真」。（《唐
詩快》）

12 何焯：「夜雨剪春韭」，雖然倉卒薄設，猶必冒雨剪韭，所以見
其恭也。「新炊間黃粱」，宋子京作「聞黃粱」，非常生
動。（《義
門讀書記》）

13 查慎行：感今懷舊，如風行水上，自然成文。（《初白庵詩評》）

14 浦起龍：古趣盎然，少陵別調。一路皆屬敘事，情真、景真。（《讀杜心解》）

15 蔣弱六：（「夜雨」兩句）處士家風宛然。　○張上若：全詩無句不關人情之至，情景逼真，兼極頓挫之妙。（《杜詩鏡銓》引）

16 沈德潛：全篇類陶，結處亦似韋、柳，而三復玩味，自見這老面目矣。淳朴真摯，與〈彭衙行〉〈羌村〉諸作，同一五古中之名篇。（《杜詩評鈔》）

133 月夜憶舍弟（五律）　　　　杜甫

戍鼓斷人行，邊秋一雁聲。露從今夜白，月是故鄉明。有弟皆分散，無家問死生。寄書長不達，況乃未休兵。

【詩意】

　　戍樓上傳來戒嚴的更鼓聲，道路上就完全沒有行人的蹤影了，看起來極為冷清；在邊塞蕭殺的秋氣裡，孤雁嘹唳的哀鳴聲劃過夜空，真叫人憂思綿邈，旅愁難排。從今夜起，就是白露凝結為清霜的時節了，不禁使人鄉情萬里，輾轉難眠；仰首遙望中天的月色，總覺得還是故鄉的清輝最為皎潔明亮（何況故鄉的月色下原本有美好的家園、團圓的親人和溫馨的天倫之樂）。而今，戰亂破壞了家園、離散了兄弟，即使思憶情切，也無處去詢問他們的安危生死！想要寄信回故鄉去打聽消息，卻始終無法送達；何況又是在這樣干戈不斷、兵荒馬亂的時期，又怎能奢望手足重逢，骨肉團圓呢？

【注釋】

① 詩題——肅宗乾元二年（759）春，杜甫由洛陽回到華州，七月時因關輔饑荒，棄官而去，度隴而客居秦州（州治在今甘肅秦安縣西北約三十公里處，位於葫蘆河西側十公里左右）；本詩約作於八九月間[1]。憶舍弟，杜甫有四位弟弟：穎、觀、豐、占，此時唯有杜占隨行而流寓秦州，其餘三人正分散在戰火漫天的山東、河南，因此作者憂念不已而有這首傷心折腸的詩篇。

② 「戍鼓」二句——戍鼓，駐軍戍守的望樓上之更鼓；秦州僻處西陲，為通往西域的要衝，因此駐有重兵防守。斷人行，更鼓聲起即行戒嚴，故無人暮夜以後在街上活動。邊秋，一作「秋邊」。一雁，孤雁。

③ 「露從」二句——出句謂今日就是白露節；白露節為二十四節氣之一，約在國曆九月八、九日左右。對句謂秦州月色不及故鄉美好，蓋故鄉之月猶照骨肉團圓之歡，而秦州之月卻只照兄弟離散之悲也；故王嗣奭《杜臆》云：「對月而憶弟，覺露增其白；但月不如故鄉之明，憶在故鄉兄弟無故也。蓋情異而景為之變也。」

④ 「寄書」二句——長，始終、一直、總是。況乃，何況還。未休兵，指叛軍猛攻汴州，進逼洛陽，李光弼正領軍與之激戰。

【補註】

01 肅宗乾元二年（759）三月時，史思明殺安慶緒（年號天成），四月，自稱大燕皇帝，改年號為順天，兵鋒所指，洛陽岌岌可危，形勢極為緊張，連遠在長安以西三百餘公里的秦州都實施戒嚴，一時風聲鶴唳，草木皆兵。九月，汴州、洛陽，相繼淪陷，齊、滑、鄭，汝四州也為叛軍所有，杜甫在洛陽的家園也慘遭蹂躪而殘破不堪。

【導讀】

　　這首語近情遙、淺易如話的五律，是老杜在肅宗乾元二年（759）秋辭去官職不久，西行度隴至秦州營構草堂未成時，感慨國難方殷，賊氛未靖，加上兄弟流離星散，因而憂思不斷，悵恨不已的名作。在老杜集中，為兄弟而寫的作品就有二十多首，可見老杜手足深情，是出於忠愛仁厚的至性流露，因此每一首讀來，都使人有如見其肺腑的感覺。

　　「戍鼓斷人行」五字，是寫局勢緊張，實施戒嚴，因此沉沉的鼓聲一起，道路上就已無行人逗留；放眼望去，街道上一片冷清寂寥。這一句除了以「斷人行」表現森嚴的氣氛外，又由「戍鼓」的急催，點出駐軍警戒之意，同時還為末句「未休兵」三字預先埋下伏筆。「邊秋」兩字，則進一層渲染蕭殺之威，暗示離鄉之遠。「一雁聲」則是以嘹唳的哀鳴聲增添悲情，以孤雁的形象興起憶弟之念。由於兄弟自古有「雁行」之稱，兄弟離散，則無異於孤雁離群，因此白居易〈望月有感〉詩中抒發憶念手足之情時說：「弔影分為千里雁，辭根散作九秋蓬。」再者，古有雁足傳書之說，因此「雁」字又遙逗尾聯「寄書」之句，可謂用意深遠而脈絡分明；而且《逸周書·時刻》又有「白露之日鴻雁來」之說，正可以引出次聯「露從今夜白」的意思。換言之，首聯有一筆三到的作用，其間匠心之獨運，針線之綿密與意蘊之豐富，都值得用心領略。

　　「露從今夜白，月是故鄉明」兩句，是緊承首聯暗示的意蘊，藉助於鮮明具體的感官形象，抒發憶弟念家的主題。首聯中的「戍鼓」句是聞鼓聲而悲遠隔，痛戰亂；「邊秋」句是聞雁鳴而傷流離，念手足。然而這些愁苦的情感，在首聯中卻是隱忍不露，含茹未發，只是借助於聽覺意象中的鼓聲與雁鳴來微現其意而已。頷聯則進一步經由觸覺與視覺形象，寫出感露寒而增淒清，見月色而添鄉情的悵惘。「露白」的判斷，是由秋雁孤飛哀鳴的淒涼之感而引發節氣的聯想，「月

明」的感受，是因邊鼓急振的阻斷暌隔之意而產生團圓的渴望；兩相搏合，自然有了憶弟思家的綿邈之情。如果說首聯點出僻處西陲的方位地點，暗示蕭殺森嚴的氣氛；次聯則是點明節候時令，又描繪出夜深露濃，思親不寐，仰望清輝，佇立中宵的孤獨形象。這兩聯不僅銜接自然，脈絡分明，而且融情入景，委婉含蓄；因此浦起龍《讀杜心解》說：「上四突然而來，若不為弟者，精神上乃字字憶弟，句裡有魂也。」所謂的「魂」，正是指深藏在戍鼓喧闐、孤雁唳空、寒夜露滋、清宵明月這些景物之中的思憶真情而言。

再就句法而言，「露從今夜白」其實是「從今夜起是白露節」的省略倒裝；作者把純粹只是交代節候的敘述句，改造為抒情判斷句，便使人恍如見到露色瑩白，感到露華如霜而有不勝淒清之感。「月是故鄉明」則是「猶為故鄉之明月」的省略倒裝，不僅把自己望月懷遠時及憶弟思家時觸目增悲的感受，寫得宛然在目；還把自己對於故鄉的孺慕，表達得一往情深，溫馨感人。「月是故鄉明」五字，也可以解讀為「還是故鄉的月色較為皎潔明亮」，換言之，由於境隨心遷，詩人感覺今夜的月色彷彿不如故鄉的明月那般親切溫馨而可人。至於何以故鄉的月色比秦州的月色更為皎潔明亮呢？詩人只作絕對肯定的判斷，而不做抽絲剝繭的說明，更有情寄景中而意餘言外的深遠趣味，因此更加引人入勝，耐人懸想。魏慶之《詩人玉屑》曾以此聯為例而引王彥輔的《塵史》說：「杜子美善於用事及常語，多離析或顛倒其句而用之；蓋如此則語峻而體健，意亦深穩矣。」所謂用事，可能是指暗用《逸周書》：「白露之日鴻雁來」而化為第二句的秋雁和第三句的白露而言；至於析常語而倒裝，則大概是指把「白露」與「明月」拆開倒置成「露白」「月明」，中間再各綴上「從今夜」「是故鄉」來形成抒情的判斷句，不僅語勢顯得峭折峻健，唱嘆有致，而且感情格外深摯沉鬱，令人低迴不已。

「有弟皆分散，無家問死生；寄書長不達，況乃未休兵」四句，

則揚棄前半借景抒情的方式，轉而細訴憂念，盡吐塊壘。由於詩人把憶弟思家之情，緊密地扣合著時局動盪，干戈未息之痛，因而別有層層深入，句句相銜的綿長情思，和一氣鼓盪，旋折而下的唱嘆韻致。

為了使眉目清爽，逐條點出詩中層層堆疊而又環環相扣的愁情如下：

＊有弟而皆風流雲散，已惹思憶，此其一；

＊分散而皆無家可守，益增掛念，此其二；

＊無家則安危未卜，生死杳茫，更添傷痛，此其三；

＊因此急欲修書一問究竟，此其四；

＊奈何信雖寄而難達，直教人愁腸百結，萬慮不安，此其五；

＊於是只能遙祝默禱而猶存劫後餘生，兄弟重逢，家園重整的指望，
　此其六；

＊偏偏史思明的聲勢正盛，難以壓制剿滅，此其七；

＊因此作者不免沉痛萬分地認清戰火漫天，河清難俟的事實，此其
　八；

＊無奈之餘，詩人只好以「況乃未休兵」這樣悲愴的結論來粉碎自
　己的渺茫希望，此其九。

由於「有弟皆分散，無家問死生」是一氣呵成的流水對，再加上「寄書長不達，況乃未休兵」是波翻浪疊的層遞句，因此不僅使文意如鉤鎖連環，盤根錯節，密不可分；情感也如江潮捲浪，波濤澎湃，勢不可擋；同時更把作者對於兄弟安危難料的憂念，對於家園蕩然無存的哀痛，表露得沉鬱頓挫，纏綿悱惻，足以感人肺腑，動人性情了；因此楊倫《杜詩鏡銓》評曰：「淒楚！不堪多讀。」

【評點】

01 周珽：結聯所謂「人稀書不到，兵在見何由」也。征戰不已，道
　路阻隔，音書杳漠，存亡難保；傷心斷腸之語，令人讀不能終篇。
　（《唐詩選脈會通評林》）

02 何焯：「戍鼓」與「未休兵」，「一雁」與「寄書」。五、六，正拈「憶弟」。　○紀昀：平正之中，自饒情致。（《瀛奎律髓匯評》）

03 張謙宜：若作「雁一聲」便淺俗，「一雁聲」便沉雄；詩之貴煉，只在字法顛倒間便定。（《絸齋詩談》）

04 浦起龍：不曰「月傍」而曰「月是」，便使兩地皆懸。（《讀杜心解》）

05 王嗣奭：對明月而憶弟，覺露增其白；但月不如故鄉之明，憶在故鄉兄弟無故也。蓋情異而景為之變也。（《杜臆》）

134 佳人 (五古)　　　　　　　　杜甫

絕代有佳人，幽居在空谷。自云良家子，零落依草木。關中昔喪亂，兄弟遭殺戮。官高何足論？不得收骨肉。世情惡衰歇，萬事隨轉燭。夫婿輕薄兒，新人美如玉。合昏尚知時，鴛鴦不獨宿。但見新人笑，那聞舊人哭？在山泉水清，出山泉水濁。

侍婢賣珠迴，牽蘿補茅屋。摘花不插髮，采柏動盈掬。天寒翠袖薄，日暮倚修竹。

【詩意】

　　有一位舉世無雙的佳人，居住在偏僻幽靜的空谷之中，她自己說：「我原本是家世良好的女子，竟然飄零淪落到與草木為伍的地步！從前安祿山攻破長安時，我的兄弟在混亂中都被賊兵殺害了；可嘆他們即使官位尊崇，又有什麼用呢？到頭來竟然連他們的屍骨都無法收拾

安葬！娘家在戰亂中沒落衰微之後，開始受到嫌惡鄙棄，讓我深切體會到世態炎涼的可怕與世事反覆之無常；就像是燭焰隨風轉向，搖擺閃爍，變化莫測！我的夫婿是個輕浮浪蕩的的薄情郎，只知道迷戀新人如花似玉的容貌！連無知的合歡花，都還能夠朝開夜合，信守時辰；鴛鴦也能夠雙宿雙棲，恩深義重。可是他的眼中卻只見到新人的笑顏而極力奉承，哪裡還聽得進舊人的悲泣而稍加安慰呢？既然世情如此澆薄，我寧可避世幽居，就像山中的泉水一樣保持純淨清澈的本色；再也不願流出山外，被卑濁的塵世所污染。」

服侍她的婢女從市集變賣珠寶首飾回來之後，兩人就勤快地把蔓生的藤蘿牽引過來修補破敗的茅屋。她雖然也採採鮮花，聞聞香氣，卻並不插上鬢髮來裝飾儀容；她的動作相當俐落，不一會兒功夫，就已經採擷滿滿一捧的柏樹籽了。

天氣漸漸寒涼了，我看她的翠袖顯得單薄了些；到了黃昏時，她仍然獨自徘徊在修長的綠竹邊，似乎心事重重……。

【注釋】

① 詩題──佳人，德貌並美的女子。本詩除採用漢朝李延年〈佳人歌〉：「北方有佳人，絕世而獨立」的稱美之意[1]，似又兼取漢朝無名氏之古詩〈上山采蘼蕪[2]〉的棄婦形象而深寓同情與敬重。黃鶴等人都以為是肅宗乾元二年（759）秋，作者棄官而流寓西邊的秦州時所作；安史之亂至此時，已將近四年矣。

② 「絕代」二句──絕代，冠絕一代，舉世無雙之意；此化用李延年〈佳人歌〉之義，稱讚其人德容兼美。幽居，避世而隱居。

③ 「自云」二句──良家子，有社會地位的人家之子；漢時以醫、商、賈、百工的地位低賤，不得稱為良家；唐時情形則待考。零落，身世飄零，家道沒落。依草木，與草木為伍，即居於山中之意。

④ 「關中」句──關中，函谷關以西地區的統稱。此句實指天寶十五

載安祿山攻陷長安之事。

⑤ 「世情」二句—惡，音ㄨˋ，嫌棄、憎惡。衰歇，指家道衰微沒落而言。世情句謂娘家沒落之後，飽嚐嫌惡鄙棄。「萬事」句謂世態炎涼，人情善變，有如燭焰隨風轉向，飄搖不定。

⑥ 「合昏」二句—合昏，又名合歡花，夜合花；其花朝開夜合，故曰知時。鴛鴦，水鳥，古人以為雌雄相隨，情愛深篤。此處以花鳥能守誠信、知恩義，反諷夫婿棄舊愛新的輕薄行徑。

⑦ 「但見」二句—此處鎔鑄〈上山採蘼蕪〉之情節，別出心裁地提煉為對比強烈的警句，更見夫婿之薄情。

⑧ 「在山」二句—謂寧可避世幽居而清貞自守，不願為炎涼反覆的濁世所污染。

⑨ 「侍婢」二句—侍婢賣珠，寫其處境之窮困；殆因原本為高官良家之女，厭棄俗世之卑污而攜婢幽居，清貧自守。牽蘿補屋，意近於《楚辭·湘夫人》：「網薜荔兮為帷」，既寫居不庇身之窘況，兼含芳節獨守之意。

⑩ 「摘花」二句—摘花，象徵人品之芬芳。不插髮，謂無心於裝飾儀容；暗用《詩經·伯兮》：「豈無膏沐？誰適為容」之義。按：摘花句寫佳人以芳節自矜，不隨俗求艷。采柏，象徵貞心不改；蓋古人以柏為貞實之木，其籽可食，其葉可以釀酒。動，往往。掬，以兩手捧取。盈掬，謂手腳俐落，採得滿滿一捧的柏籽。此二句暗示佳人對於端莊自好的修持和淡泊自甘的隱居，早已習以為常。

⑪ 「天寒」二句—日暮天寒，衣衫單薄，而獨倚修竹，乃借景抒情的手法，曲傳其處境之困窮窘迫，形貌之孤單憔悴，心理之悽涼寂寞，並以修竹象徵其心志之清貞堅定。

【補註】

01 《漢書‧外戚傳》載：孝武李夫人，本以倡進。初，夫人兄延年性知音，善歌舞，武帝愛之。每為新聲變曲，聞者莫不感動。延年侍上起舞，歌曰：「北方有佳人，絕世而獨立；一顧傾人城，再顧傾人國。寧不知傾城與傾國，佳人難再得？」武帝嘆曰：「善！世豈有此人乎？」平陽（公）主因言延年有女弟，上乃召見之；實妙麗善舞，由是得幸。

02 〈古詩十九首〉之〈上山採蘼蕪〉曰：「上山採蘼蕪，下山逢故夫。長跪問故夫：『新人復何如？』（夫答：）『新人雖言好，未若故人姝；顏色類相似，手爪不相如。』（婦嘆：）『新人從門入，故人從閣去。』（夫慰：）『新人工織縑，故人工織素。織縑日一匹，織素五丈餘。將縑來比素，新人不如故。』」

【導讀】

　　本詩大約作於肅宗乾元二年（759）秋，作者棄官而流寓秦州（在今甘肅省秦安縣西北）時。前大半段十八句，是先以當事人的口吻，採用賦筆自述乖舛的時命和困塞的際遇；文字簡潔明快，語氣直率痛切；後半六句，則以局外人的觀察，運用《楚辭》裡香草美人的比興手法，稱頌佳人芳潔的品德和清貞的志節，並悲憫其孤獨寂寞的境況。詩人在後半段裡，尤其側重在動作細節的鋪敘，和相關景物的描繪，從而達到託物感興，寄情於景的效果；因此筆觸雖含蓄委婉，形象則生動傳神。換言之，前半段的血淚控訴，痛切淋漓，容易激發同情，引起共鳴；後半的比興寄託，虛實相涵，蘊藉淵永，因此能夠狀寫難摹的情景如在睫前，而又包孕不盡的幽思寄於言外，不僅可以賦予讀者更為鮮明的印象，引發更為豐富的聯想，烘托出更為深婉的意涵，同時也蘊藏著更為耐人回味的遙情遠韻。

　　由於已經清楚解讀詩意於前，此處不再另行逐句賞析，僅就修辭

技巧的三個成功之處，簡述如後：

第一，設喻取譬，化虛為實。「萬事隨轉燭」五字，是以燭焰之隨風轉向，搖擺不定，象喻世態炎涼，人情反覆；曲折地寫出佳人在京城殘破，兄弟慘死，家道沒落後的辛酸憂憤。「新人美如玉」五字，則以玉色之潔白光潤，象喻新歡之姣好明媚；不僅筆觸細膩雅潔，而且形神栩栩欲活。「在山泉水清」五字，象喻清貞自持的心志，「出山泉水濁」五字，象喻為卑濁的塵俗所玷汙；而且這兩句又透露出佳人幽居空谷的深意，使人有反復諷誦，涵詠不盡的審美感受。

第二，映襯對比，意念顯豁。首先，絕世佳人，竟然幽居深谷；良家之子，奈何依隨草木；官高之人，居然屍骨難收……；這幾句的表述，為棄婦的身世蒙上了時代的悲劇，增加了不幸際遇的深度。其次，「合昏尚知時，鴛鴦不獨宿」兩句，是以花鳥猶能守信重諾，情深義長，反顯夫婿竟然喜新厭舊，薄倖寡恩；最是沉痛入骨，發人深省。再者，寧可在山而清，絕不出山而濁的強烈反差，把佳人對於「世情惡衰歇」的悲嘆無奈，傳達得委婉沉鬱，使人不得不隨著斬截直露的口吻而感慨系之。

第三，融情入景，託意深遠。後半六句中拈出的三種植物：蘿、柏、竹，或取其幽居山林的芳潔，或取其經寒不凋的蒼翠，或取其孤迴挺拔的勁節，再加上細膩的動作勾勒，便能把舉止端莊嫻靜而人品芳潔高雅，境遇困窘窮苦而形象單薄孤獨的佳人，刻畫得氣韻生動，映人眼目；而其心境之淒苦，心志之矜持，卻又隱然見於言外。正由於詩人能寄情於景，託物興感，並善用象徵與暗示的手法來婉轉傳達物外幽情和事外曲致，因此把佳人的形神刻劃得楚楚動人，我見猶憐；即使全篇並無一語直接形容佳人相貌之美，心志之貞，但是她端麗嫻淑的形象，自然如空谷幽蘭與清水芙蓉，在古典文學的園池中散發著迷人的芬芳，搖曳著動人的丰采。

【虛實】

關於本詩內容之真實性，多數詩評家以為詩人藉著實寫其人其事以自述亂世淪落之悲與幽潔孤芳之志：

* 王嗣奭：大抵佳人之事，必有所感，而公遂借以寫自己情事。（《杜臆》）

* 黃生：偶然有此人，有此事，適切放臣之感，故作此詩。全是託事起興，故題但云「佳人」而已。（《杜詩說》）

* 浦起龍：此感實有之事，以寫寄慨之情。（《讀杜心解》）

* 楊倫：此因所見有感，亦帶自寓意。（《杜詩鏡銓》）

* 仇兆鰲：天寶亂後，當是實有是人，故形容曲盡其情。舊謂託棄婦以比逐臣，傷新進猖狂，老成凋謝而作；恐懸空撰意，不能淋漓愷至如此。（《杜詩詳注》）

當然，也有人持不同看法，茲迻錄陳沆之說作為代表：

* 陳沆：仇注盧解皆謂此必天寶之後，實有其人其事，非寓言託意之語。……夫放臣棄婦，自古同情；守志貞居，君子所託。兄弟，謂同朝之人；官高，謂勳戚之屬；如玉，喻新進之猖狂；山泉，喻出處之清濁。摘花不插，膏沐誰容？竹柏天真，衡門招隱；此非寄託，未之前聞。（《詩比興箋》）

【評點】

01 劉辰翁：（「世情惡衰歇」四句）聞言餘語，無不可感。（「合歡尚知時」數句）似悲似訴，自言自誓。矜持慷慨，修潔端麗，畫所不能如，論所不能及。（「摘花不插髮」四句）字字矜到而不艱棘，畫不容畫。（《唐詩品彙》引）

02 唐汝詢：此詩敘事真切，疑當時實有是人；然其自況之意，蓋亦不淺。夫少陵冒險以奔行在，千里從君，可謂忠矣；然而肅宗慢不加禮，一論房琯而遂廢斥於華州，流離艱苦，採橡栗以食，此

與「倚修竹」者何異耶？吁！讀此而知唐室待臣之薄也。（《唐詩解》）

03 吳山民：語雖淺，當是〈谷風〉後第一首。「世情」二語，人情萬端，可嘆。「夫婿」以下六語，寫情至此，直可痛哭。　○周珽：以《騷》為經，以《選》為緯，高踞漢、魏之頂。　○郭濬：轉折流美，又極淒怨。　○陸時雍：「在山」二句，語何自持？「天寒」二句，益更矜重。端人不作佻語。（《唐詩選脈會通評林》）

04 王嗣奭：「自云」二字，直管到「出山泉水濁」，皆代佳人語；「侍婢」以下六句，乃敘述佳人行徑；而端莊靜一，淒寂無聊光景，宛然在目。（《杜臆》）

05 黃生：「在山」二句，似喻非喻，最是樂府妙境。末二語，嫣然有韻；本美其幽閒貞靜之意，卻無半點道學氣。（《杜詩說》）

06 浦起龍：「幽居在空谷」一句領一篇，筆高品高……。「在山清」「出山濁」，可謂貞士之心，化人之舌矣。建安而下，齊、梁而上，無此見道語。只以寫景作結，脫盡色相。（《讀杜心解》）

07 黃周星：題只「佳人」二字耳，初未嘗云「嘆佳人」「惜佳人」也，然篇中可勝嘆息乎？……（首二句）只此二語，令人淒然欲淚。「自云」二字亦傷心。（《唐詩快》）

08 張謙宜：「在山泉水清，出山泉水濁」，古鎖腰法；雲橫山腰，似斷不斷，此所以妙。（《絸齋詩談》）

09 沈德潛：結處只用寫景，不更著議論，而清潔貞正意，自隱然言外，詩格最超。（《杜詩鏡銓》引）

10 宋宗元：「在山泉水清」至末，落落寫來，不著議論，而神韻彌秀。（《網師園唐詩箋》）

11 李鍈：（「在山」一聯）忽入比喻對偶句，氣則停蓄，調則高起，最妙。（《詩法易簡錄》）

12 施鴻保：今按《容齋隨筆》言朱慶餘〈獻張水部〉「洞房昨夜停
　　紅燭」一首，通篇不言其人之美，而端莊佳麗，見於言外，非第
　　一人不足當之。此詩題曰「佳人」，通篇亦不言其人之美，至結
　　二句云「天寒翠袖薄，日暮倚修竹」，則端莊佳麗，亦非第一
　　人不足當之。（《讀杜詩說》）

135 天末懷李白（五律）　　　　　　杜甫

涼風起天末，君子意如何？鴻雁幾時到？江湖秋水
多。文章憎命達，魑魅喜人過。應共冤魂語，投詩
贈汨羅。

【詩意】

　　從遙遠的天邊颳來了一陣陰涼的悲風，不禁使我想到：身在遠方
的您，面對著蕭瑟冷落的景物，悵望著愁慘黯淡的雲天時，心境如何
能安寧？意氣又如何能平靜呢？什麼時候才能接到您從遠方寄來的
音信呢？江湖上此時秋水深沉凶險，真為您勞頓艱辛的行程擔心。才
華洋溢、文采斐然的人，總是遭人忌恨，又被命運捉弄而無法飛黃騰
達，實在令人為您不平。在您流竄夜郎，跋涉山水的這一路上，可得
要隨時提防虎視眈眈的山精水怪，牠們正竊喜您即將經過他們的地盤
哪！想來您應該會和含冤自沉於汨羅江的屈原相遇而傾心交談，不妨
把您的滿腹辛酸化為詩句，投贈給同病相憐的三閭大夫吧！

【注釋】

① 詩題—本詩作於乾元二年（759）秋作者棄官而流寓秦州時。天末，天的盡頭，或遙遠的天邊；可指秦州僻處邊陲而言，也可指李白被流放的夜郎[1]，在今貴州省正安縣北方，還可以表示兩人天各一方。作者此時可能並未得知李白早已於春天獲赦，快意地由白帝城下江陵而返；基於深摯的情誼而關心李白的安危，甚至還有生死未卜的隱憂存在，因此只能出於遙想而寫作本詩和〈夢李白〉二首。

② 「涼風」二句—涼風，令人感到悲涼的秋風。天末，遙想涼風遠自李白所在之處吹來，故云。君子，指李白。意，意緒、心境、感觸等皆包括在內。

③ 「鴻雁」二句—鴻雁，常用來代指書信。秋水多，謂旅途上風波險惡，必然備嘗艱險勞頓。

④ 「文章」二句—出句謂文采斐然之高士，總是遭到天忌人妒而命途多舛，時運不濟。對句謂山精水怪正竊喜李白經過而欲吞噬之。魑，山神而獸形；魅，怪物。魑魅，可喻指害人的奸佞之徒而言。喜人過，蓋可得美食而竊喜也。

⑤ 「應共」二句—冤魂，指屈原言。汨羅，在今湖南省湘陰縣東北，也代指屈原。此處寫人間無法申冤，只能向鬼魂訴苦之意[2]；可能還有李白已遭不測的隱憂深恐存焉。

【補註】

01 李白因依附被視為叛亂的永王李璘，於乾元元年流放夜郎。二年，行至白帝城時遇赦，遂放舟而回，憩於江夏。

02 王嗣奭云：「地上無可語，唯汨羅之冤魂，乃君相知，可投詩贈之也。」黃生云：「然則冤抑之情，非共屈原語而誰語乎？」仇

注云：「（後半）因其放逐，而重為悲憫之詞。蓋文章不遇，魑
魅見侵，夜郎一竄，幾與汨羅同冤。」其說皆可參。

【導讀】

這是杜甫辭官不久，僻處西陲時，在資訊不足的情況下──既不
知老友已獲赦而回，又不知李白當時身在何方，反而遙想他大概還在
前往夜郎的旅途中備嘗艱辛──所寫的懷友之作。由於對方久無音信，
安危難料，生死未卜，因此不自覺地流露出不安與不祥的感受，以及
混合著憂慮與驚懼的隱痛。

首聯是藉淒其的秋風起興，引發對於遠在天邊摯友的懷想之情。
「涼風起天末」五字，先為全詩抹上陰風愁慘，觸肌生悲的氣氛。其
中的「天末」二字，把空間拓開到無窮遼闊，卻又不知所在的遠方，
於是兩人暌隔天涯海角，詩人只能向空遙問而喃喃祝禱的情態，便宛
然在目了。「君子意如何」五字，不直接敘述自己感涼生悲的意緒，
反而詢問遠人的感觸，最能曲折地傳達千言萬語不知從何說起，所以
先行寒喧問候的關切情意。由於作者對李白掛念不已，偏又存亡難知，
因此「涼風起天末」五字，便隱然有李白的鬼魂突然來訪，以及陰風
驀然襲來，頓時使作者的心靈產生不祥預感而驚悚不安的況味。「君
子意如何」五字，便寫陰風過後，作者思憶深切而惶惑交加地發問：
「流竄遠方的您，是否平安？意氣是否難平？方才那一陣陰森的涼風，
應該不是您的……鬼魂吧？」種種輾轉難安的意念在作者心中起伏不
定，因此特別期盼音信平安，自然引出頷聯之意。梅成棟《精選五七
言律耐吟集》說：「胸中有千萬言說不出，忽有此起十字來。」的確
是深會騷心的知音之言。

「鴻雁幾時到」五字，是寫思慕殷切，掛念不已，期盼早得平安
音信；「江湖秋水多」五字，是寫憂懼風波險阻，祝禱李白善加珍攝，
一路保重。「鴻雁」句隱約透露出對於摯友生死未卜的擔驚受怕之意，

因此〈夢李白二首〉中說:「江南瘴癘地,逐客無消息。」又說:「故人入我夢,明我長相憶。恐非平生魂,路遠不可測。」其淒哀憂懼之感,可謂溢於言表。「江湖」句則說明所以憂望異常的原因,正在秋水深闊,凶險難測,因此〈夢李白〉中又說:「水深波浪闊,無使蛟龍得。」詩人那種牽腸掛肚,叮嚀故人要特別小心謹慎的真情,的確令人深受感動。浦起龍《讀杜心解》說:「太白仙才,公詩起四句亦便有仙氣,竟似太白語。」這樣讀詩,固然也有情味,但不如說前四句寫得陰風慘慘、鬼氣森森,既盼其生而音問相通,又憂其死而沉冤難雪!鍾惺《唐詩歸》以「真元氣」三字評之,雖然略嫌浮泛空洞,但仍較浦氏的評語來得貼切,因為他指出了杜甫一片真情流露。

「文章憎命達」五字,既對李白的詩文表達崇高的讚賞,又對他的際遇表達極度的不平。「魑魅喜人過」五字,既流露出對於奸佞的憤慨,和對於李白處境的憂慮,也提醒他前程凶險,危機四伏,同時還透露出對於李白是生是死的高度不確定感,因此才有尾聯與冤魂共語而投詩以贈之想。文章,本足以榮身,奈何竟反憎命達之人;魑魅,本刻意害人,於今竟喜人過!如此矛盾逆折的反諷,更能激盪出悲憤沉鬱的感慨,因此鍾惺說這兩句:「大發憤,卻是實歷語。」譚元春說:「十字讀不得,然深思正耐多讀。」(《唐詩歸》)出句把文采斐然卻遭人忌恨而謗誣隨之,以至於命運困蹇的怪異現象,說得沉哀入骨;對句則更進一步把文士一旦困頓失意則又有奸邪之徒落阱下石,以至於齎志以歿而沉冤難雪的醜陋現實,又寫得令人悲憤。正由於作者把遭誣蒙冤之人既無榮身之途,又無安身之地的窘況,寫得沉鬱悲愴,使人讀之傷心,因此邵長蘅說:「一憎一喜,遂令文人無置身之地。」(《唐宋詩舉要》引)浦起龍《讀杜心解》也以為這兩句有檃栝〈天問〉與〈招魂〉的沉痛之懷。

「應共冤魂語」五字,是認為屈原之忠而被讒,含冤投江,與李白之才高招忌,受誣竄身,頗為相似;而且長流夜郎又將會經過湖南

湘陰，因此不妨把滿腹辛酸向千古知己傾訴。再者，當時可能有李白
墮水而卒的傳聞[1]，更添作者忐忑不安的憂懼，因此才有兩縷冤魂在
汨羅江畔悄焉共語的想法。這一句一方面是直承「文章憎命達」的憤
慨而來，推崇李白和屈原的文才橫溢，而又感嘆他們的際遇堪悲，可
謂千古同調的傷心人；另一方面又銜接「魑魅喜人過」的深憂作收，
以為李白的奇冤惟有屈原能了解，透露出「相識滿天下，知心能幾人」
的淒涼，和「料應厭作人間語，愛『對』秋『江』鬼唱詩」（改王士
禎〈聊齋誌異題詞〉）的理解，以及深恐李白已遭不測的憂痛，讀來
自有使人心折骨驚的力道，因此仇兆鰲《杜詩詳注》說：「說到流離
生死，千里關情，真堪聲淚交下。此懷人之最慘怛者。」吳北江也說：
「深至語，自然沉痛。」（《唐宋詩舉要》引）

　　「投詩贈汨羅」五字，則設想兩縷冤魂在江畔相逢晤對時惺惺相
惜，悽愴同悲，因此賦詩相贈的景況。這種傷心「鬼」別有懷抱的投
詩相贈，真是痛入骨髓，悽慘至極的想法；因此鍾惺說：「『贈』字
說得精神與古人相關，若用『弔』字則淺矣。」（《唐詩歸》）這是
由於用「弔」字代表李白猶是以生人憑弔冤魂，用「贈」字則暗示李
白已在枉死城中與鬼為伍了，自然更為淒惻沉痛；因此黃生《杜詩說》
也說：「不曰『弔』而曰『贈』，說得冤魂活現。」可見老杜鍛鍊字
句的苦心之一斑。其實，不僅「贈」字如此，詩中的「憎」字、「喜」
字，也都是雕肝鏤腎之後才拈出的奇字，值得細加玩味，因此《唐詩
彙評》引黃生之說曰：「（五句）文與命仇意，而『憎』字驚極。不
言遠貶而曰『魑魅喜人過』，將欲伺人而食之也，語險更驚[2]。」

【補註】

01 《杜詩詳注》在〈夢李白二首〉其二引吳山民之言曰：「子美〈天
　　末懷李白〉詩，其尾聯云：『應共冤魂語，投詩贈汨羅。』今上
　　篇曰：『水深波浪闊，無使蛟龍得。』此又云：『江湖多風波，

舟楫恐失墜。」疑是時必有妄傳太白墮水死者，故子美云云，後世遂有沉江騎鯨之說，蓋因公詩傅會耳。太白卒於當塗李陽冰家，葬於謝家青山，安有沉江事乎？」

02 《唐詩彙評》謂此段文字輯自《杜詩說》，然筆者所見黃山書社所印之《杜詩說》中並無此記載。

【商榷】

關於「鴻雁幾時到，江湖秋水多」兩句的解讀，仇兆鰲說：「風起天末，感秋託興。鴻雁，想其音信；江湖，慮其風波。」此為正解。王嗣奭《杜臆》說「江湖」句是「鯉不易得，使事脫化」，孫洙以為頷聯是寫「雁飛不到，魚書難得」，這兩人的解讀，是把前後兩句都當成音信難通之意，犯了「合掌」之忌而窄化了詩意，恐不妥。

再者，黃生《杜詩說》視此為倒裝聯云：「此時江湖秋水已多，不知鴻雁幾時可到。言謫居閱歲，不知朝中有量移之信否？寓意深永，妙於立言。」亦不可從。因為第一，李白只是一介平民，並非朝廷官員；他因叛亂罪被流放，是否能以官員遭降職的「謫」字來敘述，不無疑問，又豈能寄望朝廷有所謂「量移」之書信？第二，僅將「江湖」句視為時間又已一年的暗示，以為此句只是實景的描寫而無風波險惡的寄託，也很值得商榷。

關於「文章憎命達，魑魅喜人過」兩句的解讀，仇兆鰲說：「文人多遭困躓，似憎命達；山鬼擇人而食，故喜人過。」此為正解，只不過沒有指出魑魅的寓意而已。章燮《唐詩三百首注疏》謂出句：「此言命運蹭蹬，即造物所忌。意當其立進〈清平調〉三章，蒙明皇賞幸，是文章與命達矣；後因高力士相讒，太真深恨，從中悍止，是憎命達也。及永王璘重其才名，辟為府僚佐，是亦命達矣；後永王璘兵敗，長流夜郎，……即憎命達也。」此廣仇注而有可取之處。王嗣奭謂對句：「四裔魑魅之鄉，名人斥謫至此，則千載借光。」則是以李白能

光照窮荒為解，設想雖頗為奇詭，卻有待商榷。高步瀛《唐宋詩舉要》引朱氏之言曰：「上句言文章窮而益工，反憎命之達者；下句言小人爭害君子，猶魑魅喜得人而食之。」筆者以為其釋對句，可補仇解；然釋出句之意，則反而變成讚美李白詩文在遭流放之後益增其美，恐與作詩本旨不合，故不取。按：仇注又引黃生注曰：「憎命達，猶云『詩能窮人』；喜人過，即〈招魂〉中『甘人』意。」則值得參考。

【評點】

01 劉須溪：「文章憎命達」詩之妙。「魑魅喜人過」四句，自不可謂不為魑魅喜人，慰其寂寞，乃魑魅猶能知此人之來以為喜，則朝廷之士不如魑魅者多矣！觀上「憎」字，便見作者之意痛快。（《須溪批點選注杜工部詩》，見《宋詩話全編》）

02 唐汝詢：此首才堪入選，是一片真情寫成。（《匯編唐詩十集》）

03 謝榛：（對偶時）可嚴則嚴，不可嚴則放過些子，若「鴻雁幾時到，江湖秋水多」，意在一貫，又覺閒雅不凡矣。（《四溟詩話》）

04 何焯：嵇叔夜恥與魑魅爭光。此句指與白爭進者言之，鬼神忌才，喜伺過失。（《義門讀書記》）

05 吳騫：少陵（〈江亭〉詩）「水流心不競，雲在意俱遲」一聯，古今以為名句；明人云：「鴻雁幾時到，江湖秋水多」，卻有自然之妙。（《拜經樓詩話》）

06 屈復：文章知己，一字一淚，而味在字句之外，所謂「羚羊掛角，無跡可尋」也。七、八從三、四來，法密。（《唐詩成法》）

07 弘曆：悲歌慷慨，一氣卷舒。李、杜交好，其詩特地精神。（《唐宋詩醇》）

08 黃生：前半問訊謫居之況，後半慰藉含冤之情。……五、六可謂怨而不怒，只「冤魂」字略露意，然亦深且婉矣。　○三、四入他人手，必急忙要敘事矣，此乃作景語，敘白事只轉聯（按：即

腹聯）十字盡之；他人欲為白辯冤，恐數聯尚敘不完耳。（《杜詩說》）

09 楊倫：（「文章憎命達」）千古傷心語。蔣弱六云：「向空遙望，喃喃作聲，此等詩真得《風》《騷》之意。」（《杜詩鏡銓》）

10 宋宗元：「鴻雁」四句，《騷》經之遺。（《網師園唐詩箋》）

136 夢李白二首 其一（五古）　　　杜甫

死別已吞聲，生別常惻惻。江南瘴癘地，逐客無消息。故人入我夢，明我長相憶。恐非平生魂，路遠不可測。魂來楓林青，魂返關塞黑。君今在羅網，何以有羽翼？落月滿屋梁，猶疑照顏色。水深波浪闊，無使蛟龍得。

【詩意】

　　親朋好友之間臨死前的訣別，止於短時間思念的悲傷哽咽，泣不成聲而已，遠比不上活著分手之後，彼此天各一方，永遠牽掛懷念，卻又始終無法相見那麼令人悽楚傷痛！何況江南又是潮濕燠熱，充滿要人命的瘴癘之氣的地方，而我那被長流夜郎的老友如今安危未卜，生死難料，完全沒有他的消息，怎不教人憂懼不安呢？

　　昨夜的夢裡，多年不見的老友突然來訪，應該是因為他明白我心中永遠惦記著他；可是我卻很擔心那不是他生前的魂魄，因為他被流放的路程是非常非常遙遠而又凶險難測的啊！

　　我依稀還記得夢中有這樣的情景：我彷彿看到他的魂魄（帶著我）飛過楓林青青的江南而來，而後（我似乎陪伴）他又飛渡陰暗昏黑的

關塞而返……。當時我滿懷疑惑地問他：「您不是正在流放的途中被嚴密地監管著嗎？怎麼能夠這樣來去自如地飛行呢……？」

在他還沒有答腔之前，我突然從迷離恍惚的夢境中醒來，只見即將斜落的明月正把柔和的清輝敷滿在屋樑之間，還依稀彷彿把他的容顏映照在我的眼前，使我只能惆悵地向夜空祝禱：「這一路上，江水深險，波濤洶湧，請您務必珍重，可千萬別讓害人的蛟龍得逞啊！」

【注釋】

① 詩題──這組詩篇，宋人蔡夢弼的《草堂詩箋》繫於蕭宗乾元二年（759）杜甫流寓秦州時，和前一首〈天末懷李白〉應屬同期之作，當時作者可能依然不知李白早已獲赦而返回江陵。

② 「死別」二句──死別，臨終前的訣別。已，僅、止¹。吞聲，悲傷哽咽而泣不成聲。生別，謂臨歧分手，彼此都還健在。常，或作「長」，永遠。惻惻，悽楚傷痛。

③ 「江南」二句──江南，泛指江南西道。李白原本繫獄潯陽，判決確定後，發配長流夜郎，而由潯陽往夜郎有一大段路屬於唐朝江南西道的轄區，故以江南泛稱。瘴癘，見宋之問〈題大庾嶺北驛〉注④。無消息，謂音信全無²。

④ 「恐非」二句──猜疑李白已遭不測。平生魂，指生前的三魂七魄。古人以為親友生前入夢，是其人之魂魄前來相訪。加上「恐非」二字，則相訪者殆為故人之冤魂矣！「路遠」句，申明所以驚疑之故，謂流放之旅途既遙遠又凶險難測，故難測李白是生是死。

⑤ 「魂來」二句──寫夢中所見魂魄之來去，而非夢醒所見。楓林青，指李白所在的地方是古代楚國的疆域，此暗用《楚辭‧招魂》：「湛湛江水兮上有楓，目極千里兮傷春心，魂兮歸來哀江南。」關塞，指杜甫所在的秦州地域多關隘要塞。

⑥ 「君今」二句—在羅網，指重刑在身，被流放夜郎而失去自由。
　　何以有羽翼，謂何以魂魄能往返飛行於江南、秦隴之間而入夢？
　　編按：此二句乃作者向「夢中的李白」詢問之詞，而對方並未回
　　答，作者即已醒轉，而後才見到落月屋梁的情景。

⑦ 「落月」二句—謂醒覺之後，唯見落月清輝，光照屋梁，而李白
　　之面貌，亦依稀可睹，故信其魂魄曾來相訪。猶疑，依稀、彷彿、
　　隱約。顏色，指李白之容顏。此處寫夢醒時之幻覺，殆化自宋玉
　　〈神女賦〉寫神女入夢之顏色：「其始來也，耀乎若白日初出照
　　屋梁；其少進也，皎若明月舒其光。」

⑧ 「水深」二句—此寫作者在李白的魂魄既去，自己亦已清醒時，
　　虔誠向夜空祝禱之語，意在懇切叮嚀魂魄飛返江南的長途上，務
　　必珍重謹慎，切勿為蛟龍所趁；也兼有囑咐流放夜郎的路上，小
　　心提防奸邪之意，而憂其已死之情，亦隱然可知矣[3]。

【補註】

01 《草堂詩箋》云：「死別不過吞聲飲恨，一時之思也；生別尚有
　　相見之期，無時而不思，故在心常惻惻然。」是為正解。

02 正因為全無音訊，所以當時作者對李白已經獲釋，以及李白身在
　　何方，極可能都一無所知，因此〈天末懷李白〉第三句才會說：
　　「鴻雁幾時到」，表示自己還在殷切地期盼佳音，本詩的第七句
　　也才會說「君今在羅網」。

03 《藝文類聚・卷4・歲時中》錄《續齊諧記》曰：「屈原五月五日
　　投汨羅而死，楚人哀之，每至此日，竹筒貯米，投水祭之。漢建
　　武中，長沙歐回，白日忽見一人，自稱三閭大夫，謂曰：『君當
　　見祭甚善，但常所遺，苦蛟龍所竊，今若有惠，可以楝樹葉塞其
　　上，以五采絲縛之，此二物蛟龍所憚也。』回依其言，世人作粽，
　　並帶五色絲及楝葉，皆汨羅之遺風也。」作者如有鎔鑄此典故之

意，則又隱然有疑其已死之意存焉。

【導讀】

　　杜甫和李白於天寶三載（744）在洛陽相會，四載秋在兗州石門（今山東曲阜市西）分手，從此就無緣相見。雖然他們交遊的時日不到兩年，但是杜甫對李白卻懷著無限崇仰敬慕之情，視李白為意氣相投的莫逆之交，因此前後共為李白寫了十幾首詩，字裡行間流露出發乎至情至性的友愛與關切，往往使人深受感動，例如〈與李十二白同尋范十隱居〉云：「醉眠秋共被，攜手日同行」，可見朝夕相親，情同手足；〈贈李白〉云：「痛飲狂歌空度日，飛揚跋扈為誰雄」，寫出謫仙失意時狂豪的情態，同情之中有警惕；〈春日憶李白〉云：「白也詩無敵，飄然思不群。清新庾開府，俊逸鮑參軍」與〈寄李十二白二十韻〉云：「筆落驚風雨，詩成泣鬼神」，可謂推崇備至而傾心折服；〈不見〉云：「不見李生久，佯狂真可哀。世人皆欲殺，吾意獨憐才；敏捷詩千首，飄零酒一杯」，流露出相知相惜的真情；〈春日憶李白〉云：「渭北春天樹，江東日暮雲」，則表現出形跡雖疏而思慕彌切的友愛。因此，閱讀這類作品時，除了欣賞杜甫高妙的詩藝之外，洋溢在字裡行間的真情至性，更是值得細加品味的醇醪佳釀。

　　本詩是以向第三人敘述夢境的口吻寫作而成，依照情境的發展，全詩內容可以清楚地區分為四個段落，每段四句。首段是類似楔子的小序，表明和李白分手以來的十四年之間雖未曾謀面，然而卻思慕彌切的懷戀之情。尤其是自去年以來，李白遭流放而音信杳然，因此益增掛念。第二段是表達故人夢魂相訪的欣慰與惶惑之情，但只是事後回味的口氣，藉以釐清夢會的意義，尚未具體描述夢境。第三段才實寫夢境，魂來楓青，魂去塞黑，是作者在夢中伴隨李白飛行之所見；「羅網」和「羽翼」二語，以實擬虛，是作者在夢中的詢問。末段則是夢醒之後宛然如見的惆悵和情悲語切的叮嚀。

　　整首詩中，李白始終未發一語，他倏忽而來，又飄然而去，讓作者對這樣縹緲奇詭的夢中相逢疑真疑幻，乍喜乍悲，也對李白是生是死，既憂且懼。再加上「君今」二句是夢中僅有的對話，卻是有問而無答，使人空留懸念；「水深」二句又是在神魂已邈時遙向遠天的喃喃祝禱，表現得牽腸掛肚，憂念難已，所以整首詩讀來格外沉鬱悽愴，令人有蕩氣迴腸之感。想來唯有像少陵這樣心靈相通的摯友，才能有精魂相感的夢會，也才能寫出如此句句情深，筆筆神到的至性之作吧！

　　「死別已吞聲，生別常惻惻」兩句，是以翻疊映襯的筆法，先為全詩籠罩上「陰風忽來，慘澹難名」（楊倫《杜詩鏡銓》引蔣弱六語）的氣氛，似乎表示詩人懷有李白恐怕已經成為冤魂的隱憂。作者欲寫夢中相會，卻先說生前分手之長痛；而欲說生前分手之長痛，卻先說死別吞聲的短痛來襯托。如此翻疊轉折，便使十四年前的石門分手，更形悽楚傷痛；而此夜夢中的相會，也就彌足珍貴了。因此浦起龍《讀杜心解》指出：「從來說別離者，或以死別（之慘）寬（慰）生別，或以死別（之痛譬）況生別；此反云死則已矣，生長惻惻，亦是翻法。」正由於翻疊得當，不僅使開篇有了破空而來、斬絕突兀的筆力，也使感情表達得特別沉痛，因此吳北江嘆為：「一字九轉，沉鬱頓挫。」（《唐宋詩舉要》引）至於「江南瘴癘地，逐客無消息」兩句，則是以跳接的手法，由十四年前生別的時空，一筆折入當下眼前，表達了對於李白處境的悲憫和憂念。筆觸直截明快，毫不拖泥帶水，正是說明性質的小序應有的寫法。有了言簡意賅的這四句，便足以引發讀者對於時空的理解及心理背景的聯想，也就可以自然切入追述夢境的段落了。

　　次段四句，是以夢醒之後的回憶，總說這一段夢境帶給作者憂喜參半而又悲大於樂的感受。「故人入我夢，明我長相憶」二句，表達摯友入夢帶給作者親切溫馨和欣慰鼓舞的感動，既表示故人入夢對自

己的重要意義，也無形中流露出作者對李白的憶念之深和思慕之切。
「故人」一語，可以看出情義之篤厚，友誼之綿長；「入我夢」三字，
寫出李白的主動來訪，對作者的鼓舞之強烈與意義之深重。「明我長
相憶」五字，則一方面表示李白了解作者對他的情誼，這帶給作者無
比的溫馨與安慰，一方面展現我既長相思慕，彼亦遠來入夢的心靈相
通與精魂相感之特殊情誼，則兩人異苔同岑的相知相契，可以揣摩得
之矣。「恐非平生魂」五字，是在感性的喜悅滿足之後所作的理性分
析判斷，表達出對於李白是生是死的疑懼不安，唯恐李白或遭不測；
「路遠不可測」五字，則是進一步說明所以惶惑憂慮的原因，流露出
作者對知友的掛念之切。由於先有前兩句中肝膽相照與靈犀相契的欣
慰作襯墊，後兩句的轉信成疑，反喜為憂，便表現出相當大的期望落
差，翻疊出相當大的悲喜波瀾，形成相當大的心靈震撼，幾乎使作者
淹溺在憂懼傷痛的漩渦之中，因此讀來特別沉鬱頓挫，悲切悽涼。

　　三段四句，則正式描寫夢境中的實況。「魂來楓林青，魂返關塞
黑」兩句，側重於用顏色襯托無聲的夢境，渲染出迷離奇幻的氛圍；
「君今在羅網，何以有羽翼」兩句採用有問無答的口白，營造出恍惚
懸疑的效果。

　　「魂來楓林青，魂返關塞黑」兩句，描繪幽魂來去時的陰鬱形影
和愁慘氣氛，表現出對於知己不辭萬里跋山涉水而星夜入夢之艱辛的
感念與疼惜。上句暗用宋玉〈招魂〉中的名句：「湛湛江水兮上有楓，
目極千里兮傷春心，魂兮歸來哀江南」，自然使詩句籠罩著陰風慘慘，
情調悽悽，甚至鬼影幢幢的氣氛，彷彿是李白的陰魂挾怨而來一般，
令人毛骨悚然，不寒而慄。下句則是模擬夢境飄忽閃幻的跳接節奏，
描寫李白帶著作者一同魂歸江南時，秦隴關塞頓時暗淡下來的變化，
彷彿是李白的鬼魂含冤而去一般，使人怵目驚心，黯然神傷。這兩句
以魂飛來去的快速迅疾，和青黑色調搭配的森冷愁慘，傳神地點染出
恍惚奇詭的夢中情境，令人驚嘆作者詩筆的矯健靈動，和氣氛醞釀的

神祕幻異，因此仇兆鰲《杜詩詳注》引郝敬之言曰：「讀此段，千載之下，恍若夢中，真傳神之筆。」楊倫《杜詩鏡銓》說：「二句抵宋玉〈招魂〉一篇。」沈德潛《杜詩評鈔》說：「點綴《楚辭》，恍恍惚惚，使讀者惘然如夢。」《唐宋詩舉要》也引吳北江的話說：「此等奇變語，世所驚嘆。」

至於「君今在羅網，何以有羽翼」兩句，則是夢中目睹李白的魂魄來去自如，甚至還能挾帶作者凌空飛行時，使作者覺得李白宛然如生，因而關切地詢問。這表現出作者當時不知身在夢境的恍惚情態，才會在御風騰雲而行時有此疑惑。由於有問無答，戛然而止，最有懸疑跌宕的效果而耐人探索。

仔細分析起來，可以發現：「故人入我夢，明我長相憶」二句是信其猶生，「恐非平生魂，路遠不可測」二句則疑其已死；「魂來楓林青，魂返關塞黑」二句又喜其宛然如生，「君今在羅網，何以有羽翼」二句又憂其已成冤鬼。如此忽信忽疑，乍喜乍憂，是鬼是人？是死是生？令人覺得恍惚難辨，最得屈〈騷〉風神；因此浦起龍《讀杜心解》說中間八句「純用疑陣，句句喜其見」，卻又「句句疑其非」，自然使夢境如真似幻，迷離惝怳；高步瀛《唐宋詩舉要》也說：「『長相憶』下倒接『恐非平生魂』二句，疑真疑幻之情，千古如生；再以『魂來魂返』寫其迷離之狀，然後入『君今』二句，纏綿切至，惻惻動人。」

末段四句，則是寫短夢易醒，恍然如見的惘然若失，以及魂魄之來畢竟無疑的確認，和魂魄之去恐有不測的憂慮。「落月滿屋梁，猶疑照顏色」兩句，是說突然醒覺，夢會成空，悵惘莫名。作者追憶夢中情事，猶覺情真境切，如見其人，似乎仍聞己之詢問；然而環顧眼前環境，惟見落月斜暉，遍照屋樑，而知友心魂不遠，彷彿有意留影夜空，使人恍然如見，因此使老杜覺得親切中有惆悵，感念中有失落，思慕良深而又憂懼彌甚。此時，連方才來訪的究竟是李白的生魂或是

死魄，作者也茫然難以肯定了，只好懷著忐忑不安與驚惶迷惑之感，對空遙祝而懇切叮嚀：「水深波浪闊，無使蛟龍得」了！杜甫當然寧可相信那是李白的生魂，所以要焦慮地提醒他在魂飛江南時仍得特別警惕小心，以免為蛟龍所害而無法形神合一，終究成為悠悠忽忽的冤魂。可是事實上他又無法排除心中的不祥之感，萬般無奈之餘，只好以善意的警勉來掩飾他深藏的隱憂。整首詩在乍信乍疑，如真如幻的波瀾轉折中，顯得撲朔迷離，纏綿悱惻，因此千載以下讀之，仍使人悲痛哀傷，感動莫名，不愧是詩聖的至性之作。

【後記】

黃生《杜詩說》云：「此詩以錯敘成章。『君今』二句，本在『恐非』二句之上；『落月』二句，本在『魂來』二句之上。乍疑乍信，反復盡情。」黃生認為詩句的語順應重組才較為合情順理，可是他又肯定老杜為了逼肖夢境之撲朔迷離與閃幻倏忽，於是故意錯雜語次以求「乍疑乍信，反復盡情」的效果。而仇兆鰲的《杜詩詳注》遂根據黃生之說而移「君今」二句至「恐非」二句之上，不過卻似乎頗有誤會而注曰：「『君今』二句，舊在『關塞黑』之下，今從黃生本移在此處，於兩段文氣方順。」其實，黃生的版本仍然保留原來的語順以存其逼肖夢境之恍惚，未曾稍作調整。而高步瀛《唐宋詩舉要》以為如依仇本改置，則「神氣索然盡矣。」

筆者以為黃、高之說，對於解讀詩境雖然有足供啟發之處，但卻不宜輕易改變句順。因為如果依黃生之分析而作全盤調整，則第五句以下應該是：「故人入我夢，明我長相憶。君今在羅網，何以有羽翼？恐非平生魂，路遠不可測。落月滿屋梁，猶疑見（按：仇本作『照』）顏色。魂來楓林青，魂返關山黑。水深波浪闊，無使蛟龍得。」如此一來，「故人」以下十句，都成為夢醒之後的追憶回想，完全沒有夢中的想法，不僅因而少了疑真疑幻的情境，也難免會有神氣索然之感。

因此筆者暫依《草堂詩箋》原來的章節順序解讀本詩。

【評點】

01 蔡絛：李太白歷見司馬子微、謝自然、賀知章，或以為可與神遊
八極之外，或以為謫仙人，其風神超邁英爽可知。後世詞人狀者
多矣，亦間於丹青見之，俱不若少陵云：「落月滿屋梁，猶疑照
顏色。」熟味之，百世之下，想見風采，此與李太白傳神詩也。
（《西清詩話》）

02 劉辰翁：（首二句）使其死耶，當不復哭矣；乃使人不能忘者，
生別故也。「路遠不可測」，因借夢以憂之，且戒之也。「落月」
二句，偶然實景，不可再遇。「水深波浪闊」二句，言蛟龍，則
又因應歷「江湖」而言；下篇「舟楫」語，同意。舊注引屈原事，
非是。（見《宋詩話全編》）

＊ 「江湖」句見〈天末懷李白〉；屈原事，見前【補註】03。

03 楊慎：「落月滿屋梁，猶疑照顏色。」言夢中見之，而覺其猶在，
即所謂「夢中魂魄猶言是，覺後精神尚未回」也。詩本淺，宋人
看得太深，反晦矣。傳神之說非是。（《升庵詩話》）

04 胡應麟：「明月照高樓，想見餘光輝」，李陵逸詩也。子建「明
月照高樓，流光正徘徊」，全用此語而不用其意，遂為建安絕唱；
少陵「落月滿屋梁，猶疑照顏色」正用其意而少變其句，亦為唐
句崢嶸。今學者第知曹、杜二句之妙，而不知其出於漢也。（《詩
藪》）

05 鍾惺：無一字不真，無一字不幻。　○譚元春：（「魂返」句）
幽冥可怯。（《唐詩歸》）

06 王嗣奭：鍾云：「無一字不真，無一字不幻」，是。瘴地而無消
息，所以憶之更深。不但言我之憶，而以故人入夢，為明我相憶，
則故人之魂真來矣，故下有「魂來」「魂返」之語。而又云：「恐

非平生魂」，亦幻亦真，亦信亦疑，恍惚沉吟，此「長惻惻」實景。（《杜臆》）

07 黃周星：（「魂來」二句）本是幻境，卻言之鑿鑿，奇絕。（《唐詩快》）

08 徐增：腸回九曲，絲絲見血；朋友至情，千載而下，使人心動。（《而庵說唐詩》）

09 沈德潛：此篇恍惚奇幻，下篇高渾悲壯，並皆古今稱為絕調。（《杜詩評鈔》）

10 黃生：乍疑乍信，反復盡情；至「楓青」「關黑」「浪闊波深」，則又極其慰勞憂念之意。總之，交非泛交，故夢非泛夢，詩亦非泛作。若他人交情與詩情俱不至，自難勉強效顰耳。（《杜詩說》）

11 弘曆：沉痛之音，發於至情。情之至者，文亦至；友誼如此，當與〈出師〉〈陳情〉二表並讀，非僅〈招魂〉〈大招〉之遺韻也。「落月屋梁」，千秋絕調。（《唐宋詩醇》）

12 施補華：〈夢李白〉作「魂來楓林青」八句，本之〈離騷〉，而仍有厚氣，不似長吉鬼詩，幽奇中有慘淡色也。（《峴傭說詩》）

13 浦起龍：首章處處翻「死」。起四，反勢也；說夢，先說離，此是定法。中八，正面也，卻純用疑陣。……末四，覺後也；夢中人杳然矣，偏說其神猶在，偏與叮嚀囑咐，此皆景外出奇。（《讀杜心解》）

14 宋宗元：「魂來」四句，全用〈招魂〉意，點綴愈惝恍，愈沉摯。（《網師園唐詩箋》）

137 夢李白二首 其二（五古） 杜甫

浮雲終日行，遊子久不至。三夜頻夢君，情親見君意。告歸常局促，苦道來不易。江湖多風波，舟楫恐失墜。出門搔白首，若負平生志。冠蓋滿京華，斯人獨憔悴！孰云網恢恢？將老身反累。千秋萬歲名，寂寞身後事！

【詩意】

　　浮雲整天飄來盪去，蹤影難定，不禁使我想念遠放絕域的您，已經很久沒有接到您的消息了！一連三個夜晚都夢見您，讓我深深感受到您對我特別親愛的心意。

　　當您在夢中要告辭回去時，顯露出不能久留而侷促不安的焦慮；您再三憂苦地向我訴說：「要來拜訪你一趟，可真不容易啊！江湖上風波極為險惡，我總是得提心吊膽，唯恐舟船會有什麼閃失而沉沒。」看您出門而去時，愁悶地搔著白髮的孤獨身影，彷彿正在無言地訴說人世的滄桑和時局的變幻，全都辜負您平生的雄心壯志……。

　　唉！京城裡擠滿了高冠華蓋、青雲得路的達官顯宦，惟有才華橫溢的您卻憔悴枯槁，窮愁潦倒！誰說天網恢恢，疏而不漏呢？像您這樣垂暮的老人，反而被人拖累而陷落在無情的法網之中！您絕對可以享有千秋萬世的不朽美名，只不過那是在您飽嚐憂患困阨的身後之事；想來那樣的虛名，也只是更讓人替您感慨罷了！

【注釋】

① 「浮雲」二句—浮雲、遊子，均指被遠放夜郎的李白而言[1]；作者

〈送友人〉詩云：「浮雲遊子意，落日故人情。」久不至，是指天寶四載兩人分手以來，長達十四年未曾聚首；也可以含有音信久斷之意。

② 「告歸」二句──告歸，告辭而返。局促，憂懼不安貌，或匆忙倉卒狀。苦道，極力訴說、一再傾訴。

③ 「冠蓋」二句──冠蓋，冠冕和車蓋，代指青雲得志的達官顯宦。京華，文物薈萃的京城。斯人，此人，指李白。憔悴，形貌枯槁狀，此形容困頓潦倒的情狀。

④ 「孰云」二句──網恢恢，《道德經‧七十三章》：「天網恢恢，疏而不失。」原文是比喻天理恢宏廣大，無所不在；然本詩則形容國法公正而寬容。將老，李白此時已五十九歲矣。累，指因永王璘之事而株連入罪。

⑤ 「千秋」二句──謂李白身後必享不朽之詩名，奈何生前竟飽嚐憂患顛沛，寂寞而死！

【補註】

01 「浮雲終日行」五字，如依〈古楊柳行〉：「讒邪害公正，浮雲蔽白日」、〈古詩十九首〉：「浮雲蔽白日，遊子不顧反」、李白〈登金陵鳳凰臺〉：「總為浮雲能蔽日，長安不見使人愁」等詩中「浮雲」的詞意來看，則此句可能譬喻奸邪當道，君子失勢。不過，就詩歌意脈的連貫而言，如把浮雲視為小人的比喻，似乎和次句的「遊子」意象脫節，而且又不如把首句視為實寫所見、即景生情的興筆來得渾融含蓄，是以筆者不採此解。

【導讀】

這兩首〈夢李白〉可以視為一組結構完整，前後呼應的聯章之作，因此浦起龍《讀杜心解》說：「始於夢前之悽惻，卒於夢後之感慨，

此以兩篇為起訖也。入夢，明我憶；頻夢，見君意。前寫夢境迷離，
後寫夢語親切，此以兩篇為層次也。」如果把兩首詩加以比對合觀，
聯篇吟詠，自然會感到在悲切沉痛的語調中，似乎真有鬼魂黯然往來
其間，使人悽愴哀傷；因此王嗣奭《杜臆》說：「交情懇至，真有神
魂往來。止於泣鬼神，猶淺。」。茲將兩首詩的異同和關鎖之處，爬
梳如下：

＊首先，前篇以「死別」發端，本篇以「身後」作結，遂使生死安
　危，更形撲朔迷離，渺茫難辨，兩首詩也連成一串疑真疑幻，若
　覺若昏的奇詭夢境；既把夢中意識的轉折跳接，騰挪跌宕，摹寫
　得傳神生動，也頗能暗傳詩人腸迴九曲的深憂極痛。

＊其次，前篇是傳寫初夢之時的驚詫猜測心理，把詩人對李白是生
　是死的揣想，表現得憂懼不已，卻又仍存萬一僥倖的冀望；本篇
　則補筆描寫頻夢之後，李白歷歷可見的憔悴容顏和愁苦情態，以
　及真切可聞，使人泫然落淚的心靈獨白，則李白亡魂來訪，也就
　殆無疑問了，因此更形哀痛。

＊其三，前篇側重在渲染夢境之迷離詭譎，表達對於李白當前艱危
　處境的關切，寫得牽腸掛肚，鬱結難解；本篇則側重在慨歎李白
　生平的落拓不偶，藉以寄託悲愴沉鬱的深恨，寫得摧肝痛心，意
　氣難平。因此沈德潛《杜詩評鈔》以為前篇恍惚奇幻，本篇高渾
　悲壯，古今並稱絕調。

＊其四，前篇中的李白始終未發一語，夢中僅有作者關切的詢問，
　卻是有問而無答，就悠然醒轉，更添奇幻詭譎和悵惘落寞之感；
　夢醒之後，也只有作者隔空遙祝，依舊沒有答話，更有魂魄杳然
　的縹緲飄忽之感。本篇的中段，則有李白在夢中的傾訴，卻也是
　有訴而無應，表現出李白的冤愁深重，連夢中的作者也難以承受，
　並藉此引出末段作者醒轉之後為李白抱屈的議論。由於醒覺之後
　的不平，更有理性思辯的力量，因此也就更為沉鬱悲痛。

＊其五，仇兆鰲《杜詩詳注》比較本詩和前一首的差異時說：「此
因頻夢而作，故詩語更進一層。前云『明我憶』，是白知公；此
云『見君意』，是公知白。前云『波浪蛟龍』，是公為白憂；此
云『江湖舟楫』，是白又自為慮。前章說夢處，多設疑詞；此章
說夢處，宛如目擊。」並且總評兩首詩曰：「形愈疏而情愈篤，
千古交情，惟此為至。然非公至性，不能有此至情；非公至文，
不能寫此至性。」可謂千金不易的知音之評。

此外，本詩的分段和敘述的口吻，也和前篇略有不同，全篇都是
採用直接和李白對話的方式：前四句是首段，傾訴思憶深切之情，並
感念李白頻來入夢的殷勤；中六句是次段，追述李白在夢會中的形象、
獨白和心境；後六句為末段，是醒後為李白抱屈的悲憤。

「浮雲終日行，遊子久不至」兩句，是以比興手法傾訴懷念牽掛
之情，以及牽攣乖隔，倏忽十四年之久的感慨。尤其是化用李白〈送
友人〉的名句：「浮雲遊子意，落日故人情」，既顯得特別親切雋永，
也流露望斷浮雲，不見故人的深悲極苦，以及因此積想成夢而自然導
出三、四句的「三夜頻夢君，情親見君意」，表示並非只有自己一往
情深而已，故人也和自己靈犀相通，才會真摯親愛地頻頻赴夢探訪，
這當然更使自己在進入三夜的夢境時倍覺溫馨安慰。連用兩個「君」
字，正透露出直接交談的親切感，彷彿李白就在眼前晤對一般。前篇
只是短暫的初夢，所以採用較接近於意識流的手法，以呈現意念的閃
幻為主，並沒有夢境細部的描寫；本篇則因頻頻夢會的緣故，因此在
次段中就較為詳盡地捕捉夢中的景象，而有較為完整的情節。換言之，
「頻夢」與「初夢」，正是前後兩章之所以在夢境的描繪上詳略有別
的關鍵，也是揣摩前篇恍惚迷離而變幻迅疾的意象時，應該掌握的區
隔。

「告歸常局促」以下六句，是描寫李白魂魄返回前的愁苦形象，
並以代言的方式，傾吐李白心中的焦慮不安，藉以暗傳作者對李白處

境的嚴重關切和實際了解。如此寫法，遂使李白的聲情神態和幽微心
境，如聞如見，因此仇兆鰲《杜詩詳注》說：「此代述夢中心事，曲
盡倉皇悲憤情狀。」「局促」二字，既表示相聚短暫，又得匆匆作別
的失望和無奈，也流露出李白似有所顧忌而倉皇不安的情狀，並暗示
李白的魂魄身不由己的憂苦；因此以下便接寫「告道來不易，江湖多
風波，舟楫恐失墜」三句來細訴他的憂懼和苦悶。「告道」，悽苦地
說明、再三傾訴心事之意。「來不易」以下十三個字，都是李白心靈
中操危慮深的獨白，顯得惶恐異常：連魂魄都還要為舟行凶險而擔驚
受怕，則其處境之危機四伏，朝不保夕，也就不問可知了；無怪乎詩
人在前篇中要提醒李白：「水深波浪闊，無使蛟龍得」，而在〈天末
懷李白〉中更是感慨：「魑魅喜人過」了！至於「出門搔白首，若負
平生志」兩句，則是經由無言的形象與動作來透視李白內心的愁煩之
多與鬱悶之深，同時也曲傳作者對他的真心了解，流露出惺惺相惜的
不忍之意，因此便在下一段中痛切淋漓地抒發不平的浩歎。

「冠蓋滿京華，斯人獨憔悴」兩句，是以他人的鮮車怒馬，得意
京師，來和李白的楚囚纓冠，潦倒征途作對比。不僅勾勒出謫仙淪落
風塵時窮愁困頓、踽踽涼涼的形象，也側寫出夢會中李白枯槁瘦損的
魂魄，同時既流露出詩人淒惻悲憫的同情之意，還對摯友的命途多舛
發出不平之鳴；實可謂意悲語切，詞淺情深，而且沉鬱頓挫，唱歎有
致，因此成為千古傳誦的警句。

「孰云網恢恢，將老身反累」兩句，則憤激異常地質疑天理何在、
公義何有？既表達作者深信李白是因永王叛亂而受牽連入罪，以致蒙
不白之冤的堅定立場，也有為李白請命，希望朝廷本著「罪疑惟輕」
的原則，流布寬恕仁厚之恩典的用心，因此吳北江說：「此中刪去幾
千百語，極沉鬱悲痛之致。」（《唐宋詩舉要》引）古人說：「一死
一生，乃見交情。」杜甫這種替朋友申冤雪恥的義行，曾使他在為房
琯兵敗辯護時種下遭貶的前因，如今雖無遷謫之虞，但是他對友誼堅

貞的態度，仍然令人動容。

「千秋萬世名，寂寞身後事」兩句，是確定李白必享萬代之名，既表現出對李白才情的傾心賞愛，也在深厚的同情之中寄託了無限慨歎。千秋美名，何其榮盛？然而身後寂寞，又何其慘黯？寫來情悲語塞，悽涼無限；因此黃生《杜詩說》云：「造物予人以千秋，必吝人以九列，二者嘗不可得兼。往往終身憔悴而後償以不朽之名，而才人亦遂樂之。不恤見前，而獨急其身後，究竟為造物所愚耳！讀末二語，無限感慨！」這等於是為普天下沉淪不遇的志士賢才抒發怨憤了，足可使萬古寒士同聲一哭！阮籍〈詠懷〉詩云：「千秋萬歲後，榮名安所之？」《世說新語‧任誕》篇記載張季鷹豪放地說：「使我有身後名，不如及時一杯酒。」庾信〈擬詠懷〉詩亦云：「眼前一杯酒，誰論身後名？」連李白自己在〈行路難三首〉其三也宣稱：「且樂生前一杯酒，何須身後千載名！」可見所謂身後名，向為達者所不取，何況是豪邁超逸的謫仙呢？正因為老杜的確是李白的知音，所以才會如此悲愴地作結。仇兆鰲說：「身累名傳，其屈伸亦足相慰；但惻惻交情，說到痛心鼻酸，不是信將來，還是悼目前也。」可謂善體騷心。

此外，「身後」二字，又隱然透露出死亡的訊息，可見杜甫終究放心不下李白是生或死的記掛，才會在〈天末懷李白〉和這兩首詩中再三觸及這層隱痛。吳山民說：「〈天末懷李白〉詩，其尾聯云：『應共冤魂語，投詩贈汨羅』，今上篇云：『水深波浪闊，無使蛟龍得』，此又云：『江湖多風波，舟楫恐失墜』，疑其時必有妄傳太白墮水死者。」（仇兆鰲《杜詩詳注》引）準此，則末二句所寄藏的潛憂暗慮，更是淒惻至極了！因此陸時雍說：「是魂是人？是真是夢？都覺恍惚無定，親情苦意，無不備極，真得屈〈騷〉之神。」（仇兆鰲《杜詩詳注》引）

【評點】

01 劉辰翁：「浮雲終日行」二句，此兩詩起語，千言萬恨。「三夜頻夢君」四句，夢中賓主語具是。「千秋萬世名」二句，結極慘澹，情至語塞。（《宋詩話全編》引）

02 劉辰翁：（「三夜」二句）人情鬼語，偏極苦味。「冠蓋」二句，語出情痛，自別。（《唐詩選脈會通評林》引）

03 鍾惺：「明我常相憶」「情親見君意」，是一片何等精神往來！（「告歸」二句）述夢語，妙！（「冠蓋」二句）悲怨在「滿」字、「獨」字。（《唐詩歸》）

04 蔣一梅：二詩情意親切，千載而後，猶見李、杜石交之誼。（《唐詩選脈會通評林》引）

05 黃周星：（首句）「行」字妙。（「三夜」四句）情至苦語，人不能道。（末二句）竟說到身後矣，他人豈敢開此口？（《唐詩快》）

06 馬位：老杜〈夢李白〉云：「冠蓋滿京華，斯人獨憔悴」，昌黎〈答孟郊〉詩：「人皆餘酒肉，子獨不得飽。」同一慨然，而古人交情，於此可見。（《秋窗隨草》）

07 張謙宜：〈夢李白〉惜其魂之往來，更歷艱險，交道交心，備極曲折，此之謂「沉著」。（《絸齋詩談》）

08 浦起龍：人之相知，貴相知心。公當日文章契友，太白一人而已。二詩傳出形離精感心事，筆筆神來。（《讀杜心解》）

138 蜀相（七律）　　　　　　　　　杜甫

丞相祠堂何處尋？錦官城外柏森森。映階碧草自春色，隔葉黃鸝空好音。三顧頻煩天下計，兩朝開濟

老臣心。出師未捷身先死，長使英雄淚滿襟！

【詩意】

　　該往哪裡去尋訪西蜀丞相的祠堂呢？就朝錦官城外古柏鬱鬱蒼蒼而氣象肅穆森然的地方過去就是了。走進廟宇的庭院裡，可以看見萋萋芳草只管把碧綠的春色映照在無人走動的臺階上，環境顯得有些寥落荒涼；只會聽見黃鸝婉轉的啼音，不時穿過細密的枝葉，傳入空闊的庭院中，氣氛顯得過於寂靜冷清。當年劉備三顧茅廬，一再誠懇地向孔明請教拯濟天下蒼生的大計，孔明才會鄭重地答應為劉備開創基業，後來又匡助幼主，奉獻出兩朝元老鞠躬盡瘁的耿耿精忠。可歎的是：他出師未捷，就病死在五丈原中，使歷代的英雄豪傑永遠為他扼腕痛惜而淚滿衣襟！

【注釋】

① 詩題──蜀相，指章武元年（221）任丞相的諸葛亮。詩人以「蜀相」命題，暗示本詩側重在表達對於孔明的崇敬欽仰之情，而不在描繪武侯廟的景況。作者在乾元二年（759）十二月初至成都，次年（改年號為上元）春尋訪位於成都的武侯祠後寫作本詩。

② 「蜀相」句──蜀相，一本作「丞相」，則可能寓有尊奉正統與崇敬名臣之意，故不僅為「蜀」之丞相而已。祠堂，指武侯廟，在今成都市南郊公園內。

③ 「錦官」句──錦官，原意是主持織錦之官。成都舊有大城、少城之分，由於少城之江水濯錦特別鮮明，特別設置錦里於少城內，由官署專司織錦之責，因此少城又稱為錦官城；由於城外有錦江，故又名錦城，也可以作為成都之代稱。森森，高大茂密貌，也有森然肅穆之意。

④ 「映階」二句──自春色，自顧展現無邊春色；此暗示廟庭之闃寂

寥落。黃鸝,黃鶯。空好音,徒有婉轉啼音;此暗示祠宇空廓,
杳無人蹤。

⑤ 「三顧」句——三顧,諸葛亮躬耕南陽時,劉備嘗三顧茅廬才得以
相見。頻煩,屢次勞煩、一再煩請之意。天下計,表示不僅求一
己之私,圖偏安之局而已,乃是以天下蒼生為念而擘劃宏圖。

⑥ 「兩朝」句——兩朝,指先主與後主兩代。開濟,謂輔先主開創基
業,佐後主匡濟危局[2]。仇兆鰲解曰:「天下計,見匡時雄略;老
臣心,見報國苦衷。」

⑦ 「出師」句——蜀漢建興十二年(234),諸葛亮出師伐魏,據五丈
原(今陝西眉縣西南)與司馬懿對峙於渭水百餘日;八月,積勞
成疾,病逝軍中,年僅五十四。

【補註】

01 據《華陽國志·蜀志》所載,織錦濯於錦江中則鮮明澤麗,為他
江所不及,故命其地曰「錦里」。不過,仇兆鰲注引孫季昭之言,
對命名由來則有不同說法:「成都呼為錦官,以江山明麗,錯雜
如錦也。」

02 仇兆鰲注引朱瀚曰:「開濟,謂章武開基,建興濟美。」按:劉
備稱帝後之年號為章武,故可代指先主;後主年號為建興,故可
代指後主。楊倫曰:「以先主彈丸之地而能立國,以後主之昏庸
而能嗣位,皆武侯一片苦心也。」王嗣奭則有別解曰:「論老臣
之心,直欲追光武之中興、恢高祖之鴻業,如兩朝之開濟而後已。」
可備一說。

【導讀】

　　杜甫在乾元二年(759)底來到成都,次年春尋訪當地的武侯祠
後,寫作本詩以寄託感慨。

　　由〈八陣圖〉〈古柏行〉〈詠懷古跡〉〈夔州歌十絕句〉等詩篇，可以看出杜甫屢次表達出對於孔明英雄志業的崇敬、嚮往，與傷痛、惋惜之情。大概正於由詩人「許身一何愚，竊比稷與契[1]」「致君堯舜上，再使風俗淳[2]」的使命感在現實政治中無法具體實踐，因此他對於君臣同心，相得益彰的魚水佳話，更是充滿歆羨景仰之情，於是有意無意間便一再以武侯入詩，藉以彌補他生不逢時的失落感，並寄寓他懷才不遇的忠憤。本詩正是這類弔古傷今兼自寫懷抱的佳作，因此吳瞻泰《杜詩提要》評曰：「弔古須有真性情，乃能發真議論。三、四是入祠堂低徊嘆息之神，唯五、六二句始就孔明發論，結仍歸自己，直將夔州（編按：應是成都才是）血淚，灑向五丈原鞠躬盡瘁之時，此詩人之性情也。不得其性情而貪發議論，則古人自古耳，於詩人何與？」正由於在臨古詠懷時早已鑄入作者的精神志概，融入詩人的血淚性靈，因此寫得沉鬱頓挫，悲愴哀婉，既可以作為鞠躬盡瘁的忠良之頌辭，也可以作為壯志未酬的英雄之輓歌。

　　「丞相祠堂何處尋？錦官城外柏森森」兩句，是以自問自答的開門見山法入題，點出祠堂位置的所在，見出所寫並非夔州的武侯廟。由於採用問答法形成一開一闔的波瀾，便使首聯有了唱嘆頓挫、風神搖曳的情致。由「何處尋」三字，可以想像作者對於武侯心儀程度之深，因此表現出剛到成都不久，就迫不及待要拜謁廟宇，一償宿願的渴望；同時也似乎有暗傳祠宇寥落之意，藉以引起次聯荒涼之景象。黃叔燦《唐詩箋注》說：「先提倡以『何處尋』三字，便有追慕結想之意。」的確很有見地。次句是以「錦官城外」四字勾勒作者望風懷想，不勝企慕之情。「柏森森」三字，既以蓊蓊鬱鬱的形象，渲染古意盎然的歷史情味，又以蕭穆森然的氣派，象徵武侯清高莊嚴的威望，使人凜然敬畏；因此胡以梅《唐詩貫珠》稱「森森」二字有精神，《唐宋詩舉要》也引吳北江之言說：「起莊嚴凝重，此為正格。」作者特別拈出「柏」字，除了相傳祠堂前的參天古柏乃武侯當年手植，可以

增加對於武侯的千古崇仰之情外，還有人品崇高和才幹足可濟世的寄託在內；因此〈夔州十絕句〉其九云：「武侯祠堂不可忘，中有松柏參天長。」〈古柏行〉云：「孔明廟前有古柏，柯如青銅根如石；霜皮溜雨四十圍，黛色參天二千尺。……扶持自是神明力，正直元因造化功。大廈如傾要樑棟，萬牛回首丘山重。不露文章世已驚，未辭剪伐誰能送？」凡此，都可以說明杜甫除了讚嘆孔明之外，還頗有以廊廟之具、構廈之材自許的志概。

「映階碧草自春色，隔葉黃鸝空好音」兩句，是以聲色交融和動靜相襯的手法描寫詩人進入祠廟後所見所聞的景致；於是作者流連其中，睹物思人的低回悵惘之情，也就宛然在目了。詩人特別以「自」和「空」兩個表示慨嘆的虛詞來敷設感傷的情調，於是清幽明麗的景致中便透露出空廓寂寥的況味，寄藏著作者獨自瞻仰遺像和憑弔古廟時寂寞淒涼的感傷。庭草青碧，映階成春，何其娛目？新鶯好音，隔葉清啼，何其悅耳？可是作者特意加上「自」「空」二字之後，意境便迥然不同，似乎寓有天地無知，萬物無情，全然不管人事興衰代謝、古今成敗存亡的暗恨之意，甚至還暗含自己竟不得晤對千古英雄的悵惘之情，因此李因篤說：「三、四點景，語淡而意大，便有俯仰乾坤之概。」（劉濬《杜詩集評》引）范大士《歷代詩發》說：「前四句傷其人之不可見，後四句嘆其功之不能成，憑弔最深。」

「三顧頻煩天下計，兩朝開濟老臣心」兩句，是由景中藏情的虛筆，折入敘事中帶議論，議論中見情志的實筆。「三顧」，見出劉備求賢若渴，虛己下人的誠意；也側寫武侯出處進退之際的謹慎，和去就辭受之間的精審。「頻煩」，則見出知人善任，始終不渝的禮遇和敬重。「兩朝」，寫出鞠躬盡瘁，死而後已的堅毅和精忠；「開濟」，則見出武侯輔國匡時的勳業之大與功績之高。「天下計」，見出武侯雄才大略，故託付之重；「老臣心」，見出拳拳忠藎的圖報之誠。這兩句不僅錘鍊功深，而且議論精闢，把武侯一生的行誼心跡，濃縮成

跌宕頓挫，沉雄勁健的對偶，因此贏得前人一致的推崇[3]；浦起龍《讀杜心解》說：「句法如兼金鑄成，其貼切武侯，亦如鎔金渾化。」楊逢春《唐詩繹》說：「五、六入武侯實寫，總其生平之事業，恫忱而櫽栝出之，熔煉精警。」

「出師未捷身先死，長使英雄淚滿襟」兩句，是由腹聯的無比讚嘆頌揚之情（既有創業開基，濟時守成的才幹，又有心懷天下，憂念蒼生的胸襟），轉而抒發壯志未酬，竟齎志以歿的無限悲愴憤慨之痛。由於腹聯推崇的身價高，蓄積的力道強，翻疊的情感重，因此尾聯如長江大河一氣貫注、奔瀉直下時，便有沛然莫之能禦的萬鈞氣勢，以及動人心魂，催人淚下的感人效果。忠良難挽頹勢，孤臣無力回天的浩嘆，正是普天下英雄豪傑千秋萬世的悲哀，讀來特別讓人感傷，也特別感到沉重，因此王嗣奭《杜臆》說：「乃以伊、呂之具，出師未捷，身已先死，所以流千古英雄之淚者也；蓋不只為諸葛悲之，而千古英雄有才無命者，皆括於此。言有盡而意無窮也。」浦起龍《讀杜心解》說：「七、八慷慨涕泗，武侯精靈定聞此哭聲。」這樣悲切悵恨的肺腑之言，誰不聞之心酸？相傳中唐時王叔文在「永貞新政」失敗後，吟此二句而唏噓泣下；宋代的抗金名將宗澤備受議和派的排擠而有志難伸，憂憤成疾，臨終前還痛吟此聯才溘然長逝！可見尾聯有才無命的浩嘆，的確能觸痛志士肝腸而逼落英雄熱淚！

【補註】

01 見杜甫〈自京赴奉天詠懷五百字〉：「杜陵有布衣，老大意轉拙。許身一何愚？竊比稷與契……。」

02 見杜甫〈奉贈韋左丞丈二十二韻〉：「……自謂頗挺出，立登要路津；致君堯舜上，再使風俗淳……。」

03 李因篤說：「五、六用事，不偏不漏，非公未能如此簡而該也。」（劉濬《杜詩集評》引）仇兆鰲《杜詩詳注》說：「有此二句之

沉摯悲壯，結作痛心酸鼻語，乃有精神。」邵子湘說：「自始至
終，一生功業心事，只用四筆括盡，是如椽之筆。」

【評點】

01 劉辰翁：一字一淚，寫得使人不忍讀，故以為至。（《唐詩品彙》
　　引）

02 王安石：三、四只詠武侯廟，而託意在其中。　○董益：次聯只
　　用一「自」字與「空」字，有無限感愴之意。（《唐詩選脈會通
　　評林》）

03 李因篤：高老絕倫。……結語為萬古英雄才高不遇者統一灑淚！
　　○吳農祥：包括頓挫，自是傑作。宋人丐其餘馥（而妄發議論），
　　萬不能及堂奧一也。（劉濬《杜詩集評》引）

04 張世煒：悲涼慷慨，弔古深情，淋漓於褚墨之間。（《唐七律雋》）

05 金聖嘆：（頷聯）一入「自」字、「空」字，便淒清之極。……
　　第七句「未」「先」字妙，竟似後曾恢復而老臣未及身見之者；
　　體其心而為言也。（《唱經堂杜詩解》）

06 紀昀：前四句疏疏灑灑，後四句忽變沉鬱，魄力絕大。（《瀛奎
　　律髓刊誤》）

07 弘曆：詩意豪邁哀頓，具有無數轉折，後來匹此，唯有李商隱〈籌
　　筆驛〉耳。世人論此二詩，互有短長，或不置軒輊，其實非有定
　　見。今略言之：此為謁祠之作，前半用筆甚淡，五、六寫出孔明
　　身分，七、八轉折而下；當時、後世，悲感並到，正意注重後半。
　　李詩因地興感，故將孔明威靈攝入十四字中，寫得十分滿足；接
　　筆一轉，幾將氣焰掃盡。五、六兩層折筆，末仍收歸本事，非有
　　神力者不能。二詩局陣互異，功力悉敵。（《唐宋詩醇》）

08 邵長蘅：牢壯渾勁，此七律正宗。　○俞犀月：真正痛快激昂，
　　八句詩便抵一篇絕大文字。（《杜詩鏡銓》引）

09 黃周星：嗚呼！詩之感人至此！益信聖人「興、觀、群、怨」之言不妄。（《唐詩快》）

10 周甸：薛逢〈籌筆驛〉詩：「出師表上留遺恨，猶自千年激壯夫。」羅隱〈武侯祠〉詩：「時來天地雖同力，運去英雄不自由。」吁！漢運告終，天嗇其壽，使不能盡展其才，以光復大業；讀二三君子之詩，未嘗不流涕歎息也。（《唐詩三百首鑑賞》）

11 方東樹：此亦詠懷古跡。起句敘述點題，三、四寫景；後半議論締情，人所同有，但無其雄傑明卓，及沉痛真至耳。（《昭昧詹言》）

12 浦起龍：後來武侯廟詩，名作林立，然必枚舉一事為句，始信此詩統體渾成，盡空作者。（《讀杜心解》）

13 沈德潛：（腹聯）驥桓武侯生平，激昂痛快。（《唐詩別裁》）

14 宋宗元：只下「何處」二字，已見祠宇荒蕪。「三顧」至尾，沉雄驥桓，抱負自見。（《網師園唐詩箋》）

15 吳北江：頓轉作收，用筆提空，故異常得勢。（《唐宋詩舉要》引）

139 客至（七律） 杜甫

舍南舍北皆春水，但見群鷗日日來。花徑不曾緣客掃，蓬門今始為君開。盤飧市遠無兼味，樽酒家貧只舊醅。肯與鄰翁相對飲？隔籬呼取盡餘杯。

【詩意】

寒舍的戶外，南北兩邊都有潺湲流動的春水，每天只會看見成群的鷗鳥來這裡覓食和嬉戲，環境相當清幽。舍下的花徑從來不曾因為

即將有客人來臨而打掃過,蓬門也都隨時都關閉著;今天卻因為您的到訪而刻意清理,並且還敞開蓬門來好好歡迎您。因為距離市集非常遙遠,無法為您多準備幾樣可口的菜餚,希望您不會覺得太寒酸;也因為家境貧窘,只有拿隔年釀造的濁酒來招待您了,也請您不要嫌棄……。對了!您是否願意再和我鄰居的老翁喝上幾杯呢?我就隔著籬笆招呼他過來喝完這壺裡的酒,您覺得如何?

【注釋】

① 詩題——本詩作於上元二年(761)春,作者卜居成都浣花溪畔草堂的第二年,時年五十。詩題下原有自注云:「喜崔明府相過。」明府,為唐人對縣令的通稱;崔氏,名事不詳[1]。

② 「但見」句——但見,只見。句謂草堂僻遠,環境清幽,故而不見來客相訪,唯有鷗鳥來此嬉遊,並隱喻自己毫無競逐名利的機心。鷗鷺忘機之典,參見王維〈積雨輞川莊作〉注⑧。

③ 「花徑」二句——緣,因也。意謂交遊冷淡,不曾接待來客,然崔明府之訪,則竭誠歡迎。此二句互文見義,意即:花徑不曾緣客而掃,於今始為君而掃;蓬門不曾緣客而開,於今始為君而開。

④ 「盤飧」二句——飧,音ㄙㄨㄣ,熟食。兼味,不只一味;即有多樣菜肴之意。醅,音ㄆㄟ,尚未濾去雜質糟粕的濁酒;舊醅,隔年的濁酒。趙翼《甌北詩話》謂唐人愛喝新酒而不愛陳酒,可見以舊醅待客,為家貧之窘狀。

⑤ 「肯與」二句——肯,可否、能否,商量詢問之辭。呼取,呼來也;取,助詞,無義。餘杯,指壺中或甕中殘餘之酒,並非杯中殘酒;此實為留客再飲之意。

【補註】

01 金聖嘆《選批唐才子書》引薛廣文之說,以為杜甫的生母姓崔,

而崔明府為其舅氏，並加以推測說：「今看去，恐不是尊行，必是表兄弟。題曰『客至』，是又遠分者；待他之法，客又不純是客，親又不純是親，故知其為遠分表兄弟也。」不過，從第七句恭敬的詢問語和頷聯的熱烈歡迎來看，金氏之說，仍有商榷餘地。

【導讀】

　　杜甫有幾首描寫殷勤招待來訪賓客的詩篇，例如本詩與〈賓至〉〈有客〉等[1]，各有不同的情韻；其中最淳樸自然，也最率真可人的，當屬本篇。本詩前半極力渲染客至之喜悅，後半則重在描寫留客之殷勤。作者採用直接面對賓客交談的口吻，別有親切溫厚的情味，不難想見賓主盡歡的情景；因此黃生《杜詩說》云：「前半見空谷足音之喜，後半見貧家真率之趣。隔籬之鄰翁，酒半可呼，是亦鷗鳥之類；而賓主之兩各忘機，亦可見矣。」

　　「舍南舍北皆春水，但見群鷗日日來」二句，由戶外的環境寫起，描繪出臨江近水的郊居景致，使人如見其〈卜居〉詩中「無數蜻蜓齊上下，一雙鸂鶒對枕浮」的生機洋溢和優閒自在；如聞〈春水〉詩中「已添無數鳥，爭浴故相喧」的活潑熱鬧而覺生動有趣；更彷彿置身在〈江村〉詩中「自去自來堂上燕，相親相近水中鷗」那幅寧靜安詳的春江鄉居圖中，自然便心凝形釋，寵辱偕忘了，因此劉濬《杜詩集評》引朱彝尊之評曰：「妙極天趣。」

　　生活在如此清幽靜謐而又鷗鳥相親的情境裡，詩人既有〈江亭〉詩中「水流心不競，雲在意俱遲；寂寂春將晚，欣欣物自私」的自得其樂與淡泊寧靜，則來訪的賓客具有和主人意氣相投的志趣，也就可想而知了，因此作者才會喜形於色地說：「花徑不曾緣客掃，蓬門今始為君開。」這兩句裡雖無一字言歡，而其歡悅快意之情，早已溢於言表；雖無一語寫喜，而其喜出望外之狀，也已不言可喻了。

　　仔細品讀，可以發現：詩人特意在前三句極寫江村之僻靜和自己

交遊之冷淡，於是第四句的掃花徑和開蓬門以迎客的作為，便顯得鄭重無比，意義非凡；既能曲傳作者興高采烈，欣喜不置的心情，同時也讓崔明府有賓至如歸的感動。由於首聯已經暗示了遠離紅塵，自甘寂寞的意思，而「花徑不曾緣客掃」又翻疊了一層不輕易接待來客的意涵，使得「為君開」三字有了敞開胸懷，熱烈歡迎的形象；因此高步瀛《唐宋詩舉要》說：「層層反跌，一句到題，自然得勢。」再者，首句「舍南舍北」是重出的句法，次句「日日」是疊字修辭，頷聯又是流水對形成的偶句，使得前四句的文氣奔放輕快，頗有行雲流水的節奏感，很能傳達作者爽朗的熱情和暢快的心境。

「盤飧市遠無兼味，樽酒家貧只舊醅」兩句，也是採用互文見義的手法，寫出罄其所有，竭誠待客的場面：雖物薄而情厚，既樸實又親切；讀來彷彿聽到主人頻頻抱歉的謙讓，宛若看到主人殷殷勸酒的熱誠，把村居款客時濃郁淳厚的情味寫得相當真切動人。

「肯與鄰翁相對飲，隔籬呼取盡餘杯」兩句，是以探詢商量的口吻，表現出雙方酒意正酣、酒興正濃與賓主歡樂的情態，也表達主人殷勤留客的意思，因此仍要呼喚鄰翁過來助興。如此出人意表而又別開生面的留客手段，更把雙方情意款洽的熱絡意興——客人捨不得離席，主人捨不得送客——推向另一個高潮，則賓主之相得、言談之投機、胸懷之暢快，便可想而知了。尤其是殘杯冷炙之時，只須隔籬隨口呼喚而不須登門拜請，鄰翁自會欣然應邀，更可以看出鄉叟野老不拘形跡的率真任性；而杜甫融入江村生活的隨興自在，以及這位賓客的爽朗性格，也就傳神生動地表露無遺了，因此楊倫《杜詩鏡銓》引邵長蘅評曰：「超脫有真趣。」筆者以為：儘管黃生《杜詩說》中「他人能作詩中畫，惟杜兼能作畫中人」的評語，原本是針對老杜〈賓至〉詩而發的，其實移來評點本詩，也若合符節。

全詩是以第一人稱口吻書寫，由迎客入鄉居之前介紹環境的欣喜自得，而掃徑開門時的熱情招呼，到讓客勸酒時的絮絮自謙，以及意

猶未盡時的商量詢問和隔籬呼喚，不僅使人如聞其聲，如見其人，深刻地感受到主人傾心善意的坦率熱誠，也使人領略到江村鄉居的生活裡充滿淳樸敦厚的人情味，因此查慎行《初白庵詩評》說：「自始至末，蟬聯不斷；七律得此，有掉臂游行之樂。」顯然老杜在浣花草堂的確有過一段快意自在的歲月，才能寫出這樣語態傳神而形象生動，情味深厚而風趣清新的佳作；雖然和他沉鬱悲壯的當行本色迥然有別，卻自有另一番溫厚雋永的韻致，因此格外耐人回味。

【補註】

01 〈賓至〉：「幽棲地僻經過少，老病人扶再拜難。豈有文章驚海內？漫勞車馬駐江干。竟日淹留佳客坐，百年粗糲腐儒餐。不嫌野外無供給，乘興還來看藥欄。」〈有客〉：「患氣經時久，臨江卜宅新。喧卑方避俗，疏快頗宜人。有客過茅宇，呼兒正葛巾。自鋤稀菜甲，小摘為情親。」

【評點】

01 李沂：天然風韻，不煩塗抹。（《唐詩援》）

02 陸時雍：村樸趣，村樸語。（《唐詩鏡》）

03 黃生：經時無客過，日日有鷗來；語中雖見寂寞，意內愈形高曠。（《唐詩摘抄》）

04 何焯：風雨則思友，況經春積水繞舍，日惟鷗鷺群乎？極寫不至，則「喜」字益發紙上矣。（《義門讀書記》）

05 唐汝詢：〈賓至〉以氣骨勝，此以風韻勝。　〇吳敬夫：臨文命意，如匠石呈材，〈早朝〉必取高華，〈客至〉不妨樸野。昔人評杜詩，謂如周公制作，巨細咸備，以此也。（《唐詩歸折衷》）

06 張世煒：只話家常耳，不見深艱作意之語，而有天然真致；與〈賓至〉詩同一格，而〈賓至〉猶有作意語。雖開元、白一派，而元、

白一生何曾得此妙境？（《唐七律雋》）

07 譚宗：無意為詩，率然而成，卻增損一意不得，顛倒一句不得，變易一字不得。此等構結，淺人既不辨，深人又不肯；非子美，吾誰與歸？（《近體秋陽》）

08 盧麰、王溥：三、四開合了然，五、六直率。……落句作致，在著「隔籬呼取」字。（《聞鶴軒初盛唐近體讀本》）

09 范大士：詩人蕩然謙厚之意，見於言外。（《歷代詩發》）

10 盧世㴇：〈賓至〉〈客至〉二首，別有機杼，自成經緯。（《讀杜私言》）

11 浦起龍：首聯起興，次聯流水入題。三聯使「至」字足意，至則須款也；末聯就「客」字生情，客則須陪也。（《讀杜心解》）

12 張謙宜：（腹聯）每句含三層意，人卻不覺，煉力到也。七、八又商量得妙。（《絸齋詩談》）

140 野望（七律） 杜甫

西山白雪三城戍，南浦清江萬里橋。海內風塵諸弟隔，天涯涕淚一身遙。惟將遲暮供多病，未有涓埃答聖朝。跨馬出郊時極目，不堪人事日蕭條。

【詩意】

從成都遠眺，儘管看不到西邊終年覆蓋著皚皚白雪的連綿峰巒，卻知道那裡有松州、維州、保州的要塞，隨時駐守著防備吐蕃越界侵襲的軍隊，形勢相當緊張而令人擔憂；來到城南清澈的江水邊，則有一座通往東邊故鄉的萬里橋……。順著橋頭遠望，雖然也看不到被戰火阻隔而離散在海內的兄弟們，卻讓我對他們更加牽掛；回顧自己子

然一身，漂泊天涯，淪落異鄉，不禁涕淚縱橫而感慨萬千！經歷了半生顛沛而困頓潦倒的我，只能無奈地把遲暮的歲月交付給多病的身子去消耗、折磨我殘存的生命了；想到自己竟然完全沒有可以報答聖朝的棉薄之力，實在令人愧惶無地！騎馬來到南郊，憂心地極目四望，覺得國勢的衰微、時局的艱難、志業的困阨、骨肉的飄零等人事的境況，都隨著生命的消逝而一天比一天蕭條寥落，可嘆我卻半籌莫展，無能為力……。

【注釋】

① 詩題──老杜集中有五首同題之作，大抵都是在上元二年（761）寓居成都以後極目郊野，撫時感懷之意。

② 「西山」句──首句是以想像之景，點出邊境不寧，流露出憂心國事的不安之意。西山，泛稱西邊的山脈；白雪，詩人憑經驗所懸想的景象¹。戍，駐兵防守；當時形勢，請參見〈登樓〉詩注②。

③ 「南浦」句──南浦，南郊的水邊之地。清江，殆指清澈的錦江，在成都西南。萬里橋，在成都南門外，橫跨江上，杜甫草堂在橋西；蜀漢費禕出使吳國，臨行前對餞別的諸葛亮說：「萬里之行，始於此橋」，故名。

④ 「海內」句──風塵，代指戰亂而言；當時安史之亂尚未完全平定。諸弟隔，杜甫的幼弟杜占隨詩人入蜀，其餘的三個弟弟穎、觀、豐，則天各一方，音訊杳茫。

⑤ 「惟將」二句──惟將，只好把、只能拿。遲暮，晚年歲月；作者時年五十。供，交付而任憑處置之意。供多病，交付給多病之軀去折磨蹧蹋，蓋當時作者已有肺病在身。涓，細流；埃，微塵。涓埃，以一滴水、一粒微塵譬喻其少。

⑥ 「不堪」句──人事，紛擾混亂的世事；仇注引朱瀚云：「國步多艱，皆由人事所致，結句感慨深長。」蕭條，形容衰落、寂寥的

景況。

【補註】

01 西山白雪，舊注以為西山在成都西，主峰終年積雪，又名雪嶺。
三城，舊注謂指松州（今四川松潘縣）、維州（今四川理縣西）、
保州（今理縣新保關西北），與吐蕃鄰界，是西蜀要塞。不過，
從地圖上按比例測量可知：由成都西望，松、維、保三州，都在
一百公里以外，遠超過目視所可及的最大能見範圍之外。因此，
此處的「西山」，應該並非詩人「野望」即可看見，只是泛稱西
邊的山脈；所謂「白雪」，應該只是懸想之景；三城戍，應該也
只是詩人就其所知的情勢點染入詩，以表現對邊患的憂心，應非
極目所見者。楊倫《杜詩鏡銓》引李宗諤《圖經》曰：「維州南
界，岷山連嶺而西，不知其極；北望高山積雪如玉，東望成都若
井底，是西蜀控吐蕃之要衝。」即使其說無誤，岷山也不可能由
成都「野望」得到。

【導讀】

　　本詩大約是作者在上元二年（761）寓居成都以後所作。除了憂
念國事、思念手足的忠愛之忱洋溢滿紙，令人深受感動之外，章法的
嚴謹與呼應的綿密，也值得借鏡。就章法而言，本詩首二句拈出憂國
與思家之意，如雙峰並峙而起，既雄健，又沉穩；中四句或單承，或
雙寫，則奇偶迭用，錯綜變幻；末二句再把思家和憂國之意，兼收並
蓄來奔赴題目，有江河朝海，萬流歸宗之勢。至於呼應之綿密的說明，
則融入以下導讀之中。

　　「西山白雪三城戍，南浦清江萬里橋」兩句，是以對起法開篇，
拈出憂國與思家的情懷，勾勒出詩人獨立蒼茫，心懷天下的形象。首
句是寫朝廷駐軍三座邊城，隨時提防吐蕃的侵擾，形勢之危殆，令人

憂慮驚懼；次句是表示掛念兄弟的流離四散，寄寓思歸不得的愁煩與苦悶。通讀全篇之後可以發現，在這兩句看似平淡無奇的敘述裡，其實已經包籠了全詩所要表達的兩大主軸：憂國之心，無時或紓；思家之情，無時或忘。以下各句，或分疏，或合寫，或近接，或遠承，都由這兩大主軸展開而加以形象化、深刻化和具體化，脈絡極為分明。再者，西山戍兵，可以想像作者遠眺遙想時眼中的焦慮，心頭的驚憂；南浦倚橋，可以想像作者極目天涯、心馳萬里時眸中的茫然與心頭的傷痛。有此二句，則不僅黃生《杜詩說》所謂「目不至而心已至」的「野望」神情，宛然在目；還把場景和視野推拓得遼闊夐遠，蒼茫無際，有助於烘托出日益蕭條的人事感慨，因此方回《瀛奎律髓》評曰：「格律高聳，意氣悲壯，唐人無能及之者。」

「海內風塵諸弟隔，天涯涕淚一身遙」兩句，進一步透露作者的情感內涵。「海內諸弟」和「天涯一身」的思緒，是直承「萬里橋」的意念而來，表現出手足流離星散，各自飄零的悲哀；和自己思念情切，卻難再相聚的傷痛。「風塵」代指動盪不安的局勢和始終不斷的爭戰，是跳接首句的憂國之意，表示安、史之亂迄今尚未完全平定。「隔」字傳達極目遠望而不得見的哽咽之情，「遙」字傳達自傷漂泊的悵嘆之神；筆勢如層波疊浪，搖曳生姿。「涕淚」二字，則是坦率真誠地直抒傷痛了。由作者大約寫於前一年的〈恨別〉：「思家步月清宵立，憶弟看雲白日眠」來觀察，可以看出老杜手足情深，以致日思夜念，無時或忘；無怪乎他會在兩年前所作的〈月夜憶舍弟〉中沉痛地說出：「有弟皆分散，無家問死生；寄書長不達，況乃未休兵」了！就情思內涵而言，出句是憂國與思家之情合寫，對句雖然專就思家之情著墨，卻顯然脫離不了戰爭的陰霾，隱然也有憂國之念，因此浦起龍《讀杜心解》除了說：「國患家難，兩兩繫心」之外，又說：「中四思家憂國，分中有合。」

「惟將遲暮供多病，未有涓埃答聖朝」兩句則是以流水對吐盡情

懷，流露忠悃。「惟將」二字，寫出百計無奈，只得接受現實時悲苦的心境；「遲暮多病」，是承「一身」而來，寫詩人衰頹老病的顧影自憐。「供」字則表現出不得不向衰病投降，只能任憑它糟蹋殘生、折磨壯志的百般無奈；是以千錘百鍊的用字寫出千迴百轉的愁恨，因此除了胡以梅《唐詩貫珠》稱賞「供」字之妙以外，李長祥《杜詩編年》也說：「遲暮多病，下一『供』字，是化平為奇法。」「未有」句，透露出雖懷老驥伏櫪之志，尚思略盡棉薄之力，奈何心餘力絀、的愧恨遺憾；既能深化並豐富「天涯涕淚」的感情內涵，又直承憂國傷時的忠愛之意，因此李鍈《詩法易簡錄》說：「五、六復承『一身』發慨，傳出憂國之心。」

「跨馬出郊時極目，不堪人事日蕭條」兩句，則是總收野望寄慨的因果。「出郊」兩字，遙應「南浦清江」的場景，繳清題目的「野」字；「極目」兩字，遠承西山白雪、橋通萬里、海內風塵而來，點明題目的「望」字。「時」字則是以一而再、再而三的次數之頻繁，表現出東瞻西顧時愁思滿懷，難以撫平的焦慮，以及「白頭搔更短，渾欲不勝簪」的苦悶。換言之，第七句和首聯遙相呼應，使讀者恍然領悟西山、南浦兩句的內容，都是出郊極目時意中所想與所見的景象，於是全詩便有了蟬聯直貫的條理；這種詩末點題而通首皆活的手法，後來柳宗元的〈江雪〉詩運用得更是奇峭險峻，境界全出。第八句則總收全篇，先以「不堪」二字長聲吁嗟，宣洩鬱積的悲苦之情；再以「人事」二字統攝前六句極目感懷的種種心緒：外族的侵擾、安史的叛亂、家園的殘破、諸弟的離散、漂泊的涕淚、遲暮的感傷、衰病的無奈、失意的抑悶、端居的愧疚……，可謂百感交集，根觸萬端，揮之難斷而思之愴然了！何況，國事又一天比一天艱難，局勢又一天比一天危殆，體力也隨著生命的消逝而一天比一天衰弱，作者偏又無法力挽頹勢，只好不堪地任憑它們蕭條寥落下去了！

【評點】

01 陸時雍：後四語率懷書寫。（《唐詩鏡》）

02 梅鼎祚：鏗然蒼然，有韻有骨。　○周秉倫：第四句，悲語；第六忠念。（《唐詩選脈會通評林》）

03 查慎行：中二聯用力多在虛字，結意尤深。（《初白庵詩評》）

04 李因篤：可稱高渾。前四句第五字皆數目相犯，學者宜忌。　○吳農祥：悃愫吐盡，可詠可歌。（劉濬《杜詩集評》引）

05 唐汝詢：子美灰心功業，但睹此人事蕭條，情有不堪，不能無蒼生之意。（《唐詩解》）

06 胡以梅：五、六承四而下，結出「野望」，自有一種大方渾融之氣。起用對偶，對仗亦工。（《唐詩貫珠》）

07 張謙宜：前六句先寫情事索漠，末乃云「跨馬出郊時極目，不堪人事日蕭條」，觸目感傷，言簡意透。（《絸齋詩談》）

08 浦起龍：「三城戍」，提憂國；「萬里橋」，提思家。三、四頂次句，思家之切也；五、六頂首句，憂國之忱也。題中「望」字意，皆暗藏在內。七點清，八總收。（《讀杜心解》）

09 仇兆鰲：此因野望而寄慨也。上四野望感懷，思家之念；下四野望撫時，憂國之情。臨橋而望三城，近慮吐蕃；天涯而望海內，遠愁河北也。五、六屬自慨，末句乃慨世；「出郊極目」，點醒本題。（《杜詩詳注》）

10 楊倫：思家憂國，首二並提，起勢最健。（頷聯）沉著。（《杜詩鏡銓》）

11 黃生：起二句即極目所見，結處乃點明之。「南浦」句雖近景，然以「萬里」為名，則目不至而心已至之，此所以與上句相稱；而人事蕭條，蓋不止目前所見而已。三、四骨肉睽離之感；五、六，闕廷疏遠之懷，此則人事之最切者；跨馬出郊之際，極目傷心，宜首及此。「供」字工甚。遲暮之身，尚思效力朝廷，豈意

第供多病之用？此自悲自恨之詞。（《杜詩說》）

12 紀昀：此首沉鬱。（《瀛奎律髓匯評》）

13 方東樹：收（句）點題出場，創格。此變律創格，與「支離東北」
同。（《昭昧詹言》）

141 奉濟驛重送嚴公四韻 (五律)　　　　杜甫

遠送從此別，青山空復情。幾時杯重把？昨夜月同
行。列郡謳歌惜，三朝出入榮。江村獨歸處，寂寞
養殘生。

【詩意】

　　從遙遠的成都相送而來，不管如何依依難捨，終究還是得在此地
和您鄭重道別；一路上迤邐伴隨而來的多情青山，大概也只能空嘆無
法挽留您而惆悵不已了。昨夜，我們曾經在柔和的月色下攜手同行，
共揮離杯；不知道何年何月才能再度和您把酒言歡呢？您所管轄的郡
邑裡，百姓都歌頌您的治績，也為了您即將離去而惋惜感傷；而您幾
度出鎮數州，襄輔朝政，榮獲三位明君的寵信和恩典，真教人又敬佩，
又羨慕。您走了以後，我只能獨自回到江邊的村居，在寂寞中消磨殘
生了……。

【注釋】

① 詩題—驛，古時供官方郵傳與食宿歇息的交通站。奉濟驛，舊址
在今成都東北的綿陽市外約三十公里處。寶應元年（762），肅宗
薨，代宗李豫即位；六月，召成都尹兼劍南節度使嚴武入朝為太
子賓客，遷京兆尹兼御史大夫。嚴武於鎮蜀期間，曾親至草堂探

望有通家之誼的杜甫，並給予經濟上的援助和生活上的關照，因此杜甫心存感念，便在嚴武入朝時不辭道遠地相伴相送。由於先前杜甫已有〈奉送嚴公入朝十韻〉〈送嚴侍郎到綿州同登杜使君江樓宴〉等贈別之作，因此詩題曰「重送」。四韻，代指八句的律詩。

② 「遠送」二句──遠送，成都至奉濟驛達一百公里以上，故云。青山空復情，謂深情綿長的青山，即使路途遙遠，依舊相隨而來[1]；只可惜遠送至此，仍然無法挽留必須銜命入京的嚴公。

③ 「列郡」二句──列郡，指劍南節度使所管轄的東川、西川各州郡和屬邑而言。謳歌惜，歌頌嚴公治績而惋惜其離川赴京。三朝，指嚴武身歷玄宗、肅宗、代宗三朝。出入榮，謂出將入相，榮盛非凡[2]。

④ 「江村」二句──江村，指成都西郊浣花溪畔的草堂。作者時年五十一，體弱多病，自忖命難長久，故曰殘生。

【補註】

01 古人常在送別時，借山巒形勢的綿延曲折和孤高沉穩來抒發離愁。王昌齡〈芙蓉樓送辛漸〉云：「寒雨連江夜入吳，平明送客楚山孤」、李白〈送友人〉云：「青山橫北郭，白水遶東城」、李頎〈送陳章甫〉云：「青山朝別暮還見，嘶馬出門思舊鄉」等，皆其名句。

02 嚴武曾隨玄宗入蜀，為諫議大夫；肅宗時因房琯之薦而為給事中，後因房琯兵敗而貶巴州刺史，又遷東川節度使；再因破吐蕃有功而官至吏部尚書。

【導讀】

寶應元年（762）六月，成都尹兼劍南節度使嚴武奉召入朝。嚴

武和杜甫原本就有通家之誼，鎮蜀期間不僅親至草堂探視杜甫，並給予經濟上的援助和生活上的關照，因此杜甫憂心嚴武之離蜀返京，不僅將失去相與談讌的知心良友，同時也將會失去生活上的依靠和政治上的倚傍，不免意緒消沉，心境淒惻。換言之，這個經濟上的最大支柱、心靈上的最大安慰和政治上的最大寄託一旦遠去，對五十餘歲而又拙於生計的詩人而言，不啻是生路的斷絕、憂愁的蔓延、苦悶的加劇與希望的落空；因此浦起龍《讀杜心解》說：「（杜）公於嚴去，有如失慈母之悲，不知是墨是淚？」可謂一語道盡老杜徬徨無助的淒苦心境，和前途茫茫，不知何去何從的惆悵迷惘。從杜甫集中奉贈嚴武的詩作就將近三十篇來看，也就不難理解作者對嚴武的倚重之切和依戀之深了；無怪乎他會在送別的目斷魂銷之餘，寫作這一首墨淚合流而「不自知其可憐」（楊倫《杜詩鏡銓》語）的淒愴欲絕之作了。

「遠送從此別」五字，是寫自己依依難捨，因此由超過一百公里外的成都一路伴送至此，即使不忍遽離，卻又終須一別，只能囑咐珍重的無可奈何之意；由此可見雙方的情誼之深，和杜甫的依戀之切。而「從此別」三字，又寓有從此天涯海角，音問難通，生離等同於死別的鄭重，又可見當時的離愁之濃。「青山空復情」五字，是說不獨自己一路相送，連綿的青山也一路相隨而來，似亦眷戀難捨，但是也終究無法挽回離人，只能空枉多情而已。藉青山抒情，更覺得婉轉惆悵，情意綿長；而作者的別緒離愁，也就不言自明了。由於發揮浪漫的聯想，因此首聯顯得丰神搖曳而又酸楚淒惻；江淹所謂「黯然銷魂者，唯別而已矣」，對老杜而言，真是有椎心泣血的體會啊！

「幾時杯重把，昨夜月同行」兩句，是以倒挽的手法曲折地表達後會無期的憂痛，和往事難再的哀傷。按照時間的先後而言，這兩句是說兩人曾在月色下攜手同行，把盞談心，共勸離杯，也許還曾經對著明月發願而寄望於不久重逢；然而亂世飄蕩之餘，風燭殘年的杜甫對於何日能再杯酒盤桓，飲宴談心，其實毫無把握，也實在無法逆料。

詩人採用逆挽語順的方式，先提出「幾時杯重把」的詢問，便把將別之際對於日後相會的嚮往之情，表達得極為親切而熱烈，同時還隱含著重逢無期，後會難定的唏噓與感慨；而後再說出對於「昨夜月同行」情景的眷戀，便又把未別之前月下酣飲，離盃共傳的悽楚感傷，表現得極為深情而纏綿。這兩句看似輕描淡寫的閒話裡，寄藏著作者深婉沉痛的惜別之情，讀來自有一唱三嘆，情靈搖蕩的感受，因此劉辰翁評曰：「餘情別恨，坐想慨然。」（見《宋詩話全編》）

「列郡謳歌惜，三朝出入榮」兩句，是在前半四句純粹抒寫友情之深摯和離情之難捨的基礎上，轉而寫嚴武得到民心的擁戴、功勳的榮顯和君恩的眷寵。有了這兩句的褒揚和敬羨，既表現出嚴武於公於私於民面面俱到的忠愛，也恰如其分地烘托出嚴武的身分地位；更表現出自己了解嚴武不得不離蜀赴京，從此無法再關照自己的為難之處，充分流露出作者對嚴武的敬重和體諒。

「江村獨歸後，寂寞養殘生」兩句，是寫友人遠去之後，自己晚景的淒涼。江村，是指浣花溪畔的草堂；「獨」字既寫其步履蹣跚，蝺蝺涼涼的孤苦形象，也刻劃出頓失倚靠，失魂落魄的心境。「寂寞」既寫出知己遠去之後生活的潦倒困頓，也表現出心境的悲苦冷清，黯淡無歡。「殘生」則進一步寫出風燭殘年的遲暮之悲，見出五十一歲的作者心境之消沉頹廢。結語兩句的酸楚，又正好和腹聯兩句的榮盛形成強烈的反差，更使人在兩相對照之餘，對於作者徬徨無依的心神和悽慘絕望的未來，有了更深刻的體認；想到詩人的〈天末懷李白〉詩：「文章憎命達」，不免深深地為他感到悲哀了。

【評點】

01 方回：此知己之別也。首句極酸楚，末句尤覺徬徨無依。（《瀛奎律髓》）

02 黃生：發端已覺聲嘶喉哽，結處回思嚴去之後，窮老無依，真欲

放聲大哭；雖無「淚」字，爾時語景，已可想見矣。送別詩至此，使人不忍再讀。　○遠送至此，前途再難復進矣，從此遂一別矣。此時離杯在手，幾時再得杯重把？昨夜皓月當頭，幾時再得月同行？分袂之後，青山空在，豈能知我此情之鬱結耶？在公則去思留於列郡，位望冠於三朝，榮已極矣；特已別公之後，殘生寂寞，依藉無人，不堪回想耳。七句緊承六句，以嚴入朝之恩榮，與已獨歸之寂寞，兩兩相形，深悲隱痛，自見言外。（《杜詩說》）

142 聞官軍收河南河北（七律）　　　　杜甫

劍外忽傳收薊北，初聞涕淚滿衣裳。卻看妻子愁何在？漫卷詩書喜欲狂。白首放歌須縱酒，青春作伴好還鄉。即從巴峽穿巫峽，便下襄陽向洛陽！

【詩意】

官軍收復河南、河北的好消息突然傳到劍門山以南的梓州時，乍聽之下真是讓我驚喜交集，百感俱來，激動萬分，不由得老淚縱橫，灑遍衣衫！再看看多年來隨著自己飽嚐流離憂患之苦的妻兒子女，從此可以過一些安定的日子了，原本心中鬱愁的陰霾，便立刻煙消雲散了！本來想要勉強克制雀躍的心情，卻再也按捺不住欣喜若狂的激動，便把詩書胡亂收拾捲起，再也無心閱讀了！一頭白髮的我根本無法再矜持莊重，竟然不自覺地放聲高歌起來；而且還意猶未盡地找出酒來開懷痛飲，大肆慶祝！就趁著這鳥語花香的春光相伴，咱們立刻動身回鄉去吧！就從巴峽放舟而下，像飛箭一般穿過巫峽；再轉往北方直奔襄陽，上岸之後立馬向洛陽出發！

【注釋】

① 詩題──寶應元年（762）冬，唐軍收復了洛陽、鄭州、汴州等地，繼而進軍河北。次年正月，史朝義兵敗自盡，其餘部將皆舉地來降；延續七八年之久的安史之亂，終於正式結束。此時杜甫漂泊到梓州（州治在今四川省三台縣），聞訊後寫作本詩，時年五十二。

② 「劍外」句──劍外，指四川劍閣以南之地，即蜀中一帶；此指作者所在的梓州。薊北，指河北省東北部，也就是安祿山叛軍的根據地范陽一帶。

③ 「卻看」二句──卻看，再看、轉頭看。愁何在，謂愁懷愁容已被歡情歡顏所取代。漫卷，隨手亂捲書冊或手卷，再也無心讀書之意。漫，亦可釋為「不」，則漫卷意謂欣喜若狂地拋書而起，顧不得好好收拾心愛的詩書了。

④ 「白首」二句──白首，一作「白日」；則可能寓有叛亂平定，重見天日的涵義。放歌，引吭高歌。須，必得如此才能宣洩情緒之意。青春作伴，想像返鄉路上將有鳥語花香的明媚春光相伴，更添旅途的歡欣暢快。鄉，作者自注有田園在洛陽；且其先世為襄陽人，自己又出生在洛陽附近的鞏縣，故末句所敘之地名，均可視為故鄉。

⑤ 「即從」二句──巴峽，巴縣（在今四川重慶市附近）一帶江峽的總稱[1]。巫峽，代指長江三峽而言。襄陽，在三峽出口的宜昌縣北，今屬湖北省。作者想像中的返鄉之路是：出峽東下至宜昌之後，便折往襄陽，故曰「下」；下，往也。而由襄陽至洛陽，似乎就可直奔家園了，故曰「向」。

【補註】

01 《華陽國志·卷 1·巴志 10》載其地有明月峽、廣嶼峽、東突峽

等，故巴亦有三峽；《水經注》載由巴至枳（今四川涪陵區）有
黃葛、明月、雞鳴諸峽。

【導讀】

　　寶應二年（763）春，延續七八年之久的安史之亂，終於正式結
束了。漂泊到梓州的杜甫聞訊後，欣喜若欲狂地以飽蘸激情的筆墨，
寫下有「生平第一快詩」之稱的本詩，時年五十二。

　　作者久嚐亂離漂泊之苦，偏又思歸無計，胸中早已蓄積了一腔牢
愁鬱悶的陰霾和悲憤激切的浪潮，如今忽然傳來河北賊穴已經掃平，
故鄉洛陽也已收復這些使人驚喜欲狂的好消息，於是有如霹靂破柱一
般，心中的鬱結苦悶頓時粉碎、消弭於無形；又如春雷乍響，震開了
激盪已久的感情閘門，驚喜的狂濤便挾帶著坼地崩天，排山倒海的氣
勢，噴薄飛湧，盡情宣洩了！此時作者的心靈，早已被興奮激動的浪
濤所淹沒，於是便以不假修飾的口吻，東一言西一語地隨興記錄他悲
感交集，興奮莫名，以至於欣喜若狂到手舞足蹈的模樣；還意猶未盡
地要放懷高歌，縱酒歡慶，甚至鼓動想像的翅膀，騰雲駕霧似地穿峽
越嶺，飛返故鄉去也！由於詩人的心境興奮無比，意氣痛快淋漓，寫
來筆酣墨飽，鋒發韻流，使全篇洋溢著一種令人難以抗拒而又難以言
喻的神奇魅力，只覺節奏明快，氣勢流盪，有如李白遇赦後放舟東下，
才轉眼間，輕舟已過萬重山矣！

　　開篇特別拈出「劍外」二字，是因作者身在梓州，正在劍門關以
南，而由京師南望，梓州又正在劍閣之外的緣故；可見作者時時以京
國為念的忠愛之忱。「忽傳」，是因為安史之亂延續甚久，詩人久盼
河清海宴卻未能如願，已經逐漸打消了返京與回鄉之念，他甚至已經
不存指望，打算終老異鄉了；如今竟然能有天大喜訊傳來，使他重新
燃起希望，因此便以「忽」字表現意外的驚喜，頗有枯木逢春、死灰
復燃的況味。「薊北」則是叛賊的巢穴，如今官軍既已直搗黃龍，犁

庭掃穴，史朝義又已授首殞命，則可謂斬草除根，大功告成矣；從此天下太平與中興再造，皆指日可待，無怪乎作者心中會快慰到欣喜若狂的地步了。「初聞」句寫乍一得知消息的剎那、未經思索的瞬間，作者當下的反應就已經涕淚滂沱，灑滿衣襟了；可見他心中原有的傷痛之深和期盼之切，以及此事的衝擊震撼之強烈與感情波濤之洶湧迅猛了。

而當作者一時之間無法抑制驚喜交集的心神時，他應該是暫時淹沒在排山倒海而來的激動情緒之中；等他稍微回過神來確認訊息無誤，收復河南河北是真實而非夢境時，他便不自覺地「卻看妻子」了。在這個再平凡、再簡單不過的「轉頭看」的動作裡，蘊藏了多少患難與共的不忍、苦盡甘來的悲哀，以及多少溫言軟語的體貼與疼惜，欲言又止的抱歉與內疚……，其實不難想像；再加上「愁何在」三字的深沉自問，更可以看出多少年來作者心中的確積壓著愧對妻子的沉重負擔，因此儘管這七個字像是未經思索般信口道出，卻顯得語近情遙，感人至深！「漫卷」二字，則寫活了一位年逾五十的白髮難民，想要克制激動的情緒，因此強作鎮定地收拾書本，整理思緒；可是卻又實在無法按捺住簡直要盪胸而出的狂喜和大吼大叫的衝動，索性便拋書而起的輕率情狀；甚至連他搔首撓腮，手舞足蹈，不知所措的歡喜模樣，都栩栩如生地活現在讀者的眉睫之前了。

「白首放歌須縱酒」七個字，是直承「喜欲狂」而以形寫神：白髮之人本應老成持重，難得哼唱，如今他不禁要放懷高歌；遲暮之年本應善加珍攝，不宜貪杯，如今他更要縱情痛飲。這一句寫出詩人想要百無禁忌地拋開一切禮俗和掙脫一切束縛的渴望，正是欣喜欲狂的具體情態。而「須」字寫出若不如此放誕任性，就無法宣洩鬱悶、暢快胸懷的味道；以及光是放歌還意猶未盡，必得加上縱酒才能盡興歡慶的神韻，很值得仔細玩索。「青春作伴好還鄉」的「青春」二字，點出時令，喚起黃生所謂「一路花明柳媚，還鄉之際更不寂寞」的愉

快聯想，於是作者便趁著酒酣耳熱的興會淋漓，得意忘形地乘著想像的翅膀，暢快無比地攜著艱苦備嘗的髮妻，瞇著眼睛，騰雲駕霧般地穿過險峽，翻越長途，魂飛故園去了：「即從巴峽穿巫峽，便下襄陽向洛陽」！這種身在梓州，卻心飛江峽，神馳萬里，甚至恍若已經安抵故鄉的快意聯想，更是「喜欲狂」三字的極致展現了。可以說從詩篇開頭的「忽傳」「初聞」盪起心湖的漣漪，鼓動情感的波瀾以後，作者就一氣奔注，蟬聯直下，或隱或顯地逐句渲染他驚喜至極而又欣喜欲狂的情態，直到詩末規劃出讓人心神飛馳的返鄉路線，更是把「喜欲狂」三字所掀起的波濤推向足以使人渾然忘我的最高潮，因此查慎行《初白庵詩話》稱讚說：「由淺入深，自首至尾，一氣貫注；似此章法，香山外罕有其匹。」范大士《歷代詩發》也說：「驚喜之至，層層翻入。」

此外，本詩尾聯的選詞用字，很能傳寫詩人驚喜欲狂的情狀，也相當值得探討。作者以「即從」「便下」兩組語詞來表現迫不及待的興奮之情，並選用「穿」「向」兩個動詞來綰合四個相對的地名，再加上兩個「峽」字、兩個「陽」字的重出，便使文氣順暢，音節流利，讀來迅捷如電，毫無阻澀之感，很能捕捉他手舞足蹈，連蹦帶跳，眉飛色舞的忘形情狀。事實上，由梓州到巴縣的直線距離就達二百公里以上，何況還得循著蜿蜒曲折的涪江南下才能到達巴縣？可是作者卻說「即從巴峽穿巫峽」，一方面表示「欲狂」的欣喜使他樂昏了頭；另一方面也顯示出作者有意營造出重複詞面的當句對來增快節奏，振盪語勢。由於三峽水道湍急而險峻，舟行如飛，故曰「穿」；這個字不僅寫出了作者歸心似箭，以致渾然不覺三峽的急險，也曲折地傳寫出「喜欲狂」的心境。出了三峽之後，必須折而往北約一百五十公里左右才能到襄陽，故曰「下」。「下」是前往的意思，「便下」兩字表現出跋涉長途才告一段落，就迫不及待投入另一段旅程的興奮，仍是「喜欲狂」的具體作為。而由襄陽再往洛陽，雖然還有三百公里左

右，但對作者的心靈距離而言，卻似乎已經舉目可見故鄉了，因此便以「向」字展開坦蕩直奔的氣勢，彷彿轉瞬就可抵達家園了。詩人選用「從」「穿」「下」「向」四個精確無比的單字，和「即」「便」兩個表達斬釘截鐵語氣的虛詞，生動地寫足了興奮莫名與歸心似箭的激情；再加上四個地名展現的空間變換和節奏跳躍，更交織成令人目不暇接、心不暇追的緊湊急遽之感。如此字字急催、句句倉卒的筆調，既使文氣快如閃電，又自然流露出稱心快意的情態，無怪乎浦起龍《讀杜心解》稱本詩為老杜「生平第一首快詩也！」

【商榷】

王嗣奭《杜臆》說：「說喜者云『喜躍』，此詩無一字非喜，無一字非躍；其喜在還鄉。而最妙在束語直寫還鄉之路，他人絕不敢道。」筆者以為這個說法只提還鄉之驚喜，忽略了詩題的「官軍」及「河北」所代表的不忘君國之意和憂念世局之心，並不周延。

朱瀚說：「涕淚，為收河北；狂喜，為收河南；此通章關鍵也。」（仇兆鰲《杜詩詳注》引）仇兆鰲也指出「上四聞收復而喜，下四思急還故鄉也。」儘管比較周延，卻難免有分析過細而稍涉武斷之嫌。其實作者聽到兩河收復而狂喜萬分，他興奮與激動的內涵，自然包含有思家與憂國的情感在內；既不須要硬是區分為淚灑河北而喜收河南，也不須要把詩情割裂為兩截來分別表達收復與思家之情。正於由真情充溢，不分家國，因此能「一氣旋折，八句如一句，而開合動盪，元氣渾然。」（孫洙《唐詩三百首》）

【評點】

01 范溫：古人律詩，亦是一片文章，語或似無倫次，而意若貫珠……此蓋曲盡一人之意，愜當眾人之情，通暢而有條理，如辯士之語言也。（《潛溪詩眼》）

02 顧宸：杜詩之妙，有以命意勝者，有以篇法勝者，有以俚質勝者，
   有以倉卒造狀勝者。此詩之「忽傳」「初聞」「卻看」「漫卷」
   「即從」「便下」，於倉促間寫出欲歌欲哭之狀，使人千載如見。
   （仇兆鰲《杜詩詳注》引）

03 吳瞻泰：倉卒驚喜，信筆直書，語不暇停，使人如聞其聲，如見
   其狀，此全以氣勝，非徒以虛字見巧也。（《杜詩提要》）

04 黃周星：寫出意外驚喜之況，有如長江放流，駿馬注坡，直是一
   往奔騰，不可收拾。（《唐詩快》）

05 李因篤：轉宕有神，縱橫自得，深情老致，此為七律絕頂之篇。 ○
   吳農祥：全首歷落奔射，渾茫無際，想情屬真切，作者亦不知也。
   （劉濬《杜詩集評》引）

06 金聖嘆：此等詩字字化境，在杜律中為最上乘也。 ○「愁何在」，
   妙！平日我雖不在妻子面前愁，妻子卻偏要在我面前愁；一切攢
   眉淚眼之狀，甚是難看。「漫卷詩書」，妙！身在劍外，惟以詩
   書消遣過日，（此刻）心卻不在詩書上。（《唱經堂杜詩解》）

07 黃生：杜詩強半言愁，其言喜者，僅寄弟數作及此作而已。言愁
   者真使人對之欲哭，言喜者真使人讀之欲笑，蓋能以其性情達之
   筆墨，而後人之性情類為之感動故也。……喜極而哭，逼真人情；
   徒然說喜，猶非真喜也。三、四往日愁懷忽然頓釋，此情無可告
   訴，但目視其妻子而已；狂喜之至，則詩書無心復問，急急卷而
   收之。二語亦逼肖爾時情狀。「劍外」，見地；「青春」，見時，
   是杜家數。「青春作伴」四字尤妙，蓋言一路花明柳媚，還鄉之
   際，更不寂寞。（《杜詩說》）

08 毛奇齡：即實從歸途一直快數，作結大奇；且兩「峽」、兩「陽」
   作跌宕句，律法又變。（《唐七律選》）

＊ 編按：胡應麟《詩藪》中曾以尾聯為例，認為老杜好在句中使用
   重出的字眼「頗令人厭」，和毛氏之說不同；可見仁智互見，賞

析難公。又毛氏所謂「實從歸途」一語有誤，蓋老杜當時並未就此還鄉，反而又滯居梓州好一段時日。

09 張謙宜：一氣如話，並異鄉歸程一齊算出，神理如生，古今絕唱也。（《繭齋詩談》）

10 邵長蘅：一片真氣流行，此為神來之作。（《杜詩鏡銓》引）

11 沈德潛：一氣流注，不見句法字法之跡。　○對結自是落句，故收得住；若他人為之，仍是中間對偶，便無氣力。（《杜詩評鈔》）

12 浦起龍：八句詩，其疾如飛。題事只一句，餘俱寫情。得力全在次句。於情理，妙在逼真；於文勢，妙在反振。三、四以轉作承；第五，仍然緩受，第六，上下引脈；七、八緊申「還鄉」。（《讀杜心解》）

13 朱瀚：詳略頓挫，筆如游龍。　○地名凡六見，主賓、虛實，累累如貫珠，真善於將多也。（《杜詩詳注》引）

14 弘曆：驚喜溢於字句之外，故其為詩，一氣呵成，法極無跡。（《唐宋詩醇》）

15 陸嘉淑：狂喜之色，流溢於外。（《杜詩集評》引）

16 錢良擇：預算歸程，寫出狂喜之態。（《唐音審體》）

17 楊逢春：通首一氣揮灑，曲折如意。（《唐詩繹》）

18 方東樹：起四句沉著頓挫，從肺腑流出，故與細利輕滑者不同。後四句又是一氣，而不嫌其直致者，用意真，措語重，章法斷續曲折也。（《昭昧詹言》）

19 譚宗：白首不能放歌，要須縱酒而歌；還鄉無人作伴，聊請青春相伴。句法整而亂，亂而整。（《近體秋陽》）

20 施補華：「劍外忽傳收薊北」，今人動筆，便接「喜欲狂」矣。忽拗一筆云「初聞涕淚滿衣裳」，以曲取勢。活動在「初聞」二字，從「初聞」轉出「卻看」，從「卻看」轉出「漫卷」，才到喜得「還鄉」正面。又不遽接「還鄉」，用「白首放歌」一句墊

之，然後轉到「還鄉」。收筆「巴峽穿巫峽」「襄陽下洛陽」，正說「還鄉」。又恐通首太流利，作對句鎖之。即走即守，再三讀之思之，可悟俯仰用筆之妙。（《峴傭說詩》）

21 李鍈：一氣呵成。第五句「放歌」「縱酒」，承第四句「喜欲狂」作一宕折，再轉出第六句「好還鄉」來，方不逕直。「青春作伴」是加一倍寫法，更見喜躍之至。末二句預計歸程，緊承第六句來，尤為透趣法之顯然者。（《詩法易簡錄》）

22 傅庚生：工部此詩，首二句用「忽」「初」二字，自然感極則悲；而幾年兵凶亂結，瑣尾流離之痛苦，久咽淚海於心，亦須憑藉此際一流瀉也。涕淚「滿」衣裳，淚豈少哉？豈止感極之悲？蓋所蘊蓄者久矣。悲痛盡量宣洩之後，所餘心中者只是一片輕鬆疏快之情，如風馳電掣矣。此時一時興會之所至，失此時際，便無此等好詩也。（《中國文學欣賞舉隅》）

143 別房太尉墓（五律）　　　　　　杜甫

他鄉復行役，駐馬別孤墳。近淚無乾土，低空有斷雲。對棋陪謝傅，把劍覓徐君。唯見林花落，鶯啼送客聞。

【詩意】

淪落他鄉的期間裡，我又一再地輾轉奔波；如今，我（接受老友嚴武節度參謀的邀聘）又要離開閬州而回成都去了，所以特別騎馬來到你的孤墳前停留，要向你正式告別了。在我的淚水灑落之下，附近早已沒有一處是乾燥的泥土了；低曠的天空中，只有孤獨的雲朵黯然徘徊不去。我曾經陪伴風流儒雅的你下棋，回想起當時你談笑自如的

神態，還依稀在目；而今我只能把滿腔誠摯與感念的情誼像吳國季札贈劍徐君一樣，長掛在知己墳前的樹梢，真是情何以堪？當我跨上馬鞍的時候，只見林花紛紛飄落在眼前身旁，使我倍覺悽愴哀傷；我走的時候，更聽見林鶯聲聲啼喚，又使我聞之斷腸……。

【注釋】

① 詩題—房太尉，指房琯，與作者有同鄉之誼；廣德元年（763）卒於閬州僧舍，贈太尉[1]。本詩是作者於廣德二年暮春於閬州將赴成都時作。

② 「他鄉」二句—他鄉，指在閬州而言，蓋杜甫出生於河南鞏縣，閬州非其故鄉。復行役，謂一再輾轉奔走。孤墳，指房琯在閬中市的墳墓[2]。別，因嚴武此時再度鎮蜀，杜甫即將離開閬州回到成都去投靠他，故與老友的孤墳泫然而別。

③ 「近淚」二句—謂痛哭墳前而淚濕土壤，連空曠平野上的浮雲，也為之愁慘徘徊。低空，因平野空闊，故天空顯得低沉。斷雲，孤雲。

④ 「對碁」二句—「對碁」句，是鎔鑄謝安與賓客下棋時接獲謝玄敗符堅於淝水的捷報而喜慍不形於色的典故[3]，回憶生前相處之樂；既切其宰相身分，又推崇其風流儒雅[4]。「把劍」句是引用《新序·節士》所載掛寶劍於亡友墳樹的故事[5]，寫生死如一的深契，並感慨良友已逝，知己難覓；杜甫〈祭故相國清河房公文〉云：「撫墳日落，脫劍高秋。」義同於此。

【補註】

01 房琯（696－763），字次律，河南洛陽人，與作者有同鄉之誼，玄宗幸蜀時拜相。至德元載（756）自請將兵收復京師，乃率領新招義軍討賊，惜於長安西北的陳陶斜（陶，一作「濤」）大敗，

幾乎全軍覆沒；蕭宗乾元元年貶為邠州刺史，上元元年改禮部尚書，尋出為晉州刺史。寶應二年拜特進（按：正二品散官）、刑部尚書，赴京途中遇疾，廣德元年八月，卒於閬州僧舍，贈太尉，葬於今四川閬中市城外。

02 房琯雖曾貴為宰相，卒贈太尉，但身後蕭條寂寞；故杜甫〈祭故相國清河房公文〉云：「殮以素帛，付諸蓬蒿；身瘞萬里，家無一毫。」且房琯之長子乘，自幼即雙目失明；庶子孺復，年幼而未能擔起家務，故去世不過半年，墳塚即已荒蕪寥落。

03 《晉書‧列傳第四十九‧謝安傳》載淝水之戰時「（謝）玄等既破（苻）堅，有驛書至，安方對客圍棋，看書既竟，便攝放床上，了無喜色，棋如故。客問之，徐答云：『小兒輩遂已破賊。』」

04 「對碁」事，可能是追憶生前兩人弈棋之相親，也可能是憑弔孤墳時擺棋與房公的英靈對弈；或者本無其事，作者意在借弈棋之風雅，來迴護房公因聽董庭蘭彈琴而遭物議之事；參見李頎〈聽董大彈胡笳弄兼寄語房給事〉注①。

05 此事《史記‧吳太伯世家第一》所載較簡略，劉向《新序‧節士》篇所載則較詳盡：「延陵季子將西聘晉，帶寶劍以過徐君，徐君觀劍，不言而色欲之。延陵季子為有上國之使，未獻也，然其心許之矣。使於晉，顧反，則徐君死於楚，於是脫劍致之嗣君。從者止之曰：『此吳國之寶，非所以贈也。』延陵季子曰：『吾非贈之也，先日吾來，徐君觀吾劍，不言而其色欲之，吾為上國之使，未獻也。雖然，吾心許之矣。今死而不進，是欺心也。愛劍偽心，廉者不為也。』遂脫劍致之嗣君。嗣君曰：『先君無命，孤不敢受劍。』於是季子以劍帶徐君墓即去。徐人嘉而歌之曰：『延陵季子兮不忘故，脫千金之劍兮帶丘墓。』」

【導讀】

　　杜甫和房琯是同鄉的布衣之交，也是政治上患難與共的知己。杜甫曾經稱讚房琯是有大臣風範的「醇儒」，因此在房琯卒後，杜甫感念彼此平生交分之深與情誼之摯，寫了〈祭故相國清河房公文〉；而在即將離開閬州返回成都和再度鎮蜀的嚴武重聚之前，便特地駐馬謁墓，拜別房琯，而有本詩之作，由此可見杜甫生平與朋友交往時生死如一的忠誠。這種發乎至情至性的交誼，不論是表現在為李白、為嚴武，或者是為房琯而作的詩篇中，都同樣融入了感人肺腑的深情。我們只看房琯在兵敗陳陶斜之後，面臨著嚴峻險惡的政治傾軋和陰謀鬥爭而即將罷相時，作者竟然不惜以自己得來不易的拾遺官職為賭注而敢於上疏迴護、挺身相救的勇氣，就可以了解到杜甫這個人不僅具有儒者風範，甚至還有幾分李白的俠骨奇氣了。由於具有這種忠愛的性格，因此當他把對待朋友的真情昇華為對國家社會的關懷時，自然就流露出憂念時代亂離，悲憫蒼生疾苦的仁者襟懷；形諸筆墨時也就能深入黑暗社會的底層，替動盪不安的時代留下真實的見證，因此才能贏得「詩史」的美名和「詩聖」的桂冠。

　　本詩前半是寫臨墓哀泣的苦境苦情。「他鄉復行役，駐馬別孤墳」兩句，在層層堆砌之下，有了相當豐富的意涵：

＊抒發漂泊異鄉之感，此其一。

＊漂泊中又輾轉奔走，萍蹤難定，備嘗艱苦，此其二。

＊就在自身已因行役四方而頗覺悽涼之際，又得拜別故人墳塚，更是悲從中來，此其三。

＊何況對方又是曾經貴為宰相，如今卻只棲身在蕭瑟冷清的孤墳之中，更是情何以堪，此其四。

＊再加上故人又是曾經對自己有提攜關照之恩，而自己又曾經對他有捨官迴護之義的深契之交，則哀悼之痛，不言可喻，此其五。

＊尤其是自己羈旅漂泊，越客越遠，和自己同鄉的房琯在晚年也宦

遊諸州而客死異鄉,竟不能歸正首丘,更是讓自己慨歎良深;因此,次句的「孤墳」便含有無法落葉歸根,安葬於祖先墓園的莫大遺恨在內,此其六。

＊除此之外,房琯生前又有清廉之名,因此「孤墳」二字又似乎有意無意之間流露出對他生前清貞的褒崇、晚年坎坷的同情以及身後蕭條的哀傷,此其七。

　　正由於種種不堪回首的前塵往事,和思之黯然的恩義心契,就在與孤墳話別時齊上心頭,都來眼前,不禁使杜甫摧痛肝腸,聲淚俱下,因此他說:「近淚無乾土」!作者把傷心之痛化為濕土之淚,便使抽象的情感化為可見可聞的具體情狀,很能傳達作者心中的深痛,因此黃生《杜詩說》評曰:「人只從眼中寫淚,此卻從土上寫淚,使沾巾、濕衣等語一新;又出真情,非同矯飾,宜其性情與筆墨並存千古也。」

　　由於前三句側重抒情,而又寫得沉哀入骨,因此第四句「低空有斷雲」便盪開一筆,借景傳情。「低空」,一方面是由於平野空曠,因此天空顯得低沉,而孤墳也就更形孤獨無儔;另一方面,也可能是因為作者淚眼模糊的緣故,才讓原本高迥的穹蒼顯得低垂。「斷雲」者,孤雲也;孤雲浮盪,無依無靠,正如房公漂泊而不得返鄉的亡魂,也像自己漂泊西南而不得安居的心境,更像房公一逝不返之後自己淒涼孤單的心魂一般。有了這片孤雲來渲染愁慘無依的氣氛,自然平添哭墓哀悼時的淒愴情懷,同時也隱約表示連孤雲都被自己的斷腸痛哭所感動而伴人哀戚,則房公英靈不遠,想必也深有感觸而在九泉之下黯然銷魂;因此楊倫《杜詩鏡銓》說:「生死交情,令人心惻。」

　　本詩後半是寫墳前的追慕和臨別的留連。「對碁陪謝傅,把劍覓徐君」兩句,是以典故說明兩人生前的交誼和死後的情義;除了表現出房琯能折節下交(而自己也以心相許)的高義之外,還稱許房琯氣度之恢弘、舉止之從容,並感慨摯友一去之後,知音難覓。「對碁」句除了可以釋為追憶昔日相處之親切以外,也可以釋為杜甫在墳前擺

一局棋而與房公之英魂對弈；不論是追憶懸想或以心棋相對，都是情義深重的表現。這兩句不僅運典渾融，文約義豐，而且情態生動，逼人眼目，自然使人被雙方幽明異途而情親如生的恩義所感動。

「唯見林花落，鶯啼送客聞」兩句，是由撫今追昔的傷痛之中，折回現實的環境，再度借景物來烘托情感：低空孤雲的愁慘陰沉，花落鶯啼的迷離恍惚，自然把蕭疏冷清的環境點染得幽深悄愴，氣氛也烘托得陰鬱淒涼，令人黯然神傷。尤其當作者強忍別懷，強抑悲淚，跨馬而去的時候，身後聲聲鶯啼，如怨如慕，如泣如訴，而林間片片落花則忽然而來，或沾衣袖，或拂鬢髮，或飄眼前，或墜身後；種種情景，都像是老友殷勤的勸留，也就更加使人情懷撩亂，悲不自勝了！

【補註】

01 見《全唐文》卷 360 所收杜甫〈奉謝口敕放三司推問狀〉。

【評點】

01 劉辰翁：「他鄉復行役，駐馬別孤墳」，鍾情苦語。（末句）好景，淒絕。（《唐詩品彙》引）

02 方回：第一句自十分好。他鄉已為客矣，於客之中又復行役，則愈客愈遠；此句中折旋法也。「近淚無乾土」尤佳；「淚」一作「哭」，可謂痛之至而哭之多矣。「對棋」「把劍」一聯，一指生前房公之待少陵如何，一指身後少陵之所以感房公者為何如；詩之不苟如此。（《瀛奎律髓》）

03 謝榛：詩中「淚」字，……多有出奇者，潘岳曰：「涕淚應情傾」，子美「近淚無乾土」。（《四溟詩話》）

04 趙雲龍：用事典切。末語多思，愈覺惆悵。 ○吳山民：三、四語悲，下句更悲。（《唐詩選脈會通評林》）

05 馮舒：不謂之「詩聖」不可。 ○紀昀：情至之語，然卻不十分

精警，三句太著跡，須是四句一旁托。五句「陪」字不似追敘，且復「對」字。（《瀛奎律髓匯評》）

06 黃生：唐仲言云：「滴淚之多，土為之濕；哀傷所感，雲為之斷。」余謂三實事，四形容；然四自然，三著力，必先有下句，後成上句耳。……五昔日，六今朝，各藏頭二字。「見」「聞」並用，入對易，入結難，此處極安頓得法。「花落」「鳥啼」，與〈蜀相〉一聯法同，然語氣自有傷今弔古之別。三、四是來時痛哭，七、八乃將去留連，情景無一不盡。（《杜詩說》）

07 吳喬：（首聯）有三層苦境苦情。（頷聯）上句意中事也，下句不知從何而來？在今思之，實有然者，當是意因境生也。（《圍爐詩話》） ○融情入景，如少陵之「近淚無乾土，低空有斷雲」；寄情於景，如嚴維之「柳塘春水漫，花塢夕陽遲」。哀樂之意宛然，斯盡善已。（〈答萬季野詩問〉）

08 仇兆鰲：上四墳前哀悼，下四臨別留連。「行役」，將適成都；淚霑土濕，多哀痛也；斷雲孤飛，帶愁慘也。顧注：「對棋」，平日相與之情；「把劍」，死後不忘之誼。結聯以「聞」「見」二字，參錯成韻；本謂別時不見有送客之人，送客者惟有落花啼鳥耳。（《杜詩詳注》）

* 編按：仇氏又引錢謙益箋云：琯為宰相，聽董庭蘭彈琴，以遭物議。李德裕〈遊房太尉西池〉詩注：「房公以好琴聞於海內。」此詩以謝傅圍棋為比，蓋為房公解嘲。劉禹錫〈和李德裕房公舊竹亭聞琴〉云：「尚有竹間露，永無棋下塵。」圍棋無損於謝傅，則聽琴何損於太尉耶？語出迴護，而不失大體，可謂微婉矣。

144 登樓（七律）　　　　　　　　　　杜甫

花近高樓傷客心，萬方多難此登臨。錦江春色來天地，玉壘浮雲變古今。北極朝庭終不改，西山寇盜莫相侵。可憐後主還祠廟，日暮聊為梁父吟。

【詩意】

　　在干戈擾攘不斷，局勢動盪不安，天下多災多難的時候，滿腹心事的我登上這座高樓，獨自遊目展眺。當樓畔盛開的姹紫嫣紅突然撲面而來時，使我驚覺客居異鄉匆匆又是一年，不禁根觸百端，黯然神傷……。清澈的錦江從遙遠的天地邊際浩浩蕩蕩而來，也為人間帶來了明媚的春光；玉壘山前聚散飄忽的浮雲，似乎正不斷地搬演著古往今來滄桑變化和興衰成敗的幻象，使我頗有感觸。我大唐朝廷的政權鞏固，正如眾星拱衛的北極星，永遠熠耀中天，屹立不動；西山的吐蕃啊！不必再白費氣力地前來侵擾搗亂了！連最平庸無能的後主阿斗，都還能仰仗孔明的輔佐而保有四十年宗廟社稷，想來可悲，亦復可嘆！而今能夠扶傾持危的賢臣安在？我卻只能對著蒼茫的暮色，徘徊樓中，反復低吟孔明躬耕南陽時最常誦讀的〈梁甫吟〉……。

【注釋】

① 詩題—代宗廣德二年（764）春，杜甫由閬州返回成都，打算投靠出任成都尹兼劍南節度使之好友嚴武。本詩約作於初回成都時。

② 「萬方」句—廣德元年春，安史之亂才剛平定；十月，吐蕃入寇，陷長安，代宗倉皇出奔，吐蕃立廣武王李承宏為傀儡。後郭子儀會合各路兵馬，收復京師，代宗復位。年底，吐蕃再犯西南邊境，破松、維、保等州，西川節度使高適不能救。未幾，劍南、西川

數州又淪陷。廣德二年時,吐蕃的威脅雖稍緩,然宦寺專權與藩
鎮割據之危局,始終未解。當時全國人口僅剩約一千七百萬,較
天寶十四載已銳減十分之六七矣[1]。種種內憂外患紛至沓來,故曰
「萬方多難」。「此登臨」的「此」字,兼有此時、此地之義,
也隱含無可如何、僅能如此的感慨。

③ 「錦江」二句──意謂:錦江由遙遠的天地邊際浩蕩流湧而來,為
人間帶來無邊春色;而玉壘山聚散飄忽的浮雲,倏起倏滅、變幻
詭譎,正如興衰成敗的滄桑世變。錦江,又名汶江,流經成都西
南,為岷江支流之一;參見〈蜀相〉詩注③。玉壘,山名,在今
四川汶川至都江堰市以西,距成都約七十公里;舊注引《名勝志》
曰:「玉壘山在灌縣西,眾峰叢擁,遠望無形,唯雲表崔嵬稍露。」

④ 「北極」二句──北極,居天庭之中的北極星,可代指天子、京城
或國祚;《論語‧為政》:「為政以德,譬如北辰,居其所而眾
星拱之。」終不改,謂李唐皇室乃天命所歸,政權穩固,終非叛
軍或外族所能顛覆或動搖者。西山,泛稱西邊的山脈。寇盜,指
吐蕃而言。

⑤ 「可憐」句──還祠廟,還能祭拜宗廟社稷,意即延續國祚四十年
(223－263)。高步瀛曰:「蓋意謂後主猶能祠廟三十餘年(按:
應為四十年),賴武侯為之輔也。傷今之無人也,故聊為〈梁甫
吟〉以寄慨。」筆者以為此說值得參考[2]。也可以釋為:昏庸一如
後主,人猶立廟祠祭,使之能享萬代血食;可知我朝既為正統,
君臣同心,應不致為夷狄所顛覆也。

⑥ 「日暮」句──日暮,既實寫黃昏時分,表示棲遲樓頭之久,也含
有國事日蹙的象徵意義。聊,含有雖不甘如此,卻僅能如此之意,
頗見無可奈何的悵惘之情。梁甫吟,《三國志‧諸葛亮傳》載亮
躬耕之餘,好詠〈梁甫吟〉。按:相傳為諸葛亮所作的〈梁甫吟〉,
內容是齊景公用晏嬰之計而有「二桃殺三士」之事;似乎頗有警

惕人臣當留心君王愛憎善變，用人不終之意。倘諸葛亮高臥隆中而常吟此篇，或有警惕自己慎擇明主，勿輕涉世務，以免重蹈覆轍的用心。至於杜甫空懷報國之志，卻苦無效命之門，面對艱危時局，僅能以武侯尚未顯達前的〈梁甫吟〉來寄懷遣興，應該含有未得識拔，空負幹才之悲；或者也有力能旋乾轉坤的今之武侯安在的悵嘆，以及自己年邁齒暮，難乎有為的憂悶存焉。

【補註】

01 見沈明得〈唐代全國人口數字之檢討〉，興大歷史學報第 10 期，2000 年 6 月。

02 錢謙益以為此句意在諷刺昏君奸臣之誤國：「其以代宗任用程元振、魚朝恩，致蒙塵之禍，而託諷於後主之用黃皓乎！」然而以杜甫的忠君愛國之忱而言，應不至於甘冒大不韙，放膽譏斥代宗為亡國之君。何況，代宗為當今居位踐祚的聖上，以死後享有祠祭的亡國阿斗相擬，不僅不倫不類，而且還有詛咒讖誣之嫌，只怕有可能招來抄家滅族之禍，老杜應不致如此放肆。

【導讀】

代宗廣德元年（763）春天，官軍收復了河南、河北地區，詩人打算離蜀東下，返回家鄉，卻因劍南兵馬使徐知道叛亂，只好避亂於梓州（今四川三台縣）、閬州（今四川閬中市）而未能成行。第二年春天，因好友嚴武將出任成都尹兼劍南節度使，老杜心中又燃起出仕的希望，於是由閬州返回成都。本詩大約就作於初回成都時。

「花近高樓傷客心，萬方多難此登臨」兩句，是以倒裝句順起筆，使語勢顯得突兀峭折而引人注意：花滿樓前，原為娛目賞心的美景，如今竟然惹客傷心，自然令人驚奇詫異，產生使人急欲一探究竟的效果；次句便逆筆折入交代其總體的原因是「萬方多難」，才使人恍然

領悟見花傷心的反常現象，是由於內憂外患交相煎迫所致。因此施補華《峴傭說詩》也說：「起得沉厚突兀，若倒裝一轉：『萬方多難此登臨，花近高樓傷客心』，便是平調。此祕訣也。」正由於倒裝逆折而入，才形成動魄驚心的效果，從而使全篇籠罩在悲嘆感慨的氣氛中。

「花近高樓」四字，寫出繁花逼人眼目而又撲面蕩胸而來的態勢，可以想像作者登臨之時，原本可能若有所思，漫不經心，直到看見繁花滿眼，才突然產生詫異之感。詩人不寫「客傷心」，而是把「傷」字安排在「客心」之前，更能表現出繁花有意觸惹異鄉遊子傷心的主體性，也把「近」字的逼臨之感，和突然闖入眼中而使人悚然驚訝的動態感，完全呈現出來，於是詩人原先登樓時因何而若有所思，也就更加耐人尋味了。

「萬方多難」正是對於前面七字所引起的兩層疑惑——何以見花傷心，何以若有所思——的解答，寫得包覆天地，而又語悲意遠，因此自有盱衡當世、蒿目時艱的蒼涼之感。再加上「此登臨」三字包括有孤子此身、傷痛此際、悽涼此心，卻又無可如何，僅能登此高樓覽眺而幽思百端的豐富涵義，便使人有「前不見古人，後不見來者，念天地之悠悠，獨愴然而涕下」的悲壯感；因此《唐詩選脈會通評林》引周珽之言說：「酸心之語，驚心之筆，落紙自成悲風淒雨之狀。」正由於老杜胸懷天下，憂國憂民，破題便有無限感慨，因此金聖嘆《聖嘆選批杜詩》說：「傷心原不在花，在於萬方多難，一到登臨之際，忽已如箭攢心。」

首聯短短十四個字，竟能有急流激石的逆折之勢，又能有涵括天地的渾厚之氣，同時還有由高樓的聳拔和萬方的夐遠所形成的立體感和壯闊感，以及由「萬方」的廣袤和「此」的渺小相互映襯後所凸顯出的孤獨無助之感，不僅可以和陳子昂的〈登幽州臺歌〉並美，其意涵之豐富、感慨之深刻也遠勝王粲的〈登樓賦〉了！

　　「錦江春色來天地，玉壘浮雲變古今」兩句，則是登覽所見與意想中之景象，而且景中藏情，比興遙深；不僅時局世變，包孕無遺，而且意象超遠，相當耐人尋味。出句是向空間極力開拓視野所見，對句是就時間極力馳騁想像所得，表現出詩人吞吐天地、俯仰古今的胸襟氣魄之宏闊高朗，的確遠非常人所能及。尤其是出句在明媚中有浩蕩，對句在蒼茫中有雄奇，正好剛柔相濟地調和成闊大悠遠而又宏麗奇幻的境界，既具有讚嘆頌揚的熱情，又涵有興衰成敗的沉思，可謂渾融飽滿，妙趣天成，因此葉夢得《石林詩話》說：「七言難於氣象雄渾，句中有力，而紆徐不失言外之意。自老杜『錦江春色來天地，玉壘浮雲變古今』與『五更鼓角聲悲壯，三峽星河影動搖』等句之後，常恨無復繼者。」他所謂的「氣象雄渾」，意謂著豪放蒼勁的陽剛之奇；而「紆徐言外」，則意謂著含蓄婉約的陰柔之美。這兩者原本是屬性殊異甚至勢如水火的兩極對比，唯有匠心獨運、巧奪天工的大師，才能把它們調和折衷，熔於一爐，冶煉出渾融圓滿而又妙趣天成的藝術結晶。由於老杜能夠把陽剛和陰柔兼收並蓄，讓雄放和婉約相映成趣，因此才使頷聯既具有磅礴的氣勢而壯人心目，又涵有深遠的韻致而耐人咀嚼。

　　至於頷聯中「紆徐言外」的深意究竟是指什麼呢？王嗣奭《杜臆》說得好：「言錦江春水與天地俱來，而玉壘浮雲與古今俱變，俯仰宏闊，氣籠宇宙，可稱奇傑。而佳不在是，止借做過脈起下。云『北極朝廷』如錦江水源遠流長，終不為改；而西山之盜如玉壘之雲，倏起倏滅，莫來相侵。」換句話說，這兩句既承首聯寫登樓所見所想，又開啟腹聯抒發議論之契機，表面上只是描寫景物的賦筆，卻又義涵比興，符合謝榛《四溟詩話》所說的：「情融乎內而深且長，景耀於外而遠且大。」因此方回《瀛奎律髓》說頷聯：「景中寓情，後聯卻明說破道理，如此豈徒模寫江山而已哉？」可見其中所寄藏的憂國傷時之意，的確是既曲折又深刻，值得仔細玩味。胡應麟《詩藪》說：「七

言律，壯偉者易粗豪，和平者易卑弱，深厚者易晦澀，濃麗者易繁蕪。寓古雅於精工，發神奇於典則，熔天然於百煉，操獨得於千韻，古今名家，罕有兼備此者。」衡諸本聯，正是兼備其美而又絕無偏枯之弊的鳳毛麟角了。

「北極朝廷終不改，西山寇盜莫相侵」兩句，既直承頷聯所寄託的深意而落實為議論，也回應首聯「傷客心」「萬方多難」二語而抒發作者忠君憂國的情懷；針線綿密聯貫，脈絡清晰可尋。第五句是以北極星居於北天正中的位置，象喻李唐政權之大中至正，雖或有雲霧翳蔽於一時，終必熠耀中天，眾星拱衛。第六句則敬告吐蕃勿再白費心機，輕啟邊釁。仔細玩味，這兩句的語氣似乎堅定果決，態度似乎莊重嚴肅，卻又隱藏著憂懼不安的心思，因此王嗣奭說：「曰『終不改』，亦幸而不改也；曰『莫相侵』，亦難保其不侵也。『終』『莫』二字，有微意在。」喻守真《唐詩三百首詳析》說：「上句是喜神京的光復，下句是懼外患的侵陵；一憂一懼，曲曲寫出詩人愛國的心理。」這些以火眼金睛直探騷心的提示，的確都使人有醍醐灌頂、豁然開朗之感。

「可憐後主還祠廟，日暮聊為梁父吟」兩句，前句是以愚庸的後主得武侯輔佐，尚且能夠保住宗廟社稷，凸顯我朝之正統、皇胤之英明，終不容吐蕃覬覦侵凌。後句的「日暮」既表示徘徊樓頭之久，以見憂思不斷，又象徵國勢日蹙；同時還含有嘆老嗟卑、時不我與而難乎有成的感慨。悵吟〈梁甫〉，一方面是以武侯自許，另一方面是以空負幹才而不得施展自嘆，同時還可能含有今之武侯安在，只能悵吟樓頭，憂思難已的寄託；讀來滿紙感傷，令人鼻酸。因此王嗣奭說：「尾句用〈梁甫吟〉，蓋傷其時無諸葛；若有諸葛，則後主雖庸，而黃皓自不敢放肆。」

除了方回選本詩為「登覽」範例的名作之外，歷代詩評家也都給予極高的評價：胡應麟《詩藪》以為本詩和〈登高〉〈秋興〉等作是

「老杜七言律全篇可法者，氣象雄蓋宇宙，法律細入毫芒，自是千秋鼻祖。」邵長蘅說：「此是杜集中有數五好。登臨氣壯，憑弔傷心，可謂揚之高華，抑之沉實。」（《五色批本杜工部集》）沈德潛《唐詩別裁》也譽本詩為杜集中最上乘之作；紀昀嘆曰：「何等氣象！何等寄託！此種詩如日月終古常見，而光景常新。」（《瀛奎律髓匯評》）胡本淵說：「律法極細，隱衷極厚，不獨以雄渾高闊之象，陵轢千古。」（《唐詩近體》）由此可見本詩藝術成就之高了。

【評點】

01 劉辰翁：（尾聯）謂先主廟中乃亦有後主，此亡國（者）何足祠？徒使人思諸葛〈梁甫吟〉之恨而已。〈梁甫吟〉亦興廢之感也。（《宋詩話全編》引）

02 方回：老杜七言律詩一百五十九首，當寫以常玩，不可暫廢。今「登覽」中選此為式。（《瀛奎律髓》）

03 王嗣奭：此詩妙在突然而起，情理反常，令人錯愕，而傷心之故，至末始盡發之，而竟不使人知，此作詩者之苦心也。「萬方多難」，固可傷心，意猶未露，不過揭出「登臨」二字耳。首聯寫登臨所見，意極憤懣，辭卻寬泛，此亦急來緩受，文法固應如是。　○結語忽入後主，必非無為，而未有能知之者。蓋後主初年，亦無他過，而後來一用黃皓，遂至亡蜀。肅、代信任李輔國、程元振、魚朝恩，正與後主之任皓無異。雖有賢臣如李泌、子儀輩，而不得展其略，蓋幸而不亡耳。公因萬方多難，深思其故，不勝憤懣，無從發洩而借後主以洩之。公屢遊先主廟，後主從祀，亦素懷不平，故有感而發。且云日已暮矣，天下事無可為矣，『聊為梁甫吟』，為當時有孔明之才而不得施者一致慨焉，此其所為傷心者也。傷心之極，故高樓之花，最堪娛目，而反以為恨也。（《杜臆》）

04 查慎行：發端悲壯，得籠罩之勢。（《瀛奎律髓匯評》） ○破題多少感慨，他人便信手點過。（《初白庵詩評》）

05 李因篤：造意大，命格高，真可度越諸家。 ○吳農祥：一起駭嘆，唐人無能為此言者。接二語壯闊，而時趨勢變，亦全包於此。結語另有寄托，自是奇警。（《杜詩集評》引）

06 周敬：三、四宏麗奇幻，結含意深渾，自是大家。（《唐詩選脈會通評林》）

07 黃生：尾聯之寓意深曲，更萬非（後人）所及也。錦江、玉壘、後主祠廟，登臨所見；北極朝廷、西山寇盜，登臨所懷。錦江、玉壘，興而比也、北極、西山，賦也。後主祠廟，賦而比也。風景不殊，人情自異，因萬方多難，故對花亦自傷心耳。錦江春色，依舊來天地；玉壘浮雲，一任變古今，承上啟下之辭。古今遞變如浮雲，以治亂興亡相尋不已也。然今日國祚靈長，如天時終古不忒，雖有小丑，安能為患？故若呼寇盜而告之，語雖警寇盜，而意實諷朝廷，故終托喻後主。而〈梁父吟〉成，則比己登樓有作焉爾。廣德二年，吐蕃陷京師，代宗出幸奉天，賴郭子儀收復，乘輿反正，五、六蓋謂此。代宗親任宦豎，疏遠忠良，正與後主相似。祠廟雖曰即目諷諭，實極深切。……謂諸葛當躬耕時年尚少，故遭際未為遲暮；今已雖以諸葛自負，其年豈能待乎？亦聊效梁父為吟而已。此意全在「日暮」二字見之。鏡花水月，有象無痕，吾蓋不測其運筆之所以神、所以化矣。全詩以「傷客心」三字作骨。（《杜詩說》）

08 楊逢春：通首即景攝情，以情合景，融洽互顯，一氣頂接。體格極雄渾，作法亦極細密。（《唐詩繹》）

09 仇兆鰲：上四登樓所見之景，賦而興也；下四登樓所感之懷，賦而比也。以天地春來，起朝廷不改；以古今雲變，起寇盜相侵；所謂興也。時郭子儀初復京師，而吐蕃又新陷三州，故有「北極」

「西山」句，所謂賦也。代宗任用程元振、魚朝恩，猶後主之信黃皓，故藉詞託諷，所謂比也。〈梁甫吟〉，思得諸葛以濟世耳。傷心之故，由於多難；而多難之事，於後半發明之。其詞微婉而其意深切矣。（《杜詩詳注》）

10 浦起龍：聲宏勢闊，自然傑作，須得其一線貫串之法。……論眼內（所見），則三、四實，五、六虛；論心事，則三、四影，五、六形也。（《讀杜心解》）

11 楊倫：首二句倒裝突兀，結意深，亦是登樓所感。……傷時無諸葛之才，以致三朝鼎沸，寇盜頻仍，是以吟想徘徊，至於日暮而不能自已耳，並自傷不用意亦在其中，其興寄微婉若此。（《杜詩鏡銓》）

12 宋宗元：雄渾天成，籠罩一切。（《網師園唐詩箋》）

145 韋諷宅觀曹將軍畫馬圖歌（七古） 杜甫

國初已來畫鞍馬，神妙獨數江都王。將軍得名三十載，人間又見真乘黃。曾貌先帝照夜白，龍池十日飛霹靂。內府殷紅瑪瑙盤，婕妤傳詔才人索。盤賜將軍拜舞歸，輕紈細綺相追飛。貴戚權門得筆跡，始覺屏障生光輝。

昔日太宗拳毛騧，近時郭家獅子花。今之新圖有二馬，復令識者久歎嗟！此皆戰騎一敵萬，縞素漠漠開風沙。其餘七匹亦殊絕，迥若寒空動煙雪。霜蹄蹴踏長楸間，馬官廝養森成列。可憐九馬爭神駿，

顧視清高氣深穩。

借問苦心愛者誰？後有韋諷前支遁。

憶昔巡幸新豐宮，翠華拂天來向東。騰驤磊落三萬匹，皆與此圖筋骨同。自從獻寶朝河宗，無復射蛟江水中。君不見：金粟堆前松柏裡，龍媒去盡鳥呼風。

【詩意】

　　自從本朝開國以來，在擅長鞍馬圖的名家中，就數江都王李緒的丹青妙技達到出神入化、獨步寰宇的境界；直到享譽畫壇三十年的曹將軍揮灑他的奇筆，相傳黃帝成仙時所騎的名駒「乘黃」的英姿和神氣，才得以栩栩如生地重現人間。他曾經為先帝描畫過坐騎「照夜白」，那天矯颯爽的神采，使得龍池上空一連十天都有神龍在雷霆霹靂中飛騰舞動，於是便由婕妤傳達詔令，讓才人到內府去索取珍異非常的深紅色瑪瑙盤賞賜給他。曹將軍拜謝恩典回府的時候，又有無數輕細飄逸的綾羅綢緞、錦繡絲絹追贈飛隨而去，皇親國戚和達官顯宦，如果有幸求得他的真跡，才覺得屏風和廳堂之間煥發出令人敬重羨慕的光輝。

　　從前太宗六駿之一的「鬃毛騧」，和近時皇上賞賜給郭子儀的御馬「獅子花」，全都畫入了他這一幅新作的〈九馬圖〉中，這使得識馬的行家一看新畫，無不吁嗟讚嘆，久久不能自已。牠們可都是帝王親征時以一敵萬的戰馬，雪白的畫絹上，勾勒出牠們在遼闊的原野中翻蹄如飛時風沙捲向兩側散開的神韻；其餘的七匹也雄俊非凡，牠們澹遠高傲的意態，有如寒空中流動的風煙和飛舞的雪花那麼飄逸而有靈氣。牠們勁健的雙蹄翻騰踢踏在高大楸樹間的道路上，馬官和負責飼養的雜役就在兩旁森然地羅列成行。只見這九匹令人驚豔的良駒，

即使競相炫耀展示牠們神駿的英姿時，顧盼之間也都流露出清奇孤傲的個性，展現出沉靜深穩的氣度。

啊！請問有誰能夠深心賞愛他們崚嶒的駿骨呢？在從前東晉的名僧支遁之後，就唯有當今的韋諷錄事了啊！

觀賞這幅名畫之餘，讓我不禁想起從前先帝巡幸華清宮時，儀仗隊裡裝飾翠羽的旗幟高聳入雲，一行人浩浩蕩蕩地來到東邊驪山的盛況：那三萬匹尾隨的駿馬騰躍奔馳、翻蹄若飛的豪壯架勢，全部都和這幅圖畫上神駒的筋骨相同。可歎自從刺史獻上瑞寶、河宗朝覲穆王之後，先帝就再也無法像漢武帝巡狩天下時一樣，親自射殺長江中的猛蛟了（按：獻寶、朝河宗、無復射蛟三事，皆婉言玄宗已薨）！您可曾看見：如今金粟山岡陵上遍植松柏的墓野裡，三萬匹龍種神駒早已消散無蹤，只有鳥雀呼風啼雨的哀音還悽涼地陪伴著寂寞的泰陵……。

【注釋】

① 詩題──《文苑英華》之原題作「韋諷錄事宅觀曹將軍畫馬圖歌」，筆者節略「錄事」二字；一本無「歌」字，一本「歌」字作「引」。韋諷，年富力盛，志貞行廉，曾任閬州錄事，有澄清吏治之心，故老杜〈送韋諷上閬州錄事參軍〉詩云：「韋生富春秋，洞徹有清識。操持紀綱地，喜見朱絲直。」錄事，也稱錄事參軍，負有操持紀綱、糾劾非違之責。曹將軍，見〈丹青引〉注②。馬圖，即〈九馬圖〉；《蘇軾文集》卷21載此圖藏於長安薛紹彭家，東坡曾為圖作贊語。本詩與〈丹青引〉皆作於代宗廣德二年（764），詩人居於成都。

② 「國初」二句──國初，指王朝的開國時期。已來，通「以來」。鞍馬，圖畫術語，指以馬為主體的繪畫。神妙，書畫中最高明的境界；唐人朱景玄《唐朝名畫錄》載「能品」的境界之上，還有「神品」「妙品」。數，品評優劣；獨數，允推獨步之意。江都

王，名李緒，唐太宗的姪兒；其人多才藝，善書畫，以鞍馬擅名。《唐朝名畫錄》稱其善畫雀、蟬、驢子，並謂其應制明皇〈潞府十九瑞應圖〉「實造神極妙。」

③ 「將軍」二句——三十年，由廣德二年上推三十年，為開元二十二年，可知曹霸確曾得到玄宗之愛重。乘黃，傳說中的神馬名，龍翼馬身，是黃帝升天時的坐騎，又名飛黃。宋人董逌（董彥遠）《廣川畫跋》云：「乘黃，狀如狐，背有角；霸所畫馬未嘗如此，特論其神韻耳。」

④ 「曾貌」二句——貌，作動詞解，描畫、寫生。先帝，指玄宗。照夜白，鄭處晦《明皇雜錄》謂玄宗坐騎有玉花驄、照夜白等；仇注引《畫鑑》曰：「曹霸人馬圖，紅衣美髯奚官牽玉面騂，綠衣閹官牽照夜白。」今美國大都會博物館藏有曹霸的弟子韓幹所畫〈照夜白圖〉。龍池，在皇城東南角的隆慶宮中；相傳原為舊井，一日忽湧溢為池而日以滋廣，常有雲氣蒸騰，或見黃龍出其中。中宗景龍年間（707－709），潛龍復出水，後遂鑿寬浚深，命曰龍池。飛霹靂，蓋神馬乃龍種，而曹霸畫馬能奪其神而逼肖真龍，故使龍池中的神龍感其氣韻生動，遂挾風雨雷霆而騰舞雲空也。

⑤ 「內府」二句——以倒裝句式，凸顯出賞賜之珍奇貴重。意謂宮妃捧出玄宗之詔命，向內府索取名貴的瑪瑙盤，以酬謝曹霸畫馬之妙逸絕倫。殷紅，赤黑色、暗紅色、深紅色之謂。瑪瑙，貴重寶石名，因形色爛紅似馬腦而得名。婕妤與才人，均為宮中女官名。初唐時婕妤共九人，正三品；玄宗時才人七名，正四品。此則代指宮女或嬪妃而言。又，古代序列位次時，品秩高者在內，低者在外，故婕妤傳達詔命而由才人向內府索物。

⑥ 「盤賜」二句——寫玄宗除了當面賜與瑪瑙盤外，又加派內府官員致送輕紈細綺隨曹霸而返，可見恩寵之隆盛[1]。拜舞，古代臣子對天子朝見、告退、謝恩時既拜且舞的儀節，有其固定的禮式。紈，

精緻的白絹；綺，織有花紋的素色綾羅綢緞。輕與細，形容華貴精美之詞。相追，追之，也就是隨之而去。飛，以動畫方式形容紈綺等物追隨曹霸而去時飄逸輕柔的情狀。

⑦ 「貴戚」二句──貴戚權門，即皇親國戚、達官顯宦之流。筆跡，指曹畫的真跡。屏障，即屏風，可代指廳堂。

⑧ 「昔日」四句──拳，通「蜷」「鬈」；騧，音ㄍㄨㄚ。拳毛騧，太宗昭陵六駿之一，是黃身黑嘴的鬈毛馬，唐高祖武德五年（622），李世民曾騎之以平劉黑闥，拳毛騧於奮戰時身中九箭[2]。獅子花，或即指天子賜給郭子儀的坐騎「九花虯[3]」。王嗣奭《杜臆》謂詩人拈出此二名駒，特藉以形容新圖中所畫馬之神駿，並非當真摹畫拳毛騧與獅子花。

＊ 編按：王說言之成理。蓋拳毛騧戰死於沙場，當非曹霸與杜甫所曾得見者；獅子花又遲至代宗時乃得，詩人早已離開京城而顛沛流離到西蜀來，也應當未曾見過。則所謂「今之新圖有二馬」云云，恐怕只是揣想之詞。

⑨ 「此皆」二句──戰騎，接戰時所乘之坐騎。縞素，作畫用的素絹。漠漠，形容畫面意境之廣闊夐遠。開風沙，謂畫中神似拳毛騧與獅子花的名駒，奔馳之勢迅猛若飛[4]，能使風沙向兩側散開；或形容雙駿翻蹄爭馳時挾風捲沙的英姿。

⑩ 「其餘」二句──殊絕，形容雄俊非凡。迥，高遠貌，形容意態之迥拔高傲。寒空動煙雪，形容七駿的澹遠孤傲的神氣，有如寒空中飛舞的雲煙與雪花般既靈動又飄逸。動煙雪，一作「雜霞雪」；仇注謂：「言色兼赤白。」

⑪ 「霜蹄」二句──霜蹄，《莊子・馬蹄》篇：「馬蹄可以踐霜雪」，故稱馬蹄為霜蹄，以見其凌霜踐雪之神駿。蹴，音ㄘㄨˋ；蹴踏，踢踏奔騰。楸，落葉喬木。長楸間，指路旁種植著高楸的大道。馬官，負責管理駿馬的官員。廝養，負責飼馬雜役的士卒。森成

列，人數多至森然羅列於道旁。

⑫ 「可憐」二句——可憐，極度令人賞愛之意。爭神駿，在畫面上競相炫耀其神奇雄健的姿骨。顧視，前瞻後顧，頗有睥睨的意味。清高，謂昂首顧盼間，骨相清奇，英姿非凡，自有孤高不群，睥睨俗物的神氣。氣深穩，氣度深沉穩重，絕無凡馬庸蹄輕浮躁動的模樣。

⑬ 「借問」二句——苦心，深心、真心。支遁，東晉名僧，字道林，《世說新語・言語》篇載其愛馬，常蓄養數匹，或責以蓄馬失去道人應有的風雅，答曰：「貧道重其神駿。」

⑭ 「憶昔」二句——新豐宮，指座落於臨潼縣（今臨潼區）驪山下的華清宮，蓋唐詩之臨潼縣即漢朝的新豐縣，故以新豐縣之宮殿代指華清宮。翠華，帝王儀仗中以翠羽裝飾的旗幟，可代指帝王的車駕。拂天，極言其高聳。來向東，朝向長安東北方的驪山而來。

⑮ 「騰驤」二句——騰，縱躍。驤，音ㄒㄧㄤ，奔馳。磊落，形容馬眾而勢壯。三萬匹，極言其多[5]。筋骨同，謂數萬匹真馬之神駿皆與此九駒相同。

⑯ 「自從」二句——獻寶、朝河宗、無復射蛟三事，皆婉言玄宗已薨。獻寶，《舊唐書・肅宗本紀》載上元二年，楚州刺史崔侁（ㄕㄣ）進獻該州寺尼真如恍惚中得自天帝的十三枚定國寶玉，兩天後，玄宗即駕崩於神龍殿。朝河宗，《穆天子傳》卷 1 載穆天子西征與河宗相見，共同披閱圖書典籍寶器後，穆王命河宗先驅至於西土；世人殆以此為周穆王升天之傳說，故老杜藉以暗示玄宗駕崩。射蛟，殆借喻巡狩出遊，《漢書・武帝紀》載元封五年（106 B.C.）冬行南巡狩時，自潯陽浮江，武帝親自射獲江中之蛟。

⑰ 「金粟」二句——金粟堆，又名金粟山，以山有碎石如金粟而得名，位於今陝西蒲城縣東北。玄宗嘗至睿宗之橋陵，見金粟山岡陵有龍蟠虎踞之勢，謂侍臣曰：「吾千秋萬歲後葬此山。」後群臣遵

其矚而營泰陵於此。松柏，古人墓道旁常種植松柏，故以之代指墓道、墓野、墳塚。龍媒，駿馬之別名，《樂府詩集・卷1・郊廟歌辭》載漢武帝〈天馬歌〉云：「天馬徠，龍之媒。」意謂天馬出現，乃神龍降臨的先兆[6]。鳥呼風，謂良駒盡散，唯餘野鳥在淒風苦雨中哀鳴耳，此言泰陵一帶之蕭瑟寥落。

【補註】

01 王嗣奭《杜臆》謂「紈綺追飛，乃權戚求畫者。」亦可備一說。而追飛二字，也可以形容絡繹不絕之情狀，以凸顯曹畫炙手可熱之一斑。

02 「昭陵六駿」是原置於唐太宗昭陵北麓祭壇兩側廊廊的六幅浮雕石刻；六駿，指唐太宗在統一中國的戰爭中騎乘作戰的六匹駿馬，其名分別為：特勒驃、青騅、什伐赤、颯露紫、拳毛䯄、白蹄烏。唐太宗營建昭陵時，詔令立昭陵六駿的用意，除炫耀一生戰功外，也紀念這些曾經相依為命的戰馬，並告誡後世子孫創業之艱難。拳毛䯄的帶箭石像刻於太宗之昭陵北闕，並有讚語曰：「月精案轡，天駟橫行；弧矢載戢，氛埃廓清。」見《長安志》卷16。不過，颯露紫和拳毛䯄兩駿的石像，於1914年被盜賣給美國文化商人畢士博（一說1920年運到美國），現存費城賓夕法尼亞大學博物館。其餘四幅真品，於1918年在再次盜賣過程中被砸成幾塊企圖裝箱外運，幸而途經西安北郊時被發現制止，現存於西安碑林博物館。

03 九花虯，是范陽節度使李德山進獻給代宗李豫的一匹駿馬，體毛捲曲似魚鱗，通體有九道花紋，頭項鬃鬣似虯龍；每一嘶鳴，則群馬聳耳。後來代宗賞賜給郭子儀；獅子花，殆皆其類。見蘇鶚《杜陽雜編》卷上。

04 根據昭陵六駿石雕圖像所見，神駒中箭的部位往往在後半身，可

以想見其奔馳之神速。

05 《資治通鑑・唐紀二十八》載唐初國馬僅三千匹。貞觀至麟德，
蕃息至七十萬匹；然垂拱以後，潛耗太半。玄宗好馬，命王毛仲
負責蓄養廄馬，至開元十三年時，已由即位初之二十四萬匹蕃衍
為四十三萬匹；東封泰山時即以牧馬數萬匹相從，依毛色分隊，
遠望有如雲霞。至於楊倫《杜詩鏡銓》引王洙注曰：「明皇幸驪
山，王毛仲以廄馬數萬從，每色為一隊，相間若錦繡。」則尚不
知王洙之依據何在，待查。

06 古人常以神駒為龍種，《周禮・夏官司馬》載「廋人」之職有云：
「馬八尺以上為龍，七尺以上為騋，六尺以上為馬。」《爾雅・
釋畜》則稱八尺以上為「駥」。

【導讀】

　　老杜詩集中有十餘首詠馬、詠畫馬之作，往往筆鋒藏帶感情，隨
時關合著國運的興衰成敗和個人的窮通順逆；換言之，有些詠馬評畫
的詩篇，其實正是老杜寄興抒懷的寓言與自傳。因此，黃永武教授便
曾經探討過杜甫筆下的馬具有七層豐富的意涵，包括：代表英雄的氣
概、申述暮年的壯志、自況一生的辛勞、象徵君臣的遇合、比喻知遇
的難覓、暗示國勢的盛衰、縮連先帝的追思(《中國詩學・思想篇》)；
這些饒有趣味的觀點，很值得借來玩味詩人寫作時幽微深邈的騷心。

　　本詩是飽經憂患，備嘗困頓的杜甫在五十三歲時所作。他以一個
身歷三朝的退臣所深藏的寂寞心靈，來觀賞一位曾經備享榮寵而如今
流落蜀地的丹青妙手所繪製的〈九馬圖〉，自然會有撫今追昔、世變
滄桑的諸多感慨而不勝唏噓，因此沈德潛《杜詩評鈔》評曰：「因畫
馬說到真馬，因真馬又說到天子巡幸；故君之思，惓惓不忘，此題後
開拓一步法。」施補華《峴傭說詩》也說：「憶昔一段追溯明皇牧馬
之蕃，將軍畫馬之妙；今則翠華已逝，畫手猶存。絕大波瀾，無窮感

慨。學者熟此，可悟開拓之法。」他們除了把杜甫每飯不忘君國、每吟不忘時事的忠愛特質指點得極為親切之外，也都認為末段帶入玄宗巡幸之壯盛與泰陵墓野之悽涼，不僅並未離題，反而是波瀾壯闊，另闢新境的如椽大筆。這種見解，的確掌握到了老杜馳驟騰踏、開闔如電的章法之奇與變幻之妙了。

首段共十二句，是賞畫前的序曲。

「國初以來畫鞍馬，神妙獨數江都王；將軍得名三十載，人間又見真乘黃」四句，是以正大堂皇的筆勢拈出江都王作陪襯，來概括提示曹霸享譽藝苑的丹青妙技，以凸顯其獨步畫壇的一代宗詩之氣派與身分；因此楊倫《杜詩鏡銓》嘆曰：「直起，大筆如椽。」顯然是推崇開篇筆力之雄奇與氣度之雍容。王嗣奭《杜臆》特別嘆賞第四句筆力之雄奇：「蓋贊畫之妙，止於奪真；此云『真乘黃』，則妙無可加，而七字包括全篇矣。」值得注意的是：詩人固然推許江都王的畫技已達神妙一世的地步，卻沒有說他能使乘黃的英姿重現人世；而曹霸則是在得名三十年之間，又不知下過多少浸淫鑽研，淬礪琢磨的苦工夫之後，才使神駒復生，乘黃再臨！換言之，詩人顯然不僅推崇曹霸的丹青妙技更勝江都王，已達前無古人的境界而已，而且是讚嘆他功同造化，才能使隨黃帝升天而去的乘黃再度降臨人間！換言之，「真乘黃」三字，是說曹霸並不只是畫馬的聖手而已，簡直就是創生神駒的造物主了！因此以下八句，便直承他功同造化的絕詣，詳寫他蒙皇家愛重，又令貴戚爭求的榮寵之盛；則其畫藝之爐火純青，登峰造極，也就顯然可知了。

「曾貌先帝照夜白」七字，是由「得名三十載」生發而來的追述；「龍池十日飛霹靂」七字，則是承「真乘黃」而作的聯想。「龍池」二字，凸顯出「照夜白」原本就是龍種的特質；「十日飛霹靂」五字，則更是以「同聲相應，同氣相求」的《易》理來誇飾曹霸繪畫的感天動地，驚神駭鬼：龍池的真龍之所以挾風雷而騰舞，正是因為曹霸不

僅寫其形貌而已，更傳其神而奪其魄，才使得潛龍為之驚怪惶惑而長吟狂嘯！值得注意的：「先帝」云云，已經先行埋下末段玄宗不復巡幸的根苗；而「龍池飛霹靂」五字，則又見出末句「龍媒去盡」的端倪。

「內府殷紅瑪瑙盤，婕妤傳詔才人索」兩句，是以倒敘的語序寫玄宗賞賚之厚，以見曹畫「照夜白」之氣韻如生。《杜臆》說：「出盤、詔索，正索其貌照夜白也。」恐怕理解得不太正確。這兩句的意思是說「照夜白」的寫真圖完成之後，龍心大悅，於是命女官傳達詔令，向內府索取瑪瑙盤，用來酬賞曹霸畫技之神奇；並非玄宗讓女官直接向曹霸索畫。因為由女官（而非內侍）向曹霸索畫，顯然不合宮庭禮儀，此其一；曹霸若無皇命，又豈能私下有機會勾勒「照夜白」的神韻，此其二。

「盤賜將軍拜舞歸」七字，是寫曹霸依照禮儀鄭重拜謝寵賜之隆；「輕紈細綺相追飛」七字，是寫天子除了先前的特別寵賜之外，對於曹霸的繪畫越看越滿意，因此又命人追贈優渥的禮物隨曹霸而去。「追飛」兩字，除了以示現的手法寫出紈綺等絹帛飄揚飛動的情態，以見恩賜之豐厚之外，似乎也有意暗示曹霸既得聖主寵眷，則聲價萬倍，炙手可熱，以致求畫的皇親國戚絡繹不絕，接踵於途。如此則自然可以過渡到「貴戚權門得筆跡，始覺屏障生光輝」二句；可見詩人構思撰句時雲行水流，卷舒自如，已達有神無跡之妙了。

第二段也有十二句，是在前段歷數曹霸的身分聲價和豐功偉績之後，轉筆詳細介紹眼前所欣賞的最新力作，以導入「觀畫寫馬」的正題；如此佈局，便使人對於詩人正面描寫〈九馬圖〉的主要情境部份，充滿期待與想像。

「昔日太宗拳毛騧，近時郭家獅子花；今之新圖有二馬，復令識者久歎嗟」四句，是先拈出兩匹聞名天下的神駒來延續曹霸所繪盡皆龍種的印象，再度鞏固他馬畫聖手的聲譽和地位；同時也以雙駒領銜

演出，作為畫面的主體結構，來吸引讀者的目光，傳達詩人驚羨的感受。由於「鬃毛騧」和「獅子花」大有來頭，威名遠播，在和「照夜白」及「真乘黃」前後輝映之下，便使雙駿精神百倍，畫面也因而生色不少。「此皆戰騎一敵萬」七字，先特別指出牠們是縱橫疆場，所向無敵的戰騎，和「照夜白」養尊處優、雍容高貴的風韻大不相同；然後再以「縞素漠漠開風沙」七字，進一步渲染牠們在廣漠夐邈的畫境裡，風馳電掣時挾沙捲塵、翻蹄如飛的英姿。有了這十四個字的描寫，便使畫面開拓得極為遼闊深遠，容許詩人有足夠的空間來佈置其餘的景物，同時也把雙駿馳騁時迅疾如電、風勢如刀與沙幕如煙的動態之感，寫得極具飛揚矯健的氣勢。

「其餘七匹亦殊絕，迥若寒空動煙雪」兩句，是以簡潔凝鍊的筆墨，勾勒出另外七駿不凡的姿韻；由於具有以賓襯主的作用，牠們在畫中的位置或遠或近，墨韻或濃或淡，毛色或純或駁，姿態或動或靜，因此畫境裡呈現出的七駿，就有如寒空下飄舞的煙雲風雪般縹緲而靈動。「霜蹄蹴踏長楸間」七字，是寫牠們在林間大道上踢踏奔騰時自然散發出凌霜踐雪的精神，展現出意興遄飛的個性。「馬官廝養森成列」七字，是補寫牠們全屬皇家寶駒的高貴身價，因此當牠們悠然自得地活動筋骨時，也有專職的馬官與役卒森然羅列道旁，隨時戒護與照料。

「可憐九馬爭神駿」七字，是在或詳或略的分別描寫之後，一筆總括他們競誇清峻時令人驚艷愛慕的丰采。接下來的「顧視清高」四字，是捕捉牠們顧盼自雄，睥睨群蹄的傲氣，和清峻崢嶸的骨相；但是牠們卻傲而不驕，清而不寒，因此老杜又以「氣深穩」三字來讚嘆牠們深沉穩重的氣度。有了末七字的點染，則九馬沉靜內斂的性情和昂揚凌厲的意氣便融合得極為和諧自然，既給人狂飆烈焰的勁健感，又給人淵渟嶽峙的穩健感；而其靜若處子的氣質，和矯若遊龍的姿態，也就顯得妙逸神秀，充滿靈性了。翁方綱《石洲詩話》評曰：「中間

特著『顧視清高氣深穩』一句,此則矜重頓挫,相馬入微;所以苦心冥識,寥寥千古,僅得一支遁、一韋諷耳。」他指出了此句和下一段之間脈絡潛通的奧妙所在,值得用心體會。

正由於這一段的馬相寫得清峻脫俗,而且畫面氣韻生動,意境廣漠恢廓,筆法詳略得宜,賓主映襯有序,墨趣淋漓盡致,章法開闔自如,極盡錯綜變幻之妙,因此贏得前人一致的推崇。

第三段只有「借問苦心愛者誰?後有韋諷前支遁」兩句,是跳出畫面之外發出由衷的讚嘆;既讚嘆韋諷愛馬成痴,頗有東晉名僧支道林賞玩神駿的慧眼與道心,又嘆美韋諷具有鑑賞藝術的修為與敬重畫師的風雅。後一句除了具有帶入韋諷正是畫主的身分,藉以繳清題面的用意之外,更以一「後」一「前」作翻疊的波瀾,激盪出撫今追昔的憶往情懷,撩起詩人對於開元盛世和先帝神武的追慕之思與滄桑之嘆。換言之,這兩句正是作為收束前幅與開啟後境的獨立段落。有了這兩句的接榫,不僅敘題完整無遺,而且使末段另闢蹊徑,別開生面的筆法,既顯得出乎意料之外,又顯得合乎情理之常;既有異峰突起的奇崛之姿,又有雲橫嶺斷的綿亙之勢。不論就情感的生發、章節的關鎖、佈局的照應、詩境的拓展而言,這兩句都有耐人尋繹的遙情遠意,和穿針引線的重要作用,不應該只視為尋常應酬之語;因此方東樹《昭昧詹言》說:「收束點題,又襯賞者,手法極奇,所謂文外遠致。」

第四段連同「君不見:金粟堆前松柏裡」十字共有八句。「憶昔巡幸新豐宮,翠華拂天來向東;騰驤磊落三萬匹」三句,是遠承第二段裡玄宗愛馬賞畫的豪綽,並近接支遁好馬養馬的風雅,先把觀畫的心神盪向開元全盛時期的壯觀場面,流露出無比懷念的深情;然後以「皆與此圖筋骨同」七字,頓時折回畫絹之上,以免詩人追憶的思緒有遠颺不返而離題的危險。因此王嗣奭認為後段之妙,全在「皆與此圖筋骨同」一句,纔使得追憶之情與觀畫之意緊密相關;施補華《峴

備說詩》也認為有此一句作勾勒，「更無奔放不收之病，味之。」如此收放隨心的筋節、大開大闔的筆力、似斷實續的脈理，的確給人縱橫自如、頓挫跌宕的奇崛突兀之感；因此《唐宋詩舉要》引張廉卿之評曰：「放恣縱橫，離合變化，不主故常，惟太史公之文有此耳。」

　　至於「自從獻寶朝河宗，無復射蛟江水中」兩句，則是在重現昔日繁華壯盛的氣派時，又突然轉筆婉言玄宗升天仙逝之痛。詩人化用駕馭八駿巡行天下而羽化的周穆王傳說來比擬玄宗的駕崩，更是緊緊扣住「馬」字來發揮而又運典入化的妙筆；因此黃生《杜詩說》評曰：「妙在夾帶有馬在內；用意精深，由於用事莊典。」此外，說三萬匹「真馬」的筋骨，完全和畫中九馬相同，更可以看出曹霸確實具有傳神奪魄的生花妙筆，正好和「人間又見真乘黃」「龍池十日飛霹靂」兩句遙應照應；詩人構思之精細、聯絡之綿密與下筆之矜練，於此可見一斑。

　　最後「君不見：金粟堆前松柏裡，龍媒去盡鳥呼風」兩句，則進一步以玄宗陵寢的墓道上惟見淒風苦雨，惟聞野鳥空啼，卻不見神馬英姿，不聞龍媒嘶鳴，來和三萬匹崢嶸磊落的壯觀之景作對比，自然流露出滄桑世變的感慨，和國運傾頹時的沉痛；因此王嗣奭《杜臆》說：「始而騰驤三萬，終而龍媒盡空，不勝盛衰之感焉。馬之盛衰，國之盛衰也；公閱此圖，有不勝其痛者矣。」詩人以衰颯蕭瑟的景致作結，正可以象徵皇唐的沒落，渲染出殘光末路的憂傷氣氛，並深藏詩人寄興遙深的喟嘆，從而賦予全篇特別沉鬱悲愴而又耐人回味的完美收筆。老杜在〈寄彭州高三十五使君適虢州岑二十七長史參三十韻〉中曾經稱讚高適、岑參的詩作說：「意愜關飛動，篇終接混茫。」其實本詩亦足以當之。

【商榷】

　　解讀本詩時，最令人困擾的地方是「縞素漠漠開風沙」七字的意

涵，尤其是「開」字究竟何所指？更是令人躊躇難決。除了仇兆鰲把「開風沙」三字釋為「勢可萬里」，表示此句是寫尺幅萬里的意境之外，各家都似乎把「開」字釋為展開畫軸：

  ＊楊倫說：言縞素一開，如見戰地風沙也。（《杜詩鏡銓》）

  ＊黃生說：「開」字著縞素說。（《杜詩說》）

  ＊章燮說：蓋言將縞素一展，則見風沙漠漠，那馬若在關塞外馳驅飛躍一般。（《唐詩三百首注疏》）

  ＊金性堯說：意謂一張開白色的畫絹，只見風沙漠漠中有駿馬在奔馳。（《唐詩三百首新注》）

筆者之所以不採取以上諸說，理由如下：

  ＊第一，「縞素漠漠開風沙」之前的五句，不僅已經明白交代圖中出現了鬇毛騧和獅子花這兩匹神駒，而且還已經讓識者吁嗟嘆賞不已了，則顯然圖卷早已展開讓人觀賞才是；換句話說，豈有未展開畫絹之前就先見到圖中雙駿，而後再展開畫軸之理？

  ＊第二，就句法而言，「開風沙」與「動煙雪」如果依照《杜臆》所說是「自為對偶」，而且又與「飛霹靂」三字「遙相承應」；則表示三組三字句正好是「風沙散開」「煙雪飄動」「霹靂震飛」的倒裝句。如此一來，「開」字並不是指敞開畫絹是顯而易見的。

  ＊第三，如果「開」字竟然指展開畫絹而言，不僅和前一句「此皆戰騎一敵萬」脫鉤，又和後七字「其餘七匹亦殊絕」斷線，詩意便顯得極其突兀凌亂，甚至還會使全句七字變得詭異而不合文法。

  因此，筆者判斷「開風沙」三字應是描寫雙駒在戰地挾風捲沙、翻蹄如電的英姿，並不是「展開畫絹」的意思。

【評點】

01 劉辰翁：「後有韋諷」句，以主人對支遁，豪氣橫出。「騰驤磊

落」四句沉著，雄麗自在。事事托物，意在言外。（《宋詩話全編》引）

02 王嗣奭：先言「二馬」又云「七匹」，又繼云「九馬」，敘得詳悉；而後來「三萬匹」亦與遙相映帶。既云「開風沙」，又云「動煙雪」，自為對偶；而前面「飛霹靂」亦遙相承應。此局陣之妙，不繩削而合者也。「清高深穩」四字評馬，此公獨得之妙，馬有此四字，是謂國馬；士有此四字，是為國士。孔子所云驥德盡於此矣，正以之比君子也。（《杜臆》）

03 胡夏客：此歌先言其寵遇，篇中則追述巡幸，俯仰感慨，照應有情，而沉著可味。（《杜詩詳注》引）

04 李子德：如太史公寫鉅鹿之戰，楚兵無不以一當百，呼聲震天；當使古今詩人膝行匍匐而見。（《杜詩詳注》引）

05 張謙宜：先敘二馬，次敘七馬，兼及畫中廄養，落落歷歷，甚有章法。末感慨御廄活馬作結，氣完法密，筆路異人。按其通篇，如「十日飛霹靂」，言畫馬如真龍；「貴戚」二句，言無一人不求其馬。「此皆戰騎」云云，見所畫非凡馬；「爭神駿」，言箇箇精壯。「氣深穩」，言箇箇調良，絕非外彊中乾之比；皆其畫之神理也。「皆與此圖筋骨同」，是上下黏合要語，不然，後面一段，幾為閒文矣。所謂結構者，仿此推之。（《絸齋詩談》）

06 沈德潛：與〈天育驃騎圖〉同一詠馬詩，而彼以奇拔為妙，此以雄渾宏麗勝。合觀變化乃見，然畢竟是出自這老思君一片丹心然爾。（《杜詩評鈔》）

07 浦起龍：此篇馬詩又一奇，奇不在九馬正筆，奇在前後照夜白、新豐宮兩段烘托出色。前以盛事烘托，用意近而濃，即將軍他畫也；後以哀氣烘托，用意遠而悲，乃先朝舊馬也。（《讀杜心解》）

08 弘曆：蒼莽歷落中，法律深細。前從「照夜白」敘入，即伏末段感慨；中間錯綜九馬，文勢跌宕，可謂「毫髮無遺憾，波瀾獨老

成」矣。七古至於老杜,浩浩落落,獨往獨來,神龍在霄,連蜷變化,不可方物;天馬行空,脫去羈靮(ㄉㄧˊ),足以橫睨一世,獨有千古。(《唐宋詩醇》)

09 楊倫:此與前篇(按:指〈丹青引〉)俱極沉鬱頓挫,尤須玩其結構之妙。將江都王襯出曹霸,又將支遁襯出韋諷,便增兩人多少身分。本畫九馬,先從照夜白說來,詳其寵賜之出;本結九馬,卻想到三萬匹去,不勝龍媒之悲。前後波瀾亦闊。(《杜詩鏡銓》)

10 方東樹:因畫馬思真馬,思到故君,此胸襟也,不可強學。(《昭昧詹言》)

11 高步瀛:本題正面是畫馬九匹,卻先從一馬引出;特出兩馬,又出七馬,而本題九馬已全。忽從九馬引出三萬匹,奇幻極矣!忽又掃去,一馬不留!但就敘馬一端而言,已覺變化萬千,無從捉控,嘆觀止矣!(《唐宋詩舉要》)

146 丹青引贈曹霸將軍(七古)　　　　　杜甫

將軍魏武之子孫,於今為庶為清門。英雄割據雖已矣,文采風流今尚存。學書初學衛夫人,但恨無過王右軍。丹青不知老將至,富貴於我如浮雲。

開元之中常引見,承恩數上南熏殿。凌煙功臣少顏色,將軍下筆開生面。良相頭上進賢冠,猛將腰間大羽箭。褒公鄂公毛髮動,英姿颯爽來酣戰。

先帝天馬玉花驄,畫工如山貌不同。是日牽來赤墀下,迥立閶闔生長風。詔謂將軍拂絹素,意匠慘淡

經營中。斯須九重真龍出，一洗萬古凡馬空。玉花卻在御榻上，榻上庭前屹相向。至尊含笑催賜金，圉人太僕皆惆悵。

弟子韓幹早入室，亦能畫馬窮殊相。幹惟畫肉不畫骨，忍使驊騮氣凋喪。

將軍畫善蓋有神，偶逢佳士亦寫真。即今漂泊干戈際，屢貌尋常行路人。途窮反遭俗眼白，世上未有如公貧。但看古來盛名下，終日坎壈纏其身！

【詩意】

　　曹將軍您原本是魏武帝曹操的後代子孫，如今卻被削籍貶為庶人，淪為清寒的百姓。當年三分天下的英雄事功，雖然早已成為歷史陳跡，但是曹家能詩善畫，文采斐然的流風餘韻，依舊傳習至今。您早年曾經學過衛夫人一派的書法，只恨自己無法超越王羲之的成就，於是您又發憤忘食地鑽研繪畫，連年華逐漸老去都渾然不覺。功名富貴對您而言，淡泊得就像天上的浮雲。

　　開元年間，您經常蒙受天子的召見，屢次得到玄宗的恩寵而榮登南熏殿。凌煙閣裡的功臣圖像原本不夠逼真傳神，全靠您的生花妙筆加以重新描繪，才使他們的相貌神態栩栩如生地展現出來：良相頭上戴著進賢冠，武將腰間佩著大羽箭；褒國公段志玄和鄂國公尉遲敬德也畫得毛髮飄動，看他們英姿煥發，殺氣騰騰的神態，彷彿剛剛才從痛快淋漓的戰場過來，而且像是隨時要跳出來再戰三百回合！

　　先帝的坐騎玉花驄，堆疊如山的畫工都無法描繪出牠神駿的骨相。有一天牠被牽到宮殿前紅色的庭階邊，那昂首揚鬣的神采真有天馬超逸凌風的氣度。先帝詔令您展開白絹作畫，您便匠心獨運、神情專注

地構思佈局；片刻之後，九重天上矯健的神龍便出現在皇宮中了！那逼人的英氣，使得流傳萬古以來的駿馬全都變得平凡無奇了！只見玉花驄竟然神韻俊爽地昂首挺立在御用的坐榻上（編按：謂玉花驄圖直立放在御用的坐榻上），正好和庭前那匹真馬相對屹立，使人難以置信！皇上滿含笑意地催促近侍賞賜給您金銀玉帛，連平日和玉花驄最為親近的圉人和太僕都看得目瞪口呆，滿臉惆悵，根本分辨不出孰真孰假！

您的弟子韓幹早已登堂入室，得到您的真傳，也很擅長摹畫良駒的各種姿態形相；但是他只選擇豐腴肥壯的廄馬來寫真，捨得讓骨相清臞、氣韻神奇的驊騮被冷落一旁而感到沮喪失意！

將軍的繪畫最高妙之處在於能掌握到精神氣度，除了畫馬的造詣獨步天下之外，如果遇到令人仰慕的佳士，您也會替他們寫真傳神。如今您在戰亂之餘，漂泊四方，由於生活所逼，不得不一再地為尋常的路人畫肖像。偏偏您在窮途末路時反而飽受俗物輕蔑的白眼，世上恐怕沒有像您這樣潦倒落拓的一代宗師了！我們只要看看自古以來擁有特殊才華和享有盛名的人，都是終生困頓失意、潦倒不堪的，您應該就可以稍微消愁釋恨了吧！

【注釋】

① 詩題一原題僅「丹青引」三字，「贈曹將軍霸」為題下自注：後被合為今題。丹青，原指繪畫用的顏料丹砂和青臒，後作為繪畫的代稱。引，樂曲體裁之一，與「歌」「行」義近，均可作為詩體名。「丹青引」三字，就字義而言，即繪畫之歌；然就全篇詩意來看，則何妨解為「畫家悲歌¹」。本詩與前一首〈韋諷錄事宅觀曹將軍畫馬圖〉大約都是代宗廣德二年（764），詩人居於成都時所作。

② 「將軍」二句—將軍，指曹霸（694？－770？）；曹霸於天寶末

年常奉詔圖畫功臣肖像及駿馬，官至左武衛將軍。魏武子孫，曹霸是曹魏時高貴鄉公曹髦（241－260）之後，而曹髦又是魏武帝曹操的曾孫，曹丕之長孫，門第極有威望。後曹霸因事得罪，削籍為庶人，安史之亂以後流落至蜀中。清門，指寒素之家。

③ 「英雄」二句──英雄割據，指三國鼎峙的功業；今已矣，已成歷史雲煙，隱然有貶斥曹魏並非正統之意[2]。由「今尚存」可知，所謂「文采風流」，兼指曹氏父子的才調絕倫，意氣豪邁，可以鞍馬為文，橫槊賦詩，確實不負才高八斗而詩成七步的美譽，曹髦又有「文同陳思，武類太祖」之稱，以及曹霸素負畫名等流風餘韻；因此王嗣奭《杜臆》說：「起來四句，便清超婉暢，而文采風流從魏武來，便可定將軍之品。」

④ 「學書」二句──衛夫人（272－349），名鑠，字茂漪，出身河東書法世家，東漢書法大家蔡邕（133－192）的三傳弟子，尤善隸書，規矩鍾繇（151－230），右軍嘗師之。王右軍，王羲之（303－361），字逸少，各種書體，無不精備，行書、草書尤為高妙，有「書聖」之稱。因唐人極為推崇衛、王二家的書法，故往往相提並論。

⑤ 「丹青」二句──謂潛心鑽研繪畫妙技，優游於藝術天地，而不愛慕富貴功名；《論語・述而》載孔子自言：「其為人也，發憤忘食，樂以忘憂，不知老之將至。」同篇又曰：「飯疏食，飲水，曲肱而枕之，樂亦在其中矣。不義而富且貴，於我如浮雲。」

⑥ 「開元」二句──開元（713－741），玄宗早期年號。引見，由內臣引領以應君王之召見。數，屢次。南薰殿，在皇城東南的興慶宮內。

⑦ 「凌煙」二句──凌煙，指凌煙閣，是太極宮西南三清殿側的小樓。功臣，指閣中按真人比例所畫功臣圖像[3]。少顏色，精神氣度和相貌儀態不夠傳神生動。開生面，謂重新摹畫的圖像，氣韻生動，

更勝舊作。

⑧ 「良相」二句——進賢冠，古時儒者所戴的黑色布帽。大羽箭，唐人段成式《酉陽雜俎・卷 1・忠志》載太宗好用四羽所飾的長桿大箭以顯武功。

⑨ 「褒公」二句——褒公，指封為褒國公的段志玄（598－642），太宗嘗譽為「周亞夫無以過也」，位列凌煙功臣第十。鄂公，指封為鄂國公的尉遲恭（585－658，字敬德），為凌煙功臣第七；相傳其人面如黑炭，擅使鐵鞭，騎烏騅馬，後與凌煙功臣排名第二十四的秦瓊（571？－638，字叔寶）成為傳統中的左右門神。毛髮動，形容怒髮衝冠狀。英姿颯爽，英挺矯健而神采煥發。來酣戰，謂其畫窮神盡相，英氣逼人，恍若欲一躍而起，痛快淋漓地大戰數百回合。

⑩ 「先帝」二句——先帝，指玄宗。天馬，來自大宛的寶駒；一作「御馬」。玉花驄，玄宗坐騎名；驄，青白色之馬。如山，極言畫工之眾。貌，描繪；貌不同，無法畫出玉花驄的骨相與神態。

⑪ 「是日」二句——赤墀，宮殿前的紅色庭階。迥立，昂首卓然而立。閶闔，神話中的天門；此指宮門而言。生長風，形容駿馬昂首揚鬣時英氣勃發的神韻。

⑫ 「詔謂」二句——拂絹素，鋪設畫布，準備作畫。意匠，指行文及作畫時佈局、設色等構思。慘澹，此指收斂心神，神情專注而言；經營，安排設計。

⑬ 「斯須」二句——斯須，形容落筆之大膽及所用時間之短暫。九重真龍，夸言所繪之駿馬為來自九重天上的龍種，蓋古人以八尺以上之馬為龍。一洗，一掃而空。空，微不足道，有相形失色之意。

⑭ 「玉花」二句——謂完成的玉花驄圖被架立在御用的坐榻上，和牽來庭前的真馬屹立相對，竟難以辨認何者為真馬，何者為圖畫。卻在，表示驚詫之詞，反而倒在之意。王嗣奭《杜臆》說：「立

而曰『迥』，相向曰『屹』，馬之骨已露於此矣。」

⑮ 「至尊」二句──至尊，指玄宗。圉，音ㄩ∨；圉人，掌養馬芻牧之事。太僕，掌理黃帝車馬之官。皆惆悵，謂難辨真假而驚疑迷惑，惘然若失；杜甫〈畫馬讚〉亦有：「良工惆悵，落筆雄才」之言。

⑯ 「弟子」二句──韓幹（約706－783），《酉陽雜俎・續集・卷5》載王維兄弟尚未顯達前常賒酒，韓幹少時嘗為酒家送酒取款至王維家，畫人、馬於地以戲娛；王維亦妙擅丹青，頗奇其筆趣意境，乃歲與錢二萬，令韓幹畫十餘年，終成名家。韓幹尤工鞍馬，天寶初召入供奉。張彥遠《歷代名畫記》載玄宗好大馬，西域、大宛歲有來獻者，皆令韓幹圖之，有玉花驄、照夜白等；時岐、薛、寧、申等王府廄中寶駒，韓幹皆曾摹寫，遂為古今獨步。朱景玄《唐朝名畫錄》載韓幹曾師事曹霸，後自成一派；玄宗嘗令韓幹師事曾為玉花驄、照夜白寫真之陳閎，韓竟婉拒曰：「臣自有師，陛下廄內之馬，皆臣師也。」入室，謂最得師傳神髓的弟子；《論語・先進》載孔子評論子路之言曰：「由也升堂也，未入室也。」

⑰ 「幹惟」二句──畫肉，指韓幹所畫之馬均極肥碩[4]。驊騮，《荀子・性惡》篇云：「驊騮、騏驥、纖離、綠耳，此皆古之良馬也。」氣凋喪，謂使骨相清奇、神韻磊落的瘦駒被冷落而垂頭喪氣。

⑱ 「將軍」四句──以昔煊今涼對比，榮枯迥異之感慨便深寓其中。必逢，一作「偶逢」。寫真，描繪人物的真實相貌。干戈，代指戰亂。

⑲ 「途窮」句──途窮，此指窮愁潦倒；《晉書・列傳第十九・阮籍傳》載阮籍雖對司馬氏獨攬政權、迫害異己與意圖篡位相當不滿，卻不敢公然對抗，只能經常隨意選擇山林小路駕車出遊，到無路可走時痛哭而返，藉以宣洩內心之悲憤。遭白眼，被人輕蔑鄙視；《晉書・阮籍傳》：「籍又能為青白眼，見禮俗之士，以白眼對

之。」

⑳ 坎壈—坎壈，音ㄎㄢ∨　ㄌㄢ∨，困窮不得志。《楚辭・九辯》：
「坎壈兮貧士失職而志不平。」王逸注：「數遭禍患，身困極也。」

【補註】

01　浦起龍《讀杜心解》以為通篇感慨淋漓，都從「贈曹將軍霸」五
　　字而來，並謂「其盛其衰，總從畫上見，故曰『丹青引』。自來
　　注家只解作題畫，不知詩意卻是感遇也。」可謂知言。

02　仇兆鰲注引申涵光之言曰：「公於昭烈、武侯皆極推尊；此於魏
　　武，只以『割據已矣』一語輕述，便見正潤低昂。」

03　貞觀十七年（643）二月，太宗為了褒崇共同打天下、理國政的功
　　臣之勳德，命閻本立畫長孫無忌以下功臣二十四人圖像於凌煙閣，
　　並親題讚語。閣中分為三層：最內一層為功勳最高的宰輔之臣；
　　中間一層為功高王侯之臣；最外一層則為其他功臣。

04　韓幹畫馬作品，北宋御府收藏有五十二幅，今僅存藏於台北故宮
　　博物院的〈牧馬圖〉及藏於紐約大都會博物館的〈照夜白圖〉；
　　由這兩幅圖來看，馬身的確頗為壯碩。

【導讀】

　　前一首〈韋諷錄事宅觀曹將軍畫馬圖歌〉是以追念先帝、感慨王
朝沒落為主題；本詩則旨在為一位昔榮今枯的落魄畫宗寫列傳。作者
在藝術家際遇的窮通裡寓藏著時代的盛衰，並寄託自己有才無命、淪
落不偶的悲憤；因此王嗣奭《杜臆》說：「余謂此詩公借曹霸以自狀，
與淵明之記〈桃源〉相似；讀公〈莫相疑行〉而知余言之不妄。」

　　就立意而言，本詩和作者本人的〈江南逢李龜年〉七絕極為神似，
只不過就形式與效果而言，〈江南逢李龜年〉信筆揮灑，妙趣天成，
如清淺的漣漪，漾人心湖；本詩則由於刻意經營，苦心擘劃，而且採

用翻疊蓄勢、映襯烘托的手法，顯得波瀾壯闊，酣暢淋漓，給人史詩般蕩氣迴腸的震懾之感，因此贏得很高的評價：方東樹《昭昧詹言》許之以「神品」，翁方綱《石洲詩話》稱之為「古今七言詩第一壓卷之作」，仇兆鰲《杜詩詳注》引申涵光之言曰：「古今題畫第一手」，黃生《杜詩說》也評之曰：「諸題畫詩，皆七古神境；此首尤為婉轉跌宕。」

在詳細導讀本詩之前，筆者擬先指出本詩之所以能贏得歷代詩評家不倦嘆賞的原因，以使讀者對本詩的藝術技巧有一個比較具體的概念。

甲、首先，本詩比起前一首觀畫馬圖詩而言，更大量地採用借賓顯主的映襯手法，自然把曹霸爐火純青，登峰造極的畫藝，烘托得更清晰具體，也更令人嘆為觀止。茲分八點析述如下：

＊第一，學習書法是賓，映襯出鑽研畫藝為主；於是書法之追攀右軍，更襯托出畫藝之登峰造極。

＊第二，描畫凌煙閣是賓，映襯出摹畫玉花驄是主；於是畫人物之形神俱肖，更能襯托出畫馬之骨相清奇。

＊第三，赤墀上的真馬是賓，映襯出御榻上的馬畫為主；兩相對照，更凸顯出虛實難辨、幻能亂真的景象所給人的驚詫錯愕之感。

＊第四，「畫工如山貌不同」是賓，映襯出曹霸匠心獨運為主；更能表現出曹霸意在筆先的高妙造詣。

＊第五，萬古凡馬是賓，映襯出圖上真龍是主；則玉花驄之神駿無雙，已宛然在目，而曹霸畫藝之獨步天下，也不言可喻。

＊第六，弟子韓幹畫肉是賓，映襯出曹霸畫骨是主；而曹霸淪落草野的線索（暗示世人賞肉不愛骨，忍令驊騮氣凋喪），便已暗伏其中。

＊第七，為佳士寫真是賓，映襯出為路人作畫是主；則其人之窮愁潦倒，已不問可知。

＊第八，開元年間能令至尊含笑，備受恩賜垂青是賓，映襯出廣德
　年間卻遭俗物鄙夷，飽嚐輕蔑白眼為主；如此強烈對比，則不勝
　昔榮今枯的滄桑之感，已溢於言表矣。

因此施補華《峴傭說詩》指點親切地說：「畫人是賓，畫馬是主，卻
從善書引起善畫，畫人引起畫馬；又用韓幹之畫肉，墊將軍之畫骨，
末復搭到畫人。章法錯綜絕妙，學者亟宜究心。」沈德潛《杜詩評鈔》
也嘆賞有加地說：「畫人畫馬，賓主相形，縱橫跌宕；此種篇法，得
之於心，應之於手，有化工而無人力，觀止矣！」

　　乙、在夾敘夾議的筆觸中，多方融入抑揚跌宕的手法，使得褒貶
唱嘆的語調有如層波疊浪一般，最具翻騰起伏的氣勢與開闔震盪的韻
致，很值得細加玩索。具體而言，全篇抑揚頓挫之處如下：

＊「將軍魏武之子孫」是揚，「於今為庶為清門」是抑。

＊「英雄」是揚，而「割據」是抑；「文采風流今尚存」又是一揚。

＊「學書初學衛夫人」也是揚；「但恨無過王右軍」雖似抑而實揚。

＊「凌煙功臣少顏色」是抑，「將軍下筆開生面」是揚。

＊「眾工如山貌不同」是抑中藏揚（貌不同，畫不出玉花驄的神駿
　之意；抑眾工而暗揚曹霸）。

＊「斯須九重真龍出」是揚，「一洗萬古凡馬空」抑中有揚。

＊「弟子韓幹早入室」是揚，「忍令驊騮氣凋喪」是抑。

＊「古來盛名下」是揚，「坎壈纏其身」是抑。

正由於敘議有方，抑揚得勢，因此楊倫《杜詩鏡銓》引張惕庵的評論
說：「此太史公列傳也！多少事實，多少議論，多少頓挫，俱在尺幅
中。章法跌宕縱橫，如神龍在霄，變化不可方物。」

　　丙、詩人運用淡筆點染，烘托側寫，便能達到形神畢肖，氣韻如
生的效果，也是本詩令人有目擊親睹之感的關鍵所在。例如：

＊「進賢冠」和「大羽箭」的點染，烘托出文官儒雅而武將威猛的
　具體形象，此其一。

＊「毛髮動」三字細膩入微，「來酣戰」三字逼人眼目；一「動」
　　一「來」的點染，更是入木三分，栩栩欲活的句眼所在，此其二。

＊「迥立閶闔」寫玉花驄軒昂的神態，「生長風」寫其矯健的氣韻；
　　而其骨相之奇與英姿之俊，閉目可想，此其三。

＊「至尊含笑」的欣喜滿意之表情，以及「圉人惆悵」的惘然若失
　　之情態，烘托得馬畫神采驚人而又英氣逼人，此其四。

　　以下大抵以四句為一節來解讀本詩各節之意。

　　「將軍魏武之子孫，於今為庶為清門；英雄割據雖已矣，文采風
流今尚存」四句，僅用大起大落、大開大闔的兩重對比，就交代出曹
霸家世的興衰滄桑，流露出作者的仰慕與嗟嘆之意，並確立了全詩感
慨萬千的基調；的確有尺幅千里的氣勢。詩人對曹操的文采雖然欽服，
對他的功業卻並沒有特別推崇，僅以「英雄割據」四字加以評述而已，
其褒貶筆削的用心，直如《春秋》之微言大義，因此沈德潛《杜詩評
鈔》特別點出：「不予以正統，此為史筆。」由於起首四句是由源遠
流長的家世寫起，因此顯得格局嚴整，堂廡正大，氣度恢弘；而在翔
實的鋪敘中又能深藏褒貶抑揚之意，相當耐人尋味。

　　「學書初學衛夫人，但恨無過王右軍；丹青不知老將至，富貴於
我如浮雲」四句，是根據「書畫同源」的理趣，以善書為善畫襯墊，
在藉賓形主的曲折筆法中，更見出畫藝之超凡入聖。詩人以這四句概
括曹霸的藝術修為和人品性格，雖然對於他的書法造詣和丹青境界有
所軒輊，但是語氣從容不迫，手法含蓄委婉；尤其是化用《論語》的
名句「富貴於我如浮雲」又能自然流暢，雍容合度，絕無板滯陳腐之
弊，更見大將運斤成風、揮灑自如的沉穩。詩人先暗示曹霸是由於書
法不足以獨步古今，故捨書而攻畫，但是卻又以「書聖」的絕藝深自
期許，那麼即使他未能凌駕王羲之，也足可傲視群倫而睥睨國手了；
因此王嗣奭《杜臆》評點這種貶中有褒、寓揚於抑的溫厚之筆說：「只
是同能，不能獨勝，故捨學書而專精於畫，然下筆之妙，真是行空天

馬。」如此抑揚頓挫的寫法,既不至於過損而傷人自尊,又不至於過譽而流於諂媚;同時還因為評介的分寸拿捏得恰到好處,既可襯出下文對曹霸丹青技藝的嘆賞絕非溢美之辭,容易使人信服;又能在無形之中烘托出曹霸與書聖聯鑣並轡、昂首爭馳的非凡聲價。「丹青」二句幾乎等於默寫《論語》的原文而加以套用而已,可能有人以為容易流於陳腔濫調,難於有神無跡[2];作者卻能藉此稱賞曹霸淡泊名利的儒者風範,既回應前文風流猶存之意,又隱約表達出畫品的優劣取決於人品之高下的藝術見解;同時也等於是以「人如其畫」的觀點,暗示了曹霸筆下的駿馬之所以有嶙峋的傲骨,純是他人品孤高的投射反映;更引出詩末盛名之下竟然坎壈終其身的唏噓慨歎,因此楊倫稱賞此處「用經入妙」。

「開元之中常引見,承恩數上南薰殿;凌煙功臣少顏色,將軍下筆開生面」四句,巧妙地以玄宗的年號和所居住的南薰殿來寄寓對於玄宗的懷念。一位畫家竟能以丹青之妙,屢蒙聖君眷顧,一如當年自己以布衣獻〈三大禮賦〉,獲得短暫的榮寵一般;往事雖遙而記憶猶新,盛世已衰而忠忱不減的心跡,可以見於言外。如果「凌煙功臣少顏色」含有盛世的光環已經暗淡褪色的象徵意義,則「將軍下筆開生面」除了稱讚曹霸重摹舊像,卻能心裁別出而有創新突破之處,因此畫像面色如生,神魂欲活之外;可能還含有期許當道能夠恢復太宗褒功崇賢的風範,重振玄宗開元治世的深心存焉。

至於「良相頭上進賢冠,猛將腰間大羽箭;褒公鄂公毛髮動,英姿颯爽來酣戰」四句,值得用心體會的妙處有四:

＊第一,只以「冠」和「箭」兩個細節,就點出文官武將的不同氣質,同時又顯示出太宗時文治武功並重而雙美的烜赫盛世。

＊第二,只針對褒國公和鄂國公的毛髮飄飛、神勇酣戰作特寫,而其英氣勃發、驍勇善戰、忠肝義膽、叱吒風雲的威猛形象,便歷歷在目;這是畫龍點睛的神來之筆,因此黃生《杜詩說》評曰:

「『毛髮動』三字，寫猛將已如生矣；謂從酣戰而來，尤非庸筆所及。」

＊第三，只選擇段志玄和尉遲敬德兩人來概括二十四位功臣，其餘畫像的生動傳神，也就閉目可想；這是見鱗爪而知雲龍的精簡之筆，因此黃生又說：「於功臣但寫褒、鄂，舉二公以見其餘，想其畫像尤生動耳。」

＊第四，這四句筆致粗獷豪邁，不重華辭麗藻，既與畫像人物的個性不謀而合，又和首句以下的文氣一脈貫注，同時還使曹霸質樸健爽的畫風和墨趣也透紙而來。

「先帝天馬玉花驄，畫工如山貌不同；是日牽來赤墀下，迥立閶闔生長風」四句，著重在表現天馬難繪，絕非俗工可摹的印象，藉以渲染曹霸一揮而就，龍馬即英氣逼人的不凡功力。作者先以前兩句強調同樣的寫生對象，眾如山積的畫工卻描繪得形貌各異而神韻盡失；則曹霸善於捕捉神韻的慧眼靈心，就意在言外了。然後又藉著後兩句來強調：即使是處於靜態的天馬，也給人神采俊逸，意氣昂揚，振鬣風生的感受，以見掌握其氣韻之難能可貴；則曹霸擁有傳神奪魄的化工之筆，也就呼之欲出了，而他的畫作完成後的效果，也就更令人充滿期待，急欲先賭為快了。

「詔謂將軍拂絹素，意匠經營慘淡中；斯須九重真龍出，一洗萬古凡馬空」四句，意在凸顯曹霸在匠心獨運之後，落筆如風，一氣呵成，而又活龍活現的驚人功力；因此詩人特別選用「斯須出」「一洗空」來加快節奏，以增強神馬騰踏而來，破紙而出的印象；因此沈德潛《杜詩評鈔》稱「斯須」二句：「神來之筆，紙上疑有堆阜突出。」

以上八句極力渲染畫作完成之前的氣氛，成功地給人屏息以待的懸疑效果，同時似乎又隱然有作者以龍馬自許而睥睨凡馬的氣概；因此方東樹《昭昧詹言》說：「『詔謂』以下，磊落跌宕，有文外遠致。」高步瀛《唐宋詩舉要》也稱許「斯須」二句：「寫畫馬何等抱負！」

「玉花卻立御榻上，榻上庭前屹相向；至尊含笑催賜金，圉人太僕皆惆悵」四句，則轉而由畫成的效果來極力烘托曹霸以假奪真、出神入化的藝術造詣。尤其是「卻」字代表驚訝詫異的語意，極為生動有力地傳達出旁觀者錯愕疑怪的感受；「屹」字又巧妙地刻劃出雙駿對峙爭鋒的態勢，和嶙峋孤傲的骨氣；再加上以「榻上」的頂真手法來使兩句串連一氣，勾畫出旁觀者的腦袋忽左忽右地兩面對照辨認時那種瞠目結舌、難以置信的忙亂之狀，自然令讀者有妙趣橫生而墨氣四射的新奇感；因此孫洙《唐詩三百首》除了以為前面的「迥立」句把真馬寫得氣象萬千，而「斯須」「一洗」二句，又把畫馬寫得「盡其工處」之外，又說此處「真馬、畫馬夾寫，更奇。」浦起龍《讀杜心解》說：「榻上是貌得者，庭前是牽來者，寫生出色。」高步瀛也稱賞說：「何等精靈！」這種假能亂真、虛能幻實的獨特構思，和作者〈奉先劉少府新畫山水障歌〉的「堂上不合生楓樹，怪底江山起煙霧」兩句，可謂機杼同源，勝場各擅，都能營造出詭譎奧妙的詩境，帶給讀者豐富的審美情趣，和令人驚怪而又耐人尋繹的新鮮感受。至於「至尊含笑」的勾勒，和「圉人惆悵」的虛擬，也都能各自切合身分地位而情態如見，風趣宛然，可謂觀察入微，頰上添毫的細膩之筆；因此《杜臆》說「至尊」句：「宛然帝王鑑賞風趣，公之筆又不減於曹之畫矣。」黃生《杜詩說》也說：「非『惆悵』二字，不能盡馬官躊躇審顧之狀。」這種純從旁觀者的反應來烘托主角的技法，和古樂府詩〈艷歌羅敷行〉以「行者見羅敷，下擔捋髭鬚；少年見羅敷，脫帽著帩頭；耕者忘其犁，鋤者忘其鋤」等句來烘托羅敷之美的背面敷粉手法，頗有異曲同工之妙，的確令人激賞；無怪乎《唐宋詩舉要》引張廉卿之言說：「純從空處摹寫，所以入神。」

「弟子韓幹早入室，亦能畫馬窮殊相；幹惟畫肉不畫骨，忍令驊騮氣凋喪」四句，是在前面層層烘托渲染的鋪墊下，別開生面，另闢新境的神來之筆；方東樹稱賞這種拈出弟子作為陪襯的筆法為「波瀾

奇妙」。作者先肯定韓幹頗具窮形盡貌的非凡功力，便提高了曹霸一代宗師的身分地位，繼而遺憾韓幹雖能捕捉御廄馬匹豐勻的外貌，可惜卻疏於掌握神駒清奇的骨相，則是更進一步凸顯出曹霸馬畫獨有的骨相風采與神韻氣度，已達名家亦難望項背的絕詣；後來蘇軾在〈潮州韓文公廟碑〉中藉著「汗流籍湜走且僵」的貶抑手法來標榜韓愈詩文造詣之超妙有如中天麗日，大概正是瓣香於老杜這種靈活生動的構思吧！

就佈局而言，詩人還有意以韓幹只畫其肉而不畫其骨，竟然棄置驊騮清俊的神氣於不顧，來暗寓曹霸之高才逸氣竟不被世人賞識，以至於淪落民間的喟嘆，自然便能由推崇備至的巔峰，陡然墜落到感慨萬千的深谷。這種藕斷絲連、脈絡暗通的針線，既有江濤奔峽的開闔頓挫之奇，也有神龍盤雲的夭矯騰挪之姿，很值得細加玩味[3]。此外，儘管詩人層層渲染，句句烘托，詩中卻沒有隻字片語用來直接描寫玉花驄的形色體貌，反而能使玉花驄的丰采更形超逸絕倫，耐人遐想；這種斬斷枝葉而直探根柢，脫化形跡而刻劃精神的筆觸，正與曹霸的匠心畫意不謀而合，因此也就更有寄實於虛、傳神象外的餘韻而引人入勝了，無怪乎前人不吝於稱揚本詩為「神品」「壓卷」「第一手」，的確有其道理。

「將軍善畫蓋有神，必逢佳士亦寫真；即今漂泊干戈際，屢貌尋常行路人」四句，則由對畫藝的讚譽轉筆折回對於際遇的同情，在滄桑的感慨中縮藏著王朝衰微的喟嘆。這種經由曹霸寫真對象的變化來展現他落魄潦倒景況，和〈江南逢李龜年〉詩中以李龜年出入場合及演奏對象的不同來暗寓時代興衰之感的手法，頗有異曲同工之妙，的確使人讀來倍覺惆悵感傷。當年曹霸出入宮禁、周旋公卿時的榮顯情況是「貴戚權門得筆跡，始覺屏障生光輝」，可是如今卻是「屢貌尋常行路人」，甚至還「途窮反遭俗眼白」，淪落到惹人嫌惡的困境，真是悽涼無限，情何以堪？不僅令人思之鼻酸，也不免為之嗟嘆唏噓；

無怪乎作者在「世上未有如公貧」的憐憫之外，還更進一步噴薄出「但
看古來盛名下，終日坎壈纏其身」的悲憤，既為曹霸扼腕不平，也為
自己吐盡「古來材大難為用」的鬱壘了！

綜觀全詩，不僅鋪敘有法，抑揚有力，映襯有方；而且佈局嚴謹，
針線細密；再加上構思靈妙，設想出奇；筆勢旋折，波瀾迭起；的確
稱得上是隨物賦形，巧奪天工的名篇。因此楊萬里《誠齋詩話》說：
「七言長韻古詩，如杜少陵〈丹青引〉〈曹將軍畫馬〉〈奉先劉少府
山水障歌〉等篇，皆雄偉豪放，不可捉摸；學者於李杜蘇黃詩中求此
等類，誦讀沉酣，深得其意味，則落筆自絕矣。」方東樹《昭昧詹言》
說：「杜工自有縱橫變化，精神震蕩之致；以韓公較之，但覺韓一句
跟一句甚平，而不能橫空起倒也。」這些浸淫詩道有年的大家之見，
都可以作為閱讀本詩的南鍼。

【補註】

01 本詩其實不是為某幅圖畫題詩，而是刻意寫來贈送給畫師的詩歌；
　　因此，所謂「題畫詩」，其實是錯誤的觀念。

02 吳師道《吳禮部詩話》說：「又凡作詩難用經句，老杜則不然；
　　『丹青不知老將至，富貴於我如浮雲』，若己出。」高步瀛《唐
　　宋詩舉要》也說：「前人有謂作詩戒用經語，恐其陳腐也；此二
　　句令人忘其為用經者，全在筆妙。」

03 韓幹之畫風自成一格，往往把御廄中飼養得豐腴肥壯之駿馬如實
　　描畫，與杜甫在〈房兵曹胡馬〉詩裡所表現出偏好「鋒棱瘦骨成」
　　者不同，因此作者借其畫壯馬之形貌來陪襯出曹霸畫骨氣之傳神，
　　並藉以感慨志士窮愁潦倒，乏人賞識，以引出末段曹霸淪落之可
　　悲。

【商榷】

「幹惟畫肉不畫骨，忍令驊騮氣凋喪」兩句，似乎老杜有「畫骨高於畫肉」的審美觀照，和韓幹遠遜曹霸的優劣評價，因此引來若干批評，以為老杜見解平庸，不諳畫藝。蘇軾〈韓幹馬〉詩云：「少陵翰墨無形畫，韓幹丹青不語詩；此畫此詩今已矣，人間駑驥漫爭馳。」顯然認為韓幹的馬畫和老杜的馬詩足可並稱雙絕，而對於老杜貶抑韓畫的不以為然，則隱然見於言外；他的弟子張耒也不認同老杜的觀點說：「幹寧不忍畫驥骨？當時廄馬君未知，……韓生丹青寫天廄，磊落萬龍無一瘦。」（見《柯山集》卷13〈蕭朝散惠石本韓幹馬圖馬亡後足〉詩）乾隆也以為尊師貶徒的說法可議：「不凋氣體尚猶存，鞍鞭弗施自在原；只以譽詩排弟子，少陵未免過苛論。」（〈題韓幹畫馬〉詩）

筆者則有不同的看法。首先，就眼光而論，由於韓幹是以宮廷畫家的眼光來觀察，較偏重於圖貌寫真，因此忠實地描繪出豐腴勻美的姿韻；杜甫則是以詩人的角度來賞畫觀馬，而且又融入了諸多身世家國之情，因此從筋骨的瘦硬崢嶸來深寓寄託，暗抒懷抱。至於馬是以清瘦為俊，或是以肥腴為美，本來就燕瘦環肥，各領風騷；仁山智水，嶺峰皆妙，實在無須強加軒輊。

其次，就寫法而論，抑韓揚曹的映襯之筆，用意原不在於貶徒褒師，而是為了尊題的緣故，因此王嗣奭《杜臆》不厭其煩地析論這種藉賓顯主的筆法說：「如孟子借聖人百世師而形容孔子之生民未有，此借客形主之法；始知〈劇秦美新〉乃子雲虐莽而莽不覺也。至韓之畫肉，非失於肥，蓋取姿媚以悅人者；於馬非不婉肖，而骨非千里，則驊騮氣喪矣。此又孔子聞達之辨[1]，剛毅木訥之近仁，而巧言令色之鮮仁者也；雖謂老杜以馬論學可也。蓋『立』而曰『迥』，『相向』而曰『屹』，馬之骨已露於此矣；又得韓幹一轉，然後意足而氣完。」沈德潛《杜詩評鈔》也說：「反襯將軍之畫盡善，非必貶幹也。」的

確是深得詩學三昧的見道之言。

就章法而論，詩人不過是借韓幹重肉輕骨的畫法來感慨世人缺乏鑑賞高才、識拔奇士的眼光，竟讓妙絕人寰的宗師淪落困窘而遭人白眼。換言之，以韓幹來另起波瀾，除了有抑揚低昂的排蕩氣局[2]，可以極盡篇章的開闔變幻之妙以外；就脈理而言，它們又正好是遙引末段的漂泊坎壈、窮愁潦倒之狀的線索所在，同時又自然回應首段的「於今為庶為清門」及次段的「富貴於我於浮雲」二句。

再就賞畫的評價來看，杜甫的〈畫馬贊〉嘗云：「韓幹畫馬，毫端有『神』。驊騮老大，腰裹清新。魚目瘦腦，龍文長身。雪垂白肉，風霉蘭筋。逸態蕭疏，高驤縱恣。……瞻彼駿骨，實惟龍媒。……良工惆悵，落筆雄才。」可見對韓之畫馬亦推崇有加而許之以「神」。由此更可以了解：以為老杜貶韓過苛的觀點，顯然是拋開了就詩論詩的基本概念，而又摻雜了賞畫論馬的審美判斷，因此才會有老杜不諳畫藝的誤會。

沈德潛《杜詩評鈔》以為「結末微覺不振，恐有頭重腳輕之病。」施補華《峴傭說詩》也以為「唯收處悲颯，不可學。」這兩人的看法，令筆者頗感意外。因為本詩的旨趣，本來就有感於賢士淪落、才俊失路之悲，因此詩末流露出消沉的意志和憤激的情緒，是理所當然的結果。詩人為了凸顯出昔榮今衰的對比，以見出今日漂淪失意的可悲，因此詩人刻意採用映襯的手法：杜甫在敘寫曹霸畫玉花驄之前的筆墨是層層鋪墊，句句渲染，而且愈墊愈高，愈染愈濃；直到九重真龍一掃萬古地屹立在玄宗的御榻前，可謂把曹霸的畫藝推到了爐火純青、出神入化的境地，而詩情的波瀾也被翻疊到了最高潮。而後才轉筆韓幹，再盪餘波，便立即過渡到知音難覓、識畫無人的困境作收束，而且越收越消沉，越束越可憐；終至於以「途窮反遭俗白眼，世上未有如公貧」來抒發同病相憐的吁嗟，更以「但看古來盛名下，終日坎壈纏其身」來噴薄出滿腹牢騷，為古往今來有才無命者抒發不平的憤慨。

不論就情感的生發收放，或章法的開闔頓束而言，皆可謂既有波瀾起伏的奇妙韻致，又有水到渠成的自然走勢，何嘗有所謂「不可學」的弊病呢？何況老杜本來就是借他人酒杯澆自己心中的塊壘，兼有撫慰畫宗、自寫懷抱以及為古今才士申訴不平之悲的寓意在內，則「但看古來盛名下，終日坎壈纏其身」兩句，適足以表達他鬱紆難伸的沉痛之感，又有何卑弱不振可言呢？

【補註】

01 《論語‧顏淵》載孔子回應子張的「聞達」之問說：「夫達也者，質直而好義，察言而觀色，慮以下人；在邦必達，在家必達。夫聞也者，色取仁而行違，居之不疑；在邦必聞，在家必聞。」

02 黃生《杜詩說》云：「『弟子』四句，乃抑彼揚此法。插此四句，更覺氣局排蕩。」

【評點】

01 許顗：老杜作曹將軍〈丹青引〉云：「一洗萬古凡馬空」，東坡〈觀吳道子畫壁〉詩云：「筆所未到氣先吞」；吾不得見其畫矣，此二句，二公之詩各可以當之。 ○東坡作〈妙善師寫御容詩〉，美則美矣，然不若〈丹青引〉云：「將軍筆下開生面」，又云：「褒公鄂公毛髮動，英姿颯爽來酣戰」。後說畫玉花驄馬，而曰：「至尊含笑催賜金，圉人太僕皆惆悵」，此詩微而顯，《春秋》法也。（《彥周詩話》）

02 黃徹：「途窮反遭俗白眼」，本用阮籍事，意謂我輩本宜以白眼視俗人；至小人得志，嫉視君子，是反遭其眼白，故倒用之。（《蛩溪詩話》）

03 劉辰翁：起得激昂慷慨，少有及此；（「英雄割據」二句）接得又勝。（「學書初學」四句）突兀四語，能事志意畢竟；往復浩

蕩，只在裡許。（「迴立閶闔」句）「迴立」，意從容。（「榻
上庭前」句）「相向」，語纖密。……首尾悲壯動盪，皆名言。
（《宋詩話全編》）

04 鍾惺：（「含笑催賜金」）五字，說出帝王鑑賞，風趣在目。（《唐
詩歸》）

05 陸時雍：「斯須九重」二語是傑句；「幹惟畫肉」二語，此便是
畫家秘訣，不類泛常題詩。 ○周珽：選語妙合處，如龍行空中，
鱗爪皆化為煙雲。（《唐詩選脈會通評林》）

06 邢昉：沉雄頓挫，妙境別開。（《唐風定》）

07 南村曰：敘事歷落，如生龍活虎，真詩中馬遷；而「畫肉」「畫
骨」一語，尤感慨深長。（《唐風懷》引）

08 黃周星：（首二句）此又是一起法，筆力俱足千鈞。（「丹青」
句）筆趣橫流。……（「斯須九重」句）忽然眼張心動。（《唐
詩快》）

09 黃生：就家室（按：應作「家世」）起，起法從容。不即入畫，
先贊其書，更從容。……「丹青」二句全用經語，惟有畫，詩故
妙。（《杜詩說》）

10 金聖嘆：波瀾疊出，分外爭奇；卻一氣混成，真乃匠心獨運之筆。
（《唱經堂杜詩解》）

11 徐增：起處寫將軍之當時，極其龍鍾；結處寫將軍之今日，極其
慷慨。中間敘其丹青之恩遇，而以畫馬為主；馬之前後，又將功
臣、佳士來襯。起頭之上，更有起頭；結尾之下，又有結尾。氣
力厚大，沉酣夭矯。看其局勢，如百萬雄兵，團團圍住，獨馬單
槍，殺進去又殺出來，非同小可。子美，歌行中大將，此首尤為
旗鼓；可見行兵、行文、作詩、作畫，無異法也。（《而庵說唐
詩》）

12 葉燮：杜甫七言長篇，變化神妙，極慘淡經營之奇。就〈贈曹將

軍丹青引〉一篇論之，起手「將軍魏武之子孫」四句，如天半奇峰，拔地陡起；他人於此下便欲接「丹青」等語，用轉韻矣。而（老杜）忽接「學書」二句，又接「老至」「浮雲」二句，卻不轉韻，誦之殊覺緩而無謂；然一起奇峰高插，使又連一峰，將來如何撒手？故即跌下陂陀，沙礫石确，使人褰裳委步，無可盤桓；故作畫蛇添足，拖沓迤邐，是遙望中峰地步。接「開元引見」二句，方轉入曹將軍正面。他人於此下又便寫御馬玉花驄矣！接「凌煙」「下筆」二句，蓋將軍丹青是主，先以學書作賓；轉韻畫馬是主，又先以畫功臣作賓；章法經營極奇而整。……接「良相」「猛士」四句，賓中之賓，益覺無謂；不知其層次養局，故紆折其途，以漸升極高極峻處，令人目前忽劃然天開也。至此方入畫馬正面，一韻八句；連峰互映，萬笏凌霄，是中峰絕頂處。轉韻接「玉花」「御榻」四句，峰勢稍平，蛇蟺游衍出之。忽接「弟子韓幹」四句，他人於此必轉韻。更將韓幹作排場，仍不轉韻，以韓幹作找足語；蓋此處不當更以賓作排場，重複掩主，便失體段。然後詠歎將軍善畫，包羅收拾，以感慨系之篇終焉。章法如此，極森嚴，極整暇。余論作詩者不必言法，而言此篇之法如是何也？不知杜此等篇，得之於心，應之於手，有化工而無人力。如夫子從心不逾之矩，可得以教人否乎？使學者首首印此篇以操觚，則室板拘牽，不成章矣。決非章句之儒、人功所能授受也。（《原詩》）

13 張謙宜：〈丹青引〉與〈畫馬圖〉一樣作法。細按之，彼如神龍在天，此如獅子跳擲，有平涉、飛騰之分；此在手法上論。所以古人文章貴於超忽變化也。「褒公鄂公毛髮動，英姿颯爽來酣戰」，人是活動，馬是活的可想。映襯雙透，只用「玉花婉在御榻上」二句已足，此是何等手法！（《峴傭說詩》）

14 弘曆：起筆老橫。「開元之中」以下，敘昔日之遇，正為末段反

照。……通篇瀏漓頓挫，節奏之妙，於斯為極。（《唐宋詩醇》）

15 楊倫：（「斯須九重」二句）神來之筆。（《杜詩鏡銓》）

16 方東樹：起勢飄忽，似從天外來。第三句宕勢，此是加倍色法；第四句合，乃不直率。「學書」一襯，就勢一放，不致短促。（《昭昧詹言》）

17 葉矯然：少陵詠馬及題畫馬諸詩，寫生神妙，直空千古，使後人無著重手處。如〈驄馬行〉云：「五花散作雲滿身，萬里方看汗流血」「赤汗微生白雪毛，銀鞍卻覆香羅帕」；……〈畫馬引〉云：「曾貌先帝照夜白，龍池十日飛霹靂」「斯須九重真龍出，一洗萬古凡馬空」等語，皆筆奪化工。（《龍性堂詩話》）

147 宿府（七律）　　　　　　　　杜甫

清秋幕府井梧寒，獨宿江城蠟炬殘。永夜角聲悲自語，中天月色好誰看？風塵荏苒音書絕，關塞蕭條行路難。已忍伶俜十年事，強移棲息一枝安。

【詩意】

　　冷冷清清的秋風瑟瑟地吹來，天井邊的梧桐葉已經帶著森然的寒意紛紛飄墜，使我心中頓時有些淒涼的感傷。獨自留宿在錦江城的幕府裡，眼睜睜地看著蠟燭一分分地暗淡下來，我越發愁思滿懷，難以成眠。漫漫長夜裡，遠遠傳來嗚咽的號角聲，彷彿是在細訴它自己在亂世中的幽怨，聽起來特別悲涼；高曠的夜空中，月色雖然皎潔美好，但是誰又有心情去賞玩呢？延燒多年的戰火，經久不熄，親友的音訊早已完全斷絕了，再加上一重又一重的關塞，是那麼蕭條冷落，返鄉的道路似乎越來越遙遠，只怕是越來越難以回去了！我已經在顛沛流

離中忍受十年落拓飄零的煎熬了，什麼時候才能好好落葉歸根呢？眼前，似乎也只好勉強屈就這一根枝椏，以求暫時的安棲了！

【注釋】

① 詩題一宿府，留宿於節度使府中之意。代宗廣德二年（764）六月，新任成都尹兼劍南節度使嚴武保薦杜甫為節度使參謀、檢校工部員外郎；杜甫家居成都城外的浣花溪畔，有時因輪值之故必須留宿府中，因有此作。

② 「清秋」二句──幕府，古時將帥出征，居無定所，往往施用帳幕而宿，軍還則罷；後世因稱將帥的府署為幕府。唐時的節度使，等於出京鎮守外地的將帥，故節度使府第亦稱幕府。井梧，梧桐樹常種植於天井之側，故云。江城，指位於錦江畔的成都。蠟炬，一作「蠟燭」。

③ 「永夜」句──永，長也；永夜，漫漫長夜。角聲，軍中報時及發號施令的號角聲。角聲悲自語，謂悲涼的號角聲彷彿在自訴其幽怨，隱然有戰亂未息之意；仇兆鰲注引胡夏客曰：「『角』本列宿，故借『角聲』對『月色』，殊巧。」

④ 「風塵」二句──風塵，兼指戰亂與流離而言。荏苒，雙聲詞，指光陰的輾轉推移。關塞，關隘和要塞。蕭條，疊韻詞，蕭瑟冷落狀。

⑤ 「已忍」二句──伶俜，音ㄌㄧㄥˊ ㄆㄧㄥ，雙聲詞，落拓飄零狀、孤絕困窘貌；〈詠懷古跡〉五首之一：「支離東北風塵際，漂泊西南天地間」二句，可為「伶俜」的具體寫照。十年，由安祿山叛亂（755）迄今（764）已近十年。強移，勉強屈就。一枝，指幕府之職。

【導讀】

　　本詩是以「獨宿」二字為詩眼，前半寫獨宿幕府時所見所聞之景，藉以抒發愁懷難寐之情；後半則拈出輾轉不眠之因，吐露心事，感慨身世。

　　老杜由於不慣幕僚生活的單調拘束與無所作為，因此在〈遣悶呈嚴公二十韻〉中說：「束縛酬知己，蹉跎效小忠。」而且又遭同僚的猜忌與排擠，因此借〈莫相疑行〉來抒發感慨：「晚將末契（按：指上對下、長對幼之交誼）託年少，當面輸心背面笑。寄語悠悠世上兒，不爭好惡莫相疑。」第二年，他便辭職而去了。由此回顧本詩的內容，並非只是抒發一宿的根觸感慨而已，而是長久蓄積心中鬱紆難遣的悵悶，稍借詩句以寫牢愁於萬一，因此讀來如聞遲暮老翁強自壓抑，卻又難掩落寞的自艾自憐之嘆，只覺悲涼滿紙，令人抑悶難宣，頗有不堪卒篇之感。乾隆《唐宋詩醇》御批曰：「多少心事，於無聊中出之，字字沉鬱。」范大士《歷代詩發》說：「寫獨宿之境，真至悲惋，令人想見其枕上躊躇，不能成寐。」都是中肯而不溢美的評語。

　　「清秋幕府井梧寒」七字，是訴諸觸覺與視覺感受來渲染清秋環境中勾愁惹恨的氣氛；「獨宿江城蠟炬殘」七字，是訴諸視覺來點出獨宿時心緒滿懷，難以成眠的苦悶。老杜在〈遣悶呈嚴公二十韻〉的開篇就毫不掩飾他任職幕府的悔意：「白水魚竿客，清秋鶴髮翁。胡為來幕下？祇合在舟中。」然後又以「露裛思藤架，煙霏想桂叢」二語，表達出陶潛〈歸園田居五首〉其一：「羈鳥戀舊林，池魚思故淵」那種求歸草堂之意，更以「信然龜觸網，直作鳥窺籠」這兩層譬喻，清楚地說明自己不耐拘束的個性和困居幕職的苦悶。換言之，他之所以「束縛酬知己，蹉跎效小忠」，實在是為了報答嚴武的盛情美意，才勉強自己放棄優遊自在的草堂生涯；可惜到頭來卻不過是蹉跎光陰，空令自己失去自由而已，因此他懇求嚴武能成全他的求去意願而「時放倚梧桐」。顯然老杜寧可回到草堂去撫梧桐以盤桓，也不願意在幕

府中見井梧而淒寒；由此可知他這段幕僚生涯是如何怏怏不樂、鬱鬱寡歡了。因此，「井梧寒」三字所描寫的，不僅是環境氛圍的淒寒冷清而已，也透露出他的心灰意冷；「蠟炬殘」三字，也不僅是說明宿府難眠的無聊而已，還暗示他對於現職的意興闌珊，透露出心境的悲苦悒悶。以下六句，便是由「井梧寒」和「蠟炬殘」的意象，層層渲染、句句深化他鬱結難宣的牢愁。

「永夜角聲悲自語」七字，是轉而由聽覺書寫詩人聽到號角聲如怨如慕的自言自語，更是悲從中來。而「中天月色好」誠然皎潔美好，足以賞心悅目，奈何自己卻有難以言喻的哀傷和一腔沉痛的心事，因此只能悽涼無限地自嘲「有誰與我共看？誰又能在滿腹憂悶時有心欣賞呢？」雖然詩人並未明說他的心事為何，但是藉著角聲之悲和月色之好的逆折矛盾，卻已經把獨宿幕府時聞聲增悲、見月添愁的難眠之苦，表達得極為蘊藉深婉，耐人尋繹了；因此黃生《杜詩說》解釋這兩句說：「角聲之悲，如人自語，惟獨宿乃覺其然；月色雖好，不耐起看，亦枕上無聊之語。」角聲嗚咽，暗示著時局未靖，征戰未已，自然令詩人憂思不斷；月色撩人，雖然也讓作者思憶親人而有片刻溫馨之感，卻也讓他因而倍覺悽涼苦悶，因此他在〈月夜憶舍弟〉詩樸婉沉痛地說：「戍鼓斷人行，邊秋一雁聲。露從今夜白，月是故鄉明。有弟皆分散，無家問死生。寄書長不達，況乃未休兵。」而上元二年（761）所作的〈恨別〉詩也悒悵憂傷地說：「洛城一別四千里，胡騎長驅五六年。草木變衰行劍外，兵戈阻絕老江邊。思家步月清宵立，憶弟看雲白日眠。聞道河陽近乘勝，司徒急為破幽燕。」由這兩首詩可以清楚看出亂世的月色讓詩人如何愁懷難寐，黯然神傷，則此際當他耳聞悲涼的角聲，身沐明潔的月色，自然不勝憂國思家之悲，詩人又豈能安然成眠呢？因此方東樹《昭昧詹言》說：「三、四寫宿，景中有情，萬古奇警。」

「風塵荏苒音書絕，關塞蕭遞行路難」兩句，是由景入情時轉接

照應的樞紐，藉以深一層展現出前半四句中隱而未顯、茹而未吐的滿腹心事——烽火未熄而關山迢遞，來無音信而去無歸路，以至於聞角聲而增悲，望月色而興嘆，見井梧而生寒，對殘燭而黯然——同時也勾起「伶俜十年」的辛酸和「強棲一枝」的悲哀。換言之，有了腹聯來承先啟後，於是八句詩便如珠聯玉串，通體皆活；又如鉤鎖連環，渾融為一。「風塵荏苒」四字，表示戰火延燒不熄，以致輾轉遷徙，流離顛沛之久，自然鄉書斷絕，音信全無；這一句是由時間之久遠來寫傷痛之綿長，有腸迴九曲、紆鬱難解的深悲。「關塞迢遞」四字，則是由空間之遼闊無盡來寫詩人望斷故園心眼、偏偏路遙歸夢難圓的悒悶；再加上「行路難」三字的感慨，便有一唱三嘆，悄焉悽愴的幽恨了。經由時間之久長和空間之曠遠的錯綜糾結，已把詩人「支離東北風塵際，漂泊西南天地間」那種孤蓬秋風、亂世飄蕩的艱苦，寫得極為沉摯蒼涼；再加上兄弟離散，生死未卜，故園荒蕪，返鄉無望的層層憂思和重重煎熬，自然令詩人牢愁煩亂而惆悵欲狂了！「已忍伶俜十年事，強移棲息一枝安」兩句，便是在這種思歸未能而又憂悶無已的困境中不得已的暫時出路了。

「伶俜十年事」五字，是總收長久以來播越四方，漂泊奔波的困苦與辛酸，其中自有戰亂的恐怖、烽火的驚心、角聲的慘慄，和骨肉流離的傷痛、鄉書闊絕的憂念、流落異鄉的悲哀、關塞荒遠的茫然、行路艱難的無奈……種種糾纏鬱結，而又剪不斷、理還亂的心事，因此詩人不得不強自吞忍十年之久的悲苦，在百無聊賴偏又半籌莫展之下，只好繼續承受種種心靈的煎熬，暫時勉強自己棲息幕職以酬知己了。「強移」兩字，清楚地表現出如龜之觸網，如鳥之入籠的無奈，則所謂「安」字，顯然深藏著不安的靈魂和不平的意緒；因此黃生《杜詩說》特別指出詩中的失意之悲說：「音書既絕，行路又難，強就幕職，甚非己志。然因亂離，既已忍耐十年之久，則移枝棲息，亦姑安焉可耳，何事長懷鬱鬱乎？此蓋無聊中強自寬釋之詞。」此外，「棲

息」二字，遙映首聯「獨宿江城」之意，「一枝」遠承「幕府井梧」
而生，不僅筆意深婉，針線綿密，而且和「強移」二字結合起來觀察，
更強烈地表達出雲鵬折翼，有志難伸，故而不得不暫時歛藏羽翮而屈
就一枝的悲辛了；因此黃叔燦《唐詩箋注》說：「十年勞苦，暫息一
枝，此情此景，不堪卒讀！」

【商榷】

本詩除了以層層深入、筆筆曲折的綿密針線來傳達詩人紆鬱難宣
的心事之外，詩人似乎還有意借助於跌宕頓挫、悲抑吞吐的聲情來摹
寫複雜糾葛的心思，因此方回《瀛奎律髓》以為「永夜角聲悲自語，
中天月色好誰看」兩句和詩人的〈閣夜〉詩頷聯「五更鼓角聲悲壯，
三峽星河影動搖」都是「上五下二」的特殊句法而嘆之曰：「詩之樣
式極矣！」換言之，這種拗折的句式和一般七字句作「上四下三」者
有所區別，頗能模擬心境的滄桑悲愴、孤寂落寞、抑鬱惆悵、淒涼苦
悶等盤曲糾結的心境，以及絕非三言兩語就能傾瀉無餘的滿腹辛酸和
一腔幽恨。

不過，這種怪異彆扭的句式，卻也使古人在點逗停頓上覺得困惑，
即使斟酌再三，依舊遲疑不決，感到難以定奪。例如：

＊王嗣奭說：「『永夜角聲悲』『中天月色好』為句，而綴以『自
語』『誰看』，此句法之奇者，乃府中不得意語。」顯然認為應
作「上五下二」的句式。可是後來他又說：「余初箋將三、四聯
『悲』『好』連上為句法之奇；今細思之，終不成語。蓋『悲』
『好』當作活字看。」則又推翻前說。但是究竟應作「上四下三」
或「四、一、二」句式，甚至上句作「上四下三」，下句作「上
五下二」，則語焉不詳。

＊仇兆鰲引用王氏後一種句式而加以批判：「測旨將『角聲悲』『月
色好』連讀於下兩字，未妥。」則似乎誤以為王氏作「上二下五」

而表示不能認同。但是究竟該如何點逗，立場也曖昧難詳。

＊楊倫說「永夜」句為「句有三折」，似乎以為應作「四、一、二」
　句式或「二、三、二」句式。

＊孫洙說：「上二字略頓，神味倍永。」則明白地主張「上二下五」。

＊施補華說：「『悲』字、『好』字作一頓挫，實七律奇調，今人
　讀爛不覺耳。」則以為應作「上五下二」句式。

由上引諸說，可以看出：即使是浸淫詩學多年的淵雅之士，也只能隱
約領略到杜甫這種詭異的句式中似有藉聲以傳情，聽音以會意的奧妙，
而嘆賞其拗折警動，卻難免仍有解讀為難的困惑。那麼，過分渲染句
式之奇、聲調之妙，以為此乃老杜不傳之秘的說法，恐怕就很有商榷
的餘地了。

　　詩人在頷聯以峭折頓宕的句式形成哽咽抑塞的聲情之餘，似乎仍
覺意猶未盡，因此又刻意選用雙聲字「荏苒」和疊韻詞「蕭條」，來
傳達時間的綿長遷延和空間的淒清荒涼，又以疊韻的「伶俜」來摹擬
孤危困苦的飄零之苦，以「棲息」來諧婉屏息斂跡的失意之悲；凡此
似乎都有意以連綿複沓的音韻來和次聯頓挫跌宕的句勢形成藉聲傳
情的作用，因此唐汝詢說：「八句皆對，而韻度不乏，非老杜不能。」
（《匯編唐詩十集》）

　　但是，八句真的形成工整的對偶嗎？儘管查慎行、胡以梅、許印
芳等人也認為全詩八句皆對，筆者卻以為這種說法太過疏陋，因為：

＊第一，首聯的「清秋」是由形容詞和名詞組成，而「獨宿」則由
　副詞和動詞結合，根本不成對偶。

＊第二，尾聯的「伶俜」應是修飾「十年事」的形容詞，「棲息」
　則是動詞，也難稱之為工整。

＊第三，尾聯「事」字為名詞，「安」字兼有動詞和副詞的涵義，
　也不成對仗。

筆者猜測尾聯這種似對非對的倒裝句式，可能的句意有兩種：「已忍

十年伶俜之事，強移一枝棲息而安」或「已忍十年伶俜之事，移一枝棲息而強安」；不論是何種句意，老杜似乎都有意在中間兩聯複雜的句式和複沓的音韻之外，再接再厲地以詰屈聱牙的詭異句法來傳達他滿懷糾纏煩亂的心緒，吐露他難以撫平的塊壘。

　　至於他如此挖空心思地打破句法的常規，獨闢蹊徑地鍛鍊奇思警句，究竟在詩歌藝術上是已達爐火純青、登峰造極的境界呢？或者是弄巧成拙而走火入魔呢？恐怕也就仁智互見了，因此紀昀不以為然地說：「八句終有拙意。」許印芳則反駁說：「法律細密。曉嵐以詞語之工拙苛求古人，吾所不取。」（《瀛奎律髓匯評》）胡以梅《唐詩貫珠》則對老杜創新警策的匠意深表認同地說：「此詩對起對結，而氣自流走，妙！」讀者諸君以為呢？

【評點】

01 虞伯生：第二聯雄壯工致，當時夜深無寐，獨宿之情，宛然可見。
　　○唐陳彝：「悲自語」三字說「角聲」，妙！妙！　○唐孟莊：
　　（月色）好不能看，方見其苦。　○周珽：孤衷幽緒，低徊慨切。
　　（《唐詩選脈會通評林》）

02 浦起龍：「獨宿」二字，一詩之眼。「悲自語」「好誰看」，正
　　即景自傷獨宿之況也。「荏苒」「蕭條」則從「自語」「誰看」
　　中追寫其故；而總束之曰「伶俜十年」，見此身甘任飄蓬矣。乃
　　今「移息一枝」而獨宿於此，亦始且相就之詞。蓋初就幕職時作。
　　（《讀杜心解》）

03 方東樹：章法同〈登樓〉，亦是起二句分點「府」「宿」，而以
　　情景緯之。（《昭昧詹言》）

148 旅夜書懷（五律）　　　　　　　杜甫

細草微風岸，危檣獨夜舟；星垂平野闊，月湧大江
流。名豈文章著，官應老病休。飄飄何所似，天地
一沙鷗。

【詩意】

　　黃昏時，看著微風輕輕吹拂著岸邊的細草，我的心中一片茫然。
傍晚以後，只有我的舟船在此地停靠；收起布帆時，只見帆杆高聳地
伸向深藍的天空，看起來似乎特別孤單。到了萬籟俱寂的深夜，我仍
然毫無睡意，只覺廣闊遼遠的平野，讓夜空中的繁星低垂得似乎伸手
可及；而奔騰浩蕩的江流，也讓水中的月亮好像隨時要翻湧而出一般
（此情此景，讓我在恍惚中有了前塵變幻如夢、歲月流逝若飛的感慨）。
大丈夫理當經國濟世，建功立業，豈能憑著滿腹牢愁的吟詩煉句而聞
名？仕宦之人，本應在七十歲時才因為年老病弱而退休（可是我卻因
為仗義抗辯而遭貶，又因屢受排擠而去職）……。唉！一生飄零的我
究竟像什麼呢？豈不正像傍晚時見到的那隻沙鷗，在逐漸蒼茫昏暗的
天地間獨自飛向遠方……？

【注釋】

① 詩題一代宗永泰元年（765）正月，杜甫辭去嚴武的參謀之職，回
　　到成都的草堂。四月，嚴武過世，作者徹底失去依靠，遂於五月
　　離蜀南下，自戎州（今四川省宜賓市）至渝州（今重慶市），六
　　月至忠州（今四川省忠縣）；秋，至雲安（今四川省雲陽縣）。
　　本詩約作於由渝州至忠州途中。

② 危檣──危，高；檣，帆杆。危檣，高聳的帆杆。

③ 「星垂」句──此為因果倒裝句式，謂由於平野廣闊無際，遂使繁星點綴的夜空，彷彿垂臨大地而與平野相接。

④ 「月湧」句──此亦為因果倒裝句式，謂由於江流奔騰洶湧，遂使水中的月亮，彷彿要從流光中翻湧而出一般。大江，指長江。

⑤ 「名豈」句──謂自己志在經國濟世，建功立業，豈為追求吟風弄月之詩名？文章，指詩歌而言。

⑥ 「官應」句──謂仕宦之人，本應於七十歲時因年老病弱而退休。

⑦ 「飄飄」二句──飄飄，飄零不定貌。沙鷗，棲息於沙洲的水鳥名。

【導讀】

代宗永泰元年（765）四月，杜甫的好友劍南節度使嚴武過世，作者徹底失去依靠後，於五月離蜀南下，由戎州（州治在今四川省宜賓市）至渝州（州治在今重慶市），六月至忠州（今四川省忠縣）。本詩約作於由渝州至忠州途中。

本詩前半完全扣準詩題的「旅夜」二字來寫所見之景，而情藏景中；後半則轉而回應詩題中的「書懷」二字來抒發心中感憤，而意餘言外。由於律法嚴謹，情感沉鬱，能達到梅聖俞所謂「狀難寫之情，如在目前；含不盡之意，見於言外」的妙詣，而且興象豐美，意蘊深密，因此浦起龍《讀杜心解》以為「筆筆高老」，紀昀評為「通首神完氣足，氣象萬千，可當雄渾之品。」（《瀛奎律髓匯評》）

「細草微風岸，危檣獨夜舟」兩句，是以工整的對仗描寫由黃昏到暮夜時的水陸景致。詩人連用「細、微、危、獨」這四個與心情感受有關的形容詞，於是寫景之中便寄藏有作者的惆悵感傷了：自己有如江岸細草般渺小，如大江孤舟般伶仃，而且眼前越來越蒼茫昏暗，不知該何去何從；漂泊流離的歲月，也不知何時才能終止。這種羈旅無依之感，雖然和孟浩然〈宿建德江〉的「移舟泊煙渚，日暮客愁新」出於類似的悲涼心境，但是「危檣」二字多了收帆之後桅杆孤零零地

直指夜空的形象;「獨夜舟」三字,也表現出「大江流日夜,客心悲未央[1]」的哀傷氣氛與孤子動盪的感受;再加上實字密集,意蘊豐富,因此讓人更有如臨其境的感覺。

「星垂平野闊,月湧大江流」兩句,是描繪夜色深重時的水陸景觀,渲染出萬籟俱寂時天地的雄闊壯偉,藉以襯托扁舟漂泊的淒苦悲涼之感,從而帶出後半流光不居、遲暮衰病的無奈與哀傷。遼闊的平野、燦爛的繁星、騰湧的長江、映波的月華,本來是四組或夐遠開闊,或晶明閃爍,或雄奇奔放,或清華靜謐的畫面,經由「垂」字和「湧」字的點染,便顯得意態飛動,氣韻如生,既給人空間廣遠的縱深感,又給人氣氛幽靜的神秘感。由於詩人除了精心提聚實字(前四句中就有草、風、岸,檣、夜、舟,星、野,月、江等實字)之外,又注重鍛字鍊句,同時刻意鎔情鑄景,自然使意境鮮明,興象豐富,句勢矯健,密度增強,因此備受詩家愛賞[2]。

「名豈文章著?官應老病休」兩句,出句是說自己志在立功建業以濟世澤民,豈為歌吟詩賦成名而自負?蓋儒者以「立德、立功、立言」三不朽深自期許,且老杜素懷經國濟世之志,卻無從施展抱負,只能滿腹牢騷地吟詩遣懷而略具薄名,然此實非己之所願也。對句是說仕宦之人,應於七十歲致仕,蓋年老病弱也,然自己竟先為房琯兵敗辯護而得罪當道,貶為華州司功參軍;後又因遭僚屬排擠而辭嚴武參謀之職,可謂窮愁潦倒極矣[3]。這兩句是以流水對法,轉而把次聯的景物所觸發的感慨形諸議論,進一步直抒胸臆,吐露不平。由於前半實字密集,層折較多,因此腹聯便以流水對法和較多的虛詞來清暢文氣,同時在出句以詰問的口吻來提振精神,造成跌宕轉折的效果,對句則用感嘆的語氣來紓解鬱結,形成唱嘆頓挫的風韻;再加上「官應老病休」採用反言倒辭的手法[4],更能委婉地寄藏作者的深悲極恨,因此沈德潛《杜詩評鈔》稱賞本聯說:「胸懷經濟,故云名豈以文章而著?官以論事而罷,而曰老病應休,何其溫厚也。」

　　「飄飄何所似？天地一沙鷗」兩句，是以自問自答的手法，再掀波瀾而宕出遠神。「飄飄」是以疊字摹寫天涯飄零，流離失所的辛酸；「何所似」三字，則寫出悵然自問，惘然自悲的淒苦。「天地」的遼闊無垠，和「沙鷗」的孤單渺小，形成鉅細對比的反差，既能表達侘傺失意，無所依止的茫然，又回應首聯的「細、微、危、獨」四字所隱含的孤寂之感，同時還以沙鷗掠水而飛的朦朧暗影和動態畫面，引導讀者的視線投入蒼茫無盡的天地之外，因此更顯得風神搖曳，筆有餘情而耐人回味。

【補註】

01 謝靈運〈暫使下都夜發新林至京邑贈西府同僚〉詩。

02 劉辰翁說：「等閑星月，著一『湧』字，夐覺不同。」（《宋詩話全編》引）謝榛《四溟詩話》說：「句法森嚴，『湧』字尤奇。」邵長蘅說：「警聯不易得。」（沈德潛《杜詩評鈔》引），楊倫也欣賞其雄奇，施補華《峴傭說詩》說：「『星臨萬戶動，月傍九霄多』，是華貴語；『星垂平野闊，月湧大江流』，是雄壯語；『行到水窮處，坐看雲起時』，是自然語；『微雲淡河漢，疏雨滴梧桐』，是清淡語；『生還今日事，問道暫時人』，是沉痛語；『山鬼迷春路，湘娥倚暮花』，是惝恍語；『怪禽啼曠野，落日恐行人』，是奇警語。此皆律詩中必有之境，姑舉一端。」

03 此句亦可釋為：既已年老多病，則辭官退休，正其所宜。蓋杜甫時年五十四，積年之肺疾復發，兼又感染風濕，足部常有麻痺現象，故云。這種反言見意的手法，雖似毫無怨尤之心，然寓有揶揄自嘲之深意。

04 所謂倒辭，屬於修辭藝術中倒反手法的一種，是把正面的意思倒過來說，其中不含有諷刺別人的意思，而是自我調侃或自我解嘲的成分居多。至於反語，則不僅把正面的意思反過來說，而且其

中含有諷刺的意思，因此也可以稱為反諷。

【商榷】

甲、關於「星垂平野闊，月湧大江流」與「山隨平野盡，江入大荒流」
　　的優劣：

　　由於李白〈渡荊門送別〉的頷聯情境和本詩的頷聯似乎相當，因
此前人常拿來相互比較，胡應麟《詩藪》就以為李白的「山隨平野盡，
江入大荒流」固然是壯語，但是杜甫此聯則「骨力過之」。黃生《杜
詩說》則以為兩人的句法略同，但是李白只寫出江山之景，顯得枯瘠，
不如老杜野闊星垂、江流月湧的生動和豐美。其實他們所說的正是實
字提聚得越多，則意境錘鍊得越深密，語勢也激盪得越警拔勁健的意
思。

　　＊王琦注李白詩集時引用丁龍友的說法：「李是晝景，杜是夜景；
　　　李是行舟暫視，杜是停舟細觀，未可概論。」

　　＊翁方綱《石洲詩話》也說：「此等句皆適與手會，無意相合，固
　　　不必相為倚傍，亦不容區分優劣也。」

　　他們兩人以為情境不同，無須強加軒輊，固然也有幾分道理，不
過，從藝術審美的角度來說，老杜空間層次的豐富立體和意蘊的深密
雋永，顯然遠在李白之上；從寄興於境、融情入景的自然渾合來說，
也是老杜更勝一籌，則是不爭的事實。至於李白散發出青年壯遊的浩
蕩逸氣，老杜吞吐著暮年漂泊的悲憤悵恨，則是春蘭秋菊，各擅勝場，
無須勉強放在同一座天平上衡量；畢竟二十五歲的少年剛腸所迸射而
出的英朗之氣，和五十四歲的晚年愁腸所積累而成的沉鬱之悲，本來
就分屬於不同的生命情境。同一個人在不同的生命歷程中，尚且還有
「覺今是而昨非」的差異存在，何況是性情完全相異，而作詩年齡又
相差三十歲的人呢？

乙、關於「名豈文章著？官應老病休」的心態及語氣：

＊浦起龍《讀杜心解》說：「起不入意，便寫景，正爾淒絕。三、四開襟曠遠，五、六揣分謙和。結再即景自況，仍帶定『風岸』『夜舟』，筆筆高老。」

筆者以為這個說法值得商榷。因為頷聯是以壯闊雄渾之景來反顯首聯孤子渺小的愁苦，並觸發歲月如流的感傷，才能自然導入腹聯的激切不平或挪揄自嘲之意，實與「開襟曠遠」「揣分謙和」云云毫不相應。尤其他說首聯的寫景「正爾淒絕」，末聯則是「即景自況，仍帶定風岸、夜舟」，如此說來，則詩人在四聯中的心境轉換依序是：「淒絕、曠朗、謙和、淒絕」，這豈不是顯得冷熱無常、悲喜不定了嗎？因此並不可取。

＊仇兆鰲《杜詩詳注》說：「五屬自謙，六乃自解。」

筆者以為縱使老杜有自謙倖獲詩名之意，自謙中仍有壯志未酬的遺憾；即使有自我寬解之意，自解中仍有宦途險惡的悲憤。只不過老杜說得閃爍含蓄，因此沒有孟浩然「不才明主棄，多病故人疏」的窮迫酸乞之相罷了；但卻不能說老杜在這兩句中表現出「揣分謙和」「無所歸咎」「自謙」云云而把他過分美化了。

諸家之說，以方回《瀛奎律髓》所說最為中肯：「痛憤哀怨之意多，舒徐和易之調少。以老杜之為人，純乎忠襟義氣，而所遇之時喪亂不已，宜其然也。」遭亂漂泊，懷才不遇，以致蹉跎潦倒，衰朽餘生，對老杜而言，應該是畢生的椎心之痛；縱使情緒憤激一些，仍然合乎「小雅怨誹而不亂」的發憤之義，實在無須加以迴護，何況還只不過是含蓄婉轉地表達而已呢？

【評點】

01 羅大經：作詩要健字撐拄，要活字斡旋，如「紅入桃花嫩，青歸柳葉新」「弟子貧原憲，諸生老服虔」；「入」與「歸」字，「貧」與「老」字，乃撐拄也。「生理何顏面，憂端且歲時」「名豈文

章著？官應老病休」；「何」與「且」字，「豈」與「應」字，乃斡旋也。撐拄如屋之有柱，斡旋如車之有軸，文亦然；詩以字，文以句。（《鶴林玉露・甲編》卷6）

＊ 編按：除本詩外，其餘依序引自老杜〈奉酬李都督表丈早春作〉〈寄岳州賈司馬六丈巴州嚴八使君兩閣老五十韻〉〈得舍弟消息〉詩。

02 郭濬：「星垂」二語壯逸，意實淒冷。（《增定評注唐詩正聲》）

03 范德機：作詩要有驚人語，險詩便驚人。如子美……「星垂平野闊，月湧大江流」……，此等語，任是人到不得。（《唐詩訓解》引）

04 葉羲昂：（「星垂」二句），寫景妙，傳情亦妙。（《唐詩直解》）

05 王夫之：頷聯一空萬古，雖以後四句之脫氣（按：殆指氣勢之雄渾深沉，遠不及頷聯），不得不留之，看杜詩常有此憾。「名豈文章著」自是好句；「天地一沙鷗」則大言無實也。（《唐詩評選》）

06 金聖嘆：（頷聯）千錘萬煉，成此奇句，使人讀之，咄咄乎怪事矣！（《唱經堂杜詩解》）

07 張謙宜：（頷聯）氣象絕佳。 ○（全詩寫）極失意事看他氣不痿薾，此是骨力足。（《絸齋詩談》）

08 葉矯然：杜「星垂平野闊，月湧大江流」，又「野流行地日，江入度山雲」，說得江山氣魄與日月爭光，罕有及者。（《龍性堂詩話》）

＊ 「野流」二句見老杜〈江閣對雨有懷行營裴二端公〉詩。

09 弘曆：若此孤舟夜泊，著語乃極雄傑，當由真力彌滿耳。李白「山隨平野」一聯，語意暗合，不分上下，亦見大家才力天然相似。（唐宋詩醇）

10 宋宗元：（頷聯）十字寫得廣大，幾莫能測。（《網師園唐詩箋》）

11 黃生：（腹聯）言志存勳業，不在文章；念切歸朝，不甘老病。
（《杜詩說》）　○「一沙鷗」，何其渺；「天地」，何其大。
合而言之曰：「天地一沙鷗」，語愈悲，氣愈傲。（《唐詩矩》）

149 八陣圖（五絕）　　　　　　　　　杜甫

功蓋三分國，名成八陣圖。江流石不轉，遺恨失吞
吳。

【詩意】

　　諸葛亮輔佐劉備時開創了三分天下的局面，功勳最為卓絕蓋世；
他發明的「八陣圖」更是變幻莫測，神妙奇絕，使他成就了不朽的美
名。到了夏季，幾個人才能合圍環抱的巨大樹木，也都會被洪水連根
拔起而沖走，可是累聚細石堆成的「八陣圖」，千百年來卻依舊在江
邊排列有序，歸然不動；這應該是因為諸葛亮把自己無法諫止劉備（為
關羽報仇而）征伐吳國，以致破壞了鼎足局面的失策，當成生平最大
的遺恨，因而把他永世不滅的心魂寄託在陣石之上，才會形成這樣的
奇蹟吧！

【注釋】

① 詩題─八陣圖，相傳是諸葛亮為了阻拒吳軍而發明的八種作戰部
　署的陣勢：天、地、風、雲、飛龍、翔鳥、虎翼、蛇盤等陣式。
　據說諸葛亮在四個不同的地點堆疊細小的石礫排列成四座陣式大
　小不一的八陣圖，其中在夔州所布置的是六十四座石堆的方陣，
　故址在夔州西南永安宮前的平沙上，即今四川省奉節縣西南的長
　江邊上。
② 功「蓋」三分─蓋，壓倒當代，勝過一世。

③ 「江流」句——夏季三峽大水奔暴而下時，江邊八陣圖的石堆仍然
　屹立不動¹。轉，變動、移動。

④ 「遺恨」句——失吞吳，謂失策而伐吳。蓋早在〈隆中對〉裡諸葛
　亮就已擬定「聯吳抗魏」為最高戰略原則，才能保有蜀漢政權；
　惜先主不能忍私情而伐吳，實為莫大之錯誤決策。是以全句意謂：
　關羽為東吳所殺後，劉備欲為之報仇而大舉伐吳，諸葛亮以為失
　策而加以諫阻，惜先主不從，以致鼎足之勢毀於一旦之意氣用事，
　蜀、吳遂遭各個擊破而相繼滅亡，此乃孔明生平最大恨事，故特
　寄其精魂於八陣之上，使聚石歷久不移，以示遺恨之無窮。

【補註】

01 韋絢（801-866）所記《劉賓客嘉話錄》載：「王武子曾在夔州之
　西市，俯臨江岸沙石，下看諸葛亮八陣圖。箕張翼舒，鵝形鸛勢，
　聚石分佈，宛然尚存。峽水大時，三蜀雪消之際，澒湧混瀁，可
　勝道哉？大樹十圍，枯槎百丈，破磑（音ㄨㄟˋ，石磨也）巨石，
　隨波塞川而下，水與岸齊，雷奔山裂，則聚石為堆者，斷可知也。
　及乎水落川平，萬物皆失故態，惟諸葛陣圖小石之堆，標聚行列
　依然，如是者⋯⋯年年淘灑推激，迨今不動。」又載：「東晉桓
　溫過此曰：『此常山蛇陣，擊頭則尾應，擊尾則頭應，擊其中則
　頭尾皆應。』」《東坡志林‧卷2‧兵略》亦曰：「諸葛亮造八陣
　圖於魚復平沙之上，壘石為八行，相去二丈。桓溫征譙縱，見之，
　曰：『此常山蛇勢也。』文武皆莫識。吾嘗過之，自山上俯視，
　百餘丈，凡八行，為六十四蕝（按：音ㄐㄩㄝˊ，聚也），蕝正
　圓，不見凹凸處，如日中蓋影。予就視，皆卵石，漫漫不可辨，
　甚可怪也。」

【導讀】

本詩是大曆元年（766）作者剛由雲安遷居到夔州時所作；內容是稱頌武侯輔弼弱蜀鼎足三分的功業之大，和軍事韜略的才幹之奇，藉以凸顯出對於孔明徒有蓋世的勳蹟和絕頂的智謀，卻依舊空留遺恨的傷痛悼念之意。

「功蓋三分國」五字，意在指出孔明擁有當時無人能及的功勳。設想在三國爭戰期間，多少英雄豪傑各逞長才，角逐戰鬥；當時，誰人不曾氣壯山河，叱吒風雲？誰人不能呼風喚雨，旋乾轉坤？作者卻以一個「蓋」字來壓倒群雄，不僅凸顯出孔明地位的舉足輕重，也表現出作者對他的景仰傾服之深。

「名成八陣圖」五字，意在指出孔明韜略之卓絕，佈陣之神奇：不僅控扼東吳，使之不敢輕犯，也難倒當代的智囊，竟然無人能破，因此他的威名蓋世，至今不衰。前兩句主要是著眼於過去的時空，以議論的方式提出主觀的歷史評價，可以看出老杜對孔明的推崇之高與心儀之誠。

「江流石不轉」五字，則落實到現在眼前的時空，把焦距凝定在以浩蕩江流為背景的六十四聚陣石上；藉著江流的奔騰湍急，反襯陣石的莊嚴肅穆，凸顯出陣勢歷經數百年洪水的沖激摧殘，卻仍然巋然不動、屹立不移的神奇現象。這個景象，一方面象徵武侯在滄海橫流中的忠貞堅毅，百折不回；另一方面也象徵武侯齎志以歿的萬古遺恨，永難磨滅；同時還可以順勢帶出末句「遺恨失吞吳」的因果論斷。

而當末句「遺恨失吞吳」又把筆端折回過去的時空，表示陣石之所以能夠始終不動，完好如初，正是由於武侯對於劉備伐吳的失策感到遺恨難消，因此才讓神魂長寄於此，以便永遠護衛陣勢。如此命筆，不僅為傳奇敷上神祕色彩，還把時間從過去引到當前，又盪向無窮無盡的未來，表現出天地悠悠，江流滔滔，而陣石終古不改，永恆如斯的雄奇與莊重，同時象徵了武侯的遺恨綿綿，永無絕期。

仔細分析起來，本詩之所以膾炙人口，有幾個成功的因素：

*由於作者把時間交錯安排，使今昔之感、惋惜之情，洋溢滿紙，此其一。

*前半推崇，後半感慨，自然形成抑揚頓挫的姿韻，而有一唱三嘆的丰神，此其二。

*「江流石不轉」五字，正在承上啟下最關鍵的第三句，不僅佈置出形象鮮明而涵意深遠、氣韻生動的畫面，同時還是四句中唯一具體而突出的意象，自然吸引讀者的注意，給人特別清晰深刻的印象，此其三。

*再加上末句點出陣石不移的原因，更使人恍然驚覺陣石正是武侯精誠所寄的遺憾之化身，使全詩因而更具有懾人心神、動人性靈的神奇魔力；此其四。

*就章法而言，第三句照應第二句，言武侯才享盛名而至今不衰；第四句照應首句，言武侯奇功蓋世而空留遺恨。經過詩人交蹉語序之後，便把老杜放眼天下、撫今追昔的惋惜傷痛，表露得既深且重了，此其五。

【評點】

01 蘇軾：僕嘗夢見人，云是杜子美，謂僕曰：「世人多誤解吾詩。〈八陣圖〉人皆以為『先主、武侯皆欲與關羽復仇，故恨其不能滅吳。』非也。我本意謂：吳、蜀唇齒之國，不當相圖；晉之所以能取蜀者，以蜀有吞吳之意；此為恨耳。」（《東坡志林》）

* 編按：施鴻保《讀杜詩說》、沈德潛《唐詩別裁》、李鍈《詩法易簡錄》都認同此說；惟託夢之言，究屬無稽，較為可議，故黃生和高步瀛不以為然。

02 錢謙益：先主征吳敗績，還至魚腹，孔明嘆曰：「法孝直若在，必能制主上東行，不致傾危矣。」公詩意亦如此。（《杜工部集

注》）

03 金聖嘆：蓋東和孫權，北拒曹魏，乃孔明三分勝算；幸而吞吳滅魏，亦或不可知之事。而不謂關羽奮一朝之勇，失之於先；先主又逞一擊之忿，失之於後。不能親吳則亦豈能拒魏哉？徒使陣圖之立，後人嘆為奇才，而無益於一時勝敗之數也。……此雖贊陣圖，實喻當日三分之勢有若橫流，而孔明一身為之長城，亦如陣圖之石之屹然不動也。至其遺恨者，不親吳而欲吞吳，究反為吳所敗，其失孰甚焉？失陣圖之意而空存陣圖之名，非孔明之遺恨而何？（《聖嘆選批杜詩》）

* 編按：謂「江流石不轉」為象喻當時三分形勢之動亂，及孔明中流砥柱之穩固，實為心裁別出之見，可備一說。

04 仇兆鰲：「江流石不轉」，此陣圖之垂名千載者，所恨吞吳失計，以致三分功業，中遭跌挫也。（《杜詩詳注》）

05 沈德潛：吳蜀脣齒，不應相仇；失吞吳，失策于吞吳，非謂恨未曾吞吳也。隆中初見時，已云東連孫權，北拒曹操矣。（《唐詩別裁集》）

06 浦起龍：說是詩者，言人人殊，大率皆以吞吳失計與吞吳失於諫止之恨，坐殺武侯心上著解，拋卻「石不轉」三字，致全詩走作（按：殆謂扭曲詩人本意）。豈知「遺恨」從「石不轉」生出耶？蓋陣圖正當控扼東吳之口，故借石以寄其惋惜，云此石不為江水所轉，天若欲為千載留遺此恨跡耳；如此才是詠陣圖之詩。彼紛紛推測者，皆不免脫母（按：殆謂脫離主題）。（《讀杜心解》）

07 弘曆：遂使諸葛精神，炳然千古；讀之殷殷有金石聲。（《唐宋詩醇》）

08 楊倫：詩意謂吳蜀脣齒之國，本不應相圖，乃孔明不能諫止征吳之舉，致秭歸挫辱，為生平遺恨，亦以先主崩於夔州，故感及之。（《杜詩鏡銓》）

09 王文濡：孔明輔蜀之功，實冠三國諸臣，八陣圖實其小技；所異者，江水橫流，而石之位置不改。使先主不伐吳，聯為指臂，則魏不足平；孔明不能阻之，乃遺恨耳。（《唐詩詳注讀本》）

＊ 八陣圖不過牛刀小試之說，新穎可喜。

10 俞陛雲：武侯之志，征吳非所急也。乃北伐未成，而先主猇亭挫敗；強鄰未滅，剩有陣圖遺石，動悲壯之江聲。故少陵低徊江浦，感遺恨於吞吳，千載下如聞嘆息聲也。（《詩境淺說・續編》）

11 劉永濟：首句極贊武侯，次句入題，三句就八陣圖說；江流句，從句面看，似寫聚石不為水所衝激，實已含末句「恨」字之意。末句說者聚訟，大概不出兩意：一則恨未吞吳，一則恨失於吞吳。沈德潛《唐詩別裁》云云，沈乃主後一說者，蓋鼎足之勢，在劉備不忍一時之忿，伐吳兵敗，致蜀失吳援而破裂，遂使晉能各個擊破。由此言之，沈說是也。石不轉，有恨不消之意，知此五字亦非空設，杜甫運思之細，命意之高，於此可見。（《唐人絕句精華》）

150 古柏行（七古）　　　　杜甫

孔明廟前有老柏，柯如青銅根如石。雙皮溜雨四十圍，黛色參天二千尺。雲來氣接巫峽長，月出寒通雪山白。君臣已與時際會，樹木猶為人愛惜。

憶昨路繞錦亭東，先主武侯同閟宮。崔嵬枝幹郊原古，窈窕丹青戶牖空。落落盤踞雖得地，冥冥孤高多烈風。扶持自是神明力，正直元因造化功。

大廈如傾要梁棟，萬牛迴首丘山重。不露文章世已驚，未辭剪伐誰能送？苦心豈免容螻蟻？香葉終經宿鸞鳳。志士幽人莫怨嗟，古來材大難為用！

【詩意】

夔州的孔明廟前有一株古老的柏樹，它的枝幹就像由青銅鑄成那麼蒼勁有力，它的根柢有如磐石屹立那麼粗壯穩固。它飽經風霜雨雪洗禮的樹皮，極為蒼白光滑，腰身則碩大到要四十個人才能環抱得起來；而它鬱鬱蒼蒼的濃蔭，則可以高聳挺出到兩千尺的雲天之上。當雲霧飄來時，它氤氳蒸騰的氣象可以銜接到巫峽神秘浪漫的雲雨；當月亮出現時，它森然冷肅的寒意可以連通到岷山皎潔銀白的積雪。由於劉備和孔明在風雲際會的年代裡能夠創建功業，遺愛人間，所以廟前的古柏到現在仍然得到百姓的愛惜。

想起從前我經過錦江畔野亭的東邊，特別拜謁過先主和武侯被一同祭祀的祠廟。廟前的古柏相當崔嵬高聳，成都郊原因而顯得古意盎然。廟宇的門牆上畫滿了各種圖像，引人發思古之幽情，只是整座祠廟顯得幽深蕭穆而又空曠寂靜。比較起來，夔州廟裡的古柏雖然盤據在高山上而顯得雄偉挺拔，但是因為地勢相當高峻，難免會遭受烈風的侵襲。它能夠頂得住強風的搖撼，當然有神明暗中扶持相助；但它天生端正筆直，則完全憑藉造物化育的奇功。

大廈如果有傾覆之虞，就須要這樣的棟樑來撐持；但是古柏有如丘山那麼沉重，即使用一萬頭牛來拉，恐怕也都只能吃力地瞪大眼睛，頻頻回顧，仍舊拉它不動！它雖然沒有展露花葉之美，卻已經得到世人的驚嘆和讚賞；它雖然甘心被砍伐為棟樑，但是誰能把它送進廊廟之中呢？古柏的樹心雖然苦，但是又哪能免除螻蟻的蛀蝕？所幸柏葉獨有的清香，終究贏得鸞鳳的青睞而飛來這裡歇息。寄語世間的有志

之士和隱逸高人：不須要因為懷才不遇而悲怨嗟嘆，自古以來像古柏
這樣卓越而又高貴的材質，總是很難被世人所重用啊！

【注釋】

① 詩題——本詩是作者於大曆元年（766）流寓夔州（今四川省奉節縣）
時所作，五十五歲；同期之作還有〈秋興八首〉〈詠懷古跡〉五
首（一說作於大曆三年）、〈寄韓諫議注〉〈諸將〉五首、〈壯
遊〉〈閣夜〉等。按：詩人在夔州時常有歌詠孔明廟之作，如〈夔
州十絕〉云：「武侯祠堂不可忘，中有柏樹參天長」、〈武侯廟〉
云：「遺廟丹青落，空山草木長；猶聞辭後主，不復臥南陽。」
在在可見詩人對武侯的景仰之深。

② 「孔明」二句——孔明廟，指夔州的武侯祠，並非如〈蜀相〉詩是
指在成都附於先主廟的武侯祠。柯，樹枝。柯如青銅，象喻其枝
幹之遒勁蒼老如青銅鑄成。根如石，象喻其根柢之粗壯穩固。

③ 「霜皮」句——霜皮，形容樹皮之白；溜雨，形容樹皮之光滑。霜
皮溜雨，形容樹皮飽嚐風霜雨雪後之潔白光滑。圍，古代丈量圓
周的概算單位，約為兩手合抱的長度；四十圍，極言其主幹之壯
碩。黛色，青黑色的樹葉。二千尺，誇言其高聳入雲。

④ 「雲來」二句——形容柏樹森然冷肅的氣象，可以氣接巫峽，寒通
雪山¹。巫峽，在夔州東。雪山，在今四川省松潘縣南，為岷山主
峰；此處可代指四川西部的岷山。

⑤ 「君臣」二句——君臣際會，謂先主和孔明在動亂的大時代中，因
緣遇合，如魚得水。愛惜樹木，表示蜀地百姓至今仍景仰懷念不
已而相當愛惜老柏；《詩經·召南·甘棠》記載人民感念召伯宵
衣旰食，戮力從公，遺愛百姓的恩德，因此相與告誡：「蔽芾甘
棠，勿翦勿伐，召伯所茇（譯：長得高大茂密的那棵甘棠樹喲！
可千萬不要去剪除枝葉或砍伐條幹呀！那是召伯曾經停靠休息的

地方喲）！」

⑥ 「憶昔」二句──昔，泛指過去某時。錦亭，杜甫卜居成都之草堂
靠臨錦江邊，當地或有不知名之野亭，故曰錦亭。按：嚴武有〈寄
題杜二錦江野亭〉詩，題中「錦江野亭」四字，或即所謂「錦亭」。
閟，幽深貌；閟宮，指祠廟而言。因成都的武侯廟附屬於先主廟
之西院，故曰「同閟宮」。

⑦ 「崔嵬」句──謂成都武侯廟前之古柏高聳於古意盎然的郊野平地，
猶〈蜀相〉所謂「錦官城外柏森森」是也。崔嵬，高大貌。

⑧ 「窈窕」句──窈窕，深遠貌。丹青，代指廟內的漆繪而言。戶牖
空，謂廟宇空曠而幽深蕭穆。

⑨ 「落落」二句──謂武侯廟之古柏雖因盤踞於高山之上而得以卓偉
峻拔，然因地勢高危，難免遭受烈風侵襲。落落，卓犖出眾、獨
立不群貌。冥冥，高遠貌。

⑩ 「扶持」二句──謂古柏經烈風搖撼而能巍然長存，正是依靠神明
扶持之力；而其生性正直堅強，亦因造物化育之功[2]。此二句借喻
孔明能扶顛持危，全因賦性堅毅忠貞。自是，正因。元因，原來
是憑藉。

⑪ 「大廈」二句──謂大廈將傾，原須老柏為棟樑以撐持；奈何古柏
重如丘山，集萬牛之力亦難以搬運，只能回顧而吁嗟卻步而已。
此處暗喻道大莫容、才大難用之意，猶孔子周遊列國而不得其位；
其才非不聖，實乃道大難行而人不能用也。

⑫ 「不露」二句──謂古柏雖不以花葉之美炫露於外，然已贏得世人
之激賞驚嘆；古柏亦不辭刀斧之砍伐以求為世所用，然又何人能
運送於廊廟之中以為棟樑乎？文，赤與青相配之謂；章，赤與白
相配之謂。文章，可以借喻華美之文采。未辭剪伐，反用注⑤甘
棠遺愛的典故，喻不惜為國為民鞠躬盡瘁、死而後已的苦志貞心。
前句似有以古柏折射孔明之意，後句則似暗指己之乏人引薦，以

致有志難伸。

⑬ 「苦心」二句—謂柏心雖苦,仍難免為螻蟻所蛀蝕;所幸清香之
餘芳,猶為鸞鳳所留戀而樂於棲宿其上。螻蟻,喻小人;鸞鳳,
喻君子。苦心螻蟻,喻己憂國志苦而竟遭謗誣;鸞鳳棲宿,喻孔
明品德芬芳,君子景仰。

⑭ 「志士」二句—幽人,清貞隱逸之士。怨嗟,怨嘆、發牢騷。材
大難用,兼涵孔明與古柏而言;《莊子·山木》篇:「莊子行於
山中,見大木枝葉盛茂,伐木者止其旁而不取也。問其故,曰:
『無所可用。』」仇兆鰲解:「能用則為宗臣名世,不用則為志
士幽人。」

【補註】

01 仇兆鰲《杜詩詳注》謂「雲來」二句舊在「君臣」二句之後,不
如依劉辰翁的版本調換位置;因移置後的文理脈絡較為清暢通順,
故從之;請參見【商榷】。

02 朱鶴齡注謂「憶昨……戶牖空」四句寫成都武侯廟之古柏長在郊
原平地,故可久存;「落落……」四句則寫夔州孔明廟之古柏,
盤據高山,而烈風無可搖撼者,誠得於神明造化之功。其說有理,
故從之。

【導讀】

杜甫一生忠君愛國,憂時憂民,雖有志難伸,飽嘗流離顛沛之苦,
仍不改其忠悃之心;與諸葛亮鞠躬盡瘁、死而後已之襟懷與精神,實
無二致。大概老杜在潛意識中早已把武侯視為人臣表率的極致,和千
古同調的知己,自然便會一再加以歌頌詠嘆,神往不已;因此〈蜀相〉
詩說:「三顧頻煩天下計,兩朝開濟老臣心。出師未捷身先死,長使
英雄淚滿襟。」〈登樓〉詩說:「可憐後主還祠廟,日暮聊為梁父吟。」

〈八陣圖〉詩說：「功蓋三分國，名成八陣圖。江流石不轉，遺恨失
吞吳。」〈詠懷古跡五首〉其五說：「諸葛大名垂宇宙，宗臣遺像蕭
清高。三分割據紆籌策，萬古雲霄一羽毛。」凡此，在在可見他對武
侯的了解之深、欽慕之誠、推服之重與嘆惋之切；甚至可以說，杜甫
根本是以武侯再世自許的，因此他總是藉著歌詠武侯的詩篇，吐露自
己胸中的塊壘，寄託自己所不能完成的「致君堯舜上，再使風俗淳」
（〈奉贈韋左丞丈二十二韻〉）的理想。即以本篇而言，儘管是一首
詠物詩，杜甫依舊能若即若離地賦予古柏崇高堅正的品格，寄寓自己
不辭辛勞、意欲救世的熱誠，既關合武侯嶔崎磊落的襟懷與風骨，又
暗喻自己材大難用的感慨；因此王嗣奭《杜臆》說：「公生平極贊孔
明，蓋有竊比之思。孔明材大而不盡其用，公嘗自比稷、契，材似孔
明而人莫用之，故篇終而結以『材大難為用』，此作詩本意，而發興
於柏耳。」楊倫《杜詩鏡銓》也說本詩：「寄託遙深，極沉鬱頓挫之
致。」

　　本篇雖是七言古詩，但由於作者能講究章法佈局，又能藉助於修
辭技法來展現其才藻風神，營構出工整健爽的十六句對偶，使本詩在
古詩清俊頓挫的氣勢中，仍不失律詩端莊凝重之美；因此沈德潛《說
詩晬語》特別標舉本詩為「古中律句」的範式，胡應麟《詩藪》則稱
讚說：「初唐七古以才藻勝，盛唐以風神勝；李杜以氣概勝，而才藻
風神副之，加以變化靈異，遂成大家。」茲分章法與修辭兩部分說明
如下。

甲、章法結構：本詩共分為三段，每段八句。轉韻的地方，正是段落
　　區隔之處。

　＊開篇的「孔明廟前有老柏，柯如青銅根如石。霜皮溜雨四十圍，
　　黛色參天二千尺」四句，先直接描寫古柏高大蒼勁的形貌，空間
　　只限於夔州武侯的廟院。「雲來氣接巫峽長，月出寒通雪山白」
　　兩句，則轉而虛寫古柏的精神氣勢，把空間推擴到巫峽、岷山，

來增加畫面的縱深感，並渲染古柏的神祕感。到了「君臣已與時際會，樹木猶為人愛惜」兩句，突然回筆折入君臣遇合的佳話，既引出次段的成都古柏，又遙逗末段材大難用的感慨；先實寫後虛擬，筆意曲折往復，須得細心尋繹。

* 次段「憶昨路繞錦亭東，先主武侯同閟宮。崔嵬枝幹郊原古，窈窕丹青戶牖空」四句，是承接首段「君臣已與時際會」二句而來，追憶君臣一體，同享祭祀的成都先主廟。「落落盤踞雖得地，冥冥孤高多烈風」兩句，是以成都郊原古柏崔嵬蓊鬱，烘托後半夔州古柏的卓犖不群，英姿挺拔；因此浦起龍《讀杜心解》說：「中段追昔撫今，以彼形此，文勢搖擺。當依朱注（前）四（句屬）成都，（後）四（句屬）本地看 [1]。」七、八句「扶持自是神明力，正直元因造化功」，則是由「孤高多烈風」的侵襲，轉而詠嘆夔州古柏得天獨厚，有如神助的正直體段，已暗寓武侯在險惡形勢下猶能扶顛持危、不屈不撓的堅毅忠貞。

* 末段「大廈如傾要梁棟」七字，則遠承首段的君臣際會，近接次段「烈風」「扶持」「正直」等意象而來，暢發議論，流露出詠物抒懷的自負與感慨。「萬牛迴首丘山重」和「未辭剪伐誰能送」，已伏下末句「古來材大難為用」之嘆。「苦心豈免容螻蟻」和「香葉終經宿鸞鳳」的神韻是承接「孤高」「正直」的品格而來；「螻蟻」和「鸞鳳」的對比，則映襯志士幽人的品格和處境。

乙、修辭技巧：詩人交替運用譬喻、摹寫、誇張、示現、用典、疊字、疊韻、轉品、映襯、雙關、象徵等手法，使人在目不暇給之餘，能充分領略天矯雄麗的奇文壯采帶給人的審美情趣，茲略加爬梳於下：

* 譬喻：把「霜」字轉品為形容詞來譬喻樹皮之白；「溜雨」採用示現的手法，想像渾圓的雨珠沿著樹皮像溜滑梯般順暢地流滑下來，藉以譬喻樹皮之光滑；「青銅」「磐石」譬喻枝幹之蒼勁與

樹根之穩固；「丘山重」以譬喻詩飾其材質之厚實沉重；再加上
末段的「大廈如傾」「不露文章」「未辭翦伐」「苦心香葉」「螻
蟻鸞鳳」等意涵深遠、意象顯豁的譬喻與摹寫，自然讓讀者對這
些豐富的形象有如聞如見、如觸如嗅的深刻感受。

*誇飾：「四十圍」「二千尺」的誇張，把古柏摹寫得既兀傲挺立，
又壯闊雄偉，頗有使人仰之彌高的氣勢。「萬牛回首丘山重」的
誇張，示現得極有氣勢，補足了「雙皮溜雨四十圍，黛色參天二
千尺」應有的分量；因此李長祥《杜詩編年》說：「形容材大，
無過此語，氣勢力量，真萬人敵。」

*示現與象徵：「雲來氣接巫峽長，月出寒通雪山白」兩句，把古
柏蒼勁挺拔的森然冷肅之氣，摹寫得寒氣襲人，幾乎令人打起冷
顫來；同時也象徵武侯威震山河的英風偉烈，和冰清玉潔的堅貞
氣節，始終長存於天地之間，更瀰漫於宇宙之內。

*映襯：以昔日成都郊原古柏的鬱鬱森森，映襯出今日夔州高地古
柏之巍峨聳峻，藉以表現出夔州古柏在險峻的環境中得天獨厚的
神明護持與造化助力；因此浦起龍《讀杜心解》說：「中段追昔
憶今，以彼形此，文勢搖擺。」

*雙關：「不露文章」四字，除了表示古柏不以花葉之美魅惑人之
外，也雙關武侯之器識深弘，絕不炫才揚己。「未辭翦伐」四字，
雙關自己也有武侯「鞠躬盡瘁，死而後已」的奉獻精神；而「誰
能送」三字，則已經是抒發自己的喟嘆了。「苦心豈免容螻蟻」
七字，主要寄託自己遭受小人之謗議誣枉；「香葉終經宿鸞鳳」
七字，除了流露出對武侯之盛德流芳使後賢景仰的崇敬之情以外，
也雙關對自己「德不孤，必有鄰」的深自期許與充分自信。此外，
「大廈如傾要梁棟……古來材大難為用」等句，也都是言在物而
意在人的雙關之筆，有助於形成文約義豐、韻遠情深的審美趣
味。

＊類疊：「落落」「冥冥」的疊字，和「崔嵬」「窈窕」的疊韻，
對於形貌氣象的捕捉和音韻節奏的傳達，也都有助於增加讀者朗
誦和賞讀時的審美感受。

綜上所述，可見杜甫在七古方面所下的工夫之深，因此宋犖《漫
堂說詩》說：「七言古詩，上下千百年，定當推少陵為第一。蓋天地
元氣之奧，至少陵而盡發之，允為集大成之聖。子美自許沉鬱頓挫，
掣鯨碧海；退之稱其光焰萬丈；介甫稱其疾徐縱橫，無施不可；孫董
亦稱其馳驟怪駭，開闔雷電。合諸家之論，施之古詩，尤屬定評。」

【補註】

01 只是筆者並不認同朱注把「冥冥孤高多烈風」也視為寫成都古柏
的解讀，筆者以為這七個字其實是轉筆寫夔州山高風烈，古柏依
舊挺拔，故能銜接「扶持自是神明力，正直元因造化功」兩句。

【商榷】

甲、章法與句順

關於首段「君臣已與時際會，樹木猶為人愛惜」兩句，究竟應在
「雲來氣接巫峽長，月出寒通雪山白」之前或之後？筆者以為就詩意
而言，「柯如青銅根如石，霜皮溜雨四十圍，黛色參天二千尺」三句
都是由外貌寫其枝幹之壯、虯根之固、色澤之潔白光滑與軀體之雄偉
聳峙，再接以「雲來氣接」「月出寒通」兩句以描寫其氣象之森然冷
蕭，的確文從字順，意通神暢；如先接以「君臣已與時際會，樹木猶
為人愛惜」兩句，再折回氣象之摹寫，則顯得意脈截斷，語氣迫促，
句順也顯得雜亂無章，索解為難。再者，把「君臣已與時際會，樹木
猶為人愛惜」放在首段之末，正好可以開啟次段起筆「憶昨路繞錦城
東，先主武侯同閟宮」的意思；因此，筆者認為應該依照劉辰翁之說
而以「雲來」兩句在前而「君臣」兩句在後。

　　茲摘錄以為句順應先是「君臣已與時際會，樹木猶為人愛惜」，然後才接「雲來氣接巫峽長，月出寒通雪山白」的幾家見解於後，以供有志於研究此問題的讀者之參考：

* 王嗣奭《杜臆》說：「雪山在成都，因『寒通雪山』遂想到錦城，其落脈如此。而『先主武侯』又根『君臣際會』而來。或疑『君臣』與『雲來』兩聯倒置，而須溪以為傳寫之訛，非也。」

* 沈德潛《杜詩評鈔》作「君臣」二句在前，並評點曰「主意」。楊倫《杜詩鏡銓》也認為「君臣」二句在前，並評點曰「補腦」；「雲來」二句在後，並謂「月出」句「恰引起下段。」

* 黃生《杜詩說》以為劉辰翁的看法是「小兒之見，彼蓋不知詩家有倒敘法耳。」毛先舒《詩辨坻》也認為把「雲來」二句移置於前「君臣」二句之前是「悖之悖矣。」

* 方東樹《昭昧詹言》說：「劉須溪、王漁洋改而倒之，不知公用筆之妙矣。」高步瀛《唐宋詩舉要》說：「寫古柏形狀下插此二語，神氣動宕；若移『雲來』二句下，則成庸筆。」

乙、形似與誇飾

　　此外，關於「霜皮溜雨四十圍，黛色參天二千尺」二語，是否如沈括《夢溪筆談》所謂「無乃太細長乎？此皆文章之病也」的問題，前人頗多討論，然大抵限於「圍」字的長短如何（請參見《唐宋詩舉要》）。筆者以為這個問題，范溫《潛溪詩眼》所說最為中肯：

* 詩有形似之語，若詩人賦「蕭蕭馬鳴，悠悠旆旌」是也；有激昂之語，若詩人興「周餘黎民，靡有孑遺」是也。古人形似之語，如鏡取形、燈取影也；故老杜所題詩，往往親到其處，益知其工。激昂之言，《孟子》所謂「不以文害辭，不以辭害志」，初不可形跡考，然如此乃見一時之意。余遊武侯廟。然後知〈古柏〉詩所謂「柯如青銅根如石」，信然！決不可改，此乃形似之語。「霜皮溜雨四十圍，黛色參天二千尺。雲來氣接巫峽長，月出寒通雪

山白」，此乃激昂之語，不如此則不見柏之高大也。文章固多端，警策往往在此兩體爾。

換言之，「四十圍」與「二千尺」皆屬必要之誇飾，譏其細長云云，甚屬無謂；而由尺寸詳加推尋，則為學術探討，在賞讀詩歌時未必須要如此拘泥。

【評點】

01 劉辰翁：（「扶持自是神明力」兩句）詩之光氣如此。（《宋詩話全編》引）

02 鍾惺：稍帶俚趣（按：此殆指「大廈如傾」「萬牛迴首」二句），力大可觀。（《唐詩歸》）

03 王嗣奭：成都、夔府各有孔明祠，祠前各有古柏。此因夔祠之柏而並及成都，然非詠柏也。……成都之柏在郊原，故云「盤踞得地」，然以「孤高」而多烈風，則與夔同也；故「扶持」二句，合言兩處之柏，而實借以贊孔明之材與「神明」通，與「造化」合也。「大廈如傾」以下，……自狀甚的；而「志士幽人」，正公自謂也。（《杜臆》）

04 吳喬：〈古柏行〉結處比賢士，亦自比也。（《圍爐詩話》）

05 仇兆鰲：此章三韻分三段，每段自為起結。首詠夔州柏，而以「君臣際會」結之。「銅」比幹之青，「石」比根之堅。「霜皮溜雨」，色蒼白而潤澤也；「四十圍」「二千尺」，形容柏之高大也。「氣接巫峽」「寒通雪山」，正從高大處想見其聳峙陰森氣象耳。「君臣際會」，即起下先主、武侯。……（末段）從詠柏寄慨，而以「材大難用」結之。……「大廈」四句，伏下「材大難用」。「容螻蟻」，傷其赤心已盡；「宿鸞鳳」，喜其餘芳可挹。賦中皆有比義。（《杜詩詳注》）

06 弘曆：情深文明，眼空筆老；千載而下，如聞太息之聲。（《唐

宋詩醇》）

07 沈德潛：中間時有整句，與〈洗兵馬〉篇同格。大木寓棟梁意，人人有之；從君臣際會著筆，方見精采。（《詩筏》）

08 浦起龍：末段因詠古柏，顯出自負氣概，暗與「君臣際會」反對。「不露文章」，寫得身分高；「未辭剪伐」，寫得意思曲。言本不炫俗而英采自露，並非絕俗而扶進自難。「容螻蟻」，媒蘗何傷？「宿鸞鳳」，德輝交映，俱為「志士幽人」寫照。結語一吐本旨，而『材大』兩字，仍與「古柏」雙關。（《讀杜心解》）

09 楊倫：（「扶持」二句）恰是孔明廟柏，增多少斤兩。（《杜詩鏡銓》）

10 方東樹：「志士」二句另一意，推開作收，淒涼沉痛；此似《左氏》《公羊》《太史公》文法。（《昭昧詹言》）

151 寄韓諫議注（七古）　　　　　　杜甫

今我不樂思岳陽，身欲奮飛病在床。美人娟娟隔秋水，濯足洞庭望八荒。鴻飛冥冥日月白，青楓葉赤天雨霜。

玉京群帝集北斗，或騎麒麟翳鳳凰。芙蓉旌旗煙霧落，影動倒景搖瀟湘。星宮之君醉瓊漿，羽人稀少不在旁。

似聞昨者赤松子，恐是漢代韓張良。昔隨劉氏定長安，帷幄未改神慘傷。國家成敗吾豈敢，色難腥腐餐楓香。

周南留滯古所惜，南極老人應壽昌。美人胡為隔秋水，焉得置之貢玉堂？

【詩意】

我的心情抑鬱愁悶，想念著遠在岳陽地區的一位君子；雖然我想要振翅奮飛去尋訪他，奈何我卻臥病在床，無法如願。遠隔秋水的那位君子才德是多麼美好，他逍遙地隱遁在洞庭湖邊，悠閒地寄情於廣闊的天地之中。他正如高飛遠翔而遺世獨立的鴻雁，胸懷之光明磊落則有如朗日明月一般；當他回望人間時，只見秋意染紅了青綠的楓葉，空中瀰漫著使他感傷的霜寒之氣。

玉京山上的仙官正群集在天帝的北斗星宮之中，有的騎乘麒麟，有的跨坐鳳凰；他們的芙蓉旌旗在煙霧升騰繚繞中顯得隱約而神秘，他們浮動的身影就像倒映在瀟湘波光之中那麼縹緲而飄逸。他們在北斗星宮中醉飲瓊漿流霞，只可惜清逸絕俗的羽衣仙人並不在天帝的身旁。

聽說他已經追隨以前的赤松子學仙訪道而去，那麼他應該是曾經追隨劉邦收復長安、建立漢朝的韓國宗室張良的化身吧！他運籌帷幄的忠貞赤忱一如往昔，只是因為朝政腐敗，姦邪當道才黯然神傷地高飛遠走。他說：「國家的興衰成敗，豈是我能預料得到的？我不願意繼續在汙濁的人間，吞忍腥臭腐敗的食物；寧可尋仙學道，享受楓香的美味。」

當年司馬談因為染病只好留滯洛陽，以致不能扈隨漢武帝到泰山封禪，成為千古的遺恨，徒使後人為他惋惜不已；那麼他就應該像既壽且昌的南極星翁一樣，及早出現在夜空之中，使天下恢復太平。為什麼我所思慕的君子遠隔秋水，不能相見呢？要如何才能推薦他，把他安置在朝廷上來輔佐國君呢？

【注釋】

① 詩題──諫議，唐門下省屬官有諫議大夫，正五品上，掌侍從贊相，
　規諫諷諭。韓注，生平事蹟不詳；一本無「注」字。

② 「美人」句──美人，有芬芳美德之人，泛指所思慕的對象，在此
　指韓諫議而言。娟娟，美好貌。隔秋水，謂遠隔而不可及；《詩
　經・蒹葭》：「所謂伊人，在水一方。」

③ 「濯足」句──濯足，謂潔身自愛，翛然歸隱；《楚辭・漁父》：
　「滄浪之水清兮，可以濯吾纓；滄浪之水濁兮，可以濯吾足（意
　謂天下清明則出仕行道，天下無道則修身隱居）。」左思〈詠史〉
　詩中「振衣千仞崗，濯足萬里流」之「濯足」，則有優游林泉之
　意。洞庭，在湖南北部長江南岸，殆即韓諫議之所居。八荒，八
　方荒遠之地。

④ 「鴻飛」句──喻韓已遁世而遠離塵網之外，高飛雲端之上。冥冥，
　高遠貌。日月白，象徵其高尚潔白的人品。

⑤ 「青楓」句──既點出深秋時令，也以青楓轉赤而藍天飛霜來渲染
　淒清的情調，象喻韓氏之避世令人離思悠悠；或以浪漫的幻想，
　象喻韓氏化為鴻雁遁飛時回望濁世，猶有依依離情。雨，音ㄩˋ，
　作動詞解；雨霜，降霜也。

⑥ 「玉京」句──此殆以仙官喻近侍得寵之權貴。玉京，道教傳說元
　始天尊居於九天中心之上，名玉京山，此代指帝都、京師而言。
　群帝，指天庭上的群仙，如五天之帝、三十二天之帝等，他們和
　原始天尊的關係，猶如諸王三公之於天子；此代指當時在朝之權
　貴。北斗，代指天子；《晉書・天文志》：「北斗七星在太微北，
　人君之象，號令之主。」集北斗，謂環簇於天子身旁。

⑦ 「或騎」句──殆喻權貴騎從車輿之華麗。舊注引《集仙錄》：「群
　仙畢集，位高者乘鸞，次乘麒麟。」翳，掩蔽也；翳鳳凰，殆謂
　跨騎鳳凰時，其衣衫飄颺足可遮蔽坐騎也。

⑧「芙蓉」句——殆喻權貴儀仗之美盛。芙蓉旌旗，繪畫或刺繡有荷花圖案的旌旗。落，隱約出沒也；李白〈登金陵鳳凰台〉：「三山半落青天外」之「落」字，亦作隱沒解。煙霧落，謂忽隱忽現於繚繞的煙霧之中。

⑨「影動」句——以群仙翔集時仙影之縹緲飄逸，有如浮盪在瀟湘波光中的倒影般迷離恍惚，惑人眼目；象喻朝貴之位高權重，如在雲端之上。景，通「影」；倒景，倒映之影像。瀟、湘原為二水，在湖南零陵匯合。

⑩「星宮」句——星宮之君，承「玉京北斗」句以喻深宮中之群官。醉瓊漿，謂近侍寵臣耽溺於酒池肉林之逸樂。

⑪「羽人」句——殆喻如韓諫議等賢良已遠離京城而去。羽人，羽化飛升之仙人。

⑫「赤松」句——謂得知韓諫議已隱居修道，如隨仙人赤松子漫遊湖山而逍遙塵外。《列仙傳》：「赤松子者，神農時雨師也。服水玉以教神農。能入火自燒。往往至崑崙山上，常止西王母石室中，隨風雨上下。炎帝少女追之，亦得仙俱去。至高辛時，復為雨師，今之雨師本是焉。」

⑬「恐是」句——殆以張良之佐漢高祖定天下，比擬韓諫議曾助肅宗收復長安。張良，本為韓國公族，於博浪沙椎擊秦始皇失敗後乃變姓換名而佐高祖；相傳後習辟穀之術，從赤松子遊。杜甫以「韓張良」呼之，既切其姓，又切其復長安而高蹈遠引之事。

⑭「帷幄」句——殆謂韓諫議謀國之忠忱雖未改變，然朝政敗壞，權臣專寵，故而悽愴慘傷。帷幄，本指軍營的帳幕，後引申為決策之所。

⑮「國家」二句——謂國事之成敗利鈍，實非我韓某所能逆料與左右者，然不欲與俗世同流合污，啄腐鼠而吞腥羶，故潔身遠去，尋仙訪道，以求葆性全真。此句殆為韓氏之去職說明原委，表示自

已了解在君子道消、小人道長的濁世裡，韓氏去職有其不得已之苦衷。「敢」字之下可能省略了逆料、參與、左右等意思。色難，面有難色，亦即深感為難而形之於色也；《神仙傳》載仙人壺公屢試費長房，後令之啖溷，費長房因其惡臭非常而「色難之」。腥腐，啄腐肉而吞腥羶，喻與世俗同其卑污而齷齪其行；《莊子‧秋水》載鵷雛（即鸞鳳）非梧桐不止，非練實不食，非醴泉不飲；鴟梟因鵷雛飛臨，恐其意欲攫奪己之腐鼠，乃出聲恫嚇。老杜殆謂韓氏為高潔之祥鳳，不齒與利祿之徒爭名奪位而醜態百出。楓香，相傳為修道之人用以煉丹合藥之物；餐楓香，喻修道潔身而避世隱居。

⑯ 「周南」句——周南，在今河南洛陽市附近。《史記‧太史公自序》載司馬遷之父因病滯留周南，不能扈隨武帝登泰山封禪，引為生平莫大遺憾，甚至因此憂憤而卒；作者殆藉此例懇切勸勉韓諫議應及時為國效命，勿閒退江湖而空留遺恨。

⑰ 「南極」句——古人以為南極星（又名老人星，主壽昌）為南半球夜空最亮之星；中原地區僅能於秋夜南地平線附近偶一見之，見則天下太平。故此句一方面祈願韓諫議健康安樂，壽比南山；另一方面也希望韓氏能東山再起，輔國治世。

⑱ 「焉得」句——可以視為「焉得貢之而置於玉堂」之省略倒裝句，意謂如何才能再將韓諫議舉薦給明君，安置於朝廷之上，並加以信用？置，安置職位。貢，獻也，有薦舉、進用之意。玉堂，在漢之未央宮內；此代指君王而言。

【淺說】

　　這一首寄贈之作，舊說以為大約作於大曆元年（766）秋，當時作者身在夔州。由於韓氏的生平無從考辨，詩意也晦澀難解，因此前人的箋釋頗有望文生義的歧見，令人讀來迷茫困惑，難於安心。

　　由杜甫特別比之為韓國的公族之後而祖先五世相韓的張良，又說他「昔隨劉氏定長安，帷幄未改神慘傷」，而今則濯足洞庭，追隨赤松子等敘述來看，本詩的寫作背景及旨趣可以擬測如下：

＊第一，韓注曾經擔任諫議之職，安史亂時曾扈隨肅宗駕幸靈武，又護送肅宗平復長安；肅宗駕崩後，韓注因故棄官遠遁，歸老洞庭。杜甫景仰韓氏之耿介絕俗，感慨諫臣之放廢罷黜，故以詩寄懷，期勉韓氏能復出為國效命，再登斯民於安樂之天。

＊第二，由於韓氏此時已屏居岳陽，悠游洞庭，過著修身養性，學道習仙的雲鶴生活，因此詩中便大量化用道教傳說中的玉京山、北斗宮、南極星、三十二仙帝與赤松子等典故，以切合其人的身分與氣味。

　　由於詩中情景既有《楚辭》況味 [1]，用語又有道教色彩，再加上詩人發揮浪漫的幻想，營造出雲封霧鎖，縹緲迷離的意境，而且又出入古今，升天遁地，因此整首詩的旨趣就顯得惝怳飄忽，難以捉摸 [2]，以至於有人認定是游仙詩，有人以為有難言之隱，有人以為是為了李泌而作 [3]，有人以為是表達追求理想的執著與祝禱……，可謂仁智難決，莫衷一是。

　　筆者以為：如果一首詩竟然能讓浸淫詩藝有年的學者產生許多憑空穿鑿的臆測、自由心證的論斷、捕風捉影的附會、攀藤引蔓的糾葛，那就應該是作者本人的過失；因為他並沒有在詩句中留給讀者足夠的蛛絲馬跡和理路脈絡，讓人藉以按圖索驥，進而深體騷心，探驪得珠。即使七古方面獨步古今而集大成的詩聖，一旦有此缺失，同樣也難辭其咎。因為如果本詩意在敦勸韓氏復出濟世，則作者究竟有何天大的難言之隱，非得把本詩寫得有如李商隱的無題諸篇而費人疑猜呢？以老杜一介平民的身分，作詩遙寄給自己所心儀的野鶴，應該不至於有任何須要隱晦其事的顧忌才是；明明白白、誠誠懇懇地直抒胸臆，豈不是也能表達自己的敬慕之忱、推重之誠、期許之高，以及為國舉才

的惋惜之意嗎？何以必須讓詩中的情境顯得撲朔迷離，造語也顯得奇峭詭異呢？因此，筆者對於詩旨之晦澀費解感到難以釋懷而不敢苟同；故僅將詩意串解如前，不再逐句導讀賞析。

【補註】

01 葉矯然《龍性堂詩話》以為「美人娟娟」至「影動倒景」八句寫得「文心幻淼，直登屈、宋之堂。」

02 盧元昌說：「韓官居諫議，必直言忤時，退老衡、岳；公傷諫臣不用，勸其出而致君，不欲終老於江湖，徒託神仙以自全也。首尾美人，中間羽人及赤松子、韓張良、南極老人，總一諫議影子。」（仇兆鰲《杜詩詳注》引）王嗣奭《杜臆》說「：此詩渺茫恍惚，不能窮其際。想其人必輕功名，遺富貴，超然塵表者，故比之子房運籌帷幄而其神慘傷；謂國家成敗所繫，豈敢遠引？而色難於腥腐，而飡必楓香。知韓為諫議時，必有不如意事而決去者也。」

03 錢謙益以為本詩旨在期勉韓氏推薦李泌，朱鶴齡以為韓氏雖不可考，而其人大似受封為鄴縣侯的李泌。當然，也有不少人加以駁斥，例如楊倫、潘耒、黃生等，由於涉及繁複之論辯，故不抄錄於此。

152 閣夜（七律）　　　　　　　　　　　　杜甫

歲暮陰陽催短景，天涯霜雪霽寒宵。五更鼓角聲悲壯，三峽星河影動搖。野哭千家聞戰伐，夷歌幾處起漁樵？臥龍躍馬終黃土，人事音書漫寂寥。

【詩意】

又是一年將盡的時候了！月沉日升、日落月出，原本已經越來越短的白晝，在時序無情的催促逼迫之下，消逝得更是迅疾如飛，使我為自己的龍鍾老態感到驚心動魄。淪落天涯的我，在霜停雪消的漫長冬夜裡，更是覺得淒寒入骨而輾轉難眠。捱到五更時分，遠處傳來軍中報曉的鼓聲和號角聲，聽起來雄壯中帶有悲涼的感傷；此時澄淨的夜空和銀河中璀璨的星光，全部傾注到三峽湍急的江流裡，隨著翻騰起伏的波浪而忽明忽滅，搖曳閃爍，景象深沉幽靜而又詭譎迷離，不禁使我思潮洶湧，百感交集，為這個動盪擾攘的時局憂心煩亂起來……。只要一聽到戰爭的消息，四野裡就會傳來千家萬戶的嚎啕痛哭聲；到如今，還有幾處的漁人樵夫還能優閒自得地哼唱著此地的民謠或山歌呢？（唉！這個混亂的時代裡，有哪位英雄豪傑能夠力挽狂瀾，重整乾坤呢？）不論是人稱臥龍的諸葛亮，或是在此躍馬稱帝的公孫述，不是都只成為亂世中的一堆黃土嗎？想到這一切，就令人沮喪消沉，那麼，我所經歷的人事滄桑和企盼不來的親友音訊，就任由它們繼續蕭條寂寥下去吧……！

【注釋】

① 詩題—閣，指夔州的西閣[1]。閣夜，謂心有所感，而在西閣終宵難寐。本詩大約是代宗大曆元年（766）冬所作，老杜時年五十五。

② 「歲暮」句—陰陽，代指日月、光陰而言。景，音ㄧㄥ∨，日光，此代指白晝而言；短景，冬季短暫的白晝。催短景，謂日升月沉之際，催逼得歲暮的白晝更加短暫。

③ 「天涯」句—天涯，指夔州；蓋此地對遠離故鄉的杜甫而言，無異於天涯海角。霽，霜消雪停。寒宵，由於霜消雪停時寒氣逼人，再加上淪落天涯的悽愴和老邁多病的哀傷，因此更覺長夜淒寒而難以成眠。

④ 「五更」句——古時一夜分五更，由夜晚七時（現行計時方式）左右起更，約每兩小時為一更；則第五更為清晨三時至五時左右，亦即破曉之時。鼓角，古時軍中用以報時及發號施令的鼓聲與號角聲。

⑤ 「三峽」句——由四川奉節縣以東，至湖北宜昌市之間，長江穿越重巖疊嶂而奔流，其中最為險峻之處稱為三峽，通常是指瞿塘峽、巫峽、西陵峽而言；而瞿塘峽正在夔州東側。不過，此處亦可只是泛稱江峽而言。星河影動搖，謂霜消雪霽之後，夜空澄淨無雲，星河特別明燦耀眼，此時倒映在江峽急流中的群星，也隨著起伏的波濤而動盪搖曳，明滅閃爍起來，情景美得迷離而詭譎，令人思潮洶湧，百感俱來；按：其中似有用典以寄干戈動盪之意[2]。

⑥ 「野哭」句——當時盤據四川的軍閥如崔旰、郭英乂、楊子琳等，相互殘殺，彼此攻戰不休；又有羌蠻擾亂，故使百姓或勞於徵調，或死於戰鬥，以致烽火一起，則野哭震天。千家，一作「幾家」，遜於「千家」。

⑦ 「夷歌」句——夷歌，指雜居在夔州一帶少數民族的歌謠。起漁樵，謂漁父樵夫唱起歌來。幾處，一作「數處」，義似稍遜，蓋此句是以反詰語傳達悲淒之意，意謂還有多少漁樵能夠悠閒快樂地唱著歌謠？如作「數處」，則意謂漁謠樵歌隨處可聞，與全詩旨趣不合。

⑧ 「臥龍」句——意謂儘管臥龍才略蓋世，公孫亦雄據一時，卻終究不免齎志以沒，則己之有志難伸又何足縈懷？臥龍，指諸葛亮。躍馬，代指公孫述（？－36）；左思〈蜀都賦〉：「公孫躍馬而稱帝」，杜甫〈白帝城〉：「公孫初據險，躍馬意何長？」公孫述，字子陽，漢扶風人，曾任清水縣令，政通人和，奸盜不起，頗有賢名。王莽時為導江卒正（即蜀郡太守），王莽末年，自稱輔漢將軍兼任益州牧，曾力抗綠林軍，使西蜀遠離戰火，因而勢

力大增。後自恃蜀中地險眾附,時局動盪,於東漢光武帝建武元年(25)乘機稱帝,國號「成家」,建元龍興。建武十二年,東漢大司馬吳漢攻破成都,盡誅公孫氏,成家覆亡。終黃土,謂終歸一死。

⑨ 「人事」句—漫,任隨之意。寂寥,蓋詩人當時流寓夔州,與故舊親戚的音書斷絕既久,而際遇之坎坷、人事之滄桑亦已飽嘗殆盡,兼又李白、高適、嚴武諸友皆相繼過世,故不免感到黯然落寞,一切都令他灰心失意,只有任隨命運捉弄了。

【補註】

01 據簡錦松教授的現地考證,西閣應該是白帝城西面山腰上的公有建築,很可能是在山崖上鑿壁而成,下臨百餘尋的江壁;杜甫曾經幾次短期借住其中。見〈杜甫夔州生活新証〉,發表於 2007／05／19－20 逢甲大學唐代研究中心、中國文學系主辦「唐代文化、文學研究及教學國際學術研討會」。

02 蔡絛《西清詩話》、周紫芝《竹坡詩話》、仇兆鰲《杜詩詳注》,都認為「星河影動搖」是老杜用典以寄干戈動盪之意。筆者以為從腹聯的「野哭戰伐」導致「漁樵不起」來看,三人之解說,實有意脈相通之妙,值得參考。

【導讀】

杜甫大約是在大曆元年由雲安至夔州,秋寓於西閣。二年春,始離西閣而遷居赤甲(山名,在夔州白帝山北)。本詩即作於元年歲末。當時四川一帶,內有軍閥連年混戰不休,外有吐蕃侵擾的威脅,而作者又年衰多病,思歸不得,親朋故舊,或凋零殆盡,或音書斷絕,故耳目所及,皆能觸動詩人憂國傷時之悲、感懷身世之痛,遂有消沉頹廢於一時的本詩之作。

　　「歲暮陰陽催短景，天涯霜雪霽寒宵」兩句，是以警拔凝鍊的對偶句開篇，表達流光似箭，年衰齒暮而殘生幾何的悲慨，以及天涯淪落，寒宵躊躇而長夜難捱的苦悶。「歲暮」，寫出歲月如梭，漂泊羈旅又一年的悲哀。「陰陽」，寫出日升月沉、日復一日的焦慮與煎熬。「催」字更是吐盡光陰若飛、殘生將盡的壓迫感。「短景」，寫出白晝苦短而長夜難捱的苦悶，藉此過渡到次句的「寒宵」二字，以暗點詩題的「夜」字。「天涯」，流露出落葉歸根的渴望，與返鄉無路的惆悵。「霜雪」，透露出體弱多病，難耐冬夜的景況；「霽」字更寫出霜停雪消時寒凍入骨的精神。「寒宵」，進一步暗示遲暮老人心事萬重，難以成眠的寂寥；以及寒氣襲人，砭肌刺骨時更無法安枕的困窘。

　　起首兩句是以「短景」和「寒」字，表達風燭殘年之人愁苦淒寒的心境，再加上時至歲暮，陰陽的催逼、天涯飄零的悵嘆，和霜消雪霽的侵襲、孤子難寐的愁苦、時局動盪的憂慮等意象的層層渲染和重重堆砌，便使悒鬱淒清、惆悵悲哀之感，串結得纍纍實實，積聚得沉重已極，因此前人以為兩句中有十餘層涵義。其實，這飽滿而厚實的鬱悶糾結，已經串聯了以下六句中的景物和情事，並且直貫到篇末的深沉喟嘆，因此王嗣奭《杜臆》以為：「此詩全於起結著意，而向來論詩止稱『五更』一聯，並不知其微意所在也。」馮舒也說：「無首無尾，自成首尾；無轉無接，自成轉接，但見悲壯動人。」（《瀛奎律髓匯評》）換言之，首聯的涵義相當繁複，已經足以包籠全詩，以下三聯全是由此衍化而生，因而全篇渾融一氣；雖然不見起承轉合之跡，而針線之細密、脈理之貫串，卻又分明可尋，因此浦起龍《讀杜心解》指出：「『天涯』『短景』，直呼動結聯。……三、四從『霽寒宵』生出。」

　　「五更鼓角聲悲壯，三峽星河影動搖」兩句，是以上五下二的句法造成跌宕頓挫的音節，傳達沉鬱悲涼的感傷；寫得詞藻清俊，意境

壯闊，卻又沉痛悽愴。查慎行以為「三、四尤為壯闊」（《瀛奎律髓
匯評》），高步瀛說：「三、四壯偉，冠絕古今。」不過，他們大概
都只是針對寫景而言，並沒有直探憂患戰亂之苦的詩心。「五更」句
直承寒宵不寐而來，暗示夔州一帶擾攘不安，時有戰塵，因此軍隊在
破曉時分即已調動兵馬，加緊準備。由於霜雪初霽，空氣明淨，因此
號角聲清亮可聞；由於嚴冬奇寒，空氣冰冷，因此鼓角聲也透露出淒
涼的哀傷。再加上既有軍閥混戰，又有吐蕃寇邊，因此對於飽嘗亂離
而久厭戰伐的垂暮詩人而言，才好不容易快要捱過蕭殺的寒夜，又聽
到鼓角聲破空而來，難免會產生雖雄壯卻悲哀淒涼的感受。「三峽」
句也是緊接著「霽寒宵」而來，寫黎明前的天宇澄淨無雲，夜空的星
光特別明燦耀眼，倒映在江峽急流中的銀河，也隨著悲壯的鼓角聲和
起伏的波濤而滉樣搖動起來，景象淒美迷離，奧秘詭譎。

　　但是，如果我們把「五更鼓角聲悲壯，三峽星河影動搖」兩句視
為純粹寫景而已，那麼儘管寫得雄渾豪邁，盪人心魄，而又光影交輝，
氣韻生動，卻恐怕和全篇的主題思想無關；因為以老杜律法極細，針
線極密，興寄極深的詩風而言，斷不至於讓這兩句只是純粹描寫壯闊
瑰麗的景象，而使詩意割裂為前半寫景，後半抒情，而又完全不相連
屬的兩節。因此，筆者以為老杜應該是先聽到報曉的軍號聲，知道寒
宵將盡，可以不必再忍受長夜不寐的煎熬，於是心情頓感輕鬆；但是
鼓角聲似乎又不僅是報時而已，它還透露出征戰前調度兵馬的嚴整之
威、蕭殺之氣，這就使詩人覺得在雄壯中另有悲涼的哀傷了。此時，
天色猶暗，作者仰觀俯臨，發覺到沉靜的夜空正把璀璨的星河傾注在
江峽之中，只見滉動的波光映著閃爍不定的星輝，正隨著震人心弦的
鼓角聲，在浩瀚動盪的江天中幻化出鑽石般晶瑩的光華，詩人不禁被
眼前雄渾而悲壯、瑰麗而神秘的聲色畫境深深吸引，不知不覺地隨著
悲涼的軍樂和起伏的星輝而思潮洶湧起來……。至於他的所思所慮，
則正好是後半四句所寫的內涵。值得留意的是：江水的騰湧起伏，可

能象徵詩人心緒的煩擾不寧；江天的遼闊闃暗，可能象徵詩人心境的沉鬱悲涼；而繁星的搖動閃爍，則可能象徵詩人情懷的撩亂紛雜，和意念的倏起倏滅、旋蟄旋動，以及思潮的洶湧震盪，不能自已了。因此王嗣奭《杜臆》才會感慨世人只知稱賞此聯，卻不了解詩人的微意所在，並且說：「人心不歡，而鼓角聲悲也；人心不寧，而星河影搖也。……心如懸旌，奈何不與鼓角同悲而星河共搖也！」由此可見詩人在寒宵不寐之餘，耳聞悲壯的鼓角聲而憂念時事的無窮深悲，恐怕才是頷聯的詩心所在，因此劉辰翁說：「三、四句對看，自是無窮俯仰之悲。」（《唐詩品彙》引）

「野哭千家聞戰伐，夷歌幾處起漁樵」兩句，是以哀樂相襯的手法，進一步把頷聯憂時感世的悲哀，以議論的形式表達得更為悲憤。由於詩題是「閣夜」，因此後半四句並非實寫此時所聽見的號哭與歌唱，和所見的武侯祠與公孫廟──因為殘冬五更時天色黑暗，又寒氣正盛，大概還沒有展開野哭和山歌的活動，也看不到兩座祠廟──而是明白地交代詩人此際起伏的思潮裡最關切的主題是戰火未熄，生靈塗炭。野哭，可能包括徵調壯丁時家人生離死別的哭泣、憂念壯丁安危時的哽咽、收屍草葬時的哀嚎等令人摧肝斷腸的愁慘聲，加上「千家」二字，便把哀鴻遍野而哭聲震天的情狀，表現得令人心酸神傷。而在這烽火不斷的亂世中，千家萬戶呼天搶地的哀嚎聲裡，自然不可能還有讓漁夫樵子安樂地高唱山歌的桃源淨土了，因此詩人才用反詰語來表現出這種沉痛悲憤的心境。出句表達了悲天憫人的胸懷和憎惡戰亂的態度，對句流露出對於河清海宴的嚮往和安居樂業的憧憬；兩相映襯之後，野哭便更形哀慟，夷歌也更形虛無，而詩人失落的悵嘆也就更形深刻了。

事實上詩人在五年前所寫的〈野望〉中就已經深刻地感受到日暮途窮，衰頹老病，卻無計可施的悲哀，所以他說：「唯將遲暮供多病」「不堪人事日蕭條」。然而五年來，亂象與日俱增，局勢更加動盪，

詩人在歲月的催逼下更為衰朽不堪，也更加體認到心餘力絀的無奈，覺悟到自己不可能力挽狂瀾、旋乾轉坤的事實，所以他才會灰心喪志地慨歎：「臥龍躍馬終黃土」！忠良如諸葛亮，即使曾經三分天下，力保西蜀，然而如今安在？豪壯如公孫述，即使曾經勇略冠世，躍馬稱帝，終歸只剩一抔黃土！一個「終」字表現出詩人的絕望：連力能揮戈回日、呼風喚雨的英雄豪傑，尚且無法撥亂反正，安邦定國，則風燭殘年、龍鍾衰病的自己又能如何呢？只好任憑造化捉弄了！因此他失意地吟出：「人事音書漫寂寥」這樣消沉頹廢的心聲：不論是家事、國事、天下事，一切放手；即使是朋友之誼、親倫之愛、君臣之義，全部交給命運去安排吧！國家的成敗興衰，甚至是個人的生死存亡，都隨它去吧！尾聯兩句，寫來沉痛至深，悲憤已極，不難想像這一個淒寒的西閣之夜，對老杜是如何煎熬難捱了！

【商榷】

浦起龍《讀杜心解》謂臥龍定亂而「躍馬」起亂，有一忠一逆，不免同歸黃土的消沉頹廢之意。楊倫《杜詩鏡銓》亦云：「賢愚同歸於盡，則寂寥何足道哉？末二句乃借古人以自解也。」沈德潛《唐詩別裁》也說：「賢愚同歸於盡，則目前人事，遠地音書，亦付之寂寥而已。」換言之，他們都認為尾聯是以賢愚同盡之嘆，抒發壯志難酬，無力回天的悲憤。雖看似自遣之辭，卻流露出詩人在亂世中之無奈，與個人在天地間的孤孑無依之感；讀來悲愴已極，彷彿詩人的熱誠已經完全被滄桑所吞噬，被坎坷所磨蝕，被漂泊所淹沒了。

筆者以為如此解讀固然無妨，只是，老杜〈白帝城〉詩云：「公孫初據險，躍馬意何長？」〈上白帝城二首〉其二云：「勇略今何在？當年亦壯哉！」可見老杜當時對公孫述頗為推崇，似乎並無貶之為「愚」「逆」之徒的意思。

此外，這首八句全對的詩篇，雖然乾隆《唐宋詩醇》御批為「音

節雄渾，波瀾壯闊，不獨『五更鼓角』『三峽星河』膾炙人口為足賞也。」前人也推崇備至，筆者仍然以為第六句「夷歌幾處起漁樵」就造語而言，顯得既生硬又怪異，頗見斧鑿之痕，並未達到爐火純青，渾成天然的妙境，應該算是大醇中的小疵；因此，筆者認同紀昀的看法：「前格凌跨一切，結句費解；凡費解便非詩之至者。」（《瀛奎律髓匯評》）

【評點】

01 蘇軾：七言之偉麗者，杜子美云：「旌旗日暖龍蛇舞，宮殿風微燕雀高」「五更鼓角聲悲壯，三峽星河影動搖」，爾後寂寞無聞焉。（《東坡題跋》）

02 方回：三、四東坡所賞，世間此等詩，惟老杜集有之。 ○「悲壯」「動搖」一聯，詩勢如之。……感慨豪蕩，他人所無。（《瀛奎律髓》）

03 葉羲昂：光芒四射，令人不敢正視。（《增訂詳注唐詩正聲》）

04 陸時雍：三、四意盡無餘。（《唐詩鏡》）

05 蔣一梅：「野哭」「夷歌」是倒裝句法。 ○單復：結語愈緩而意愈切。（《唐詩選脈會通評林》）

06 胡應麟：老杜七言律，全篇可法者：〈紫宸退朝〉〈九日登高〉〈送韓十四〉〈香積寺〉〈玉臺關〉〈登樓〉〈閣夜〉〈藍田崔莊〉〈秋興八篇〉，氣象雄蓋宇宙，法律細入毫芒，自是千秋鼻祖；異時微之、昌黎並極推尊，而莫能追步。（《詩藪》）

07 盧世㴶：杜詩如〈登樓〉〈閣夜〉〈黃草〉〈白帝〉〈九日二首〉，一題不止為一事；意中言外，愴然有無窮之思。當與〈諸將〉〈古跡〉〈秋興〉諸章相為表裡，讀者宜知其關係至重也。（《杜詩詳注》引）

08 李因篤：壯采以樸氣行之，非泛為聲調者比。（《杜詩集評》引）

09 桂天祥：全首悲壯慷慨，無不適意。中二聯皆將明之景。首聯雄渾動蕩，卓冠千古；次聯哀樂皆眼前景，人亦難道。結以忠逆同歸自慰，然音節尤婉曲。（《批點唐詩正聲》）

10 金聖嘆：（前半）筆勢又沉鬱，又精悍，反復吟之，使人增長意氣百倍。（《唱經堂杜詩解》）

11 何焯：感慨與人同，自是氣勢迥絕。（《唐律偶評》）

12 查慎行：對起極警拔。　○紀昀：三、四只是現景，宋人詩話穿鑿可笑。（《瀛奎律髓》）

13 趙翼：七律中「五更鼓角聲悲壯，三峽星河影動搖」「錦江春色來天地，玉壘浮雲古今」，亦是絕唱；然換卻「三峽」「錦江」「玉壘」等字，何地不可移用？則此數聯亦不無可議。唯以此等氣魄，從前未有，獨創自少陵，故群相尊奉為劈山開道之始祖而無異詞耳，自後亦竟莫有能嗣響者。（《甌北詩話》）

14 楊逢春：此因寄居西閣，出峽無期，鄉書不至，寒宵輾轉，根觸見聞，不勝「催短景」之感，故結處聊為寬解之詞。（《唐詩繹》）

15 吳昌祺：氣極沉雄。（《刪訂唐詩解》）

16 仇兆鰲：鼓角之聲，當更盡而悲壯；星河之影，映峽水而動搖：此寒宵之景。……思及千古賢愚，同歸於盡，則目前人事、遠地音書，亦漫付之寂寥而已！（《杜詩詳注》）

17 宋宗元：「五更」二句，與「錦江春色」同一筆力。（《網師園唐詩箋》）

18 吳瞻泰：「人事」綰上「野哭」「夷歌」，「音書」綰上「天涯」「三峽」，關鎖極密。　○蔣弱六：三峽，最湍激處，加霜雪照耀，故見星河動搖；又在聲悲壯裡，覺得足令人驚心動魄。（《杜詩鏡銓》引）

19 浦起龍：「鼓角」不值五更，則聲不透；「五更」，最淒切時也，再著「悲壯」字，直刺睡醒耳根也。「星河」不映「三峽」，則

「影」不爍；「三峽」，最湍急處也，再著「動搖」字，直閃朦
朧眼光也。……其詞似寬，其情彌結矣。（《讀杜心解》）

20 盧綖、王溥：前四寫景，後四言情。筆力堅蒼，兩俱稱愜。千古
絕調，公獨擅之。（《聞鶴軒初盛唐近體讀本》）

153 登高（七律） 杜甫

風急天高猿嘯哀，渚清沙白鳥飛迴。無邊落木蕭蕭
下，不盡長江滾滾來。萬里悲秋常作客，百年多病
獨登臺。艱難苦恨繁霜鬢，潦倒新停濁酒杯。

【詩意】

秋風淒急，秋空高曠，猿猴哀切的啼嘯聲，悠長得令人感到酸楚；
沙洲上冷冷清清，鷗鳥在白茫茫的沙岸邊低飛徘徊，顯得相當驚惶不
安。放眼望去，無邊無際的山林裡，無數的樹葉正被迅猛的風勢颮得
蕭蕭作響，滿山飄墜；而洶湧澎湃的長江，也正不斷從遠方浩浩蕩蕩
地奔騰而來！長年作客異鄉，漂泊萬里之外的我，面對著蕭殺森嚴的
深秋時節，和寂寥淒清的江天山色，真是不勝其悲；已經到了衰殘遲
暮之年，又被病魔糾纏折磨的我，獨自登上高臺展眺時，更是覺得愁
緒如山林之蕭颯凌亂，愁懷如江波之翻騰洶湧！艱難的時局、流離的
歲月，早已使我深深悵恨而鬢髮如霜了，偏偏這老朽的身子又因為肺
病的折磨才剛剛戒酒，這叫我如何澆平這滿懷的幽愁暗恨呢？

【注釋】

① 詩題─登高，指重九登高而言。老杜詩集中在本詩之前有〈九日〉
五首，然缺其一，宋人趙次公（字彥材）以為本詩即其第五首，

實未嘗缺。本詩大約是代宗大曆二年（767）老杜流寓夔州時作，五十六歲。由於國步艱難，時局動盪，自己漂泊萬里，思歸不得，再加上耳聾眼花，髮稀齒落，肺疾未癒，風濕加劇，可謂一身衰病，因此在重陽登高時，頓覺百感千憂如萬箭穿心，遂有此作。

② 「風急」二句──夔州在中巴之東，唐時屬巴東郡，自古以多猿著稱，峽口亦以風大聞名。渚，水中沙洲。鳥飛迴，言鳥雀因風急而低飛徘徊，行色匆匆。

③ 「無邊」二句──落木，指落葉。蕭蕭，形容風吹林木而滿山落葉的摹聲詞；《楚辭·九歌·山鬼》：「風颯颯兮木蕭蕭。」滾滾，大水湧流不斷貌。

④ 「百年」句──百年，雖常用以指短暫的一生，然此處則指晚年暮齒而言。多病，見注①。

⑤ 「艱難」二句──艱難，兼指國家多難和個人際遇多艱而言。苦恨，甚恨、深恨；謂備嘗艱難，百感交集而湧生深悲極恨。恨，作動詞解。繁霜鬢，謂鬢髮越加變白。潦倒，困頓失意，衰頹老病貌。新停，重陽登高有飲菊花酒之習俗，然因肺病而戒酒，故不能舉杯澆愁。

【導讀】

本詩曾被胡應麟《詩藪·內篇》標榜為「七言律全篇可法者」之例，並極力推崇說：「氣象雄蓋宇宙，法律細入毫芒，自是千秋鼻祖。」楊倫《杜詩鏡銓》也稱之為：「高渾一氣，古今獨步，當為杜集七言律詩第一。」

仔細加玩味之後，可以發覺本詩之格律有三個值得參考之處：首先，是營造出八句皆對偶的嚴謹格式，卻能不流於呆板凝重[1]。其次，一、三、五、七句的末字，分別安排平、上（「下」字屬於上聲「馬」韻）、入、去四個聲調而不相重複，造成抑揚頓挫、動盪起伏的優美

音感。其三，平仄完全合律，屬對精工整飭。再加上前半寫景而景中含情，後半抒情而情悲語切，遂使全詩情景交融而唱嘆有味，因此贏得前人很高的評價。

「風急天高猿嘯哀，渚清沙白鳥飛迴」兩句，是以工筆細描的方式，選擇夔州江峽的特殊景物：風、天、猿、渚、沙、鳥，形成每句各三組主謂結構：「風急／天高／猿嘯哀」「渚清／沙白／鳥飛迴」，造成三個頓挫轉折的節奏感和動態畫面，藉以展現萬物到了秋天時令人怵目驚心的急遽變化，和令人黯然神傷的蕭颯氣氛。仔細分辨，可以發覺「風急」句是從仰視的角度寫登高所見的山景：峽口風猛，秋空高曠，已使人頓覺孤單落寞；再加上猿啼淒厲，哀音滿耳，又使人憂愁悲苦，思潮起伏。「渚清」句是從俯瞰的角度寫登高所見的水景：沙洲冷清，沙岸淡白，已使人觸目生寒；再加上水鳥低飛，形色倉皇，又使人觸目生悲，悵惘莫名。換言之，第一句已經把蕭瑟的秋意，藉著視覺兼觸覺上的風急，視覺上的天高，以及聽覺上的猿嘯，寫得亂人耳目，令人驚惶；第二句又把淒清的秋意，藉著視覺上冷淡灰白的印象，傳達得悄然悽愴，使人感傷。詩人在俯仰之間，借眼前的聲色、動靜，把空間營造得既高峻又廣闊，情境渲染得既紛亂又冷清，同時又藉著首句透露出心緒的煩躁不寧，以次句暗示心境的孤寂徬徨，可謂情景交融，氣韻沉至，因此查慎行《初白庵詩話》說：「對起有颯沓之勢。」吳農祥說：「意含百煉而成，句用千迴而就。」（《杜詩集評》引）此外，首聯除了對偶工整之外，「風急」和「天高」，「渚清」和「沙白」又自成句中對，而且十四字中，實字密集而意蘊豐富，形象鮮明而畫面生動，再加上語勢健舉而聲調蒼勁，相當耐人涵詠，值得仔細玩味。

「無邊落木蕭蕭下，不盡長江滾滾來」兩句，是由首聯的工筆細描，轉為渾然一體的潑墨寫意，重在渲染磅礡的氣勢和雄奇的意境：滿山落葉，瀰天蓋地，蕭蕭而下，肅殺蒼涼之感，自然逼人眼目；蜿

蜒長江，排山倒海，滾滾而來，奔騰浩蕩之感，也自然動人心魂。就針線而言，「落木」承「風急」而來，寫山景；「長江」承「渚清」而來，寫水景。「蕭蕭」傳其聲，「滾滾」狀其勢，而且運用疊字更能喚起聲色、動靜，與情景、意態的聯想，使人有氣韻雄渾的臨場感。再加上「無邊」二字把空間推拓得廣闊無際，「不盡」二字也暗示著時間的綿長不絕，自然使登高之人在遠眺蕭森萬里而又蒼茫無際的畫面時，容易感到亂世漂泊，身不由己的渺小孤子，和韶光易逝，年華難久的悲哀，同時還自然逗出腹聯悲秋作客與愁病登臺的感慨，的確是承上轉下的重要津梁。此外，首聯雖然實字密集而有健勁之氣，但也略嫌支離零碎，因此次聯便多用虛字「無邊」「蕭蕭」「不盡」「滾滾」來點染，使意境渾融厚實，灝氣流轉，可謂筆勢靈活而句法善變，因此施補華《峴傭說詩》從氣韻上分析說：「通首作對而不嫌其笨者，三、四『無邊落木』二句有疏宕之氣；五、六『萬里悲秋』二句有頓挫之神耳。」

「萬里悲秋常作客，百年多病獨登臺」兩句，總收前四句蕭殺而森嚴的秋氣，拈出「登高」的主題。在這一聯裡，除了「萬里」承「無邊」的空間意象，「百年」承「不盡」的時間概念之外，「作客」與「登臺」二語，也自然地把筆鋒引向抒寫登臨展眺時漂泊孤子的悲涼之感，可以看出本詩的針線脈理，相當綿密。如果仔細分析，可以發現這一聯中竟然蘊含著八層傷痛[2]：悲秋，時之慘也，此其一；作客，羈旅異鄉也，此其二；常作客，經久未歸也，此其三；萬里，天涯淪落也，此其四；百年，殘生將盡也，此其五；多病，衰朽不堪而病魔纏身也，此其六；登臺，見天高地迥，滿眼悽涼也，此其七；獨，無有親朋安慰之落寞也，此其八。正由於詩意堆疊貫串而意蘊深遠，因此吳喬《圍爐詩話》稱讚此聯寫得既深且厚時說：「厚更難於深，子美詩高處亦在厚。」正由於這一聯的抒情能緊扣前半的寫景而發，分別從時間和空間方面落筆，來襯托詩人渺小孤苦的身影，從而讓詩意

攢感累積得雄渾深厚而又蒼涼悲壯，因此讀來特別有沉鬱頓挫的悲咽苦澀之感。

「艱難苦恨繁霜鬢，潦倒新停濁酒杯」兩句，直承腹聯作收。「艱難」句，承「萬里」句而來，而且義涵相當豐富，包括家國之恨與身世之悲，亦即〈詠懷古跡五首〉其一的「支離東北風塵際，漂泊西南天地間」之意，其中有飽嘗戰禍、歷盡顛沛、淪落異鄉、未酬壯志的種種辛酸，因此才使老杜感到深悲極恨，以致白髮頻添，霜鬢似雪。「潦倒」句承「多病」句意而發，寫因多病而衰頹益甚，潦倒不堪，在獨自登臺悲秋而愁懷煩亂時，更須要借酒澆愁；奈何正因衰病而斷酒，則心中的苦恨終難排遣，也就更加苦悶與潦倒了，因此唐汝詢《唐詩解》說：「久客則艱苦備嘗，病多則潦倒日甚，是以白髮頻添，杯酒難舉。」換言之，腹聯和尾聯仍是環環相扣，句句相銜，不僅詩意相成相生，感情也相激相盪得更加沉鬱頓挫，耐人尋繹；因此周珽特別讚嘆說：「章法、句法，真是蛇神牛鬼佐其筆戰。」（《唐詩選脈會通評林》）

【補註】

01 筆者以為第七句強求對偶而錘鍊太過，以致頗有生硬澀滯的毛病，不僅讀來詰屈聱牙，而且詩意崎嶇難解，應該算是八句皆求對仗的一個缺點，因此前人對於尾聯也頗有微詞，並非一味褒美而已；王世貞《藝苑卮言》說：「結亦微弱。」胡震亨《唐音癸籤》說：「無論結語腄（音ㄓㄨㄟˋ，腿浮腫也）重，即起處『鳥飛迴』三字，亦勉強屬對，無意味。」黃生《杜詩說》以為：「結聯宜略放鬆，始成調法。今更板對兩句，通體為之不靈。」吳昌祺《刪定唐詩解》說：「太白太散，少陵過整，故此詩起太實，結亦滯。」沈德潛《杜詩評鈔》說：「結句意盡語竭，不必曲為之諱。」

02 羅大經《鶴林玉露‧乙編》先發其端曰：「蓋萬里，地之遠也；

秋，時之淒慘也；作客，羈旅也；常作客，久旅也。百年，齒暮也；多病，衰疾也；臺，高迥處也；獨登臺，無親朋也。十四字之間含八意，而對偶又精確。」

【評點】

01 胡應麟：五十六字如海底珊瑚，瘦勁難名，沉深莫測，而精光萬丈，力量萬鈞。通章章法、句法、字法，前無昔人，後無來學。……自當為古今七言律第一，不必為唐人七言律第一也。　○一篇之中，句句皆律；一句之中，字字皆律。而實一意貫串，一氣呵成。驟讀之，首尾若未嘗有對者，胸腹若無意於對者；細繹之，則錙銖均兩，毫髮不差，而建瓴走坂之勢，如百川東入於尾閭之窟。至用句、用字，又皆古今人必不敢道、決不能道者，真曠代之作也；然非初學士所當究心，亦匪淺識所能共賞。（《詩藪》）

02 弘曆：氣象高渾，有如巫峽千尋，走雲連風，誠為七律中稀有之作。（《唐宋詩醇》）

03 方東樹說：筆勢雄駿奔放，若天馬之不可羈，則他人不及。（《昭昧詹言》）

＊觀公孫大娘弟子舞劍器行序

【序文】

大曆二年十月十九日，夔府別駕元持宅見臨潁李十二娘舞〈劍器〉，壯其蔚跂；問其所師，曰：「余公孫大娘弟子也。」開元三載，余尚童稚，記於郾城觀公孫氏舞〈劍器〉〈渾脫〉，瀏灕頓挫，獨出冠時。自高頭宜春、梨園二伎坊內人，洎外供奉，曉是舞者，聖文神武皇帝初，公孫一人而已。玉貌錦衣，況余白首！今茲弟子，亦匪盛顏。既

辨其由來，知波瀾莫二；撫事慷慨，聊為〈劍器行〉。昔者吳人張旭善草書書帖，數嘗於鄴縣見公孫大娘舞西河〈劍器〉，自此草書長進，豪蕩感激，即公孫可知矣！

【序意】

　　大曆二年十月十九日，我在夔州都督府的副長官元持的宅第裡見到臨潁人氏李十二娘表演〈劍器〉舞蹈，覺得她的舞姿豪壯矯健而又變化多方。我詢問她的師承，她自負地說：「我是公孫大娘的弟子。」這讓我回想起開元三年時我只有六歲左右，還記得曾經在郾城縣觀賞過公孫大娘表演的〈劍器〉〈渾脫〉舞蹈，表演得酣暢淋漓，矯健雄放，而且節奏分明，靈活飄逸，的確獨步天下，名冠當代。從住在皇城裡宜春和梨園兩伎坊的歌舞女郎，到住在禁城外隨時奉召入宮表演的女藝人，能夠表演這種舞曲的，在玄宗皇帝開元年間，只有公孫氏一人而已。當年的公孫年輕貌美，舞衫華麗，讓人驚艷；而今我也已經白髮蒼蒼了，何況是她，恐怕早已過世了！如今她的這位弟子，也已經不再青春貌美了。在辨別清楚李十二娘與公孫大娘的師承淵源之後，也了解她已盡得公孫之真傳，所以也能舞姿飄揚，意態傳神，和公孫大娘並無不同。我因為這樣的滄桑世變深有感觸，只能寫作這篇〈劍器行〉來抒發噓唏感慨。從前江浙人氏張旭擅長草書和各體書帖，屢次在鄴縣欣賞公孫大娘表演西河地區傳來的〈劍器〉舞，因而得到啟發，從此書法的技藝精進不已。他的筆法豪邁頓挫，飽含激情，而且意態飛動，變化多端，頗能蕩人心神；由此就可以想像公孫氏表演〈劍器〉舞蹈時多麼靈妙動人了。

【注釋】

① 「大曆」句──大曆（766－779），唐代宗年號；二年（767）時詩人離蜀而留滯夔州。

② 「夔府」句——夔府，即夔州，州治在今四川省奉節縣一帶；貞觀
十四年曾為都督府，後罷。天寶元年，改雲安郡。乾元元年，復
為夔州。二年，升為都督府，不久又罷。別駕，都督府的副貳，
從四品下；見《唐六典》。元持，生平不詳。持，或作「特」。
臨潁，故址在今河南省臨潁縣西北。

③ 「壯其」句——壯，以……為豪壯，乃意動用法。蔚跂，形容舞姿
矯健雄放而變化多方。

④ 「開元」句——開元三載（715），杜甫才四歲，要清楚記住所曾見
到的〈劍器〉舞，似嫌勉強；故錢謙益箋：「三載，一作五載；
公時年六歲。公『七齡思即壯』，六歲觀劍似無不可。詩云『五
十年間似反掌』，自開元五年至是年，凡五十一年。」

⑤ 「記於」句——郾城，唐時屬河南道之許州（按：此據《唐宋詩舉
要》，如依《中國歷史地圖集第五冊頁 44－45，則應屬豫州），
今為河南省郾城縣。〈劍器〉，舞曲名，見詩注①。〈渾脫〉，
舞曲名，「渾脫」二字乃胡語「囊袋」的音譯。渾脫舞是由波斯
傳入的「潑寒胡戲」演變而來，舞姿亦雄豪粗獷，後演變為廣受
歡迎的唐朝民族音樂。

⑥ 瀏漓頓挫——形容舞姿酣暢淋漓，矯健雄放，而又靈活飄逸，節奏
分明。

⑦ 獨出冠時——獨步天下，名冠當世。

⑧ 「自高頭」二句——自，從也。高頭，不詳，疑為對皇帝的代稱，
也可能指宮廷而言。宜春、梨園，宮中女藝人所居之處，見詩注⑫。
宜春、梨園二伎坊內人，泛指居住在皇城宮闕之內，負責宮廷歌
舞及演奏的女藝人，又有內供奉之稱。洎，以及、和也。外供奉，
指居住在皇宮之外的左右教坊中，隨時奉詔入宮表演的歌舞藝伎；
仇兆鰲注引唐人崔令欽《教坊記》：「西京右教坊在光宅坊，左
教坊在延政坊；右多善歌，左多工舞。」內人，則指內供奉而言，

因居於皇宮之內，故名；又因常在君王面前表演，又稱前頭人。

⑨「聖文」句──開元二十七年二月己日，群臣向玄宗上「聖文神武皇帝」之尊號。

⑩「玉貌」二句──大意應是昔年所見之公孫大娘年輕貌美，舞衣華麗；今則其人已逝，余亦白首矣。然此二句間殆有闕漏之文，參見【商榷】。

⑪「今茲」二句──謂非僅自己已屆遲暮，即公孫弟子亦已青春不再。匪，非也。盛顏，謂風華正茂的容顏，亦即青春年少之意。

⑫「既辨」二句──謂辨明李十二娘與公孫大娘的師承淵源之後，也了解她已盡得公孫之真傳，故妙舞揚揚而意態傳神，與公孫實無二致。

⑬「聊為」二句──聊，姑且。為，寫作。行，樂府詩詩體名。

⑭「昔吳人」三句──張旭，唐人，有草聖之稱。數，音ㄕㄨㄛˋ，屢次；嘗，曾經。鄴縣，唐時河北道相州之屬縣，正位於今河北邯鄲市之南、河南安陽市之北的省界附近。西河，陳寅恪以為是河西、河湟之異稱，表明〈劍器〉舞來自西胡；或謂西河〈劍器〉是指以西涼樂曲伴奏的舞蹈。仇兆鰲注引李肇《國史補》云：「張旭草書得筆法，後傳崔邈、顏真卿。旭嘗言：『始吾見公主擔夫爭路，而得筆法之意；後見公孫舞〈劍器〉而得其神。』正此註腳。」

⑮「豪蕩」二句──前句謂筆法豪邁頓挫，飽含激情，而意態飛動，能蕩人心神。即，就此、由此；謂由張旭觀舞而悟書法神韻一事。可知，謂可以揣想公孫氏舞〈劍器〉之靈妙也。

154 觀公孫大娘弟子舞劍器行（七古）　杜甫

昔有佳人公孫氏，一舞劍器動四方。觀者如山色沮喪，天地為之久低昂。爛如羿射九日落，矯如群帝驂龍翔。來如雷霆收震怒，罷如江海凝清光。

絳唇珠袖兩寂寞，晚有弟子傳芬芳。臨潁美人在白帝，妙舞此曲神揚揚。與余問答既有以，感時撫事增惋傷。

先帝侍女八千人，公孫劍器初第一。五十年間似反掌，風塵澒洞昏王室。梨園子弟散如煙，女樂餘姿映寒日。金粟堆前木已拱，瞿塘石城草蕭瑟。

玳絃急管曲復終，樂極哀來月東出。老夫不知其所往，足繭荒山轉愁疾。

【詩意】

　　從前有一位複姓公孫的美人，曾經以一段名為〈劍器〉的舞曲轟動四海。當她表演時，層疊如山的圍觀之人，全都因為她妙絕天下的舞藝而驚心動魄，目瞪口呆，彷彿天地也隨著她凌厲豪健的騰挪縱躍而高低起伏，久久難以恢復平靜。她迴旋的舞姿帶動了劍光，劃出了奇幻的弧圈，有如后羿所射下的九個太陽，正光焰逼人地紛紛墜落；她飛騰的舞姿，恍如群仙乘龍翔翔一般，既矯健又輕盈（編按：也可以想像成她迴旋而舞時，劍柄上所繫的紅色綵帶，飛快地輪轉舞動，有如后羿所射下的九個太陽滾落般光焰逼人；她騰空而舞時，劍勢輕盈，彩帶飄揚，恍如群仙駕馭神龍般飄逸輕裊）。她的起勢迅捷威猛，

有如雷霆震怒而餘勢不衰，懾人心神；抖出的劍光，有如霹靂乍現而光影閃幻，亂人眼目。她的收勢戛然而止，顯得容光明艷而又氣定神閒，散發出淵然沉靜的氣質；劍光則內斂收藏，就像江海上湛然凝定的波光，動人魂魄。

可惜公孫大娘妙麗的容顏和豪健的舞姿，在人世沉寂已久，最近才有弟子再度傳承她精湛而飄逸的舞藝。有一位來自臨潁而淪落到白帝城的美人叫做李十二娘，也能把〈劍器舞〉表演得神采奕奕，英氣勃發。從她回答我的詢問裡，我了解了她的師承淵源，使我感慨時局艱難之餘，更加追憶開元盛況而倍覺悽涼憂傷。

在先帝生前的八千侍女之中，公孫氏的〈劍器舞〉本來就被公認為精妙絕倫，並世無雙。而今一轉眼就過了五十年的歲月，安史之亂燒起的無邊戰火，竟然逼使王室蒙難而國勢一落千丈！許多能歌擅舞的梨園弟子在亂世中像煙霧般消散了，唯有李十二娘的舞姿風韻，還在冬日的殘陽裡映照出令人不勝唏噓的身影而已！啊！金粟山南邊有一座先帝的泰陵，墳旁的樹木已經粗壯到須要兩手才能環抱的地步了，可是漂泊到瞿塘峽東、白帝城邊的遺老，卻只能面對著蕭瑟的秋草而悲愴不已！

在美妙的繁絃急管聲中，動人心魄的〈劍器舞〉曲又再度結束了！歡樂的情緒很快就消逝而去，悲哀的情緒便隨著東邊弦月的出現而湧上心頭！曲終人散之後，衰病老邁的我，一時之間真不知道該何去何從。當長滿厚繭的腳底在荒山中行走時，我滿懷的愁思越來越深濃，也越來越痛切了……。

【注釋】

① 詩題──公孫大娘，開元年間著名的歌舞藝人，尤精劍舞，《明皇雜錄》記載她所表演的〈鄰里曲〉、裴將軍〈滿堂勢〉、西河〈劍器¹〉、〈渾脫舞〉等，皆妍妙絕倫，技冠天下，終唐之世，盛名

不衰[2]。弟子，即詩中的臨潁美人、序文中的李十二娘。舞，作動詞解，表演舞蹈之意。〈劍器〉，古代「健舞」的舞曲名。按：健舞，是指節奏分明，動作剛猛而意態雄健的舞蹈；軟舞，則是指節奏舒徐，動作柔緩而意態安祥的舞蹈[3]。

② 「觀者」二句——如山，形容人多如山巒之層層堆疊累積。色沮喪，謂驚詫動容而惘然若失。天地低昂，謂觀眾見其舞藝驚人，無不目眩神搖，恍若天地亦在其跳躍奔騰的舞影中忽高忽低地起伏動盪。

③ 「燿如」句——燿如，光耀閃爍貌。羿射九日，《淮南子·本經訓》載堯之時十日並出，焦禾稼，殺草木，而民無所食；堯命羿射去其九，萬民皆喜。

④ 「矯如」句——矯，矯健飛舉貌。群帝，群仙。驂龍翔，乘龍而飛翔。此句殆謂飛騰的舞姿，恍如群仙乘龍翱翔般，既矯健又輕盈[4]。

⑤ 「來如」句——來，指整段舞蹈的起勢。雷霆，形容陡然起舞時之威猛迅捷，聲勢懾人。收震怒，形容抖出的劍光，閃幻有如霹靂乍驚，織成的光影亦久久不衰，令人眼花撩亂。王嗣奭《杜臆》曰：「凡雷霆震怒，轟然之後，纍纍遠馳，赫有餘怒，故知『收』字之妙；若轟然一響，闃然而止，雖震怒不為奇也。」或謂〈劍器〉〈渾脫〉均擊鼓伴舞，故「收震怒」是指在鼓聲喧闐的前奏之餘響中翩然起舞。

⑥ 「罷如」——罷，整段舞蹈的收勢。江海凝清光，形容舞畢時公孫娘氣定神閒，容光明麗，散發出淵然沉靜的氣質；而劍身亦如清江碧海上平靜的水波一般，湛然凝輝而淵然閃光[5]。

⑦ 「絳唇」二句——絳唇，代指公孫大娘風華正茂的容顏；一說兼指歌喉而言。珠袖，以舞衣之美，以烘托公孫舞藝之妙與身分之高。寂寞，謂消逝而不復可見。傳芬芳，謂盡傳其精湛高妙的舞藝。仇注曰：「寂寞，傷公孫已逝；芬芳，喜李氏猶存。」

⑧ 「臨潁」二句—臨潁，縣名，唐時屬河南道許州，故址在今河南省臨潁縣西北。美人，指李十二娘。白帝，見李白〈早發白帝城〉注；此代指夔州而言。神揚揚，神采驚人，從容自得[6]。

⑨ 「與余」二句—問答有以，即詩序內容「既辨其由來」之意。有以，有原由、有根由；指其師承淵源而言。惋傷，淒涼悲哀。

⑩ 「先帝」二句—先帝，指唐玄宗。八千人，泛言其多。初，本、原也；初第一，原本就被公推為舞技超群，妙絕無雙。

⑪ 「五十」二句—五十年，自開元五年（717）杜甫初見公孫舞劍算起，至大曆二年（767）作詩之時，正得五十年之數。反掌，喻光陰流逝之易，亦可喻歷經天翻地覆的變動。風塵，烽煙戰塵，代指安史之亂。澒，音ㄏㄨㄥˋ；澒洞，浩大瀰漫而無涯際貌。昏王室，使君王蒙塵而國勢衰落。

⑫ 「梨園」二句—梨園，唐時宮廷按樂之地，在皇城的光化門北。弟子，乃玄宗於開元二年（714）由坐部伎中挑選優秀者[7]，自教法曲[8]，號曰「皇帝梨園弟子」；天寶年間又命宮女數百人為梨園弟子，居於宜春院。散如煙，謂安史亂後，流離四散，淪落民間。女樂，擅長樂舞之女藝人，此指李十二娘而言。餘姿，猶存開元盛世時公孫氏的舞姿風韻。寒日，既因當時為十月十九日，已近冬寒而日光冷淡，又象徵李唐國勢之衰弱，同時還寄寓著唯恐公孫舞藝失傳的淒涼哀傷之感。

⑬ 「金粟」二句—金粟堆，指玄宗的泰陵，見〈韋諷宅觀曹將軍畫馬圖〉注⑰。木已拱，以墓園的樹木已長到須要兩手合抱那麼粗壯，表示玄宗辭世（762）已久。瞿塘，代指在瞿塘峽口的夔州；石城，指白帝城。瞿塘石城，代指峽中山城而言。草蕭瑟，寫秋景以寓哀傷。

⑭ 「玳絃」句—玳絃，以玳瑁裝飾精美的弦樂器；一作「玳筵」，則可能指序文中「元持宅」的華筵。急管，急促繁劇的樂音。

⑮ 「足繭」句—足繭，謂漂泊奔波多年而足生厚繭。轉愁疾，為「愁轉疾」的倒裝，既指愁思襲來之迅猛，亦指愁懷之深沉痛切。此句謂曲終人散，樂極哀來，故於獨行荒山夜歸時，為世運之衰微與自身之遲暮而悲愁莫名⁹。

【補註】

01 「裴將軍〈滿堂勢〉、西河〈劍器〉」兩詞，或作「〈裴將軍滿堂勢〉〈西河劍器〉」。

02 中唐詩人鄭嵎〈津陽門〉詩云：「都盧尋橦誠齷齪，公孫劍伎方神奇。」自注曰：「有公孫大娘舞劍，當時號稱雄妙。」司空圖〈劍器〉詩亦云：「樓下公孫昔擅場，空教女子愛軍裝。」按：「都盧尋橦誠齷齪」意謂：都盧人所表演的頂竿雜耍，實在無法和公孫大娘的舞藝相提並論。

03 仇兆鰲《杜詩詳注》引段安節《樂府雜錄》云：「健舞曲有〈稜大〉〈阿連〉〈柘枝〉〈劍器〉〈胡旋〉〈胡騰〉等。軟舞曲有〈涼州〉〈綠腰〉〈蘇合香〉〈屈柘〉〈團圓旋〉〈甘州〉等。」

04 「爟如后羿射九日」句，亦可聯想劍柄的環圈上所繫的紅色綵帶，飛快地輪轉舞動，於是令人有烈焰火球閃動著熠爟光芒而滿堂翻騰的錯覺。「矯如群帝驂龍翔」句，亦可聯想到劍勢輕盈，彩帶飄飛，恍如群仙駕馭神龍騰空般飄逸輕裊。

05 「爟如」以下四句是藉著排比句法特有的嚴整，形容舞姿和舞勢的凌厲矯健、光采流溢、飄逸靈動、瑰奇變幻。然各家解說，卻頗不一致。仇兆鰲說：「爟然下垂，如九日之並落；矯然上騰，如駕龍翻空。其來，忽如雷霆過而響尚留；其罷，陡然如江海澄而波乍息。皆細摹舞態也。」浦起龍曰：「忽然而伏，忽然而起，狀其舞態也；忽然而來，忽然而罷，總始末而形容也。有末句，益顯上三句之騰踔；有上三句，尤難末句之安閒。序所謂『蔚跂』

者，正如此。」而黃生則謂：「此四語取喻俱非凡境，後一語尤妙；不爾，則是一雄裝健兒矣。」其言雖殊，然各有勝義妙諦，故並錄於此以供參考。

06 「神揚揚」三字，可以視為首段六句所描寫舞姿之概括，故浦起龍曰：「『絳唇』六句，落到李娘，為篇中敘事處。舞之妙，已就公孫詳寫；此只以『神揚揚』三字概之，可識虛實互用之法。」

07 粗略地區別，坐部伎是指坐在堂中演奏的高級樂團成員，立部伎是站在台階上演奏的中級樂團成員。立部伎如技藝生疏，甚至還降級為只在祭享時演奏的雅樂部；《樂府詩集·卷97·新樂府辭》收錄白居易〈立部伎〉：「立部伎，鼓笛喧。舞雙劍，跳九（一作『七』）丸。嫋巨索，掉長竿。太常部伎有等級，堂上者坐堂下立。堂上坐部笙歌清，堂下立部鼓笛鳴。笙歌一聲眾側耳，鼓笛萬曲無人聽。立部賤，坐部貴。坐部退為立部伎，擊鼓吹笙和雜戲。立部又退何所任？始就樂懸操雅音。雅音替壞一至此，長令爾輩調宮徵……。」

08 法曲，原指隋唐時道觀中所奏之樂曲，後演變為國家音樂機構中常奏的佳曲。

09 浦起龍謂：「結二語，所謂對此茫茫，百端交集；行失其所往，止失其所居，作者、讀者，俱欲嗷然一哭。」

【導讀】

　　本詩和〈韋諷宅觀曹將軍畫馬圖〉都是假借觀賞一項妙絕寰宇的技藝，追憶玄宗開元時期的盛況，感慨國勢的衰頹；因此王嗣奭《杜臆》說：「此詩見〈劍器〉而傷往事，所謂撫事慷慨也。故詠李氏，卻思公孫；詠公孫，卻思先帝。全為開元、天寶五十年治亂興衰而發；不然，一舞女耳，何足搖其筆端哉？」沈德潛《杜詩評鈔》說：「詠李氏思及公孫，因公孫念及先帝[1]，身世之戚、興亡之感，交集腕下。」

正由於作者在章法上曲折反復，堆疊映襯，藉此引彼，觸類延伸，於是包孕其中的寄慨，便有山重水複、柳暗花明之趣，和幽遠深沉、蕩氣迴腸之致了。

另外，本詩也和〈丹青引〉〈江南逢李龜年〉相似，都是憑藉一位小人物際遇的榮枯窮通，折射出大時代運數的興衰成敗，讀來自有深沉淒涼的滄桑之悲透紙而出；因此黃生《杜詩說》慧眼獨具地由紀年來說明詩歌的旨趣：「觀舞細事爾，〈序〉首特紀歲月，蓋與『開元三年』句打照，並與詩中『五十年間』句針線；無數今昔之悲、盛衰之感，俱於紀年見之。」正由於搏合了身世、國事於詩句之中，因此全詩的情調便哀痛深切，沉鬱蒼涼；無怪乎方東樹《昭昧詹言》說：「古今成敗興亡，盛衰感慨，悲涼抑鬱，窮通哀樂，杜公最多。」並在評論本詩之成就時，特別藉詩前〈序〉文中的三句話來表達愛賞之意：「此詩亦豪蕩感激，瀏灕頓挫，獨出冠時；自大曆至今，先生一人而已！」

大抵而言，本詩可以分為前後兩大段落，共四小節。前段兩小節由「昔有佳人公孫氏」至「感時撫事增惋傷」止，共十四句；第一節八句，先寫對於五十年前所見盛況的追憶，第二節六句，則交代今日所見的妙舞正是勾起回憶的原因。由於情調以懷念向慕為主，因此選用下平聲「七陽」韻來表現高明美盛的意涵。後段兩寫節則由「增惋傷」以後，聲情急轉直下，是以渲染撫今追昔的滄桑之痛為主，因此在十二句中選用入聲「四質」韻來表現沉鬱哽咽的哀傷。可見「撫時感事」四字，正是全篇的騷心所寄；而「增惋傷」三字，則是樂極生悲、風雲變色的樞紐所在。換言之，本詩和〈丹青引贈曹將軍霸〉相仿，都寓藏著由盛而衰、令人不勝唏噓的「開（元）天（寶）」情結，只是又多了由李氏而公孫而先帝的轉折，因此命意更為幽微深曲，情調更為悲抑蒼涼而令人「穆然深思²」罷了。

「昔有佳人公孫氏」七字，是先以無限懷念的口吻，敘述公孫氏

年輕貌美的風華，為後文舞姿的描寫預墊一步；而後再加上「一舞劍器動四方」七字，便言簡意賅地點出她色藝雙美，技壓當代的盛名。「觀者如山色沮喪」是由觀眾的人山人海，表情的如痴如醉，以及神態的恍惚迷惘，來側寫她舞藝之奪人魂魄，盪人心神；「天地為之久低昂」則進一步以觀眾感到天旋地轉，眼花撩亂，來喻示她驚天動地、出神入化的演出效果。有了後兩句的虛筆側寫，則她惑人眼目的劍舞已使人急欲親身體驗了，因此詩人再接再厲地以示現的手法，正面描寫自己幼小心靈中永難磨滅的神奇印象。

「爆如羿射九日落」七字，是藉著神話傳說的瑰麗色彩，描寫公孫氏迴旋振蕩的舞姿極其迅捷有力，劍光也逼人眼目而來；而劍柄的紅色綵帶則疾飛如輪，恍如帶著烈焰由空中墜落的九顆火球一般，光影灼人。「矯如群帝驂龍翔」七字，是形容她的舞姿，有如跨龍翱翔的天仙般矯健而曼妙；而雙劍凌空穿梭時所揚起的彩綢，也有如龍騰雲霧般輕盈而飄忽，令人難以捉摸。「來如雷霆收震怒」七字，是形容她的起勢極其威猛可畏，有如雷霆震怒，令人魂飛魄散；抖出的劍花則如霹靂乍現，令人膽顫心驚。「罷如江海凝清光」七字，則是形容她的收勢戛然而止，佇立場中時氣定神閒，容光煥發，有如淵渟嶽峙的玉人，使人怦然心動而不敢逼視；而漫天的劍影也霎時收斂為一道耀眼的精光，有如湛然沉靜的江海上清朗的波光一般，閃爍著盪人心魂的靈氣。

有了以上四句排比的示現，不僅凸顯出公孫大娘技驚四海的絕藝，而且把巾幗雄裝時不讓鬚眉的英氣刻畫得氣韻生動；更把她端麗娟秀的容貌、婀娜多姿的體態和妙逸脫俗的靈性，展現得宛然可遇，使人意亂情迷，目眩神搖了。「爆如」和「矯如」兩句，是追憶舞蹈過程中最令小杜甫感到繽紛絢麗，光怪陸離，而又輕靈曼妙，縹緲飄逸的奇幻經驗；則他當年目瞪口呆、渾然忘我的情態，也就不問可知了。「來如」和「罷如」兩句，則是以精練的筆墨，總述舞蹈開始時對詩

人幼小心靈的震撼，並刻劃出他五十年來難以忘懷的偶像在曲終罷舞時凜然不可侵犯的完美形象；則他如今觀賞李氏劍舞時眉飛色舞、悠然神遠的情態，也不難體會了。這四句中雖然沒有一筆是正面描寫公孫大娘的容貌，但是其人之風華絕代，卻已烘托得如在眉睫之前了。換言之，有了首句的「佳人」二字，則其妙舞便增添的幾許嫵媚的風韻；而有了這四「如」句的點染，則其端麗便也增添了幾許清俊的靈氣。

正由於前四句描寫舞韻神態的語言中已經暗藏著一位豔冠群芳而呼之欲出的絕色美女，因此老杜便以「絳唇」二字勾劃出他心目中的「維納斯女神」來，透露出純真的心靈深處那一段無邪的愛慕之意；由此回顧前一節中「江海凝清光」五字，可見那不僅是描摹劍器的幽光而已，還可能兼寫她清澈的眼神、煥發的容光、沉靜的氣度、莊嚴的面相和安詳的意態。「珠袖」二字則進一步補寫她的舞衣之美，以烘托她的舞藝之妙、身分之高。「兩寂寞」三字，則由追憶的神往之情，一筆折回五十年後，表露出思之悄然、念之黯然的感慨之意；簡潔的筆墨中自然流露出哀傷的語氣。「晚有弟子傳芬芳」七字，則是在落寞的心緒下，提振一筆，表示所幸絕技得傳而妙舞再現之安慰，和前句正好形成抑揚頓挫的跌宕之勢，筆意相當沉穩老練；而「芬芳」兩字，也許有點出公孫大娘芬馨神駿的人品之美的意思。

「臨潁美人在白帝，妙舞此曲神揚揚；與余問答既有以，感時撫事增惋傷」四句，則加快節奏，輕描淡寫地交代出李十二娘的師承傳授，表示自己見其姿影即識其波瀾而知其淵源，不禁撩起今昔之感、盛衰之悲而悵惘不已，藉以引出一段如怨如慕、如泣如訴的滄桑之嘆；承轉開闔之際，直如行雲流水，自然高妙。其中的「神揚揚」三字，簡潔地總括李氏的舞藝也有其師風範，和第一節專寫公孫氏的筆墨相較，既可以見出作者詳略得宜，收放自如的筆力之高明，也可以看出詩人由弟子之妙舞逆溯師父之絕藝，再由師父之絕藝過渡到開元盛世

和先帝的風雅，構思之曲折與章法之奇特，皆頗有可觀之處。

「先帝侍女八千人」七字，是直承「惋傷」之意而來，撫念國運昌隆時歌舞藝術之美盛；「公孫劍器初第一」則回應首段的兒時印象，表明公孫氏的表演並不只是讓乳臭未乾的稚童嘆為觀止而已，連教坊裡最能歌善舞的行家都傾心折服，以為精采絕倫，神妙無雙。「五十年間似反掌，風塵澒洞昏王室」兩句，則又一筆帶過悠悠的五十年歲月，其中濃縮著安史之亂的慘痛蹂躪和王室蒙塵、國運衰頹的深沉哀傷，當然也寄藏著故君之思、遺臣之悲等不堪回首的淒涼。「梨園弟子散如煙」七字，是寫兩京殘破之後，歌姬舞伎風流雲散，淪落四方，流露出深刻的嘆惋之情。「女樂餘姿映寒日」是寫雖有李十二娘盡得公孫真傳，然而漂泊至此，也只能在冬日殘陽的映照裡舞弄她日漸瘦損的腰肢；只是任憑她如何賣力演出，觀者如堵的盛況早已一逝難返了，而殘光末照的國勢又豈是她柔弱的纖腰和佐酒助興的薄技所能挽回得了的呢？換言之，詩人在夕陽斜暉中看到的不只是孤獨的身影和寂寞的舞姿而已，他更看到了國步的跟蹌、世運的沒落和自己衰頹老病的淒涼晚景！「金粟堆南木已拱」七字，是寫儘管李十二娘仍然翩翩起舞，但是在詩人茫然的眼中卻已經蒙上一片虛無，因為他的思緒又在不知不覺中飄飛到金粟山南邊的泰陵去憑弔先帝而淚祭玄宗了！「瞿塘石城草蕭瑟」七字，是寫當他的心神又由墓木已拱的皇陵折回眼前時，只覺石城荒涼，秋草蕭瑟，觸目生悲；而這思緒的一去一來之間，不免使詩人有恍如隔世之感，也就不禁根觸百端而幽思難已了。

「玳絃急管曲復終」七字，是寫絃管急催，良會短暫，歌闌舞歇之後，曲終人散的惆悵。「玳」字點出樂器之精美，以襯出舞藝的出色和主人的風雅；「急」字傳出歡樂易盡、時光無情的逼迫感，流露出詩人撫今追昔時既嘆惋又留戀的複雜心曲。「曲復終」三字，一方面是以「復」字肯定李氏的舞藝的確能夠再現公孫的神采，一方面是

遙映「絳脣珠袖兩寂寞」，流露出偶然得以重睹絕技，只怕有生之年無緣再見妙舞的感傷與痛惜之意。因此詩人先拈出「樂極哀來月東出」七字來表達興盡悲來的失落感，又以「足繭荒山轉愁疾」七字，表示自己滿腹辛酸，一腔心事，以至於在涼月荒山中踽踽獨行時，失魂落魄，不知何去何從；只覺辛酸越想愈悲，心思越轉越愁，而佈滿厚繭的腳步也越來越沉重了！

同樣是神采飛揚的〈劍器〉舞蹈，五十年前能讓小杜甫心旌搖蕩，意興昂揚；五十年後卻只讓老杜甫心神恍惚，意興索然！昔日所見曾令他如痴如醉，深情遙注，以至於追慕神往，刻骨難忘；今日所觀卻讓他又悲又痛，不勝唏噓，以至於君國之憂、身世之感，紛至沓來，令他難以承受，卻又無所遁逃！是當年如日中天的國勢，為色藝傾城的紅顏佳人襯托出令人愛慕的絕代風華呢？還是如今日薄崦嵫的世運，反而為淪落天涯的舞孃敷抹上令人憂傷的黯淡色調呢？恐怕連詩人自己也未必說得清楚……。

由五十三歲時寫畫壇宗師曹霸之漂泊困頓的〈丹青引〉，五十六歲時寫公孫舞藝之薪火相傳的本詩，到五十九歲時寫歌樂超群的李龜年之潦倒落魄，我們不僅讀到了杜甫筆鋒裡常帶有憂國傷時的感情，也可以看出杜甫對於歌舞書畫等藝術鑑賞的深厚涵養。即此而論，老杜何只是一位悲天憫人的墨客而已，他的確還是兼習多藝的儒生，稱得上是孔們的正宗嫡傳；因此施補華《峴傭說詩》說：「少陵七古，學問、才力、性情，俱臻絕頂，為自有七古以來之極盛。」學問與才力，正是老杜詩歌所以能夠博厚淵深、耐人諷詠的兩大礎石；而由詩人性情的忠悃仁厚來掌握詩趣，則是後人解悟詩史、直探騷心的不二法門。

【補註】

01 除了王嗣奭和沈德潛指點出章法之外，浦起龍《讀杜心解》也以

層層轉折的剖析直探本詩的旨趣說：「舞〈劍器〉者，李十二娘也；觀舞而感者，乃在其師公孫大娘也。感公孫者，感明皇也；是知〈劍器〉特寄託之端，李娘亦興起之藉。此段情景，正如湘中採訪使筵上，聽李龜年唱『紅豆生南國』，合坐淒然，同一傷惋。觀命題之法，知其意之所存矣。〈序〉中『公孫大娘弟子』句及『聖文神武皇帝』句，為作詩眼目。」又說：「〈序〉從弟子逆推至公孫，詩從公孫順拖出弟子。……『感時撫事』句，逗出作詩本旨。『先帝』六句，往事之慨，此本旨也。言公孫而統及女樂，言女樂即是感深先帝；故下段竟（按：疑應作「逕」）以『金粟堆』作轉接，此下正寫惋傷之情。」陳式《杜意》也說：「詳公孫而略弟子，作詩不為弟子也；豈惟不為弟子，而亦並不為公孫。……公蓋因〈劍舞〉而思先帝焉，謂世不得如開元之世也；公蓋因〈劍舞〉而嘆自身焉，謂觀不得如郾城之觀也。」

02 王嗣奭《杜臆》引用鍾惺的總評：「題是『公孫大娘弟子』，而序與詩，情事俱屬公孫氏，便自穆然深思。」並且進一步說：「余謂未盡也，不知情事俱屬玄宗，故序云『撫事慷慨，聊為〈劍器行〉。』知其意不在〈劍器〉也。詩云：『感時撫事增惋傷』，則『五十餘年似反掌』數句，乃其賦詩本旨；『足繭荒山』，從此而來，尤使人穆然深思也。」黃生《杜詩說》云：「後段深寓身世盛衰之感，特借女樂以發之，其所寄慨，初不在絳唇珠袖也。」

【商榷】

序文中「玉貌錦衣，況余白首」兩句之間，似乎省略了許多意涵，因此沈德潛《杜詩評鈔》說其中「藏過數層」；甚至還脫漏了某些文句，因此引起前人紛紜的解說，茲舉例如下：

＊申涵光：詩序太剝落，「玉貌錦衣」下，如何接「況余白首」？（《杜詩詳注》引）

＊仇兆鰲：「況余」當是「恍余」，謂恍惚已老也。（《杜詩詳注》）

＊浦起龍：「玉貌」，憶公孫；「白首」，悲今我。則「況余」二字不謬矣。

＊孫洙：「況余」二字，當是「晚餘」之誤。（《唐詩三百首》）

＊高步瀛：此處殆有脫誤，諸家就「況余」二字委曲解釋，終屬牽強。（《唐宋詩舉要》）

筆者以為申疑合理而高說明快。連這段可能有魯魚亥豕之訛，甚至有郭公夏五之憾的〈序〉文，都還能贏得何焯「曲折三致」的評價和朱彝尊「佳絕」的賞愛，可見前人對老杜的傾服之既深且重了。

再者，仇兆鰲《杜詩詳注》引《正字通》云：「劍器，古武舞曲名，用女妓雄妝，空手而舞；見《文獻通考・舞部》。或以劍器為刀劍，誤也。」筆者以為〈劍器〉舞是否徒手表演，不無可疑，因為既名「劍器」，則理應有劍，或者至少有替代或象徵劍的道具，以表現雄武的氣概。

在老杜寫作本詩之後約三四十年，姚合有〈劍器詞三首〉，其一云：「聖朝能用將，破敵速有神。掉劍龍纏臂，開旗火滿身。積屍川沒岸，流血野無塵。今日當場舞，應知是戰人。」由題意觀察，可能是舞〈劍器〉時所唱的歌詞；雖無法確知舞者是否持劍，然不持劍將如何表現將士「掉劍」時有如遊龍纏臂的靈動夭矯？又如何表現舞者扮演的是英勇的戰士呢？因此有人以為〈劍器詞〉所寫應是持旗握劍而舞。桂馥以為是手持一丈餘的彩帛，兩頭打結，掄舞得快速時有如流星飛動。陳寅恪《元白詩箋證稿》推斷白居易〈立部伎〉詩中的「舞雙劍，跳七丸」正是舞〈劍器〉〈渾脫〉，並謂「近四川出土古磚，有繪寫〈劍器〉〈渾脫〉之狀者。」可以推測他所見到的古磚上應有舞雙劍圖樣。

筆者猜想〈劍器舞〉應是舞者手持雙劍，而劍環縛有彩綢或繫有絲帛的雄健舞蹈；後來表演的道具可能還包括紅旗、彩帶、火炬或其

它道具、飾物等，以增加舞蹈時曼妙飄逸或豪邁雄放的效果。杜甫兩次所見，應為單人舞蹈；至於姚合時則似乎已經演變成多人的隊舞形式了。

【評點】

01 劉克莊：此篇與〈琵琶行〉，一如壯士軒昂赴敵場，一如兒女恩怨相爾汝；杜有建安、黃初氣，白未脫長慶體耳。（《後村詩話》）

02 劉辰翁：子美以詩為散語，故意多詞促。此敘引張顛草書隱映，頗達情態，非公不聞此妙。（「來如雷霆收震怒」句）「收」字謂其隱隱有聲也；但舞一劍，謂其如雷如霆，則悲（編按：疑應作「非」字）矣。（《宋詩話全編》引）

03 鍾惺：（「罷如江海凝清光」句）此一語獨妙。（《唐詩歸》）

04 周啟琦：「罷如江海凝清光」，妙！連上三句，覺有精采。（《唐詩選脈會通評林》）

05 桂天祥：沉著痛黯，讀者無不感慨。（《批點唐詩正聲》）

07 黃周星：一起有排山倒海之勢，後卻平平。（《唐詩快》）

08 黃生：白樂天〈琵琶行〉亦為伎女而作，鋪敘至六百字，由命意苦不遠，只在詞調上播弄耳！此詩與李問答，只一句略過；胸中本有無限寄託，何暇敘此閒言語哉！（《杜詩說》）

＊ 編按：黃生的說法未必公允。因為杜詩旨在表達感時憂世之痛，白詩旨在抒發身世淪落之悲，命意大小不同，情調自然有雄渾沉鬱與幽約婉轉之別，不可一概而論。再者，白作中的對話鋪敘得極為精細美妙，而且既補足前段描寫音樂情境所以能出神入化的由來，也帶出了詩人的身世之悲，在章法上自有其承前啟後的必要性；老杜自身則未曾有過如琵琶女和白樂天般昔榮今枯的冷暖之悲，而且詩歌的旨趣也是在觀照大時代的興衰，因此對話部分就言簡意賅地一語帶過了。

09 方東樹：「金粟堆」又從先帝意中起棱，但覺身世之感、興亡之感，交赴腕下。（《昭昧詹言》）

10 張謙宜：只「傳芬芳」「神揚揚」六字，已將前敘舞態勾起，不用再說，此煩簡相生之妙。（《絸齋詩談》）

11 田雯：白香山〈琵琶行〉一篇從杜子美得來。「臨潁美人……感時撫事增惋傷」，杜以四語，白成數行，所謂演法也。鳧脛何短，鶴脛何長；續之不能，截之不可，各有天然之致。不惟詩也，文亦然。（《古歡堂集雜論》）

12 弘曆：前如山之嶙峋，後如海之波瀾；前半極其濃至，後半感嘆。（《唐宋詩醇》）

13 蔣弱六：序中「瀏漓頓挫」「豪蕩感激」，便是此詩妙境。（「爛如」數句）形容盡致。（「與余問答」句）省得妙。 ○邵長蘅：（「梨園弟子」四句）忽然收轉，真是筆有神助。（《杜詩鏡銓》引）

14 施補華：敘天寶事只數語而無限悽涼，可悟〈長恨歌〉之繁冗。（《峴傭說詩》）

155 詠懷古跡五首 其一（七律）　　　　杜甫

支離東北風塵際，漂泊西南天地間。三峽樓臺淹日月，五溪衣服共雲山。羯胡事主終無賴，詞客哀時且未還。庾信平生最蕭瑟，暮年詩賦動江關。

【詩意】

　　安史之亂期間，我曾經在（西蜀地區的）東北方的長安、鄜州等地流離遷徙，忍受著山河破碎、骨肉離散的痛苦，而後又輾轉漂泊於

成都、梓州、閬中、雲安、夔州等西南天地之間，飽嚐顛沛困頓、羈旅異鄉的辛酸。在川蜀一帶，我淹留了八年之久，歷經了難以細數的日升月落，奈何思歸不得；在服飾與中原迥異的五溪蠻一帶，我又和他們雜居了一段時日，只能望著雲封霧鎖的山林，滿懷苦悶，卻無處宣洩。狼子野心的胡種安祿山，狡猾善變，終究不可能忠誠地侍奉漢家君主，才使我被困在艱危動盪的時局中，無法返鄉；正如詭詐的侯景背叛梁朝，興兵作亂，才使庾信羈留北朝，無法南歸。庾信生平的際遇是最悽涼可悲的，他晚年所寫的〈哀江南賦〉中飽含故國之思和鄉關之情，傳遍天下，令人深受感動；而我在遍嚐憂患困阨的流浪歲月之後，又能留下些什麼呢？

【注釋】

① 詩題─殆即借古跡思古人、寫古事而述志抒懷之意。本詩大約是杜甫在大曆三年（768）三月至江陵尋訪庾信故居之後所作，由於並非專詠古跡為主，而是借古人之酒杯澆自己胸中之塊壘，因而名為「詠懷古跡」。

② 「支離」二句─支離，流離四散。風塵，代指戰亂，主要是指安史之亂而言。東北，是由西南方蜀地的眼光來看，中原各地皆可稱為在西蜀之東北。次句謂由乾元二年（759）十二月入蜀之後，輾轉漂泊，居無定所，往來於成都、梓州、閬州、雲安、夔州之間，至此已達八年之久。

③ 「三峽」二句─三峽，泛指長久停留的蜀地而言，包括放舟東下時所經長江邊的雲安、夔州一段。樓臺，泛指長期滯留蜀地所居住的屋舍而言，也包括夔州地區之房舍，蓋依山而築，層疊而上有如樓臺。淹，滯留。日月，言時間之久。五溪，《水經注·卷37·沅水注》謂武陵郡有五溪：雄溪、樠溪、潕溪、酉溪、辰溪，其地為蠻族所居，正在夔州之南，大抵在今湖南、貴州與四川交界處。衣服，意在凸顯困居西南異俗之地，其服飾與中原衣裳有

別。《後漢書‧卷86‧南蠻西夷列傳》謂長沙武陵五溪蠻皆為槃
瓠之後,而槃瓠者,原為高辛所蓄養之毛采五色犬也。槃瓠得高
辛氏之女,負而遠走南山,生六男六女。槃瓠卒後,因自相結為
夫妻,織績木皮,染以草實而好五色衣服,其服製皆有尾形。共
雲山,謂與五溪蠻雜處於雲纏霧繞的山林中而不得出。

④「羯胡」二句—羯胡,兼指侯景(502?-553)與安祿山(703-
757)而言。侯景,朔方人,有膂力,善騎射,後魏時依附爾朱榮
為定州刺史,後降高歡而為司徒行臺,擁眾十萬,專制河南。降
梁後封為河南王,因故舉兵反,圍建康,陷臺城,梁武帝被逼餓
死。立簡文帝蕭綱,復弒之,自立為帝,國號漢,後為王僧辯所
討平。安祿山,其父系出羯胡,屬小月支種,後叛唐。無賴,狡
猾反覆而不可信賴。詞客,兼指庾信(513-581)與作者而言。
哀時,為動盪之時局而哀傷。且未還,兼指庾信滯留北朝未歸,
與詩人飽嚐顛沛憂患之苦,遲遲未能返鄉[1]。

⑤「庾信」二句—庾信,字子山,梁朝南陽新野人,曾任東宮學士,
領建康令。侯景陷臺城後,信奔江陵。梁元帝蕭繹時奉使西魏而
遭留置,遂仕於北朝。庾信在北朝雖位望通顯,然實有鄉關之思,
乃作〈哀江南賦〉以寄其意。蕭瑟,景況淒涼堪悲也。江關,殆
指大江南北而言,蓋長江邊常因形勢險峻而置關塞以守之。

【補註】

01 或謂安祿山叛唐而使杜甫飽嚐顛沛憂患之苦,與侯景叛梁遂使庾
信空懷思歸之情,本無二致。然筆者以為侯景叛變與庾信滯留之
因果關係仍有待商榷;蓋庾信出使西魏時(554),侯景已卒,故
庾信遭留置於北朝,乃北人愛慕庾信之才華,與侯景之叛變無關。

【導讀】

　　杜甫在大曆三年（768）正月，離開他曾經淹留兩年的夔州而放舟東下，三月抵達江陵。可能就在他尋訪庾信位於江陵的故居後，有感於自己後半生因為戰禍頻仍而飽經顛沛流離的憂患，正與身世漂泊而詩賦老成的庾信頗有類似之處，不禁悲從中來，根觸百端，於是便作本詩以詠懷，並整理兩年來吟詠夔州、歸州古跡的舊作，略加點染鉤連，使其感慨多方而意脈潛通，遂以本詩冠首而完成聯章的〈詠懷古跡五首〉。王嗣奭說：「懷庾信、宋玉，以斯文為己任也；懷先主、武侯，嘆君臣際會之難逢也。中間昭君一章，蓋入宮見妒與入朝見嫉者，千古同感焉。」（仇注引《杜臆》）所解雖未必盡合悲庾信而悼宋玉之騷心，但是可以看出五首詩各有不同的感慨寄託。楊倫《杜詩鏡銓》說：「庾信避難，⋯⋯公之漂泊類是，故藉以發端。次詠宋玉，以文章同調相憐。詠明妃，以為高才不遇寄慨。先主、武侯，則有感於君臣之際焉。」所解雖也未必盡合憂邦國而傷身世的深意，但是也可以看出五首詩各有不同的精神內涵。雖然王、楊二人對於各詩的旨趣為何，頗有橫嶺側峰之別裁，但是五首皆以詠懷為主，而非專詠古跡，則又有殊途同歸的見識；因此，賞讀本詩時便無須過於拘泥古跡的所在而陷入考據的窠臼之中，應該以玩索詩義、尋覓針線和分析章法為重點。

　　由於本詩等於整組聯章之作的總序，因此便以極其工整的對仗「支離東北風塵際，漂泊西南天地間」作為首聯，一方面先行確定五首詩憂懷邦國、感傷身世的主題，一方面又以涵括天地的渾厚氣勢籠罩全篇，同時既流露出不堪回首的滄桑悲涼，又為後面的各種感慨留下意脈若斷而聲氣相通的線索。就詩義而言，這兩句是在交代詩人之所以會飽嚐骨肉離散之悲與國破家亡之痛，以至於由輾轉東北而漂泊西南，甚至更浪跡天涯，全是肇因於安史之亂，因此便以「支離」「風塵」和「漂泊」這三組義涵豐富的詞語，表現長達八年的戰禍帶給詩

人椎心刺骨而又永難撫平的深痛；其中包括了兩京殘破淪陷、君王蒙塵出奔、田園支離破碎、兄弟流離四散、幼子夭折死亡……種種辛酸悲恨的往事。就針線而言，「支離」「風塵」二語所象喻的烽火戰亂與山河破碎，可以逗出後半「羯胡事主終無賴」的憤恨和「詞客哀時」的憂傷；而「漂泊」所表示的播越遷徙與顛沛困頓，又近啟「淹日月」和「共雲山」的喟嘆，而且遠引「且未還」的淒涼。再就章法而言，「風塵」紛亂、戰禍侵尋的景象，又可能是詩人懷想先主和武侯的觸媒；而「漂泊」天涯，淪落四方，也可能是詩人念及宋玉與明妃的津梁。可見詩人悲愴的靈魂和幽微的心聲，早已藉著這大氣包舉而悲壯蒼涼的名聯噴薄而出了；而其綿密的針線，嚴謹的章法，也早就隱藏在這兩句沉摯慘痛的感慨之中了。

「三峽樓臺淹日月，五溪衣服共雲山」兩句，是以較為形象化的語言，進一步鋪寫詩人漂泊西南的艱苦，以及心懸中原卻思歸不得的悲哀。就詩義而言，「三峽樓臺」是泛指他滯留西南期間曾經居住過的地點與廬舍而言；「淹」字透露出羈旅異鄉，身不由己的無奈；「日月」則表現日升月沉，年光催逼的焦慮。「五溪衣服」是泛寫與絕域蠻俗之人雜居的苦悶，映襯出詩人對華夏文明衣冠的眷戀；「共雲山」則是以雲封霧鎖的山林實景，表現坐困愁城，苦無出路的鬱紆之懷，摹寫出遠眺中原而不得見的思歸之情。浦起龍《讀杜心解》說：「通首以『漂泊西南』為主句。首句追言其由，三、四正詠『漂泊』。」已指出了本詩前半錯綜而分明的針線。就章法而言，詩人並未明言他在漂泊西南時所到之處，而僅以籠統的「三峽樓臺」和「雲山」加以涵括，似乎是在有意無意之間預為第二首的「江山故宅空文宅，雲雨荒臺豈夢思」兩句勾畫意象，以便在第二首詠嘆宋玉時，除了能以「搖落」「蕭條」二語來銜接本詩第七句的「蕭瑟」之嘆以外，還有縹緲的雲山讓兩首詩聲氣相通，協助讀者領略老杜把庾信和宋玉引為異代同調的契慕之意。

「羯胡事主終無賴，詞客哀時且未還」兩句，就詩義而言，是在痛定思痛之餘，反省導致自己漂泊未還的悲哀，全是由於狼子野心的安祿山狡詐善變，包藏禍心的緣故；在沉鬱的省思中，流露出無窮的憤慨。就針線而言，「羯胡」句是由「五溪」蠻俗的意念轉化而來，而又一筆折回首句的「支離」「風塵」二語，既明白地拈出安祿山的叛唐，又似乎有意暗中鉤連侯景的叛梁，以便順勢導出庾信的際遇而暗藏自己的憂憤。「詞客」句則是近接「三峽」二句的淹留景況，又遠承次句的「漂泊」之意，既為自己雖至江陵而猶不得歸鄉而嘆，又似乎兼指庾信流寓北國而不得南返。有了這兩句的義涵雙關，便能把自己和庾信疊映融合為一，並自然而然地以庾信辛酸的酒杯，澆自己鬱結的塊壘了；因此詩末拈出「庾信生平最蕭瑟，暮年詩賦動江關」時，便有水到渠成之高妙了。

就尾聯的詩義觀察，庾信的〈哀江南賦‧序〉曰：「信年始二毛，即逢喪亂，藐是流離，至於暮齒。燕歌遠別，悲不自勝；楚老相逢，泣將何及！」可見詩人以五十七歲的遲暮之年、漂泊之身，在感嘆庾信和自己同樣命運坎坷，生平蕭瑟之時，是如何地悲不自勝了！可是他在滿腹淒苦的愁思之餘，又以「暮年詩賦動江關」七字揚筆一振，似乎又有意以庾信飽經憂患，遍嘗艱苦，以致詩賦造詣達到波瀾老成、爐火純青的境界，和名滿天下、流傳千古的成就來自我期許。

詩人在三年前所作的〈旅夜書懷〉說：「名豈文章著？官應老病休！」表現出不欲以詩文名世而頗思建功立業的心志，如今則流露出對庾信「暮年詩賦動江關」的嚮往之意，詩人似乎已經清楚地察覺到自己衰頹老病的身軀日漸孱弱，而殘光末照的生命恐怕也散發不了多久的餘暉了，因此他不得不認真回顧自己的生平，急欲為自己困塞的時命下一個貼切的註腳了。換言之，「支離東北風塵際，漂泊西南天地間」二語，彷彿是詩史坎坷際遇的縮影；而「庾信生平最蕭瑟，暮年詩賦動江關」二語，則有如詩聖悽涼身世的墓誌銘；整首詩讀來，

則更像是老杜為自己悲慘的一生所寫評傳了。

【評點】

01 李因篤：格嚴整而意沉著。　○吳農祥：聲調悲涼。（《杜詩集評》引）

02 王夫之：本以詠庾信，只似帶出，妙於取象。（《唐詩評選》）

03 仇兆鰲：五、六賓主雙關，蓋祿山叛唐，猶侯景叛梁；公思故國，猶信哀江南。（《杜詩詳注》）

04 浦起龍：五、六流水，乃首尾關鍵：「終無賴」申「支離」，「且未還」起「蕭瑟」。末以庾信之懷況己懷也，即子山，即子美。（《讀杜心解》）

05 吳北江：以庾信自比而通首渾言，末二句始出其名，崢嶸飛動，磊砢不平。（《唐宋詩舉要》引）

156 詠懷古跡五首 其二（七律）　　　　杜甫

搖落深知宋玉悲，風流儒雅亦吾師。悵望千秋一灑淚，蕭條異代不同時。江山故宅空文藻，雲雨荒臺豈夢思？最是楚宮俱泯滅，舟人指點到今疑。

【詩意】

　　我深深了解宋玉在〈九辯〉中藉著草木的蕭瑟凋零而抒發的賢士生不逢時的悲哀了！他的作品文采斐然，流露出忠君愛國、悲天憫人的儒者情懷，也和庾信一樣值得我衷心仰慕效法。惆悵地想到千年以來，竟然沒有人能深切明白他的胸襟和抱負，真要為他一灑悲憤與同情之淚！儘管我們相隔的時代非常久遠，卻同樣都是命運坎坷、際遇

冷淡的失意文人哪！他空有驚世的文藻，可是又有誰能了解他寄藏在文章中的深意呢？到如今，只不過空留一座故宅點綴著寂寞的江山，提供給後人憑弔而已！〈高唐賦〉裡雲雨巫山的故事，原本另有諷諫君王荒淫的苦心，哪裡只是述說一段怪誕香豔的風流夢境呢？最令人感慨的是：就在楚國的宮殿早已灰飛煙滅的今天，當舟船經過巫峽時，船夫還能煞有其事地指點出楚王和神女歡會的遺跡所在，使過客對於這一段虛構的傳說半信半疑——至於宋玉的深意和楚國的興亡，又有誰關心呢！

【注釋】

① 「搖落」句——飄搖零落；宋玉〈九辯〉一開始就說：「悲哉秋之為氣也！蕭瑟兮草木搖落而變衰。」宋玉（約 298 B.C.—約 222 B.C.），戰國楚人，屈原弟子，精研其師深婉幽微的諷喻手法，亦以騷賦著名；所作除〈高唐賦〉〈登徒子好色賦〉〈風賦〉等寓言名篇之外，又有〈九辯〉等篇以悲其師之流放。深知宋玉悲，〈九辯〉全篇以秋氣之慘凄、草木之零落起興，抒發奸邪當道、讒佞蔽君、賢士失志、國運危殆的憂憤，並表明固窮守節，孤芳自賞的心志。由於有忠君愛國的心志，悲天憫人的胸襟，又有懷才不遇之嘆，生不逢時之悲，因此不僅使得同樣有志難伸而遭亂飄蕩的杜甫產生千古知音的共鳴和蕭條異代的哀傷，也贏得魯迅《漢文學史綱要》的嘆賞：「雖馳神逞想不如〈離騷〉，而凄怨之情，實為獨絕。」

② 「風流」句——風流儒雅，謂宋玉的風範高朗，才調不凡，頗有儒者忠君憂國，悲天憫人的胸襟懷抱；亦可兼指宋玉之文采斐然，與其詩賦中的涵義正大而雋永。庾信〈枯樹賦〉：「殷仲文風流儒雅，海內知名。」

③ 「悵望」二句——悵望，謂景慕仰望宋玉之風流儒雅，而嘆知音難遇，徒增悵惘而已。一，加強語氣的助詞。蕭條，指境遇的冷淡

枯寂、運命的坎坷飄零而言。

④ 「江山」句──江山，殆指長江三峽一帶而言。故宅，宋玉的故居，一在湖北江陵，一在歸州（今湖北秭歸縣）；此殆指在江峽邊的歸州舊址而言。陸游《入蜀記》卷5云：「宋玉宅在秭歸縣之東，今為酒家，舊有石刻『宋玉宅』三字。」空，枉也、徒然也；空文藻，謂宋玉空留驚世的文采，卻無人了解他寫作辭賦時諷諫君王的苦心。

⑤ 「雲雨」句──雲雨，見李白〈清平調詞三首〉其二注②。豈夢思，謂〈高唐賦〉之作，實有諷諫君王淫惑之用心，豈只是敘述荒誕香豔的夢中情思而已？

⑥ 「最是」二句──最是，最使人感慨的是。「楚宮」句意謂：楚宮早已灰飛煙滅，淪為廢墟，竟無人關心楚國之成敗興衰，卻只沉迷於雲雨巫山的無稽之談。「舟人」句意謂：船經三峽時，船夫至今仍津津樂道楚王和神女歡會的傳說，甚至還能穿鑿附會地指點出遺跡的所在，使人將信將疑。

【導讀】

這一首詠懷之作，除了以唱嘆的筆墨點染出衰颯的氣氛之外，抒情中瀰漫著歷史的哀傷，議論中流露出深婉的悲愴，因此顯得沉鬱頓挫，感慨遙深，相當耐人尋味。尤其是在議論宋玉的苦心與辨正〈高唐〉的諷意時，能以鮮明的畫面，生動的形象（如：江山故宅、雲雨荒臺、楚宮泯滅、舟人指點）和飽含情韻的傳說故事來烘托意境，使整首詩更是精警深刻，意蘊邈遠，因此沈德潛《說詩晬語》卷上說：「老杜……〈秋興八首〉〈詠懷古跡五首〉〈諸將五首〉，不廢議論，不棄藻繢，籠罩宇宙，鏗戛韶鈞，而縱橫出沒中，復合蘊藉微遠之致，目為大成，非虛語也。」他在同書卷下又以為〈詠懷古跡五首〉和〈蜀相〉及詠諸葛等作，都是議論兼含情韻的佳作。

「搖落深知宋玉悲，風流儒雅亦吾師」兩句，是先開門見山地確立對於宋玉的深刻認識、高度推崇和衷心仰慕，以便和前一首只在篇末點出庾信的章法有所區隔；同時既引用庾信〈枯樹賦〉：「殷仲文風流儒雅，海內知名」之語來暗含庾信的影子，又以一個「亦」字作為銜接庾、宋兩人的紐帶，以見出兩人才調雖高卻又漂泊淪落的共同命運；如此一來，兩章之間便有了不著痕跡的鉤鎖連環了。換言之，前兩首詩的章法雖異，卻又脈絡潛通，因此楊倫《杜詩鏡銓》說：「『亦』字承庾信而來，有嶺斷雲連之妙。」

詩人特別拈出「搖落」二字冠於一篇之首，除了是以倒裝句法（原式應作「吾深知宋玉搖落之悲」），使得語勢顯得拗峭曲折，遒健蒼勁之外，還有幾層涵義存焉：

＊首先，是借宋玉〈九辯〉開筆的名句：「悲哉秋之為氣也，蕭瑟兮草木搖落而變衰」，點出尋訪遺跡時眼見使人悵觸感慨的深秋景物，不禁入目興悲而遙思古人。如此安排，既使以下的抒情議論能和景致交融互滲而具有更為豐美的情韻和深邃的意境，又交代了感興的機緣所起，從而使全篇的開展有了自然合理的起勢。

＊其次，「搖落」除了給人草木逢秋而飄搖零落的悲愴感受，又給人生當亂世而漂泊淪落的哀傷情懷，可以烘染出全篇蕭瑟淒涼的情調和氣氛，有助於襯托宋玉的深悲和作者的極愁。

＊第三，由於「搖落」冠於句首，可以通貫全句而兼指作者和宋玉的懷才不遇與身世飄零，因此才使得同病相憐的「深知」成為可能，也使得「蕭條異代」之感更形親切而沉痛。

＊第四，「搖落」又可以借代指〈九辯〉全篇豐富的義涵，包括忠臣見黜、賢士失志、讒佞當道、君昏國亂，以及孤高自潔、憂憫民窮等意念，無形中更擴大了詩歌的內涵，增強了詩義的密度，也給予讀者更為寬闊的聯想空間，和更為明確的理解線索。

＊第五，「搖落」更可以上溯庾信生平的「蕭瑟」之感，遙應前一

首的「支離」「漂泊」的悲嘆，而使杜甫、庾信和宋玉三位一體，更把才調超絕而又淪落不偶，以及心志高潔而又漂泊失意的形象，清晰具體地描繪勾勒出來，使讀者感受真切而想像豐富。

至於「深知」二字，也有幾層值得玩味的深意：

*　首先，表示自己正是宋玉的千古知音，因此才能引出次句的景仰與尊敬之意。

*　其次，由於知之深而慕之切，因此才能更為宋玉的失意之悲引出第三句的悵望灑淚。

*　第三，致慨於世人不了解宋玉，甚至有扭曲宋玉忠君憂國、思濟蒼生的志士形象，而僅視之為感秋氣而傷凋零的墨客騷人，與述荒誕而說艷事的無聊詞人而已。

*　第四，透露出自己也是志在「致君堯舜上，再使風俗淳」的賢士，奈何世人卻把自己視為吟詩作賦的文士而已，因此他才會在〈旅夜書懷〉中明志：「名豈文章著？官應老病休。」

而這四層涵義，正是本詩的旨趣所在；只是深知其悲的具體內容隱而不顯，要留待後半四句才以更富情韻的形象語言加以議論而已。換言之，全詩是為宋玉抱屈，也為自己不平，寫來曲折委婉，蘊藉含蓄，意在言外，耐人回味。

次句的「風流儒雅」，既指文采斐然，又指具有儒者大中至正，兼濟天下的情懷，表示宋玉值得景從追慕的具體內涵。「亦吾師」三字，可以由王逸《楚辭章句》所述：「宋玉者，屈原弟子，憫其師忠而被逐，故作〈九辯〉以述其志」來了解：宋玉以屈原為師而有其不凡的才調抱負，也有生不逢時的身世之悲，故作〈九辯〉以悲屈原而自傷；老杜也以宋玉為師而有其才調、抱負與坎坷，故作本詩以憫宋玉而自憐。

「悵望千秋一灑淚，蕭條異代不同時」兩句，直承首聯之意，流露出千古相契、異代同悲的辛酸與痛惜。由於世人不了解宋玉的深心

初衷，才使他蕭條寂寞，淪落失意；正如同無人能了解自己的報國心志和治事才幹，才使自己漂泊流離，冷淡枯寂。因此，作者才會有悵望千古而知音無人之悲，也才有淚灑異代而徒呼奈何之嘆！必須注意的是：在老杜所灑的熱淚之中，應該還包含有「搖落」二字所兼攝的賢士陸沉、忠良黜放、君主愚惑、奸邪當道、國運衰頹等憂國傷時的鬱憤在內。

「江山故宅空文藻」七字，仍然銜接世人不了解宋玉的心志而自己卻能「深知」其悲的「悵望」之意，進一步深入地抒發議論及感慨。詩人表示宋玉空有驚世絕俗的文采而名垂後代，卻只留下點綴江山的故宅，供人憑弔時增加穿鑿附會的聯想而已；世人何嘗真正了解他深藏在作品背後的諷諫苦心？因此《杜詩鏡銓》引蔣紹孟說：「此因宋玉而有感於平生著述之情也，蓋謂自古作者用意之深，類非俗人所能解。」黃生《杜詩說》也說：「江山故宅，空因宋玉之文藻得以久存。」

至於「雲雨荒臺豈夢思」七字，是以翻案的態度和反詰的語氣，進一步針對「空文藻」來抒發沉痛的感慨：宋玉虛構〈高唐賦〉中的情事，本意是在諷諫君王的淫佚昏惑，豈止是描述一段風流香艷的夢境以撩起襄王神往的迷思而已？然而世人卻誤幻為真，以為確有其事，遂把諷諫志士扭曲為香艷詞人，既使宋玉蒙冤，也使杜甫感慨。李商隱的〈有感〉也曾為世人執迷不誤而深有感慨地說：「非關宋玉有微詞，卻是襄王覺夢遲，一自高唐賦成後，楚天雲雨盡堪疑。」可見諷諫被曲解為香艷，賢士被閹割為詞人，正是有志之士千古同悲的傷心事！

「最是楚宮俱泯滅，舟人指點到今疑」兩句，是說：宋玉所關切的楚國早已滅絕千年，再無人關心它的興衰，這是最令人遺憾的事；而世人至今仍然以訛傳訛，積非成是，竟然能在舟船經過巫峽時津津樂道地附會雲雨巫山的「八卦」韻事，甚至還能將信將疑地指出哪片雲雨為神女化身之形，哪座山峰為楚王歡會之境，這又是宋玉最大的

悲哀，也是杜甫最感痛心的事！杜甫在〈旅夜書懷〉中所說的「名豈文章著」，表達了他始終不以文人自許，而有立功澤民，致君堯舜的抱負；因此他才會為宋玉諷諫君王的苦心孤詣，竟被扭曲為詞人墨客浪漫旖旎的情慾之歡，感到痛心疾首，悲憤不平！李商隱〈代元城吳令暗為答〉詩云：「荊王枕上原無夢，莫枉陽臺一片雲」，正可以用來說明老杜在本詩後半中所寄藏的深意：他正是希望世人能夠正視作品的言外之意，傾聽詩人心靈裡的絃外之音。因此能深刻地領悟到詩人苦心的蔣紹孟說：「乃雲雨荒臺，本為諷諫；而至今行舟指點，徒結念於神女、襄王，玉之心將有不白於千秋異代者。公詩凡若此者多矣，故特於宋玉三致意焉。」（《杜詩鏡銓》引）即此而論，老杜的確可以自許為「搖落深知宋玉悲」的知音而無愧了，而蔣氏也可以稱得上是神交千載而妙契騷心的解人了。

　　綜合以上所述，可知本詩的旨趣是為宋玉超妙絕俗的才調不被世人了解而悲，也為宋玉託諷幽微的苦心竟遭俗物扭曲而嘆；其中自有詩人「蕭條異代不同時」的切身之痛寓焉。整首詩由起筆到終篇，儘管情致吞吐，詞義閃爍，筆觸飄忽，詩境迷離，但詩心卻始終一貫地藉著宋玉僅被定位為騷人墨客的悲哀，抒發自己竟被誤認為腐儒文生的慨歎，其中自有清楚的脈絡可循；因此方東樹《詹昧昭言》評曰：「一意到底不換，而筆勢回旋往復，有深韻。七律固以句法堅峻、壯麗、高朗為貴；又以機趣湊泊、本色自然天成者為上乘。」本詩正是天機自然，神化無跡的上乘之作。無怪乎吳北江評曰：「深曲精警，不落恆蹊，有神交千載之契。」（《唐宋詩舉要》引）

157 詠懷古跡五首 其三（七律）　　　　杜甫

群山萬壑赴荊門，生長明妃尚有村。一去紫臺連朔漠，獨留青塚向黃昏。畫圖省識春風面，環珮空歸月下魂。千載琵琶作胡語，分明怨恨曲中論。

【詩意】

　　群山萬壑的山神和河伯全部都爭先恐後地奔赴到荊門山來了！（因為祂們都急著想來看看那個剛剛出生的小女嬰是如何美麗得驚天動地！只見祂們趕來香溪畔之後，就自動安安靜靜地彎著腰蹲下身子來，溫柔地探視這個天之驕女……；從此祂們便滿眼愛憐地守護著她成長，不願意離開這個小女嬰，於是祂們龐大的身軀便排列成附近雄偉的群山，浩蕩的熱血就化而為此地奔放的流水，因而孕育出雍容華貴的絕代紅顏來。）直到今天，這個山水明麗的地方還保留著一座明妃出生和成長的村落，使人來到這裡時自然產生無限思古幽情而感到些許的悵惘……。當年她無奈地遠嫁匈奴時，才剛辭別富麗堂皇的大漢宮闕，就立刻投入遮天蓋地、無盡荒涼的沙塵之中；直到今天，她都只能棲身在大漠中一座渺小的青冢裡，在暮靄蒼茫時，獨自望著昏黃的遠天，追憶不堪回首的前塵往事……。只因為漢元帝無法從毛延壽描繪的圖像中辨識出她國色天香的花容月貌，才讓她不得不遠嫁異域而埋骨黃沙！即使她的芳魂忘不了祖國，經常在環珮叮噹聲中踏月歸來，也屬枉然啊——因為這萬古的悲劇已經無法挽回了！千年以來，琵琶所演奏的都是胡人淒切哀怨的曲調，其中分明寄藏著她永遠無法消釋的悲恨心聲哪！

【注釋】

① 「群山」句—赴，詩人以驚人的想像力，凸顯出三峽地區雄奇峭

拔的山勢挾帶著峻急奔暴的水勢衝向荊門山的動人氣勢。荊門，
山名，在今湖北宜都市西北，見李白〈渡荊門送別〉注。

② 「生長」句——明妃，原名王嬙（52 B.C. － 19 B.C.），西漢南郡
秭歸（今湖北省秭歸縣，一說興山縣）人，世稱王昭君；晉時為
避太祖司馬昭之名而改稱明君，後人又稱之為明妃。漢元帝時王
嬙以「良家子」選為宮人，數年而無緣得君王寵幸；元帝竟寧元
年（33 B.C.），自願遠嫁前來和親的漠北匈奴首領呼韓邪單于，
被封為寧胡閼氏（音一ㄢ　ㄓ，匈奴之王后），生下一子二女；卒
後葬於今內蒙古自治區呼和浩特市南郊大黑河的沖積平原上。尚
有村，仍保存著明妃出生、成長的故居遺址，亦即成為古蹟之意。
按：昭君村位於今湖北省秭歸縣的香溪畔，仇注引《歸州圖經》
謂鄉人思昭君而立廟於香溪。

③ 「一去」句——此句殆脫胎自江淹〈別賦〉：「明妃去時，仰天太
息；紫臺稍遠，關山無極。」一去，以濃縮跳躍的手法，兼寫離
開故居而選入宮中，及離開漢宮而遠嫁匈奴之意。紫臺，又名紫
宮、紫禁，乃帝王所居；蓋古人以為天象下應人事，而紫微星垣
正對應皇家之城垣，故云。連，投入塞外荒漠中；王嗣奭《杜臆》
以為聯婚之意。朔漠，匈奴所居的北方沙漠，亦可代指匈奴而言。

④ 「獨留」句——獨，唯、只。青冢，指昭君墓，在今內蒙古自治區
呼和浩特市境內。相傳塞外草白，而昭君墓上草色獨青；今墓前
雕有雙騎聯轡而行的塑像，底下鐫有蒙漢兩種文字的「和親」二
字。向黃昏，望向昏黃蒼暗的遠天而遙思故土。

⑤ 「畫圖」句——畫圖，《西京雜記》卷 2「畫工棄世」條云：「元帝
後宮既多，不得常見，乃使畫工圖形，案圖召幸之。諸宮人皆賂
畫工，多者十萬，少者亦不減五萬。獨王嬙不肯，遂不得見。匈
奴入朝求美人為閼氏，於是上案圖，以昭君行。及去，召見，貌
為後宮第一，善應對，舉止閑雅。帝悔之，而名籍已定，帝重信

於外國，故不復更人。乃窮案其事，畫工（按：毛延壽等）皆棄市，籍其家，資皆巨萬。」省，音ㄒㄧㄥˇ，審視。畫圖省識，謂審視畫圖以辨識後宮之容貌。省識，亦可釋為略識、不識之意，蓋元帝僅審圖而略知昭君之貌，實即不識昭君真容之美也。春風面，形容昭君端正嫻麗的姿容。

⑥ 「環珮」句──環珮，婦女之裝飾品，如耳環、玉珮之類。空歸，謂死後魂魄歸返中原，探視故鄉，已無法挽回悲劇或彌補遺恨。

⑦ 「千載」二句──琵琶怨曲，《昭明文選‧卷27‧王明君詞序》推測昭君出塞的情形說：「昔公主嫁烏孫，令琵琶馬上作樂，以慰其道路之思；其送明君，亦必爾也。其造新曲，多哀怨之聲，故敘之於紙云爾。」以為昭君當年遠行時曾新創琵琶怨曲以洩其恨。不過，《樂府古題要解》說：「漢人憐昭君遠嫁，為作歌詩。」則以為琵琶怨曲為後人所作，非昭君所創製。作胡語，謂演奏出胡人悲淒的曲調；庾信〈昭君詞〉：「朔風入骨冷，夜月照心明；方調琴上曲，變入胡笳聲。」似乎也認為昭君不僅彈奏琵琶，而且還將曲調轉換為胡人的音樂。怨恨，怨己之遠嫁，恨漢之無恩，以致生入異域而死葬胡沙，終不得歸返故居也。論，協平聲韻，當讀ㄌㄨㄣˊ，傾訴幽恨也。

【導讀】

這首風格哀感頑豔的名作，由於起筆就寫得震天動地，令人心魂俱驚；收筆時又能宕出遠神，而有淵永不匱的餘韻；再加上中段四句聲色交融而形象蒼茫，構思奇詭而氣氛迷離，而且景中藏情，敘中帶議，因此讀來只覺有瀰漫全篇的幽怨和盪人胸臆的悲恨交融其中，因而成為歷代詩家嘆賞有加的經典之作。唐汝詢《匯編唐詩十集》引吳氏之評曰：「此篇溫柔敦厚，杜集中之最佳者。」仇兆鰲《杜詩詳注》引陶開虞之言曰：「風流搖曳，此杜詩之極有韻致者。」李因篤《杜

詩輯評》說:「敘事如天馬行空,光采煥發,而毫無形跡,可稱神化之論。」乾隆《唐宋詩醇》批曰:「破空而來,文勢如天驥下坡,明珠走盤,詠明妃此為第一;歐陽修、王安石詩猶落第二乘。」由前人推崇備至的佳評來看,可見本詩成就之高,值得我們借用古人的明鏡來映照出本詩的光采。以下從四個面向導讀。

甲、就寫作動機而言:

* 王嗣奭《杜臆》說:「昭君有國色而入宮見妒,公亦國士而入朝見嫉,正相似也;悲昭君以自悲也。」

* 金聖嘆《唱經堂杜詩解》說:「詠明妃,為千古負才不遇者十分痛惜。」

* 黃生《杜詩說》云:「此詩寓意只在『畫圖省識』句,蓋女入宮而主不知,與士懷忠而上不見察,其事一也;公之詠古跡而及昭君,亦其所以自詠與?」

* 《唐宋詩舉要》引吳北江之言曰:「庾信、宋玉皆詞人之雄,作者所以自負。至於明妃,若不倫矣;而其身世流離之恨,固與己同也。篇末歸重琵琶,尤其微旨所寄,若曰雖千載以上之胡曲,苟有知音者聆之,則怨恨分明若面論也。此自喻其寂寥千載之感也,是三章者,固一意所貫矣。」

由前人的指點可知,作者正是藉他人酒杯澆自己胸中的塊壘,儘管詩中雖無一語敘及自己,但是詩人的精神性靈卻又宛然可遇。換言之,杜甫身遭亂世,漂泊西南而滯久不歸,和明妃遠嫁胡沙而思漢不已的景況相似;杜甫空有抱負卻不得施展,和明妃徒具麗容而不得寵御的處境也相彷彿;因此便把滿腹身世家國的愁憤,藉著吟詠明妃之事加以抒發,才使得詩中處處疊映著老杜和明妃孤子的身影,也時時吐露出兩人同樣幽怨的心聲。

乙、就情感表現而言:

* 仇兆鰲《杜詩詳注》說:「生長名邦而歿身塞外,此足該舉明妃

始末。五、六承上作轉語，言生前未經識面，則歿後魂歸亦徒然
耳！唯有琵琶寫意，千古留恨而已。」

＊楊逢春《唐詩繹》說：「以『怨恨』二字作骨。」

＊浦起龍《讀杜心解》說：「憫怨思也。結語『怨恨』二字，乃一
　詩歸宿處。起筆珍重，著遺村說，另為一截。中四述事申哀，筆
　情繚繞。『一去』，怨之始也；『獨留』，怨恨所結也。『畫圖
　省識』，生前失寵之怨恨可知；『環珮空歸』，死後無依之怨恨
　何極？末即借出塞點明。」

可見「怨恨」二字，正是全詩所要凸顯的情感。儘管前面七句中
完全沒有情緒字眼，但是全詩處處隱藏著「怨恨」的針線，最後才綺
交脈注於末句，讓滿腹無從宣洩的深怨極恨，借哀淒纏綿的曲調來表
露，更有如怨如慕、如泣如訴的動人效果。

丙、就時間安排而言：

＊首聯「群山萬壑赴荊門，生長明妃尚有村」，是由現在追溯從前
　的情節畫面，以引發思古之幽情。

＊頷聯「一去紫臺連朔漠，獨留青塚向黃昏」，便順著過去的時間
　軸線，向廣袤無垠的空間拓展詩境。作者把時間壓縮得極為短暫，
　讓節奏跳躍得極為迅速：才離開荊門，就已身入漢宮；才辭別漢
　闕，就已深入胡沙；才足接異域，就已骨寒青塚！如此安排，便
　把生離死葬的漫長過程，誇張得令人怵目驚心，也示現得使人不
　勝唏噓。

＊腹聯「畫圖省識春風面，環珮空歸月夜魂」，和頷聯的時間安排
　同樣迅捷，也是出句寫生前的悲怨，對句寫死後的悵恨；同時讓
　時空在中間四句的縱橫反復之後，折回現實，讓人彷彿隨著詩人
　跌宕盤旋的筆勢，穿梭在變幻倏忽的時光隧道中，甚至迷失在聚
　散無常的歷史煙霧裡，飽嚐了光怪陸離的驚悚與悄愴之感。

＊尾聯「千載琵琶作胡語，分明怨恨曲中論」，則又把時間由過去

的死葬胡沙和魂歸漢地那兩個定點,拉長為千載而回歸到現在,而後又延展向漫漫無盡的未來,帶領讀者隨著琵琶的幽怨進入餘恨悠悠的意境。

如此錯綜跌宕的安排,既引發讀者的遐思與追憶,也激發讀者的淒愴和感傷,同時又搖蕩出蘊藉的遠神,使人產生無限的迷惘而悵嘆:「天長地久有時盡,此恨綿綿無絕期。」

丁、就空間布置而言:

「群山萬壑赴荊門,生長明妃尚有村」兩句,是以群山爭起、萬壑競奔的壯觀場面,展現出排山倒海、萬馬雷騰般雄奇磅礴的氣勢,使人有驚心動魄,心弦震顫的感受;而後再把這雄闊壯麗的山水,全部貫注到一座小小的明妃村,使人不禁屏氣凝神、目眩心迷而充滿驚嘆地期待著後續的情節出現。正由於起筆突兀峻桀,有石破天驚、山崩地坼的聲勢,有些古人並不習慣,因此胡震亨撰寫《杜詩通》時誤以為「當似生長英雄句」而不似生長美人;王夫之也以為「首句是極大好句,但施之於生長明妃之上,則佛頭加冠矣!故雖有佳句,失所則為疵纇。」其實,美人何嘗不可以用這種驚風雨而泣鬼神的奇筆,表現出天地特別眷寵而賦予她傾國傾城的絕色呢?因此黃生《杜詩說》說:「起勢槎枒巃嵷,詠昭君作如此起調更工。」朱瀚《杜詩解意》說:「起處見鍾靈毓秀而出佳人,有幾許珍惜。」

再者,這種由大而小的匯聚手法,是以雄峻的山水之奇,襯托出明妃端麗豐豔之美;以群山萬壑分量之多,襯托出明妃怨忿幽恨之沉重;甚至還以千錘百鍊的「赴」字把山水擬人化[1],凸顯出江河大地對於明妃誕生的震驚和關愛,使人讀來有涵詠不盡的深意;因此吳瞻泰在《杜詩提要》中說:「發端突兀,是七律中第一等起句。謂山水逶迤,鍾靈毓秀,始產生一明妃;說得窈窕紅顏,驚天動地。」楊倫《杜詩鏡銓》嘆曰:「從地靈說入,多少鄭重。」李鍈《詩法易簡錄》也說:「起筆亦有千巖競秀、萬壑爭流之勢。」

「一去紫臺連朔漠，獨留青塚向黃昏」兩句，是以迅雷不及掩耳的快速移位，和畫面疊映的詭譎變幻，讓空間影像在極短暫的剎那間展現出強烈的對比，傳達出深沉曲折的情感：

＊只見山明水秀的荊門村落才在昭君身後逐漸遠去，巍峨聳峙的漢家宮闕已經矗立在她的眼前了！

＊富麗繁華的紫禁深苑很快地又在明妃背後迅速縮小、遠逝而隱沒，同時瀰天蓋地的大漠沙塵又已經在她的眼前急遽擴大、逼近，透顯出無比的荒涼況味了！

＊黃昏時沙塞的天幕是何其遼闊無邊，而蒼青色的昭君墓顯得何其渺小而孤單；這一大一小的空間對比，已經委婉曲折地傳寫出天荒地老之無情、黃沙青冢之有恨！

黃生嘆賞出句的語簡意豐說：「三句承上，敘及入宮，又敘及出塞，只七字說盡，在他人必對一聯矣。」這是由於空間的移位極其迅速，正好配合時間的壓縮極其短促，因此能夠語短情長，耐人尋味。朱瀚則從鍊字上指點出：「『連』字寫出塞之意，『向』字寫思漢之心，筆下有神。」這是由於形象蒼茫而又景中藏情，因此自然使人觸目生悲，戚然有感。此外，「獨留青塚向黃昏」和〈八陣圖〉的「江流石不轉」，都有把焦距對準靜態景物以寄託遺恨的用心，也是值得一提的高明手法；只是本詩側重在大小的對比，〈八陣圖〉更凸顯出動靜的映襯而已。

「畫圖省識春風面，環珮空歸月夜魂」兩句，則是結合時空的快速變換來抒發作者的浩嘆。「畫圖省識」句是承接「一去紫臺」來補寫漢宮深怨的原因；「環珮空歸」句則是承接「獨留青冢」來申訴異域魂歸的淒苦。這兩句寫來有聲有色，如聞如見，已令人惆悵感傷；再加上「省識」其實正是「不識」，而「空歸」其實也如同「未歸」，更是把昭君至死難消的幽恨傳達得如怨如慕，如泣如訴；而昭君生離死戀的淒苦形象，也勾勒得風神搖曳，氣韻如生，自然更加使人思之

心酸，念之慘然！無怪乎南宋詞人姜夔深受感動而把此聯櫽栝為詠梅的名句：「昭君不慣胡沙遠，但暗憶江南江北。想環珮月夜歸來，化作此花幽獨。」（〈疏影〉）他點染幽怨之苦，轉化香魂之妙，固然令人激賞，卻不能不歸功於老杜在本詩中寄託的情感之深，寓藏的憤怨之切，以及構思之精巧。

詩人不僅在腹聯裡讓昭君的一縷幽魂搖曳著清脆而淒涼的環珮聲，從遙遠的荒漠踏著清冷的月色歸來，又進一步在尾聯「千載琵琶作胡語，分明怨恨曲中論」這兩句中，讓琵琶哀怨的曲調穿越時空，直貫千載而下；還把深悲極恨藉著激越而又悽楚的弦音，向無盡的時間和無垠的空間盪漾開去，使讀者深深感受到這首幽怨的心曲，不僅撩人情懷地縈繞在耳畔而已，也將永遠動人心魄地迴盪在天地之間。

【補註】

01 老杜特別選用「群山」而不用「千山」，大概正有意以「群」字凸顯出千山萬壑呼朋引伴、成群結隊地一齊前來探視女嬰出生的擬人性格，充分流露出山神、河伯對於昭君降臨人間的震驚與關懷之意；換言之，「群」字比「千」字來得深情而耐人玩詠，可見詩人選字的匠心。此外，「赴」字也能和「群」字呼應，使得靜態的山環水遠之景，頓時有了爭趨急赴、萬方奔集的神祕浪漫與活潑生動，因此黃生《杜詩說》說：「『赴』字工，以之成句，句亦工。」俞陛雲《詩境淺說》也特別嘆賞「赴」字的「沉著有力」。

【後記】

趙翼《甌北詩話》說：「古來詠明妃者，石崇詩：『我本漢家子，將適單于庭；昔為匣中玉，今為糞上英。』語太村俗；唯唐人『今日漢宮人，明朝胡地妾（編按：李白〈王昭君二首〉其二）』二句，不

著議論，而意味無窮，最為絕唱。其次則杜少陵『千載琵琶作胡語，分明怨恨曲中論』，同此意味也。」這段話說得有理，因為本詩直接拈出「怨恨」二字，固然有百川朝海，萬流歸宗的脈絡可循，但是畢竟少了含蓄的情味；因此瞿佑《歸田詩話》也從委婉蘊藉的情味稱賞白居易詠昭君之作：「詩人詠昭君者多矣，大篇短章，率敘其離別怨恨而已；唯白樂天云：『漢使卻回憑寄語，黃金何日贖蛾眉？君王若問妾顏色，莫道不如宮裡時。』此不言怨恨，而惓惓舊主之思，過人遠甚。」儘管如此，老杜寄遺恨於弦音，託幽怨於千古的浪漫構想，仍然相當感人，值得我們反復玩味。

【評點】

01 劉辰翁：「群山萬壑赴荊門」，起得磊磊落落。（《宋詩話全編》引）

02 徐常吉：「畫圖」句，言漢恩淺；不言「不識」，而言「省識」，婉詞。　○郭濬：悲悼中難得如此風韻。五、六分承三、四，有法。　○周珽：寫怨境愁思，靈通清回，古今詠昭君無出其右。　○陳繼儒：怨情悲響，胸中骨力，筆下風電。（《唐詩選脈會通評林》）

03 王嗣奭：「月夜」當作「夜月」，不但對「春風」（較為工整而已）；（魂魄）與「夜月」俱來，意味迥別。（《杜臆》）

04 吳喬：浩然一往中，復有委婉曲折之致。（《圍爐詩話》）

05 王夫之：只是現成意思，往往點染飛動，如公輸刻木為鳶，凌空而去。（《唐詩評選》）

06 邵長蘅：詠明妃得如此起，大奇。（《五色批本杜工部集》）

07 賀裳說：生前寥落，死後悲涼，一一在目。（《載酒園詩話・又編》）

08 沈德潛：詠昭君詩，此為絕唱，餘皆平平。（《唐詩別裁》）

09 梅成棟：此等識見，已掃盡千萬人，其音韻氣骨又其餘事矣。(《精選唐詩七律耐吟集》)

10 黃周星：昔人評「群山萬壑」句：「頗似生長英雄，不似生長美人」，固哉斯言！美人豈劣於英雄哉！(《唐詩快》)

11 李子德：只敘明妃，始終無一語涉議論，而意無不包；後來諸家總不能及。(《杜詩鏡銓》引)

12 黃生：一、二見明妃生長之地，便與泛作「昭君怨」者有別。……三妙難見，四妙易知；五妙難解，六妙易知。五承三，六承四。……中二聯皆流水對，以出手莊重(而)不覺。(《杜詩說》)

13 朱瀚：結處言託身絕域而作胡語，含許多悲恨。(《杜詩解意》)

14 宋宗元：奔騰而來，悲壯渾成，安得不推為絕唱？(《網師園唐詩箋》)

15 盧麰、王溥：開口氣象萬千，全為「明妃村」三字作勢，而下文「紫臺」「青冢」，亦俱托起矣。且「赴」字、「尚有」字、「獨留」字，字字相生，不同泛牽，故是才大而心細。　○陳德公：三、四老峭而情事已盡，後半沉鬱，結最纏綿。(《聞鶴軒初盛唐近體詩讀本》)

16 俞陛雲：詠明妃詩多矣，沈歸愚推此詩為絕唱，以能包舉其生平，而以蒼涼激楚出之也。(《詩境淺說》)

158 詠懷古跡五首 其四（七律）　　　　杜甫

蜀主征吳幸三峽，崩年亦在永安宮。翠華想像空山裡，玉殿虛無野寺中。古廟杉松巢水鶴，歲時伏臘走村翁。武侯祠屋常鄰近，一體君臣祭祀同。

【詩意】

　　當年劉備不肯聽從孔明以大局為重的勸諫，執意要遠征東吳來替關羽報仇，於是親自率軍來到三峽，結果大敗而回；第二年也就在永安宮（亦即白帝城）駕崩而空留遺恨。如今，我來到峽中，只能在空山裡遙想當時翠羽裝飾的旌旗遮蔽天空的壯觀景象，也只能看著荒涼的臥龍寺，想像它曾經是永安宮殿的豪華氣派，真有不勝滄桑的唏噓感慨。奉祀劉備的古廟早就殘破不堪，只見高大的杉樹、松樹上築有水鶴的窩巢；逢年過節時，也只有少數的村翁野老在這裡奔走，舉行簡單祭典了！武侯的祠廟始終鄰近先主廟宇的西側（彷彿要永遠追隨輔佐劉備一樣），他們原本君臣同心，卻只因為劉備不肯採納勸諫，以至於一同在深山裡面對著菲薄的祭祀，真是使人感慨萬千！

【注釋】

① 「蜀主」二句──蜀主，指劉備。窺吳，有征伐東吳之心。幸，親臨。《三國志‧蜀書‧先主傳》載章武元年（221），先主忿孫權襲殺關羽而率軍東征，二年二月，自秭歸進軍，緣山截嶺，駐軍猇亭（今湖北宜昌市猇亭區）。六月，為陸遜所敗；由步道引軍還魚腹（奉節縣附近），並改魚腹為永安而居之。三年春，託孤於丞相；四月崩於永安宮（亦即白帝城），年六十三。「亦在」二字，寓有不得恢復漢業，也只能困居峽中而死的慨歎之意。

② 「翠華」二句──翠華，帝王儀仗中用翠鳥羽毛裝飾的旗幟。玉殿，殆指永安宮；作者原注曰：「殿今為臥龍寺，廟在宮東。」虛無，繁華成空，一派荒涼貌。

③ 「古廟」二句──古廟，指先主廟。巢，作動詞解，築巢。水鶴，《抱朴子‧卷3‧對俗》篇：「千歲之鶴，隨時而鳴，能登於木；其未千載者，終不集於樹上也。」故「巢水鶴」，可能寓有廟宇庭園中所植杉松皆為千年古木，故水鶴來此築巢之意。歲時，年

節也。伏臘，祭典名。伏祭在夏六月舉行，殆因殘陽未退，陰氣
潛藏，故曰「伏」；臘祭在十二月舉行，是冬至後祭百神的祀典。
走，奔趨也；走村翁，謂只有村老野叟來此祭拜，寓有不得享天
子太牢之祭饗的感慨之意。

④ 「武侯」二句—武侯，諸葛亮封為武鄉侯以後的尊稱。常，一作
「長」；殆有鞠躬盡瘁，長相左右之意。鄰近，夔州的先主廟居
中，武侯廟在其西，後主廟在其東。一體君臣，謂君臣同心，情
義深契，故《三國志・蜀書・諸葛亮傳》載先主與孔明情好日密，
關羽與張飛頗有微詞，先主解之曰：「孤之有孔明，如魚之有水
也。」關、張遂不復言。祭祀同，謂身後寂寞，只能棲身深山古
廟，同享村夫野老菲薄的祭祀而已。

【導讀】

儘管本詩並沒有杜甫本人的切身之痛，仍然有詩人借先主祠廟的
蕭條寂寥，抒發國君不納賢臣的諫言，以致身死國滅而祭享菲薄的感
慨；因此黃叔燦《唐詩箋注》說：「此詩似無詠懷者，然俯仰中有無
限感慨。」

「蜀主窺吳幸三峽，崩年亦在永安宮」兩句，是說先主由於不能
忍一時之忿恨，一意孤行地要為關羽報仇，遂不顧孔明的諫阻而興兵
伐吳，以致敗退魚腹而困居永安；不僅無法完成興復漢室的大業，甚
至還使自己崩殂異鄉，魂斷險峽。詩意是感慨有仁德之名的英主，只
因為不能察納賢相的忠言，以致身死國滅，空留遺恨。這兩句和〈八
陣圖〉裡「江流石不轉，遺恨失吞吳」的沉痛慨歎可以相互闡發。「窺」
字暗示劉備怒急攻心而不能冷靜思考，寄藏有他的一意孤行，終非明
君所當為的責備之意；「幸」字暗示他草率出征，輕身犯險有如遊幸
某地之不當。「亦在」兩字，則可能寓有終究困死深山險峽而不能力
圖中原，一統江山，並還都長安的深沉慨歎。

「翠華想像空山裡，玉殿虛無野寺中」兩句，直承首聯身死國亡的感慨，寫帝業灰滅，宮廟荒涼的景象，令人悵惘。這兩句是用矛盾逆折的句法，和懸想疊映的示現，來渲染蒼涼寂寥的氛圍：翠羽裝飾的旌旗可以遮蔽天空，聲勢何其豪壯？只如今卻化為烏有，徒留一片空寂！金碧輝煌的宮殿，氣派何其美盛？只如今卻淪為深山野寺，只見一派荒涼！由於「翠華」和「空山」的矛盾對比，以及「玉殿」和「野寺」的相互疊映，都使人有倏忽變幻的感受，再加上用「想像」「虛無」這種意思縹緲的詞語來點染氣氛，自然使人產生似有似無、亦真亦幻、若隱若現、或實或虛的迷惘，很能傳寫出撫今追昔時不勝滄桑世變的興衰之感；因此金聖嘆《唱經堂杜詩解》說：「山外安覓『翠華』？意中卻有；寺中舊為『玉殿』，目下卻無。是無、是有？是有、是無？一語閃爍不定。『翠華』『玉殿』，又極聲勢；『空山』『野寺』，又極蒼涼。只一句中，上下忽變，真是異樣筆墨。」李因篤說：「抑揚反覆，其餘虛實之間，可謂躊躇滿志。」（《杜詩集評》引）浦起龍《讀杜心解》說：「三、四語意，一顯一隱；空山殿宇，神理如是。」他們所推崇的，正是矛盾逆折的句法和懸想疊映的示現交互運用，因此才使這一聯的畫面由壯麗堂皇變得衰颯荒涼，語氣由景仰追慕變得惆悵感傷，詩情也顯得頓挫跌宕，唱嘆有致。

「古廟杉松巢水鶴，歲時伏臘走村翁」兩句，是寫平日無人拜謁的荒涼，和年節祭祀的冷清。《抱朴子·對俗》篇說：「千歲之鶴，隨時而鳴，能登於木；其未千載者，終不集於樹上也。」可見出句是以古木蕭森和水鶴築巢的景象，呈現先主廟的古老寂寥，暗示平日的荒無人跡。對句則是以逢年過節才偶有祭祀，反顯平日無人管理，乏人拜謁；又以村翁穿梭其間，表示祭拜時場面的冷清和祭品的菲薄，反顯出身後寂寞與廟況悽涼的景象。因為如果不是劉備拒納忠諫，執意伐吳，蜀漢或能一統江山，至少也能維持鼎足三分的態勢；則劉備百年後所能得到的祭享之崇盛，必然是牛羊豬全備的太牢牲禮，以及

鐘鼓諧奏，八音齊鳴的隆重場面，絕不會只是村翁偶爾走動的冷清畫面和雞鴨魚的菲薄食物而已。由於這兩句抒情婉轉而寄慨深沉，相當耐人咀嚼，因此浦起龍《讀杜心解》說：「五、六流水遞下。『走村翁』言祀，而正見不祀也。」所謂「不祀」，正指平日乏人祭拜和只有歲時致季的冷清而言。

「武侯祠屋常鄰近，一體君臣祭祀同」兩句，一方面是繼續抒發死後蕭條冷清的感慨，以凸顯伐吳失策的可悲可嘆；另一方面則是轉筆寄託武侯鞠躬盡瘁，效忠王室，竟也身後淒涼的浩嘆；同時還以此為過渡接榫，來銜接第五首專詠武侯以抒懷的欽慕嚮往之情；因此浦起龍說：「結以武侯伴說，波瀾便近。」所謂「波瀾便近」，大概正是指以蕩漾的餘波逗出一首專詠武侯的感情波瀾；吳北江也說：「先主一章，特以引起武侯。」（《唐宋詩舉要》引）「常鄰近」三字，是表示武侯生死不渝、長相左右的耿耿精忠，充滿讚嘆之情與哀傷之意；「祭祀同」三字，是感慨君臣同心，竟然不能完成興復漢室的偉業，共享萬代尊隆的廟祭，反而只勉強棲身在深山野寺中，唯有場面冷清的偶然祭祀而已，真是情何以堪！

【評點】

01 王嗣奭：公時在蜀，故稱「蜀主」。……幸「三峽」而崩「永安」，直述而悲憤自見。然「翠華」猶可想像，「玉殿」猶藏佛宮，廟貌存而歲祀虔，見人心思慕，至今不忘。且武侯之祠又相鄰近，一體君臣，祭祀如之，豈非千古盛事哉？「一體君臣」四字連讀，若解作「一體祭祀」則誤矣。（《杜臆》）

＊ 編按：「祀虔／思慕」之說甚誤，下引仇說亦不可從。

02 金聖嘆：前解首句如疾雷破山，何等聲勢；次句如落日掩照，何等蒼涼。三虛想當年，四實笑今日也。（《金聖嘆選批杜詩》）

03 仇兆鰲：上四，記永安遺跡；下四，論廟中景事。幸峽崩年，遡

廟祀之由；君臣同祭，見餘澤未泯。盧注：「……首稱『蜀主』，因舊號耳；後篇又稱『漢祚』，其帝蜀可見矣。」今按：若論書法，當云「漢主征吳幸三峽」，尤見正大。（《杜詩詳注》）

04 浦起龍：魚水「君臣」，歿猶「鄰近」，由廢斥飄零之人對之，有深感焉。（《讀杜心解》）

05 方東樹：「古廟」二句，就事指點，以寓哀寂。（《昭昧詹言》）

159 詠懷古跡五首其五（七律）　　　　杜甫

諸葛大名垂宇宙，宗臣遺像肅清高。三分割據紆籌策，萬古雲霄一羽毛。伯仲之間見伊呂，指揮若定失蕭曹。運移漢祚終難復，志決身殲軍務勞。

【詩意】

　　諸葛亮是名滿寰宇、流芳萬代的偉人，我在祠廟裡瞻仰他清雅高朗的遺像，不禁對這位世人所崇拜的重臣肅然起敬。由於他的籌畫周密，算無遺策，才能使弱蜀可以和強吳、悍魏形成鼎峙三分的抗衡態勢；而他光風霽月的人品，正如高翔於雲霄之上的鸞鳳一般，將使千秋萬世的人永遠景仰。如果上天能讓他充分施展抱負，他的德業足以和輔佐商、周聖王的伊尹和呂尚在伯仲之間；而他安邦定國的擘畫之功和指揮百官的濟世之才，也會使得蕭何和曹參相形失色。無奈天命已絕，大漢的氣數已盡，因此他終究也無法挽回頹勢；但是他依然志意堅定地鞠躬盡瘁，最後因為軍務艱繁，以致積勞成疾而病逝五丈原，怎能不令人為他浩歎不已！

【注釋】

① 「諸葛」二句──宇宙，上下四方謂之宇，古往今來謂之宙；大名垂宇宙，謂名滿寰宇而萬古流芳。宗臣，世人所崇仰敬重的賢臣。蕭，作動詞解，使人蕭然起敬也。蕭清高，清高英朗的風範令人感動而對之蕭然起敬。

② 「三分」二句──三分，諸葛亮與劉備相見之初，就以〈隆中對〉分析天下形勢，提出鼎足並峙的遠見。紆，深曲而周密。籌策，計算數目用的竹製籌碼，引申指擘畫與謀略；紆籌策，深謀遠慮的擘畫與謀略。

③ 「萬古」句──萬古，謂千秋萬世，即永遠。雲霄，象喻崇高；羽毛，借代為鸞鳳，以喻孔明人品之清華高尚。一，謂超逸絕倫，舉世無雙。雲霄一羽毛，謂其清朗高華的人品，有如翱翔雲霄之上的鸞鳳，超逸絕倫，令人景仰。

④ 「伯仲」句──伯仲，本為兄弟排行之次序，此處謂不相上下，難分軒輊。伊，指輔佐成湯誅夏桀而安天下的伊尹。呂，指輔佐武王伐商紂而定天下的姜太公呂尚。見伊呂，意謂伊呂之功業復見於世；《三國志・蜀書十・彭漾傳》載彭漾的〈獄中與諸葛亮書〉：「足下，當世伊、呂也，宜善與主公計事，濟其大猷。」《藝文類聚・人部六》引晉人張輔的《名士優劣論》曰：「余以為睹孔明之忠，姦臣立節矣；殆將與伊呂爭儔，豈徒樂毅為伍哉[1]？」

⑤ 「指揮」句──指揮，謂訂定典章制度，領導文武百官。若定，謂若有定見於心，亦即成竹在胸也。指揮若定，形容孔明嫻熟安邦定國之道，故能組織政府，任用百官，修明典章，確立制度。失蕭曹，使蕭何、曹參相形失色[2]。蕭，蕭何，佐劉邦建漢，論功第一[3]，任丞相，封酇侯。曹，指曹參，佐劉邦滅項羽，封平陽侯；惠帝時繼蕭何為相，悉遵蕭何之法制，故世傳「蕭規曹隨」之語。

⑥ 「運移」二句──運移，天命轉移、天命已絕之意。祚，帝位、政

權。志決，謂有鞠躬盡瘁，死而後已之決心與意志；身殲，身死也。軍務勞，謂軍務艱繁而積勞殞身[4]。

【補註】

01 《三國志・蜀書・諸葛亮傳》載諸葛亮常以管仲、樂毅自許。

02 陳壽在《三國志・蜀書・諸葛亮傳》中對孔明的評語說：「可謂識治之良才，管、蕭之亞匹矣。」

03 《史記・高祖本紀》載劉邦自言所以能打敗項羽的關鍵在於善用人才：「夫運籌策帷帳之中，決勝於千里之外，吾不如子房；鎮國家，撫百姓，給餽饟（供給軍需糧餉；饟，音ㄒㄧㄤˇ），不絕糧道，吾不如蕭何；連百萬之軍，戰必勝，攻必取，吾不如韓信。此三者，皆人傑也，吾能用之，此吾所以取天下也。項羽有一范增而不能用，此其所以為我擒也。」

04 《三國志・蜀書・諸葛亮傳》載諸葛亮據五丈原與司馬懿（宣王）對於渭南。裴松之注引《魏氏春秋》曰：「亮使至，（宣王）問其寢食及其事之煩簡，不問戎事。使對曰：『諸葛公夙興夜寐，罰二十以上，皆親攬焉；所啖食不至數升。』宣王曰：『亮將死矣。』」按：司馬懿，多次與諸葛亮對陣有功，封宣王；其孫司馬炎登基稱帝後，追尊為宣帝。

【淺說】

　　諸葛亮是杜甫生平最景仰而神交千古的賢臣，因此不僅在〈古柏行〉〈蜀相〉〈八陣圖〉〈武侯廟〉等篇中頌揚有加，更在本詩中推崇備至，以為武侯可以媲美三代名相而無愧；至於秦、漢以下的賢臣，則難望其項背。這大概是由於作者本有「致君堯舜上，再使風俗淳」的抱負，而其「時危思報主」與「濟時肯殺身[1]」的志概，又與武侯鞠躬盡瘁，死而後已的精忠，遙相契合，再加上自己始終不得明主重

用，未能施展抱負，自然特別嚮往劉備和孔明魚水相契的君臣情義，而屢次在詩篇中歌詠武侯以自寫懷抱；因此王嗣奭《杜臆》說：「公自許稷、契而莫為用之，蓋自況也。」《唐宋詩舉要》也引吳北江之言說：「公生平意量，初不屑屑以文士自甘，常有經營六合之概。每詠武侯輒根觸不能自已，此其素志然也。」

大致而言，本詩前三聯是極力推崇武侯大名之不朽，才德之超絕，尾聯則痛惜其大功之不竟，志業之未成。前面越是敬慕有加，則後面越是痛惜無比；前面越是波翻浪捲，逐層堆高，把氣韻蓄積得飽滿充實，則後面傾瀉而下的情感，也就越有萬丈白練奔騰飛濺的氣勢，越能把「出師未捷身先死，長使英雄淚滿襟」的沉痛表現得淋漓盡致。因此王嗣奭《杜臆》說：「通篇一氣呵成，宛轉呼應，五十六字多少曲折，有太史公筆力。」賀裳《載酒園詩話·又編》也說：「言簡而盡，勝讀一篇史論。」

儘管如此，筆者以為本詩仍有其明顯缺失：

＊第一，通篇議論，除了「雲霄羽毛」之外，缺少能喚起情感與意境聯想的興象，終非詩歌本色。

＊第二，句法怪異，詞義難明，通讀不易，例如「蕭清高」「紆籌策」「見伊呂」「失蕭曹」和「志決身殲軍務勞」等，或錘鍊過甚而變得生硬聱牙，或省略過當而流於艱澀難解，頗有走火入魔之虞。

＊第三，對偶隨興，不成章法。如以胡以梅《唐詩貫珠》所謂首聯屬「偷春格」的偶句而論，「諸葛」和「宗臣」如何成對？而「蕭清高」和「垂宇宙」二語，就詞性、語法而言，也難謂自成對偶。如不以「偷春格」而論，則「紆籌策」對「一羽毛」，亦實難謂工整。此外，「三分割據」對「萬古雲霄」，也有可議之處；「伯仲之間」和「指揮若定」，根本不成對偶。

以上缺點，並非筆者所獨見；劉辰翁說：「『伯仲之間見伊呂，指揮

若定失蕭曹』兩句氣概別，足掩上句之陋也。」（《宋詩話全編》引）可見他早就認為「萬古雲霄一羽毛」有瑕疵。吳農祥說：「『蕭清高』三字拙。三、四亦不甚好。結語氣索，殊非佳構。」（《杜詩集評》引）王世貞也曾說：「凡看二公（按：指李、杜）詩不必病其累句，亦不必曲為之護；正使瑕瑜不掩，亦是大家。」其弟世懋也說老杜「拙累之句，不能為掩瑕也。」（見仇注〈諸家論杜〉）

　　總之，就詩歌藝術而論，本詩不僅缺乏優美的情韻，也沒有豐富的意象，再加上對仗粗疏，句法怪異，語意艱澀等缺點，成就遠不如〈蜀相〉〈八陣圖〉〈古柏行〉等，因此不再逐句深入析論。

【補註】

01 三首詩題依序分別是：〈奉贈韋左丞丈二十二韻〉〈江上〉〈敬寄族弟唐十八使君〉。

【商榷】

　　如前所述，這是一首不易賞讀的詩篇。筆者僅摘錄各家對中間四句之解說，略加按語評述於後，以供參考。

＊俞浙：孔明之品，足上方伊、呂，使盡得其指揮以底定吳、魏，則蕭、曹何足比論乎？無如漢祚將移，志雖決於恢復，而身則殲於軍務，此天也，非人也！⋯⋯一羽毛，如鸞鳳高翔，獨步雲霄，無與為匹也。（《杜詩詳注》引）

＊編按：俞說最值得注意的是「使盡得其指揮以底定吳、魏」一語，也就把詩中「指揮若定」的「若」字視為「如果」之類的假設之詞，而不是譬喻的喻詞「有如」。其實，不論「指揮若定」的「若」字是否為假設之詞，都無法和「伯仲之間」形成對偶。

＊王嗣奭：讀此詩須融會全篇。言諸葛名垂宇宙，遺像清高，此何等人品！三分割據，固費盡苦心矣，其於武侯直如鴻毛耳！何也？

武侯，伊、呂之儔，當時未盡其所長也。指揮若定，不屬蕭、曹；割據三分，豈足道哉？直因炎運已窮，人力難挽，固恢復之志甚決，而身殲於軍務之勞；有才無命，止垂空名，良可歎也！（《杜臆》）

＊編按：此說以為三分割據的偉業對諸葛亮而言不過是牛刀小試罷了，與他的槃槃大材所能成就的功業相比，簡直輕如鴻毛，根本微不足道。如依此解，則「萬古雲霄」四字將不具有任何意義，甚至兩句可以簡化為「三分割據一羽毛」，恐怕大違老杜之意，是以並不可從。另外，王說似乎也把「若定」的「若」字視為假設之詞。

＊黃生：紆，屈也。言當時形勢成三分，特屈其籌策以就此；若其命世之才，軼群獨出，萬古仰之，猶若雲霄一羽毛然。……四云兩漢無與倫比，故以伊、呂句承之。六言使得盡展其籌策，天下可指揮而定；指揮若定，即蕭、曹何足道哉！孔明隆中數語，天下大勢，了如指掌；後來鼎足規模，皆出胸中成局。大材小用，即此可知。（《杜詩說》）

＊編按：此說值得注意者有二。第一，意謂武侯本有平治天下的王佐之才，唯當時形勢，必成三分，故不得已只好屈抑其雄才大略而籌劃鼎足之策；這是把「紆」字解為屈就，相當特殊。第二，又把「指揮若定」的假設義和「籌策」結合，解說成「（假）使得（以）盡展其籌策，天下可指揮而定」。

＊陳秋田：小視三分，抬高諸葛（按：近王嗣奭與黃生之說）。一結歸之於天，識高筆老；而章法之變，直橫絕古今。（《杜詩鏡銓》引）

＊仇兆鰲：「三分割據」，見時勢難為（按：亦近王嗣奭與黃生之說）；「萬古雲霄」，見才品傑出。（《杜詩詳注》）

＊浦起龍：功業所見，紆策三分，居之特輕若一羽耳。以彼之才，實堪伯仲伊呂；向使滿其能事，蕭曹且不足云，固區區此割據之

為乎？（按：「向使滿其能事」之說，實承俞浙、王嗣奭、黃生諸家之意）（《讀杜心解》）

*沈德潛：「雲霄羽毛」，猶鸞鳳高翔，狀其才品之不可及也。《文中子》謂「諸葛武侯不死，禮樂其有興乎！」即「失蕭曹」之旨。此議論之最高者，後人謂詩不必著議論，非通言也。（《唐詩別裁》）

*編按：沈說似有把「指揮若定」釋為能確立典章制度而安邦定國之意，筆者即參考其說而解讀。

*楊倫：武侯才品之高，如雲霄鸞鳳，世徒以三分功業相矜，不知屈處偏隅，其胸中蘊抱，百未一展，萬古而下，所及見者，特雲霄之一羽毛耳。（《杜詩鏡銓》）

*編按：此說揉合前引諸說對於中間兩聯的解讀，而匯聚於「萬古雲霄一羽毛」中，以為「雲霄一羽」兼指才品之高如鸞鳳，和由於志負未展，故其功業所就僅如九牛一毛而言。其說詞似乎最為渾涵圓融，其實最為混淆雜亂。因為豈有在一句之中既以「一羽毛」象喻其才品之「崇高」，卻又同時議論其所成就之功業不過是「九牛一毛」的道理？「崇高」與「只不過九牛一毛而已」根本是兩組義涵南轅北轍而相互排斥、不可並存的概念，豈能如此一詞二用而又自相矛盾？

【評點】

01 劉克村：臥龍公已歿千載，而有志世道者，皆以三代之佐評之；如儕之伊、呂伯仲間，而以蕭、曹為不足道。此論皆自子美發之，考亭、南軒，近世大儒，不能發也。（《后村詩話》）

02 劉辰翁：「伯仲之間見伊呂，指揮若定失蕭曹」兩句氣概別，足掩上句之陋也。（《宋詩話全編》引）

03 許學夷：（杜甫）七言多稚語、累語，……「志決身殲軍務勞」……

等句,皆累語也。胡元瑞云:「子美利鈍雜陳,正變互出,後來沾溉者無窮,詿誤者亦不少。」(《詩源辯體》)

04 鍾惺:(「伯仲」二句)對法奇。(《唐詩歸》)

05 周敬:通篇筆力、議論,妙絕古今;中聯知己之語,千載神交。 ○陸深:疏鹵悲憤,無復繩墨可尋。(《唐詩選脈會通評林》)

06 黃生:杜公此詩,前表其才之挺出,後惜其志之不成;孔明生平出處,直以五十六字論定。前後數人,區區以成敗持評者,皆可廢矣。(《杜詩說》)

07 金聖嘆:「羽毛」狀其清,「雲霄」狀其高也。 ○前解慕其大名不朽,後解惜其大功不成;慕是十分慕,惜是十分惜。(《唱經堂杜詩解》)

08 黃周星:「羽毛」或作羽儀解,亦近似矣,然其中若有浮雲富貴,敝屣功名之意,故當於言外得之。(《唐詩快》)

09 浦起龍:八句一氣轉掉。……胸中拿定「運移漢祚」四字,便已識得帝統所歸;知前篇曰「幸」「崩」,及「翠華」「玉殿」等字,不得浪下也。(《讀杜心解》)

10 楊倫:四聯皆一揚一抑。(「萬古」句)對筆奇險。(「伯仲」二句)二語確是孔明身分,俱見論世卓見。(《杜詩鏡銓》)

11 屈復:此首通篇論斷,弔古體所忌,然未經人道過,故佳;若拾他人唾餘,便同土壤。(《唐詩成法》)

12 黃叔燦:「蕭清高」三字,景慕情深。(《唐詩箋注》)

【五首總評】

01 盧世㴶:〈諸將五首〉〈詠懷古跡五首〉,此乃七律命脈根柢。子美既竭心思,以一身之全力,為廟算運籌,為古人寫照;一腔血忱,萬遍水磨,不惟不可輕議,亦且不可輕讀;養氣滌腸,方能領略。(《讀杜私言》)

02 吳農祥：合五首較之，唯「蜀主」「諸葛」稍減；「蜀主」一首
　　色味未濃，「諸葛」全章不無小疵耳。（《杜詩集評》》引）

03 李子德：五首托興最遠，有縱橫萬古，吞吐八極之概。（《杜詩
　　鏡銓》引）

04 范大士：此種詩與〈秋興八首〉，人人奉為元龜，真天地間有數
　　好詩，顧非游、夏所能贊一詞者。（《歷代詩發》）

05 趙翼：今觀夔州後詩，惟〈秋興八首〉及〈詠懷古跡五首〉，細
　　意熨貼，一唱三嘆，意味悠長；其他則意興衰颯，筆亦枯率，無
　　復舊時豪邁沉雄之概。（《甌北詩話》）

06 吳北江：（第五首）前幅猶壯偉非常，淋漓獨絕；全篇精神所注
　　在此，故以為結束。惜抱（按：指姚鼐）選此詩乃僅錄前四首而
　　遺末章不載，譬之棟樑連雲而闕其正殿，萬山磅礴而失其主峰，
　　其可乎哉！（《唐宋詩舉要》引）

160 登岳陽樓（五律）　　　　　杜甫

昔聞洞庭水，今上岳陽樓。吳楚東南坼，乾坤日夜
浮。親朋無一字，老病有孤舟。戎馬關山北，憑軒
涕泗流。

【詩意】

　　從前我就聽說過洞庭湖水域的壯闊，使我神往不已；如今終於在
飽經憂患，備嘗艱苦之後，才登臨岳陽樓來領略它雄偉的氣象。原本
相互連接的吳國和楚地好像硬是被它洶湧浩蕩的水勢給崩裂開來；天
地似乎隨著它起伏的波濤而載浮載沉，日月好像輪流在其中升起與降
落。面對著如此浩瀚遼闊的水域，不禁使我百憂俱來，根觸不已：多

年來的漂泊亂離，已經和親朋故舊都斷絕了音信；衰頹老病的我，只能帶著家人在孤舟上東飄西盪。而西北的關山，至今仍然有慘烈的戰爭；想到國步的艱難和身世的坎坷，倚靠樓前欄杆放眼遠眺的我，不禁老淚縱橫，悲從中來。

【注釋】

① 詩題──本詩是杜甫於大曆三年（768）冬，由湖北江陵、公安一帶漂泊到湖南洞庭湖時的登覽名作。作者獨立樓頭，目睹「氣蒸雲夢澤，波撼岳陽城」的浩淼洞庭，頓時感到干戈擾攘的可憂和老病流離的可痛，因而蒼茫百端，悲從中來，遂有此作。

② 「吳楚」句──意謂吳、楚之地，被洞庭湖分隔為二，吳在湖之東，楚在湖之西南。亦可釋為：洞庭湖把東南半壁江山斷裂為二：吳地領有今江蘇、浙江，及安徽、江西之一部；楚地領有今湖南、湖北，及安徽、江西之另一部。坼，音ㄔㄜˋ，斷裂，作動詞解。

③ 「乾坤」句──此形容洞庭湖水域之遼闊足以自成一世界，故天地日月恍若浮盪升沉於其中；《水經注‧卷38‧湘水》：「羅君章《湘中記》曰：『湘水之出於陽朔，則觴為之舟；至洞庭，日月若出入於其中也。』」乾坤，兼指天地、日月而言。

④ 「老病」句──杜甫時年五十七，患有肺病、風痹，曾染瘧疾，更兼右臂偏枯，左耳聾，牙齒半落，故云老病。而杜甫出蜀之後，漂泊江湘一帶，浮舟泛宅，未能定居，故云唯有孤舟伴我漂泊而已。

⑤ 「戎馬」二句──戎馬，代指戰爭。仇兆鰲引盧元昌注曰：「大曆三年，郭子儀將兵五萬屯奉天（今陝西乾縣），備吐蕃，白元光、李抱玉各出兵擊之；是『戎馬關山北』也。」軒，樓前欄杆、窗檻或樓上長廊。涕泗流，指無法控制自己而涕淚縱橫；《詩經‧陳風‧澤陂》：「涕泗滂沱。」毛傳曰：「自目曰涕，自鼻曰泗。」

【導讀】

　　大曆三年（768）冬，杜甫由湖北江陵、公安一帶漂泊到湖南岳州後，登臨神往已久的岳陽樓。當時詩人獨立樓頭，目睹煙波浩淼的洞庭，頓時蒼茫百端，悲從中來，寫下這首讓後人不敢在此登臨題詩的佳作[1]。

　　仔細推敲之後，可以領悟到本詩之所以能有雄跨古今、壓倒百代的成就，主要還是根源於作者憂國傷時的忠愛情懷，和悲天憫人的仁厚胸襟。唯其有第一等的胸襟和情懷，當詩人觸景生情，進而形諸筆墨時，自然元氣淋漓，動人心魂，成為第一等的藝術傑作。正由於作者的胸襟與性情自然寄藏在寫景之中，而又展現於字句之外，才使領聯「吳楚東南坼，乾坤日夜浮」和孟浩然的「氣蒸雲夢澤，波撼岳陽城」同樣意蘊豐富而興象深遠，而且還流露出詩人「先天下之憂而憂，後天下之樂而樂」的仁者襟抱，無怪乎宋人蔡絛的《西清詩話》在比較歷代洞庭詩篇後會忍不住驚詫地說：「不知少陵胸中吞幾雲夢也！」因此我們賞讀本詩時，不妨以領略工部的胸襟為第一義，討論章法為第二義，雙管齊下，一舉兩得；既不可捨胸襟而專論章法[2]，以致有買櫝還珠之譏，也不可棄章法而空談胸襟，辜負了詩人細針密線所織成的錦繡文章[3]。

　　「昔聞洞庭水，今上岳陽樓」兩句，是以古樸的偶句求其雄渾的氣勢，又以流水對來寄寓撫今追昔的唏噓，並且開門見山地點出詩題。首句是說早聞盛名，神往已久，次句是說宿願得償，稍慰遺憾。仇兆鰲以為這兩句是寫初登的喜悅，恐怕很值得斟酌。因為對於神往已久的天下名勝，如今得以一睹奇觀壯采，固然令人心情快慰，胸懷開朗；但是如果把詩人登臨的感受只侷限在單純的喜悅，恐怕既難以解釋腹聯和尾聯黯然淒絕的感傷從何而來[4]，也無法掌握到老杜始終把個人飄零顛連的身世之感和憂國傷亂的時勢之悲，緊密結合而成沉鬱蒼涼的詩篇特色。昔日的少陵曾經滿懷著浪漫的憧憬，洶湧著一腔的熱血，

意氣風發，志概凌雲，以為奇功偉業，唾手可得；然而如今卻已是飽經憂患，遍歷坎坷，看盡滄桑，備嘗冷暖的風燭殘年了！因此他曾經在〈野望〉中頹喪地說：「唯將遲暮供多病」「不堪人事日蕭條」，又曾經在〈閣夜〉中消沉地說：「臥龍躍馬終黃土，人事音書漫寂寥」，還曾經在〈登高〉中感慨自己：「萬里悲秋常作客，百年多病獨登臺」，並且在〈詠懷古跡〉中沉痛地吟出：「支離東北風塵際，漂泊西南天地間」的不堪。命運的折磨和生活的困頓，顯然已經使他壯志沉埋而顧影自哀了！因此，與其說首聯是寫初次登臨的新奇與喜悅，不如說是婉轉地流露出蒼涼和感慨；何況今日詩人的處境是：親朋音訊杳然、老病孤舟漂泊、關山兵戈未息，自然更會令作者在「萬方多難此登臨」之際，發出「艱難苦恨繁霜鬢」的無限悵嘆了！唯其寄慨深遠，馮定遠才會稱賞這看起來不起眼的破題有千鈞筆力（何焯《義門讀書記》引）。

「吳楚東南坼，乾坤日夜浮」兩句，直承首聯「上」和「水」的意涵，寫出登覽時所見水域的壯闊。由於詩人發揮想像力，採用誇張示現的手法來改造空間，使得洞庭湖剖分吳楚而涵潤日月的雄偉氣象，有如盤古開天闢地的鬼斧神工所削鑿而成的奇觀壯景，具有懾人心魂、奪人氣魄的態勢。詩人選用「坼」和「浮」這兩個動詞，勾勒出洞庭湖水驚天動地的聲勢和勁道，使人如見其崩裂東南半壁為吳楚對峙的雷霆萬鈞之勢，又如睹其包孕日月、涵容乾坤而浮盪搖晃的壯觀景象，因此備受詩家嘆賞[5]；蔡絛《西清詩話》說：「洞庭天下壯觀，自昔騷人墨客鬥麗搜奇者尤眾，如『水涵天影闊，山拔地形高[6]』『四顧疑無地，中流忽有山。鳥飛應畏墮，帆遠卻如閑[7]』，皆見稱於世；然未若孟浩然『氣蒸雲夢澤，波撼岳陽城』，則洞庭空闊無際，氣象雄張，如在眼前。至讀子美詩則又不然：『吳楚東南坼，乾坤日夜浮』，不知少陵胸中吞幾雲夢也！」

值得留意的是：「吳楚東南坼」這兩句寫作者目極波瀾而心懷天

下，因此才會以事實上不可能一覽無遺的吳越和不可能同時出現的日月，來推拓視野，延展時空，使得後半的抒懷懸想，都自然有了心神飛馳關山、思慮包籠萬里的承轉照應；因此浦起龍《讀杜心解》說：「三、四已暗逗遼遠漂流之象。」馮舒也說：「『吳楚』『乾坤』，則目之所見，心之所思，已不在岳陽矣；故直接『親朋』『老病』云云。落句五字總收上七句，筆力千鈞。」（《瀛奎律髓匯評》）

「親朋無一字，老病有孤舟」兩句，是全篇銜接轉折的樞紐。「無一字」，是直承望極吳楚之分裂懸隔的設想而來；「孤舟」，則呼應放眼水天時浩森浮盪的意象而發。這兩句同時又逗出第七句「戎馬關山北」來補述音訊斷絕，孤舟漂泊的原因，並使末句的「涕泗流」三字，有了具體的內涵：親朋零落之悲、老病漂泊之嘆、干戈未息之憂等，可謂針線細密，照應有法，因此王夫之《薑齋詩話》以為中間兩聯「相為融洽」，又說：「『親朋無一字，老病有孤舟』，自然是登岳陽樓詩，嘗試設身作杜陵憑軒遠望觀，則心目中二語，居然出現，此亦情中生景也。」再者，由於頷聯寫得闊大沉雄，更能凸顯腹聯之淒惻感傷，因此浦起龍說：「（頷聯）不闊，則（腹聯之）狹處不苦；（腹聯）能狹，則（頷聯）闊境愈空。」俞犀月說：「次聯是登樓所見，寫得開闊；頸聯是登樓所感，寫得黯淡。正於開闊處見得俯仰一身，淒然欲絕。」（《杜詩鏡銓》引）換言之，中間兩聯表面上意緒截斷，其實脈絡潛通；在前後對照、兩相映襯之餘，頷聯眺望景物中所寄藏的思親念遠之意，也就隱然可知了。

「戎馬關山北」五字，是由一身的親朋之憂、老病之苦，又拓展到以天下的動亂不安為念，更是老杜精神面貌之所在；再加上「憑軒」回應登樓之意，「涕泗流」流露出深悲極痛之切，在在可以見出老杜憂念蒼生的胸襟之遠大，因此贏得極高的評價；查慎行《初白庵詩評》說：「杜詩前半首由近說到遠，闊大沉雄，千古絕唱；孟作亦在下風，無論後人矣。」無名氏說：「中四句與孟功力悉敵，而頸聯尤老，起

結辣豁。孟只身世之感，而此抱家國無窮之悲，事境尤大。」（《瀛奎律髓匯評》）仔細涵詠之後可以發現：本詩所以被認為勝過孟詩，主要還是在老杜滂沱縱橫的清淚中，始終如一地蘊蓄著對於平息戰禍、振救國勢、重建家園、安居樂業的深切期盼和憂懼不安；因此當詩人把淚水灑向壯闊的洞庭湖波時，才能激盪出動人的深情遠意。

　　胡應麟《詩藪》內篇卷 4 論唐人五律時說：「工部諸作，氣象崔峨，規模宏遠。當其神來境詣，錯綜幻化，不可端倪。千古以來，一人而已。」陸時雍《詩鏡總論》說：「少陵五言律，其法最多，顛倒縱橫，出人意表。」這兩段文字都指出杜甫五律中開闔盡變，不可捉摸的妙詣，正可以用來說明本詩由首聯的唏噓感傷，變為頷聯的雄放壯闊，又突然折入腹、尾兩聯的黯然淒惻、潸然淚下時，蹊徑盡泯而又脈絡潛通，斷續無方而又如線串珠的章法之奇。

【補註】

01　方回（1227－1306）《瀛奎律髓》云：「予登岳陽樓，此詩（按：指孟浩然的〈臨洞庭湖上張丞相〉詩，中有名句「氣蒸雲夢澤，波撼岳陽城」）大書左序毬門壁間，右書杜詩，後人自不敢復題也，劉長卿有句云：『疊浪浮元氣，中流沒太陽』，世不甚傳，他可知也。」由此可知孟、杜二詩，實有壓倒古今才子之盛名。

02　沈德潛在《說詩晬語》中論詩時以為性情尤重於章法，他說：「詩貴真情，亦須論法；雜亂而無章，非詩也。然所謂法者，行所不得不行，止所不得不止；而起伏照應，承接轉換，自神明變化於其中。」

03　許印芳分析本詩的針線之細密時說：「一、二點題，三、四承『聞』『水』寫景；『乾坤』句已為五、六伏脈。五、六承『上』『樓』言情，與『乾坤』句消息相通，神不外散，七句申明五、六傷感之故，亦倒點法；八句扣住登樓，總收上文。法律精細如此，學

者宜細心研究，勿徒誇其氣象雄渾也。」（《瀛奎律髓匯評》）

04 傅庚生在《唐詩鑑賞辭典》頁 594 析評首聯說：「在這平平的敘
述中，寄寓著漂泊天涯、懷才不遇、桑田滄海、壯氣蒿萊……許
許多多的感觸，才寫出這麼兩句：過去只是耳朵裡聽到有這麼一
片洞庭水，哪想到遲暮之年真個就上了這岳陽樓？本來是沉鬱之
感，不該是喜悅之情；若是喜悅之情，就和結句的『憑軒涕泗流』
連不到一起了。」

05 胡應麟《詩藪》說：「老杜字法之化者為『吳楚東南坼，乾坤日
夜浮』『碧知湖外草，紅見海東雲（按：杜甫〈晴二首〉其一）』；
『坼』『浮』『知』『見』四字，皆盛唐所無也。」王嗣奭《杜
臆》說：「只是『吳楚』兩句，已盡大觀；後來詩人，如何措手！」
黃鶴說：「雖不到洞庭者讀之，可使胸次豁達。」（《杜詩詳注》
引）

06 僧人可朋〈賦洞庭〉：「周極八百里，凝眸望則勞。水涵天影闊，
山拔地形高。賈客停非久，漁翁轉幾遭。颯然風起處，又是鼓波
濤。」

07 許裳〈過洞庭湖〉：「驚波常不定，半日鬢堪斑。四顧疑無地，
中流忽有山。鳥高恆畏墮，帆遠卻如閑。漁父時相引，行歌浩渺
間。」

【評點】

01 唐庚：過岳陽樓觀杜子美詩，不過四十字爾，氣象閎放，涵蓄深
遠，殆與洞庭爭雄，所謂「富哉言乎」者。太白、退之輩，率為
大篇，極其筆力，終不逮也；杜詩雖小而大，餘詩雖大而小。（《唐
子西文錄》）

02 劉克莊：岳陽城賦詠多矣，須推此篇獨步，非孟浩然輩所及。（《後
村詩話》）

03 劉辰翁：氣壓百代，五言雄渾之絕。（沈德潛《杜詩評鈔》引）

04 劉辰翁：五、六略不用意，而情景適等。　○趙雲龍：句律渾樸，盛唐起語，大率如此。三、四高絕。（《唐詩選脈會通評林》）

05 方回：岳陽樓天下壯觀，孟、杜二詩盡之矣。（《瀛奎律髓》）

06 馮定遠：破題筆力千鈞。岳陽樓因洞庭湖而有，先點洞庭，後破「登」字，迎刃之勢。……上下各四句，直似不相照顧，仍復渾成一氣；非公筆力天縱，鮮不顧此失彼。（《義門讀書記》引）

07 馮定遠：次聯力破千鈞。　○李天生：八句似各一意，全篇仍自渾然，相貫相仍，故為絕調。（《瀛奎律髓匯評》）

08 胡應麟：「氣蒸雲夢澤，波撼岳陽城」，浩然壯語也。杜「吳楚東南坼，乾坤日夜浮」，氣象過之。（《詩筏》）

09 王嗣奭：後四句只寫情，才是自家詩，所謂詩本性情者也。（《杜臆》）

10 鍾惺：尋不出佳處，只是一氣。（「老病」句）洞庭詩，人只寫其景之奇耳，不知登臨時少此情思不得。　○唐汝詢：（前）四句說盡題目，後但言情；云不稱者，宋儒之論也。　○真景實情，凌厲千古。　○吳敬夫：作大題目，須有大氣概，不得但作景色語；觀襄陽〈望洞庭湖〉及此詩，可見兩翁胸次。（《唐詩規折衷》）

11 王夫之：起二句得未曾有，雖近情而不俗。「親朋」一聯，情中有景；「戎馬關山北」五字，卓煉。此詩之佳亦止此，必推高之以為大家，為元氣，為雄渾壯健，皆不知詩者以耳食不以舌食之論。（《唐詩評選》）

12 黃生：三、四并極力形容之語。然三語巧，四語渾；必四先成，三覓對耳。前半寫景如此闊大，轉落五、六，身事如此落寞；詩境闊狹頓異。結語湊泊極難，不徒轉出「戎馬關山北」五字，胸襟氣象，一等相稱，宜使後人擱筆也。（《杜詩說》）

13 王士禎：元氣渾淪，不可湊泊；高立雲霄，縱覽身世。寫洞庭只兩句，雄跨古今；下只寫情，方不似後人泛詠洞庭也。（《杜詩鏡銓》引）

14 盧麰、王溥：五、六入情語，驟聞似覺突然；細按之，仍是分承三、四。「東南坼」則一字難通；「日夜浮」則孤舟同泛；情景相宜，渾成一片。（《聞鶴軒初盛唐近體讀本》）

15 張謙宜：（頷聯）十字寫盡湖勢，氣象甚大；一轉入自己心事，力與之敵。（《絸齋詩談》）

16 沈德潛：三、四雄跨今古。五、六寫情黯淡，著此一聯，方不板滯。孟襄陽三、四語實寫洞庭，此只用空寫，卻移他處不得，本領更大。（《唐詩別裁》）

17 譚宗：元氣渾灝，目無今古。（《近體秋陽》）

18 宋宗元：「吳楚」二句雄偉，雅與題稱。此作與襄陽〈臨洞庭〉詩同為絕唱。（《網師園唐詩箋》）

161 江南逢李龜年（七絕）　　　　　　杜甫

岐王宅裡尋常見，崔九堂前幾度聞。正是江南好風景，落花時節又逢君。

【詩意】

　　從前在岐王府的宴會裡時常見到你為達官高歌的丰采，也幾度在崔氏華麗的廳堂裡聽到你為顯貴演奏的妙曲，當時的你是何其春風得意，神采飛揚啊！而今，就在風物清美的江南地區、落花飄零的暮春時節，竟然和你再度相逢，真是令人百感交集，情何以堪……！

【注釋】

① 詩題—江南，此指長江、湘水流域。大曆五年（770）春，杜甫寓居潭州（今湖南省長沙市），李龜年亦淪落至此，故有此作[1]。杜甫就在本年秋冬之際，卒於由潭州往岳州的湘江舟中。

② 「岐王」句—岐王，舊注以為是唐睿宗第四子惠文太子李隆範，於睿宗踐祚時冊封為岐王，然在杜甫寫作時已薨，故此應指嗣岐王李珍而言[2]。

③ 「崔九」句—此句下有原注曰：「崔九即殿中監崔滌，中書令湜之弟。」然崔滌亦卒於開元十四年，當時作者不過十五歲，在此之前是否有幸與崔滌相識並進而為其席上嘉賓，恐怕不無可疑；故崔九堂，殆指崔氏親族中富貴者所居之舊時豪宅而言。

④ 「正是」二句—好風景，《世說新語·言語》篇曰：「過江諸人每至美日，輒相邀新亭藉卉飲宴。周侯中坐而歎曰：『風景不殊，正自有山河之異。』皆相視流涕。唯王丞相愀然變色曰：『當共戮力王室，克復神州，何至作楚囚相對？』」詩人暗用此典而寄託山河變異的感傷。落花，可能兼有象徵世運之衰頹、身世之飄零、桑榆晚景之淒涼等豐富的義涵。

【補註】

01 范攄《雲溪友議·卷中·雲中命》載安史之亂後，「李龜年奔迫江潭，杜甫以詩贈之曰：岐王宅裡尋常見……落花時節又逢君。」鄭處晦《明皇雜錄》卷下亦載此事。

02 《新唐書·列傳第六·三宗諸子》載：岐王李隆範薨於開元十四年（726），杜甫年方十五歲，恐怕尚無法經常成為坐上賓客而多次見識到李龜年的表演。天寶三載（744）又封略陽公李珍為嗣岐王，杜甫時年三十三，此時欣賞到李龜年的表演，似較為合理。

【導讀】

　　清人王楷蘇《騷壇八略》說：「絕句只有四句，為地無多，須字字句句俱有意味，著不得一毫浮煙浪墨。五言絕以節短韻長，包含無窮為主；七言絕以音節婉轉，意在言外，含毫渺然，風致翩翩為主。」拿這段話來看歷代膾炙人口的五、七絕，的確若合符契；再以這個標準來賞讀本詩，更能體會出本詩詞淺情深、語婉意悲的蘊藉風神；無怪乎黃生、邵長蘅、孫洙等詩家都以為本詩是杜甫的壓卷之作。

　　「岐王宅裡尋常見，崔九堂前幾度聞」兩句，是追憶李龜年昔日以精湛的曲藝和美妙的歌喉，得到玄宗特殊的恩寵和王侯爭相邀約的禮遇，因而譽滿京城、炙手可熱的風光歲月，流露出作者對於自己從前能躬逢大唐盛世，優遊在繁華鼎蔚、人文薈萃的首都藝苑中的無限眷戀之情。「岐王」「崔九」代表的是熱愛文藝的皇親國戚和公卿巨室，他們的宅邸府第正是上層階級的風流淵藪，孕育出當代最精緻也最豐碩的藝文成就；而作者能幾度參與其間的雅集盛會，聆賞李龜年超妙的才藝，自然是畢生難忘的美好記憶。因此，「尋常見」和「幾度聞」這兩組看似信手拈來、輕描淡寫的詞語裡，其實蘊藏著類似元稹〈行宮〉詩裡「白頭宮女在，閒坐說玄宗」的滄桑辛酸和深沉悲哀。只是由於作者歷經了安史之亂的天崩地陷、吐蕃入寇的風聲鶴唳、軍閥征戰的驚惶不安，也看過太多社會殘破、生靈塗炭、民生凋敝的慘況，更飽嚐了「支離東北風塵際，漂泊西南天地間」的顛沛困頓，在痛定思痛的日薄西山之年，已經能夠化悲憤於無形，寄沉哀於平淡，因此當他隨手寫出感傷情懷時，讓人渾然不覺罷了。王安石〈題張司業詩〉說：「看似尋常最奇崛，成如容易卻艱辛」，正可以拿來領略作者歷經劫波而心如止水的語言背後所深藏的悲哀。

　　「正是江南好風景，落花時節又逢君」兩句，先化用《世說新語‧言語》中新亭對泣的典故，寄寓了「風景不殊，正自有山河之異」的流亡之痛；又用落花象徵國運的傾危、身世的飄零；同時還把兩位白

髮皤皤的藝文宗匠，安排在煙水明媚、落英繽紛的江南情境中偶然相
逢，符合王夫之《薑齋詩話》所謂「以樂景寫哀，以哀景寫樂，一倍
增其哀樂」的反襯手法，自然使人產生李後主〈浪淘沙〉詞「流水落
花春去也，天上人間」的淒涼迷惘之感。尤其是「正是」和「又」這
兩個虛詞的轉折有力，跌宕得勢，更是把世事的滄桑、國事的興衰、
際遇的榮枯等令人覺得情何以堪的景況，表現得唱嘆有致，令人不勝
唏噓；因此黃生《杜詩說》評解說：「『正是』『又』字，緊醒前二
句，明岐宅、崔堂聽歌之時，無非好風景之時也；言外見風景不殊，
回思往事，已如隔世。無限深情，俱藏裹於虛字之內。」再結合前半
兩句撫今追昔中所流露的深心憶戀之情來體會，自然會覺得作者寄託
其間的幽情遠意，別有耐人尋味的韻致；因此沈德潛《杜詩評鈔》說：
「不言神傷，聚散古今之感，皆寓於中。此斷句（編按：即絕句）正
聲，杜集中偶見者也。淒婉全在『又』字。」還在《唐詩別裁》中說：
「含意未申，有案無斷。」這是因為作者在歷盡滄桑之後，心境已經
由「看山不是山，看水不是水」轉而歸真返璞，回到「看山又是山，
看水又是水」的境界，因此只如禪師以事實揭示人前，而不作主觀愛
憎、悲喜的判斷，反而使詩中含茹未吐的意思，顯得更為蘊藉深婉，
饒有餘韻。

　　如果比較劉禹錫所寫與本詩同性質的作品〈聽舊宮人穆氏唱歌〉：
「曾隨織女渡天河，記得雲間第一歌；休唱貞元供奉曲，當時朝士已
無多。」可知劉禹錫既案且斷，含意盡露，遠不如本詩含蓄而沉鬱。
再看看洪昇《長生殿·彈詞》中李龜年的感嘆：「想起當日天上清歌，
今日沿門鼓板，好不頹氣人也！」以及所唱的曲文：「唱不盡興亡夢
幻，彈不盡悲傷感嘆，抵多少悽涼滿眼對江山！」儘管辭意明白顯豁，
卻少了杜甫原作的意在言外，風致翩翩。孫洙在老杜一百三十餘首絕
句中，五言只取〈八陣圖〉，七言獨選本詩，而且推為壓卷，的確慧
眼獨具；無怪乎劉學鍇、余恕誠會說：「這是杜甫絕句中最有情韻，

最富含蘊的一篇，只二十八字，卻已包含著豐富的時代生活內容。如果詩人當年圍繞安史之亂的前前後後，寫一部回憶錄，是不妨用它來題卷的。」（《唐詩鑑賞辭典》頁599）

【評點】

01 劉辰翁：興來感舊，不覺真率自然。（《李杜詩選》）

02 王嗣奭：落花乃傷春時節，又得逢君，便是江南一好風景矣；言其歌之妙，能令愁者歡，悶者解，春之已去者復回也。（《杜臆》）

＊ 編按：此說剝離了憂國感時的情懷，只視為詠嘆李龜年歌藝超妙之作，情味頓減，是以不取。

03 弘曆：言情在筆墨之外，悄然數語，可抵白氏一篇〈琵琶行〉矣。「休唱貞元供奉曲，當時朝士已無多」，劉禹錫之婉情；「鈿蟬金雁皆零落，一曲伊州淚萬行」，溫庭筠之哀調。以彼方此，何其超妙！此千秋絕調也。（《唐宋詩醇》）

04 何焯：四句渾渾說去，而世運之盛衰、年華之遲暮、兩人之流落，俱在言表。（《義門讀書記》）

05 黃生：此詩與〈劍器行〉同意，今昔盛衰之感，言外黯然欲絕，見風韻於行間，寓感慨於字裡；即使龍標、供奉（編按：指王昌齡和李白）操筆，亦無以過。乃知公於此體，非不能為正聲，直不屑也。此詩從來諸選皆不見收，始經予友方舟拈出，予已登之《詩矩》，今復錄此，以為諸絕之殿。有目公七言絕句為別調者，亦可持此解嘲矣。（《杜詩說》）

06 邵長蘅：子美七絕，此為壓卷。（《杜詩鏡銓》引）

07 孫洙：世運之治亂、年華之盛衰、彼此之悽涼流落，俱在其中。少陵七絕，此為壓卷。（《唐詩三百首》）

08 黃叔燦：「落花時節又逢君」，多少盛衰今昔之思！上二句是追憶，下二句是感今；卻不說盡，偏著「好風景」三字，而意含在

「正是」「又」字內。（《唐詩箋注》）

09 李鍈：少陵七絕多類〈竹枝〉體，殊失正宗；此詩純用止鋒、藏
　　鋒，深得絕句之味。（《詩法易簡錄》）

10 王文濡：上二句極言其寵遇之隆，下二句陡然一轉，以見盛衰不
　　同；傷龜年亦所以自傷也。（《唐詩評注讀本》）

11 俞陛雲：少陵為詩家泰斗，人無間言，而皆謂其不長於七絕；今
　　觀此詩，餘味深長，神韻獨絕，雖王之渙「黃河遠上」、劉禹錫
　　「潮打空城」群推絕唱者，不能過是。此詩以多少盛衰之感，千
　　言萬語，無從說起，皆於『又逢君』三字之中，蘊無窮酸淚。（《詩
　　境淺說‧續編》）